D0840560

Un bonheur si fragile

DU MÊME AUTEUR

Saga LE PETIT MONDE DE SAINT-ANSELME:

Tome I, *Le petit monde de Saint-Anselme, chronique des années 30*, roman, Montréal, Guérin, 2003.

Tome II, *L'enracinement, chronique des années 50*, roman, Montréal, Guérin, 2004.

Tome III, *Le temps des épreuves, chronique des années 80*, roman, Montréal, Guérin, 2005.

Tome IV, *Les héritiers, chronique de l'an 2000*, roman, Montréal, Guérin, 2006.

Saga LA POUSSIÈRE DU TEMPS:

Tome I, *Rue de la Glacière*, roman, Montréal, Hurtubise, 2005, format compact, 2008.

Tome II, *Rue Notre-Dame*, roman, Montréal, Hurtubise, 2005, format compact, 2008.

Tome III, *Sur le boulevard*, roman, Montréal, Hurtubise, 2006, format compact, 2008.

Tome IV, *Au bout de la route*, roman, Montréal, Hurtubise, 2006, format compact, 2008.

Saga À L'OMBRE DU CLOCHER:

Tome I, *Les années folles*, roman, Montréal, Hurtubise, 2006, format compact, 2010.

Tome II, *Le fils de Gabrielle*, roman, Montréal, Hurtubise, 2007, format compact, 2010.

Tome III, *Les amours interdites*, roman, Montréal, Hurtubise, 2007, format compact, 2010.

Tome IV, *Au rythme des saisons*, roman, Montréal, Hurtubise, 2008, format compact, 2010.

Saga CHÈRE LAURETTE:

Tome I, *Des rêves plein la tête*, roman, Montréal, Hurtubise, 2008.

Tome II, *À l'écoute du temps*, roman, Montréal, Hurtubise, 2008.

Tome III, *Le retour*, roman, Montréal, Hurtubise, 2009.

Tome IV, *La fuite du temps*, roman, Montréal, Hurtubise, 2009.

Saga UN BONHEUR SI FRAGILE:

Tome I, *L'engagement*, roman, Montréal, Hurtubise, 2009.

Tome II, *Le drame*, roman, Montréal, Hurtubise, 2010.

Tome III, *Les épreuves*, roman, Montréal, Hurtubise, 2010.

Tome IV, *Les amours*, roman, Montréal, Hurtubise, 2010.

Michel David

Un bonheur si fragile

tome 4

Les amours

Roman historique

Hurtubise

Catalogage avant publication de Bibliothèque et Archives nationales du Québec et Bibliothèque et Archives Canada

David, Michel, 1944-

Un bonheur si fragile : roman historique

Sommaire : t. 4. Les amours.

ISBN 978-2-89647-262-8 (v. 4)

I. Titre. II. Titre : Les amours.

PS8557.A797B66 2009   C843'.6   C2009-941606-9
PS9557.A797B66 2009

Les Éditions Hurtubise bénéficient du soutien financier des institutions suivantes pour leurs activités d'édition :

- Conseil des Arts du Canada ;
- Gouvernement du Canada par l'entremise du Programme d'aide au développement de l'industrie de l'édition (PADIÉ) ;
- Société de développement des entreprises culturelles du Québec (SODEC) ;
- Gouvernement du Québec par l'entremise du programme de crédit d'impôt pour l'édition de livres.

Graphisme de la couverture : René St-Amand
Illustration de la couverture : Jean-Louis Tripp et Régis Loisel
Couleurs : François Lapierre
Maquette intérieure et mise en page : Andréa Joseph [pagexpress@videotron.ca]

Copyright © 2010, Éditions Hurtubise inc.
ISBN 978-2-89647-262-8

Dépôt légal : 4ᵉ trimestre 2010
Bibliothèque et Archives nationales du Québec
Bibliothèque et Archives du Canada

Diffusion-distribution au Canada :
Distribution HMH
1815, avenue De Lorimier
Montréal (Québec) H2K 3W6
Téléphone : 514 523-1523
Télécopieur : 514 523-9969
www.distributionhmh.com

Diffusion-distribution en Europe :
Librairie du Québec/DNM
30, rue Gay-Lussac
75005 Paris FRANCE
www.librairieduquebec.fr

Imprimé au Canada
www.editionshurtubise.com

La fleur du temps vous offrirai
Aussitôt que belle et qu'éclose
N'en soyez triste ni morose
Puisqu'au jardin que j'en ferai
Vous la prendrez… pour une rose

Au temps de dire, Gilles Vigneault

Les principaux personnages

La famille de Laurent Boisvert

Corinne : veuve de Laurent, âgée de 38 ans et mère de Philippe (19 ans), Madeleine (18 ans), Norbert (16 ans), Élise (14 ans) et Lionel (9 ans)

La famille Joyal

Lucienne : veuve de Napoléon, âgée de 77 ans et mère de :

Anatole (46 ans), époux de Thérèse (46 ans), père de Gustave, Pauline et Estelle

Blanche (44 ans), épouse d'Amédée (45 ans), mère de Joseph, Rémi et Étienne

Bastien (42 ans), époux de Rosalie (40 ans), père de Rolande et Constant

Germaine (41 ans), épouse de Bernard (43 ans), mère de Germain et Aurélie

Corinne (38 ans), veuve et mère de Philippe, Madeleine, Norbert, Élise et Lionel

Simon (34 ans), célibataire

La famille Boisvert

Gonzague : cultivateur veuf et président de la commission scolaire, âgé de 79 ans et père de :

Henri (55 ans), époux d'Annette (52 ans), père de Charles (marié à Alexandra) et d'Hélène

Juliette (52 ans), veuve et sans enfant

Aimé (49 ans), époux de Marie (46 ans), père de Léon, Rachel et Anne-Marie

Raymond (47 ans), époux d'Amanda (47 ans)

Personnages du rang Saint-Joseph

Jocelyn Jutras : cultivateur veuf, voisin de Corinne
Léopold Monette : homme engagé de Corinne, âgé de 21 ans
Ernest Pouliot : cultivateur et époux de Marie Pouliot
Tit-Bé : homme engagé d'Ernest Pouliot
Marie-Claire Rocheleau : épouse de Conrad, voisine de Corinne
 et mère de neuf enfants
Ian Sullivan : cultivateur célibataire de 38 ans et fils de Rose
 Sullivan

Le village de Saint-Paul-des-Prés

Le presbytère

René Biron : vicaire
Hector Cormier : curé de la paroisse
Alphonse Dupras : vicaire
Alcide Duquette : époux d'Alexina, propriétaire du magasin
 général et président du conseil de la fabrique
Anselme Leblanc : vieux bedeau
Émilia Lévesque : directrice de la chorale
Mance Rivest : servante

Le village

Fabien Gagnon : maire
Joseph Melançon : forgeron et mécanicien, époux de Victorine
 et père d'Oscar, Victor et Cécile
Aristide Ménard : notaire
Émilie Michaud : jeune et jolie célibataire
Adrien Précourt : médecin
Mariette Vigneault : épouse d'Ange-Albert, boucher
Léon Tremblay : conducteur de camion, employé de Gonzague
 Boisvert

9

Chapitre 1

Pâques

— Va moins vite, Norbert! On va arriver tout crottés à Saint-François.

L'adolescent de seize ans jeta un bref coup d'œil à sa mère, assise à l'arrière de la voiture avec Élise et Lionel avant de répondre sur un ton un peu agacé :

— Ça me fait rien, m'man, mais si on va plus lentement, on risque de rester pris au milieu du chemin. C'est pas roulable.

La petite femme au chignon blond ne dit rien, se contentant de regarder d'un air distrait le paysage gris qui défilait sous ses yeux en ce début d'après-midi du mois d'avril.

— C'est de valeur que Pâques soit aussi de bonne heure cette année, fit remarquer sa fille Madeleine, assise près de son frère, sur la banquette avant du boghei. Si ç'avait été plus tard, on aurait peut-être pu étrenner un nouveau chapeau.

La jeune fille de dix-huit ans vérifia du bout des doigts la position de son chapeau maintenu avec des épingles sur son abondante chevelure brune. La fille de Laurent Boisvert et de Corinne Joyal ressemblait étrangement à sa mère. On aurait pu les prendre pour des jumelles s'il n'y avait pas eu vingt ans qui les séparaient. La même stature, les mêmes traits fins et les mêmes yeux myosotis.

— Pas étrenner me fatigue pas mal moins, tu sauras, que le fait que les sucres soient déjà finis, répliqua sa mère. Vinyenne! Ça venait juste de commencer à couler pour la peine, ajouta-t-elle sur un ton désolé.

Le printemps de 1921 était précoce, bien trop précoce de l'avis des cultivateurs de la région. À la mi-mars, on avait percé les érables, installé les chalumeaux et suspendu les seaux en prévision d'une saison des sucres que chacun espérait abondante à cause de l'hiver très rigoureux qu'on venait de traverser. Une semaine plus tard, la température durant le jour s'était progressivement réchauffée et les érables s'étaient mis à couler. Le gel la nuit et le soleil le jour, c'était la recette incontournable pour obtenir une bonne récolte d'eau d'érable. Malheureusement, la nature en avait décidé autrement. Huit jours plus tard, des pluies abondantes s'étaient mises de la partie, faisant fondre la neige à une vitesse extraordinaire et déclenchant la débâcle sur la rivière Yamaska. Il ne gela plus la nuit et la montée de la sève rendit l'eau d'érable trop amère.

— On a tout de même fait une dizaine de gallons de sirop, intervint Norbert.

— On n'ira pas loin avec ça, laissa tomber sa mère.

— On n'est pas obligés de tout dégreyer cette semaine, m'man, lui fit remarquer son fils. J'ai vu que Sullivan continuait à bouillir hier. Il y avait de la fumée qui sortait de la cheminée de sa cabane.

— Je sais pas quelle sorte de sirop l'Irlandais peut bien faire, rétorqua sa mère, mais j'aimerais autant pas y goûter.

Les Sullivan étaient une famille irlandaise venue s'installer sur la ferme des Brisebois, dans le rang Saint-Joseph, deux ans auparavant. Le père était décédé un mois à peine après son arrivée, laissant sa terre à sa femme Rose et à son fils Ian, un solide gaillard âgé de trente-huit ans. À Saint-Paul-des-Prés, on avait vu arriver ces étrangers avec une certaine méfiance, mais à la surprise générale, on avait vite découvert que la mère et le fils parlaient un français impeccable et, surtout, qu'ils étaient de foi catholique. Le fils, célibataire, était fort en gueule et semblait bien décidé à se faire accepter par les gens de la paroisse.

— Comment ça se fait que tu parles français comme nous autres? lui avait demandé Duquette quand l'homme était venu s'approvisionner au magasin général la première fois.

— Parce que je suis venu au monde à Saint-Célestin, cette affaire, avait rétorqué l'homme dans un éclat de rire. Mon père et ma mère sont venus au monde en Irlande, mais ils sont arrivés ici en 1873. Ça fait une mèche.

— Mais tu parles anglais? s'était informé le commerçant.

— Ben oui, taboire! Mais j'espère que c'est pas un péché mortel à Saint-Paul de parler anglais.

— Pantoute, avait répondu le marchand général en riant.

Évidemment, l'histoire avait fait le tour de la paroisse, mais il n'en restait pas moins qu'on traitait un peu Ian Sullivan comme un étranger dont on se méfiait vaguement. À Saint-Paul-des-Prés, il fallait être enraciné dans le milieu depuis au moins deux générations pour être considéré comme un vrai habitant de la place.

— En tout cas, c'est le temps de l'année que j'haïs le plus, déclara Norbert hors de propos. On peut plus se servir de la *sleigh* parce qu'il y a plus de neige et on a de la misère à avancer avec le boghei.

Au moment où la voiture sortait du rang Saint-Joseph pour tourner dans le rang Saint-André qui menait au village, Norbert dut tirer violemment sur les rênes pour immobiliser son cheval.

La Buick noire du docteur Précourt passa à quelques pouces de la tête du cheval des Boisvert qui se cabra en entendant les «Honk! Honk! Honk!» assourdissants de l'avertisseur de cette mécanique infernale.

Tous les occupants du boghei poussèrent un cri de peur.

— Le maudit sans-dessein ! hurla l'adolescent en colère en retenant sa bête de toutes ses forces. Un peu plus et il nous garrochait dans le fossé ! À part ça, je vais vous gager qu'il nous a même pas vus !

— Un jour, il va finir par tuer quelqu'un ! s'exclama à son tour Madeleine.

— Calmez-vous, leur dit leur mère. L'important, c'est qu'il nous est rien arrivé.

Le petit docteur Précourt, avec sa voix de crécelle et ses lunettes épaisses, n'était jamais parvenu à maîtriser toutes les subtilités de la conduite automobile. Lorsque les gens voyaient poindre sa Buick, ils avaient une nette tendance à se mettre à l'abri.

Un kilomètre plus loin, la voiture des Boisvert traversa tout le village de Saint-Paul-des-Prés. Elle passa devant la boucherie Vigneault, la forge-garage de Melançon et le magasin général d'Alcide Duquette ainsi que devant l'ancien hôtel de Gonzague Boisvert, devenu la maison du maire Gagnon. Puis elle longea le cimetière paroissial, l'église et le presbytère avant de quitter le village proprement dit.

Quelques minutes plus tard, on passa devant la grosse maison en pierre du grand-père Boisvert. Norbert aperçut son oncle Henri dans la cour de la ferme et le salua de loin. Ce dernier leva la main pour lui signifier qu'il l'avait bien vu.

— Je sais pas s'il a pensé qu'on s'en venait les voir, dit Élise qui n'avait pas encore ouvert la bouche depuis le départ de la petite maison familiale grise du rang Saint-Joseph.

— Ça me surprendrait, répliqua sa sœur aînée. J'ai pas entendu grand-père nous inviter après la messe…

— Ça risquait pas de nous arriver, fit Norbert, sarcastique. Je pense que ça fait cinq ou six ans que j'ai pas mis les pieds là.

— Ça va faire, les enfants, intervint leur mère. Vous le savez que votre tante Annette a pas une grosse santé et que c'est pas dans les habitudes de la famille de votre père de recevoir.

Norbert adressa un regard entendu à sa sœur aînée et jugea inutile d'ajouter quoi que ce soit. Leur grand-père Boisvert était aussi connu pour son avarice que la tante Annette l'était pour son manque d'hospitalité. Les relations entre Gonzague et la famille de son fils Laurent n'avaient jamais été particulièrement chaleureuses. Le vieil homme de soixante-dix-neuf ans se contentait de répondre au salut de sa bru et de ses petits-enfants lorsqu'il les rencontrait et il ne s'était guère préoccupé de ce qui leur était arrivé après le décès de leur père survenu deux ans plus tôt.

— Il me semble que Philippe aurait pu faire un effort et venir voir grand-mère cet après-midi, fit Madeleine en se tournant à demi vers sa mère.

— C'est ce que je lui ai dit, répliqua cette dernière, mais il trouvait plus important d'aller passer l'après-midi chez la petite Melançon. De toute façon, tu le sais, on n'avait pas assez de place pour quelqu'un de plus dans la voiture, prit la peine d'ajouter Corinne.

Madeleine hocha la tête. Sa mère n'était pas sans savoir que sa fille de dix-huit ans aurait préféré demeurer à la maison pour passer l'après-midi au salon en compagnie de Léopold, son prétendant.

— Il est bien chanceux, lui, de faire ce qu'il veut, laissa tomber la jeune fille.

— Voyons, Madeleine, tu sais bien que ça se fait pas de laisser une fille recevoir un garçon au salon sans chaperon.

— Élise aurait pu rester à la maison avec nous autres, m'man.

— Aïe! Je suis pas un coton, moi, protesta l'adolescente de quatorze ans. Tu pensais tout de même pas que j'étais pour passer la journée de Pâques à la maison pour jouer à la police.

— La paix, vous deux ! ordonna Corinne sur un ton sans appel.

Madeleine haussa les épaules et tourna la tête vers l'avant en affichant un air boudeur.

Trois ans auparavant, Corinne avait découvert Léopold Monette, malade, couché dans sa grange. Une fois rétabli, le jeune homme sans famille avait alors accepté de travailler pour elle. Dès les premiers mois, la mère avait remarqué le penchant de sa fille Madeleine pour celui qu'elle appelait son homme engagé. À l'époque, elle avait été fortement tentée de renvoyer son employé pour éviter les complications. Finalement, elle s'était résignée à le garder parce que Philippe était alors en fugue. Quelques semaines après le décès de son mari, elle avait renvoyé sa fille de quinze ans au couvent de Nicolet et cette mesure lui avait évité d'avoir à surveiller les deux amoureux. Au mois de septembre précédent, Madeleine avait obtenu le poste d'institutrice à l'école du rang Saint-Joseph et Corinne avait enfin consenti à ce que sa fille soit courtisée ouvertement par Léopold.

Plongée dans ses pensées, la mère de famille remarqua à peine que l'attelage venait de passer devant l'église de Saint-François-du-Lac. Un mince sourire éclaira son visage pendant un bref instant à l'idée qu'elle s'était tout de même assez bien débrouillée depuis la mort de Laurent.

Après avoir fait nettement comprendre à son beau-père qu'elle ne lui vendrait jamais sa terre, elle avait entrepris de l'exploiter avec l'aide de ses deux fils et de Léopold. La vie avait été passablement dure et l'argent rare. Elle s'était saignée aux quatre veines pour maintenir Madeleine au couvent et elle avait dû écorner sérieusement le maigre héritage de grand-père Boucher pour faire vivre sa famille. Mais elle y était arrivée en repoussant fièrement l'aide aussi bien des Joyal que de sa belle-sœur Juliette, toujours aussi généreuse.

Quelques minutes plus tard, le boghei vint s'immobiliser dans la cour de la ferme de sa mère que son frère Anatole exploitait depuis le décès de leur père. La voiture venait à peine de s'arrêter que la porte de la maison livra passage à Lucienne Joyal dont les épaules étaient couvertes par un épais châle de laine verte.

— Je commençais à me demander si vous étiez pour venir, dit la sexagénaire en descendant les marches de la galerie pour venir à la rencontre de sa fille et de sa famille.

— Vous savez bien, m'man, qu'on n'aurait pas laissé passer Pâques sans venir vous voir, dit Corinne en embrassant sa mère.

Au même moment, Anatole et sa femme Thérèse sortirent de la maison en compagnie de leur fils Gustave.

— Mon Dieu! mais Thérèse a encore maigri, chuchota Corinne à sa mère.

— Oui, reconnut Lucienne à mi-voix, et plus elle maigrit, plus elle devient détestable.

Elle n'eut pas le temps d'en dire plus avant que le couple les rejoigne et embrasse les visiteurs. Ensuite, tout le monde se dirigea vers la maison.

— Vous êtes les premiers arrivés, dit Thérèse en ouvrant la porte. Simon doit être à la veille de revenir avec Bastien et sa femme.

— Où sont passées tes filles? lui demanda Corinne.

— Elles sont chez mon père depuis hier midi.

— Les filles sont pas là, mais inquiète-toi pas, on va voir arriver le reste de la famille dans pas grand temps, ajouta Anatole.

Quelques minutes plus tard, Bastien et Rosalie se présentèrent à la ferme. En entendant une voiture entrer dans la cour, Corinne s'était levée puis penchée à la fenêtre pour identifier les visiteurs.

— C'est Bastien, annonça-t-elle à ses hôtes. Simon est avec eux.

Elle regarda son frère cadet descendre de voiture avec un léger serrement au cœur. Le jeune homme de trente-quatre ans avait un air souffreteux qui faisait peine à voir. Il était revenu de la guerre dans un état pitoyable.

Enrôlé à la fin de 1917, il avait fait partie du dernier contingent de soldats canadiens envoyé en Europe et il n'avait participé qu'à une bataille avant l'armistice. Malheureusement, il avait été victime d'une attaque au gaz moutarde. Rescapé de justesse, l'armée ne l'avait rendu à la vie civile qu'après de longs mois d'hospitalisation. Les poumons malades, Simon était aujourd'hui un infirme incapable de travailler pour gagner sa vie. Comme sa mère était encore propriétaire de la ferme familiale du rang du haut de la rivière, Anatole n'avait eu d'autre choix que de recueillir son frère cadet. On devait reconnaître qu'il ne l'avait pas fait de gaieté de cœur.

— Comment se débrouille Simon ? demanda Corinne sans s'adresser à quelqu'un en particulier.

— Il fait pas grand effort pour s'aider, s'empressa de répondre Anatole.

— Il a de la misère à remonter la pente, précisa sa mère en lui jetant un regard désapprobateur. C'est pas facile pour un jeune comme lui d'être à la traîne. De temps en temps, il va passer une journée ou deux chez Bastien et Rosalie qui le gâtent un peu, ajouta-t-elle, comme si elle blâmait sa bru Thérèse de ne pas en faire autant.

Les trois invités venaient à peine de monter sur la galerie que deux autres voitures pénétrèrent dans la cour l'une derrière l'autre.

— Bon, je pense bien qu'on est au complet, déclara Lucienne avec un air satisfait. Blanche et Germaine arrivent.

Toutes les personnes présentes sortirent de la maison pour aller accueillir les nouveaux arrivants.

Blanche et Amédée Cournoyer furent les premiers à venir embrasser Lucienne.

— On est venus tout seuls, dit le commis de quincaillerie de Sorel. Les garçons sont partis après la messe chez leurs blondes.

— Nous autres aussi, déclara Rosalie. Rolande et Constant ont été invités à passer la journée chez des amis, au village.

— Vous êtes ben chanceux qu'ils soient assez vieux pour s'épivarder, plaisanta Bernard Provencher en s'approchant en compagnie de sa femme et de leurs deux enfants. Nous autres, on est encore poignés pour les traîner avec nous.

— P'pa ! protesta Aurélie, sa fille de treize ans.

Son frère Germain se contenta d'adresser un clin d'œil à son cousin Norbert.

Les adultes décidèrent de rentrer dans la maison pendant que les jeunes optaient pour la galerie et la balançoire. Corinne, la mine sombre, regarda son jeune frère Simon reprendre son souffle après avoir monté les trois marches conduisant à la galerie.

— J'ai du thé sur le poêle, et j'ai aussi du vin de cerise et de la liqueur, annonça Thérèse.

Corinne jeta un coup d'œil à sa mère pour voir sa réaction. Depuis près de vingt ans, Lucienne et sa bru se livraient une lutte sourde de tous les instants pour la mainmise sur la maison et, après tant d'années, aucune ne s'était résignée à rendre les armes. Trois ans auparavant, peu après la mort de Napoléon Joyal, Anatole et sa femme avaient tenté de persuader la veuve de se donner à eux, mais cette dernière avait résisté. Elle avait plutôt proposé dernièrement de leur vendre la ferme familiale et d'aller s'établir au village. Cette riposte avait apparemment étouffé dans l'œuf l'affaire et il n'en avait plus été question… du moins ouvertement.

— Tabarnouche ! belle-mère, on voit que vous êtes pour la tempérance, plaisanta Bernard. Je vous ai pas entendue nous proposer du fort.

— Ça, c'est Anatole qui s'en occupe, répliqua Lucienne. Je sais pas pantoute ce qu'il a caché dans les armoires de la cuisine d'été.

— J'espère que c'est pas du *stock* de contrebande, fit Amédée en adoptant un air vertueux qui suscita quelques sourires.

— Il faut pas devenir fou avec cette affaire-là, intervint Bastien. On dirait que depuis que les États ont voté la prohibition l'année passée, c'est devenu un péché mortel de boire un petit verre.

— Ce qui va être un péché, mon Bastien, c'est de boire de la boisson qui aura pas été vendue par la régie des liqueurs de la province à partir du 1er mai prochain, lui fit remarquer son frère.

— Monsieur le curé a dit en chaire que le monde allait boire bien moins comme ça, dit Corinne. Si c'était juste de moi, il s'en vendrait nulle part de la maudite boisson.

La veuve de Laurent Boisvert avait tellement souffert du penchant immodéré de son défunt mari pour l'alcool qu'il était facile de comprendre sa haine de ce produit.

— On a beau dire ce qu'on voudra, mais je pense pas que ça va empêcher quelqu'un de boire, déclara Bernard. Tout ce qui va arriver, c'est qu'on va encore payer des taxes et le gouvernement va pouvoir donner des permis de vente de boisson à ses amis pour les récompenser.

— De toute façon, inquiétez-vous pas, fit Anatole en se levant. J'ai une couple de bouteilles de caribou à servir à la visite.

Thérèse et son mari offrirent des rafraîchissements aux visiteurs pendant que Germaine parlait avec émotion des suites de l'affaire de la petite Aurore Gagnon, surnommée «Aurore, l'enfant martyre» par la presse canadienne. Comme des centaines de milliers de gens, Germaine et son mari avaient suivi avec passion, dans les journaux, le procès des meurtriers de l'enfant qui s'était tenu un an auparavant, au mois d'avril. Ce dernier s'était conclu par une sentence d'emprisonnement à vie pour le père et par une condamnation à mort pour Anne-Marie Gagnon, la marâtre responsable de la mort de l'enfant.

— Est-ce que c'est pas assez effrayant? s'exclama Germaine. Il paraît que cette femme-là sera pas pendue.

— Comment ça? s'étonna sa mère qui lisait rarement les journaux.

— Je le sais pas, m'man. J'ai lu dans le journal de vendredi passé qu'on a décidé de la condamner à la prison à vie, comme son mari. Je trouve ça pas mal trop doux pour quelqu'un qui a martyrisé un enfant pendant des années.

— Remarque, Germaine, que c'est pas en la pendant qu'ils vont ressusciter la petite, intervint son beau-frère Amédée.

— Ça fait rien. D'après moi, elle méritait une punition bien plus dure que la prison à vie, s'entêta la femme de Bernard.

— Sacrifice! Germaine, j'aurais pas voulu que tu sois ma maîtresse d'école du temps que t'enseignais. Tu devais être pas mal portée sur les coups de baguette, plaisanta le commis de quincaillerie.

— Ça t'aurait pas fait de mal d'en recevoir quelques coups sur les doigts, plaisanta sa femme.

— Tiens, parlant de maîtresse d'école, fit Germaine en se tournant vers sa nièce Madeleine, qui n'avait pas pris part à la conversation depuis son arrivée, comment t'aimes ça, faire l'école?

— Tout ce que je peux vous dire, ma tante, c'est que je commence à avoir hâte que les vacances d'été arrivent, avoua la jeune fille.

— C'est normal, déclara l'ancienne institutrice. C'est ta première année et c'est le métier qui entre. Mais tu vas voir que tu seras pas encore rendue à la fin du mois de juillet que tu vas avoir hâte que l'école recommence.

— Peut-être, dit Madeleine d'une voix peu convaincue.

— En plus, t'es bien chanceuse de pouvoir faire l'école proche de chez vous. T'as même pas à rester toute seule dans l'appartement au-dessus de ta classe. Tu peux rentrer à la maison tous les soirs et trouver un bon souper qui t'attend.

— C'est vrai, reconnut la fille de Corinne en jetant un regard affectueux à sa mère.

— Sans parler que tu gagnes un bon salaire, ajouta son oncle Bernard.

— J'irais pas jusqu'à dire ça, fit Amédée Cournoyer en lissant son épaisse moustache poivre et sel. J'ai lu quelque part que les commissions scolaires refusent de payer aux maîtresses d'école le salaire minimum de douze piastres et quarante par semaine, comme l'exige la loi votée par le gouvernement Gouin il y a deux ans. Il paraît qu'elles y ont pas droit parce qu'elles travaillent pas soixante heures par semaine, comme la plupart des autres femmes. C'est vrai qu'être maîtresse d'école, c'est pas vraiment travailler, ne put-il s'empêcher d'ajouter pour asticoter autant Madeleine que ses belles-sœurs Germaine et Corinne qui avaient exercé la profession.

— Je te trouve pas bien gêné, Amédée Cournoyer, répliqua Corinne. On voit bien que t'as jamais eu sur les bras une trentaine d'enfants de tous les âges cinq jours par semaine. Quand on fait la classe, on travaille bien plus que soixante heures. T'oublies qu'il faut préparer nos classes et corriger les devoirs.

— C'est correct, j'ai rien dit! s'écria Amédée en levant les mains en signe de reddition.

À l'extérieur, Élise et Aurélie se racontaient leurs secrets dans la balançoire en bois pendant que Gustave, Norbert et Germain tenaient des messes basses, assis au bord de la galerie, les pieds dans le vide. Gustave se pencha vers Norbert pour lui chuchoter quelque chose à l'oreille.

Aussitôt, ce dernier s'empressa de repousser son jeune frère Lionel qui alla bouder seul, au bout de la galerie.

À un certain moment, les trois adolescents, sensiblement du même âge, s'esquivèrent derrière la maison, ignorant superbement leurs cousines.

— Je savais que vous viendriez aujourd'hui, dit Gustave. J'ai quelque chose pour vous autres. On va s'en rouler une.

Ce disant, le rouquin au visage constellé de taches de rousseur sortit de l'une des poches de son pantalon une vieille blague à tabac et un paquet de papier à cigarettes *Zig-Zag*.

— Depuis quand t'as le droit de fumer, toi? lui demanda Norbert, étonné.

— J'ai pas le droit, avoua son cousin. J'ai pris une feuille de tabac à mon père et je l'ai hachée. En plus, j'ai dépensé deux cennes pour acheter le papier à cigarettes au magasin général, expliqua-t-il avec fierté.

— On peut pas fumer derrière la maison, décida Germain. Si mon père me poigne à fumer, je vais en manger une.

— Moi aussi, reconnut Gustave.

— On a juste à aller derrière la grange, proposa Norbert en prenant la direction des opérations. Là, il y a personne qui va venir nous déranger.

— Les filles, elles? demanda Gustave en étirant le cou pour voir si elles étaient toujours assises dans la balançoire.

— Elles sont ben trop niaiseuses pour venir écornifler dans ce coin-là, trancha Germain en affichant un air supérieur de jeune mâle.

Les trois jeunes s'esquivèrent derrière la grange et là, ils parvinrent à se confectionner, tant bien que mal, des cigarettes avec le tabac à pipe d'Anatole. Même si chacun tenait à prouver aux autres qu'il était un véritable fumeur, l'âcreté du tabac les fit tousser à tour de rôle, ce qui ne les empêcha nullement de crâner pour prouver qu'ils posaient là un geste courant.

— Il reste assez de tabac pour qu'on s'en fasse une autre, fit Gustave après avoir inspecté le contenu de sa vieille blague à tabac.

Ses cousins acceptèrent son offre avec enthousiasme et se confectionnèrent une seconde cigarette. Les trois adolescents venaient à peine de tirer une première bouffée qu'Élise et Aurélie apparurent au coin de la grange.

— Je vais le dire à m'man que tu fumes en cachette, dit Aurélie à son frère.

— Mêle-toi de tes affaires, la porte-panier! s'écria ce dernier.

— Aïe! Si tu fais ça, tu vas le regretter, intervint son cousin Norbert en s'approchant de l'adolescente qui les narguait.

— Et qu'est-ce que tu vas me faire, grand niaiseux? le brava sa cousine en se campant devant lui, les mains sur les hanches.

— Viens-t'en, Aurélie, la supplia Élise en tournant déjà les talons.

— Pourquoi? Penses-tu qu'ils me font peur, ces tatas-là? lui demanda-t-elle en tournant tout de même le dos aux trois adolescents.

Ce fut trop pour Norbert qui attrapa sa cousine par l'une de ses tresses dans l'intention de préciser ce que tous les trois lui feraient si elle s'amusait à rapporter ce qui se passait derrière la grange. La réaction de l'adolescente fut immédiate. Elle lui décocha une gifle retentissante qui le fit reculer de deux pas. Dès qu'elle sentit qu'il avait lâché sa tresse, Aurélie alla rejoindre Élise et toutes deux retournèrent dans la cour de la ferme. Pendant ce temps, Norbert, encore éberlué d'avoir été frappé par une fille, avait posé la main sur sa joue où la trace de celle de sa cousine était clairement visible.

— Est-ce qu'elle t'a fait mal? lui demanda Germain avec un air narquois.

— T'es malade, toi! C'est juste une fille, plastronna Norbert en arrêtant de frotter sa joue.

— C'est peut-être juste une fille, mais ma sœur cogne dur, tint à préciser le fils de Germaine. À part ça, t'es chanceux, d'habitude elle se sert de ses ongles. Quand elle te les plante dans la peau, elle part avec le morceau.

Les garçons s'empressèrent de finir leurs cigarettes sans le moindre plaisir, taraudés par l'inquiétude d'être pris à partie par leurs parents dès qu'ils poseraient les pieds dans la maison. Après avoir jeté leurs mégots sur le tas de fumier, ils décidèrent, d'un commun accord, de rentrer, jugeant qu'il valait mieux affronter tout de suite l'orage.

À leur grande surprise, leur entrée dans la maison ne suscita aucun éclat.

— Vous pouvez vous installer dans la cuisine d'été, si ça vous tente, leur offrit leur grand-mère. Gustave, sers de la liqueur à tes cousins.

Norbert jeta un coup d'œil aux adultes entassés dans la cuisine d'hiver et aperçut sa sœur et sa cousine sagement assises près de la table et l'ignorant vertement. Il allait quitter la pièce quand sa mère, qui avait tourné la tête vers lui à son entrée, l'arrêta.

— Qu'est-ce que t'as à la joue, toi? lui demanda-t-elle.

— Rien, m'man.

— Dis-moi pas rien, elle est toute rouge.

— Ah! Ça? Je me suis cogné, répondit-il en ouvrant déjà la porte de la cuisine d'été.

— Ton gars a peut-être besoin de lunettes, plaisanta Amédée.

À la fin de l'après-midi, Anatole et Gustave refusèrent toute aide pour faire le train. Les femmes dressèrent le couvert sur les tables des deux cuisines et servirent du jambon et des pommes de terre. Au dessert, Rosalie envoya son mari chercher les tartes aux raisins laissées dans leur voiture.

Si on parla peu durant ce repas de fête, les langues se délièrent passablement à la table des adultes au moment de boire le thé fort servi par Thérèse.

— Je me suis abonné au nouveau journal de Trois-Rivières, annonça Bernard Provencher. Nous autres, à Nicolet, on n'est pas ben loin. Je trouve *Le Nouvelliste* aussi intéressant que *Le Canada* et puis on a plus de nouvelles de notre coin.

— J'espère qu'on a écrit dans ton nouveau journal que Lomer Gouin est plus notre premier ministre et qu'il a donné sa place à son gendre, Taschereau, se moqua Amédée Cournoyer.

— T'es pas sérieux ? J'étais pas au courant pantoute, dit Bernard en riant.

— On peut pas dire que le bonhomme a été ben brillant en faisant ça, laissa tomber Anatole. Tu parles d'une idée de fou de lâcher sa *job* de premier ministre de la province pour aller se présenter comme député à Ottawa.

— Tu sais ben, Anatole, que King a dû lui promettre mer et monde pour l'attirer.

— En tout cas, je continue à dire qu'il a pas été ben fin dans cette histoire-là. Il s'est fait battre et là, il se retrouve gros Jean comme devant.

Puis la conversation dériva sur la loi de l'assistance publique que le gouvernement Taschereau venait de faire voter.

— Il y a personne qui va dire le contraire : le gendre du père Gouin est pas mal efficace, reprit Amédée, un libéral convaincu.

— Là, par exemple, tu te trompes d'adresse, mon Amédée, fit Bastien. T'as oublié que nous autres, les Joyal, on est bleus de père en fils. Cette loi-là, il y a personne qui en veut. Le curé de ta paroisse a dû te le dire que les évêques sont contre. D'après eux, le gouvernement Taschereau cherche juste à mettre son nez là où il a pas affaire. Ce sont toujours les communautés religieuses qui se sont occupées de ceux qui sont dans la misère et il y a jamais eu de problème.

— Je veux bien le croire, mais le gouvernement veut leur donner un coup de main, insista Amédée. La preuve, c'est qu'il paraît que ce sont les curés qui vont décider à cette heure qui a droit d'avoir de l'aide. Avant même de recevoir une cenne, les pauvres vont être obligés de prouver qu'ils pratiquent leur religion comme il faut.

— Aïe! Les hommes, qu'est-ce que vous diriez de changer de sujet de conversation? intervint Lucienne.

— M'man a raison, reprit Germaine. Il y a rien de plus inutile que de discuter de politique. J'ai jamais entendu dire que quelqu'un avait changé de parti après en avoir parlé.

Peu après le lavage de la vaisselle et le rangement de la cuisine, Simon, les traits tirés, s'excusa et se retira dans sa chambre. Il se sentait fatigué. Les gens présents le laissèrent monter à sa chambre avant de se mettre à parler à mi-voix de son état de santé précaire.

— Ça a quasiment pas d'allure, affirma Lucienne. Ça fait deux ans qu'il est revenu et il a pas l'air de remonter la pente pantoute.

— Ça va ben finir par se replacer, madame Joyal, dit Bernard pour la rassurer. Peut-être qu'une couple de semaines de repos à respirer l'air de Nicolet lui ferait du bien, offrit-il. En plus, il pourrait tenir compagnie à sa sœur. J'ai deux chantiers qui vont reprendre la semaine prochaine et Germaine va commencer à se plaindre qu'elle me voit pas souvent à la maison.

— Je me plains pas parce que je veux te voir plus souvent, protesta sa femme, sarcastique. C'est juste parce que quand t'es là, les enfants sont moins détestables. C'est rendu qu'Aurélie est aussi pire que son frère.

— Tu devrais avoir honte, ma fille, rétorqua Lucienne. Toi, une ancienne maîtresse d'école, pas être capable de dompter seulement deux jeunes.

— Je dis pas que je suis pas capable, m'man, protesta la femme de Bernard Provencher. Je dis seulement que c'est plus facile quand il est à la maison, même si souvent il est pire que les enfants.

Une heure plus tard, Corinne donna aux siens le signal du départ. Norbert alla atteler le cheval avec l'aide de Gustave.

— T'es pas obligée de partir si de bonne heure, protesta sa mère.

— Il commence déjà à faire noir, m'man, lui expliqua sa fille en l'embrassant sur une joue. Les chemins sont pas bien beaux, ce sera pas facile de s'en retourner à la maison à la lueur du fanal.

— Vous auriez pu coucher ici dedans, offrit Anatole sans trop insister.

— T'es bien fin, mais j'aime pas trop laisser Philippe tout seul à la maison avec Léopold. Tous les deux sont capables de me mettre la maison à l'envers juste pour se préparer à souper.

Après avoir remercié leurs hôtes, les Boisvert allèrent rejoindre Norbert qui venait d'immobiliser le boghei près de la galerie après avoir allumé un fanal qu'il avait suspendu à l'avant de la voiture. On échangea des salutations avant de quitter la cour de la ferme et de prendre le chemin du retour.

Chapitre 2

Une bien bonne nouvelle

— Je vous le dis, madame Duquette, ce prêtre-là, c'est une vraie soie ! affirma Mance Rivest à l'épouse du propriétaire du magasin général. J'ai servi trois curés depuis que je suis au presbytère, mais j'en ai jamais eu un aussi fin en vingt-cinq ans.

La grande femme au sévère chignon gris se gourma, assurée qu'Alexina ne la contredirait pas.

— C'est vrai que le curé Cormier est pas mal fin, confirma Alexina. C'est pas lui qui viendrait nous crier après. Le mois de mai vient de commencer, il s'est pas plaint une seule fois qu'on n'allait pas assez nombreux à la récitation du chapelet, le soir.

— Vous avez raison, c'est pas son genre, confirma la servante avec conviction. Il y a deux semaines, il a tout de suite remarqué un matin que j'avais pas l'air dans mon assiette. Vous savez quoi ? Il a jamais voulu me laisser finir de préparer le déjeuner... Il m'a dit que les vicaires et lui étaient capables de se passer de moi une journée ou deux, le temps de passer à travers ma grippe, et il m'a défendu de revenir au presbytère avant d'être correcte.

— Mon Dieu ! s'exclama Alexina, c'est pas le curé Bilodeau qui vous aurait dit ça.

— J'aime pas trop parler contre les morts, reprit son vis-à-vis, mais lui, il était bête comme ses pieds. Tout le contraire de notre curé. À part ça, vous devriez voir comment il s'entend bien avec l'abbé Biron et l'abbé Dupras. C'est comme un père pour ces prêtres-là. Jamais un mot plus haut que l'autre. Toujours de bonne humeur. C'est un vrai plaisir de travailler pour du monde comme ça.

— En tout cas, vous avez dû trouver votre cuisine pas mal à l'envers quand vous êtes revenue au presbytère après votre grippe, avança la commerçante.

— Pantoute, madame Duquette, les prêtres avaient tout remis en ordre. J'en revenais pas.

La porte du magasin général s'ouvrit tout à coup sur une dame vêtue avec une certaine recherche et au chapeau abondamment orné.

— Bonjour, mesdames, salua-t-elle.

Mance et Alexina lui rendirent son salut sans grande chaleur. Mance s'écarta du comptoir, le temps que la cliente achète une livre de sucre à glacer et un savon. Cette dernière paya et remercia avant de quitter le magasin.

— Ma foi du bon Dieu! Si je l'avais pas vue de mes propres yeux, je l'aurais jamais cru, affirma la servante du curé Cormier, l'air scandalisé. En plein lundi matin, fardée et habillée comme si c'était le dimanche!

— En plus, elle sent le parfum à plein nez, renchérit Alexina en affichant une mine dégoûtée.

— Vous parlez d'une femme qui a un drôle de genre. Je serais même pas surprise qu'elle se lave avec du savon d'odeur, à part ça, ajouta la servante du curé Cormier, méprisante.

— Moi, je serais bien curieuse de savoir d'où ça vient du monde comme ça, conclut la commerçante.

Les deux commères ne rataient jamais une occasion de dire du mal d'Émilie Michaud depuis son arrivée au village, à la fin de l'automne précédent. La femme, âgée de moins de quarante ans, était une jolie brunette très soignée de sa personne. La rumeur publique laissait entendre que cette belle femme, qui se disait originaire de Contrecœur, avait acheté la petite maison des Mignault, au village, pour fuir une très mauvaise réputation. Certaines commères mal intentionnées ne se gênaient pas pour murmurer que l'argent servant à son entretien provenait de sources inavouables. Selon elles, ses sorties hebdomadaires à Sorel, tous les vendredis, s'en trouvaient ainsi expliquées. Par conséquent, bon nombre d'habitants de Saint-Paul-des-Prés la surveillaient de près dans l'espoir de la prendre en faute depuis son arrivée. Il suffisait qu'elle adresse la parole à un homme pour que la rumeur publique s'emballe et qu'on lui prête les intentions les plus malhonnêtes. Il ne fallait donc pas s'étonner que les femmes de la municipalité la tiennent à l'œil et ne ratent pas une occasion de déblatérer sur son compte.

—⚊—

Quelques heures plus tard, Mance Rivest venait à peine de desservir la table qu'elle fut dérangée par la sonnette de la porte d'entrée du presbytère. Alors qu'elle retirait son tablier pour aller répondre, le curé Cormier ouvrit la porte de son bureau.

— Laissez faire, madame Rivest. Je m'en occupe, lui cria-t-il.

À cinquante ans, Hector Cormier était un prêtre sans prétention. Rien n'attirait le regard chez cet homme de taille moyenne dont les tempes commençaient à peine à blanchir. Ses yeux bruns, dissimulés derrière de petites lunettes rondes à monture d'acier, étaient chaleureux et l'homme avait une voix chaude beaucoup plus faite pour la conversation que pour tonner du haut de la chaire. À son arrivée à Saint-Paul-des-Prés après le décès du curé Bilodeau, il n'avait guère mis de temps à se faire aimer de ses paroissiens. Il n'était pas moins strict que son prédécesseur sur la morale et la tempérance, mais il ne semblait éprouver aucun goût à brandir les flammes de l'enfer à tout propos. Bref, ses paroissiens avaient la nette impression d'avoir mis la main sur un pasteur exceptionnel et il fallait vraiment être pointilleux pour trouver quelque chose à lui reprocher.

Le curé Cormier ouvrit la porte à un homme légèrement voûté vêtu d'un strict manteau de drap noir qui s'empressa de retirer son chapeau quand le prêtre l'invita à entrer.

— Bonjour, est-ce que je pourrais parler à monsieur le curé? demanda l'inconnu.

— Je suis le curé de Saint-Paul, lui dit Hector Cormier. Voulez-vous passer dans mon bureau?

— Je voudrais pas vous déranger, monsieur le curé, s'excusa l'autre. Je suis Aurèle Malenfant, notaire à Montréal.

— Passez quand même vous asseoir deux minutes, monsieur le notaire, offrit aimablement le curé.

Hector Cormier fit entrer le visiteur dans son bureau et attendit que ce dernier ait pris place en face de lui pour s'informer de la raison de sa visite.

— Depuis quelques mois, monsieur le curé, je suis à la recherche d'un héritier. C'est pas que l'héritage soit énorme, mais j'aime bien que mes dossiers soient complétés. Normalement, je confie ce genre de recherche à l'un de mes deux clercs. Manque de chance, mon clerc le plus expérimenté s'est brisé une jambe, il y a deux semaines, et l'autre n'a aucune expérience et fait un stage à mon étude.

— Je vous comprends.

— Il y a un peu plus d'un an, un nommé Elzéar Monette est décédé à Montréal. C'était un célibataire sans enfant. Quelques années auparavant, il était venu faire rédiger son testament à mon étude. Il a laissé une coquette somme d'argent en plus d'une maison que je suis parvenu à vendre dernièrement. Cet argent, il l'a laissé à un lointain parent du nom de Léopold Monette qui devrait avoir une vingtaine d'années aujourd'hui. J'ai contacté les services civils et j'ai appris qu'on n'était jamais parvenu à l'enrôler parce qu'on ignorait où il était. Tout ce que j'ai appris durant mes recherches, c'est qu'il a travaillé comme ouvrier agricole à Saint-Germain, chez un cultivateur du nom de Lévesque il y a trois ou quatre ans. Manque de chance, ce monsieur Lévesque est mort et le jeune homme a disparu.

— Malheureusement, vous êtes pas à Saint-Germain, lui fit aimablement remarquer le curé Cormier.

— C'est vrai, reconnut volontiers l'homme de loi. Mais je me suis dit que ce garçon avait dû se chercher de l'emploi sur une terre dans les environs et j'ai décidé d'entreprendre une tournée des villages autour. On sait jamais. Je vais peut-être retrouver sa trace. Vous savez, monsieur le curé, c'est le rôle d'un notaire de retrouver les héritiers.

— Bien sûr.

— Ça fait que je me suis dit que la meilleure place pour avoir des informations, c'est au presbytère. Depuis une semaine, j'ai eu le temps de passer à Saint-Germain, Saint-Lucien, Saint-Cyrille, Saint-François-du-Lac, Saint-Gérard. Aujourd'hui, je viens chez vous et je veux aller à Sainte-Monique et à Saint-Elphège, si j'en ai le temps.

— Quel nom m'avez-vous dit ?

— Léopold Monette.

— Ce nom-là me dit absolument rien, avoua Hector Cormier. Mais attendez, je vais demander à mes vicaires. Ils sont ici, dans la paroisse, depuis un peu plus longtemps que moi.

Sur ce, le curé de Saint-Paul-des-Prés quitta son bureau et alla poser la question aux deux prêtres en train de lire leur bréviaire au salon.

— Léopold… Léopold… fit l'abbé Biron en cherchant à se souvenir. Il y a bien un Léopold âgé d'une vingtaine d'années dans le rang Saint-Joseph, il me semble. Chez la veuve Boisvert, si je me trompe pas, mais je pourrais vraiment pas vous dire son nom de famille, avoua-t-il.

— Et toi, Alphonse, ce nom-là te dit rien ? demanda le curé à son autre vicaire.

— Je cherche moi aussi, monsieur le curé, mais je vois vraiment pas de qui il peut s'agir.

— En tout cas, je vais donner ce renseignement-là au notaire et il verra bien ce qu'il peut en tirer.

Le curé Cormier retourna à son bureau et donna les maigres informations recueillies auprès de ses vicaires à l'homme de loi.

— Merci beaucoup, remercia le notaire Malenfant en se levant. Comme je suis déjà sur place, je pense que je vais aller voir dans le rang Saint-Joseph si ce Léopold-là serait pas le garçon que je cherche.

— Je vous souhaite bonne chance, fit le prêtre en accompagnant son visiteur jusqu'à la porte. Le rang Saint-Joseph est le dernier au bout du village. Si mes souvenirs sont exacts, la maison de la veuve Boisvert est la dernière maison du rang, à droite. C'est une petite maison grise.

—◦—

En ce lundi avant-midi, Corinne profitait de ce que sa fille aînée n'enseignait pas ce jour-là pour se faire aider dans les tâches ménagères qu'elle effectuait habituellement elle-même avec Élise. Pendant que ses deux filles se chargeaient du lavage hebdomadaire des vêtements dans la cuisine d'été, elle étendait le linge à l'extérieur pour la première fois de la saison. La mère de famille allait retourner dans la maison quand elle vit une voiture entrer dans la cour. Elle crut d'abord qu'il s'agissait de l'automobile de Fabien Gagnon et se demanda ce que le maire pouvait bien venir faire chez elle. À la vue de l'inconnu qui en descendait, elle abandonna son panier en osier sur la galerie et se porta à sa rencontre pour savoir ce qu'il désirait. Madeleine sortit de la maison au même moment.

— Est-ce que je suis chez madame Boisvert? demanda le notaire Malenfant en s'adressant à l'aînée des deux femmes.

— Oui, monsieur. Qu'est-ce que je peux faire pour vous? lui demanda Corinne.

— Je cherche un nommé Léopold Monette, dit-il en s'avançant vers elle. Est-ce que vous le connaîtriez, par hasard?

— Oui, répondit la veuve, intriguée. C'est notre homme engagé.

— Ah! fit le visiteur, apparemment soulagé. Est-ce que je pourrais lui parler? Je suis le notaire Aurèle Malenfant, de Montréal.

— Qu'est-ce qui est arrivé à Léopold? demanda Corinne, subitement inquiète.

— Malheureusement, madame, je peux rien vous dire. Mais inquiétez-vous pas, ce sont pas des mauvaises nouvelles.

— Lionel! cria Corinne en se tournant vers la remise. Va chercher Léopold. Il doit être derrière la grange avec Norbert.

Son fils de neuf ans apparut à la porte de la remise, regarda avec curiosité le visiteur et se dirigea vers la grange qu'il contourna. Pendant ce temps, Corinne invita le notaire Malenfant à entrer dans la maison et le fit passer au salon en lui offrant une tasse de thé que l'homme de loi refusa poliment.

Madeleine sortit sur la galerie et vit son amoureux traverser la cour derrière Lionel.

Le jeune homme de taille moyenne était solidement charpenté. Des yeux bruns éclairaient un visage aux traits réguliers.

— Qu'est-ce qui se passe? demanda-t-il à Madeleine.

— Il y a un notaire de Montréal qui veut te parler. Il t'attend dans la maison.

Léopold retira ses bottes et se passa une main dans son épaisse chevelure brune avant de pénétrer dans la maison.

— Il t'attend dans le salon, se contenta de lui dire la maîtresse des lieux. Ferme la porte. Ce qu'il a à te dire nous regarde pas, ajouta-t-elle en s'efforçant d'être discrète alors qu'elle brûlait de curiosité.

Le jeune homme obtempéra et entra dans le salon. Le notaire Malenfant se leva et lui serra la main après s'être présenté.

— Avant tout, je dois d'abord m'assurer que j'ai affaire au véritable Léopold Monette, déclara-t-il.

L'employé des Boisvert tira d'une poche de son pantalon un vieux porte-monnaie fatigué duquel il sortit deux papiers jaunis qui établissaient son identité.

— C'est parfait, déclara Aurèle Malenfant, apparemment très soulagé d'avoir enfin découvert l'héritier qu'il recherchait. Si vous voulez bien vous asseoir, je dois vous lire un testament qui vous concerne.

— Moi ? demanda le jeune homme, stupéfait.

— Oui, vous. Connaissiez-vous un certain Elzéar Monette ?

— Elzéar Monette… répéta Léopold. Ce nom-là me dit vaguement quelque chose, mais je me rappelle pas l'avoir connu, admit-il.

— Si je me fie à son testament, vous seriez le fils de son neveu Gérard, expliqua l'homme de loi. Votre père s'appelait bien Gérard Monette ?

— Oui.

— Vous seriez donc son petit-neveu.

— Ça se peut, fit l'employé de Corinne Boisvert d'une voix hésitante.

Aurèle Malenfant se pencha, prit le porte-document en cuir déposé près de son fauteuil et l'ouvrit sans marquer le moindre empressement. Il en extirpa un document d'allure officielle.

— Ceci est le testament de votre grand-oncle, annonça-t-il. Même si vous ne le connaissiez pas, monsieur Elzéar Monette a fait de vous son unique héritier.

— Moi! s'exclama Léopold.

— Oui, remarquez que j'ignore si vous êtes le dernier membre survivant de sa famille. Il ne l'a pas mentionné. Comme ce testament a été rédigé il y a un peu plus de deux ans, c'est possible que l'épidémie de grippe espagnole ait emporté plusieurs membres de la famille Monette plus proches de lui que vous... Il faut pas oublier que cette épidémie-là a fait treize mille morts dans la province, c'est pas rien.

— Oui, je comprends. Est-ce que l'oncle de mon père était vieux?

— Il est décédé à l'âge de quatre-vingt-quatre ans, ce qui est un âge vénérable. Monsieur Monette était célibataire et, si je me rappelle bien, avait été commerçant la plus grande partie de sa vie active. C'est tout de même étrange que vous n'en ayez jamais entendu parler.

— Mes parents sont morts quand j'avais douze ans, fit Léopold. Tout de suite après, j'ai été placé chez monsieur Lévesque qui avait une terre à Saint-Germain et j'ai plus jamais entendu parler de ma famille.

— C'est pas mal triste, reconnut le notaire. Bon, je vais maintenant vous lire le testament, comme les devoirs de ma charge l'exigent. Je vais sauter tout le charabia qui n'a rien à voir avec l'héritage pour en venir tout de suite à l'essentiel, ajouta-t-il en déposant un lorgnon sur son nez. Votre grand-oncle a rédigé et signé son testament le 18 mars 1919 à mon étude.

«Moi, Elzéar Monette, sain de corps et d'esprit, je lègue trois cents dollars à la fabrique de la paroisse Saint-Eusèbe de Montréal pour qu'on chante des messes pour le salut de mon âme. Ma maison, rue d'Iberville, ainsi que tout le reste de mes biens devront être remis au fils unique de mon neveu Gérard, Léopold Monette, s'il est encore vivant. Si tel n'est pas le cas, tout ce que je possède devra être partagé à parts égales entre les sœurs Grises, qui ont pris soin de moi durant ces dernières années et mon ancienne servante, Rose-Aimée Lefort. »

— J'en reviens pas ! déclara Léopold d'une voix altérée. J'hérite de quelqu'un que j'ai jamais vu.

— En plein ça.

— Pourquoi il m'a pas adopté quand mes parents sont tous les deux morts de la typhoïde en 1912 ? demanda l'orphelin avec un rien de reproche dans la voix.

— Ça, il y a des chances que vous ne le sachiez jamais, répondit le notaire Malenfant.

— Est-ce qu'il me laisse un peu d'argent ?

— Plus qu'un peu, le rassura le notaire avec bonne humeur.

— Mais il me devait rien…

— Bien sûr, monsieur Monette. C'est toujours le cas avec un héritage. C'est un cadeau du ciel, jamais un dû. Tenez-vous bien. Votre grand-oncle vous laisse, tous frais déduits, la somme très appréciable de dix-huit mille quatre cent cinquante-huit dollars et vingt-trois cents.

À l'énoncé d'une telle somme, le jeune travailleur agricole pâlit. Il resta bouche bée durant un très long moment, cherchant, selon toute évidence, à assimiler la nouvelle. Presque dix-huit mille cinq cents dollars, c'était plus qu'il ne pouvait l'imaginer à une époque où un ouvrier gagnait sept ou huit dollars par semaine. Pour sa part, il en gagnait à peine cent vingt-cinq par année au service des Boisvert…

— Mais c'est une vraie fortune ! finit-il par dire dans un souffle. Il était donc ben riche, l'oncle de mon père !

— Cette somme représente les économies de toute une vie de travail, crut bon de lui rappeler l'homme de loi. Bon, maintenant, monsieur Monette, vous me permettrez de vous donner quelques conseils à propos de tout cet argent qui vous tombe du ciel.

— Je vous écoute, monsieur, dit Léopold, les yeux brillants d'excitation.

— Comme vous venez vous-même de le faire remarquer, c'est une grosse somme qui vous tombe dessus. Vous êtes jeune. Je peux vous remettre immédiatement un chèque au montant que je viens de vous dire et vous êtes libre d'en faire ce que vous voulez. Cet argent-là est à vous. Toutefois, je crois que vous travaillez depuis assez longtemps pour savoir que l'argent est difficile à gagner et encore plus difficile à conserver. Si j'étais à votre place, je le confierais en entier à un notaire ou même à une banque, si vous avez plus confiance dans une banque, pour qu'on investisse cet argent-là pour vous. Vous pourriez garder une petite somme pour satisfaire un caprice ou deux et laisser le reste de votre petite fortune faire des petits parce que les intérêts, à cette époque-ci, sont plutôt intéressants. Qu'en dites-vous ?

Pendant un bref instant, l'ouvrier agricole donna l'impression de ne pas trop savoir quoi faire. Puis, il prit une grande inspiration, comme s'il venait de prendre une soudaine décision.

— Je vais suivre votre conseil. Je vais le placer chez le notaire Ménard, au village.

— Parfait, je vois que vous êtes un jeune homme avisé, dit le notaire Malenfant avec un sourire contraint.

De toute évidence, l'homme de loi était un peu dépité de constater que Léopold ne lui confiait pas son héritage pour le faire fructifier.

— Je fais un chèque à votre nom, annonça-t-il en tirant un carnet de chèques de son porte-document. Vous pourrez le confier à mon confrère quand vous le voudrez.

— Merci, monsieur.

Aurèle Malenfant rédigea rapidement le chèque qu'il tendit cérémonieusement au jeune homme assis devant lui.

— C'est dommage que vous n'habitiez pas Montréal, ne put-il s'empêcher de dire. J'aurais pu gérer votre argent beaucoup mieux que ne le fera peut-être votre notaire Ménard.

Les deux hommes se levèrent et le notaire tendit la main à Léopold.

— Je suppose, monsieur Monette, que vous êtes encore célibataire.

— Oui, monsieur.

— Vous fréquentez une jeune fille?

— Oui.

— Dans ce cas, permettez à un homme d'âge mûr de vous donner un sage conseil. Ne mentionnez à personne le montant de votre fortune, surtout pas à votre petite amie ou à son entourage.

— Ah oui, pourquoi? fit Léopold, réellement étonné.

— Vous pouvez pas savoir, jeune homme, à quel point l'argent change les gens. Dans le meilleur des cas, il fait des envieux et, malheureusement, il rend très souvent les personnes intéressées. Très rapidement, vous savez plus si ces gens vous aiment pour vous-mêmes ou uniquement pour votre argent. Dans tous les cas, on cherchera à vous emprunter de l'argent, et si vous refusez, on vous détestera.

— Je comprends.

— C'est certain que c'est tentant de révéler à son entourage la chance qu'on a d'avoir hérité, reprit Aurèle Malenfant avant de quitter le salon. Vous pouvez le faire, mais je vous suggère de toujours taire le montant de cet héritage. Comme ça, vous serez seul maître de votre fortune et vous pourrez en disposer sans qu'on cherche à vous forcer la main.

Léopold plia le chèque et le déposa religieusement dans son vieux porte-monnaie avant d'ouvrir la porte du salon à l'homme de loi. Les deux hommes traversèrent la cuisine d'hiver et entrèrent dans la cuisine d'été où Corinne et sa fille finissaient de remettre de l'ordre après le lavage hebdomadaire des vêtements de la maisonnée.

— Êtes-vous certain que vous ne prendriez pas une tasse de thé ? offrit Corinne à l'homme de loi.

— Merci beaucoup, madame, vous êtes bien hospitalière. Mais j'ai une longue route à faire pour retourner à Montréal. Ce sera pour une autre fois.

Sur ce, Léopold accompagna son visiteur jusqu'à sa voiture et lui ouvrit la portière.

— Je vous souhaite la meilleure des chances, monsieur Monette, lui dit Aurèle Malenfant après que le jeune homme eut tourné la manivelle permettant de faire démarrer la voiture. Si vous vous rappelez toujours que l'argent dont vous venez d'hériter est le fruit d'une vie de sacrifices, il vous durera longtemps.

Sur ces mots, la Ford noire 1920 recula jusqu'à la route et prit la direction du village de Saint-Paul-des-Prés en soulevant un nuage de poussière. Toujours aussi curieuses, Corinne, Madeleine et Élise, demeurées à l'intérieur de la maison, avaient épié Léopold par les fenêtres de la cuisine. Elles durent faire un effort pour ne pas héler le jeune homme quand il se dirigea vers l'étable dès le départ de l'automobile au lieu de venir leur apprendre pourquoi un notaire de Montréal s'était donné la peine de venir le rencontrer.

— Vous parlez d'un cachottier ! s'exclama Madeleine, prête à sortir sur le balcon pour l'appeler.

— Laisse faire, lui ordonna sa mère en posant une main sur son bras. S'il a envie d'en parler, il le fera en temps et lieu.

— Pourquoi il vient pas nous le dire ? demanda Élise.

— Peut-être parce que ça nous regarde pas, lui dit sèchement sa mère. À cette heure, assez perdu de temps. Il est presque l'heure de dîner. Élise, va me chercher un pot de lait à l'étable. Nous autres, on va s'occuper du dîner.

Quand Léopold rentra pour dîner en compagnie de Norbert et de Philippe, tout le monde prit place autour de la table et on récita le bénédicité avant de goûter aux fèves au lard réchauffées servies par la maîtresse de maison et Madeleine. Le silence autour de la table ne fut brisé que par Lionel qui demanda à son frère s'il pouvait utiliser la vieille bicyclette que le docteur Précourt lui avait donnée trois ans auparavant.

— Je veux pas te voir toucher à ça, lui ordonna sa mère. C'est une affaire pour se casser un membre, cette patente-là. Il y a même pas de freins.

Corinne revit alors son mari, tout faraud, monter sur cette antique bicyclette pour se faire admirer des siens. Laurent en avait rapidement perdu la maîtrise et était allé se planter dans le fossé.

— Et Norbert, lui ! voulut protester le gamin.

— Norbert a pas ton âge et il s'en sert presque plus tellement c'est dangereux, répliqua sa mère sur un ton sans appel.

— On devrait lui laisser prendre mon bicycle, m'man, plaisanta Norbert. Comme ça, il pourrait peut-être se couper la langue en tombant et on aurait la paix.

— C'est vrai qu'il parle pas mal, renchérit Élise. C'est pas tout le monde qui est bavard comme lui, ajouta-t-elle en dirigeant un regard significatif vers Léopold qui fit semblant de ne pas le remarquer.

À une extrémité de la table, Philippe regarda sa mère, cherchant à comprendre ce que sa jeune sœur avait voulu dire. Le jeune homme de dix-neuf ans ressemblait beaucoup à son père. Il avait hérité de la forte stature de Laurent Boisvert, de son air un peu arrogant et même de son goût pour l'alcool et les femmes.

Quand il était revenu deux ans et demi auparavant après une fugue de six mois, sa mère avait été très claire. Elle lui avait nettement fait comprendre qu'elle avait besoin de lui pour exploiter la ferme et qu'à titre d'aîné il était de son devoir de se mettre au travail et de donner l'exemple à ses frères et sœurs. Il avait accepté, mais en ruant très souvent dans les brancards. Lorsqu'il avait pris des airs de maître des lieux en suggérant de licencier Léopold parce qu'il croyait être en mesure d'accomplir la tâche avec l'aide de son frère Norbert, sa mère avait carrément refusé. Elle lui avait fait comprendre que conserver leur homme engagé pourrait lui permettre d'aller travailler au chantier à l'automne, ce qui rapporterait l'argent dont la famille avait un pressant besoin… Le fils aîné de Corinne avait tout de suite compris que passer cinq mois dans les bois lui ferait le plus grand bien. Il pourrait ainsi respirer un peu plus librement loin de la surveillance maternelle et se procurer assez d'argent pour payer ses sorties.

— Qu'est-ce qu'il y a ? demanda-t-il à sa mère. Pourquoi elle dit ça ?

— Ta sœur se mêle de ce qui la regarde pas, répondit Corinne. Elle parle du notaire qui est venu voir Léopold cet avant-midi.

— Ah oui ! Qu'est-ce qu'il voulait ?

— Ça regarde Léopold, intervint Madeleine.

Philippe lança un regard peu amène à l'ouvrier agricole qu'il n'avait jamais beaucoup aimé. Même si ce dernier demeurait chez les Boisvert depuis trois ans, Philippe ne s'était jamais habitué à sa présence et se comportait encore comme s'il menaçait sa place dans la maison. Sa mère avait nettement conscience que Léopold était tout à l'opposé de son aîné et elle comptait sur sa pondération et son sérieux pour calmer le caractère emporté de son fils.

— Je peux ben vous le dire, fit Léopold en s'adressant à Madeleine et à sa mère. Le notaire est venu pour m'apprendre que je venais d'hériter d'un petit montant d'un vieil oncle de mon père.

— Est-ce que ça veut dire que t'avais encore de la famille ? s'étonna Madeleine.

— On le dirait ben, mais je le savais pas moi-même, avoua Léopold.

— Je suis bien contente pour toi, c'est une bonne nouvelle, déclara Corinne, qui devinait que le jeune homme n'avait pas l'intention d'en dire plus.

— Qu'est-ce que tu vas faire avec cet argent-là ? lui demanda Madeleine, curieuse.

— Je pense que je vais aller le placer chez le vieux notaire Ménard, au village.

— Je crois que c'est la meilleure chose que tu peux faire, l'approuva Corinne. Le notaire Ménard est aussi fiable qu'une banque.

— Il y a aussi autre chose que tu peux faire avec cet argent-là, intervint Norbert. S'il t'embête tant que ça, évite-toi tous ces troubles-là et sépare-le entre nous autres. On va s'en occuper.

— Ça en ferait pas assez pour chacun, répondit Léopold sur le même ton plaisant en quittant la table.

Tout avait été dit et il ne fut plus question de l'héritage de Léopold. Même Madeleine ne revint pas sur le sujet le samedi soir suivant quand ils se retrouvèrent pour veiller au salon, sous la supervision attentive de Corinne.

La mère de famille avait clairement établi les balises des fréquentations de sa fille au début de l'automne précédent quand elle avait accepté que son employé fréquente sa fille pour le bon motif.

— Vous allez veiller ensemble juste le samedi et le dimanche soir, avait-elle déclaré à sa fille sur un ton sans appel. Le reste de la semaine, Léopold est notre homme engagé, rien de plus.

— Mais m'man, avait voulu protester la nouvelle institutrice du rang Saint-Joseph.

— C'est ça ou rien pantoute, tu m'entends ? avait rétorqué sa mère avec sévérité. De toute façon, tu passes tes journées à l'école et tes soirées à corriger et à préparer tes classes. T'as pas le temps de faire autre chose. Dis-toi bien, ma fille, que t'es chanceuse d'avoir de l'ouvrage si proche de chez vous. Presque toutes les maîtresses d'école sont obligées de vivre seules dans leur appartement au-dessus de leur classe et là, elles ont pas le droit de recevoir leur amoureux. Toi, tu peux le voir toute la semaine ici dedans.

De mauvaise grâce, Madeleine avait dû accepter les règles édictées par sa mère, tout en reconnaissant, malgré elle, qu'elles n'étaient pas dénuées de bon sens.

Chapitre 3

Au feu !

Étendue dans son lit, Corinne se tourna du côté gauche pour trouver une posture plus confortable. Le jour n'était pas encore levé et elle venait d'entendre l'horloge de la cuisine sonner cinq coups. Elle garda les yeux fermés et poussa un soupir d'aise. On venait à peine de franchir la mi-mai et déjà son barda du printemps était terminé.

La veille, la famille Boisvert s'était installée dans la cuisine d'été pour la belle saison. Tout avait été lavé et nettoyé à fond avec de l'eau de Javel et du savon du pays. Avec l'aide de Lionel et d'Élise, elle avait même eu le temps de changer la paille des matelas et de rembourrer quelques oreillers en y ajoutant des plumes.

Ce matin, après le déjeuner, elle avait prévu cuire son pain pendant que les garçons commenceraient les labours du printemps. Depuis un mois, la température était douce et la pluie assez rare pour qu'on ait eu le temps de réparer les clôtures et de ramasser les pierres dans les champs.

À la fin de la semaine, elle serait en mesure d'aller livrer à Yamaska, chez quelques clientes, les courtepointes et les catalognes confectionnées durant l'hiver. Bien sûr, elle en faisait moins depuis qu'elle ne pouvait plus compter sur l'aide efficace de Madeleine, mais quand même… ce qu'elle avait fabriqué allait rapporter un peu d'argent.

Ce rappel de l'argent lui fit penser à Philippe qui en avait rapporté à la maison beaucoup moins qu'elle ne l'avait prévu. Le jeune homme avait eu beau prétexter que la compagnie propriétaire du chantier avait moins bien payé les simples bûcherons cet hiver-là, la mère avait nettement senti que son aîné lui mentait. À son retour à la maison à la fin de la première semaine d'avril, il n'avait remis à sa mère que les deux tiers de la somme espérée et elle avait dû s'en contenter, incapable de connaître le salaire exact versé aux bûcherons.

Une lueur rouge sembla passer devant ses paupières closes et elle entendit les hennissements de leur cheval.

— Pas déjà le jour! murmura-t-elle en entrouvrant les yeux.

Pas encore tout à fait réveillée, elle se rendit vaguement compte que la lueur rouge dansait sur le mur vers lequel elle était tournée. Puis, elle réalisa soudain que ce n'était pas du tout normal. À son lever, le soleil n'éclairait pas comme ça et d'ailleurs il était encore beaucoup trop tôt pour qu'il se lève.

Elle s'assit d'un coup dans son lit et jeta un regard vers la fenêtre de sa chambre. Le ciel n'était pas encore clair et les lueurs rouges ne venaient pas de l'est. Elle se précipita hors du lit, ouvrit la porte de sa chambre à la volée, traversa la cuisine d'hiver, pénétra dans la cuisine d'été et sortit sur la galerie, pieds nus.

— Mon Dieu! Mais c'est notre étable qui brûle! s'écria-t-elle, au bord de la panique.

Elle rentra dans la maison et se précipita au pied de l'escalier pour crier à Léopold et à ses enfants, couchés à l'étage:

— Vite, levez-vous! Le feu est pris dans l'étable. Dépêchez-vous de descendre!

En haut, il y eut des bruits de bousculades et des cris. Des portes claquèrent et Léopold fut le premier au pied de l'escalier, précédant de peu un Philippe mal réveillé. Norbert et ses sœurs suivirent quelques instants plus tard.

— Élise et Madeleine, allez avertir les voisins que le feu est pris chez nous. Perdez pas une seconde, leur cria-t-elle avant de sortir sur les talons des trois garçons déjà en route vers l'étable.

Pendant que Madeleine courait vers la ferme de Jocelyn Jutras, Élise se dirigeait vers celle des Rocheleau, située de l'autre côté de la route. Pour sa part, Corinne venait de s'immobiliser au milieu de la cour, saisie par l'ampleur de l'incendie. Dans le jour qui se levait, les flammes rugissaient en s'élançant à l'assaut de la toiture du vieux bâtiment en bois. Déjà, elles sortaient par les fenêtres et léchaient les murs à l'extérieur.

— Attendez! ordonna-t-elle à Philippe, Norbert et Léopold qui s'apprêtaient à s'élancer vers l'étable en flammes. Il est pas question d'essayer de sortir quoi que ce soit de l'étable. C'est trop dangereux. J'ai bien peur que ça serve pas à grand-chose d'essayer de la sauver. Le feu a l'air pris partout. Il faut s'occuper de l'écurie et de la porcherie avant que le feu prenne là-dedans. Prenez des chaudières et commencez à arroser les murs. Une chance que les vaches sont dans le champ, ajouta-t-elle d'une voix altérée.

Puis, voyant Lionel debout à ses côtés, elle lui commanda de sortir les trois porcs de la porcherie pendant qu'elle allait s'occuper du cheval dont elle entendait les hennissements apeurés dans le clos situé près de l'écurie.

La jeune femme venait à peine d'attacher le cheval à un montant de la balançoire, devant la maison, qu'elle vit arriver en courant Jocelyn Jutras, Ian Sullivan, Conrad Rocheleau et quelques autres voisins, qui avaient tous pris la précaution de se munir de seaux.

— Cette étable-là est finie, déclara Ian Sullivan en se campant devant les autres. On va faire la chaîne et arroser surtout les bâtiments voisins pour que le feu s'étende pas partout autour.

— Maudite affaire! s'exclama Corinne, au bord des larmes en serrant contre elle les pans de sa robe de chambre. On sauvera rien de ce qui est dedans.

— L'important, Corinne, c'est qu'il y a personne de pris là-dedans, lui fit remarquer Jocelyn Jutras pour la consoler.

Ian prit d'autorité la direction des opérations. En quelques instants, une chaîne constituée de toutes les personnes présentes se forma du puits jusqu'aux bâtiments. Sullivan et Philippe se mirent à lancer des seaux d'eau à la volée sur les murs de l'écurie et de la porcherie, ignorant volontairement le brasier en train de consumer l'étable voisine. Maintenant, une épaisse colonne de fumée s'élevait dans le petit matin et on entendait les craquements des poutres que le feu était en train de consumer.

— Reculez! hurla Sullivan quand une partie du mur ouest du bâtiment en flammes s'écroula dans une pluie d'étincelles.

Au même moment, quatre voitures vinrent s'immobiliser dans l'entrée de la cour. Des hommes et des adolescents en descendirent et vinrent prêter main-forte. D'autres bogheis arrivaient déjà. De toute évidence, on avait vu la colonne de fumée d'un peu partout dans Saint-Paul-des-Prés. Maintenant, la cour était remplie de gens. Une seconde chaîne de pompiers volontaires s'était formée et on arrosait abondamment la façade de l'étable, même si on savait que c'était inutile.

Soudain, Jocelyn Jutras cria à Philippe et à Conrad Rocheleau d'abandonner leurs seaux et de le suivre. Le voisin venait de se rendre compte que la voiture à foin des Boisvert, stationnée derrière le bâtiment en flammes, risquait de brûler. Les trois hommes se précipitèrent vers le lourd véhicule et parvinrent à l'éloigner d'une trentaine de pieds en déployant des efforts surhumains.

À peine étaient-ils revenus à leur place dans la chaîne que l'édifice s'écroula dans un vrombissement assourdissant accompagné de tisons enflammés qui s'éparpillèrent un peu partout. Même les plus braves ne purent que reculer.

— Attention ! cria soudain Ian Sullivan, il y a des tisons qui sont tombés sur le toit de l'écurie.

Pendant que Sullivan, à la tête de sa chaîne, se mettait en devoir d'arroser le toit de l'écurie, Philippe continua à déverser les seaux qu'on lui passait sur les débris de ce qui avait été l'étable des Boisvert. Après l'écroulement du vieux bâtiment en bois, les flammes commencèrent progressivement à baisser d'intensité faute de combustible. Par contre, le foin enflammé engendrait une fumée de plus en plus dense.

— C'est le foin sec qui brûle comme ça, déclara Rocheleau à son voisin de chaîne. Ça va finir par s'éteindre. Le bois est presque tout brûlé.

De fait, moins d'une demi-heure plus tard, tout était terminé. Après avoir écarté tout danger de propagation de l'incendie aux autres bâtiments, toutes les personnes présentes s'étaient mises à lutter de concert pour éteindre définitivement ce qui restait du brasier. Un peu après huit heures, l'étable n'était plus qu'un vieux souvenir. Il ne restait qu'un amas désolant de décombres calcinés au fond de la cour des Boisvert.

Alors qu'on était en train de rassembler les seaux et de discuter sur les causes possibles de l'incendie, Corinne et ses filles s'étaient mises à distribuer du thé chaud et à proposer des biscuits au gingembre que la maîtresse de maison avait cuisinés la veille.

— Taboire ! jura Sullivan, c'est difficile à comprendre comment le feu a pu poigner dans cette étable-là. Je dis pas. Si c'était arrivé le soir quand il fait noir ou au petit matin quand on a besoin de s'éclairer avec un fanal, on aurait l'idée de croire que c'est une étincelle qui aurait pu mettre le feu à la paille ou au foin, mais là, à l'aurore, quand tout le monde dort...

— C'est peut-être un rôdeur, suggéra Rocheleau en passant une main ridée sur son crâne dénudé.

— Un quêteux ? demanda l'Irlandais. On l'aurait vu dans le rang, il me semble.

— S'il y avait eu de l'orage, on aurait pu croire que la foudre était tombée sur la couverture, intervint Camil Girard, celui qui avait acheté l'ancienne maison de Fabien Gagnon.

— Peut-être un malfaisant, dit un nommé Lacombe qui demeurait à l'entrée du rang, près de chez Girard.

— Ça, c'est plutôt inquiétant, intervint le vieil Ernest Pouliot. Ça voudrait dire qu'on peut plus dormir sur nos deux oreilles à cette heure.

— On est peut-être mieux de pas trop chercher, dit Jocelyn Jutras sur un ton égal. De toute façon, ça changera rien. L'étable a brûlé et on y peut rien.

Quelques minutes plus tard, la cour des Boisvert commença à se vider. Avant de quitter les lieux, la propriétaire tint à remercier tous ceux qui s'étaient déplacés pour l'aider. La plupart des volontaires lui souhaitèrent bon courage et promirent de venir aider quand viendrait le temps de reconstruire.

À regarder la jeune femme, il était visible qu'elle était durement secouée par le malheur qui la frappait. Elle faisait vraiment des efforts pour garder contenance.

— Le pire, dit-elle à son amie Marie-Claire Rocheleau, c'est qu'on n'a rien pu sauver de ce qu'il y avait en dedans. Là, je sais pas trop ce qu'on va faire pour se débrouiller.

Ian Sullivan, en train de discuter avec quelques voisins peu pressés de quitter les lieux, ne put s'empêcher de l'entendre et se tourna vers elle.

— Si vous avez besoin de quelque chose, madame Boisvert, ne vous gênez pas pour me le dire, lui déclara-t-il en lui adressant un chaud sourire.

De toute évidence, Corinne ne lui était pas indifférente et il ne s'en cachait pas.

La jeune veuve repoussa une mèche de ses cheveux blonds, ce qui laissa une traînée de suie sur son front.

— Vous êtes bien fin, monsieur Sullivan, mais je pense qu'on va être capables de s'en sortir.

— T'as perdu tes bidons de lait et t'as plus de coton à fromage pour filtrer le lait, lui fit remarquer Jocelyn Jutras. Moi, j'en ai en trop. Je vais t'en rapporter tout à l'heure.

À quarante-cinq ans, le voisin était demeuré l'homme robuste, sympathique et serviable que Corinne avait toujours connu. Après le décès de sa femme emportée par la grippe espagnole, l'homme ne s'était pas remarié et avait continué à exploiter sa petite ferme seul.

— Merci, Jocelyn, mais j'ai deux ou trois vieux bidons dans la remise qui vont faire l'affaire. J'entends meugler nos vaches. Les pauvres bêtes doivent trouver qu'on est bien longs à matin pour les traire.

— En tout cas, il me reste du foin en masse, reprit son voisin. Je vais t'en apporter cet avant-midi.

— Moi aussi, intervint Conrad Rocheleau.

— Est-ce que votre brouette à fumier y a passé ? demanda Sullivan, qui ne voulait pas être en reste.

— J'ai bien peur que oui, répondit Léopold à la place de sa patronne.

— J'en ai une vieille dont je me sers pas. Je vous l'apporterai dans la journée.

Quand les garçons quittèrent la cour pour aller traire les vaches derrière ce qui avait été l'étable, les derniers volontaires partirent. Alors, Corinne, entourée de ses deux filles, s'approcha des décombres fumants et les regarda longuement avant de dire :

— Là, les filles, je sais vraiment pas où on va trouver l'argent pour rebâtir, leur avoua-t-elle, la mine sombre.

— Combien vous pensez que ça pourrait coûter ? lui demanda Madeleine, aussi inquiète que sa mère.

— Je le sais pas trop. Dans les deux cents piastres, je suppose.

— Il y en a qui vous ont dit qu'ils viendraient vous aider, m'man, lui fit remarquer Élise.

— Je le sais bien, mais le bois, les clous et la tôle sont pas donnés. En plus il va falloir renouveler ce qui a brûlé en dedans.

— En tout cas, ça fait tout drôle de voir les champs d'ici, dit l'adolescente en regardant par-dessus les débris noircis.

— Bon, je suppose que ça sert à rien de se lamenter jusqu'à *amen*, reprit la mère de famille. On va aller préparer le déjeuner et après on avisera.

— Moi, je vais aller me laver et ouvrir l'école, annonça Madeleine sur un ton décidé. Vous connaissez grand-père Boisvert, il acceptera jamais que j'aie pas fait l'école aujourd'hui, même si on a passé au feu.

— Lionel, rentre le blond dans l'écurie, ordonna Corinne à son fils cadet, assis sur la galerie, les jambes dans le vide. Toi, Élise, tu vas aller ouvrir l'école, le temps que ta sœur se change et déjeune. Quand elle sera rendue à l'école, tu reviendras à la maison pour manger. Je pense que tu peux te passer d'aller en classe aujourd'hui avec tout ce qu'on a à faire.

— Et moi ? demanda Lionel.

— Toi, tu vas aller te décrotter et t'habiller avant de déjeuner avec Madeleine. Tu t'en vas à l'école, toi aussi.

— Pourquoi je suis obligé d'aller là ? s'insurgea le gamin. Élise y va pas, elle, plaida-t-il, se sentant victime d'une injustice criante.

— Tout simplement parce qu'on n'a pas besoin de toi ici dedans aujourd'hui. Il reste un mois d'école et il est pas question que tu manques pour rien.

Lionel rentra dans la maison en boudant et laissa claquer la porte derrière lui pour bien montrer son mécontentement.

—∞—

Une heure plus tard, l'institutrice avait repris son poste à l'école du rang Saint-Joseph, son frère l'y avait suivie, et leur jeune sœur, élève de septième année, était revenue à la maison. Cette dernière trouva ses frères aînés et Léopold encore assis autour de la table en compagnie de sa mère. Elle prit la dernière portion de l'omelette gardée au réchaud et vint s'asseoir à table.

— Là, le feu a l'air bien éteint, déclara Corinne, mais il va falloir attendre que ça refroidisse. À partir de demain, on va commencer à nettoyer tout ça et jeter les débris dans la décharge. On va essayer de récupérer ce qui peut encore servir.

Il était visible que la jeune veuve avait déjà retrouvé le courage qui l'avait toujours caractérisée et qu'elle n'entendait pas perdre de temps à des lamentations stériles.

— Au fond, m'man, on a été chanceux que ce soit arrivé en plein mois de mai quand les vaches couchent dehors, lui fit remarquer Philippe. Ce serait arrivé il y a un mois et on aurait perdu nos douze vaches et les trois veaux.

— C'est vrai, reconnut Corinne.

— Vous avez perdu le foin qui restait, mais les vaches peuvent se débrouiller un peu en mangeant dans le champ, fit Léopold.

— C'est vrai, m'man, intervint Norbert à son tour. On a été un peu chanceux. On a même été capables de sauver la charrette.

Corinne secoua la tête.

— Tout ce que vous me dites est vrai, reconnut Corinne en hochant la tête. Mais oubliez pas qu'il va falloir reconstruire bien avant l'automne et pour ça, il va falloir trouver de l'argent quelque part. Si on n'a pas d'étable, on n'aura pas de place pour mettre le foin et on n'est tout de même pas pour traire nos vaches en plein champ. Bon, ça sert à rien de se plaindre, conclut-elle. Tout ce qui nous reste à faire, c'est de nous retrousser les manches et de nous mettre à l'ouvrage.

— C'est correct, dit Philippe en se levant. On va continuer les labours commencés hier matin.

— C'est ce que vous avez de mieux à faire, accepta la mère de famille, en quittant la table à son tour pour desservir.

Une heure plus tard, Corinne et sa fille quittèrent la maison qu'elles venaient de ranger pour entrer dans le jardin, armées d'une bêche. La maîtresse des lieux avait décidé qu'il était largement temps de préparer le sol avant d'y repiquer toutes les plantes qu'elle avait entretenues chaque jour depuis de nombreuses semaines dans ses serres chaudes.

Coiffées de vieux chapeaux de paille et les manches boutonnées aux poignets, la mère et la fille se mirent à retourner la terre. L'une et l'autre semblaient insensibles à cette magnifique journée. Elles n'étaient pas d'humeur à apprécier le temps doux de ce matin de mai 1921 après ce qui venait de se produire. Elles n'eurent pas un seul regard pour la nature en pleine renaissance, où le vert foncé du nouveau feuillage des arbres disputait la tonalité au vert tendre des champs.

Pour sa part, le visage de Corinne Boisvert s'assombrissait chaque fois qu'elle levait la tête et que ses yeux rencontraient le tas de décombres encore fumants au fond de sa cour. Elle allait avoir besoin d'une étable de toute urgence… Mais où trouverait-elle l'argent nécessaire ? Cette question ne cessait de l'obséder depuis qu'elle avait vu le bâtiment ravagé par les flammes quelques heures plus tôt.

— M'man, c'est grand-père qui vient d'arriver, dit Élise à sa mère, occupée à transplanter des plants de tomates.

La veuve leva la tête et aperçut le père de son défunt mari en train de descendre péniblement de son boghei. Elle se rendit compte qu'elle devait avoir la tête ailleurs pour ne pas avoir entendu l'attelage entrer dans sa cour. Elle fit semblant d'ignorer l'arrivée du grand vieillard voûté de soixante-dix-neuf ans qui se déplaçait depuis peu à l'aide d'une canne. Avec ses épais favoris blancs et ses habits noirs, Gonzague Boisvert avait le même air que sa bru lui avait toujours connu : celui d'un grand corbeau.

Même si ce dernier avait aperçu sa bru et sa petite-fille dans le jardin, derrière la maison, il prit la direction de ce qui restait du bâtiment calciné. Il resta planté devant les débris durant un très long moment avant de leur tourner le dos et de s'approcher du jardin. Alors, Corinne fit celle qui venait de s'apercevoir de sa présence. Elle se releva en se frottant les reins et se porta à sa rencontre.

— Bonjour, monsieur Boisvert. Vous venez voir ce qui reste de notre étable ?

— Ben oui, j'ai appris ça tout à l'heure chez Duquette, dit le vieillard sans démontrer la moindre compassion envers sa bru. C'est sûr que de chez nous on pouvait pas voir qu'il y avait quelque chose qui brûlait dans ton rang. As-tu perdu des bêtes ?

— Non, on a été chanceux pour ça. En plus, les voisins sont arrivés assez vite pour qu'on puisse sauver les autres bâtiments.

Le vieillard secoua la tête et garda un long silence. Il n'eut pas un seul bon mot pour sa petite-fille et cette dernière, en représailles, ne se donna pas la peine de venir le saluer. Corinne connaissait son beau-père depuis assez longtemps pour ne pas attendre la moindre parole de réconfort de sa part. En outre, elle était presque certaine qu'il n'était venu dans le rang Saint-Joseph que pour vérifier si Madeleine était bien à son poste. À titre de président de la commission scolaire, il voulait s'assurer que sa petite-fille faisait son travail comme il se devait, malgré l'incendie qui avait frappé chez sa mère.

— Il va falloir que tu rebâtisses au plus sacrant, laissa tomber Gonzague.

— C'est certain, répondit Corinne.

Soudain, elle éprouva de la pitié pour le vieil homme debout en plein soleil, au milieu de la cour.

— Voulez-vous venir vous asseoir un peu en dedans, monsieur Boisvert? lui offrit-elle.

— Oui, mais pas longtemps, accepta son beau-père. Je dois aller à Yamaska pour affaires.

Tous les deux entrèrent dans la cuisine d'été et prirent place dans les deux vieilles chaises berçantes placées de chaque côté du poêle.

— À ce que je vois, t'as déjà fini ton barda du printemps, fit le vieux cultivateur en jetant un regard appréciateur à la grande pièce dans laquelle Corinne et les siens venaient de s'installer pour la belle saison.

— Ça s'est fait hier, se contenta de préciser la veuve.

— Chez nous, ça se fait pas aussi vite que ça, reconnut le vieillard. Chaque printemps, Alexandra et Annette brettent et il faut leur pousser dans le dos pour qu'elles se décident à lâcher la cuisine d'hiver.

— Il faudrait peut-être que votre garçon ou Charles leur donne un coup de main pour le lavage, suggéra sa bru.

Il y eut un silence assez embarrassant dans la pièce et Corinne fut alors certaine que son beau-père allait enfin lui exposer le véritable motif de sa visite.

— Sais-tu que je pensais à une affaire, finit-il par dire à son interlocutrice.

— Ah oui? fit Corinne, curieuse.

— Je me disais que ça se pourrait ben que t'aies pas assez d'argent pour te faire bâtir une étable tout de suite, même si c'est pas mal pressant, poursuivit-il, l'air retors.

— Vous avez bien deviné, monsieur Boisvert.

— Si c'est ça, je pourrais peut-être te passer l'argent qu'il te faut, proposa-t-il.

— D'après vous, combien vous pensez qu'une nouvelle étable pourrait me coûter ?

— Autour de deux cents, deux cent cinquante piastres, annonça Gonzague sur un ton assuré.

— C'est pas mal fin de votre part de vouloir m'aider, le remercia sa bru.

— T'es de la famille, laissa tomber son beau-père. C'est pour ça que je te chargerais les mêmes intérêts que le notaire ou la banque de Yamaska. Quatre pour cent.

— Ah bon ! fit Corinne, qui avait osé croire durant un instant que son beau-père lui proposait un prêt sans intérêts.

— C'est pas mal raisonnable quand on sait que t'as pas grand-chose à offrir en garantie, poursuivit Gonzague.

— Comment ça, pas grand-chose en garantie ? demanda-t-elle, la moutarde commençant à lui monter au nez. Ma terre, mon roulant et ma maison sont à moi et vous trouvez que c'est pas assez comme garantie ?

— Fâche-toi pas, fit le vieillard en levant une main pour l'apaiser. Je disais ça pour parler. Je le sais que je prendrais pas un grand risque de pas être remboursé en te prêtant cet argent-là. C'est sûr qu'avec le salaire de maîtresse d'école de Madeleine et celui que Norbert pourrait se faire en allant travailler chez des cultivateurs de la paroisse, t'aurais pas trop de mal à me rembourser. Et là, je parle même pas de ce que ton Philippe t'a rapporté du chantier et de l'argent que tu dois te faire avec tes courtepointes et tes catalognes, ajouta-t-il.

La jeune veuve eut de la peine à retenir la réplique cinglante qui lui était venue aux lèvres en entendant le père de son défunt mari décortiquer ses finances familiales, comme s'il s'était agi de ses propres affaires. Elle se leva.

— C'est bien charitable de votre part d'avoir pensé à venir me prêter de l'argent pour reconstruire chez moi, dit-elle à Gonzague, qui venait de quitter à son tour sa chaise berçante, mais je pense que j'ai assez d'argent pour être capable de me débrouiller sans emprunter, mentit-elle.

— Cré maudit! s'exclama le vieillard, surpris. T'es ben plus en moyens que je pensais!

— Ici dedans, beau-père, on dépense pas une cenne noire pour rien. Ça fait que quand on est mal pris, d'habitude, on a juste à piger dans notre bas de laine pour s'en sortir. Mais là, je reconnais que c'est spécial. Je jure pas que j'aurai pas à vous emprunter un peu d'argent, mais je vais faire tout mon possible pour me débrouiller sans m'endetter.

— C'est correct, ça prouve que t'as une tête sur les épaules, mais attends pas trop, fit le vieillard, visiblement contrarié. C'est pas sûr pantoute que j'aie de l'argent à prêter ben longtemps.

— Je vais bien examiner mes affaires et je vais vous faire signe, monsieur Boisvert, si j'ai besoin de votre argent, promit-elle.

— Il reste quand même, ma fille, que je continue à penser que t'aurais dû me vendre ton bien quand je te l'ai offert, il y a deux ans, reprit Gonzague en se dirigeant vers la porte. Aujourd'hui, t'aurais pas ces troubles-là.

Corinne poussa la porte pour permettre à son visiteur de sortir.

— Peut-être, monsieur Boisvert. Mais aujourd'hui, je serais en train de quêter de porte en porte pour faire manger mes enfants si je vous avais vendu mon bien pour le montant que vous m'aviez offert.

Le vieillard la salua de la tête et sortit sur la galerie. Corinne demeura devant la porte moustiquaire, le temps qu'il monte dans son boghei et quitte la cour de sa ferme.

— Même sur son lit de mort, je suis presque sûre qu'il va essayer de faire de l'argent avec le prêtre qui va venir lui donner l'extrême-onction, murmura-t-elle avant de retourner travailler dans le jardin.

Corinne ne dit pas un mot de l'objet de la visite de leur grand-père à ses enfants, jugeant inutile de leur faire mépriser le vieil homme. Cependant, ce soir-là, elle passa un long moment assise à table à calculer sur une feuille comment elle pourrait bien s'y prendre pour trouver suffisamment d'argent pour au moins commencer la construction de son étable.

Elle ne voulait en aucun cas toucher au reliquat de l'héritage que lui avait laissé grand-père Boucher. Il devait servir à inscrire Élise au couvent, l'automne suivant. Elle s'était promis de faire instruire ses filles et rien ne la ferait dévier de son objectif, quoi que cela lui coûte. L'adolescente allait profiter de la même chance que sa sœur aînée.

Par ailleurs, en grattant tous les fonds de tiroir, elle ne possédait qu'une cinquantaine de dollars, ce qui était nettement insuffisant. Sa fierté l'empêchait de même envisager d'emprunter à l'un de ses frères ou beaux-frères. Sa belle-sœur Juliette aurait sûrement assez d'argent. Elle connaissait assez son bon cœur pour prédire que la restauratrice de Montréal refuserait qu'elle lui verse des intérêts, mais il n'était pas question qu'elle fasse encore appel à sa générosité.

Bref, à force de chercher une solution à son problème, la veuve se coucha avec une horrible migraine.

———

Le lendemain, après le déjeuner, Corinne prit la direction des travaux de nettoyage de la cour. Le blond fut attelé à la charrette et Léopold, Philippe, Norbert et elle travaillèrent toute la journée à dégager les décombres du bâtiment incendié. Le bois calciné était jeté dans la voiture et transporté dans la décharge, au bout de la terre des

Boisvert. Au début de l'après-midi, Jocelyn Jutras, puis Ian Sullivan vinrent leur prêter main-forte et le travail avança rapidement. Plus tard, deux autres voisins s'ajoutèrent aux bénévoles pour déblayer la cour des derniers vestiges de l'incendie de l'étable.

Deux jours plus tard, l'espace occupé par l'ancien bâtiment était totalement libéré des débris et il ne restait qu'un vaste espace noirci au fond de la cour rappelant que s'était élevé là l'édifice en bois.

Ce soir-là, après le souper, Corinne demanda à ses enfants de ne pas trop s'éloigner parce qu'elle avait à leur parler.

— C'est bien beau d'avoir tout nettoyé, leur dit-elle, mais il va falloir penser rebâtir.

Léopold comprit que la mère désirait s'entretenir avec les siens et s'esquiva discrètement en prétextant avoir des choses à aller dire à Ian Sullivan. Madeleine attendit que son amoureux soit sorti de la cour de la ferme avant de dire à sa mère :

— C'est fin encore ! On traite Léopold comme si c'était un pur étranger quand il se désâme à nous aider depuis des années.

— Léopold est juste un homme engagé, pas plus, déclara Philippe en s'assoyant lourdement au bout de la table.

— Toi, personne t'a demandé ton avis, répliqua sèchement sa sœur avec humeur.

— Là, vous allez vous calmer, tous les deux, leur ordonna leur mère en venant prendre place à la table en compagnie de Norbert, Élise et Lionel. Il faut parler de la nouvelle étable qu'on doit absolument construire.

— On va avoir de l'aide en masse, m'man, intervint Norbert pour la rassurer.

— Le problème est pas là, rétorqua sa mère, la mine soucieuse. Le problème, c'est l'argent que ça va coûter pour les matériaux. Le bois, la tôle, les clous, les fenêtres, les ferrures, tout ce qu'il faut, on peut les commander au moulin de Fabien Gagnon et chez Duquette, mais il va falloir payer un jour, et ça, on n'en a pas les moyens.

— Comment ça ? demanda Philippe avec emportement. Je vous ai rapporté ma paye du chantier il y a juste un mois.

— La plus grande partie de ta paye a servi à payer nos comptes qu'on a faits durant l'hiver chez Vigneault et chez Duquette, lui expliqua sa mère.

— Et ma paye, m'man ? demanda Madeleine.

— La même chose, ma fille.

— Qu'est-ce qu'on fait d'abord ? fit Norbert avec impatience.

— Je pense qu'on n'a pas un gros choix, déclara Corinne. Norbert va aller se chercher de l'ouvrage dans la paroisse cet été et on va emprunter ce qu'il faut à votre grand-père. C'est sûr qu'on va être obligés de se serrer la ceinture le temps de rembourser cet argent-là, mais on peut pas faire autrement.

— Vous pensez pas, m'man, qu'avant d'envoyer Norbert travailler pour d'autres, on devrait se débarrasser de notre homme engagé, fit Philippe en évitant de regarder sa sœur dont le visage avait soudainement pâli. Au fond, Norbert et moi, on est ben capables de faire l'ouvrage qu'il y a à faire sur notre terre.

— Je voudrais pas… commença sa mère.

— Voyons, m'man ! protesta sa fille aînée. Vous pouvez pas faire ça !

— Ça sauverait un salaire à payer, poursuivit Philippe avec un petit sourire mauvais au coin des lèvres.

— C'est certain que bien mal pris, il va falloir penser à faire ça, finit par admettre Corinne en jetant un regard désolé à sa fille. Mais ce qui est sûr, c'est que je le ferai pas de gaieté de cœur.

Madeleine se leva de table et, les larmes aux yeux, prit la direction de la cuisine d'hiver pour monter à sa chambre.

Elle ne reparut pas dans la pièce de la soirée, même pas pour la prière familiale.

Lorsque son amoureux revint de chez Sullivan, il monta à son tour à sa chambre, mais Madeleine l'attendait sur le palier pour lui chuchoter ce dont il avait été question lors de la réunion pendant son absence. Le jeune homme eut à peine le temps de lui dire de ne pas s'inquiéter que Lionel monta à l'étage, probablement envoyé par sa mère pour s'assurer que tout demeurait convenable sous son toit.

Léopold Monette ne se mit pas au lit. Il se contenta de s'asseoir sur son lit et d'attendre qu'Élise et ses frères montent se coucher à leur tour quelques minutes plus tard. Alors, il quitta sa chambre et descendit au rez-de-chaussée. Il arriva au pied de l'escalier quand la maîtresse des lieux finissait de remonter le mécanisme de l'horloge.

— Madame Boisvert, est-ce que je peux vous dire deux mots ? lui demanda-t-il.

— À cette heure-ci ? fit Corinne, surprise de le voir debout alors qu'elle le croyait couché depuis longtemps.

— Si ça vous dérange pas trop.

— Bon, fit-elle avec un soupir de résignation. Qu'est-ce qui se passe ?

Léopold garda le silence un court moment avant de poursuivre.

— Ben, c'est au sujet de votre nouvelle étable.

— Oui.

— Je voudrais pas me mêler de ce qui me regarde pas, reprit-il, mais je sais que vous avez eu ben des dépenses dernièrement. Je me suis dit...

— Non, Léopold, le coupa Corinne. Il est pas encore question que je te demande de partir parce que j'ai de la misère à te payer.

— C'est pas ce qui m'inquiétait, madame Boisvert, la corrigea le jeune homme. Je me disais que je pourrais facilement vous prêter l'argent qu'il faut pour reconstruire.

— Toi? s'étonna sa patronne. J'ai besoin d'au moins deux cent cinquante piastres.

— Mon héritage…

— T'as fait un si gros héritage que ça?

— C'est pas qu'il est gros, madame, mais j'ai assez d'argent pour vous prêter cette somme-là.

— Quels intérêts tu me chargerais? demanda la veuve, soudain pleine d'espoir.

— J'ai pas besoin d'intérêts.

— Non, non, refusa Corinne. Si tu me prêtes l'argent pour reconstruire, il est pas question que je te prive des intérêts que ton argent t'aurait rapportés chez le notaire.

Léopold resta silencieux un bref moment avant de suggérer:

— Puisque vous avez l'air d'y tenir, madame Boisvert, qu'est-ce que vous diriez de me faire une catalogne ou une courtepointe quand vous en aurez le temps? Pour moi, ce serait des beaux intérêts.

— Je veux pas que tu me fasses la charité, Léopold. Tu nous dois rien.

— C'est pas de la charité, madame. En plus, si vous acceptez, j'aimerais que ça reste entre nous. Je pense pas que ce soit utile que le monde soit au courant de cette affaire-là.

— J'accepte ton offre, fit la maîtresse de maison, avec un grand sourire. Je te trouve bien généreux, Léopold. Je vais m'en rappeler longtemps.

— C'est parfait comme ça. Je vais passer chez le notaire Ménard cette semaine, précisa-t-il avant de monter se coucher.

Corinne prit la lampe à huile demeurée sur la table et gagna sa chambre à coucher. Elle se déshabilla, souffla la lampe et se mit au lit. L'angoisse des derniers jours venait subitement de s'envoler. Elle aurait une étable neuve avant la fin du mois de juin. De son lit, elle jeta un coup d'œil vers la fenêtre. Quelques nuages couraient dans un ciel illuminé par la pleine lune.

Elle allait fermer les yeux quand une pensée soudaine lui vint.

— Mon Dieu! j'ai complètement oublié de lui demander de quelle manière il s'attend à ce que je lui remette cet argent-là, dit-elle à mi-voix. Quel montant va-t-il vouloir que je lui rembourse chaque année? S'il s'attend à un gros montant, je pourrai jamais arriver…

Pendant de longues minutes, le sommeil la fuit. L'inquiétude était subitement revenue. Si Léopold exigeait un trop fort montant, elle allait devoir emprunter à son beau-père malgré tout. Puis, elle songea que s'il était possible d'éviter de faire affaire avec Gonzague Boisvert, elle allait sauter sur l'occasion, quitte à emprunter au notaire Ménard, au village. Elle se demanda même ce qui se serait passé si Laurent avait été encore vivant.

— Comme d'habitude, il m'aurait tout laissé sur les bras, murmura-t-elle dans le noir. Encore chanceuse qu'il m'accuse pas d'avoir mis le feu.

Un peu honteuse, elle se rendit compte qu'elle pensait de moins en moins à son mari décédé deux ans et demi plus tôt. Il lui en avait fait tellement voir qu'elle avait du mal à le regretter. Bien sûr, elle avait fait en sorte que ses enfants gardent un bon souvenir de leur père et respectent sa mémoire; mais l'homme qu'était devenu Laurent Boisvert après leur mariage ne lui manquait pas.

Alors qu'elle sombrait dans un sommeil réparateur, ses dernières pensées furent pour son fils aîné. Le jeune homme de dix-neuf ans ressemblait de plus en plus à son père, ce qui l'inquiétait énormément. Il était violent, rancunier et imprévisible. Souvent, Léopold devait s'interposer entre lui et son frère Norbert pour éviter que le conflit ne dégénère en bagarre.

Le lendemain matin, elle attendit que Madeleine ait quitté la maison pour l'école en compagnie de Lionel et d'Élise pour attirer Léopold à l'écart, dans la cuisine d'hiver.

— C'est quoi ces messes basses là? demanda Philippe qui passait par là, intrigué de voir sa mère parler à voix basse à l'employé.

— Si quelqu'un te le demande, tu lui diras que ça te regarde pas, lui répondit sèchement Corinne. Au lieu d'écornifler, va donc atteler le blond avec Norbert.

— Moi, je suis écœuré d'être traité comme un enfant ici dedans, répliqua le jeune homme en claquant la porte derrière lui.

Quand Corinne se retrouva finalement seule avec Léopold, elle lui demanda à quel rythme il entendait être remboursé de son prêt.

— Fatiguez-vous pas avec ça, madame Boisvert, l'apaisa-t-il. J'aurai pas besoin de cet argent-là avant un bon bout de temps. Vous me rembourserez quand vous aurez l'argent, pas avant.

— Voyons donc! C'est pas comme ça que ça se passe d'habitude.

— Avec d'autres, peut-être, répliqua-t-il, mais avec moi, c'est comme ça.

Sur ces mots, le jeune homme sortit de la maison, laissant derrière lui sa patronne nettement soulagée.

Chapitre 4

Une nouvelle étable

Le mois de juin débuta par quatre jours de pluies abondantes qui permirent aux lilas et aux pivoines de fleurir et d'embaumer l'air de leur odeur entêtante.

— Il me semble, m'man, que vous auriez pu planter vos lilas un peu plus loin des fenêtres, se plaignit Madeleine, revenue quelques minutes plus tôt de l'école.

— Pourquoi ? Tu les trouves pas beaux ? s'étonna sa mère qui s'enorgueillissait de ses fleurs et de ses plates-bandes à l'entretien desquelles elle consacrait de nombreuses heures chaque semaine.

— Ils sont beaux, reconnut la jeune fille, assise à table en train de peler des pommes de terre, mais leur parfum me donne mal à la tête.

— C'est nouveau, ça, s'étonna Corinne en la regardant. Ce serait pas plutôt autre chose qui te rend marabout ?

— Ben...

— Qu'est-ce qu'il y a ?

— Grand-père est passé à l'école à midi.

— Qu'est-ce qu'il te voulait ? Viens pas me dire qu'il passait une autre inspection...

— Non, c'était pour mon contrat de l'année prochaine.

— Il veut pas te garder comme maîtresse d'école ?

— Non, il est justement venu pour me faire signer un contrat pour l'année prochaine. Il m'a même dit que l'inspecteur était pas mal content de mon ouvrage cette année.

— C'est une bonne nouvelle, ça, fit Corinne. Où est le problème d'abord ?

— Il veut me changer d'école.

— Te changer d'école ! Pourquoi ?

— Il dit qu'il veut m'envoyer à l'école du rang Saint-André.

— Mais c'est à l'autre bout de la paroisse, s'insurgea sa mère. Pourquoi il veut faire ça ?

— D'après lui, ce serait mieux. Les enfants me connaî-traient pas et je pourrais vivre dans l'appartement au-dessus de ma classe.

— Il manquait plus que ça ! Toi, qu'est-ce que t'en penses ? lui demanda Corinne, secouée.

— J'aimerais bien mieux rester à l'école de notre rang. Je peux venir coucher ici chaque soir et...

— Et voir Léopold, compléta sa mère avec un sourire entendu.

— Pas juste Léopold, m'man, protesta mollement Madeleine.

— Bien sûr, ajouta Corinne sur un ton sarcastique. En fin de compte, as-tu signé ton nouveau contrat ?

— Non, répondit la jeune fille. J'ai dit à grand-père que je vous en parlerais avant d'accepter. Je vous dis qu'il était pas de bonne humeur quand il est parti.

— T'as bien fait, fit Corinne. Je connais ton grand-père. Il doit avoir une idée derrière la tête. Si je me trompe pas, il a dû calculer que si t'allais rester dans l'école du rang Saint-André, tu coûterais moins cher à la commission scolaire.

Corinne faisait allusion à la décision qu'elle avait arrachée avec peine à son beau-père au début de l'été précédent quand il était venu à la maison avec l'intention d'engager sa petite-fille comme enseignante. Lorsque le vieil homme avait tendu son contrat d'engagement à Madeleine, sa bru avait exigé de le lire avant que sa fille, encore mineure, ne le signe.

Comme il entendait retenir les services de cette dernière pour l'école du rang Saint-Joseph, la mère avait déclaré que sa fille allait coucher à la maison. Par conséquent, la commission scolaire économiserait le bois de chauffage qu'aurait nécessité la présence de Madeleine à l'école le soir et la nuit. Gonzague l'avait reconnu. Par contre, il avait été outré que sa bru exige qu'il ajoute à son traitement la somme économisée. C'était probablement ce calcul que le président de la commission scolaire avait fait ce jour-là quand il avait proposé que sa petite-fille enseigne dans une autre école au mois de septembre suivant.

— Il va revenir demain, annonça Madeleine, les sourcils froncés.

— Si tu veux vraiment rester à ton école, il va falloir mentir un peu à ton grand-père.

— Comment ça, m'man ? s'étonna la jeune enseignante.

— Quand il va venir te voir pour te faire signer ton contrat, tu vas lui dire que t'as entendu parler qu'il y avait des places libres de maîtresse d'école à Nicolet et que tu penses que t'aimerais mieux aller enseigner là parce que t'aurais la chance de rester chez ta tante Germaine.

— Mais c'est pas vrai, m'man ! s'insurgea Madeleine.

— Je le sais, mais on va bien voir si ton grand-père tient à te garder. S'il veut que tu continues à faire la classe dans la paroisse, il va te faire signer ton contrat quand même et il va te laisser dans l'école de notre rang.

— Je trouve ça pas mal risqué. Je prends une chance de me ramasser le bec à l'eau l'année prochaine.

— À toi de voir, fit sa mère, comme si elle se désintéressait brusquement de la question.

Le lendemain après-midi, Madeleine rentra à la maison passablement bouleversée. Sa mère le remarqua dès qu'elle la vit entrer dans la cuisine d'été.

— Bon, qu'est-ce qui se passe encore ? On dirait que t'as perdu un pain de ta fournée.

— Grand-père est venu, se contenta de dire sa fille.

— Puis ?

— J'ai fait ce que vous m'avez conseillé.

— Et alors ?

— Il était pas pantoute de bonne humeur quand je lui ai dit que j'aimais mieux aller faire la classe à Nicolet plutôt que de changer d'école. Il a remis tout de suite le contrat dans ses poches et il m'a souhaité bonne chance. Là, j'ai l'air fin. J'aurai pas d'ouvrage l'année prochaine.

— Inquiète-toi pas trop vite. Le mois de juin est pas fini et il y a rien qui dit qu'il va trouver quelqu'un pour te remplacer.

———

Le dimanche suivant, Bernard Provencher et Germaine vinrent rendre visite à Corinne. C'était la première belle journée du mois de juin.

L'entrepreneur en construction ne changeait guère avec les années. Toujours affable, l'homme à la stature imposante continuait à éprouver une tendresse particulière pour celle qui l'avait incité à quitter le célibat pour épouser sa sœur Germaine. Il avait toujours admiré le courage de cette petite femme énergique qui élevait cinq enfants malgré un mari ivrogne et coureur de jupons.

Corinne et ses enfants sortirent sur la galerie pour accueillir les visiteurs. Il ne manquait que Norbert et Philippe, partis voir des amis au village.

— Ça fait tout un trou dans tes bâtiments, fit remarquer Bernard à l'hôtesse en montrant de la main l'espace vide au fond de la cour de la ferme.

— C'est certain, reconnut Corinne, l'air sombre. Il faut reconstruire, j'ai pas le choix.

— Tu peux pas savoir comment j'ai regretté d'être pris sur un chantier à Victoriaville quand c'est arrivé, lui avoua son beau-frère.

— Même si t'avais été là, t'aurais pas pu faire grand-chose, lui fit-elle remarquer.

— Mais je suis là pour la construction, par exemple, lui précisa-t-il avec un large sourire.

— T'es pas malade, Bernard! Tu construis des églises, des maisons, des presbytères, pas des étables, se défendit Corinne. T'es pas pour venir perdre ton temps à bâtir mon étable.

— Beau dommage! La construction coûte trop cher aujourd'hui pour que tu te permettes de gaspiller du matériel, poursuivit le mari de Germaine. T'as besoin de quelqu'un qui fasse les plans, commande le matériel et voie à ce que tout soit monté d'aplomb.

— Le monde de Saint-Paul va vouloir faire une corvée, prétexta Corinne.

— Si c'est ça, c'est encore plus important que je vienne m'occuper des travaux.

— Tu me gênes sans bon sens, fit sa belle-sœur.

— Il y a pas de raison, fit Bernard avec le sourire. Quand est-ce que tu veux bâtir?

— Le plus vite possible. Si je peux avoir le bois et la tôle la semaine prochaine, ce serait parfait, si ça te convient.

— Pour moi, il y a pas de problème. La semaine prochaine, il reste juste la finition à faire sur la maison qu'on vient de construire à Victoriaville. Mon frère Honoré va être ben content d'être débarrassé de moi. Il a toujours trouvé que je le fatigue plus qu'autre chose quand on arrive à la fin d'un ouvrage.

— Si c'est comme ça, je vais faire savoir à monsieur le curé que je suis prête à accepter une corvée la semaine prochaine.

— Parfait. Est-ce que t'as l'intention de bâtir plus grand ? demanda Bernard.

— Je sais pas trop, hésita Corinne, incertaine.

— Viens, on va aller voir sur place, lui ordonna Bernard en entraînant Corinne et Germaine vers l'endroit où l'étable se dressait, entre l'écurie et la porcherie.

Tous les trois firent lentement le tour des fondations calcinées que l'entrepreneur sonda du pied à plusieurs reprises.

— T'avais de la place pour combien de vaches ? demanda-t-il à Corinne.

— Une trentaine.

— As-tu l'intention de grossir ton troupeau un jour ?

— Seigneur, non !

— Dans ces conditions-là, j'ai ben l'impression que ta nouvelle étable pourrait garder les mêmes dimensions que ton ancienne, si ça te convient, ben sûr.

— C'est toi qui connais ça.

— L'avantage, c'est qu'on pourrait bâtir sur les mêmes fondations en pierre. Elles m'ont l'air encore pas mal solides.

Après cette courte visite sur le site, Corinne rentra à la maison avec ses invités. Elle échangea des nouvelles avec sa sœur pendant que Bernard calculait la quantité de matériaux nécessaires à la reconstruction et il en dressa une liste complète.

Pendant que son beau-frère terminait le travail, la porte de la cuisine d'été s'ouvrit pour laisser entrer Philippe et Norbert à qui leur mère communiqua la bonne nouvelle.

— Votre oncle Bernard va venir s'occuper de la construction de notre étable la semaine prochaine, leur annonça-t-elle.

Elle ne remarqua pas l'air mécontent que son aîné ne parvint pas à dissimuler.

— On aurait pu se débrouiller tout seuls, déclara-t-il sèchement. On n'est pas des gnochons.

— Personne a dit que vous étiez des gnochons, répliqua son oncle Bernard, piqué au vif par sa réaction, mais on bâtit pas une étable n'importe comment. Il faut un peu d'expérience. En plus, vous pouvez pas vous permettre de passer une grande partie de votre été à travailler sur votre étable. Il faut qu'elle soit finie le mois prochain pour y mettre le foin.

— Vous avez raison, mon oncle, l'approuva Norbert. En tout cas, ça va être ben plus rassurant d'avoir quelqu'un comme vous pour nous dire quoi faire.

— Moi, je vais aller dormir une heure, annonça Philippe. J'ai mal à la tête.

Les personnes présentes dans la cuisine d'été le regardèrent disparaître dans la pièce voisine.

— Qu'est-ce qu'il a à avoir l'air bête comme ça? demanda Germaine à sa sœur.

Corinne adressa à Norbert un regard interrogateur.

— Qu'est-ce qui s'est passé au village pour que ton frère ait le taquet bas comme ça?

— Ben...

— Ben quoi?

— On s'est arrêtés chez Melançon, au village.

— Depuis quand vous vous entendez bien avec Oscar Melançon, vous deux? demanda Corinne, soupçonneuse.

— On l'aime pas plus qu'avant, mais il y avait Cécile dans la balançoire.

— Qu'est-ce que la fille de Joseph Melançon vient faire là-dedans?

Germaine adressa un sourire entendu à son mari avant d'intervenir.

— Tiens! Tiens! Est-ce que le beau Philippe aurait l'œil sur cette fille-là?

— Faites-moi pas dire ce que j'ai pas dit, ma tante, se défendit l'adolescent. Disons qu'il la trouve pas mal à son goût.

— C'est nouveau, cette affaire-là, fit Corinne, étonnée. Il en a jamais parlé.

— Voyons, Corinne ! dit sa sœur aînée. On dirait que t'as déjà oublié quand on était jeunes. On racontait pas tout à m'man, tu t'en rappelles pas.

— Je veux bien le croire, mais ça explique pas pourquoi il avait l'air aussi bête, par exemple.

— Cécile l'a envoyé promener, expliqua Norbert. Elle lui a dit qu'elle voulait même pas lui parler.

— Ayoye ! s'exclama Madeleine que Léopold venait de rejoindre dans la cuisine. C'est tout un changement pour le Beau Brummel de Saint-Paul. C'est bien la première fois qu'une fille l'envoie sur les roses.

— Tant mieux, se contenta de déclarer sa mère. Il était temps qu'une fille le remette à sa place.

Depuis plus d'un an, Philippe jouait au joli cœur à Saint-Paul-des-Prés et ses conquêtes étaient nombreuses. Les jeunes filles de la paroisse résistaient mal à ses airs avantageux et à ses manières pleines d'assurance.

— En tout cas, on peut pas dire que ça l'enchante ben gros que je vienne m'occuper de ton étable, lui fit remarquer Bernard, l'air songeur.

— Occupe-toi pas de lui. Il va faire ce que je lui dis de faire, lui conseilla Corinne.

À la fin de l'après-midi, la maîtresse de maison envoya Lionel rassembler les vaches près de la porcherie pour que Norbert et Léopold fassent la traite. Elle profita de l'occasion pour fausser compagnie à ses invités sous le prétexte d'aller réveiller son aîné.

Elle monta à l'étage et pénétra dans la chambre à coucher de son fils sans frapper. Philippe était étendu sur son lit, les yeux ouverts.

— Il est l'heure d'aller faire le train, lui dit-elle avec brusquerie.

— J'y vais, fit-il sans aucun entrain.

— En passant, tu trouveras le moyen de t'excuser à ton oncle, ajouta-t-elle sur le même ton. Tu passes pour un polisson et un ingrat, Philippe Boisvert !

— J'ai rien dit de mal, se défendit le jeune homme en se levant, l'air buté.

— Ton oncle a passé sa vie à construire. Il a de l'ouvrage par-dessus la tête. Par charité chrétienne, il propose de venir travailler pour rien chez nous et ta façon de le remercier a été de l'insulter. J'accepte pas ça dans ma maison, tu m'entends ?

— Ben oui ! Ben oui !

— Dans ce cas-là, fais ce que je te dis, lui ordonna-t-elle sèchement. T'es pas obligé de te faire haïr par tout le monde parce que t'as un caractère de cochon, conclut sa mère avant de quitter la pièce devant lui.

Ce soir-là, avant le départ de ses invités, Corinne promit à son beau-frère qu'elle allait passer ses commandes de matériaux dès le lendemain matin autant chez Duquette qu'au moulin de Fabien Gagnon, le maire de la municipalité.

— Si ça t'adonne, on pourrait peut-être commencer dans une huitaine, précisa-t-elle, le temps que monsieur le curé annonce une corvée en chaire dimanche prochain.

— Remarque qu'on serait peut-être ben assez pour faire l'ouvrage tout seuls, dit Bernard.

— C'est vrai ce que tu dis, admit Corinne. Je suis certaine qu'on va pouvoir compter sur l'aide de mes frères. Même Simon va vouloir venir donner un coup de main. Mais dans la paroisse, personne comprendrait qu'on fasse pas une corvée.

— Pas mon oncle Simon, m'man, intervint alors Philippe. Il a de la misère à tenir sur ses deux pieds.

Son oncle et sa tante lui jetèrent un regard désapprobateur avant de souhaiter le bonsoir à tout le monde. La voiture des invités n'avait pas encore quitté la cour que Norbert s'en prit à son frère.

— Tu pourrais pas fermer ta gueule de temps en temps, maudit insignifiant !

— Qu'est-ce qui te prend, toi ?

— Il me prend que t'avais pas besoin de dire ce que tu viens de dire sur mon oncle Simon. C'est pas de sa faute s'il est revenu malade de la guerre, grand tata !

— Norbert a raison, laissa tomber sa mère en lui tournant déjà le dos pour aller s'assurer que tout se passait selon les convenances dans le salon où Madeleine veillait avec Léopold.

Pendant une seconde, Philippe eut l'air de vouloir se jeter sur son frère cadet, puis il y renonça. Il se contenta de hausser les épaules avec dédain et rentra dans la maison.

L'aîné de la famille hésitait de plus en plus à s'en prendre physiquement à son frère. Norbert avait presque dix-sept ans. Il était peut-être un peu plus petit que lui, mais il était costaud et râblé comme tous les Joyal. Comme le disait souvent sa grand-mère Lucienne, il ressemblait à son oncle Bastien comme deux gouttes d'eau quand il avait son âge.

—— ɯ ——

Le lendemain avant-midi, Corinne s'empressa de faire son lavage avant de demander à Norbert d'atteler le blond au boghei. Quand elle descendit de la galerie, prête à monter dans la voiture que Norbert venait d'immobiliser, Philippe sortit de la remise et s'avança vers sa mère.

— Si vous allez commander le matériel pour l'étable, je peux ben y aller avec vous, lui offrit-il.

— Non, vous avez de l'ouvrage à faire et j'ai la liste de votre oncle. Je peux me débrouiller toute seule.

Sur ce, elle monta dans le boghei, saisit les rênes et prit la direction du village. Parvenue à l'intersection des rangs Saint-Joseph et Saint-André, elle tourna à gauche et parcourut un bon mille avant d'arrêter son attelage devant le moulin à bois construit près de trente ans auparavant par Bertrand Gagnon, le père de l'actuel propriétaire. Dès qu'elle mit le pied à terre, un employé vint vers elle.

— Est-ce que monsieur Gagnon est là? lui demanda-t-elle.

— Il est à l'office, madame, répondit l'homme en lui indiquant la petite maison située à sa gauche.

Corinne le remercia et alla frapper à la porte de l'édifice. Fabien Gagnon, tout sourire, vint lui ouvrir.

— Bonjour, madame Boisvert, la salua-t-il. Je pense deviner pourquoi vous venez me voir. Vous pensez reconstruire votre étable.

— En plein ça, monsieur le maire.

L'homme âgé d'une quarantaine d'années l'invita à entrer et à le suivre dans son bureau. Au passage, un commis lui sourit. Fabien Gagnon en était à son second mandat comme maire de la municipalité. C'était un homme d'affaires entreprenant qui n'avait pas craint d'acheter en sous-main l'hôtel de Gonzague Boisvert pour en faire sa maison familiale. Le seul fait qu'il soit devenu la bête noire de son beau-père le rendait sympathique aux yeux de Corinne. Au demeurant, l'homme était d'un abord facile et avait la réputation d'être charitable malgré sa légère tendance à plastronner. Propriétaire du moulin et de deux grosses fermes de Saint-Paul-des-Prés, on lui prêtait depuis peu l'intention de racheter le magasin général.

Après s'être informée de la santé de sa femme et de ses enfants, Corinne tendit au marchand la liste dressée par son beau-frère la veille. Gagnon la consulta brièvement avant de lui dire:

— On dirait que celui qui a fait cette liste-là connaît ben son affaire. Je pense avoir dans ma cour tout le bois nécessaire, ajouta-t-il. Des planches et des madriers, j'en ai en masse. Quand voulez-vous avoir ça?

— Cette semaine, si vous me faites un bon prix, monsieur Gagnon.

— Je vais voir ce que je peux faire pour vous, lui promit-il, l'air soudainement très sérieux.

L'homme prit un crayon et se mit à calculer. Quand il eut terminé, il déclara :

— Je vais vous laisser le bois au prix coûtant, madame Boisvert. Je suppose que vous allez lever une corvée ?

— Ça me rendrait bien service, admit-elle.

— Moi, j'aurai pas grand temps d'aller vous donner un coup de main, dit le maire. En vous vendant le bois au prix coûtant, ce sera ma contribution. Je vais vous le laisser pour cent piastres.

— Écoutez, je veux pas exagérer, fit Corinne, un peu gênée devant tant de générosité.

— Non, ça me fait plaisir, madame.

— Vous êtes bien fin. Vous pouvez le livrer aujourd'hui, si vous voulez, ajouta-t-elle en se levant, déjà prête à partir. Il me reste à passer chez Duquette pour voir s'il a ce qui reste sur ma liste.

— Je pense que vous allez ben tomber. Il m'a encore dit samedi passé qu'il venait de recevoir un lot de fenêtres et de la tôle, la rassura Fabien Gagnon.

Quelques minutes plus tard, Corinne entra dans le magasin général où Anselme Leblanc, le bedeau, était en grande discussion avec Onésime Lupien, Magloire Côté et le maître des lieux. Il était question de la décision de la fabrique d'acheter un bout de terrain dans le prolongement du cimetière actuel aux religieuses du couvent. On avait donné à ces dernières un très grand terrain plusieurs années auparavant pour les attirer à Saint-Paul-des-Prés.

Les hommes se turent à l'arrivée de la veuve et Alcide Duquette leur fit un signe discret de s'éloigner de son comptoir pour qu'il puisse servir la cliente. Ils s'éloignèrent un peu tout en lorgnant sans vergogne la jeune femme.

Corinne commença à énumérer le contenu de sa liste.

— Vous êtes chanceuse, madame Boisvert, dit Alcide Duquette, heureux de faire une aussi bonne vente tôt un lundi matin. La tôle, les clous, les ferrures, les poignées de porte et le goudron, j'en ai toujours en réserve. C'est pour les fenêtres que vous tombez surtout ben. J'ai la grandeur que vous voulez et j'en ai exactement huit, la quantité que vous me demandez.

— C'est parfait, déclara Corinne, soulagée de constater qu'elle n'aurait pas à attendre l'arrivée d'une commande. Est-ce que vous êtes capable de me livrer ça cette semaine, monsieur Duquette? demanda-t-elle au commerçant.

— Demain avant-midi au plus tard. Est-ce que vous voulez voir les fenêtres et la tôle? Tout ça, c'est dans la remise, à côté.

— C'est pas nécessaire. Je vous fais confiance, répondit-elle avec le sourire.

— Est-ce que vous avez l'intention de faire une corvée?

— Ça va dépendre du monde de Saint-Paul, dit-elle avec diplomatie. C'est un temps de l'année où chacun est pas mal occupé. Par contre, je peux pas attendre trop longtemps pour une nouvelle étable.

— Inquiétez-vous pas, fit le marchand. Je connais assez les gens de la paroisse pour savoir qu'ils se feront pas tirer l'oreille pour aller travailler une couple de jours chez vous.

— J'en serais bien contente, avoua Corinne. En attendant, je vais tout de même arrêter voir monsieur le curé avant de rentrer à la maison pour savoir s'il peut annoncer une corvée la semaine prochaine.

Corinne salua le propriétaire des lieux et adressa ensuite un signe de tête aux trois hommes qui l'avaient écoutée sans dire un mot. Ils la suivirent des yeux jusqu'à la porte.

— Sacrifice! s'exclama Onésime Lupien. La veuve du petit Boisvert est ben riche tout à coup. Je l'ai pas entendue pantoute demander le prix de ce qu'elle a acheté.

— Voyons, Onésime, le réprimanda le marchand général. Elle a pas demandé le prix parce qu'elle sait que j'ambitionne jamais sur le pain bénit.

— Ouais! fit Magloire Côté, l'air peu convaincu. Pour moi, le beau-père est en arrière pour payer tout ça.

— T'es pas malade, toi! s'exclama le bedeau. On voit ben que tu connais pas Gonzague Boisvert. Si c'est avec son argent que sa bru bâtit, tu peux être certain qu'il l'a prêté avec des gros intérêts. As-tu déjà entendu dire qu'il a donné quelque chose à quelqu'un, ce vieux verrat-là?

Il y eut un bref silence dans le magasin avant qu'Anselme Leblanc reprenne la parole.

— En tout cas, moi, cette petite veuve-là ferait ben mon affaire. Maudit que c'est un beau brin de femme! Elle a un ben beau visage et tout ce qui faut…

— Whow, le père! Excitez-vous pas comme ça, s'exclama Alcide Duquette avec un sourire moqueur. À votre âge, le cœur peut vous lâcher rien qu'à avoir des idées.

— Surtout, mon Anselme, que t'es marié et que si ta Lucinda t'entendait dire ça, tu passerais un mauvais quart d'heure, intervint Magloire Côté, sérieux.

— À part ça, qu'est-ce que tu veux qu'une jeunesse comme elle fasse d'un vieux trognon comme toi qui a même plus une dent dans la bouche? demanda Lupien, sarcastique.

— C'est vrai ça, dit Côté. Pas de dent, t'as l'air de vouloir te mordre le menton quand tu fais cet air-là.

— Vous êtes ben drôles, tous les trois, fit le bedeau en piquant un fard.

— Décourage-toi pas, mon Anselme, fit Onésime. T'as juste à te faire faire un dentier pour être présentable.

— Trop cher, laissa tomber l'employé de la fabrique paroissiale, qui n'avait pas encore retrouvé sa bonne humeur.

— Va voir Desfossés à Pierreville pour arranger ça, lui conseilla le cultivateur sur un ton sérieux.

— Pourquoi j'irais le voir? C'est un entrepreneur de pompes funèbres, pas un dentiste, répliqua Anselme, étonné par cette remarque.

— Je le sais ben, mais j'ai entendu dire qu'il gardait les dentiers de ses clients. Je suis certain que t'en trouverais un dans son *stock* qui ferait ton affaire.

— Arrête-moi ça, toi, tu me donnes mal au cœur, fit le bedeau, incapable de réprimer une grimace de dégoût.

Alexina Duquette poussa alors la porte qui séparait le magasin de la maison privée et s'approcha de la vitrine pour y déposer un gros pot de bonbons. La grande femme un peu sèche demeura plantée au même endroit si longtemps que son mari finit par lui demander ce qu'elle regardait de si intéressant.

— Regarde! lui dit-elle en montrant du doigt un couple en train de discuter debout sur le trottoir de bois.

Intrigués, Côté, Lupien et le bedeau s'avancèrent à leur tour pour voir ce qui retenait tant l'attention de la femme du propriétaire du magasin général. Ils virent l'abbé Dupras en grande conversation avec une Émilie Michaud souriante.

— Voilà une autre belle femme, affirma Magloire. Qu'est-ce que vous en dites, père Leblanc?

— Ça aussi, c'est du ben beau monde, reconnut le bedeau, la mine gourmande.

— On dirait bien que notre vicaire la trouve pas mal à son goût, laissa tomber Alexina sur un ton acide.

— Allez pas partir des rumeurs, vous, la mit en garde le bedeau, soudain sévère. L'abbé Dupras, c'est un bon prêtre. C'est tout de même pas sa faute si les femmes de la paroisse l'aiment mieux que l'abbé Biron. En tout cas, moi, je peux vous dire qu'il est toujours à sa place et qu'on peut rien lui reprocher.

Aucune des personnes présentes n'osa faire le moindre commentaire. La conversation prit une autre tangente et on laissa Alexina surveiller ce qui se passait à l'extérieur entre le prêtre et la nouvelle paroissienne.

Après quelques minutes, l'épouse d'Alcide Duquette finit par se lasser et décida de retourner à son travail.

— En tout cas, dit-elle, on ne me fera pas croire que c'est normal qu'un prêtre parle si longtemps à une paroissienne en plein village.

Son mari lui jeta un regard désapprobateur. À titre de président du conseil de fabrique, il n'acceptait pas que sa femme fasse courir des rumeurs sur les prêtres de la paroisse.

———

Après le souper, Léopold demanda à sa patronne la permission de prendre la voiture pour se rendre au village. Cette dernière devina que son employé voulait passer chez le notaire Ménard pour retirer la somme qu'il désirait lui prêter.

— C'est rendu qu'il s'en permet, lui, dit Philippe avec mauvaise humeur en voyant Léopold quitter la cour.

— La voiture et le cheval sont pas à toi, rétorqua sa sœur Madeleine. Mêle-toi donc de tes affaires.

— On sait ben, toi! il te ferait manger dans sa main.

— Jaloux, se contenta de dire sa sœur en lui tournant carrément le dos.

———

Le lundi suivant, Norbert fut le premier à se lever à la barre du jour.

— Veux-tu bien me dire ce que tu fais debout aussi de bonne heure? lui demanda sa mère en pénétrant dans la cuisine d'été où il venait d'allumer le poêle pour faire bouillir de l'eau.

— Je m'endormais plus, m'man. C'est à matin qu'on commence, ajouta-t-il en se frottant les mains.

— Seigneur ! On dirait bien que ça t'excite, cette affaire-là, lui fit remarquer Corinne.

— Ben, c'est pas tous les jours qu'on se bâtit quelque chose de neuf.

— Bon, puisque t'es déjà debout, va donc réveiller tout le monde. On va faire le train et manger de bonne heure. Comme ça, s'il vient du monde pour nous aider, on va être prêts.

La mère de famille se mit à dresser la table tout en révisant mentalement si elle avait bien tout prévu pour la journée. La veille, dès son retour de la messe à la fin de laquelle le curé Cormier avait annoncé du haut de la chaire une corvée chez elle à compter du lendemain, elle avait embrigadé ses deux filles dans la confection de plusieurs plats.

— Mais m'man, avait protesté Madeleine, le monde qui va venir donner un coup de main apporte son manger d'habitude. Pourquoi on en prépare autant ?

— Tu sauras, ma fille, que c'est la moindre des choses que d'offrir à manger à tous ceux qui viennent travailler gratuitement pour nous autres. Il manquerait plus qu'on soit pas capables de les nourrir.

Comble de malchance, il avait fallu que ce dimanche de juin fût une journée extrêmement chaude. Cuisiner autour du poêle jusqu'au milieu de la soirée avait été si épuisant que les femmes de la maison avaient décidé d'aller se coucher au moment où le soleil disparaissait à l'ouest. Par ailleurs, Corinne n'avait pas accepté que ses fils demeurent les bras croisés devant les matériaux empilés au centre de la cour, la veille du début de la construction de l'étable. Après le dîner, elle avait exigé qu'ils assemblent tous les outils de la ferme et les vérifient. Léopold se joignit à eux, même si le dimanche était sa journée de congé.

— Si vous aviez attendu trois jours plus tard, m'man, j'aurais pu être à la maison pour vous aider, dit Madeleine en vérifiant si elle avait bien mis dans son sac tout ce dont elle aurait besoin pour sa journée de classe.

— Tu m'as bien aidée avec Élise hier. Je pense que je vais être capable de me débrouiller sans vous deux aujourd'hui.

— Et moi, est-ce que je peux rester ? demanda Lionel.

— Pas question, trancha sa mère. Tu t'en vas à l'école.

Madeleine venait à peine de disparaître sur la route en compagnie de son frère et de sa sœur que la voiture de Bernard Provencher arrivait chez les Boisvert. Il était accompagné de sa femme qui descendit de voiture et s'empara de deux chaudrons avant d'aller rejoindre sa jeune sœur qui venait de sortir pour l'accueillir.

— Veux-tu bien me dire ce que t'apportes là ? lui demanda Corinne.

— Du manger, ma sœur. Tu sais pas combien d'hommes vont avoir oublié d'apporter leur repas.

— Tu dois bien te douter que j'en ai préparé hier toute la journée avec les filles.

— Puis après ? Aie pas peur. On laissera rien se perdre, la rassura la femme de Bernard en la suivant à l'intérieur pendant que son mari dirigeait son attelage vers l'écurie.

Moins d'une heure plus tard, Bastien et Anatole arrivèrent chez leur sœur en compagnie de Rosalie qui, elle aussi, avait préparé de la nourriture.

— Je sais pas si on va travailler aujourd'hui, plaisanta Bastien, mais il paraît qu'on va ben manger.

Si on comptait les hommes de la maison, il y avait déjà six ouvriers au travail quand des cultivateurs de Saint-Paul-des-Prés se mirent à arriver les uns après les autres avec leurs outils, leur bonne volonté et leur savoir-faire. Quand ils furent près d'une vingtaine, Bernard confia à chacun une tâche précise et le travail se mit à progresser à une vitesse folle sur le chantier où il régna bientôt un bruit assourdissant. Personne ne contesta son autorité parce que certains se rappelaient encore qu'il avait été le maître d'œuvre de la construction de l'église de Saint-Paul-des-Prés, quelques années plus tôt.

— Cré maudit! plaisanta Conrad Rocheleau en le reconnaissant, on peut dire que la voisine se mouche pas avec des quartiers de terrine. Elle a engagé un bâtisseur d'église pour son étable! Batèche! J'espère qu'il la fera pas aussi grosse que notre église.

Un éclat de rire général vint saluer la saillie du voisin.

— Inquiétez-vous pas, le rassura Bernard en riant. Elle va être moins longue et moins haute que l'église du village. En plus, je vous dis tout de suite qu'il y aura pas de clocher à bâtir sur la couverture.

Ian Sullivan s'était joint très tôt à l'équipe et avait d'abord semblé déçu de constater que Corinne puisse compter sur un beau-frère aussi compétent pour diriger la construction. De fait, il était venu dans l'espoir de faire ce travail pour attirer l'attention et les bonnes grâces de la jeune veuve. Cependant, beau joueur, il s'était effacé devant l'expérience évidente de Bernard et s'était contenté du simple rôle de menuisier.

Cet avant-midi-là, Bernard Provencher se rendit compte que si son neveu Philippe aimait faire montre de sa force physique en étant toujours le premier à se précipiter pour lever de lourdes charges, Norbert était particulièrement doué pour les coupes de précision. L'adolescent, d'un naturel minutieux, accomplissait un excellent travail avec Jocelyn Jutras, qui s'était joint, lui aussi, aux bénévoles.

À l'heure du repas du midi, on dressa trois grandes tables avec des madriers déposés sur des tréteaux à l'ombre des érables, près de la maison, et on mangea. La plupart des hommes avaient apporté leur repas, mais aucun ne refusa un bol de soupe et le dessert offert par les femmes.

Après une courte pause, le travail reprit dans la bonne humeur, et à la fin de l'après-midi une bonne partie de la charpente était érigée, à la plus grande satisfaction de

Corinne qui n'en revenait pas de la rapidité avec laquelle le travail progressait. Quand Bernard et Germaine parlèrent de retourner à Nicolet à la fin de la journée, elle les retint à coucher, sachant que leurs deux adolescents étaient hébergés chez un frère de Bernard.

Les jours suivants, le beau temps se maintint, rendant ainsi le travail plus facile. Comme lors de toutes les corvées, les gens venaient consacrer une ou deux journées au travail commun et ils étaient remplacés le lendemain par d'autres bénévoles qui poursuivaient la tâche. La plupart des cultivateurs de la région étaient capables d'accomplir les travaux les plus divers sans grande difficulté, habitués qu'ils étaient à se débrouiller sur leur ferme.

En cette seconde journée de travail, Bernard avait conservé la même organisation que la veille. Dès le matin, il constitua deux équipes : un groupe d'ouvriers mesurait et sciait le bois alors que l'autre le clouait.

Ce jour-là, le temps était venu de clouer la toiture de l'étable. Ian Sullivan fut le premier à s'installer au haut de l'échafaudage en compagnie de Philippe.

— Faites ben attention où vous mettez vos pieds, leur recommanda Bernard en les voyant grimper et se tenir debout au haut de la charpente. Cherchez pas à aller trop vite, c'est le meilleur moyen pour tomber et vous casser un membre. Il y a pas de presse. Prenez pas de chance.

Pendant que le contremaître improvisé parlait, deux autres paires d'ouvriers vinrent prendre place sur l'autre versant de la future toiture. Philippe adressa un signe impatient à un voisin de lui tendre les premières planches.

Le travail avait à peine commencé que Simon Joyal arriva à la ferme. Corinne venait de déposer un cruchon d'eau froide au bout de la galerie pour les ouvriers quand elle aperçut son jeune frère. Elle descendit dans la cour pour l'accueillir. Le jeune homme de trente-quatre ans, toujours aussi pâle, était d'excellente humeur.

— Pas encore un ouvrier ! plaisanta la maîtresse de maison en l'embrassant.

— À matin, je suis supposé remplacer Anatole qui pourra pas venir parce qu'une de nos vaches est en train de mettre bas, expliqua le célibataire.

Il venait à peine de finir sa phrase que son beau-frère Bernard s'avançait vers lui.

— Toi, t'arrives ben, lui dit-il joyeusement. Norbert a justement besoin d'aide pour scier le bois. Tu vas le trouver de l'autre côté de l'étable. Grouille-toi, à part ça, sinon je vais te couper ton salaire.

— C'est ben ce que je pensais, plaisanta Simon. T'es un maudit *boss* ben dur.

Sur ces mots, il salua sa sœur de la main et alla rejoindre son neveu.

— Fais-toi en pas, dit Bernard à sa belle-sœur. Quand je l'ai vu arriver, j'ai parlé à Norbert. Ton gars va s'arranger pour lui donner de l'ouvrage ben facile à faire. En passant, je sais pas si tu t'en es aperçue, mais ton Norbert est pas manchot pantoute pour travailler le bois. Je pense que c'est à lui que je vais demander d'ajuster les fenêtres quand ça va être le temps.

— Il est meilleur que Philippe ?

— Je le sais pas, reconnut Bernard, mais il est certainement plus patient et plus minutieux. Si jamais il veut plus travailler sur ta terre, je l'engagerai pour travailler avec mes hommes sur mes chantiers, promit-il.

— Mets-lui surtout pas ça dans la tête, le supplia la veuve.

— Tu sais ben que je ferai jamais ça avant de t'en parler, la rassura-t-il.

— Tu m'as fait peur.

— Dis donc, pendant que j'y pense, poursuivit-il. Je me souviens pas d'avoir vu un seul Boisvert venir nous donner un coup de main depuis qu'on a commencé. D'après toi, est-ce qu'ils sont tous morts ?

— Je suppose qu'ils ont ben des affaires à faire chez eux, dit Corinne, l'air désabusé, avant de se diriger vers la galerie dans l'intention de rentrer dans la maison.

Au même instant, le bruit d'une voiture entrant dans la cour de la ferme l'incita à tourner la tête.

— Tiens, en parlant du loup ! dit-elle à son beau-frère. Voilà mon beau-père et mon neveu Charles, le garçon d'Henri.

— Je te les laisse, dit Bernard en s'esquivant.

La voiture s'immobilisa près de la maison et Gonzague Boisvert en descendit en même temps que son petit-fils.

Le mari d'Alexandra n'avait rien d'un Boisvert. De petite stature, le jeune homme de vingt-cinq ans était frêle et manquait d'énergie comme sa mère.

Comme les deux hommes demeuraient figés devant le spectacle de la douzaine d'ouvriers bénévoles en plein travail, Corinne dut s'avancer vers eux pour les saluer.

— Dites-moi pas, beau-père, que vous venez donner un coup de main à bâtir mon étable ? demanda-t-elle.

— J'ai passé l'âge depuis longtemps, fit Gonzague en se tournant vers elle. T'oublies que je vais sur mes quatre-vingts ans.

— J'oublie pas, monsieur Boisvert.

— Non, je suis venu parce que j'avais affaire à ta fille. Je la pensais encore à l'école en train de tout remettre en ordre avant de fermer pour l'été. L'école a fini juste hier. J'espère qu'elle me laissera pas ça tout à l'envers.

— Pantoute, grand-père, affirma Madeleine qui venait de s'approcher du trio. Si je suis restée à la maison aujourd'hui, c'est que j'ai fini de faire le ménage de l'école. Vous pouvez aller voir vous-même.

— C'est correct. Je te crois, laissa tomber le vieillard. J'aurais aussi deux mots à te dire.

— J'ai quelque chose sur le feu, grand-père. Quand vous voudrez me parler, vous aurez juste à entrer.

Le vieillard hocha la tête et considéra de nouveau le chantier bruyant dominé par les coups de marteau et les cris des ouvriers.

— Dis-moi pas, Charles, que t'es devenu celui qui conduit ton grand-père partout, à cette heure ? plaisanta Corinne.

— Non, ma tante. Mon père avait pas besoin de moi, à matin. Ça fait que je me suis dit que ce serait pas une mauvaise idée que je vienne faire ma part chez vous.

— T'es ben fin, fit la maîtresse de maison, tout de même surprise qu'un Boisvert soit devenu aussi altruiste.

— Mais là, je m'aperçois que vous avez déjà beaucoup de monde pour vous aider. Je vois ben que vous avez pas besoin pantoute de moi.

— Si tu le dis, laissa tomber Corinne.

— T'as acheté tout ton matériel chez Gagnon et chez Duquette ? demanda Gonzague en se retournant vers sa bru.

— Oui.

— Ils t'ont pas fait trop de problèmes pour te faire crédit ?

La veuve fronça les sourcils. Évidemment, le vieillard était surtout venu s'informer de la manière dont elle était parvenue à acheter tous les matériaux nécessaires à la construction de sa grange.

— Ils ont pas eu à me faire crédit, beau-père, répondit-elle sèchement.

— Ah non ?

— Non, tout a été payé comptant, si ça peut vous rassurer.

— Cré maudit ! Je savais pas que t'étais aussi riche, reprit Gonzague, en affichant un air un peu dépité.

— Je suis pas riche comme vous, monsieur Boisvert, mais je me débrouille. Bon, il faut que j'aille aider ma fille à préparer le dîner. Si vous avez à lui parler, vous avez juste à me suivre.

— C'est ben correct. Toi, attends-moi dans le boghei, j'en ai pour une minute, ajouta le vieil homme à l'intention de Charles.

Gonzague entra dans la maison sur les talons de sa bru. Il faisait si chaud dans la cuisine d'été à cause du poêle à bois qu'il fallait chauffer pour cuire le repas qu'il sentit le besoin de retirer sa vieille casquette beige en toile. Il tira de la poche de poitrine de sa chemise une petite enveloppe qu'il tendit à Madeleine.

— Je t'ai apporté ta dernière paye, lui dit-il.

— Merci, grand-père.

— Puis, t'es-tu fait une idée? Je suis prêt à te faire signer ton contrat pour l'année prochaine. Toutes les autres maîtresses d'école reviennent au mois de septembre, sauf Jeanne Desrosiers, qui se marie cet été.

— J'en ai parlé avec ma mère, grand-père. Elle me laisse libre de faire ce que je veux l'année prochaine.

— Qu'est-ce que ça veut dire?

— Ça veut dire que si vous avez toujours l'idée de m'envoyer dans l'école au bout du rang Saint-André, j'aime mieux aller faire la classe à Nicolet au mois de septembre.

— C'est comme tu voudras, ma petite fille, déclara sèchement le vieillard, mais j'ai ben l'impression que tu vas t'en mordre les doigts. Je trouve que ta mère te laisse pas mal de corde pour une fille de dix-huit ans.

— Inquiétez-vous pas, beau-père, le rassura Corinne, sarcastique, je tiens les cordeaux bien serrés.

Gonzague salua les deux femmes et sortit de la maison. Il s'empressa de monter dans le boghei où l'attendait son petit-fils.

— Envoye! lui ordonna-t-il. On s'en retourne à la maison. On n'est pas pour passer notre journée sur le chemin.

Dans la maison, Madeleine s'était avancée vers la fenêtre et regarda partir son grand-père.

— J'espère que je fais pas une erreur, dit-elle à sa mère.

— T'es assez grande pour savoir ce que tu fais, déclara Corinne. Mais si je me trompe pas, je suis à peu près certaine que tu vas voir ton grand-père revenir avant la fin de l'été pour te dire que tu peux continuer à faire l'école dans notre rang. Si je le connais bien, ça va pas mal le fatiguer de voir qu'il lui manque une maîtresse d'école pour commencer l'année.

— Avec tout ça, m'man, on dirait que vous avez perdu votre chance de voir votre neveu préféré travailler pour vous, plaisanta la jeune fille en faisant un effort pour oublier sa crainte de ne pas avoir de travail l'automne suivant.

— À mon avis, c'est pas une grosse perte, fit sa mère. Si j'ai bien compris Alexandra, son mari fait pas grand-chose sur la terre des Boisvert. Il paraît même que ton grand-père aurait voulu en faire le chauffeur du *truck* que ton père conduisait, mais il trouvait ça trop fatigant.

— S'il se surveille pas, le cousin, il va avoir du poil dans les mains, plaisanta Madeleine.

Chapitre 5

La chute

Le lendemain, au milieu de la matinée, la toiture était aux deux tiers posée et Philippe décida de son propre chef de dire aux deux autres équipes qu'elles pouvaient descendre, qu'il finirait le travail avec son partenaire, Ian Sullivan. Les quatre ouvriers bénévoles allèrent rejoindre Léopold et les autres travailleurs qui avaient commencé à clouer d'épais madriers à mi-hauteur pour constituer le futur plancher du fenil où le foin serait entreposé.

— On a besoin d'autres planches de dix pieds, cria Philippe à ceux qui étaient chargés de scier le bois.

— Combien t'en veux ? lui demanda Norbert.

— Commence par une demi-douzaine, répondit Ian Sullivan, debout en équilibre instable sur la toiture, aux côtés de l'aîné de Corinne.

Norbert mesura et scia quelques planches que son oncle Simon alla tendre aux ouvriers sur le toit.

— Quand t'auras fini de fournir ton frère, dit Bernard Provencher à son jeune neveu, tu pourras lâcher ta scie et venir voir si t'es capable d'ajuster les fenêtres. On a encore deux hommes qui vont continuer à scier et...

L'entrepreneur n'eut pas le temps de terminer sa phrase qu'un cri accompagné par le bruit d'une lourde chute l'interrompit.

— Calvince! Il y a quelqu'un qui vient de tomber! cria-t-il en se précipitant vers l'étable, suivi de près par trois bénévoles et Norbert.

Immédiatement, tous les ouvriers bénévoles avaient quitté leur poste et s'étaient attroupés autour de celui qui venait de chuter. Bernard se fraya un chemin jusqu'à lui.

— Batèche! qu'est-ce qui est arrivé? demanda-t-il en s'agenouillant auprès de Philippe étendu sur un tas de madriers, sur le plancher de l'étable.

— Je pense ben que le jeune a voulu faire le faraud et il s'est penché un peu trop pour poigner une planche qu'on lui tendait, dit Baptiste Jolicœur, du rang Saint-Pierre.

— Ouais, j'ai tout vu, intervint Joseph Melançon. Il a perdu pied, il aurait pu se tuer. En tout cas, il a l'air à moitié assommé, le jeune.

Simon Joyal, le visage blême, s'agenouilla près de son beau-frère et souleva doucement la tête de son neveu. Philippe bougea la tête et s'assit, l'air passablement étourdi.

Lionel quitta la scène de l'accident et courut prévenir sa mère à la maison.

— Aïe! j'ai poigné une maudite débarque! dit Philippe en grimaçant de douleur, sous le regard soulagé des spectateurs qui avaient fait cercle autour de lui.

— Comment t'as fait ton compte? lui demanda son oncle Bernard.

— Je le sais pas. J'ai perdu l'équilibre.

— As-tu mal quelque part? fit Norbert.

Philippe voulut s'appuyer sur une main pour se remettre sur ses pieds. Il grimaça de nouveau et fut incapable de se relever. Corinne, Madeleine et Élise arrivaient précipitamment sur les lieux.

— Où est-ce que t'as mal? demanda la mère affolée au blessé.

— J'ai juste mal au bras, dit-il, le front soudainement couvert de sueur.

— Il a peut-être un bras cassé, suggéra Ian Sullivan qui s'était approché après être descendu de l'échafaudage.

— T'es-tu cogné la tête ? fit la mère.

— Non, je suis tombé sur mon bras, répondit Philippe, le visage crispé de douleur.

— Bon, essaye de te lever, intervint son oncle Bernard en le soutenant avec l'aide de son beau-frère Simon.

Le jeune homme parvint à se mettre debout, mais il ne put se porter sur sa jambe gauche. Simon se pencha et examina la jambe de son neveu.

— Sa jambe a l'air d'être correcte, dit-il après l'avoir examinée. On dirait ben qu'il a juste une entorse. Elle a pas l'air cassée.

— On va faire venir le docteur Précourt pour regarder ça, dit Corinne, soulagée.

— Je pense que le mieux serait de l'emmener tout de suite chez le docteur, intervint Joseph Melançon. Moi, je dois retourner à la forge. Je peux le déposer au village. Il va être soigné plus vite et, de la manière que le petit docteur conduit son char, ça va être moins dangereux pour tout le monde.

Malgré la gravité de la situation, des sourires apparurent sur certains visages. La façon de conduire d'Adrien Précourt était devenue la fable de Saint-Paul-des-Prés. Il avait beau posséder sa grosse Buick noire depuis trois ans, son habileté à la manœuvrer ne s'était guère améliorée. Plus d'une boîte aux lettres et de nombreuses galeries de la paroisse pouvaient en témoigner.

— J'aurais ben pu aller le conduire, proposa Ian Sullivan.

— Laisse faire, fit le forgeron-mécanicien, de toute façon, je dois partir. J'ai le cheval de Lemieux à ferrer avant la fin de la journée.

— J'y vais avec vous autres, déclara Corinne, s'apprêtant déjà à retirer son grand tablier.

97

— Laissez faire, m'man, dit Philippe en grimaçant. Vous avez le dîner à préparer et ça va me fatiguer de vous savoir à m'attendre chez le docteur.

— Oui, mais comment tu vas faire pour revenir ?

— Je vais m'arranger avec ça, déclara Joseph Melançon.

Pendant toute cette discussion, Norbert était allé chercher le boghei du gros homme à l'épaisse moustache noire et l'avait approché de l'étable. On aida Philippe à prendre place sur le siège arrière. Corinne s'empressa d'aller chercher un linge mouillé avec lequel elle entoura la cheville blessée de son fils après avoir retiré l'une de ses chaussures.

— T'es sûr que tu veux pas que j'y aille ? lui demanda-t-elle, l'air inquiet.

— Ben non, m'man.

Elle regarda le véhicule quitter lentement la cour de la ferme.

— J'espère qu'il a pas autre chose de cassé, dit-elle, les larmes aux yeux.

— Ben non, inquiète-toi donc pas, la rassura son frère Simon. Il est solide, ton Philippe.

— Je pense que t'es mieux de retourner à la maison avec tes filles, lui suggéra Bernard, prêt à reprendre le travail.

La mère et ses filles regagnèrent la petite maison grise et les bruits maintenant familiers du chantier reprirent.

— Faites ben attention ! cria Bernard aux bénévoles. Il faudrait pas qu'un autre accident arrive.

─────

Avant d'atteindre le bout du rang Saint-Joseph, Joseph Melançon tourna la tête vers son passager muet à demi étendu sur le siège arrière de son boghei.

— On dirait ben que t'as perdu le goût de jaser, lui dit-il pour lui faire oublier son mal.

— J'en mourrai pas, plastronna Philippe sans trop de conviction.

— Peut-être pas, mais t'es pas rougeaud, par exemple, plaisanta le forgeron. Tu te fais pas trop secouer en arrière ?

— Non, je suis correct, monsieur Melançon, répondit le blessé en serrant les dents.

L'homme se tut. La voiture tourna dans le rang Saint-André et parcourut en silence le mille et demi qui le séparait du village. Stupéfait, Philippe le vit immobiliser la voiture devant la forge-garage dans la grande cour que son propriétaire partageait avec le magasin général d'Alcide Duquette. L'un des deux camions de son grand-père était stationné devant la porte.

— Si ça te fait rien, mon jeune, je vais demander à mon gars d'aller te conduire chez le docteur Précourt, dit Joseph Melançon à son passager en descendant de voiture. Comme je connais ton grand-père, il va vouloir que je m'occupe de son *truck* au plus sacrant, comme d'habitude.

Sur ce, le forgeron-mécanicien disparut à l'intérieur de la forge. Il en sortit deux minutes plus tard pour se diriger vers sa maison, située au fond de la cour. Plusieurs minutes passèrent sans qu'il réapparaisse.

— Qu'est-ce qu'il niaise, le bonhomme ? s'impatienta à haute voix le blessé que son bras élançait de plus en plus.

Philippe s'apprêtait à descendre de voiture pour se rendre à pied à l'autre bout du village chez le docteur Précourt quand Cécile Melançon, chapeautée et gantée, fit son apparition.

La jeune fille de vingt ans avait une taille élancée et le geste vif. On remarquait surtout son épaisse chevelure noire sur laquelle reposait un petit chapeau. Ses grands yeux noirs ne faisaient pas oublier sa bouche généreuse.

— Bon, où est-ce qu'il est, le mourant ? demanda-t-elle en prenant place sur le siège avant du boghei.

— Qu'est-ce que tu fais là ? fit Philippe, surpris de la voir s'emparer des rênes. C'est pas ton frère qui est supposé me mener chez Précourt ?

Il se redressa et fit un effort pour prendre un air dégagé quand elle se tourna vers lui pour le regarder.

— Il est pas là. Il est parti conduire ma mère à Yamaska, répondit la jeune fille en s'emparant des rênes. Mais si tu penses que t'aimerais mieux y aller à pied plutôt que d'être mené par une fille, t'es bien libre de le faire, ajouta-t-elle sèchement. Le docteur Précourt reste au bout du village, si tu le sais pas.

Il était évident que Cécile Melançon ne faisait que se plier à la volonté paternelle en conduisant le blessé chez Adrien Précourt. Elle n'avait aucun penchant pour le fils de Laurent Boisvert qu'elle trouvait fendant et insignifiant, comme elle l'avait dit à sa mère quand cette dernière lui avait reproché de l'avoir bêtement éconduit quelques semaines auparavant.

— Tu vas finir vieille fille, l'avait menacée Victorine Melançon. On n'attire pas les mouches avec du vinaigre, ma fille.

— Eh bien! j'en mourrai pas, m'man, avait-elle rétorqué, insouciante. Des gars comme le Philippe Boisvert qui s'imaginent qu'ils ont juste à regarder une fille pour qu'elle se jette à leurs genoux, j'en veux pas. Qu'ils aillent faire les beaux ailleurs.

Étrangement, la résistance farouche de la fille du forgeron à ses tentatives de rapprochement n'avait qu'incité le beau Philippe à s'entêter. C'était la première fois qu'une fille de Saint-Paul-des-Prés lui résistait et il ne comprenait pas.

— Je lui ai jamais rien fait, à la Cécile, avait-il déclaré à Norbert. Veux-tu ben me dire ce qu'elle a à me tenir au bout de la fourche, comme si j'avais la gale?

— Pour moi, elle t'aime tout simplement pas la face, avait suggéré Norbert, jamais à court de taquineries.

— Elle est bête comme ses pieds avec moi, avait repris son frère, songeur et dépité de constater que son charme n'opérait pas sur la fille du garagiste de Saint-Paul-des-Prés.

Et voilà que subitement il se retrouvait en sa présence, mais en situation désavantageuse.

— T'es pas obligée de venir me reconduire, dit-il à la jeune fille au moment où elle se penchait pour s'emparer des rênes. Laisse faire, je vais y aller à pied, ajouta-t-il en esquissant le geste de descendre de voiture.

— Reste là, lui ordonna-t-elle en remarquant qu'il avait un pied nu. T'es pas pour traverser le village déchaussé.

La fille de Joseph Melançon mit son attelage en marche et traversa le village en silence, jetant de temps à autre un regard vers Philippe qui souffrait sans se plaindre. Elle ne le montrait pas ouvertement, mais elle avait pitié de lui.

— T'es chanceux, le docteur Précourt est à la maison, fit-elle en apercevant la grosse Buick noire du médecin stationnée près de la maison située en face de l'église.

Elle immobilisa la voiture près de la résidence du médecin, en descendit et tendit la main au blessé.

— Je suis capable de descendre tout seul, déclara Philippe.

— C'est pas le temps de faire le fier, le rembarra-t-elle. Tu peux pas marcher à cloche-pied jusqu'à la maison. Appuie-toi sur mon épaule et arrête de faire le jars.

Dompté, le jeune homme s'appuya contre elle et le couple alla sonner à la porte. Adrien Précourt vint leur ouvrir. Le petit homme à la voix de fausset les fit immédiatement passer dans son bureau.

— Je peux m'asseoir dans la salle d'attente, proposa Cécile.

— Tu peux rester là, répliqua le praticien. Tu vas peut-être pouvoir m'aider.

Le médecin fit enlever sa chemise au blessé et examina attentivement son épaule droite et son bras. Pendant ce temps, Cécile faisait celle qui n'avait pas remarqué l'imposante musculature de celui qu'elle accompagnait.

— On peut dire que c'est ton jour de chance, déclara le praticien à Philippe qui grimaçait chaque fois qu'il palpait son épaule et son bras droits. On dirait bien que t'as pas de fracture. T'as rien de cassé. Ton épaule est juste démise. Je vais te remettre ça en place. Ça va faire mal sur le coup, mais après, tu vas te sentir pas mal mieux.

— C'est correct, dit Philippe, bien décidé à montrer son courage à la jeune fille.

Adrien Précourt s'empara du bras droit de son patient avec beaucoup de douceur et, au moment où le blessé s'y attendait le moins, il le releva en lui donnant une violente secousse.

— Aïe! cria Philippe alors que son front se couvrait de sueur.

— C'est fini, dit le médecin. Ça va être sensible un bout de temps. Je vais te mettre le bras en écharpe, et dans une semaine tu vas pouvoir t'en servir comme avant.

En quelques instants, le jeune homme se retrouva avec un bras retenu par une écharpe. Ensuite, Adrien Précourt examina sa cheville blessée.

— Là encore, tu as eu de la chance. Il n'y a pas de fracture. C'est juste une bonne entorse, déclara-t-il en se relevant. Je vais te faire un bandage et en rentrant à la maison, mets des compresses d'eau froide. Il va te falloir une dizaine de jours avant de pouvoir marcher comme avant sans douleur. As-tu une canne ou des béquilles chez vous?

— Non, docteur.

— Je vais te prêter une canne. Tu me la rapporteras quand t'en auras plus besoin.

Une vingtaine de minutes après leur entrée, Cécile et Philippe quittèrent le bureau d'Adrien Précourt. Cécile l'aida à monter en voiture malgré ses faibles protestations.

— Je te ramène chez vous, déclara-t-elle en prenant place dans la voiture. Arrangé comme t'es là, les gens qui vont nous voir passer vont bien croire que je t'ai donné toute une volée, plaisanta-t-elle en lui adressant enfin un sourire.

— Ça les surprendra pas, dit Philippe dont le moral était remonté en flèche depuis qu'il savait qu'il n'avait rien de cassé. Tout le monde dans la paroisse connaît ton bon caractère.

— Aïe, Philippe Boisvert, veux-tu faire le reste du chemin à pied ? lui demanda-t-elle.

— Non, fais pas ça, dit-il en feignant de la supplier. J'aime ça être avec toi.

— Tiens ! Tu vas mieux, toi ! Tu commences à me chanter la pomme, dit-elle en tirant sur les rênes pour faire tourner le cheval dans le rang Saint-Joseph.

— Non, je suis sérieux, Cécile, fit Philippe en regardant son joli profil. J'aimerais ça pouvoir aller te voir de temps en temps.

— Pourquoi ?

La question sembla désarçonner le garçon durant un court moment. Puis il finit par lui avouer :

— Parce que je te trouve à mon goût.

— On verra, se borna-t-elle à dire, sibylline.

— Arrangé comme je suis là, je peux pas être ben dangereux, ajouta-t-il en lui montrant son écharpe et sa canne.

— Inquiète-toi pas, je suis capable de me défendre, rétorqua-t-elle, sérieuse, sans toutefois accepter qu'il commence à la fréquenter.

— Envoye donc ! la supplia-t-il.

— Je vais y penser, lui concéda-t-elle sans manifester grand enthousiasme.

Pendant un certain temps, le silence régna dans la voiture. Cécile regardait les champs environnants où les pousses avaient commencé à sortir de terre. Au loin, la forêt d'un vert plus foncé limitait chacune des terres à leur extrémité. Dans chacune des fermes que l'attelage longeait régnait une activité fébrile. En cette fin de matinée de juin, le ciel était sans nuage et les oiseaux dissimulés dans les ramures des arbres pépiaient à n'en plus pouvoir.

— Puis, est-ce que je vais pouvoir venir te voir ? lui demanda-t-il à nouveau.

— T'es pas mal jeune pour moi, dit-elle d'une voix un peu hésitante.

— Je suis pas si jeune que ça, protesta Philippe. J'ai eu vingt ans la semaine passée.

— Ah oui ! fit-elle en prenant un air surpris. C'est drôle, j'aurais cru que t'étais pas mal plus jeune que ça.

— Pourquoi tu dis ça ?

— Juste en voyant ta façon de faire avec les filles. Il me semble avoir entendu dire que tu t'amuses pas mal à aller accrocher ton fanal à gauche et à droite les fins de semaine.

— Le monde exagère, se défendit-il mollement.

— Bien sûr ! fit-elle, sarcastique. On va voir si le monde de Saint-Paul exagère tant que ça. Viens faire un tour dimanche prochain, finit-elle par dire sur un ton neutre. Mais je te le dis tout de suite, si ça fait pas mon affaire, tu vas vite plier bagage.

— Aie pas peur, lui dit-il pour la rassurer en lui adressant son plus charmant sourire. Je vais être ben fin avec toi.

Le boghei s'arrêta près de la maison de Corinne alors que les hommes s'apprêtaient à reprendre le travail après le repas. Corinne et ses filles sortirent immédiatement pour venir au-devant du blessé. La veuve sursauta légèrement quand elle s'aperçut que la voiture était conduite par la fille de Melançon qu'elle ne connaissait que de vue.

— Je vous ramène votre garçon, madame Boisvert, dit cette dernière sans manifester la moindre gêne. Je suis allée avec lui chez le docteur Précourt, précisa-t-elle en tendant la main pour aider le blessé à descendre avant même que sa mère ou ses sœurs le fassent.

— T'es bien fine d'avoir fait ça. Qu'est-ce qu'il a de cassé ?

Philippe allait répondre quand son accompagnatrice le devança.

— Rassurez-vous, il a rien de brisé, dit-elle. Il avait l'épaule déboîtée et une entorse. Le docteur a tout arrangé.

— Ça me soulage et…

— Si ça vous fait rien, j'aimerais ben pouvoir m'asseoir quelque part, fit Philippe en grimaçant. J'ai mal à la cheville.

— Pour moi, madame Boisvert, vous avez pas fini de l'entendre se lamenter, dit Cécile sur un ton plaisant. Vous savez comment sont les hommes. Au moindre petit bobo, on dirait qu'ils sont en train de mourir.

Corinne et ses filles rirent de bon cœur. Philippe jeta un regard meurtrier à celle qu'il se proposait de fréquenter et eut du mal à ne pas lui adresser une remarque cinglante.

— Bon. Il faut que j'y aille, dit Cécile en remontant en voiture.

— Si t'as pas dîné, pourquoi tu restes pas pour manger avec notre grand blessé, lui proposa Corinne.

— Ce serait avec plaisir, madame Boisvert, mais ma mère est à Yamaska et mon père doit m'attendre pour lui préparer son dîner.

Philippe la remercia de s'être occupée de lui et la jeune fille quitta la ferme. Dès que la fille de Joseph Melançon se fut éloignée de la ferme, le jeune homme entra difficilement dans la maison.

— T'es chanceux d'avoir eu une belle fille comme elle pour aller te conduire chez le docteur, le taquina sa mère qui l'avait suivi à l'intérieur.

— C'est vrai qu'elle est pas laide, reconnut Philippe, mais elle est bête en maudit, par exemple.

Corinne adressa une œillade à Madeleine dans le dos de son fils qui refusa ensuite le repas que lui proposait sa sœur, préférant aller s'étendre une heure ou deux dans sa chambre à coucher.

À l'heure du souper, tous les bénévoles avaient quitté les lieux. Pendant que Léopold et Norbert faisaient le train, Bernard était venu dire quelques mots à son neveu Philippe pour s'enquérir de sa santé avant d'inviter Corinne à faire le tour du chantier.

— Aujourd'hui, on n'a pas niaisé, dit-il à sa belle-sœur. Regarde. La couverture est posée et on a eu assez d'aide pour clouer dessus toute la tôle. Le plancher du fenil est installé et les hommes ont même eu le temps de commencer à clouer de la planche sur les murs. Dans deux jours, si ça continue comme ça, ça va être fini.

— Tu peux pas savoir comment je me sens soulagée, déclara la veuve.

— Norbert a commencé à s'occuper des fenêtres. Dupras et Sullivan ont déjà fabriqué les deux grandes portes. Il y aura juste à les installer quand les murs seront faits.

— T'as tout ce qu'il te faut?

— J'ai vérifié. Il devrait rien nous manquer. Demain, je serai pas là. Il faut que j'aille jeter un coup d'œil sur ce que font mes hommes sur le chantier de Victoriaville. Léopold et Norbert savent ce qu'il y a à faire. Juste du clouage. Ceux qui vont venir aider, s'il y en a, auront pas de misère. En plus, Germaine doit se demander si je suis pas mort, ajouta-t-il en souriant.

— Je te remercie bien gros.

— Je vais revenir aussitôt que je vais pouvoir, promit-il en se dirigeant vers son boghei auquel il avait attelé son cheval quelques minutes plus tôt.

Quand elles virent Norbert et Léopold revenir à la maison après le train, Madeleine et Élise déposèrent sur la table la fricassée cuisinée avec les restes du rôti de porc.

— C'est le dernier rôti qui nous restait, annonça Corinne aux siens en s'assoyant à une extrémité de la table.

Après la récitation du bénédicité, on mangea en silence et Norbert se chargea de couper des tranches dans la grosse miche de pain, travail habituellement exécuté par son frère. Au moment de servir le dessert, Élise ne put s'empêcher de déclarer:

— J'ai hâte que les fraises soient prêtes. Ça va faire changement avec la mélasse et le sirop d'érable.

— Fais pas le bec fin, la sermonna sa mère. On est encore chanceux de pouvoir manger à notre faim. Et toi, Philippe, est-ce que le docteur t'a dit combien de temps t'étais pour rester comme ça ?

— À peu près deux semaines, m'man.

— Maudit chanceux ! s'exclama Norbert. Si j'avais su, je me serais garroché en bas de la couverture de l'étable, moi aussi. Deux semaines à rien faire et à regarder les autres travailler, il y en a qui sont gras dur.

— Beau niaiseux ! répliqua son frère. Comme si j'avais fait exprès.

— Ben, ça se pourrait... juste pour le plaisir de te faire minoucher par la belle Cécile.

— Tu dis n'importe quoi ! riposta son frère à qui la moutarde commençait à monter au nez.

— Ça me surprendrait même pas que tu te sois organisé pour qu'elle accepte de te recevoir dans son salon, continua l'adolescent, imperturbable.

Corinne écoutait l'échange sans intervenir.

— Oui, puis après ?

— C'est ben ce que je me disais. T'as dû faire le misérable pour attirer sa pitié.

— Je vais te sacrer une volée si tu continues à m'étriver, le menaça l'aîné en esquissant le geste de se lever.

— Reste assis, l'infirme ! le nargua l'incorrigible. T'as de la misère à mettre un pied devant l'autre.

— Quand je vais être guéri, tu vas me payer ça ! promit Philippe d'un air menaçant.

— Ça va faire, Norbert. Ferme ta boîte et mange, lui ordonna sa mère qui avait autant de mal que les autres convives à réprimer un sourire.

Les jours suivants, le nombre de bénévoles baissa sérieusement parce que la période de la cueillette des fraises avait débuté. Cependant, il y eut toujours un ou deux voisins pour poursuivre la construction de l'étable.

À plusieurs reprises, Corinne surprit Léopold en grande conversation avec le vieil Ernest Pouliot, le voisin des Rocheleau. Elle remarqua que les deux hommes se taisaient alors qu'elle passait près d'eux, de retour de son champ de fraises en compagnie de Lionel et de ses filles.

— Je sais pas ce qu'ils ont à faire des messes basses, ces deux-là, dit-elle, intriguée, à Madeleine, mais on dirait qu'on les dérange quand on s'approche.

— Vous vous faites des idées, m'man, fit la jeune fille en feignant de n'avoir rien remarqué.

Le samedi suivant, au milieu de l'après-midi, Bernard Provencher déclara que le travail était terminé. Le nouveau bâtiment avait un petit air pimpant qui jurait un peu avec l'écurie et la porcherie. Ian Sullivan et Jocelyn Jutras étaient venus aider à chauler l'étable neuve pendant que Corinne, délaissant ses fraises ce jour-là, avait peint les portes et les cadres des fenêtres d'un beau rouge vif. La veille, Norbert et Ernest Pouliot avaient fini l'installation des ports à l'intérieur.

Durant les trois derniers jours, Philippe avait piaffé d'impatience, condamné à demeurer assis sur la galerie à regarder les hommes travailler.

— J'espère que tu trouves pas ça trop fatigant, l'avait nargué Norbert à plusieurs reprises.

— Toi, mon maudit haïssable !

— Remarque que je peux toujours approcher ta chaise berçante de l'étable, si tu veux mieux voir ce qu'on fait, poursuivait l'autre en riant.

— Tu perds rien pour attendre !

Cet après-midi-là, Corinne et ses filles, aidées par Germaine venue à Saint-Paul-des-Prés avec son mari, cuisinèrent durant de longues heures, malgré la vague de chaleur qui s'était abattue sur la région depuis deux jours.

— Demain, je vais demander à monsieur le curé de remercier tous ceux qui sont venus nous aider et, s'il en a le temps, de venir bénir notre étable, avait déclaré la maîtresse de maison. On va inviter tout le monde à venir voir notre étable et on va leur servir du pudding aux fraises, des tartes et du gâteau. C'est le moins qu'on puisse faire pour les remercier de leur aide.

— Vous avez pas une procession de la Fête-Dieu demain, vous autres? demanda Germaine.

— C'est certain, s'il fait beau.

— Pour moi, ton curé va être tellement fatigué après la procession qu'il voudra pas venir bénir ton étable.

— Il pourra peut-être envoyer un des vicaires. Ça va faire la même chose, rétorqua Corinne.

— Parlant de gens qui vont venir, reprit Bernard, penses-tu qu'on va voir du monde de la famille de Laurent?

— Ça, ça me surprendrait pas mal, répondit sa belle-sœur sans se donner la peine d'offrir de plus amples explications.

Quand les bénévoles eurent quitté la ferme des Boisvert, Bernard se campa devant l'étable aux côtés de Norbert, de Léopold, de sa belle-sœur et de sa femme.

— Il y a pas à dire, c'est ben d'aplomb, déclara-t-il.

— Je sais vraiment pas comment te remercier, fit Corinne, reconnaissante.

— T'as pas à me remercier. Je suis de la famille, c'est normal que je sois venu te donner un coup de main.

— J'espère que vous allez être là demain, poursuivit-elle.

— C'est certain, fit Germaine. À soir, on a promis d'aller coucher chez m'man à Saint-François. Demain, on va la ramener avec nous autres pour qu'elle voie ça, elle aussi.

— Dites bien à Anatole, Simon et Bastien que je veux les voir, eux autres aussi.

— On n'y manquera pas.

Après le repas, Philippe monta à sa chambre en claudiquant et en descendit, quelques minutes plus tard, tout
endimanché.

— Tabarnouche, mon frère! on peut dire que t'es de
bonne heure pour aller à la messe de demain matin, se
moqua Norbert en l'apercevant.

Corinne regarda sans rien dire son fils aîné aller se
planter devant le petit miroir suspendu au-dessus de l'évier
pour coiffer son épaisse chevelure brune.

— Je vais prendre le boghei pour aller au village,
annonça-t-il.

— T'es capable de monter et de descendre de voiture?
lui demanda sa mère.

— Je pense que oui. Là, je vais aller atteler, dit-il, malgré
son bras encore en écharpe.

— Laisse faire, je vais aller atteler pour toi, fit Norbert
en se levant. Je vais même aller te reconduire et j'irai te
chercher vers dix heures si tu veux.

— C'est correct, accepta son frère aîné, apparemment
soulagé.

— En échange, tu diras bonsoir à la belle Cécile pour
nous autres, ne put-il s'empêcher d'ajouter, moqueur.

— J'ai jamais dit que je m'en allais veiller chez les
Melançon, se défendit mollement Philippe.

— On sait ben, tu t'en vas sans doute faire tes dévotions
à l'église, laissa tomber l'adolescent avant de sortir de la
maison.

— Comme tu montes au village, arrête chez Duquette
et achète une douzaine de grosses bouteilles de liqueur, dit
Corinne à Norbert. Il nous en faut pour le monde qui va
venir demain.

— Vous pensez qu'il va se présenter tant d'écornifleux
que ça? s'étonna Philippe.

— Oublie pas, mon garçon, qu'il y a ben des gens de
Saint-Paul qui sont venus nous donner un coup de main

pour bâtir. Le moins qu'on puisse faire, c'est de leur montrer notre reconnaissance demain après-midi.

Quand Madeleine alla rejoindre Léopold qui l'attendait dans la balançoire depuis quelques instants, Corinne sortit s'asseoir sur la galerie pour chaperonner sa fille.

À son retour du village, Norbert s'installa sur la première marche de l'escalier conduisant à la galerie, aux pieds de sa mère et aux côtés de sa sœur Élise.

— Je m'étais pas trompé, dit-il à sa mère. C'est ben chez les Melançon que Philippe allait veiller. Je donnerais cher pour voir comment la belle Cécile a reçu mon frère, ajouta-t-il, moqueur. J'ai dans l'idée qu'il doit jouer au grand malade pour l'attendrir.

— Où est-ce que t'es allé chercher cette idée-là ? fit sa mère en levant le nez de son tricot. Mêle-toi donc pas des amours de ton frère. Laisse-toi sécher le nombril. T'as même pas encore dix-sept ans.

— Je vais les avoir dans trois mois, m'man, protesta l'adolescent. Je connais assez les filles pour…

— Toi, connaître les filles ? se moqua Élise. Fais-nous pas rire. T'en as jamais fréquenté une.

— Ah bien ! Il manquerait plus que ça, intervint la mère de famille.

— Moi, j'aimerais bien mieux savoir ce qu'ils se disent, eux autres, reprit Élise, curieuse, en montrant Madeleine et Léopold.

Dans la balançoire placée sous l'érable, les deux jeunes gens se parlaient à voix basse.

— Ma mère se demandait ce que vous pouviez bien vous dire, toi et Ernest Pouliot, confiait Madeleine à son amoureux. Il paraît que vous avez pas arrêté de jacasser ensemble toute la semaine.

— Et t'aimerais ben le savoir, toi aussi, pas vrai ? la taquina Léopold.

— Je voudrais pas être indiscrète, répondit la jeune fille.

— Je suis ben content de voir que ça te fait rien de pas le savoir, poursuivit-il en adoptant un ton sérieux. Mais je vais te le dire quand même... mais pas avant demain soir.

— Pourquoi ? demanda-t-elle, réellement intriguée.

— C'est un secret, avoua Léopold en prenant une mine de conspirateur.

— C'est correct. J'insiste pas, dit-elle, déçue. Il me semblait qu'on était pour tout se dire, ajouta-t-elle.

— C'est vrai, reconnut son amoureux, et c'est pour ça que je vais tout te dire... Mais demain soir.

Un peu avant dix heures, les Boisvert s'apprêtaient à aller se coucher quand Norbert revint du village où il était allé chercher son frère chez les Melançon. Le bruit de la voiture entrant dans la cour incita Madeleine à jeter un coup d'œil par la porte moustiquaire.

— Bon, voilà don Juan qui revient, dit-elle à sa mère.

Quelques instants plus tard, Philippe entra dans la maison en arborant un air assez satisfait de lui pendant que son jeune frère allait dételer le cheval.

— Je te demanderai pas comment s'est passée ta soirée, laissa tomber sa mère en le regardant traverser la cuisine d'été. On dirait même que tu boites presque plus... Je peux te demander où t'es allé ? ajouta-t-elle, comme si elle l'ignorait.

— Voyons, m'man, Norbert a dû vous dire qu'il m'avait laissé chez les Melançon. Je suis allé veiller avec Cécile.

— Puis ?

— Il me semblait qu'elle voulait pas te voir, intervint Élise.

— Élise, mêle-toi de tes affaires et monte donc te coucher, lui ordonna sa mère. Elle avait une belle façon ? demanda-t-elle en se tournant vers son fils.

— Une ben belle façon, se contenta de dire Philippe avant d'entreprendre de monter à l'étage en claudiquant.

— Fais attention, lui fit remarquer sa sœur. On dirait que tu boites pas de la même jambe qu'avant.

Philippe se contenta de lui jeter un regard furieux avant de poursuivre péniblement son ascension.

— Toi, fais ce que je viens de te dire et monte donc te coucher, dit Corinne à l'adolescente qui ne détestait pas parfois taquiner ses frères ou sa sœur.

Chapitre 6

Des surprises

Le jour suivant, tout le monde s'était levé à l'aurore chez les Boisvert. Une petite brise soufflait, apportant les odeurs des fleurs de la saison. Après le train, il avait été décidé que Madeleine irait à la basse-messe en compagnie de Léopold, Élise et Lionel. À leur départ pour l'église, Corinne sortit sur la galerie.

— Niaisez pas après la messe. Je dois aller voir monsieur le curé avant la grand-messe.

— Qu'est-ce qu'on va faire pour la procession ? demanda Madeleine en montant dans la voiture.

— Je pense que, pour une fois, on n'ira pas, répondit sa mère. Le bon Dieu va comprendre. Il faut tout arranger pour cet après-midi.

Le contentement qui se peignit immédiatement sur le visage de ses enfants ne lui échappa pas. Elle reprit, sévère :

— En échange, on fera une prière plus longue avant d'aller nous coucher à soir.

— Si c'est comme ça, moi, j'aime mieux aller à la procession, dit Norbert, frondeur.

— Il y a pas de problème, consentit sa mère, moqueuse. Dans ce cas-là, tu te quêteras une place dans une voiture pour revenir parce qu'on n'attellera pas pour aller te chercher au village.

— Parle donc pas pour rien dire, le réprimanda sa sœur Madeleine. Chaque année, il faut presque te tirer par les cheveux pour te traîner à la procession.

La voiture quitta la cour de la ferme. En attendant le retour des siens, la mère de famille s'occupa du dîner en houspillant ses deux fils qui ne se préparaient pas assez vite à son goût.

— Grouille-toi, Philippe, finit-elle par ordonner à son aîné. Ils vont être revenus et tu seras pas encore prêt à partir.

— Je pense que j'irai pas à la messe, déclara le jeune homme. Arrangé comme je suis là...

— Aïe! fit sa mère en se campant devant lui, les mains sur les hanches. T'as été capable d'aller veiller hier soir chez une fille, t'es capable d'aller prier à l'église. Dans ma maison, il y a pas de mécréant, tu sauras!

Cette petite femme blonde à l'air sévère plantée devant son grand garçon qui la dépassait d'une tête aurait pu prêter à sourire si elle n'avait pas dégagé une telle autorité. Son fils n'eut d'autre choix que d'obéir.

Dès que la voiture fut revenue, Corinne y prit place avec ses deux fils. L'attelage longea tout le rang Saint-Joseph avant de tourner dans le rang Saint-André. Au passage, la jeune veuve jeta un coup d'œil au reposoir tout fleuri installé devant la boucherie Vigneault. Apparemment, Mariette Vigneault avait renoncé, cette année, à tenter d'égaler les fastes des reposoirs d'Alexina Duquette avec qui elle alternait. Celui-ci était simple et de bon goût.

Arrivé à l'église près d'une demi-heure avant le début de la grand-messe, Norbert n'eut aucun mal à stationner le boghei.

— On est chanceux, nous autres, on arrive avant tout le monde, comme si la messe était pas déjà assez longue, se plaignit Philippe en descendant difficilement de voiture.

— Il y a rien qui t'oblige à entrer tout de suite, répliqua sèchement sa mère.

— On va entrer, m'man, intervint Norbert. Je vais en profiter pour le confesser.

Philippe haussa les épaules et suivit sa mère et son frère en claudiquant à l'intérieur. Sa cheville n'était pas encore assez remise pour lui permettre de demeurer debout de longues minutes à la porte de l'église. Il rejoignit Norbert dans le banc loué par sa mère pour l'année pendant que cette dernière poursuivait sa route jusqu'à la porte de la sacristie, voisine de l'autel dédié à saint Paul, le patron de la paroisse.

Norbert s'assit après une courte prière et regarda autour de lui pour voir qui était déjà dans le temple. Il n'y avait qu'une dizaine de personnes, surtout des vieillards occupés probablement à réciter leur chapelet. Au passage, son regard s'arrêta brièvement sur le grand crucifix qui remplaçait la station du chemin de croix en plâtre qu'il avait acciden-tellement brisée près de trois ans auparavant lors d'une corvée de nettoyage de l'église. Philippe avait suivi le regard de son frère.

— On peut dire que t'en as fait une belle cette fois-là, lui chuchota-t-il. J'aurais ben aimé voir la face du curé Bilodeau quand c'est arrivé. Il devait être en beau maudit.

— Ça, tu peux le dire, confirma Norbert. S'il avait pu, je pense qu'il m'aurait excommunié !

— Ça fait tout de même drôle que la fabrique l'ait pas remplacée encore, poursuivit l'aîné. C'est rendu qu'on voit même plus la tache blanche que ça faisait sur le mur. On doit être la seule paroisse où le chemin de croix est arrangé comme ça.

— C'est pas si grave que ça, murmura Norbert. D'après monsieur le curé, le crucifix qui prend la place de la station que j'ai fait tomber veut dire la même chose. Lui, ça a pas l'air à le fatiguer pantoute qu'il manque une station.

Pendant ce temps, le bedeau Leblanc avait fait pénétrer Corinne dans la sacristie où le curé Cormier, déjà vêtu d'une aube blanche, était en grande conversation avec ses deux vicaires. À la vue de la veuve de Laurent Boisvert, il laissa immédiatement ces deux derniers pour s'avancer vers elle.

— Bonjour, madame Boisvert, la salua-t-il avec un sourire chaleureux. J'espère que vous venez pas confesser les nombreux péchés que vous avez dû commettre durant la semaine ?

— Pantoute, monsieur le curé. J'ai eu tellement d'ouvrage à faire que j'ai pas eu le temps d'en commettre un seul.

— Tant mieux, ça va me faire moins de travail, plaisanta le prêtre. J'ai appris que la construction de votre étable avançait pas mal vite.

— Elle est finie depuis hier, monsieur le curé. C'est pour ça que je viens vous déranger avant la grand-messe.

— Vous me dérangez pas, madame. Qu'est-ce que je peux faire pour vous ?

— Si c'est pas trop vous demander, j'aimerais que vous remerciiez pour moi les gens de la paroisse qui sont venus travailler chez nous pour nous aider et, en même temps, que vous les invitiez à venir manger un morceau de gâteau ou une pointe de tarte cet après-midi. Je sais que je tombe bien mal en pleine Fête-Dieu, ajouta-t-elle, mais j'aurais aimé que vous ou un des vicaires de la paroisse veniez bénir l'étable avant qu'on commence à s'en servir.

— Il n'y a pas de dérangement, madame Boisvert, la rassura le curé de Saint-Paul-des-Prés. J'irai moi-même la bénir vers deux heures et demie, si ça vous convient.

— Vous êtes bien accommodant, monsieur le curé. Je vous remercie, on va vous attendre.

— J'espère que vous allez me garder un gros morceau de gâteau, par exemple, plaisanta Hector Cormier.

— Vous pouvez compter là-dessus, lui assura sa paroissienne souriante avant de prendre congé et de retourner dans l'église.

Quand elle prit place dans son banc, elle aperçut Philippe en train de faire des signes à une Cécile Melançon imperturbable, agenouillée quelques rangs derrière lui. La mère de famille décocha un coup de coude à son aîné.

— Tiens-toi comme du monde à l'église, lui ordonna-t-elle à voix basse, sévère. C'est pas la place pour faire des simagrées. Tu t'imagines tout de même pas qu'elle va te répondre, non ?

— Je lui ai dit ça tout à l'heure, mentit Norbert, mais il a une tête de cochon. Il comprend rien.

Philippe lui adressa un regard furieux avant de tourner la tête vers l'avant et de fixer le maître-autel, les mâchoires serrées.

Quelques minutes plus tard, l'église se remplit progressivement. Corinne vit les Duquette prendre place dans le premier banc à l'avant, celui dont la banquette et l'agenouilloir étaient rembourrés et recouverts d'un beau cuir vert. Le président de la fabrique en était presque à la fin de son troisième mandat et, par tradition, il occupait cette place de choix depuis plusieurs années. Du coin de l'œil, la jeune femme aperçut Ian Sullivan remonter l'allée latérale en compagnie de sa mère. Il la laissa dans leur banc avant de poursuivre son chemin vers l'avant. Il s'arrêta devant les lampions et il en alluma ostensiblement un sans se presser. Il était visible que son voisin n'était pas le genre d'homme à vouloir passer inaperçu. Partout où il allait, il faisait en sorte d'être remarqué.

Corinne, les yeux mi-clos, ne put s'empêcher de l'examiner à la dérobée. Elle devait convenir que le fils de Rose Sullivan était bel homme, un très bel homme même avec sa moustache aux bouts cirés, sa chevelure ondulée et ses yeux noisette. Son costume noir avait du mal à contenir sa forte musculature et son large cou semblait un peu étranglé par son col en celluloïd.

Le curé Cormier fit son entrée dans le chœur, entouré par ses deux servants de messe vêtus d'une soutane rouge et d'un surplis blanc. L'officiant fit une génuflexion au pied de l'autel avant de monter les marches pour y déposer son calice. Les fidèles se levèrent et la chorale entonna le premier chant. En entendant ces voix en provenance du jubé, Corinne eut une pensée fugitive pour la défunte directrice de la chorale, Honorine Gariépy, et sa fille Catherine, décédées à une journée d'intervalle de la grippe espagnole, en octobre 1918.

« Pauvre Jocelyn! Ça doit pas être drôle tous les jours de vivre tout seul », ne put-elle s'empêcher de penser en songeant à son voisin qui avait mis beaucoup de temps à se remettre de la disparition de sa femme.

Après la mort de Catherine, Corinne s'était fait un point d'honneur de cuire le pain du voisin, comme elle l'avait fait durant plusieurs années avant le mariage de ce dernier. En contrepartie, Jocelyn Jutras n'avait jamais été avare de son temps et lui avait rendu service de mille façons, surtout depuis l'accident de camion qui avait coûté la vie à son mari.

Soudain, la veuve se sentit tirée par la jupe et tourna la tête vers Norbert.

— M'man, je pense que vous dormez debout. Tout le monde est assis depuis une minute et vous regarde, lui chuchota-t-il.

Confuse et rougissante, sa mère s'assit, se promettant de suivre plus attentivement le déroulement de la messe. Lors de son sermon, le curé Cormier encouragea ses ouailles à participer en grand nombre à la procession qui allait suivre immédiatement la grand-messe.

Après le *Ite missa est*, le pasteur de Saint-Paul-des-Prés transmit les remerciements de la famille Boisvert à ses paroissiens ainsi que l'invitation de Corinne à venir voir la nouvelle étable l'après-midi même.

À leur sortie de l'église, Corinne demanda à ses fils de se dépêcher.

— J'aimerais bien qu'on se fasse pas trop remarquer en partant, leur dit-elle en pressant le pas. Le monde va jacasser sur notre dos parce qu'on se sauve de la procession.

— Moi, je peux pas aller plus vite, m'man, dit Philippe avec humeur, en s'appuyant sur sa canne.

Il était visible qu'il cherchait Cécile dans l'espoir de lui parler. Le sort voulut que sa mère trouve sur son chemin son beau-père, Gonzague Boisvert, en compagnie de son beau-frère Henri et de sa belle-sœur Annette.

Corinne eut du mal à réprimer une grimace d'agacement en constatant qu'elle ne pouvait les éviter sans paraître très impolie. Elle soupira et se résigna à les saluer.

— Est-ce que ce sont tes gars qui se préparent déjà à monter dans ton boghei ? lui demanda le gros Henri.

— Vous venez pas à la procession ? demanda à son tour Gonzague, le ton vaguement réprobateur et sans laisser à sa bru le temps de répondre à la question de son fils.

— Oui, Henri, c'est Norbert et Philippe. Bien non, beau-père, j'ai trop d'ouvrage qui m'attend à la maison. Je vais avoir pas mal de monde cet après-midi et il faut que je fasse manger les enfants avant que ce monde-là arrive.

— Qu'est-ce qui est arrivé à ton plus vieux ? demanda Annette, en regardant Philippe en train de parler avec Joseph Melançon et sa fille Cécile, près de la voiture.

— Il est tombé du toit de l'étable en posant la couverture.

— Comment il a fait son compte ? demanda son mari.

— Je crois bien qu'il a juste perdu l'équilibre.

— Il a rien de cassé ? demanda Gonzague.

— Non, il devrait être correct la semaine prochaine.

— Ça tombe ben. Je vais passer te voir dans le courant de la semaine pour te proposer quelque chose, ajouta le vieil homme, énigmatique.

— Vous pouvez tous venir quand même aujourd'hui, même si vous êtes pas venus aider, offrit Corinne en dissimulant mal son plaisir de leur montrer qu'elle avait bien remarqué leur absence durant tout le temps qu'avait duré la construction de la nouvelle étable.

— On va essayer, promit Henri sans se donner la peine d'expliquer pourquoi il n'avait pas jugé important de participer à la corvée.

— Bon, je vous laisse, sinon on va déranger tout le monde de la procession en partant, dit-elle en descendant déjà les marches du parvis.

À son arrivée près du boghei, Corinne salua Cécile et son père et fit signe à Philippe qu'il était temps de partir.

Quelques minutes plus tard, au moment de passer à table, la veuve s'étonna de ne pas voir Léopold venir occuper sa place habituelle.

— Où est-ce que Léopold est passé ? demanda-t-elle à Madeleine en déposant une omelette au lard au centre de la table.

— Il est parti faire un tour chez Pouliot, répondit sa fille. Il viendra pas dîner, il a mangé quelque chose avant de partir.

— Dis donc, est-ce que le père Ernest serait pas en train d'essayer de nous prendre notre homme engagé ? s'alarma-t-elle, soudain inquiète.

— Ça serait toute une perte, laissa tomber Philippe en ne faisant rien pour cacher son antipathie pour l'amoureux de sa sœur. Les hommes engagés, c'est pas ce qui manque.

— Un bon homme engagé comme Léopold, ça court pas les routes, le tança sa mère. À part ça, c'est pas à toi que je posais la question.

— Je penserais pas, m'man, répondit Madeleine après une brève hésitation.

Corinne prit place au bout de la table et, avant de réciter le bénédicité, ne put s'empêcher de s'enquérir auprès de sa fille :

— Vous vous êtes pas chicanés, j'espère ?

— Pantoute, m'man.

Après le dîner, la maîtresse de maison mit tout son monde au travail pour dresser deux grandes tables dans la cour sur lesquelles on déposa des assiettes, des tasses et des ustensiles après y avoir étendu une nappe blanche.

— Pourquoi on sort pas tout de suite les tartes et les gâteaux ? demanda Élise.

— T'es fine, toi ! fit sa sœur. Des plans pour que toutes les mouches de Saint-Paul viennent se poser dessus. Veux-tu que tout le monde nous prenne pour des sans-dessein ?

Cet éclat de Madeleine était si peu dans son caractère que sa mère interrompit sa tâche un court instant pour l'examiner. Il était évident que la jeune fille était rongée par l'inquiétude. Cela ne pouvait être dû qu'au comportement anormal de son amoureux depuis quelques jours. Corinne secoua la tête pour chasser ses sombres pensées et se mit en devoir de découper en portions tartes et gâteaux de manière à n'avoir qu'à les servir sur demande aux visiteurs.

Marie-Claire Rocheleau et les siens furent les premiers à arriver. Ils n'avaient eu que la route à traverser. Son amie, toujours pleine d'attentions, apportait un gâteau qu'elle tendit à Élise quand cette dernière lui ouvrit la porte.

— Mets ça avec le reste, ma belle, dit la voisine à l'adolescente.

— Voyons donc, Marie-Claire, t'aurais bien pu laisser faire. On en a pour les fous et les fins, protesta la maîtresse de maison.

— Je le vois bien, mais on sait jamais combien de gens vont venir, répliqua la voisine avec un grand sourire.

— Merci. Ce qui est sûr, c'est que ton gâteau se perdra pas.

À peine venait-elle de finir de parler que trois voitures entrèrent dans la cour. Des clameurs joyeuses poussèrent les deux femmes à sortir sur la galerie.

— Est-ce qu'il y a de la place pour le monde de Saint-François et même de Sorel? demanda Bastien, de fort bonne humeur, en descendant de voiture en compagnie de Rosalie. Je t'amène de la visite, annonça-t-il en désignant sa sœur Blanche et Amédée Desnoyers.

Corinne et ses filles s'avancèrent pour embrasser les visiteurs.

— Et nous autres, je suppose qu'on n'est rien? plaisanta Bernard qui venait d'aider sa belle-mère à quitter sa voiture.

On se précipita pour embrasser la grand-mère, Bernard et Germaine, sans oublier Anatole et Thérèse qui étaient venus en compagnie de leur fils Gustave.

— Où est passé Simon? demanda la maîtresse des lieux en ne voyant pas son frère cadet.

— Je suis là, batèche, fit le jeune homme. Est-ce que je suis rendu maigre au point que tu me vois plus?

Corinne ne l'avait pas vu parce que Norbert l'avait attiré à l'écart pour chuchoter quelque chose à l'oreille de son oncle.

— Je crois bien que tous les Joyal sont là, déclara la veuve, heureuse de voir tous les membres de sa famille autour d'elle.

— Ils sont pas tous là, la corrigea Bastien, mais disons que les plus importants sont venus.

Germaine, Lucille et Rosalie sortirent des voitures des plats qu'elles avaient cuisinés pour l'occasion.

— C'était pas nécessaire de vous donner tant de mal, protesta Corinne à la vue de toute cette nourriture que les femmes venaient de déposer sur la table de cuisine.

— On n'en a jamais trop, la corrigea sa mère.

— Vous me gênez pas mal.

— Fais pas ta fière, dit en riant sa belle-sœur Rosalie. C'est juste un peu de dessert.

Quelques minutes plus tard, il y avait déjà tant de gens rassemblés dans la cour que Conrad Rocheleau sentit le besoin de conseiller aux nouveaux visiteurs de stationner leur voiture chez lui, en face.

Pour l'occasion, les enfants de Corinne s'étaient transformés en guides et faisaient visiter le nouveau bâtiment aux curieux. Peu à peu, des groupes se formèrent à l'ombre des érables. Si les femmes parlaient volontiers de leur progéniture, de leur jardin et surtout de la récolte de fraises qui battait son plein, les hommes discutaient de la crise économique qui frappait le Canada depuis quelques mois.

— On rit pas, déclara Fabien Gagnon, entouré par une demi-douzaine de cultivateurs. J'ai lu cette semaine qu'il y a un travailleur sur quatre qui a pas de *job*. Je sais pas si vous le savez, mais on est huit millions et demi au Canada, ça en fait du monde qui en arrache, ça.

— C'est peut-être à cause des nouveaux gros syndicats comme la CTCC, fit Joseph Melançon que Philippe ne quittait pas d'une semelle.

Le jeune homme avait été déçu de voir que Cécile n'avait pas accompagné ses parents, mais comme il désirait plus que tout être bien accueilli chez le forgeron à sa prochaine visite, il faisait des efforts louables pour cacher sa déconvenue.

— Nous autres, ça nous touche pas ben gros, fit remarquer Ian Sullivan, debout aux côtés de Jocelyn Jutras. Ce qui nous intéresse, c'est d'avoir une bonne récolte. Et comme c'est parti là, ça s'annonce pas trop mal. Le blé et l'orge commencent à lever dans le champ.

Il y eut des murmures d'approbation dans le petit groupe.

— Tu diras peut-être pas ça ben longtemps, reprit le maire. Quand les prix vont se mettre à descendre au marché, tu vas être touché, toi aussi. Quand il y a une crise, tout le monde y goûte, même les cultivateurs.

Une automobile bleu marine s'immobilisa à l'entrée de la cour, suscitant la curiosité de tous les gens présents. On ne connaissait personne à Saint-Paul-des-Prés possédant ce genre de voiture. Mis à part les deux vieux camions

International de Gonzague Boisvert, les seules autos à sillonner le village étaient la Chevrolet du maire et la Buick du docteur Précourt, et les deux étaient noires.

Corinne, intriguée, fit quelques pas en direction du véhicule. Alors, elle eut la surprise d'en voir descendre sa belle-sœur Juliette, la sœur de Laurent et sa meilleure amie, à qui elle écrivait deux fois par mois depuis de nombreuses années.

Les deux femmes se précipitèrent l'une vers l'autre et s'embrassèrent avec effusion avant que Corinne s'exclame :

— Je commençais à me demander si on te reverrait un jour à Saint-Paul. Si je me trompe pas, on t'a pas vue depuis le commencement de mars.

— Je le sais, j'ai été sans-cœur, déclara Juliette avec bonne humeur, mais mon associée est tombée malade et, comme je te l'ai écrit, j'ai été prise toute seule avec le restaurant pendant des semaines.

— Mais t'es bien fine d'être venue, fit Corinne en l'entraînant vers la galerie où sa mère était assise en compagnie de Rose Sullivan.

La jeune veuve s'immobilisa soudainement pour chuchoter à la visiteuse en indiquant le conducteur de l'automobile :

— Dis donc, cachottière, tu m'avais pas dit que tu t'étais fait un amoureux.

— T'es pas sérieuse, toi, fit la grande et grosse femme en éclatant de rire. Jérôme est le garçon de mon associée. J'ai le double de son âge. Je l'ai engagé pour me conduire aujourd'hui. Descends, Jérôme, ajouta-t-elle en interpellant le jeune homme, ils te mangeront pas.

— Es-tu en train de me dire que tu resteras pas quelques jours avec nous autres ? demanda Corinne.

— Si je m'écoutais, je resterais bien, répondit la restauratrice, mais j'ai promis à la mère de Jérôme d'être revenue au commencement de la soirée. Elle est pas encore assez forte pour s'occuper toute seule du restaurant bien longtemps.

Mais inquiète-toi pas, tu vas me revoir avant la fin du mois de juillet, c'est promis.

Corinne eut à peine le temps d'assister aux retrouvailles entre Juliette, sa mère et ses sœurs que le curé Cormier arrivait en compagnie d'Anselme Leblanc, faisant office d'enfant de chœur.

— Ah ben! V'là la commère du village avec monsieur le curé, s'exclama Ian en parlant du bedeau. Comme ça, on est corrects, tout le monde va savoir ce qui s'est passé exactement dans le rang Saint-Joseph aujourd'hui.

Il y eut quelques ricanements dans le groupe, puis on se tut. Les gens se rassemblèrent rapidement autour du prêtre pour le saluer et lui faire comprendre à quel point on appréciait qu'il se soit déplacé pour bénir le nouveau bâtiment.

Hector Cormier possédait de nombreuses qualités qui plaisaient énormément à ses paroissiens. On l'aimait pour sa simplicité, son caractère égal et sa bonté, en effet on ne décelait chez lui aucune trace de méchanceté. De plus, ses sermons étaient toujours courts, ce qui était un heureux changement avec les prêches interminables de son prédécesseur.

Le curé passa son surplis et mit son étole autour du cou avant d'entreprendre de faire le tour de l'étable en aspergeant généreusement d'eau bénite les murs à l'aide du goupillon que lui tendait son bedeau. Tous les visiteurs le suivaient en silence. Revenu à l'avant du bâtiment neuf, le prêtre récita une courte prière et le bénit avant de retirer son étole. Immédiatement, Corinne s'avança vers lui pour le remercier et l'inviter à goûter à l'un de ses gâteaux ou à ses tartes.

— J'en ai de toutes les sortes et vous pouvez toutes les essayer, dit-elle avec bonne humeur.

— Dites donc, madame Boisvert, est-ce que vous m'offrez ça parce que je suis pas assez gras et qu'un curé maigre, ça annonce une paroisse pauvre?

— À votre place, monsieur le curé, je me ferais pas prier, intervint Alcide Duquette, le président de son conseil de fabrique. Ce que vous allez manger chez madame Boisvert, vous le mangerez pas au presbytère et ce sera toujours ça de sauvé pour la fabrique, ajouta-t-il en plaisantant.

— Oui, vous avez raison, concéda Hector Cormier avec bonne humeur. Mais je remarque surtout qu'il est temps que votre mandat de marguillier finisse, monsieur Duquette. S'il devait durer plus longtemps, je finirais au pain et à l'eau avec mes vicaires sous le prétexte de sauver quelques sous à la fabrique.

Les gens qui l'avaient entendu éclatèrent de rire.

— Vous savez ben, monsieur le curé, que votre servante me laisserait jamais faire une affaire pareille, protesta le propriétaire du magasin général. Elle serait capable de m'arracher les yeux si je vous maltraitais.

Madeleine sortit à l'extérieur et tendit au prêtre une assiette contenant une généreuse portion de tarte aux pommes et un morceau de gâteau.

— Sacrifice ! Il y en a qui sont gâtés, s'exclama le président de la fabrique.

— Je peux vous servir la même chose, si vous voulez, proposa la jeune fille avec un sourire.

— T'es ben fine, mais je vais me contenter d'un morceau de tarte aux fraises, dit le marchand.

Au moment de rentrer dans la maison pour aller chercher le morceau de tarte demandé, la jeune institutrice vit du coin de l'œil Léopold marchant sur la route en direction de la ferme. À l'intérieur, sa mère et ses tantes Germaine et Blanche disposaient des morceaux de gâteaux et de tartes sur des assiettes avant d'aller les offrir aux invités demeurés dans la cour. Il régnait un bruyant va-et-vient ponctué par le claquement incessant de la porte moustiquaire.

Madeleine s'empressa de servir Alcide Duquette avant d'aller rejoindre son amoureux qui s'apprêtait, selon toute évidence, à s'esquiver discrètement.

— Léopold! le héla-t-elle.

Le jeune homme s'arrêta devant la porte de la remise qu'il semblait vouloir emprunter pour se glisser dans la maison. Il attendit qu'elle le rejoigne.

— Qu'est-ce que tu fais? lui demanda-t-elle, intriguée.

— Ben, je m'en allais me reposer dans ma chambre.

— Ça te tente pas de participer à la fête?

— C'est pas ben ben ma place, fit-il, l'air un peu mal à l'aise. Ta mère fait ça pour remercier tous ceux qui sont venus aider gratuitement. Moi, je suis l'homme engagé, j'étais payé pour travailler.

— Arrête donc, dit-elle. T'as plus fait pour nous aider que n'importe qui. S'il y a quelqu'un qui mérite d'être là, c'est bien toi. J'aimerais ça que tu restes avec moi. J'ai presque fini de servir. Monsieur le curé est à la veille de partir et pas mal de gens vont rentrer chez eux après avoir mangé quelque chose.

— C'est correct, je vais t'attendre, dit-il.

— J'en ai pas pour longtemps, lui promit-elle en regagnant la cuisine d'été.

La scène n'avait pas échappé à Corinne en train de proposer de la nourriture à quelques femmes qui admiraient les plates-bandes dont elle était si fière. En tournant la tête, elle aperçut du coin de l'œil Ian Sullivan qui l'épiait, mine de rien. La jeune veuve ressentit un certain agacement parce qu'à plusieurs occasions durant les deux dernières semaines, elle avait perçu le regard insistant du voisin sur elle.

Au passage, elle dit à sa fille:

— Tu peux bien t'occuper un peu de Léopold, si ça te tente. Nous sommes bien assez pour finir de servir le monde.

Madeleine remercia sa mère et retourna immédiatement auprès du jeune homme en arborant tout de même un air soucieux.

— Sais-tu que tu commences à pas mal nous inquiéter, lui dit-elle à mi-voix.

— Comment ça? s'étonna son amoureux.

— À te voir continuellement avec monsieur Pouliot, ma mère se demande si tu cherches pas à aller travailler pour lui.

— Toi, qu'est-ce que t'en penses? fit-il en guettant sa réaction.

— Je le sais plus trop. Est-ce que tu m'en parlerais avant de partir? demanda-t-elle, soudain très inquiète. J'étais certaine que c'était sérieux entre nous deux.

— C'est sérieux, affirma-t-il sur un ton convaincu.

— Tu me soulages, avoua-t-elle sans la moindre honte.

— Je pense qu'il est temps que je te pose une question, reprit-il.

— Laquelle?

— Ben, si je te demandais… si tu veux te marier avec moi. Qu'est-ce que tu me répondrais?

— Es-tu sérieux?

— Ben sérieux.

— Je te dirais oui, dit-elle, rose d'émotion en s'emparant de l'une de ses mains.

Les deux jeunes gens se regardèrent intensément dans les yeux, comme si tous les gens autour d'eux n'avaient pas été là. Ils avaient conscience de vivre un grand moment de leur vie.

Philippe, debout aux côtés de son oncle Bernard, remarqua la scène.

— Tu parles d'un maudit effronté de faire ça devant tout le monde, ne put-il s'empêcher de dire à haute voix avant d'esquisser un pas dans la direction des deux amoureux.

Bernard Provencher posa sa poigne solide sur son épaule pour l'empêcher d'intervenir.

— Reste donc tranquille, lui ordonna-t-il sèchement. Ils font rien de mal et ils ont pas besoin que t'ailles mettre ton nez dans leurs affaires.

Dompté, son neveu n'osa même pas se rebiffer et chercha des yeux Joseph Melançon qui s'était éloigné de quelques pas en compagnie du maire et de Conrad Rocheleau. Il laissa son oncle sur place et claudiqua jusqu'au trio en train de discuter de l'état des routes.

— Tout ça m'explique toujours pas pourquoi t'es toujours avec monsieur Pouliot depuis un bout de temps, reprit Madeleine, encore très émue par la demande de son amoureux.

— J'ai une grande nouvelle à t'apprendre et j'espère qu'elle va faire ton affaire, dit-il, mystérieux.

— Quoi ? Arrête de me faire languir, le supplia-t-elle.

— Ben, tout à l'heure, je me suis entendu avec le père Pouliot pour lui acheter son bien.

— Quoi ? demanda Madeleine, estomaquée.

— T'as ben entendu. Je lui ai signé une promesse d'achat pour sa maison, sa terre, son roulant et tous ses animaux.

— J'en reviens pas, déclara-t-elle. T'as fait ça ? Et si je t'avais dit que je voulais pas te marier ?

— La promesse d'achat était faite à cette condition-là. Monsieur Pouliot était d'accord.

— Et le prix de tout ça ?

— Il est tellement pressé d'aller rester chez son garçon à Drummondville qu'il m'a fait un ben bon prix.

— Tu me surprends tellement, avoua-t-elle, que j'aurais besoin de m'asseoir. Tout va tellement vite avec toi que je sais plus où j'en suis. Si on se marie, ça se ferait quand ?

— Évidemment, ça va dépendre de ta mère, lui rappela-t-il.

— C'est certain, reconnut-elle, mais il va falloir que je fasse la classe un an ou deux pour t'aider à payer une partie de notre terre, ajouta-t-elle avec le sens pratique qu'elle avait hérité de sa mère. Mais toi, comment tu vas faire pour payer tout ça ? C'est tout de même pas avec les petits gages que ma mère te donne que tu vas arriver à rembourser tout l'argent que ça va coûter.

— Viens, on va marcher un peu sur la route, l'invita-t-il en se dirigeant déjà vers le chemin où moins de gens pouvaient entendre ce qu'il avait à lui dire.

Le couple se mit en marche vers la route sous le regard inquisiteur de Corinne. Léopold garda le silence assez longtemps avant de reprendre la parole.

— Bon, comme tu vas peut-être être ma femme, il faut tout de même que tu saches que je manque pas d'argent.

— Ah non ! fit-elle, surprise.

— Non, je suis capable de tout payer comptant à Ernest Pouliot et il va m'en rester assez pour pas m'inquiéter de l'avenir. Mais ça, ça doit rester entre nous deux. Ça regarde pas personne.

— Voyons donc ! protesta la jeune femme en le dévisageant, comme si elle était incapable d'en croire ses oreilles.

— Ça fait que t'es pas obligée pantoute de m'aider à payer quoi que ce soit. Tu peux même passer l'hiver prochain avec ta mère, si ça te le dit.

— Mais si t'as tant d'argent que ça, pourquoi tu continues d'être un homme engagé chez nous.

— Parce que je veux rester avec toi, avoua-t-il en rougissant légèrement.

— Mais t'es donc bien riche ! ne put-elle s'empêcher de s'exclamer.

— L'héritage était pas mal, avoua-t-il sans donner le montant exact de la somme dont il avait hérité.

Puis, Léopold s'empressa de changer de sujet de conversation.

— Es-tu déjà entrée chez les Pouliot ? lui demanda-t-il.

— Jamais.

— Tout est d'aplomb. La maison a été ben entretenue et ressemble pas mal à celle de ta mère. La cuisine d'été est juste un peu plus petite. Les Pouliot ont même fait installer une pompe à eau sur l'évier et tout a été peinturé l'année passée, si je me fie à ce que sa femme m'a dit. Pour les bâtiments, tout est en bon état.

— Les animaux?

— Monsieur Pouliot nous laisserait une douzaine de vaches, quatre cochons, deux douzaines de poules et deux bons chevaux qui ont moins que six ans. Le roulant est correct.

— Et ce serait notre chez-nous, fit Madeleine, qui n'en revenait toujours pas.

— Si ta mère le veut, lui précisa son amoureux en serrant sa main dans la sienne.

— Si ça te fait rien, je pense que t'es mieux d'attendre un peu avant de faire ta grande demande, lui suggéra-t-elle.

— T'as raison, je vais attendre le bon moment, quand elle sera pas trop fatiguée. De toute façon, le père Pouliot veut faire les foins et ses récoltes. Il entend pas partir avant la fin de septembre. Ça nous donne tout le temps de parler à ta mère.

— On va retourner dans la cour. Il faut que j'aide un peu.

Léopold regarda celle qu'il considérait déjà comme sa fiancée et, une fois encore, il put constater à quel point elle ressemblait physiquement à sa mère. Avec son visage aux traits fins, sa petite taille et ses yeux bleu myosotis, elle ne s'en distinguait que par ses cheveux bruns. Durant les trois dernières années, il avait été à même de constater à quel point la jeune femme qu'il aimait était courageuse et d'une droiture à toute épreuve. Il ne doutait pas un seul instant qu'elle était la femme de sa vie.

Alors que le curé Cormier quittait la ferme du rang Saint-Joseph, Gonzague Boisvert entra à pied dans la cour après avoir laissé son boghei près de plusieurs autres voitures, chez le voisin d'en face. Corinne ne se rendit compte de la présence de son beau-père qu'en le voyant en grande conversation avec son fils Philippe. Puisque le vieillard n'avait même pas eu la politesse de venir la saluer à son arrivée, elle l'ignora comme s'il n'avait pas été là et continua à discuter avec des visiteurs. Quelques minutes plus tard, elle le vit se diriger vers sa fille Juliette en train de rassembler des assiettes avec Madeleine et Germaine. Elle s'approcha.

— Je savais pas que t'étais à Saint-Paul, dit le vieillard à son aînée sur un ton de reproche.

— Je viens juste d'arriver, p'pa.

— Ça t'a pas tenté d'arrêter à la maison en passant ?

— Je voulais pas vous déranger, mentit-elle.

— Je suppose que tu vas coucher ici dedans à soir ?

— Non, p'pa. Je m'en retourne tout à l'heure.

— Il y a pas de train avant le souper, lui fit-il remarquer.

— J'ai pas pris le train. J'ai fait le voyage en automobile. J'ai mon chauffeur, précisa-t-elle en lui indiquant la Ford T bleue stationnée dans la cour.

— Cré maudit ! C'est rendu que tu te prends pour une grosse madame pour te promener en char, ne put-il s'empêcher de dire, sarcastique.

— Je suppose qu'Henri, Annette et leurs enfants étaient trop occupés pour venir faire une petite visite de politesse à Corinne cet après-midi, rétorqua la restauratrice sans se donner la peine de relever la remarque désagréable de son père.

— C'est en plein ça.

— Il y en a combien de la famille qui sont venus aider à bâtir l'étable ? finit-elle par demander avec curiosité.

— C'est tombé ben mal. Henri et Charles avaient trop d'ouvrage, ils ont pas pu venir.

— Une chance pour Corinne que ses voisins, eux autres, avaient rien à faire, laissa-t-elle tomber sèchement. Il y a des fois que ma famille me fait honte, p'pa, ne put-elle s'empêcher d'ajouter. On dirait qu'elle a pas de cœur.

— Parle donc avec ta tête, la rabroua le vieil homme avant de la planter là.

La restauratrice vit son père faire un détour pour ne pas avoir à saluer le maire de Saint-Paul-des-Prés, un adversaire politique qu'il détestait à s'en confesser, particulièrement depuis qu'il avait racheté son hôtel quelques années plus tôt par l'intermédiaire d'un homme de paille.

Un peu avant cinq heures, les derniers visiteurs de Saint-Paul-des-Prés quittèrent les lieux après avoir remercié leur hôtesse. Peu après, Juliette en profita pour saluer la famille de Corinne et promit encore une fois à cette dernière de revenir bientôt avant de monter dans la Ford qui disparut sur la route dans un nuage de poussière.

— On va remettre un peu d'ordre avant de partir, déclara Lucienne, toujours aussi énergique.

— Vous allez tous rester à souper avec nous autres, dit la maîtresse de maison aux membres de sa famille encore sur les lieux.

Tous trouvèrent une raison pour refuser son invitation. Bernard et Germaine devaient retourner à Nicolet pour s'occuper de leurs deux adolescents. Anatole et Thérèse avaient promis d'aller passer la soirée chez les parents de cette dernière et devaient ramener à la maison Gustave, Simon et Lucienne. Amédée et Blanche voulaient retourner tôt à Sorel tandis que Bastien ne pouvait pas laisser à son beau-père, un homme très âgé, le soin de faire le train tout seul.

— C'est tout de même bizarre que personne ait fait de remarques sur le fait que t'aies pas proposé un petit verre de caribou, dit Amédée à sa belle-sœur pendant qu'il aidait à démonter l'une des grandes tables installées sous les arbres.

— Ils ont dû penser que Corinne voulait pas enrichir la nouvelle régie des alcools du gouvernement, plaisanta Bastien.

— C'est drôle, mais moi, j'ai l'impression que ceux qui faisaient de la bagosse avant la loi se gênent pas trop pour continuer, même si c'est illégal, intervint son beau-frère Bernard en passant en compagnie de Simon avec qui il transportait des madriers ayant servi à constituer l'une des deux grandes tables.

Un peu plus tard, Lucienne attira sa fille Corinne à l'écart, à une extrémité de la galerie, pour lui dire quelques mots loin des oreilles indiscrètes.

— Sais-tu que j'ai eu une conversation pas mal intéressante avec la mère de l'un de tes voisins, dit-elle à mi-voix.

— La mère de qui, m'man? demanda la veuve en repoussant une mèche blonde qui s'était détachée de son chignon.

— Madame Sullivan.

— Ah oui!

— Cette femme-là a l'air de te trouver pas mal à son goût, déclara Lucienne.

— Je la vois pas souvent, mais c'est vrai que je m'entends bien avec elle, reconnut Corinne. Elle est pas mal serviable et toujours prête à aider.

— Comme son garçon, compléta sa mère d'une voix pleine de sous-entendus.

— C'est vrai que Ian est jamais le dernier à proposer un coup de main quand il le faut, dit-elle.

— Je suppose que tu t'es jamais demandé pourquoi il était aussi fin avec toi?

— Non, il me semble qu'il est comme ça avec tout le monde de la paroisse.

— Pas si j'en crois sa mère.

— Qu'est-ce que vous essayez de me dire, m'man? s'impatienta la jeune femme.

— D'après sa mère, son garçon aurait des vues sur toi. Il paraît qu'il t'haït pas pantoute, mais qu'il est trop gêné pour te le dire.

— Ian Sullivan, gêné ? s'esclaffa Corinne. Ah bien, j'aurai tout entendu.

— Il t'a jamais fait des avances ? lui demanda sa mère.

— J'aurais bien voulu voir ça ! s'emporta Corinne. Je suis une femme honnête, moi. J'ai cinq enfants…

— Oui, oui, je sais tout ça, fit Lucienne avec un sourire narquois. Mais oublie pas que t'es encore pas mal jeune. Il y a rien qui t'oblige à finir ta vie toute seule. Un homme dans une maison, c'est parfois bien utile, ajouta-t-elle.

— Écoutez, m'man. Laurent est mort juste depuis deux ans…

— Deux ans et demi, la corrigea Lucienne. Ton deuil devrait être fini et t'as le droit de penser à ton avenir.

— Je suis vieille, m'man.

— Voyons donc ! T'as juste trente-huit ans, protesta Lucienne à mi-voix. C'est pas vieux, ça. C'est bien trop jeune, en tout cas, pour te coller une robe noire sur le dos jusqu'à la fin de tes jours.

Corinne eut un soupir d'exaspération et fit un pas pour retourner vers la cuisine d'été. Puis elle changea d'idée et fit face à sa mère.

— Pour vous dire la vérité, m'man, je me suis aperçue depuis un bout de temps que le voisin me regardait un peu trop quand j'avais le dos tourné. Mais je vous le dis tout de suite, ça m'intéresse pas. C'est pas à vous que je dois expliquer comment j'en ai arraché avec Laurent. J'ai pas le goût pantoute de recommencer ça.

— Tous les hommes sont pas pareils, plaida sa mère d'une voix raisonnable.

— C'est ce qu'ils veulent nous faire croire, mais j'ai déjà payé pour savoir.

— En tout cas, avant de le décourager, penses-y deux fois plutôt qu'une, lui conseilla Lucienne. Tes enfants vont vieillir et vont tous partir les uns après les autres pour vivre leur vie. Un beau jour, tu vas te réveiller toute seule, comme une dinde, dans ton coin. Il y aura plus personne pour s'occuper de toi… Et tu seras la seule à blâmer. Crois-en ta mère, ma fille. Si ton père était encore là, j'aurais une vie bien plus facile que celle que j'ai.

— C'est promis, m'man. Je vais y penser, fit Corinne avant de laisser sa mère pour aller voir à ce que la nourriture récupérée de la fête soit bien rangée.

Ce soir-là, recrue de fatigue, la veuve de Laurent Boisvert trouva la veillée bien longue à chaperonner sa fille assise dans la balançoire aux côtés de son amoureux. De temps à autre, les éclats de voix de Norbert, Élise ou Lionel en train de jouer aux cartes sur la table de la cuisine la faisaient sursauter. Quand l'obscurité tomba, Léopold et Madeleine rentrèrent pour finir la soirée au salon. La jeune fille remarqua alors l'épuisement de sa mère et chuchota quelque chose à l'oreille de son amoureux. Ce dernier hocha la tête.

— M'man, je pense qu'on est tous pas mal fatigués. On pourrait peut-être faire la prière tout de suite et aller se coucher après.

La mère de famille adressa un sourire de reconnaissance à sa fille prête à écourter sa soirée pour lui permettre de se mettre au lit plus tôt. Elle accepta tout en allumant la lampe à huile qu'elle déposa sur la table.

— Les enfants, on va faire la prière maintenant, dit-elle aux trois jeunes encore attablés. Où est passé Philippe ?

— Il est monté à sa chambre il y a au moins une heure, répondit Élise. Voulez-vous que j'aille le chercher ?

Corinne hésita un bref instant avant de lui dire de n'en rien faire.

— Avoir su, je serais monté, moi aussi, dit Norbert, envieux.

Sa mère fit comme si elle ne l'avait pas entendu et s'agenouilla au milieu de la pièce, aussitôt imitée par ses enfants et Léopold. La prière ne fut pas plus courte que d'habitude et les jeunes se relevèrent plusieurs minutes plus tard en frottant leurs genoux endoloris.

— Est-ce qu'on est obligés d'aller se coucher, nous autres aussi ? demanda Élise.

— Non, tu peux veiller et Norbert aussi, fit sa mère. Mais il est bien assez tard pour Lionel.

— Mais m'man, voulut protester le gamin.

— T'as juste neuf ans et il fait noir. Il est l'heure de monter te coucher. Discute pas. Vas-y tout de suite.

Évidemment, la mère de famille procédait ainsi par souci des convenances. Il n'était pas décent que Madeleine se retrouve seule à l'étage avec son amoureux, si Philippe avait déjà fermé les yeux.

— Et vous autres, faites pas trop de bruit, ordonna-t-elle à Norbert et Élise avant d'allumer une seconde lampe et d'ouvrir la porte qui permettait d'accéder à la cuisine d'hiver.

— Une chance que m'man se souvenait plus qu'on devait dire une prière pas mal plus longue à soir parce qu'on n'avait pas été à la procession à matin, chuchota Norbert à sa jeune sœur.

— Veux-tu que j'aille lui dire ? fit l'adolescente en se levant déjà.

— Reste là, toi, lui ordonna-t-il, sinon tu vas jouer aux cartes toute seule, je te le garantis.

Retirée dans sa chambre à coucher, Corinne enfila sa robe de nuit, souffla la lampe et se mit au lit en poussant un soupir d'aise. Avant de sombrer dans un sommeil sans rêve, elle se rappela qu'elle voulait demander à Philippe de quoi il avait discuté avec son grand-père quand ce dernier l'avait entraîné à l'écart, cet après-midi-là.

Chapitre 7

Comme son père

— Grouillez-vous, les jeunes, le train se fera pas tout seul, cria Corinne au réveil, campée au pied de l'escalier.

Il y eut divers bruits à l'étage avant qu'une porte s'ouvre pour livrer passage à Léopold déjà habillé et fraîchement rasé.

— Sainte bénite, tu t'es jeté en bas du lit pour être aussi vite, s'exclama la maîtresse de maison en l'apercevant.

— Je suis debout depuis quatre heures et demie, madame Boisvert. J'ai eu le temps d'allumer le poêle dans la cuisine d'été et de faire ma toilette.

Norbert et Lionel précédèrent de peu leurs sœurs dans l'escalier et tous les deux arrivèrent en même temps dans la cuisine d'été.

— Dépêche-toi d'aller chercher les vaches, Lionel, lui ordonna sa mère. Les garçons, vous allez faire la traite pour la première fois dans notre étable neuve. Élise et Madeleine, allez vous occuper de donner à manger aux poules, aux cochons et au cheval. Moi, je prépare le déjeuner.

— Et le grand flanc-mou, en haut? demanda Norbert. Est-ce qu'on le laisse dormir?

— Toi, va faire ce que je t'ai dit, répondit sa mère. Je vais m'occuper de ton frère.

Quelques minutes plus tard, Philippe descendit au rez-de-chaussée en claudiquant, le bras toujours en écharpe.

— C'est drôle, mais hier t'avais l'air mieux qu'aujourd'hui, lui fit-elle remarquer, narquoise.

— Ben non, m'man.

— En tout cas, tu dois être pas mal reposé après avoir dormi aussi longtemps, lui rappela-t-elle.

— Je suis correct.

— Tant mieux, si t'es pas encore capable d'aider aux bâtiments, tu vas pouvoir rester en dedans pour équeuter des fraises avec Lionel et les filles.

— Mon bras… commença-t-il à dire.

— Laisse faire ton bras. Tu vas avoir juste besoin de bouger tes doigts. Ça va te faire du bien. Ça va t'empêcher de t'ankyloser.

Son fils aîné n'osa pas répliquer. Sa mère avait bien deviné qu'il utilisait sa blessure comme prétexte pour se reposer. Après presque une semaine, son entorse n'était peut-être pas entièrement guérie, mais il pouvait aisément utiliser son bras.

Durant le déjeuner, la maîtresse de maison organisa son monde de manière à ce que chacun fasse sa part.

— Même s'il y a menace de pluie, Madeleine et moi, on va faire le lavage après avoir remis un peu d'ordre dans la maison. Les garçons, vous allez rentrer ce qui reste du foin donné par les voisins avant qu'il se fasse mouiller. Élise et Lionel, vous allez cueillir des fraises. On ira vous rejoindre quand on va avoir fini dans la maison. Quand vous en aurez pas mal de ramassées, vous les apporterez ici, Philippe a offert de les équeuter.

Tous jetèrent un regard étonné au grand gaillard assis au bout de la table. Les traits de ce dernier se durcirent, mais il ne broncha pas, même si le travail que lui confiait sa mère était de ceux qu'on donnait traditionnellement aux jeunes enfants.

— Et je veux pas vous voir vous promener comme des queues de veau dans le champ de fraises, les avertit leur mère. Quand vous commencez une rangée, vous la videz au complet avant de passer à l'autre.

La remise en ordre de la maison ne prit que quelques minutes, le temps que Philippe, confortablement installé dans une chaise berçante sur la galerie, fume sa première pipe de la journée.

— J'espère que tu trouves pas la vie trop dure, fit Madeleine en venant secouer un paillasson au bout de la galerie.

Il ne se donna pas la peine de lui répondre. Elle rentra et commença à remplir la cuve d'eau de rinçage qu'elle venait d'installer à l'autre extrémité de la galerie, près de la corde à linge. Elle mit un carré de bleu à laver dans l'eau et installa le tordeur. Elle rejoignit ensuite sa mère occupée à frotter des vêtements avec sa planche à laver posée dans l'autre cuve remplie d'eau savonneuse.

Quelques minutes plus tard, Élise déposa sur la table de cuisine un petit seau plein de fraises fraîchement cueillies et retourna auprès de son jeune frère sans rien dire. Philippe se leva sans enthousiasme et alla s'installer à table.

— Mets du journal sur la table pour pas la tacher, lui ordonna sa mère, et prends un grand plat dans l'armoire pour y mettre les fraises équeutées.

Il ne dit rien et fit ce qu'elle lui demandait.

— Dis donc, pendant que j'y pense, tu m'as jamais raconté ce que ton grand-père te voulait hier après-midi, fit-elle en s'approchant de la table.

— Il voulait juste me parler d'une idée qu'il venait d'avoir.

Corinne fut immédiatement sur ses gardes. Elle connaissait depuis assez longtemps son beau-père pour savoir que les idées qu'il pouvait avoir étaient toujours à son avantage, pas au sien.

— Quelle idée?

— Ben...

— Ben quoi ? insista-t-elle, soudain sur le qui-vive.

— Grand-père m'a dit qu'il viendrait vous en parler aujourd'hui. J'aimerais mieux qu'il le fasse lui-même.

— J'espère juste que ton grand-père se souvient que t'es pas encore majeur, lui fit remarquer sa mère d'une voix acide.

La veuve se rappela alors que Gonzague lui avait fait part la veille, après la messe, de son intention de venir lui parler d'un projet concernant son fils aîné. Moins d'une heure plus tard, elle entendit un bruit d'attelage et vérifia par la fenêtre l'identité du visiteur.

— Tiens ! Quand on parle du loup, on finit par lui voir le bout des oreilles, dit-elle à mi-voix en essuyant ses mains trempées d'eau savonneuse sur son tablier.

Philippe fit celui qui n'avait rien entendu et poursuivit son travail tout en guettant du coin de l'œil l'apparition de son grand-père devant la porte moustiquaire. Il y eut un bruit de pas sur la galerie, suivi d'un : « Il y a quelqu'un ? »

— Entrez, monsieur Boisvert, l'invita sa bru sans manifester un grand entrain. Le crochet est pas sur la porte.

Le grand vieillard voûté pénétra dans la cuisine d'été, salua sa bru et son petit-fils et accepta de s'asseoir dans la chaise berçante qu'on lui offrait.

— Vous êtes parti trop vite hier après-midi, beau-père, on n'a pas eu le temps de se parler, dit Corinne en lui faisant sentir que c'était à lui de la remercier de l'avoir reçu chez elle.

— C'est pas grave. T'avais ben du monde à t'occuper, fit Gonzague, imperméable à ce genre de leçon.

— Est-ce que c'est juste une visite de politesse que vous venez nous faire ou bien vous voulez quelque chose en particulier ? lui demanda Corinne en renonçant à prendre des gants blancs pour connaître la véritable raison de sa visite en plein lundi matin.

— Comme je te l'ai dit hier, je voulais te proposer quelque chose pour ton garçon le plus vieux, dit le vieil homme en allumant sa pipe.

— Ah oui! Quoi?

— Tu sais que même si je vais avoir mes quatre-vingts ans dans deux mois, je suis encore obligé de m'occuper de mes contrats d'entretien des routes avec le gouvernement. J'aurais ben voulu qu'Henri prenne ça en main, mais il a pas le sens des affaires pantoute. J'ai l'impression qu'il va toujours être juste un bon habitant, rien de plus.

— Il y a Charles, lui fit remarquer sa bru.

— Charles est pas ben ben mieux que son père. En plus, il a l'air d'avoir la petite santé de sa mère. Je peux pas me fier à lui non plus pour prendre la relève.

Corinne laissa le silence tomber dans la pièce. Philippe avait cessé d'équeuter des fraises et attendait que son grand-père poursuive et explique son projet à sa mère.

— Là, je suis ben mal pris, finit par reprendre Gonzague après avoir exhalé une bouffée de fumée.

— Comment ça?

— Le *truck* que Laurent chauffait de son vivant et que le petit Dupré conduisait depuis deux ans…

— Oui.

— Ben, il est dans ma cour depuis quatre jours. Ce torrieu de Dupré-là est parti rester à Québec chez une de ses sœurs sans me prévenir. Ça fait que je suis pris avec un gros contrat et j'ai personne pour conduire mon *truck*.

— Demandez à Charles. Il est peut-être pas capable en affaires, mais il peut apprendre à conduire ça.

— Tu dis ça parce que tu sais pas tout ce qu'un homme a à faire quand il conduit ce genre de *truck*-là, rétorqua Gonzague. Il faut aussi qu'il soit assez solide pour pelleter du gravier et de la terre pour le remplir et le vider. Charles est pas assez fort pour ça.

— C'est bien de valeur, laissa tomber Corinne qui devinait maintenant où le vieil homme voulait en venir.

— C'est pour ça que je suis venu te voir, lui avoua son beau-père. J'ai pensé que ton Philippe avait toutes les qualités de son père…

— Et aussi une bonne quantité de ses défauts, l'interrompit Corinne.

— Il pourrait apprendre en une journée ou deux comment conduire mon *truck* et travailler pour moi. Ça ferait un salaire qui entrerait dans ta maison et ça aiderait à payer ta nouvelle étable.

— Occupez-vous pas de mes dettes, beau-père, répliqua la veuve d'une voix cinglante. Je suis capable d'y voir toute seule.

— Écoute, sois raisonnable. T'as déjà Norbert et ton homme engagé pour faire tout l'ouvrage sur ta terre. T'as pas réellement besoin de ton plus vieux.

— C'est un pensez-y bien, reconnut-elle sans aucun enthousiasme.

Corinne, la mine songeuse, tourna la tête vers Philippe et sut d'instinct que le jeune homme de vingt ans mourait d'envie d'occuper le même emploi que son père. Bien sûr, elle pouvait refuser et son fils n'aurait d'autre choix que de lui obéir… mais à quel prix? Emporté comme il l'était, il pouvait aussi bien disparaître le lendemain matin que se mettre à tout faire de travers sur la ferme, uniquement pour lui faire regretter son refus. Par ailleurs, si elle lui permettait de conduire le camion de son grand-père, elle y gagnerait sur deux tableaux. D'une part, il rapporterait un salaire à la maison, ce qui n'était pas à dédaigner; d'autre part, la vie quotidienne y gagnerait en quiétude parce qu'il était très souvent à couteaux tirés avec Norbert et Léopold.

— Puis, m'man? Qu'est-ce que vous en dites? lui demanda son aîné, qui attendait avec une impatience non dissimulée sa décision.

— Ça dépend, finit-elle par laisser tomber.

— Ça dépend de quoi? intervint son beau-père qui venait de se lever pour secouer sa pipe au-dessus du poêle dont il venait de retirer un rond.

— Ça dépend du salaire que vous êtes prêt à lui donner, monsieur Boisvert.

— Je vais ben le payer, comme j'ai toujours ben payé le monde que j'engage, rétorqua le vieil homme.

— Oui, mais ça me dit pas quel salaire vous allez lui donner par semaine.

— Je suis prêt à lui donner cinq piastres par semaine le premier mois, le temps qu'il apprenne comme il faut sa *job*. Après ça, je pourrai monter à six piastres. C'est mauditement ben payé pour de l'ouvrage pas forçant pantoute, ajouta-t-il.

— Il faudra finir par savoir, beau-père, reprit finement la veuve de Laurent Boisvert. C'est forçant ou ça l'est pas? Vous venez de dire que c'était trop forçant pour Charles.

— Mais, m'man… voulut intervenir Philippe qui craignait que son grand-père renonce subitement à l'engager.

Il ne poursuivit pas quand sa mère le foudroya du regard.

— Je voulais dire que c'était de l'ouvrage trop dur pour Charles qui est une petite nature, mais pour un gars solide comme ton garçon, c'est une affaire de rien.

— Bon, je veux bien vous croire, monsieur Boisvert. Mais je vous le dis tout de suite : mon gars lâchera pas l'ouvrage qu'il y a à faire sur ma terre à moins que vous lui donniez sept piastres par semaine, et ça, dès la première semaine.

— Je peux pas faire ça, déclara tout net le vieillard, apparemment horrifié par la somme exigée par sa bru. Je donne six piastres à mon autre chauffeur. Je perdrais de l'argent si j'acceptais ça. T'oublies, ma fille, qu'il faut que je paye la *gasoline* et l'entretien des *trucks*.

— Savez-vous, beau-père, je suis pas trop inquiète pour vous. Vous avez pas la réputation de travailler à perte. J'ai pour mon dire que si c'était pas payant votre affaire, ça ferait longtemps que vous l'auriez lâchée et que vous vous seriez débarrassé de vos *trucks*.

— Encore une fois, je m'aperçois qu'essayer de parler d'argent avec les femmes, c'est perdre son temps, répliqua sèchement Gonzague, de fort mauvaise humeur. Elles comprennent jamais rien.

Il se dirigea vers la porte, apparemment prêt à partir et à renoncer à engager son petit-fils. Mais avant de franchir la porte, il marqua un temps d'arrêt. Finalement, il tourna la tête vers Philippe.

— Penses-tu que tu vas être d'aplomb d'ici jeudi? lui demanda-t-il, comme si Corinne n'était plus dans la pièce.

— Certain.

— Dans ce cas-là, sois prêt à six heures et demie. Léon Tremblay va passer te prendre. T'es mieux d'apprendre vite ce qu'il va te montrer. J'aurai pas les moyens de payer sept piastres par semaine quelqu'un qui se traîne les pieds.

Sur ce, Gonzague sortit de la maison, monta dans son boghei et quitta la ferme, sans se donner la peine de répondre au salut de la main que lui faisait son petit-fils qui venait de sortir sur la galerie.

— Il a l'air ben en maudit, dit le jeune homme en rentrant dans la maison, tout heureux que sa mère ait accepté de le libérer du travail de la ferme pour faire quelque chose qui allait lui plaire. Un peu plus, m'man, vous me faisiez perdre cette *job*-là, ajouta-t-il.

— Je suis pas si sûre d'avoir bien fait d'accepter, rétorqua-t-elle, le visage assombri. C'est pas parce que ton père a fait cet ouvrage-là que ça va être le ciel. Dis-toi bien, mon garçon, que ton grand-père te fera pas de cadeau et que tu vas avoir à lui en donner pour son argent. Les sept piastres qu'il va te payer chaque semaine, sois bien certain que tu vas avoir à les gagner plutôt deux fois qu'une.

— L'ouvrage me fait pas peur, plastronna Philippe.

— Si c'est comme ça, commence donc par finir d'équeuter les fraises qui sont sur la table avant qu'Élise revienne avec une autre chaudière.

Il marmonna quelques mots que Corinne se garda bien de lui faire répéter. Cependant, une minute plus tard, au moment où elle sortait avec des vêtements lavés et prêts à être rincés par Madeleine, elle prit la peine de lui préciser :

— Là, il est bien entendu que tu me donneras six piastres par semaine sur ta paye. Je vais en garder une partie pour toi et le reste servira aux dépenses de la maison.

— Vous allez me prendre tant que ça ? s'insurgea son fils.

— Tu pensais tout de même pas que j'allais te laisser tout cet argent-là pour que tu le dépenses à des niaiseries ? répliqua sa mère. Tu veux faire la même chose que ton père, c'est correct. Quand il conduisait le *truck* de ton grand-père, c'est comme ça qu'on faisait. Mais si ça fait pas ton affaire…

— Non, non, c'est correct, s'empressa d'accepter le jeune homme, sentant que sa mère était prête à tout remettre en question.

À l'heure du repas, Corinne annonça à tous que Philippe ne participerait plus qu'occasionnellement aux travaux de la ferme parce qu'il allait devenir camionneur pour son grand-père. Elle jeta un regard scrutateur à Norbert, mais elle ne décela aucun signe d'envie chez le cadet.

— Est-ce que ça veut dire que tu vas avoir le *truck* tout le temps ? demanda Élise à son grand frère.

— Je le sais pas, grand-père en a pas parlé.

— Ouais, fit Norbert, comme s'il se parlait. Les routes de Saint-Paul vont devenir dangereuses en petit Jésus ! Avec le docteur Précourt d'un bord et le frère de l'autre, il y aura plus un sacrifice de piquet de clôture debout dans la paroisse à la fin de l'été.

— Tu peux ben parler, toi, rétorqua Philippe, incapable d'accepter la moindre plaisanterie. Pendant que tu vas te traîner en boghei, moi, je vais être assis dans l'International que p'pa a conduit.

Un peu plus tard durant l'après-midi, Corinne se retrouva avec Madeleine en train de plier les vêtements qu'elle venait de retirer de la corde à linge.

— Je dois dire, m'man, que ça me surprend que vous ayez fait autant d'effort pour faire plaisir à grand-père, dit l'institutrice.

— Si tu parles du fait que j'ai accepté que ton frère aille travailler pour lui, tu te trompes, répliqua la veuve. J'ai pensé qu'il serait plus utile à rapporter un salaire qu'à continuellement chercher la chicane avec tout le monde dans la maison. En faisant quelque chose qu'il aime, il va peut-être devenir plus facile à endurer, ajouta-t-elle.

— C'est vrai qu'on sait jamais par quel bout le prendre, reconnut la jeune fille. Il y a des fois où il me fait penser à…

— Dis-en pas plus, ma fille, lui ordonna sa mère, sachant fort bien à qui Philippe lui faisait penser.

Trois jours plus tard, la famille Boisvert finissait de déjeuner quand le gros International vert bouteille vint faire demi-tour dans la cour avant de s'immobiliser devant la remise. Léon Tremblay, un petit homme tout en nerfs et en muscles, sauta de la cabine, laissant tourner le moteur de son véhicule. Il n'eut pas besoin de monter sur la galerie ni de frapper à la porte. Prêt depuis une demi-heure, Philippe, débarrassé de sa canne et de son écharpe, guettait avec impatience son arrivée et s'avança au-devant du camionneur.

— Salut! Est-ce que c'est à toi que je dois montrer comment conduire un *truck*? demanda Tremblay.

— Oui.

— T'es un des garçons de Laurent Boisvert?

— Oui.

— Tu lui ressembles. Bon, suis-moi, lui ordonna l'homme en se dirigeant vers l'International. Je sais pas si tu le sais, mais c'est moi qui ai montré à chauffer à ton père, ajouta-t-il. Tu vas voir, c'est pas ben compliqué. Il faut juste faire attention. De toute façon, ton grand-père me donne seulement l'avant-midi pour te montrer ce que tu dois savoir. Après ça, il va falloir que tu te débrouilles tout seul.

— Pas plus de temps que ça ? s'étonna le jeune homme en éprouvant un début de panique.

— Ton père a eu encore moins de temps que ça, lui fit remarquer son moniteur. Tout d'abord, il faut que tu saches que t'es responsable de ton *truck*. Je sais pas si ton grand-père te l'a dit, mais si tu le casses par ta faute, il va retenir sur ta paye le prix des réparations.

— Il m'a pas dit ça.

— Ben là, tu le sais.

Léon Tremblay ouvrit la portière, côté conducteur, arrêta le moteur et prit une manivelle sur le plancher du camion. Il entraîna le jeune homme devant la calandre du camion largement utilisé depuis cinq ans. Il se mit en frais d'expliquer à la jeune recrue comment faire démarrer le vieux véhicule à l'aide de la manivelle. Il ne sembla pas remarquer Norbert, Léopold et Lionel qui s'étaient approchés pour assister à sa démonstration. Il ne se soucia pas plus de Corinne et de Madeleine, debout sur la galerie, qui regardaient le spectacle à distance.

La vue de l'International dans sa cour rappelait à Corinne de bien mauvais souvenirs. Il était stationné là où Laurent l'avait toujours laissé lorsqu'il rentrait du travail. Avec un serrement de cœur douloureux, elle revit son mari, tout endimanché, monter à bord du véhicule ce samedi soir d'octobre dans l'intention d'aller boire à l'hôtel de Yamaska ou d'aller voir la jeune Amélie qu'il avait mise enceinte. Elle ne devait jamais le revoir vivant. Il s'était tué durant la nuit à bord de son camion en quittant violemment la route...

Le bruit du moteur que Philippe venait de faire démarrer la tira de ses sombres pensées. Elle vit son fils, tout fier, monter dans la cabine et prendre place derrière le volant. Léopold, Norbert et Lionel reculèrent prudemment jusqu'à la galerie pour se mettre hors de portée du conducteur novice à qui Tremblay dispensait ses premiers conseils sur les secrets de l'embrayage. Pendant de nombreuses minutes, le lourd véhicule avança et recula dans la grande cour, souvent avec des soubresauts inquiétants et des grincements de la transmission qui révélaient que l'apprenti était encore loin de maîtriser le passage des différentes vitesses.

Après quelques manœuvres plus ou moins habiles, l'instructeur donna l'ordre à Philippe de quitter lentement la cour et d'emprunter la route en direction du village. Les mains crispées sur le volant, ce dernier maintenait le lourd véhicule au centre du chemin, attentif à ne pas dévier de sa route. Lorsqu'il arriva au village, Tremblay lui indiqua d'arrêter le camion devant l'unique pompe à essence de la forge-garage de Joseph Melançon pour y faire le plein.

Tout fier d'avoir réussi à conduire le gros International jusqu'au cœur du village, le jeune homme descendit de la cabine et tourna les yeux vers la maison des Melançon dans l'espoir que Cécile l'ait aperçu au volant.

— Le jeune, t'es mieux de regarder plutôt ce que tu dois faire pour remplir le *truck*, lui suggéra son moniteur, agacé de le voir scruter la façade de la maison au lieu de s'occuper d'amorcer la pompe qui faisait monter l'essence.

Philippe, dépité par le commentaire, dut se concentrer sur les gestes exécutés par Tremblay.

— Quand t'as fini de remplir, tu vas dire en dedans la quantité de *gasoline* qui est indiquée sur le compteur. Ton grand-père passe chaque samedi payer Melançon. Fais ben attention que ça déborde pas, le mit-il en garde.

Quand il eut fait le plein, Tremblay lui fit signe d'aller à l'intérieur dire au garagiste la quantité prise. Comme Philippe poussait la porte, Cécile apparut sur la galerie de la maison voisine, mais elle fit comme si elle ne l'avait pas vu.

— Cécile! la héla-t-il.

Elle tourna la tête vers lui et le salua.

— T'as vu? C'est moi qui conduis le *truck*.

— Comment ça se fait?

— Je commence à travailler pour mon grand-père aujourd'hui.

— Bonne chance, lui dit-elle, sans paraître le moins du monde impressionnée par la nouvelle. Là, je suis en train de faire le ménage avec ma mère. Je peux pas te parler plus longtemps, expliqua-t-elle avant de rentrer dans la maison.

Déçu de n'avoir décelé aucune admiration chez la jeune fille, le fils de Corinne Boisvert entra dans le garage puis le quitta après avoir communiqué au garagiste la quantité d'essence tirée.

Ce jour-là, le jeune homme dut se passer du repas du midi parce que son mentor se fit conduire chez lui pour prendre possession de l'autre International appartenant à Gonzague Boisvert. Tremblay monta dans son camion noir et ordonna à Philippe de le suivre à la gravière. Les deux hommes remplirent les bennes de leurs véhicules à la pelle avant d'aller livrer le gravier sur une petite route de Saint-Gérard où les attendaient cinq ouvriers de la voirie.

À la fin de l'après-midi, Philippe se débrouillait déjà assez bien au volant de son camion pour ne plus avoir besoin de l'aide de Léon Tremblay. Les seuls intermèdes déplaisants furent dus à des crevaisons. À deux reprises, le nouvel employé de Gonzague Boisvert fut obligé de s'arrêter pour réparer l'un de ses pneus. La première fois, il eut la chance d'être suivi par son compagnon de travail. Ce dernier immobilisa son camion derrière le sien et lui enseigna comment utiliser le cric et retirer la roue. Si Philippe eut du mal à extraire le tube du pneu, par contre, il sut réparer facilement la crevaison avec la rustine trouvée dans le nécessaire placé sous la banquette. Il gonfla avec la pompe le pneu rafistolé et le remit en place. À la seconde occasion, peu avant la fin de sa journée de travail, il jura comme un damné, mais sut se tirer d'affaire seul.

— Veux-tu ben me dire comment ça se fait qu'on poigne des *flats* comme ça ? demanda-t-il à Tremblay quand il le retrouva sur le chantier. Je viens d'en faire un autre.

— Ça, mon homme, tu devras le demander à ton grand-père, répondit son compagnon. Les pneus sont finis depuis longtemps, mais il s'entête à pas vouloir les changer. Il pense qu'il faut les user à la corde, comme les fers des chevaux.

À six heures, Léon fit signe aux cantonniers que leur journée de travail était finie. Trois d'entre eux montèrent dans la benne de l'International noir avec leurs pelles.

— Ça va être assez pour aujourd'hui, dit-il à Philippe. Moi, je ramène ces trois gars-là à Saint-Gérard. Toi, tu laisseras les deux autres à l'entrée du rang Notre-Dame. Tu les reprendras à la même place demain matin, en passant. Tu dis pas un mot de ça à ton grand-père. S'il savait qu'on fait embarquer les hommes, il voudrait leur retenir quelque chose sur leur paye.

— Et pour le *truck*, qu'est-ce que je fais après ?

— Tu le gardes chez vous. Ça, ton grand-père a fini par le comprendre qu'on perdait ben du temps à aller le chercher dans sa cour le matin avant d'aller travailler. Mais organise-toi pour être à la gravière à six heures et demie demain matin. Moi, je vais arrêter dire au *boss* que t'es correct pour faire l'ouvrage. Je pense qu'il va être content de le savoir.

— Aïe ! Moi, j'ai six enfants, fit l'un des cantonniers qui devaient monter avec Philippe. Je prends une maudite chance de monter avec le jeune.

— Si t'aimes mieux marcher, gêne-toi pas, répliqua sèchement Philippe en se tournant vers lui, l'air mauvais.

Cette réplique incita l'homme à se taire. Il monta dans la cabine à la suite de son camarade de travail et attendit que Philippe mette le véhicule en marche.

Un peu après six heures trente, le fils de Corinne, fier d'être vu au volant du camion que son père avait conduit avant lui, voulut épater les siens en arrivant à la maison. Il se doutait qu'alertés par le bruit de l'International, ils se précipiteraient vers les fenêtres pour le regarder arriver. Alors, il entreprit de débrayer au moment de tourner dans la cour de la ferme, mais il écrasa l'accélérateur au lieu de la pédale d'embrayage. Il y eut des grincements et le moteur s'étouffa brutalement.

— Maudit calvaire! jura le conducteur en s'apercevant que sa mère et Norbert étaient sur la galerie et avaient tout vu.

— Veux-tu que j'aille atteler le blond pour tirer ton *truck* jusqu'à la remise? se moqua Norbert.

— Écœure-moi pas! hurla son frère. Rends-toi plutôt utile, ajouta-t-il en lui tendant la manivelle servant à faire démarrer le moteur.

Le camion consentit à se mettre en marche et son conducteur alla le ranger près de la remise sans chercher à faire plus d'épate. À sa descente de la cabine, il se rendit compte à quel point il était fatigué. La tension nerveuse de cette journée avait eu raison de sa résistance.

Sa mère le regarda venir vers la maison et le précéda dans la cuisine.

— Lave-toi les mains et viens manger, lui dit-elle. J'ai gardé ton repas dans le réchaud.

Sans dire un mot, son fils aîné alla se laver à la pompe et vint s'asseoir à table. Elle déposa devant lui une assiette contenant des saucisses et des pommes de terre. Lionel et Élise vinrent le rejoindre pour l'entendre décrire sa première journée de camionneur.

— Comme ça, si j'ai bien compris, t'es maintenant capable de te débrouiller? lui demanda sa mère.

— Il y a pas de problème, affirma Philippe avec une suffisance certaine.

— Tant mieux, fit cette dernière. En passant, pendant que j'y pense, ajouta-t-elle, la prochaine fois que je t'entendrai sacrer, je te laverai la langue avec du savon.

Le jeune homme regarda sa mère et il ne douta pas un seul instant que cette petite femme blonde toute menue était bien capable de passer aux actes.

À la fin de la semaine, Corinne pouvait se vanter d'en avoir fini avec les fraises. Avec l'aide de ses enfants, elle était parvenue à ne rien laisser dans le champ et à confectionner une vingtaine de gros pots de confiture. Quand Philippe rentra de son travail, le samedi après-midi, il tendit sa paye à sa mère, non sans avoir prélevé au préalable le dollar d'argent de poche qui lui revenait.

À aucun moment, il ne proposa d'aller aider Léopold et Norbert à faire le train. En attendant de souper avec le reste de la famille, il entreprit de faire sa toilette.

— Est-ce que tu vas quelque part après le souper ? lui demanda sa mère à qui ses préparatifs avaient rappelé de douloureux souvenirs.

— J'ai arrêté chez Melançon en passant tout à l'heure. Cécile veut que j'aille veiller avec elle à soir, dit-il, comme si cela allait de soi.

— Dis-moi pas qu'elle a fini par s'habituer à ta face, intervint Norbert, qui venait d'entrer dans la cuisine.

— J'ai pas de boutons dans la face, le contra son frère avec bonne humeur. Ça fait qu'elle a pas eu de misère.

— Ça va faire, vous deux, ordonna Corinne qui sentait que la situation allait rapidement se détériorer.

S'il y avait un point sensible chez Norbert, c'était son acné. Il suffisait que quelqu'un fasse allusion aux boutons qui ornaient son front et son menton pour lui enlever toute envie de plaisanter.

— Essaie de pas rentrer trop tard, poursuivit Corinne en s'adressant à Philippe.

— Vous connaissez pas Cécile, vous, déclara-t-il. Elle a été ben claire. À dix heures, elle veut que j'aie débarrassé le plancher. Elle veut même pas embarquer avec moi dans le *truck* pour faire un tour.

— C'est sûr que son père et sa mère allaient pas la laisser monter toute seule avec un garçon, lui fit remarquer Corinne.

— Ils ont même pas eu le temps de dire un mot quand je l'ai invitée. Je me suis fait remettre à ma place, ça a pas été long. Elle est raide en maudit, cette fille-là.

— Pourquoi tu tiens absolument à aller veiller avec elle d'abord? intervint Madeleine qui n'avait pas dit un mot durant tout le repas.

— Parce qu'elle est pas comme les autres filles que je connais, avoua-t-il avant de mettre sa casquette en toile et de sortir de la maison.

Chapitre 8

L'imprévu

En cette fin de la seconde semaine du mois de juillet, il régnait une chaleur à la limite du supportable dans l'anti-chambre du bureau de monseigneur Joseph-Simon Brunault, évêque de Nicolet. Le curé Cormier passa un doigt entre son col romain et son cou tout en fixant la fougère en pot placée devant la fenêtre. Aucun souffle d'air ne venait agiter la plante. Le prêtre sursauta légèrement lorsque l'horloge murale sonna trois coups. Il attendait depuis plus d'une heure trente d'être reçu par son évêque.

Hector Cormier était vaguement inquiet depuis qu'il avait reçu la convocation de son supérieur lui demandant de se présenter à l'évêché le jeudi suivant. Même s'il n'avait rien à se reprocher, le brave homme avait connu des nuits plutôt agitées à s'interroger sur ce qu'il avait bien pu faire d'incorrect dans l'exercice de son ministère. Un paroissien s'était-il plaint ? Avait-il blessé quelqu'un sans le savoir ? Son rendez-vous était prévu pour deux heures. Il avait préféré se priver de dîner plutôt que de prendre le risque de faire attendre son supérieur. Par conséquent, il s'était présenté au secrétaire de monseigneur, l'abbé Morvan, près de trente minutes avant l'heure. Le jeune abbé l'avait invité à prendre place dans la salle d'attente avec la promesse de venir le chercher dès que l'évêque serait prêt à le recevoir.

Pendant qu'Hector Cormier suait sang et eau sous son épaisse soutane de drap noir, monseigneur Brunault, retranché derrière son imposant bureau en acajou, faisait face au curé de la cathédrale, Eusèbe Morin. Le prélat, le visage fermé, regardait sans complaisance le jeune prêtre de trente-six ans assis en face de lui. Il savait que la figure ronde et le ventre rebondi de cet homme dont la chevelure noire avait commencé à sérieusement reculer sur son front n'étaient pas synonymes de bonhomie, loin de là. Durant les trois dernières années, il avait maintes fois eu l'occasion de regretter de l'avoir nommé à la cure de la cathédrale.

En quelques semaines, le nouveau curé était parvenu à braquer contre lui ses vicaires et ses paroissiens les plus influents. Dès lors, il ne s'était guère passé de semaine sans qu'une plainte n'ait atterri sur son bureau. En général, on lui reprochait son inflexibilité, son manque de compassion, et parfois ses airs prétentieux et sa volonté de tout régenter autour de lui, sans jamais tenir compte des avis de son entourage. Son intransigeance face au moindre manquement à la morale était devenue intolérable. Il avait même trouvé le moyen de se brouiller avec son conseil de fabrique et d'insulter les supérieures des deux plus influentes congrégations religieuses du diocèse dès les premiers mois de son ministère. À plusieurs reprises, Joseph-Simon Brunault l'avait mis en garde et l'avait incité à se montrer plus humain et plus souple, mais en pure perte.

Deux jours auparavant, le prélat avait reçu une délégation des présidents des divers mouvements paroissiaux venus le supplier de les aider à améliorer le climat devenu irrespirable dans leur paroisse. L'homme de taille moyenne au long visage sévère avait compris qu'ils désiraient être débarrassés le plus rapidement possible de leur curé sans oser le dire ouvertement. Ils savaient que leur évêque, qui les fixait de ses yeux gris sans ciller derrière ses petites lunettes rondes, n'aurait jamais accepté qu'on vienne lui dicter sa conduite. Il les avait congédiés en leur promettant de réfléchir à leur demande.

Le prélat avait longuement réfléchi avant de prendre sa décision. Il avait finalement dicté une lettre à son secrétaire à l'intention du curé Cormier et il avait fixé un rendez-vous au curé de la cathédrale le jeudi suivant, quelques minutes avant de rencontrer le curé de Saint-Paul-des-Prés.

Assis devant son évêque, Eusèbe Morin affichait une humilité dont l'évêque n'était pas dupe. Les événements des trois dernières années avaient amplement suffi à le convaincre de l'arrogance déplaisante de ce prêtre quand il était hors de sa présence.

Durant les vingt dernières minutes, Joseph-Simon Brunault avait laissé le curé de la cathédrale lui expliquer à sa façon les raisons du mécontentement de ses paroissiens à son égard. Comme il l'avait pressenti, le jeune curé rejetait tout le blâme sur les fortes têtes dont sa paroisse était remplie. En aucun temps, il ne mit en cause son comportement. Selon lui, il faisait l'œuvre de Dieu et ceux qui s'opposaient à ses diktats étaient inspirés par le diable lui-même.

— Si je vous comprends bien, monsieur Morin, tout le monde a tort et vous êtes seul à détenir la vérité, lui dit le prélat d'une voix si doucereuse que cela aurait dû alerter son subordonné.

— Vous savez, monseigneur… commença le prêtre en devinant tout à coup le mécontentement pourtant manifeste de son supérieur.

— Bon, ça va faire! dit sèchement l'évêque en élevant subitement la voix. Monsieur, en trois ans, je n'ai eu que des plaintes à votre sujet. À de nombreuses reprises, je vous ai conseillé de mettre de l'eau dans votre vin pour vous attirer les bonnes grâces de votre entourage. De toute évidence, vous n'avez tenu aucun compte de mes conseils.

— Mais, monseigneur… voulut protester le prêtre, le visage soudainement livide.

— Maintenant, monsieur, vous allez vous taire et écouter attentivement ce que j'ai à vous dire, fit le prélat d'une voix tranchante. Il est clair que vous ne convenez absolument pas au ministère que je vous ai confié.

Eusèbe Morin devint alors plus pâle encore, s'attendant à des remontrances sévères de son supérieur. Cependant, il ne s'attendait pas du tout à être honteusement chassé de la plus belle cure du diocèse.

—J'ai longuement réfléchi, monsieur, poursuivit monseigneur Brunault d'une voix sévère. Je ne vous cache pas que j'ai eu la forte tentation de simplement vous destituer et de vous envoyer comme vicaire dans une de nos paroisses.

Le visage du curé de la cathédrale vira au gris et ses mains croisées sur son ventre se crispèrent.

— Finalement, j'ai décidé de vous accorder une autre chance, reprit le prélat.

Ce dernier entendit nettement le soupir de soulagement de son subordonné.

— Mercredi prochain, reprit l'évêque de Nicolet sur un ton qui ne souffrait aucune contestation, vous quitterez la cure de la cathédrale pour aller occuper celle de la paroisse de Saint-Paul-des-Prés.

Eusèbe Morin voulut ouvrir la bouche pour dire quelque chose, mais le prélat leva une main impérieuse pour lui signifier de se taire.

— Vous avez été vicaire là-bas durant cinq ans, vous serez donc en territoire connu. Organisez-vous, monsieur, pour que vos nouveaux paroissiens soient satisfaits de votre ministère et, de grâce, faites un effort pour ne pas les prendre tout le temps à rebrousse-poil. Soyez ferme, mais sans exagération. Je n'aimerais pas être inondé de plaintes de vos administrés. Si cela devait se produire, je vous préviens tout de suite que je n'aurai pas le choix de vous destituer et que je n'hésiterai pas une seconde à le faire.

Sur ces derniers mots, Joseph-Simon Brunault se leva, signifiant ainsi la fin de la rencontre.

— Bonne chance, monsieur le curé.

— Merci, monseigneur, dit le prêtre d'une voix à peine audible avant de se retirer.

Hector Cormier ne vit pas sortir le curé de la cathédrale du bureau de l'évêque. Il avait dû somnoler légèrement parce qu'il n'entendit pas l'abbé Morvan ouvrir la porte de la salle d'attente. Il sursauta lorsque ce dernier l'invita à le suivre. Le curé de Saint-Paul-des-Prés s'empressa d'emboîter le pas au secrétaire qui lui ouvrit la porte du bureau de l'évêque.

— Entrez, monsieur le curé. Assoyez-vous, l'invita monseigneur Brunault, qui semblait avoir subitement retrouvé sa bonne humeur. Désolé de vous avoir convoqué une journée où il fait si chaud.

— Ce n'est rien, monseigneur, répondit le prêtre en adressant un sourire timide et nerveux à son supérieur.

— Je dois tout de suite vous dire, monsieur Cormier, que je ne vous ai pas fait venir à Nicolet pour rien. Je ne suis même pas certain que ce que je vais vous annoncer va vous faire plaisir, prit la précaution de dire le prélat.

Hector Cormier déglutit péniblement, craignant recevoir, de toute évidence, de graves reproches.

— Vos paroissiens semblent unanimes à vanter vos mérites, poursuivit l'évêque. Mieux, ils paraissent beaucoup vous aimer.

— Merci, monseigneur.

— Malheureusement, des circonstances, que je regrette, remarquez bien, m'obligent à vous changer de ministère. J'aurais aimé être capable de faire autrement, mais je ne peux pas...

— Je vous dois obéissance, fit humblement le curé de Saint-Paul-des-Prés.

— Je sais que vous n'êtes pas le genre de prêtre à courir les honneurs, mais je crois que vous êtes l'homme tout indiqué pour occuper la cure de la cathédrale.

— Moi, monseigneur ? demanda le curé Cormier, stupé-fait. Je ne sais pas si je vais être capable…

— Oui, vous allez l'être, le coupa son supérieur. La révolte gronde dans cette paroisse et j'ai besoin d'un prêtre comme vous qui saura apaiser les tensions et restaurer un climat agréable. Par conséquent, j'aimerais que vous vous présentiez au presbytère de votre nouvelle paroisse dès lundi prochain, de manière à ce que le curé Morin vous informe des affaires courantes. Comme monsieur Morin ira vous remplacer à Saint-Paul-des-Prés deux jours plus tard, vous pourrez, à votre tour, lui communiquer les renseignements dont il pourrait avoir besoin, ajouta le prélat.

— Oui, monseigneur.

L'évêque se leva, contourna son bureau, et tendit sa bague à Hector Cormier pour que celui-ci l'embrasse.

— Monsieur Cormier, dites-vous qu'en acceptant ce nouveau ministère, vous rendez un grand service à votre évêque, et je vous en remercie.

— Je vais faire de mon mieux, promit le prêtre en saluant monseigneur Brunault.

Bouleversé, le curé de Saint-Paul-des-Prés sortit de l'évêché et monta dans le boghei où l'attendait son bedeau.

— Est-ce que je vous emmène dîner quelque part ? lui demanda ce dernier.

— Merci, monsieur Leblanc, répondit-il d'une voix blanche, ce qui alerta le bedeau. On va rentrer tout de suite à Saint-Paul, si ça vous dérange pas.

Anselme Leblanc se rendit compte du trouble de son curé et lui, habituellement si bavard, fit des efforts méritoires pour se taire durant la plus grande partie du trajet qui les ramena à Saint-Paul-des-Prés. Assis sur la banquette arrière de la voiture, Hector Cormier réalisait peu à peu l'importance des bouleversements que ce changement de ministère allait apporter dans sa vie. Ce fils de cultivateur de Saint-Célestin n'avait quitté la campagne que le temps qu'avaient duré ses études. Il avait toujours exercé son ministère dans des paroisses rurales. Allait-il être à la hauteur dans une paroisse aussi prestigieuse que celle de la cathédrale ? En outre, il lui en coûtait énormément de quitter sa paroisse actuelle où il avait noué des liens avec beaucoup de gens…

À Baie-du-Fèvre, il aperçut au dernier instant le curé Robidoux, et il le salua de loin. Il était si profondément plongé dans ses pensées que la vue des champs riches d'une récolte prometteuse que le boghei longeait ne lui arracha pas le moindre sourire. Anselme Leblanc mesura l'ampleur du trouble de son curé quand ce dernier ne lui demanda pas de s'arrêter au passage ni au presbytère de Pierreville ni à celui de Saint-François-du-Lac, où il avait coutume de faire halte pour saluer ses confrères.

À son arrivée au presbytère de Saint-Paul-des-Prés un peu avant l'heure du souper, le prêtre remercia son bedeau.

— Si vous passez par le magasin général aujourd'hui, monsieur Leblanc, pourriez-vous demander à monsieur Duquette de venir me voir dans la soirée, s'il en a le temps ? lui demanda-t-il en descendant de voiture.

— Je vais faire ça pour vous, monsieur le curé, lui promit le bedeau.

Hector Cormier refusa la collation proposée par Mance Rivest et monta à sa chambre sous le prétexte de faire un brin de toilette pour se débarrasser de la poussière du voyage. Il s'installa ensuite un long moment dans son bureau en refermant la porte derrière lui, ce qu'il ne faisait pratiquement jamais.

— Je sais pas ce qui s'est passé à Nicolet, chuchota Mance Rivest aux deux vicaires en train de lire leur bréviaire sur la large galerie du presbytère en attendant le souper, mais monsieur le curé a pas l'air pantoute dans son assiette.

— C'est peut-être juste la chaleur, voulut la rassurer l'abbé Biron.

— Je l'espère, conclut la servante en rentrant pour aller dresser le couvert.

—◦◦—

Au repas du soir, le pasteur de Saint-Paul-des-Prés se montra d'excellente humeur. Les abbés Biron et Dupras attendirent en vain qu'il leur révèle l'objet de sa convocation à l'évêché jusqu'au moment du dessert. Alphonse Dupras jeta un regard à son jeune confrère avant de s'adresser à son curé.

— Monsieur le curé, je suppose que c'est bien indiscret de vous demander si tout s'est bien passé à Nicolet? Pas de mauvaises nouvelles, j'espère?

— Ça concernait la paroisse et je pense que vous avez le droit de savoir, fit Hector Cormier en perdant le sourire factice qu'il arborait depuis le début du repas.

— Qu'est-ce qui se passe? fit à son tour René Biron.

— Je vais vous quitter au début de la semaine prochaine, leur annonça leur curé.

— Pour combien de temps? demanda l'abbé Dupras.

— J'ai pas l'impression que je vais revenir dans la paroisse, déclara le curé Cormier. Monseigneur m'a confié la cure de la cathédrale et il a nommé le curé Morin pour me remplacer. Il paraît qu'il connaît bien la paroisse. Il a déjà été vicaire ici.

— Quand devez-vous partir, monsieur le curé? demanda le jeune abbé Biron.

— Lundi prochain. Si je me trompe pas, mon remplaçant arrivera le lendemain ou le surlendemain.

— On devrait vous féliciter, monsieur le curé, reprit Alphonse Dupras. Être curé à la cathédrale, c'est pas rien.

— Surtout pas! s'exclama son supérieur. S'il y a une chose que je n'ai pas cherchée, c'est bien celle-là.

— En tout cas, nous, on aurait aimé mieux vous garder avec nous autres, avoua René Biron, chagriné par le départ imminent d'un homme qu'il aimait et respectait.

Assommés par la nouvelle, les deux vicaires restèrent sans voix. Ils allaient perdre un ami et une sorte de père. Ils ne connaissaient pas son remplaçant, mais il aurait sûrement du mal à être aussi bon avec eux.

— Bon, messieurs, c'est pas la fin du monde, dit Hector Cormier en faisant un effort pour secouer l'atmosphère de tristesse qui venait d'envahir la salle à manger. Personne est irremplaçable, moi encore moins que d'autres. Je vous laisse, je dois rencontrer le président de la fabrique.

Les deux prêtres demeurèrent un long moment silencieux, assis à table, sirotant sans grand plaisir le reste de leur tasse de thé. Quand Mance Rivest entra dans la pièce dans l'intention de desservir, René Biron ne put s'empêcher de lui dire :

— Madame Rivest, on vient d'apprendre que monsieur le curé nous quitte. Monseigneur vient de le nommer dans une nouvelle paroisse.

— C'est pas vrai ! s'écria la cuisinière en pâlissant sous le choc.

— C'est lui qui vient de nous l'apprendre.

— Bonne sainte Anne ! Pour une fois qu'on avait un curé qui avait du bon sens ! ne put-elle s'empêcher de dire. Ça me fait bien de la peine, ajouta-t-elle, les larmes aux yeux.

— À nous autres aussi, reconnut Alphonse Dupras.

— Est-ce qu'on sait qui va le remplacer à Saint-Paul ? demanda Mance.

— Le curé Morin. Il a déjà été vicaire dans la paroisse.

— Pas lui ! ne put-elle s'empêcher de s'exclamer.

— Vous le connaissez ? s'étonna René Biron.

— Oui, je le connais, fit Mance, l'air subitement mauvais. Le moins qu'on puisse dire, c'est qu'on va pas y gagner au change.

— Pourquoi dites-vous ça ? l'interrogea René Biron.

— Vous vous rappelez du curé Bilodeau ?

Les deux prêtres se regardèrent et firent une moue qui en disait long.

— Bien, il est exactement comme lui, laissa tomber Mance en retournant dans la cuisine après s'être emparée des assiettes sales sur la table.

— Ça va être gai! ne put s'empêcher de dire Alphonse Dupras en se levant de table.

— Il a pu changer avec le temps, fit son jeune confrère.

— Ce sera pas long qu'on va le savoir, conclut l'aîné des vicaires avant de quitter la pièce.

Un peu après sept heures, ce soir-là, Alcide Duquette vint frapper à la porte du presbytère pour voir le curé Cormier. La rencontre fut brève et émouvante.

— Je m'excuse de vous déranger après votre journée de travail, mais ce sera pas long, fit l'ecclésiastique en invitant le président du conseil de fabrique à s'asseoir.

— Une bonne nouvelle, j'espère? demanda le propriétaire du magasin général.

— Pour vous, sûrement, s'efforça de plaisanter le curé avec un mince sourire. Vous allez être débarrassé de moi à partir de la semaine prochaine.

— Vous êtes pas sérieux, monsieur le curé?

— Bien oui, monsieur Duquette. Monseigneur vient de me nommer ailleurs et je dois partir mardi prochain. Je vais beaucoup regretter Saint-Paul et ses paroissiens, vous pouvez me croire.

— Jamais autant qu'on va vous regretter, avoua le propriétaire du magasin général. Est-ce qu'il y aurait pas moyen d'aller rencontrer monseigneur pour lui demander de vous laisser chez nous? Je suis certain que bien du monde de la paroisse seraient prêts à faire le voyage à Nicolet pour lui demander ça.

— C'est bien aimable de votre part, mais je pense que ce serait inutile. Monseigneur a jamais accepté de changer une affectation, même quand des paroissiens le suppliaient de le faire… et ça se comprend.

— Qui va vous remplacer ?

— Le curé de la cathédrale, le curé Morin.

— Eusèbe Morin ? demanda Alcide, étonné.

— En plein ça, monsieur Duquette.

Le marchand se retint difficilement de dire une chose désagréable sur le compte du prochain curé de la paroisse. Après avoir renouvelé ses regrets de le voir partir, il salua Hector Cormier et rentra chez lui.

———

Évidemment, la nouvelle fit le tour de la paroisse comme une traînée de poudre. Il n'y eut pas un seul paroissien pour ne pas déplorer le départ de celui que tout le monde aimait. Les notables de Saint-Paul-des-Prés, soit Fabien Gagnon, Alcide Duquette, le notaire Ménard et le docteur Précourt, se réunirent dès le lendemain pour organiser une fête d'adieu le dimanche suivant. Il fut décidé que cette dernière aurait lieu dans le grand stationnement commun à la forge-garage et au magasin général. Des tables y furent dressées dès le samedi après-midi dans le but de recevoir la nourriture et les cadeaux destinés à celui qui partait.

Ian Sullivan manœuvra habilement et fit en sorte d'hériter de la tâche d'adresser quelques mots au nom de tous au curé Cormier. Alexina Duquette accepta sans rechigner de sortir les décorations réservées à l'ornementation de son reposoir de la Fête-Dieu pour décorer les lieux. Sans se consulter, beaucoup de dames de la paroisse préparèrent des desserts.

Le curé Cormier annonça son départ à la fin de la grand-messe avec la simplicité qu'on lui connaissait. Beaucoup de ses paroissiens le regardèrent quitter le chœur après son *Ite missa est* prononcé la gorge serrée par l'émotion. Sur le parvis, les gens se rassemblèrent comme tous les dimanches et les marguilliers se firent un devoir d'aller d'un groupe à l'autre pour inviter les gens à se rassembler dès deux heures dans le stationnement du magasin général et de la forge.

À l'heure dite, l'endroit avait été envahi par la quasi-totalité des habitants du village, même si le ciel s'était peu à peu couvert depuis le milieu de l'avant-midi. Deux longues tables croulaient sous les desserts. Philippe avait stationné son camion près du garage de Melançon et s'était ensuite approché de sa famille en compagnie de Cécile Melançon que Corinne connaissait très peu. La jeune fille salua poliment les Boisvert sans manifester la moindre timidité.

— Comme ça, c'est chez vous que mon gars va veiller les fins de semaine? fit Corinne.

— Oui, madame Boisvert.

— Il te fait pas trop de misère? lui demanda la mère de famille.

Philippe lui jeta un regard noir, mais n'osa pas ouvrir la bouche.

— Pas une miette, madame. J'ai juste un peu d'ouvrage à casser son petit caractère, mais ça va arriver s'il continue à venir me voir, dit la jeune fille sur un ton plaisant.

— Avec moi, t'aurais pas ce trouble-là, intervint Norbert. Je suis le seul de la famille à avoir bon caractère.

— Ça, c'est toi qui le dis, répliqua Cécile en souriant. À part ça, t'es pas mal trop jeune pour moi. Quand tu seras plus aux couches, tu viendras me voir.

Les Boisvert éclatèrent de rire et l'adolescent rougit, incapable de trouver une réplique.

— On va s'approcher, déclara Corinne. Voilà monsieur le curé et les vicaires qui arrivent.

En effet, Hector Cormier arrivait à pied, encadré par ses deux vicaires. À la vue de tant de personnes rassemblées pour l'accueillir, il eut un léger geste de recul.

— Ça a pas d'allure de déranger tant de monde parce que je pars, reprocha-t-il à Alcide Duquette qui s'était avancé vers lui, suivi des quatre autres marguilliers.

— On leur a pas tordu un bras pour venir, monsieur le curé, lui fit remarquer le président du conseil. Ils voulaient absolument vous dire au revoir avant que vous partiez.

Une salve d'applaudissements salua l'arrivée des prêtres sur les lieux et Hector Cormier se mit en frais de faire le tour des gens présents pour leur adresser un mot gentil.

Ian Sullivan se matérialisa subitement auprès de Corinne que ses enfants venaient de laisser pour rejoindre des connaissances. Pour la première fois, elle se rendit compte à quel point il semblait plein de suffisance et assuré de son charme.

— Vous avez vu notre voisin, madame Boisvert? lui demanda-t-il en lui montrant Jocelyn Jutras à qui Émilie Michaud parlait avec un sourire des plus aguicheurs. Il a pas l'air de trop s'ennuyer, notre Jocelyn.

— On le dirait, reconnut-elle.

— Il est ben chanceux de pas être gêné avec les femmes, lui, fit le célibataire. Moi, je sais pas ce que j'ai, mais je fonds quand je suis avec une belle créature. Je sais pas quoi lui dire.

Les paroles de sa mère revinrent soudain à la mémoire de la veuve qui décida de s'amuser un peu aux dépens du solide gaillard penché vers elle.

— Savez-vous, monsieur Sullivan, que c'est pas mal insultant ce que vous venez de me dire là? fit-elle.

— Comment ça? demanda-t-il, apparemment désarçonné.

— Vous êtes en train de me parler, si je me trompe pas. Ça veut donc dire que je suis laide.

— Ben non, madame Boisvert, au contraire, s'empressa de dire le cultivateur, rouge de confusion, sa belle assurance tout envolée.

— Tiens! Je pense que c'est à vous que fait signe monsieur Duquette, lui déclara-t-elle avant de diriger ses pas vers Marie-Claire et Conrad Rocheleau qui venaient d'arriver.

Planté là, le fils de Rose Sullivan vit, la mort dans l'âme, s'éloigner la femme qu'il cherchait à séduire. Il s'approcha d'Alcide Duquette qui lui chuchota quelques mots à l'oreille. Aussitôt, Ian alla prendre place près des tables où des chaises étaient placées sur une petite estrade en bois improvisée. Le tout avait été installé ainsi à l'intention du curé Cormier, de ses vicaires, du maire et de son épouse ainsi que des Duquette.

Le curé fut entraîné vers l'avant et invité à s'asseoir. Les gens se rapprochèrent et les conversations s'éteignirent progressivement quand Fabien Gagnon prit la parole pour remercier le curé Cormier de tout ce qu'il avait fait pour les gens de la paroisse. Le discours du maire fut un peu long et on l'applaudit surtout par soulagement quand il prit fin. Ensuite, le président de la fabrique parla pendant quelques minutes du plaisir que lui et les marguilliers avaient éprouvé à travailler avec un prêtre aussi agréable. Enfin, Ian Sullivan fut invité à adresser quelques mots à Hector Cormier au nom de tous les paroissiens de Saint-Paul-des-Prés. Si certains s'étonnèrent qu'un paroissien aussi nouveau que le cultivateur du rang Saint-Joseph prenne la parole au nom de tous, ils ne regrettèrent finalement pas qu'il l'ait fait. Durant quelques minutes, l'homme sut faire sourire et même rire l'assistance en rappelant quelques incidents cocasses auxquels le curé Cormier avait été mêlé, souvent bien malgré lui, au cours des trois années où il avait dirigé les destinées de la paroisse. À la fin de son discours, on l'applaudit chaleureusement et on pria celui qu'on voulait honorer de dire quelques mots.

Le curé de Saint-Paul-des-Prés se garda bien de tomber dans le mélodrame, mais il fit toutefois nettement comprendre à ses paroissiens qu'il les quittait avec regret. On lui remit ensuite quelques petits cadeaux et les organisateurs invitèrent les gens présents à goûter aux sucreries disposées sur les tables. Des volontaires se mirent immédiatement au travail pour distribuer les beignets, les biscuits, le sucre à la crème et les bonbons aux patates cuisinés par des dames de la paroisse.

Vers quatre heures, Hector Cormier prit congé en compagnie de ses vicaires après avoir invité ses paroissiens à assister aux vêpres.

— Il y a pas à dire, déclara Marie-Claire Rocheleau à sa voisine, on perd là tout un bon curé.

— Le curé Morin va avoir des grosses bottines à chausser pour le rejoindre, ajouta son mari.

— Est-ce que c'est de notre ancien vicaire que vous parlez? demanda Corinne, étonnée.

— Bien oui, t'étais pas au courant? fit Marie-Claire.

— Première nouvelle.

Au moment où elle s'apprêtait à rentrer à la maison avec ses enfants, la veuve aperçut son beau-père qui se dirigeait vers elle en compagnie d'Henri, de sa femme et d'Alexandra, l'épouse de son neveu Charles. Après avoir salué les parents de son défunt mari, elle demanda à Gonzague:

— Puis, monsieur Boisvert, êtes-vous toujours satisfait de l'ouvrage de mon gars?

— Il est pas trop pire, reconnut le vieil homme sans trop d'enthousiasme.

— Je suppose que s'il faisait pas votre affaire, vous le remplaceriez, ne put-elle s'empêcher de dire.

— Inquiétez-vous pas, ma tante, intervint Alexandra. Si grand-père le paye, c'est qu'il doit bien gagner son argent.

— Toi, t'es trop jeune pour comprendre, la rembarra sèchement le grand-père de son mari.

— Je veux pas être impolie, grand-père, reprit la jeune femme toujours aussi frondeuse, mais le monde change. C'est pas parce que je porte une robe que je suis stupide. Le temps où les femmes pouvaient parler seulement quand leur mari leur permettait de le faire est fini depuis longtemps.

À cette heure, on a le droit de voter aux élections, au cas où vous le sauriez pas.

— Seulement au fédéral, ma fille, intervint Henri, réprobateur et gêné de voir sa bru manquer autant de tenue.

— Ayez pas peur, beau-père, on va finir par avoir le droit de vote au Québec aussi, affirma la jeune femme avec aplomb. J'ai lu dans *La Presse* que madame Gérin-Lajoie a créé un comité le mois passé pour nous avoir ce droit-là.

— C'est une bonne nouvelle, l'encouragea Corinne en lui adressant un clin d'œil.

— Ah! Ça va être beau à voir, une affaire comme ça, se contenta de dire Gonzague en tournant son attention vers Corinne. Je voulais te dire qu'à la fin de la semaine prochaine, j'aurai pas besoin de ton garçon durant deux ou trois jours. Il paraît que le moteur du *truck* est presque fini. Melançon a été obligé d'en commander un autre. Je te dis, ma petite fille, que tout ça, c'est ben de l'argent…

— Si je vous connaissais pas si bien, monsieur Boisvert, je croirais que vous êtes dans la misère noire, plaisanta Corinne. En tout cas, ça va bien tomber. S'il fait beau, on va en profiter pour faire les foins, précisa-t-elle avant de prendre congé.

Sur ces mots, Corinne salua sa belle-famille et se dirigea vers ses enfants pour tranquillement commencer à réunir les siens et rentrer à la maison.

Quand Corinne parla du nouveau curé ce soir-là, Madeleine ne put s'empêcher de dire:

— Mon Dieu! je vous dis qu'on n'a pas fini d'entendre parler du diable et de l'enfer.

— Moi, je me rappelle qu'il m'avait mise à genoux en avant de la classe quand j'avais pas été capable de répondre à une question du catéchisme, poursuivit Élise.

— C'est vrai qu'il était bête comme ses pieds, reconnut Norbert.

— Faites attention à ce que vous dites, les mit en garde leur mère. Vous parlez d'un prêtre.

Corinne jeta un coup d'œil inquisiteur à Philippe qui n'avait pas ouvert la bouche depuis son retour de la fête, quelques minutes plus tôt. Il affichait un air buté de mauvais augure. Elle en déduisit qu'il s'était probablement disputé avec Cécile et elle se garda bien de lui poser la moindre question.

Quand elle le vit monter à sa chambre après le repas au lieu de prendre la direction du village, elle comprit qu'elle ne s'était pas trompée.

En fait, le jeune homme avait commis une maladresse qui avait remis en question sa relation avec la fille du garagiste. Il l'avait quittée durant quelques instants durant la fête pour se rendre à son camion stationné près du garage. À son retour, Cécile avait cru renifler une vague odeur d'alcool. Elle avait attiré à l'écart son amoureux.

— Penche-toi donc un peu vers moi, lui avait-elle ordonné.

Philippe avait cru à tort qu'elle avait enfin choisi cet après-midi-là pour s'humaniser et lui permettre un petit baiser, mais il faisait une grossière erreur.

— Souffle donc un peu, avait-elle repris, l'air sévère.

— Pourquoi ? avait-il demandé en lui obéissant tout de même.

— Mais tu sens la boisson, Philippe Boisvert, s'était-elle insurgée en s'éloignant de lui de quelques pas.

— J'en ai pris juste une petite goutte pour fêter un peu, s'était-il excusé, comme si la chose n'avait aucune importance.

— Ah bien, là, mon ami, tu te trompes de fille si tu t'imagines que je vais endurer ça ! lui avait-elle dit, les dents serrées, en proie à une froide fureur.

— Juste une petite goutte ! avait-il répété, vaguement suppliant.

— Un gars qui boit, j'en veux pas. Tu t'imagines peut-être que ça s'est jamais su au village que ton père aimait lever le coude ! T'as l'air de vouloir prendre le même chemin. T'es libre de le faire, mais je veux pas voir ça. Trouve-toi une autre fille qui va endurer ça. Je veux plus te voir.

Sur ces mots, Cécile, l'image même de la vertu outragée, avait traversé le stationnement, où une vingtaine de personnes continuaient à discuter, et était rentrée chez ses parents sans un seul regard derrière elle. Dépité, le jeune homme était monté dans la cabine de son camion et était retourné chez lui.

───※───

Trois jours plus tard, Eusèbe Morin arriva au presbytère de Saint-Paul-des-Prés sans tambour ni trompette au milieu de l'après-midi. Depuis la veille, il tombait sur la région une petite pluie fine qui ne semblait pas près de prendre fin. Elle avait rendu le voyage depuis Nicolet des plus inconfortables et assombri encore plus l'humeur maussade du nouveau curé de Saint-Paul-des-Prés. Cependant, l'ecclésiastique était plus mortifié par la perte de sa cure qu'inquiet de l'accueil qui l'attendait dans sa nouvelle paroisse. Dans son for intérieur, il était persuadé que ses nouveaux paroissiens allaient être enchantés de le revoir.

Le prêtre descendit de voiture devant le presbytère et demanda à son chauffeur de transporter à l'intérieur ses deux grosses valises qui furent déposées sans ménagement dans l'entrée. Il remercia l'homme, mais ne lui proposa même pas d'attendre la fin de l'averse pour retourner chez lui.

Mance Rivest se présenta dans le couloir sans montrer le moindre empressement et attendit que le nouveau curé de la paroisse ait congédié son conducteur avant de le saluer.

— Bonjour, monsieur le curé, dit-elle sans manifester une très grande chaleur.

— Bonjour, madame Rivest. Je suppose que vous m'attendiez avec impatience ? dit-il à son tour en retirant le léger manteau qui l'avait protégé de la pluie.

— Pas particulièrement, monsieur le curé, répondit-elle franchement. J'ai préparé votre chambre. Vous pourrez vous y installer quand vous voudrez.

— Merci. Où sont les vicaires ?

— L'abbé Biron est parti visiter deux malades et l'abbé Dupras est à la sacristie en train de faire répéter de nouveaux servants de messe.

— Très bien, voulez-vous monter mes bagages dans ma chambre ?

Mance Rivest jeta un coup d'œil aux deux grosses valises déposées près de la porte.

— Elles ont l'air trop pesantes pour une femme de mon âge, monsieur le curé.

— Dans ce cas-là, demandez donc à monsieur Leblanc de les monter, fit-il, agacé.

— Je suis même pas sûre qu'elles seront pas trop lourdes pour monsieur Leblanc, protesta-t-elle avec une mauvaise volonté assez évidente. Il prend de l'âge, notre bedeau, vous savez.

— Demandez-lui quand même de le faire, lui ordonna sèchement le prêtre avant de se diriger vers la pièce voisine qui avait toujours servi de bureau au curé de la paroisse.

— Eh bien ! Ça va être agréable de vivre avec lui, ne put s'empêcher de murmurer la cuisinière en retournant dans sa cuisine. Il pense tout de même pas que je vais me mettre à courir après le père Leblanc pour lui faire monter ses valises. Si je le vois, je lui dirai de le faire. Si je le vois pas, il se débrouillera tout seul avec ses bagages.

Eusèbe Morin ne quitta pas son nouveau bureau de l'après-midi, même si des bruits de voix en provenance du couloir lui apprirent que ses deux vicaires étaient rentrés au presbytère. Il était profondément vexé de constater que son retour à Saint-Paul-des-Prés ne suscitait pas plus d'enthousiasme.

— C'est effrayant comme les gens oublient vite! murmura-t-il. On dirait qu'ils se souviennent pas du tout de ce que j'ai fait dans cette paroisse pendant tant d'années, ajouta-t-il avec amertume.

Il entendit des chuchotements dans la pièce voisine, mais se garda bien de se manifester. Il ne consentit à sortir de la pièce que lorsque la cuisinière agita la clochette pour signifier que le souper était servi.

Lors de son entrée quelque peu théâtrale dans la salle à manger, il découvrit René Biron et Alphonse Dupras, debout derrière leur chaise, en train tout probablement de l'attendre. Il se présenta brièvement et les invita à faire de même avant de les prier de prendre place.

À dire vrai, le nouveau curé de Saint-Paul-des-Prés s'efforça de se montrer très cordial lors de ce premier contact avec ses subordonnés. Il se rappelait trop bien la mise en garde de son évêque exigeant qu'il fasse preuve d'humanité dans ses relations avec les gens. Toutefois, de prime abord, il aurait été faux de croire que ses deux vicaires lui plurent.

De petite taille et plutôt bien en chair, Eusèbe Morin se méfiait de ceux qu'il appelait en son for intérieur les grands maigres. Or, René Biron appartenait à cette catégorie et, à l'entendre parler, le jeune prêtre ne semblait pas être doté d'une très grande force de caractère. Par ailleurs, Alphonse Dupras paraissait avoir approximativement le même âge que lui, mais son aplomb et son sourire charmeur l'irritèrent tout de suite. Il nota même mentalement d'exiger qu'il renonce à se gominer les cheveux.

— Nous vous souhaitons la bienvenue dans votre nou-velle paroisse, dit aimablement l'abbé Dupras avec un sourire.

— Merci, monsieur l'abbé, répondit Eusèbe Morin avec un air un peu contraint.

— J'ai déposé vos valises dans votre chambre, ajouta René Biron.

— Vous êtes bien aimable, l'abbé, le remercia son supérieur.

À la fin du repas, il entraîna ses deux vicaires dans son bureau pour établir la charge de travail de chacun et leur faire part des règles qu'il entendait imposer dans son presbytère. À leur sortie de la pièce une heure plus tard, les abbés Biron et Dupras se dirigèrent vers la large galerie qui ceinturait le presbytère dans l'intention de faire quelques pas.

— C'est étrange, marmonna Alphonse Dupras, mais j'ai comme l'impression qu'on rira pas trop souvent avec notre nouveau curé.

— C'est certain qu'il ressemble pas bien gros au curé Cormier, reconnut René Biron sur le même ton.

— Il m'a l'air pas mal sec.

— On va s'y faire, l'encouragea son jeune confrère. C'est parce qu'il nous connaît pas encore. Quand il va être plus à l'aise, il va changer.

— Je pense tout de même que madame Rivest a pas mal raison, poursuivit l'aîné des vicaires. On dirait le curé Bilodeau en plus jeune. Si c'est ça, la vie va pas être drôle tous les jours à Saint-Paul.

Chapitre 9

La grande demande

Depuis le début de cette dernière semaine de juillet, on attendait avec impatience la fin du mauvais temps pour commencer les foins. La température avait été si favorable depuis le début de l'été que tout laissait prévoir qu'on aurait du fourrage en abondance pourvu que le soleil veuille bien apparaître.

Chez les Boisvert, Corinne n'était pas moins impatiente que ses voisins. Pendant que Norbert et Léopold travaillaient aux derniers aménagements intérieurs de la nouvelle étable, Philippe, d'humeur maussade, avait repris le transport de terre et de gravier pour le compte de son grand-père tout en sachant qu'il devrait abandonner son travail durant quelques jours dès que le garagiste aurait reçu le nouveau moteur de son camion.

Chaque jour, il s'arrêtait au garage pour faire le plein avec l'espoir, toujours déçu, d'apercevoir Cécile. Le mardi matin, Joseph Melançon le prévint qu'il garderait son camion le soir même pour y entreprendre les réparations, et qu'il croyait être en mesure de le lui rendre le samedi matin, si tout se passait comme prévu. En fin de journée, à la demande de Corinne, Léopold attela le blond au boghei et ramena Philippe à la maison après que ce dernier eut abandonné le gros International dans la cour de Melançon. Au passage, ils virent Norbert en grande conversation avec Ian Sullivan.

— La pluie a arrêté, dit l'homme engagé en rentrant dans la maison après avoir dételé sa bête. Le vent est en train de chasser l'humidité. Je serais pas surpris que ça sèche pas mal pendant la nuit et qu'on soit capables de commencer les foins demain matin, si c'est toujours votre idée, madame Boisvert.

— Ce serait la meilleure chose qui pourrait arriver, déclara cette dernière en regardant son fils aîné ouvrir la porte de la cuisine d'hiver. Montes-tu déjà te coucher? lui demanda-t-elle.

— Je suis fatigué, avoua ce dernier d'une voix éteinte. J'ai eu une grosse journée.

— Je suis contente que tu sois là demain pour nous donner un coup de main à commencer les foins, lui dit-elle.

Le jeune homme ne dit rien et referma la porte derrière lui. Sa mère prit son panier à ouvrage et sortit sur la galerie, apparemment décidée à profiter du rafraîchissement de l'air. Élise, assise à la table, lisait un livre de classe prêté par Madeleine tandis que Lionel cherchait à construire un château avec de vieilles cartes à jouer.

Madeleine s'approcha de Léopold et lui chuchota quelques mots à l'oreille. Ce dernier sembla hésiter un instant avant de hocher la tête en signe d'acceptation. Sous le regard attentif de son amie, le jeune homme alla se pencher devant le miroir suspendu au-dessus de l'évier, passa ses doigts dans son épaisse chevelure brune et se dirigea vers la porte moustiquaire en faisant un signe discret à Madeleine de le précéder. Tous les deux sortirent sur la galerie et vinrent s'asseoir près de Corinne en train de réparer un pantalon de Norbert. Léopold, l'air emprunté, se racla la gorge, ce qui incita la veuve à lever les yeux de son travail d'aiguille.

— As-tu pris le dernier morceau de lard dans le puits? demanda-t-elle à sa fille.

— Oui, m'man. Je l'ai mis dans le fourneau. Il devrait être cuit avant qu'on aille se coucher.

— C'est effrayant comme la viande est partie vite cette année, ne put s'empêcher de faire remarquer la maîtresse de maison. Il me semble que c'est hier qu'on a mis dans le puits ce qui nous restait dans la chaudière. On a beau l'étirer autant que possible, on peut tout de même pas faire des miracles.

— C'est comme ça toutes les années, m'man, lui rappela Madeleine. Aussitôt que la glace a fini de fondre, on s'aperçoit qu'il nous reste presque plus de viande à mettre dans le puits.

— On n'a pas le choix. Il va falloir en acheter un peu chez Vigneault toutes les semaines à cette heure, dit Corinne avec un air résigné.

— M'man, Léopold aurait quelque chose à vous dire.

Tout de suite, le ton un peu solennel de sa fille alerta la veuve qui déposa son ouvrage sur ses genoux quand son homme engagé se leva.

— Qu'est-ce qu'il y a, Léopold? lui demanda-t-elle.

— Ben, madame Boisvert, j'aimerais… j'aimerais vous demander la main de Madeleine, dit le jeune homme en rougissant.

— Voyons donc, Léopold, ça fait même pas un an que vous vous fréquentez, lui fit-elle remarquer.

— C'est vrai, madame, mais je la connais depuis trois ans, plaida le jeune homme.

— Elle vient juste d'avoir dix-neuf ans.

— Mais m'man, vous aviez dix-huit ans quand vous vous êtes mariée, ne put s'empêcher d'intervenir sa fille.

— Je le sais, Madeleine, et j'aurais dû attendre plus tard pour me marier. J'ai rien contre Léopold. Je sais que c'est un bon garçon et qu'il te ferait un bon mari. Mais là, je me demande juste avec quoi vous allez vivre.

— Il y aura pas de problème, madame Boisvert, dit Léopold en reprenant courage. J'ai ce qu'il faut.

— Bon, admettons, raisonna à haute voix la veuve. Si je te donne ma fille, vous allez rester avec nous autres, mais quand les enfants vont arriver, on va être pas mal tassés et…

— C'est pas ce qu'on avait l'intention de faire, la coupa Madeleine. Léopold a d'autres plans.

— Quels plans? fit Corinne, intriguée.

— Ben, je me suis entendu avec monsieur Pouliot. Je lui ai dit que j'étais prêt à lui acheter sa terre, et il a accepté.

— Mais tu rêves, mon pauvre Léopold. Où est-ce que tu vas trouver l'argent pour payer cette terre-là? Je sais que je t'en dois, mais c'est rien à côté du montant que le père Pouliot va te demander pour son bien.

— J'ai ce qu'il faut, madame.

— T'as ce qu'il faut?

— Oui.

— En plus, tu devras acheter des bêtes, le roulant et aussi des meubles pour la maison.

— Monsieur Pouliot est prêt à me vendre tout ça et on s'est entendus sur un bon prix, précisa l'amoureux de Madeleine.

— Et t'as assez d'argent pour tout! fit Corinne, stupéfaite.

— C'est déjà réglé, madame Boisvert. J'ai l'argent et j'ai signé à monsieur Pouliot une promesse d'achat si vous me donnez votre fille.

— Ah là! j'en reviens pas! Tes dettes…

— Malgré tout ça, j'aurai pas une cenne de dette, affirma-t-il.

— T'as autant d'argent que ça?

— J'en ai un peu, répondit modestement son homme engagé.

— À ce moment-là, pourquoi t'es resté avec nous autres en te contentant des petits gages que je te donne?

— Parce que…

— Parce que t'aimes ma fille, compléta Corinne avec un sourire de compréhension.

— C'est en plein ça, madame Boisvert, reconnut le jeune homme, rassuré.

— Mon Dieu, comme tout va vite! ne put s'empêcher de s'exclamer la veuve, vaincue. Là, je viens de prendre un coup de vieux! Madeleine qui va se marier…

— Est-ce que vous voulez, m'man? lui demanda sa fille, dont les yeux brillaient d'espoir.

— Si c'est comme ça, je te la donne, dit Corinne à Léopold.

Les deux jeunes gens, transportés de bonheur, se prirent la main.

— Quand est-ce que vous voudriez vous marier?

— On en a discuté, m'man, fit Madeleine, rose de plaisir. On ferait ça à la fin du printemps prochain. Monsieur Pouliot veut rester sur sa terre jusqu'à la fin de septembre et Léopold irait s'installer dans notre future maison au commencement d'octobre. Moi, j'aimerais faire la classe une autre année. Si grand-père m'engage pas, je pourrais passer l'hiver avec vous à faire des courtepointes. Qu'est-ce que vous en pensez?

— Je trouve que ça a pas mal de bon sens, reconnut sa mère, soulagée que l'échéance soit aussi éloignée.

Ainsi, elle allait pouvoir s'habituer à l'idée que sa fille allait la quitter.

— L'hiver prochain, je pourrai travailler avec Norbert pour scier du bois autant sur ma terre à bois que sur la vôtre, si ça vous convient, proposa Léopold, tout aussi heureux que Madeleine.

— C'est une bonne idée.

— En plus, je me suis entendu avec monsieur Pouliot pour garder Tit-Bé, son homme engagé. Il paraît qu'il est pas mal fiable.

Celui qui était connu sous le nom de Tit-Bé dans Saint-Paul-des-Prés était un ouvrier agricole qui travaillait chez Ernest Pouliot depuis une vingtaine d'années. En d'autres mots, l'homme âgé d'une quarantaine d'années faisait partie du paysage paroissial. L'homme était grand et maigre, mais il avait la réputation d'avoir un appétit féroce que son patron n'avait jamais osé lui reprocher tant il abattait sa large part de travail sur sa ferme. Au demeurant, c'était un solitaire qui ne dérangeait personne. Certains le disaient un peu simple d'esprit tant il était long à répondre à la moindre question. En fait, on l'avait surnommé Tit-Bé parce qu'il commençait invariablement chacune de ses réponses par des « Bé… Bé… » assez désarçonnants quand on ne le connaissait pas.

— Quand est-ce que vous voulez vous fiancer ? fit Corinne.

Les deux jeunes gens se regardèrent. De toute évidence, ils n'en avaient pas discuté.

— Que diriez-vous de faire ça le premier dimanche de septembre ?

— Merci, madame Boisvert, répondit Léopold.

— Remarquez que j'aime pas bien gros l'idée de si longues fiançailles, sentit-elle le besoin de préciser. Je suppose que vous êtes capables de bien vous tenir tout ce temps-là ?

— Bien oui, m'man, répondit Madeleine, légèrement scandalisée que sa mère puisse penser autrement.

En réalité, Corinne songeait surtout que les dangers de ces longues fiançailles seraient sérieusement atténués par le fait que son homme engagé aurait quitté son toit à la fin de septembre. De plus, il y avait de fortes chances que sa fille enseigne ailleurs qu'à Saint-Paul-des-Prés à l'automne.

Pendant près d'une heure, on discuta de l'avenir. Léopold décrivit avec soin l'intérieur de la maison des Pouliot où Corinne n'avait jamais mis les pieds, même s'il s'agissait de voisins demeurant à quelques arpents de chez elle. Madeleine parla avec enthousiasme de ce qu'ils entendaient faire de leur vie et de son plaisir de s'établir si près de chez sa mère. Norbert ne revint du village qu'un peu après le coucher du soleil.

— Bon, c'est bien beau tout ça, mais on a une grosse journée d'ouvrage qui nous attend demain matin, dit Corinne en quittant sa chaise berçante. On va aller faire la prière et se coucher, annonça-t-elle au couple d'amoureux qui lui avait tenu compagnie une bonne partie de la soirée.

À leur entrée dans la cuisine d'été, Corinne vit Philippe pénétrer dans la pièce par la porte communiquant avec la remise voisine. Il venait d'aller aux toilettes.

— Avant de réciter la prière, j'ai une grande nouvelle à vous apprendre, déclara la mère de famille aux siens.

Élise et Lionel, curieux, s'approchèrent de leur mère.

— Léopold vient de me demander votre sœur en mariage, annonça-t-elle.

— Ils vont se marier ? demanda Élise.

— Il y a des grosses chances, si m'man a dit oui, niaiseuse, répondit Norbert.

— J'ai accepté, poursuivit Corinne. Vous pouvez les féliciter. Léopold va faire partie de la famille le printemps prochain quand on va faire des noces.

Tous obéirent et s'avancèrent pour féliciter un peu maladroitement les futurs époux. La mère de famille remarqua tout de même l'air contraint de son fils aîné quand il s'exécuta.

Après la prière, tous quittèrent la cuisine d'été pour monter à l'étage. En s'emparant de la lampe pour se réfugier dans sa chambre à coucher, Corinne s'aperçut que Philippe n'avait pas suivi les autres.

— Tu vas pas te coucher ? lui demanda-t-elle.

— Non, j'ai dormi un peu après le souper et là je m'endors pas. Et puis, je voudrais vous parler de quelque chose.

— De quoi ?

— Ben, à propos du mariage de Madeleine.

— Qu'est-ce qui se passe ? J'ai bien vu que t'avais pas trop l'air content quand je l'ai annoncé tout à l'heure.

— Comment on va se débrouiller s'ils sont pour rester ici dedans ? On va être tassés et en plus, si j'ai ben compris, c'est moi qui vais être comme un étranger dans la maison parce que je travaille pas sur votre terre.

Corinne regarda son fils, incapable de dissimuler sa stupéfaction.

— Qu'est-ce que tu me racontes là ?

Le jeune homme lui répéta ce qu'il venait de dire, incapable de cacher sa frustration.

— Tu t'inquiètes bien pour rien, mon garçon. Tout d'abord, t'es le plus vieux de la famille et t'auras toujours ta place ici dedans, que tu travailles la terre ou pas. Ensuite, il est pas question pantoute que Madeleine et Léopold restent avec nous autres après leur mariage. Léopold a déjà acheté la terre des Pouliot, à côté de chez Sullivan, et c'est là qu'ils vont vivre.

— Sacrifice ! Il a ben de l'argent, lui, ne put s'empêcher de s'exclamer son fils aîné. Où est-ce qu'il a volé cet argent-là ?

— Sers-toi donc de ta tête avant de parler et essaye de pas te faire haïr par ton futur beau-frère, lui ordonna sèchement sa mère. Léopold va faire partie de notre famille et c'est un honnête garçon à qui l'ouvrage fait pas peur. D'où vient son argent ? Ça nous regarde pas une miette. Ce sont ses affaires.

Corinne l'embrassa sur une joue et se retira dans sa chambre, le laissant seul dans la pièce à remâcher son envie.

— Pas de danger que ça m'arrive à moi, une chance pareille ! dit-il à mi-voix en se laissant tomber sur le banc placé près de la table.

Depuis que Cécile l'avait congédié, il cherchait par tous les moyens à rentrer en grâce auprès d'elle, mais aucune idée valable ne lui venait à l'esprit. Il s'en voulait tellement de sa bêtise qu'il avait fini par lancer dans le champ la bouteille d'alcool dissimulée sous la banquette avant de son camion.

Le lendemain matin, Madeleine se leva avec une interrogation. Avait-elle bien entendu sa mère dire la veille que son Léopold lui avait prêté de l'argent ? En quel honneur ? À quelle occasion ? Tout de suite, elle s'inquiéta de la propension de son futur fiancé à lui cacher des choses.

— On s'était bien promis de tout se dire, murmura-t-elle en s'habillant pour aller aider sa mère à préparer le déjeuner.

Lorsqu'elle apparut dans la cuisine d'été, il n'y restait que sa mère et Élise. Les autres étaient allés soigner les animaux. La jeune femme attendit que sa mère envoie sa sœur cadette chercher des œufs dans le poulailler pour l'interroger.

— Dites donc, m'man, est-ce que je vous ai bien entendue, hier soir, quand vous avez dit que Léopold vous avait prêté de l'argent ?

— Oui, répondit sa mère sans détour.

— Comment ça se fait qu'il m'en ait pas parlé ?

— Ça, ma fille, il va falloir que tu le lui demandes, fit Corinne. Peut-être qu'il a jugé que c'était pas de tes affaires.

Le visage de la jeune fille se referma, ce que sa mère remarqua immédiatement.

— À ta place, je lui en parlerais, suggéra-t-elle doucement. Il a peut-être jugé que c'était mieux comme ça...

Après le déjeuner, Madeleine s'empressa de suivre son amoureux sur la galerie quand elle s'aperçut qu'il s'y retirait tout seul pour fumer sa première pipe de la journée.

— Tu m'as encore fait une cachette, lui reprocha-t-elle à voix basse pour que les siens ne l'entendent pas dans la cuisine d'été.

— Laquelle ? fit-il, surpris.

— J'ai bien entendu ma mère dire hier soir que tu lui avais prêté de l'argent, et tu m'en as pas dit un mot.

Le jeune homme eut l'air un peu mal à l'aise.

— Écoute, j'en ai pas parlé parce que je voulais ménager son orgueil. Je pense qu'hier soir elle s'est échappée devant toi.

— Là, est-ce que je peux savoir pourquoi tu lui as prêté cet argent-là ?

— Pour faire construire la nouvelle étable. Ta mère était mal prise et ton grand-père voulait lui charger des intérêts, si j'ai ben compris. Je pouvais lui prêter le montant, et c'est ce que j'ai fait.

— Et toi, évidemment, tu lui as prêté cet argent-là sans demander des intérêts?

— Oui.

— Là, je te reconnais. Je dois te dire merci d'avoir aidé ma mère. T'es bien généreux.

— J'ai fait ça parce que j'haïs pas trop sa fille, répliqua Léopold avec un petit sourire.

— Moi aussi, je pense que je t'haïs pas, conclut-elle en lui serrant une main.

Chapitre 10

Un départ inattendu

Dès son réveil, le lendemain matin, Corinne s'empressa de sortir sur la galerie pour voir quel temps il faisait. Le jour venait de se lever dans un ciel gris et la brise de la veille n'était apparemment pas parvenue à chasser l'épaisse couverture nuageuse. Comme de la ouate, une légère brume s'était installée au-dessus des champs et gommait tout le paysage.

— Ça regarde mal pour commencer les foins, dit Philippe, qui venait de se planter derrière la porte moustiquaire.

— On verra ça après le train et le déjeuner. Le temps peut encore changer, lui fit remarquer sa mère toujours aussi optimiste.

Lionel sortit de la maison sans rien dire et prit la direction du champ dans l'intention de ramener les vaches vers l'étable où on allait les traire. Sur la galerie, près de la porte, Madeleine et Élise chaussaient leurs bottes avant d'aller nourrir les animaux et lever les œufs dans le poulailler. Leur mère était rentrée dans la maison et, silencieuse, avait entrepris de préparer de la pâte à crêpes pour le déjeuner. Les rondins en train de brûler crépitaient dans le poêle à bois.

Une heure plus tard, tous les habitants de la maison étaient rassemblés autour de la table pour déjeuner. Au moment de servir le thé, la maîtresse de maison prit finalement une décision.

— Même si le temps est pas bien beau, on va commencer à faucher à matin. S'il mouille, on en sera quittes pour retourner le foin fauché et le faire sécher dans le champ. Là, on peut avoir l'aide de Philippe pour encore un jour ou deux, le temps que son *truck* soit réparé. On va en profiter.

Personne n'éleva la moindre objection, sauf Élise.

— Moi, je pourrais bien rester à la maison pour préparer le dîner et faire les lits, proposa-t-elle.

Sa mère avait constaté depuis quelque temps que l'adolescente rechignait de plus en plus souvent à accomplir certaines tâches, ce qu'elle ne pouvait accepter. Il n'était pas question que l'un de ses enfants fasse des caprices.

— Non, ma fille. Tu viens avec nous autres dans le champ, refusa-t-elle.

— Mais m'man, j'haïs ça, faire les foins.

— Dans ce cas-là, tu feras comme nous autres, tu les feras pareil. Ici dedans, tout le monde fait sa part, et sans chialer en plus.

Élise regarda ses frères et sa sœur mais aucun ne semblait prêt à l'appuyer. Elle renonça en marmonnant.

— Ça devrait bien aller, poursuivit Corinne avec bonne humeur. On a trois hommes pour faucher. Madeleine, Élise, Lionel et moi, on va faire les meules. Pendant qu'on va faire la vaisselle et mettre un peu d'ordre dans la maison, les garçons, vous allez aiguiser les faux et sortir les râteaux. Le temps qu'on finisse ici dedans, la rosée devrait avoir disparu.

— Aïe, la braillarde, dit Norbert à Élise en quittant la cuisine, t'es chanceuse, t'auras pas trop chaud dans le champ parce qu'il y a pas de soleil.

— Va faire ce que je t'ai demandé, lui ordonna sa mère. Et toi, change d'air, dit-elle à l'adolescente qui affichait un air de martyre. On va se dépêcher, comme ça on va être capables de faire une bonne avant-midi d'ouvrage dans le champ.

Quelques minutes plus tard, tous se retrouvèrent dans le champ. Léopold et les deux frères, armés d'une faux, se mirent au travail, placés en quinconce pour ne pas risquer de se blesser. Chacun fauchait une largeur d'environ quatre pieds. Quand les hommes eurent pris suffisamment d'avance, les femmes et Lionel se mirent à râteler et à constituer des meules.

— Élise, fais des meules plus grosses, recommanda Corinne à l'adolescente. C'est pas d'avance quand il y a même pas deux fourchées dans une meule.

Sa fille marmonna quelque chose que sa mère feignit de ne pas entendre, tournant plutôt son attention vers Lionel qui s'appliquait à se rendre utile.

— Ça va bien, mon petit homme. Continue comme ça, l'encouragea-t-elle.

Plus tard, Corinne leva la tête et aperçut Jocelyn Jutras en train de faucher seul dans le champ voisin. Pour la première fois depuis le décès de sa femme et de sa belle-mère, il ne semblait pas être parvenu à trouver un ouvrier agricole pour lui prêter main-forte. Elle le regarda travailler en solitaire durant quelques instants avant d'abandonner son travail et d'aller vers Léopold et ses garçons à qui elle fit signe d'arrêter.

— Vous avez vu à côté, leur dit-elle. Ça a pas d'allure de laisser le voisin faire ses foins tout seul. Je vais lui proposer qu'on se mette ensemble.

— Mais ça va être ben plus long, lui fit remarquer Philippe en s'essuyant le front avec un large mouchoir qu'il venait de tirer de l'une de ses poches de pantalon. Ça va nous retarder en maudit, cette affaire-là, m'man.

— C'est certain, mais ça va lui rendre service et c'est un bel acte de charité chrétienne. Qu'est-ce que vous en pensez ?

— Moi, ça m'écœure de travailler pour rien, laissa tomber son aîné.

— Ça me dérange pas, fit Norbert.

— Et toi, Léopold ?

— Vous êtes la *boss*, madame Boisvert. À mon avis, c'est une bonne idée.

Sans plus attendre, Corinne se dirigea vers la clôture séparant son champ de celui du voisin. Ce dernier la vit s'approcher et vint à sa rencontre.

— Dis-moi pas que tu vas faire tes foins tout seul, lui dit-elle. Qu'est-ce que tu dirais qu'on se mette ensemble pour les faire ?

— T'es ben fine, Corinne, mais j'ai engagé deux des garçons d'Armand Desrosiers qui sont censés venir m'aider. J'ai juste pris un peu d'avance en attendant qu'ils arrivent. Toi, as-tu besoin d'aide ?

— Pantoute. Regarde, on est sept dans le champ.

— En tout cas, si t'as besoin d'un coup de main, fais-moi signe, lui proposa-t-il.

Corinne retourna à son travail. Lors de la courte pause que les siens s'accordèrent au milieu de l'avant-midi, ses fils n'eurent pas à lui demander ce qu'il était advenu de sa suggestion d'aider le voisin. Ils avaient bien vu les deux hommes venus travailler chez le voisin.

Le ciel demeurait couvert et la chaleur assez élevée, mais rien n'indiquait que la pluie viendrait gâcher la journée. Un peu avant midi, Corinne décida d'envoyer ses filles préparer un repas froid qu'on mangerait sur place.

— Si ça vous fait rien, m'man, je suis capable de continuer encore un bout, refusa Madeleine. Pourquoi vous allez pas à la maison avec Élise pour préparer le repas. Ça vous permettrait de souffler un peu.

— Est-ce que j'ai l'air si fatiguée que ça ? lui demanda sa mère.

— Non, mais ça va vous faire du bien. Vous avez pas arrêté depuis ce matin.

Corinne retourna donc à la maison avec sa cadette. Toutes les deux revinrent dans le champ alors même que l'angélus sonnait au loin, au clocher de l'église. Tous cessèrent le travail et se tournèrent vers le village pour une courte prière.

— Jocelyn, viens manger avec tes gars, cria Corinne à son voisin avant d'aller retrouver les siens qui venaient de s'asseoir à l'ombre des arbustes qui séparaient les deux champs.

Elle n'attendit pas que le voisin accepte. Avec l'aide de ses filles, elle étendit une nappe sur laquelle furent déposés deux miches de pain, du beurre, des cretons et des biscuits à la farine d'avoine. Deux cruchons d'eau froide furent placés au pied d'un arbuste.

Jocelyn s'approcha de la clôture et tenta de s'esquiver, gêné de s'imposer.

— J'ai préparé quelque chose à la maison pour dîner et…

— Envoye, Jocelyn, fais donc pas de cérémonie, lui ordonna sa voisine.

— C'est pas mal gênant, ajouta le veuf en passant tout de même entre les deux fils barbelés séparant son champ de celui de Corinne.

— J'en ai amplement pour tout le monde, fit Corinne pour le mettre à l'aise ainsi que les deux jeunes dans la vingtaine qu'il avait engagés.

De fait, tous les travailleurs eurent suffisamment à manger et, après quelques minutes de repos, on décida de reprendre le travail.

— Si on peut encore faire les foins demain, dit Jocelyn avant de retourner sur sa terre, je vais apporter le dîner. J'ai le meilleur pain de Saint-Paul et mes cretons sont pas trop mal aussi, ajouta le veuf avec un sourire chaleureux.

— T'es pas obligé pantoute, fit Corinne.

— Ça va me faire plaisir, répliqua-t-il avant de s'éloigner.

Lorsqu'il avait parlé du bon pain, il savait qu'il faisait plaisir à celle qui le lui cuisait chaque semaine depuis le décès de sa femme.

Au milieu de l'après-midi, la maîtresse des lieux s'approcha des faucheurs pour leur dire :

— Je crois que vous êtes aussi bien de vous arrêter. Je pense qu'on est mieux de rentrer tout de suite le foin qu'on a coupé. On sait jamais, il peut mouiller pendant la nuit.

— On va aller atteler le blond, m'man, et on va garder Lionel pour conduire la charrette, déclara Philippe dont l'humeur s'était nettement améliorée depuis qu'il avait compris que les Boisvert n'auraient à s'occuper que de la récolte de leur fourrage. On n'aura pas besoin de vous autres. À quatre, ça prendra pas grand temps à remplir une voiture.

— Si c'est comme ça, on va retourner à la maison pour préparer le souper. On vous laisse Lionel.

Le gamin, tout fier de quitter le groupe des femmes pour être intégré à celui des hommes, rejoignit ses frères et Léopold.

Quand la première charretée de foin vint s'immobiliser devant la porte du fenil située dans le pignon de l'étable neuve, Madeleine quitta la maison et, armée d'une fourche, monta sur la charge.

— Lionel, va chercher les vaches, ordonna-t-elle à son jeune frère. M'man va faire la traite pendant qu'on va décharger.

— Norbert, monte avec Léopold dans le fenil. On va vous envoyer le foin, commanda Philippe, sans consulter personne.

— C'est correct, accepta son cadet, mais au prochain voyage, on va changer de place.

Même si le soleil ne s'était pas montré de la journée, il régnait une chaleur infernale sous les tôles du toit de l'étable.

Léopold et Norbert échangèrent leur poste de travail pendant qu'on leur envoyait le foin à grandes fourchées. Celui qui était installé devant la porte profitait d'un peu plus d'air que celui qui était au centre du fenil pour projeter le foin au fond de la longue pièce.

Avant le souper, on eut le temps d'aller chercher une seconde charretée qu'on abandonna devant l'étable après avoir dételé le cheval pour l'envoyer paître dans l'enclos voisin.

— Si vous êtes pas trop fatigués, vous pourrez la décharger après le souper, déclara Corinne avant de rentrer dans la maison.

Après un court arrêt au puits pour se rafraîchir, tous les travailleurs vinrent prendre place autour de la table sur laquelle Élise venait de déposer une soupière, des tomates et du fromage. La fatigue d'une si longue journée de travail se voyait sur les visages et le repas se prit dans un silence quasi complet.

Au dessert, le cruchon de sirop d'érable passait d'un convive à l'autre, quand un coup de tonnerre lointain fit sursauter la maîtresse de maison.

— J'espère qu'on va avoir le temps de décharger avant que la pluie se mette à tomber, dit-elle avant de finir de boire sa tasse de thé.

— On va y aller tout de suite, dit Norbert en quittant la table, imité par Léopold et Philippe.

— Je vais y aller, moi aussi, fit Corinne en se levant à son tour.

— Non, m'man, vous en avez assez fait pour aujourd'hui, intervint Madeleine en la devançant. Je vous laisse la vaisselle et j'y vais avec les hommes. On n'en a que pour une demi-heure, au plus.

La mère de famille, épuisée, ne trouva pas la force de s'opposer à la volonté de sa fille.

À peine le quatuor venait-il de quitter la maison qu'un boghei entra dans la cour. Alertée par le bruit, Élise se précipita à la fenêtre pour identifier le visiteur.

— C'est Charles, m'man.

— Veux-tu bien me dire ce qu'il vient faire ? s'interrogea sa mère, intriguée par la visite du fils d'Henri.

Corinne déposa la vaisselle sale qu'elle tenait et sortit sur la galerie pour s'enquérir du but de la visite de son neveu. Elle vit le jeune homme chétif saluer de la main ses fils avant de se tourner vers elle.

— Bonsoir, ma tante, dit-il en l'apercevant.

— Bonsoir. Es-tu rendu que tu sors le soir sans ta femme ? lui demanda-t-elle.

— Non, je viens vous voir de la part de mon père et de ma mère.

— Qu'est-ce qui se passe ?

— C'est grand-père. Il vient de mourir, déclara-t-il sans montrer le moindre signe de chagrin.

— Comment ça ? Il avait l'air ben correct encore dimanche passé à la fête donnée pour le curé Cormier.

— On le sait pas, ma tante. Il a soupé avec nous autres et il a voulu absolument donner un coup de main à rentrer le foin. Mon père l'a laissé conduire la charrette. Il est tombé tout à coup en bas. Il était mort quand on l'a relevé.

— Voyons donc ! s'exclama Corinne.

— Comme dit mon père, il était plus jeune. Son heure était arrivée. C'est peut-être son cœur qui a lâché.

— En tout cas, t'es bien fin d'être venu nous prévenir, le remercia-t-elle.

Le mari d'Alexandra eut soudainement l'air un peu gêné.

— Ma mère aimerait ça que vous veniez l'aider, ma tante. Elle dit qu'elle sait pas trop quoi faire.

L'espace d'un bref instant, Corinne fut effleurée par la tentation de répondre à son neveu que sa mère et les siens n'avaient qu'à se débrouiller seuls, comme ils l'avaient toujours laissée seule quand elle avait eu besoin de leur aide. Elle secoua la tête autant pour chasser cette mauvaise pensée que la fatigue de cette journée de travail.

— C'est correct, lui dit-elle. Pendant que tu vas aller annoncer la mauvaise nouvelle à tes cousins, je vais aller me changer.

Ce serait mentir de dire que la nouvelle du décès de leur grand-père peina beaucoup les enfants de la veuve. Celui-ci les avait toujours pratiquement ignorés et ils ne se souvenaient pas d'une seule fête offerte dans la grande maison de pierre du rang Saint-André.

Corinne changea de robe et fixa un chapeau sur son chignon blond. Une fois prête, elle sortit de la maison et alla jusqu'à la charrette de foin qu'on s'était remis à décharger sous le regard indifférent de Charles Boisvert.

— Je sais pas à quelle heure je vais revenir, prévint-elle ses enfants. Attendez-moi pas pour aller vous coucher.

— Avez-vous besoin de moi? offrit Madeleine, debout sur la charge.

— Je pense pas. Jamais je croirai qu'Alexandra et ta tante Annette vont pas être capables de s'occuper de ce qu'il y a à faire, prit-elle le soin de préciser quand elle se rendit compte que son neveu allait accepter son offre.

Elle monta dans la voiture et Charles mit son attelage en marche. Quelques minutes plus tard, il la laissa descendre au pied de l'escalier menant à la large galerie de la grande maison où son père était assis en train de fumer sa pipe. La Buick noire du docteur Précourt était stationnée dans la cour. Dès que la visiteuse entreprit de monter les marches, la porte moustiquaire s'ouvrit pour livrer passage à sa belle-sœur Annette, suivie de près par sa bru Alexandra. Charles fit avancer sa voiture vers les bâtiments.

Corinne fut d'abord étonnée de constater à quel point les habitants de la maison ancestrale des Boisvert semblaient peu bouleversés par la mort du patriarche.

— Je vois que le docteur est déjà arrivé, dit-elle en montant les marches.

— Henri est allé le chercher tout à l'heure, dit sa belle-sœur Annette en s'avançant vers elle.

— Vous êtes ben fine d'être venue, ma tante, fit Alexandra. Il y a personne ici dedans qui sait trop quoi faire.

— Voyons, Alexandra, on n'est pas niaiseux! la réprimanda sa belle-mère en se gourmant. Il y a juste qu'on a peur d'oublier quelque chose.

Corinne remarqua que sa belle-sœur, pas plus que son mari, ne songeait à la remercier de s'être déplacée pour leur venir en aide.

— Est-ce que quelqu'un est arrêté au presbytère pour prévenir monsieur le curé? demanda-t-elle un peu sèchement.

— C'est pas si pressant que ça, déclara Henri sur un ton qui laissait croire qu'il prenait ça pour un blâme. Il sera toujours temps demain matin d'aller m'entendre avec lui pour le service.

— Je te dis pas ça pour le service, mais pour l'extrême-onction, rétorqua Corinne avec agacement.

— Il était déjà mort quand on l'a ramené dans la maison.

— Dans ces cas-là, on donne aussi l'extrême-onction, mais sous condition. C'est ce que m'a expliqué le vicaire quand il l'a donnée à ton frère Laurent.

— Je vais envoyer Charles avertir au presbytère, si c'est comme ça, dit le fils aîné de Gonzague.

— Naturellement, t'as pas eu le temps non plus d'aller t'entendre avec Camil Giroux.

— Ben non, j'irai à Yamaska quand le docteur sera parti.

— As-tu pensé à avertir Juliette et tes frères?

— Sacrement! Laisse-moi le temps de respirer, rétorqua Henri. C'est arrivé il y a pas deux heures.

Au moment où Corinne allait lui servir une réplique cinglante, Charles vint les rejoindre sur la galerie. Adrien

Précourt apparut alors derrière la porte moustiquaire. Tout le monde rentra dans la grande cuisine de la maison ancestrale. En pénétrant dans les lieux, Corinne se rappela n'y être venue qu'à quatre ou cinq reprises durant les vingt dernières années et, chaque fois, pour une très courte visite de politesse ou d'affaires. Jamais on ne lui avait offert un repas ni même un simple rafraîchissement.

Le docteur Précourt s'assit à la table, sortit un formulaire de sa trousse et se mit à le remplir en posant quelques questions auxquelles Henri répondit.

— Si je sais compter, dit le praticien de sa petite voix de crécelle, votre père venait d'avoir quatre-vingts ans.

— Oui.

— C'est son cœur qui a lâché. Chez une personne de son âge, ça arrive, dit-il en apposant sa signature au bas du document. L'usure du temps pardonne pas.

— Il faut croire que son temps était fait, se contenta de dire Henri d'une voix neutre.

Le médecin scruta le fils aîné de Gonzague, probablement surpris par son manque d'émotion. Les yeux retranchés derrière les verres très épais de ses lunettes, il regarda les personnes présentes et dut se rendre compte qu'aucune ne semblait affligée par la mort du vieil homme. Il tendit le certificat de décès à Henri, se leva et après avoir offert de rapides condoléances, il quitta les lieux.

L'obscurité venait de tomber et Alexandra s'empressa d'allumer des lampes à huile.

— Qu'est-ce qu'on fait ? demanda Annette avec son air épuisé habituel.

— Le mieux serait peut-être que Charles conduise son père chez Léon Tremblay qui pourrait l'emmener en *truck* à Yamaska pour aller s'entendre tout de suite avec Camil Giroux, suggéra Corinne.

— Pourquoi Philippe irait pas avec mon père ? demanda Charles.

— Comme t'as pu le voir, le *truck* de Philippe était pas dans la cour. Il est en réparation chez Melançon, au village. Ton grand-père lui a demandé de changer le moteur qui était fini. Pendant que ton père sera à Yamaska, tu pourrais t'arrêter chez Duquette pour téléphoner à tes oncles Aimé et Raymond et à ta tante Juliette.

— On n'a jamais téléphoné aux frères d'Henri, intervint sèchement Annette. On sait même pas s'ils ont le téléphone.

Corinne se rappela alors la dispute qui opposait Henri à ses deux frères qui accusaient leur père d'avoir toujours favorisé indûment l'aîné à leur détriment. Ils en étaient même venus aux coups lors de son mariage.

— Dans ce cas-là, téléphone au moins à ta tante Juliette à Montréal et dis-lui de faire le message à tes oncles.

— Pourquoi tu l'appellerais pas, toi ? demanda Henri, l'air bougon.

— Parce que ça me regarde pas, dit abruptement Corinne. C'est ta famille, prit-elle soin de lui spécifier. Après avoir téléphoné, arrête-toi au presbytère et demande qu'on vienne donner l'extrême-onction à ton grand-père, poursuivit la veuve en s'adressant cette fois à son neveu.

— Quand est-ce qu'on va faire chanter le service ? demanda Annette en se tournant vers son mari.

— Ben, le plus vite possible, décréta Henri. Il y a les foins qui attendront pas indéfiniment et…

— Je veux pas me mêler de ce qui me regarde pas, intervint encore Corinne, stupéfaite par tant d'insensibilité, mais si vous l'exposez pas trois jours, toute la paroisse va en parler, et les gens comprendront pas.

— Mais trois jours, ça nous mène à samedi ! s'exclama Henri.

— Puis après ? C'est pas un étranger qui vient de mourir, c'est ton propre père.

— Il avait fait son temps, se contenta de répéter Henri sans manifester la moindre peine.

— En tout cas, vous faites ce que vous voulez, déclara Corinne en refusant d'en dire plus, comme si elle s'en lavait les mains.

— Je pense, p'pa, qu'on est mieux de faire chanter le service samedi matin, intervint Charles qui n'avait pratiquement pas ouvert la bouche.

— C'est correct, concéda son père à contrecœur. Bon, arrive! Tu feras ce que ta tante t'a conseillé pendant que j'irai à Yamaska. Et vous autres, qu'est-ce que vous allez faire en nous attendant? demanda-t-il aux trois femmes.

— Au cas où tu le saurais pas, Henri, un mort, ça se met pas comme ça dans un cercueil. Il faut faire sa toilette et l'habiller comme du monde pour l'exposer, lui répondit abruptement Corinne.

— Ah moi, je suis pas capable de faire ça, s'empressa de dire Annette en réprimant un frisson. Si je le touche, je vais perdre connaissance.

— Eh bien, je sens que tu vas être utile, laissa tomber sa belle-sœur, sarcastique. Et toi, Alexandra, vas-tu être capable de m'aider?

— J'ai jamais fait ça, ma tante, mais je vais essayer. Vous aurez juste à me dire ce que j'ai à faire.

— C'est correct. Vous pouvez partir tous les deux, dit Corinne à son beau-frère et à son neveu, on va se débrouiller. Mais avant de vous en aller, demandez donc à votre homme engagé de venir. Il pourra aider Annette à placer le salon.

La porte venait à peine de se refermer que Corinne demanda à sa belle-sœur de sortir les meilleurs vêtements de son beau-père pendant qu'Alexandra remplissait un bol à main d'eau chaude.

— Ma pauvre Corinne, le beau-père avait juste du vieux linge. Je me souviens même pas de l'avoir vu s'acheter un morceau depuis des années.

— Sors ce qu'il a de plus mettable, on se débrouillera avec ça.

Corinne vit sa nièce par alliance prendre un pain de savon du pays et une serviette.

— T'as pas du savon d'odeur ? lui demanda-t-elle.

— Est-ce que c'est bien nécessaire ? fit Annette.

— Il me semble que pour une fois le beau-père pourrait être lavé avec autre chose que du savon de tous les jours.

— J'en ai un dans mes tiroirs, dit Alexandra. Je vais aller le chercher.

Un instant plus tard, les deux femmes pénétrèrent dans la chambre du rez-de-chaussée. La vue de Gonzague Boisvert étendu sur le lit rappela à Corinne que la seule autre personne dont elle avait fait la toilette mortuaire était grand-père Boucher, plusieurs années auparavant. L'unique différence était qu'elle avait beaucoup aimé le grand-père de son mari alors qu'elle n'éprouvait qu'une vague indifférence pour le grand vieillard décharné qu'elle entreprit de laver avec l'aide de sa nièce. L'estime de la veuve augmenta à l'égard d'Alexandra quand elle la vit faire des efforts pour maîtriser sa peur.

Si Corinne parvint à raser son beau-père sans lui couper le visage, elle ne put rien faire pour dissimuler l'hématome violet qu'il s'était fait à la figure en tombant de la voiture. Quand Annette entra dans la pièce pour lui tendre ce qu'elle considérait comme les meilleurs habits du défunt, elle les examina rapidement.

— Tu me feras pas croire que c'est son meilleur habit, dit-elle à mi-voix à sa belle-sœur en lui montrant le vieux costume noir lustré et élimé qu'elle venait de lui remettre.

— Il en a pas d'autre.

— Ça vaut bien la peine d'avoir gratté toute sa vie pour pas être capable d'être exposé dans du linge qu'un quêteux voudrait même pas, laissa tomber la jeune veuve.

Annette s'empressa de quitter la pièce dont elle referma la porte derrière elle. Avec l'aide d'Alexandra, Corinne finit d'habiller le mort.

— Bon, je pense qu'on a fait tout ce qu'on pouvait, dit-elle en peignant l'épaisse chevelure blanche et les favoris de son beau-père.

— Est-ce qu'on lui met ses bottines, ma tante? lui demanda Alexandra.

— C'est pas utile.

À peine les deux femmes venaient-elles de terminer leur travail qu'on frappa à la porte de la chambre.

— Monsieur le curé vient d'arriver avec Charles, entendirent-elles à travers la porte.

— C'est correct, va le recevoir. On a fini, fit Corinne en s'emparant du bol à main pendant que sa nièce remettait rapidement de l'ordre dans la chambre mortuaire.

La porte s'ouvrit pour livrer passage au curé Morin qui venait de passer son étole mauve sur son surplis. La tête coiffée de sa barrette, le prêtre entra dans la chambre. Corinne reconnut aussitôt la figure ronde de l'ancien vicaire de la paroisse. Il n'avait guère changé durant les trois dernières années, si ce n'est que le petit homme semblait avoir pris un peu de poids et portait maintenant des lunettes.

Pour sa part, le nouveau curé de Saint-Paul-des-Prés reconnut immédiatement l'homme étendu devant lui, les mains jointes sur la poitrine. C'était bien celui qui s'était moqué de lui en refusant, quelques années plus tôt, de cesser de servir de l'alcool dans son hôtel au village durant le carême. Si c'était possible, il l'avait alors détesté autant que le défunt curé Bilodeau.

— Je vais lui administrer l'extrême-onction, annonça le prêtre en ouvrant la petite mallette en cuir noir qu'il portait à la main. Avez-vous des cierges?

Alexandra s'empressa d'aller en chercher deux dans la pièce voisine. Ils furent allumés et placés de part et d'autre du cadavre. Annette entra dans la pièce et vint s'agenouiller avec les deux autres femmes pendant que le curé administrait les derniers sacrements à son beau-père. Après avoir récité différentes prières, il conclut en disant :

— Seigneur, nous vous recommandons l'âme de votre serviteur Gonzague Boisvert. Accordez-lui le pardon. *Amen*.

Eusèbe Morin venait d'accomplir le premier geste officiel de son ministère dans sa nouvelle paroisse. Il avait refusé l'offre de ses deux vicaires de venir administrer ce paroissien en affirmant que ce travail lui incombait. Après avoir rempli son office, il offrit ses condoléances aux personnes présentes en promettant de revenir prier au corps, lui ou l'un de ses vicaires, durant les jours suivants.

Quand il sortit de la chambre, il demanda à Charles de le ramener au presbytère.

— Je pense que je peux plus être bien utile ici dedans, déclara Corinne. Je vais partir avec monsieur le curé et Charles viendra me conduire à la maison.

— Merci, ma tante, dit Alexandra en l'accompagnant.

— T'attends pas Henri ? Il doit être à la veille de revenir avec monsieur Giroux, lui demanda sa belle-sœur.

— Ils ont pas besoin de moi pour mettre monsieur Boisvert dans son cercueil et l'installer dans le salon.

— Il reste encore pas mal à faire, insista la femme d'Henri au moment où le curé Morin sortait de la maison.

— Bien oui, Annette. Il y a encore pas mal à faire, lança Corinne avec une certaine impatience. Il va surtout falloir que tu cuisines pas mal pour tout le monde qui va venir saluer le père de ton mari.

— Pourquoi ça ? demanda sa belle-sœur en affichant un air surpris.

— Bien, voyons donc ! T'es déjà allée veiller un mort, non ? Tu sais bien qu'on sert toujours quelque chose à manger au monde avant qu'ils partent.

— Là, je sais pas si je vais pouvoir faire ça.

— T'auras juste à aider Alexandra. Je suis sûre qu'elle, elle va être capable de se débrouiller.

La bru haussa les épaules et accompagna sa tante et le prêtre jusqu'à la voiture.

— Ça vous dérange pas que je profite de la voiture, monsieur le curé ? demanda Corinne par politesse pendant que Charles allumait un fanal qu'il suspendit à l'avant du boghei.

— Non, pourvu que vous vous assoyez avec le conducteur sur le siège avant, répondit le prêtre.

Chapitre 11

Les enfants de Gonzague

Lorsque Corinne arriva chez elle, la maison était silencieuse et une lampe à huile était demeurée allumée sur la table de cuisine. Elle sursauta légèrement en apercevant Madeleine endormie dans l'une des chaises berçantes placées près du poêle. Elle s'approcha doucement de sa fille et mit sa main sur l'une de ses épaules.

— Madeleine ! Pourquoi t'es pas montée te coucher comme les autres ? lui demanda-t-elle à voix basse.

La jeune fille endormie avait légèrement sursauté en apercevant sa mère à ses côtés et il lui fallut quelques secondes pour reprendre pied dans la réalité.

— Je voulais juste savoir comment ça s'était passé chez grand-père, répondit-elle.

— Le pauvre homme est bien mort. J'ai juste aidé à faire sa toilette. Une chance que la femme de Charles a pas les deux pieds dans la même bottine parce que…

Elle s'arrêta en se rendant compte qu'elle allait manquer à la charité chrétienne.

— Vous devez être morte de fatigue après avoir passé la journée à faire les foins ?

— Disons que personne sera obligé de me bercer pour m'endormir, répondit sa mère avec un mince sourire.

— Ian Sullivan est passé quand on finissait de décharger, lui apprit Madeleine.

— Qu'est-ce qu'il voulait?

— Ça avait pas l'air bien clair. Il m'a donné l'impression de surtout vouloir vous parler à vous, pas à nous autres. En tout cas, il est parti en disant qu'il y avait rien de pressant.

— C'est correct, il reviendra. À cette heure, allons nous coucher. On a une bonne journée qui nous attend demain.

—⁓—

Le lendemain matin, le mauvais temps déjoua les plans de Corinne. À son réveil, une petite pluie fine venait frapper les vitres de sa fenêtre. Elle se leva et alla allumer le poêle dans la cuisine d'été avant de jeter un coup d'œil à l'extérieur. La cour était détrempée. Il devait donc pleuvoir depuis plusieurs heures.

— On dirait bien qu'on pourra pas faire les foins aujourd'hui, dit-elle à mi-voix, fataliste. Ça allait trop bien.

À l'heure du déjeuner, Élise demanda à sa mère ce qu'ils allaient faire pour grand-père.

— On va tous aller le voir après le souper, annonça-t-elle aux siens. Je suppose qu'il va y avoir un peu de monde cet après-midi; on n'a pas besoin d'aller passer toute la journée là.

Personne ne contesta sa décision.

— Je suppose que la mort de ton grand-père va changer pas mal de choses pour toi, poursuivit-elle en s'adressant à Philippe.

— Comment ça? lui demanda son fils, surpris.

— À moins que ton oncle Henri veuille continuer à s'occuper du contrat de voierie de ton grand-père, j'ai bien l'impression qu'il va se débarrasser des *trucks*.

— J'avais pas pensé pantoute à ça! s'exclama Philippe, catastrophé. Vous parlez d'une maudite malchance! Pour une fois que j'avais une *job* que j'aimais.

— En attendant, c'est pas l'ouvrage qui manque, fit-elle en se levant de table. Il y a deux madriers à remplacer dans le plancher de la charrette et du ménage à faire autant dans l'étable que dans le poulailler.

Après le souper, la mère de famille exigea que chacun des siens procède à une toilette soignée. La pluie avait cessé depuis quelques minutes et une petite brise transportait une agréable odeur de trèfle.

— Oubliez pas qu'il va y avoir pas mal de monde chez votre grand-père, leur rappela-t-elle. Il a été maire de Saint-Paul, marguillier et président de la commission scolaire. Le monde a pas oublié.

— Je peux ben rester ici dedans et laisser ma place à Léopold, déclara Norbert. Après tout, je pense que grand-père m'a jamais dit un mot et…

— Bien oui, l'interrompit sa mère. Ça aurait l'air fin encore. C'est ton grand-père et ta place est de venir veiller au corps comme toute la parenté.

Durant une bonne partie de la journée, la veuve s'était demandé si on avait bien prévenu Juliette et ses frères de la mort de leur père. De la part d'Henri et de Charles, le contraire ne l'aurait pas étonnée. Elle se promit de téléphoner à la restauratrice si elle n'était pas sur place à son arrivée dans la maison des Boisvert du rang Saint-André.

Au début de la soirée, Corinne et ses enfants s'entassèrent tous les six dans le boghei.

— Conduis pas trop vite, recommanda-t-elle à Philippe. Il manquerait plus qu'on arrive tout crottés chez ton oncle Henri.

Pourquoi avait-elle dit « chez ton oncle Henri » ? Il n'y avait rien qui prouvait que ce dernier hériterait de la grande terre familiale des Boisvert. Gonzague n'avait jamais dit à personne que son bien irait à son fils aîné. Après tout, son beau-père était assez imprévisible pour avoir décidé que son bien devait être divisé également entre chacun de ses quatre enfants survivants.

« Qu'est-ce que je pense là ? se dit-elle. C'est certain qu'Henri va hériter de tout, il a toujours été le préféré de son père. Au fond, à bien y penser, ce serait presque justice. Il a toujours travaillé sur cette terre-là. »

La voiture quitta le rang Saint-Joseph dont le chemin étroit était parsemé de mares d'eau laissées par la pluie. Lorsque l'attelage passa devant chez Melançon, au village, Philippe regarda longuement la façade de la maison du garagiste dans l'espoir d'apercevoir Cécile. La galerie était déserte.

Un mille plus loin, il fit entrer le boghei dans la cour de la ferme de son grand-père. Corinne eut la surprise de découvrir que l'endroit était pratiquement désert. Il n'y avait que deux voitures près de la maison au lieu de l'encombrement qu'elle s'était attendue à trouver.

Elle descendit du boghei avec les siens et vint frapper à la porte qui s'ouvrit presque immédiatement sur sa belle-sœur Juliette, vêtue pour l'occasion d'une robe noire. La restauratrice de Montréal l'embrassa avec effusion ainsi que chacun de ses neveux et nièces. Corinne poussa ses enfants à aller rejoindre les gens au salon pendant qu'elle demeurait quelques instants en arrière pour dire quelques mots à celle qui était venue leur ouvrir.

— T'as été bien fine de venir t'occuper de mon père hier soir, chuchota Juliette à sa belle-sœur. Je suppose que cette pauvre Annette savait pas quoi faire.

— C'était la première fois qu'elle avait un mort dans la maison, l'excusa Corinne, en jetant un coup d'œil à la grande cuisine déserte. Où sont passés tous les gens ?

— Il y a juste le vicaire qui est venu réciter le chapelet et un voisin qui est passé avec sa femme. Tout le monde est au salon. Ça a été plutôt tranquille depuis que je suis arrivée, expliqua l'imposante veuve.

— Quand es-tu arrivée ?

— Au commencement de l'après-midi.

— Henri avait au moins pensé aller te faire prendre à la gare, j'espère ?

— Pantoute, ma fille. Tu le connais, il est regardant comme l'était mon père. Je me suis débrouillée.

— Est-ce que Charles t'avait demandé d'avertir tes frères ?

— Oui.

— Quand Henri m'a dit qu'il voulait pas leur parler, je lui ai suggéré que tu leur téléphones pour leur annoncer la mauvaise nouvelle.

— T'as bien fait, l'approuva sa belle-sœur. Raymond est censé venir tout à l'heure. Aimé viendra seulement demain de Saint-Césaire.

— J'espère qu'il se passera rien de désagréable avec Henri.

— Inquiète-toi pas pour ça. J'ai bien averti Henri de se tenir comme du monde, dit Juliette pour la rassurer. Leur petite chicane a pas sa place devant le cercueil de notre père.

— On est aussi bien d'y aller avant qu'Annette vienne voir ce qui se passe, dit Corinne en prenant le bras de sa belle-sœur.

Les deux femmes pénétrèrent dans le salon. Corinne salua l'abbé Biron en train de parler avec Alexandra et Annette avant de s'approcher de la famille d'Henri rassemblée dans un coin de la pièce. Le père était en train de discuter à voix basse avec sa fille Hélène et son mari pendant que les autres écoutaient en silence. Corinne ne voulut pas être indiscrète et préféra alors aller rejoindre ses enfants debout devant le cercueil où reposait leur grand-père. La veuve remarqua tout de suite que l'entrepreneur des pompes funèbres était parvenu à maquiller assez bien la large ecchymose sur le visage de Gonzague qui, au demeurant, n'avait jamais eu l'air aussi détendu.

— Il a l'air naturel, murmura-t-elle à Juliette, qui s'était glissée à ses côtés.

— Je comprends. On dirait même qu'il va sourire, ce qui lui est pas arrivé bien souvent, répondit-elle à voix basse. Pauvre p'pa! C'est de valeur de partir comme ça. Il a passé sa vie à ménager, mais il emportera pas son argent dans sa tombe.

Corinne se borna à secouer la tête en signe d'approbation. Elle regarda le vicaire qui, de toute évidence, attendait qu'il y ait un peu plus de visiteurs avant de réciter le chapelet pour le repos de l'âme du défunt.

On frappa à la porte de la cuisine d'été et Charles quitta le salon pour aller ouvrir. Il revint en compagnie de son oncle Raymond et de sa tante Amanda. Quand Henri aperçut le débardeur de Sorel, il se détourna ostensiblement. Juliette quitta Corinne et alla à la rencontre de son frère et de son épouse pour les accompagner jusqu'à la dépouille de leur père. Tous les trois demeurèrent un long moment à prier près du cercueil avant de se retirer dans le fond de la pièce où Corinne alla les rejoindre. Elle embrassa sa belle-sœur et le frère de Laurent avant de prendre de leurs nouvelles. Ces derniers étaient venus sans aucun de leurs quatre enfants. Il était évident qu'ils ne se trouvaient là que par obligation. Raymond avait beaucoup de mal à ne pas déverser son amertume quand il parlait de son père.

Après la récitation du chapelet, l'abbé Biron s'esquiva et les jeunes en profitèrent pour aller se réfugier sur la galerie, échappant ainsi à la chaleur qui régnait dans le salon. Pour leur part, Henri et Raymond demeurèrent à chacune des extrémités de la pièce, se contentant de se regarder de temps à autre en chiens de faïence.

Les deux commissaires de la commission scolaire vinrent faire une visite rapide par pure convenance et s'empressèrent de quitter les lieux à peine dix minutes après leur arrivée.

— Est-ce qu'Annette et Alexandra ont préparé un peu à manger? demanda Corinne à Juliette alors que toutes les deux buvaient un verre d'eau près de l'évier.

— Si je me fie à ce que j'ai vu, pas beaucoup, laissa tomber la restauratrice.

— J'en reviens pas comme il y a peu de monde, reprit la veuve, un peu hors de propos.

— Il faut croire que mon père avait pas trop d'amis dans la paroisse, répliqua Juliette, un peu attristée. C'est sûr que prêter de l'argent à gauche et à droite en demandant des gros intérêts, c'est pas le meilleur moyen de se faire aimer.

— Au moins, il se perdra pas trop de manger s'il vient pas plus de monde que ça, conclut Corinne, tout de même peinée par une telle situation.

— On n'y peut rien.

— J'y pense, reprit Corinne. Veux-tu venir coucher à la maison ? Tu sais que j'ai toujours de la place pour toi.

— T'es bien fine, mais il faut tout de même du monde pour veiller mon père pendant la nuit. Annette dit qu'elle a pas la force de faire ça et Charles est pas bien mieux que sa mère. Je suis même pas sûre qu'Hélène va rester avec son mari. Ça fait qu'il reste juste Henri, Alexandra et moi.

— Je vais rester avec toi, décida Corinne, beaucoup plus par sympathie pour sa belle-sœur que par respect pour le défunt.

Charles pénétra à cet instant dans la maison, suivi par les Melançon. Le garagiste était accompagné par sa femme Victorine, son fils Oscar et sa fille Cécile. Tous les quatre présentèrent leurs condoléances aux gens présents et firent une courte prière devant le corps. Pendant que Joseph Melançon et sa femme parlaient avec Henri et Annette, Corinne regarda son fils Philippe s'approcher timidement de Cécile à qui il parla tout bas. Cette dernière secoua la tête en signe de dénégation. Elle le vit poursuivre avec insistance ce qui semblait être une demande et la jeune fille finit par accepter tout à coup de le suivre hors de la pièce. Le manège des deux jeunes gens n'avait pas échappé à Juliette Boisvert.

— Dis donc, est-ce qu'il y a quelque chose entre notre beau Philippe et la fille du garagiste ?

— Je le sais plus trop, reconnut Corinne. Il avait commencé à aller veiller avec elle, puis tout à coup tout s'est arrêté. Pour moi, ils se sont chicanés.

— J'ai bien connu Victorine Dubois quand elle était fille, reprit Juliette. Si la petite a la moitié du caractère de sa mère, elle est armée pour lui faire manger de l'avoine un bon bout de temps, à ton garçon, ajouta-t-elle avec le sourire.

— Ça lui ferait peut-être pas de tort, admit la mère de famille. Il a toujours eu toutes les blondes qu'il voulait, le petit bonyenne. Il est peut-être temps qu'il y en ait une qui le remette à sa place.

Avant de quitter les lieux, Joseph Melançon prévint Philippe qu'il ne pourrait reprendre son camion avant encore deux ou trois jours. Il avait dû commander des pièces à Montréal et elles n'étaient pas encore arrivées.

Un peu avant dix heures, Raymond Boisvert et sa femme décidèrent de partir en même temps qu'Hélène et son mari. Corinne encouragea alors ses enfants à les imiter.

— Moi, je vais rester pour veiller votre grand-père cette nuit, leur précisa-t-elle. Norbert, viens me chercher après le déjeuner, demain matin.

Dès le départ des visiteurs, Juliette ne put s'empêcher de faire remarquer à la femme d'Henri :

— Il me semble, Annette, que t'aurais pu servir quelque chose à manger aux Melançon, aux enfants de Corinne et surtout à Raymond et à sa femme qui ont pas mal de chemin à faire pour rentrer chez eux.

— J'y ai pas pensé pantoute, s'excusa platement la petite femme au chignon poivre et sel. Tu comprends, je suis tellement fatiguée que j'en vois plus clair.

— C'est pour ça que je suis restée pour veiller monsieur Boisvert, intervint Corinne, pas du tout dupe de l'excuse.

— Si c'est comme ça, je monte me coucher, dit-elle, apparemment soulagée de ne pas être obligée de se plier à ce qu'elle semblait considérer comme une corvée.

Les personnes présentes avaient déjà vu Charles s'esquiver rapidement à l'étage où se trouvaient les chambres à coucher.

— Moi aussi, je pense que je vais faire la même chose, annonça Henri en desserrant déjà la cravate qui l'étouffait à demi.

— Toi, c'est pas la même chose, dit Juliette d'une voix dure.

— Qu'est-ce que tu veux que ça lui fasse au père ? pesta le gros homme. Il est mort.

— C'est ton père qui est là, lui fit-elle sèchement remarquer. Si tu vas te coucher tout de suite, tu peux être certain que je vais aller te réveiller vers deux heures et demie pour que tu fasses ta part. Moi aussi, j'ai besoin de dormir… Corinne aussi.

— Aïe, toi ! Tu viendras pas me donner des ordres dans ma propre maison, s'insurgea son frère.

— Si ça te fait rien, mon frère, on va tout de même attendre l'ouverture du testament avant de dire que cette maison est à toi, répliqua-t-elle. Jusqu'à preuve du contraire, c'est la maison de p'pa et t'es pas plus maître ici dedans que moi.

— Moi, je vais veiller avec vous deux, intervint Alexandra sur un ton résolu. Avant ça, je vais aller vous préparer une des chambres en haut.

Le visage fermé, Henri prit une lampe à huile et suivit sa femme qui venait tout juste de monter.

— J'ai l'impression que ton frère est pas trop de bonne humeur, fit remarquer Corinne à Juliette.

— Arrête, tu vas me faire brailler, dit la restauratrice sur un ton indifférent. Ce gros égoïste-là est aussi pire que sa femme. Tu peux compter sur moi que je vais aller te les brasser tous les deux vers deux heures et demie et ils vont avoir affaire à descendre veiller au corps, je te le garantis. Ils ont toujours profité du père, il est temps qu'ils lui rendent quelque chose.

Quelques minutes plus tard, les deux femmes entendirent Alexandra descendre au rez-de-chaussée. Au moment où elles allaient s'inquiéter du fait que la jeune femme ne venait pas les rejoindre au salon, cette dernière apparut pour leur ordonner de venir à la cuisine. Elle avait dressé la table et elle leur servit une collation.

— C'est bien beau veiller, dit-elle à ses deux aînées, mais il faut aussi prendre des forces si on veut durer.

— Voilà bien la première fois que je réveillonne dans cette maison, ne put s'empêcher de dire Juliette.

— Moi aussi, ma tante. Mais il y a rien qui dit que c'est la dernière fois, par exemple, ajouta la jeune femme avec un sourire qui en disait long sur sa détermination.

— Est-ce que ton mari dort déjà ? lui demanda Corinne, qui trouvait sa nièce par alliance de plus en plus sympathique.

— Oh oui ! À moins qu'il fasse semblant, ce qui est pas impossible pantoute. Mais faites-vous en pas, lui aussi va se lever cette nuit pour veiller son grand-père.

Les trois femmes passèrent les heures suivantes à papoter à voix basse, assises près du cercueil dans le salon. Quand l'horloge indiqua deux heures trente, Juliette se leva.

— Il est temps qu'on vienne nous remplacer, annonça-t-elle en saisissant l'une des lampes de service déposées sur une desserte. Montez vous coucher. Corinne, laisse-moi de la place dans le lit, j'arrive.

La jeune veuve ne sut jamais comment sa belle-sœur fut reçue lorsqu'elle alla réveiller son frère et sa belle-sœur avant de venir se coucher. Toutefois, à son réveil le lendemain matin, elle trouva Henri, Annette et Charles en train de déjeuner lorsqu'elle pénétra dans la cuisine. Juliette la suivit peu après. Toutes les deux eurent à peine le temps de manger avant que Norbert vienne immobiliser le boghei près de la galerie.

— Viens déjeuner avec nous, l'invita Juliette.

— Merci, ma tante, mais j'ai déjà mangé. Il fait beau et on va faucher aujourd'hui.

Corinne salua tout le monde et monta dans la voiture. Il n'avait pas plu de la nuit et le ciel s'était dégagé de tous les nuages qui l'encombraient depuis quelques jours. L'humidité avait disparu et l'air sentait l'herbe fraîchement coupée.

— Avez-vous un peu dormi, m'man ? s'inquiéta Norbert en faisant reprendre la route à son attelage.

— J'ai veillé juste la moitié de la nuit, répondit Corinne. Vous autres, vous avez pas eu de mal à retourner à la maison, hier soir ?

— Pantoute, on peut même dire que Philippe était pas mal de bonne humeur.

— Comment ça ?

— Si j'ai ben compris, la Cécile a accepté que mon frère revienne veiller au salon avec elle, expliqua Norbert avec un sourire moqueur.

— Comme ça, ils s'étaient bien chicanés ?

— Je sais pas trop. Je pense qu'elle lui avait dit qu'elle voulait plus lui voir la face, mais je suis pas sûr. C'est certain que si c'est ça qui s'est passé, Philippe est pas venu s'en vanter.

À son arrivée à la maison, la mère de famille s'empressa de changer de robe et d'aller rejoindre les siens au champ pour travailler, bien décidée à faire sa part. Madeleine voulut persuader sa mère de faire d'abord une sieste pour se reposer, mais cette dernière résista.

— Non, on a assez perdu de temps. Les foins se feront pas tout seuls, dit-elle en commençant à râteler le foin fraîchement fauché par les garçons.

—⁂—

Après le souper, Corinne rassembla ses énergies et s'esquiva quelques instants dans sa chambre pour procéder à sa toilette. Elle quitta la pièce quelques minutes plus tard vêtue de sa robe noire et la tête déjà couverte de son chapeau.

— Vous allez pas encore chez grand-père après la journée d'ouvrage que vous venez de faire, m'man? lui demanda Madeleine. Ça a pas d'allure.

— Je serai pas partie longtemps, promit-elle. Là, il est juste six heures et demie. On va revenir de bonne heure.

— Est-ce qu'on est obligés d'y aller, nous autres aussi? fit Élise.

La mère de famille réfléchit un peu avant de déclarer:

— Vous pourriez vous partager ça. Votre grand-père est exposé encore demain. À soir, les garçons pourraient venir et demain, Léopold, Madeleine et Élise les remplaceraient. Disons que ça aurait l'air moins fou que si j'arrivais là toute seule. Qu'est-ce que vous en pensez?

Les enfants se consultèrent du regard.

— Est-ce qu'on y va à soir? demanda Norbert à son frère aîné.

— On est aussi ben de s'en débarrasser tout de suite, répondit Philippe avec peu d'entrain. M'man, donnez-nous cinq minutes pour nous préparer.

— Pendant ce temps-là, je vais aller atteler, annonça Léopold en se dirigeant déjà vers la porte moustiquaire.

Le boghei de Corinne arriva chez son beau-père en même temps que la voiture de son beau-frère Aimé, venu de Saint-Césaire avec sa femme pour la circonstance. Avant d'entrer dans la maison, la veuve alla à la rencontre d'Aimé et de Marie pour les embrasser et demander de leurs nouvelles. Tout comme Raymond et Amanda, ils étaient venus sans leurs enfants.

— Ça a l'air pas mal calme, constata Aimé en regardant autour de lui. À part ça, on dirait ben qu'il y a pas grand-chose de changé sur la terre du père.

Cela faisait plus de vingt ans que le cultivateur n'avait pas mis les pieds sur la terre ancestrale des Boisvert et de toute évidence l'homme était en proie à une forte émotion en revoyant l'endroit où il était né.

La porte moustiquaire s'ouvrit pour livrer passage à Juliette qui se dépêcha de venir rejoindre les visiteurs debout au centre de la cour. Après les embrassades, l'épouse d'Aimé s'informa, apparemment un peu inquiète :

— J'espère qu'on se fera pas insulter ?

— Il manquerait plus que ça ! s'exclama la restauratrice, l'air mauvais. Aimé est aussi chez eux ici dedans que n'importe qui. C'est la maison de notre père.

— Est-ce qu'il y a eu beaucoup de monde aujourd'hui ? lui demanda Corinne.

— Deux ou trois voisins, pas plus.

Tous entrèrent et rejoignirent Henri et sa famille dans le salon. L'aîné des Boisvert ne fit pas un geste en direction de son jeune frère. Il demeura dans un coin de la pièce en compagnie de sa femme et de sa fille Hélène, comme la veille. Peu après, Fabien Gagnon et Alcide Duquette firent une courte visite de courtoisie, suivis par Rose Sullivan et son fils Ian, portant beau et toujours aussi sûr de lui.

Quelques minutes plus tard, d'autres visiteurs arrivèrent et la conversation se fit générale.

— Enfin, il vient du monde pour la peine, dit Corinne à sa belle-sœur. Là, je trouve ça plus normal. Après tout, ton père était pas n'importe qui à Saint-Paul.

— C'est vrai, reconnut Juliette. Et tu peux être certaine que je vais m'arranger pour qu'Annette sorte un peu de manger pour tout ce monde-là.

À cet instant précis, la fille de Gonzague Boisvert se tourna et découvrit Ian Sullivan dont le regard ne quittait pas celle à qui elle parlait.

— Qui c'est ce gars-là ? demanda Juliette à Corinne en lui désignant discrètement Ian Sullivan.

— Un de mes voisins.

— Marié ?

— Non, un vieux garçon.

— Un beau parti, non ?

— Voyons, Juliette ! s'offusqua sa belle-sœur.

— Depuis qu'il est arrivé, il te couve des yeux, ça en est presque gênant.

— Tu te trompes, répliqua Corinne, agacée.

— Je te le dis.

— Si c'est vrai, je vais finir par le remettre à sa place, lui, fit la veuve avec détermination.

— Laisse-le donc faire, lui conseilla doucement sa belle-sœur. Il a bien le droit de trouver que t'es une belle femme. Ça devrait même te faire un petit velours.

À l'extérieur, rassemblés sur la large galerie de la maison en pierre, une douzaine de jeunes gens discutaient. À une extrémité, trois enseignantes des écoles de rang de la paroisse étaient venues rendre un dernier hommage à celui qui les avait engagées. Elles parlaient de la prochaine année scolaire qui allait commencer dans environ un mois. Un peu plus loin, Philippe, Norbert et Charles s'entretenaient avec Victor Melançon et d'autres jeunes de Saint-Paul-des-Prés dont les parents étaient demeurés à l'intérieur.

— Je pense que tu vas pouvoir venir chercher ton *truck* demain, fit le fils du garagiste à Philippe. Mon père a eu les pièces à matin et il a passé la journée à le réparer.

— Si c'est comme ça, t'iras le chercher et tu le rapporteras ici, intervint Charles Boisvert en prenant l'air d'un patron parlant à un simple employé.

Aussitôt, l'atmosphère se chargea d'électricité.

— Et pourquoi je ferais ça ? lui demanda son cousin qui le dominait d'une demi-tête.

— Parce qu'il a pas d'affaire à être chez vous, répondit sèchement le mari d'Alexandra.

— Il a autant d'affaire chez nous qu'ailleurs, répliqua l'aîné de Corinne. C'est moi qui le chauffe, ce *truck*-là, et jusqu'à preuve du contraire, je vais m'en occuper.

Norbert et les autres se turent. L'affrontement devenait inévitable.

— Écoute-moi ben, Philippe Boisvert, fit Charles avec hauteur. Mon père et moi, on voit pas pourquoi on laisserait les quêteux de la famille prendre ce qui est pas à eux autres.

— Les quêteux de la famille! répéta Norbert, en intervenant.

— C'est qui que t'appelles les quêteux de la famille? demanda Philippe en empoignant son cousin par le devant de sa chemise pour le rapprocher brusquement de lui.

Charles pâlit soudainement et chercha du regard de l'aide autour de lui. Personne ne chercha à intervenir pour lui porter secours.

— Envoye, le pic! Qui est-ce que t'appelles les quêteux de la famille? répéta un Philippe de plus en plus menaçant.

— Vous autres, finit par dire le fils d'Henri en essayant vainement de se dégager.

— Mon sacrement de baveux! jura son cousin en levant le poing, prêt à le frapper, je vais te faire rentrer dans la gorge ce que tu viens de dire.

— Arrête, Philippe, lui ordonna Norbert en cherchant à s'interposer. Ça vaut pas la peine.

Son frère, rouge de fureur, l'écarta violemment et allait frapper son cousin quand Ian Sullivan apparut brusquement entre les deux adversaires. Il attrapa le poignet de Philippe et lui fit lâcher Charles sans aucune difficulté.

— Ça va faire, les jeunes! leur dit-il en les repoussant. C'est ni la place ni le temps de se chamailler. Il y a un mort en dedans, essayez de vous en souvenir.

— L'enfant de chienne a osé nous traiter de…

— Philippe! s'écria Corinne dont la voix claqua comme un coup de fouet. Va nous attendre dans le boghei, lui ordonna-t-elle sur un ton sans appel. Toi, Norbert, va avec lui. J'arrive.

— Ils allaient... commença Ian.

— Merci, monsieur Sullivan, le coupa-t-elle avant de tourner les talons pour rentrer dans la maison, suivie de près par un Charles qui passa près d'elle sans oser la regarder.

Corinne demanda à Lionel d'aller rejoindre ses frères dans la voiture et alla saluer parents et connaissances. Devant l'air stupéfait de Juliette de la voir partir si tôt, elle lui expliqua en quelques mots que Charles et Philippe avaient failli se battre. Elle lui promit de revenir le lendemain soir. Avant de prendre congé, elle invita Aimé Boisvert et sa femme à passer la nuit dans sa maison.

— Merci, Corinne, mais on a promis à Raymond d'aller coucher chez eux, la remercia son beau-frère.

— En tout cas, vous êtes les bienvenus si le cœur vous en dit.

Corinne alla rejoindre les siens dans la voiture. Philippe, la mine sombre, mit l'attelage en route. Le soleil était en train de se coucher et déjà les ombres s'allongeaient. Pendant quelques minutes, tout le monde garda le silence.

— Est-ce que je peux savoir ce qui s'est passé? finit-elle par demander à ses fils.

Chacun se signa en passant devant l'église.

— C'est Charles qui a tout commencé, fit Norbert.

— Commencé quoi?

— Il nous a traités de « quêteux de la famille » devant tout le monde, l'écœurant! fit Philippe d'une voix rageuse. Ils se prennent pour les *boss*, lui et son père.

— Les quêteux de la famille! répéta sa mère.

— Ben oui, il paraît que c'est son père et lui qui nous appellent comme ça.

— Les effrontés! ne put s'empêcher de dire la veuve, profondément insultée.

— Pourquoi tu dis qu'ils se prennent pour des *boss*? reprit Corinne.

— Quand Victor Melançon m'a dit que mon *truck* était prêt, Charles m'a donné l'ordre d'aller le chercher et de le rapporter chez eux, demain matin.

Corinne se retint de dire ce qu'elle pensait d'Henri Boisvert et de son fils. Elle garda le silence jusqu'à ce que l'attelage entre dans le rang Saint-Joseph.

— Tu vas laisser le *truck* de ton grand-père chez Melançon, même s'il est réparé, fit-elle. Puis, à la première occasion, tu pourrais même dire à Léon Tremblay de refuser d'y toucher aussi, si tu veux. Comme il y a personne chez ton oncle capable de le conduire, il va rester là un bon bout de temps.

— Mais ça veut dire que j'ai plus de *job* pantoute, constata Philippe avec mauvaise humeur.

— T'es pas dans le chemin. Il y a de l'ouvrage pour toi sur notre terre. De toute façon, tu l'aurais perdue quand même, lui rappela sa mère. Il y a rien qui dit que ton oncle va continuer cette affaire-là. Si ça se trouve, il va se dépêcher de vendre les deux *trucks* pour s'en débarrasser.

— C'est ben de valeur que j'aie pas d'argent, se désola le jeune homme. J'en aurais ben acheté un.

Sa mère le laissa à ses rêves détruits. À leur retour à la maison, elle jugea bon de ne pas parler à Madeleine et à Élise de la scène disgracieuse qui avait eu lieu chez leur oncle. Tous firent la prière et on s'empressa de se mettre au lit.

Le lendemain, le beau temps était encore au rendez-vous et, à la fin de la journée, on s'attabla chez la veuve avec la nette impression d'avoir abattu une excellente journée de travail.

— Si ça continue comme ça, déclara la maîtresse de maison, satisfaite, on va finir les foins demain.

— Il y a l'enterrement de grand-père, lui fit remarquer Madeleine.

— On va avoir tout l'après-midi.

Ce soir-là, Corinne dut se faire violence pour se préparer à effectuer une dernière visite à la maison de son beau-père. Elle n'y allait que par convenance et, surtout, pour ne pas insulter sa belle-sœur Juliette. Elle n'avait pas cessé de retourner dans sa tête l'expression « quêteux de la famille » que Charles avait jetée à la figure de ses fils, la veille, devant des gens de la paroisse. Elle n'acceptait pas qu'on parle ainsi de sa famille alors que tous ses efforts depuis le jour de son mariage avec Laurent Boisvert n'avaient visé qu'à mériter le respect de son entourage. De plus, elle avait toujours fait en sorte de ne rien demander à la famille Boisvert. En revanche, Gonzague et Henri n'avaient eu de cesse de lui soutirer des services sans jamais rien lui donner en retour. Encore l'avant-veille, Henri et Annette lui avaient demandé de venir les aider à préparer le défunt…

— Nous ne serons pas longtemps partis, dit-elle à ses fils en quittant la maison. On va être revenus avant la noirceur.

Il ne leur fallut que quelques minutes pour parcourir les deux milles et demi qui les séparaient de la ferme du rang Saint-André.

— J'ai bien l'impression que nous mettons les pieds dans cette maison-là pour la dernière fois de notre vie, ne put-elle s'empêcher de dire à Madeleine au moment où la voiture s'immobilisait près de l'unique boghei arrêté près de la remise.

— Pourquoi vous dites ça, m'man ?

— Penses-tu que ta tante Annette va se mettre à nous inviter après l'enterrement de ton grand-père ? lui demanda sa mère en descendant de voiture. Elle l'a jamais fait de son vivant.

— Ça me surprendrait, moi aussi, fit la jeune fille à mi-voix.

— Je vais vous attendre dehors, déclara alors Léopold.

À l'entrée de Corinne et de ses deux filles, Charles s'esquiva et son père tourna à peine la tête vers elles avant de poursuivre la discussion à voix basse qu'il tenait avec deux voisins. Juliette laissa Hélène et Alexandra pour s'approcher de sa belle-sœur et de ses nièces qu'elle embrassa.

— Il est temps que ça finisse, dit-elle, les dents serrées. Si je m'écoutais, j'étranglerais mon frère, sa femme et même leur Charles. Tu peux pas savoir comment ils me tombent sur les nerfs.

— C'est nouveau, ça, se moqua gentiment Corinne.

— C'est pas nouveau, mais disons que c'est pire qu'avant. Ça fait des années que je suis pas venue coucher chez mon père. J'avais oublié comment ils étaient. Il y a juste la piastre qui les intéresse. Tu devrais voir comment ils sont en train de dépenser tout l'argent que mon père va leur laisser. Je leur ai dit tout à l'heure qu'ils feraient peut-être bien mieux d'attendre la lecture du testament avant de s'énerver. Sais-tu ce qu'ils ont eu le front de me répondre ?

— Non.

— Ils m'ont dit qu'ils savaient ce qu'il y avait dedans. Il paraît que mon père a jamais arrêté de leur dire qu'il leur laisserait tout. Grand bien leur fasse ! déclara sèchement la restauratrice avec humeur. Rien n'empêche qu'ils m'écœurent avec leurs signes de piastre dans les yeux. Une chance qu'il y a Alexandra pour réchapper les autres, et elle, c'est même pas une vraie Boisvert. Ma seule consolation, c'est de me dire que j'aurai pas à revenir dans cette maison parce que je risque pas d'être invitée de sitôt par ces gratte-la-cenne.

— Voyons, Juliette !

— Je pense que Charles est le pire de la bande, ajouta la matrone avec un mépris évident. Cette espèce de chenille à poils s'imagine déjà riche sans avoir à travailler !

— Pour les invitations, je disais la même chose à mes filles en arrivant. Je pense pas qu'Annette commence à se faire mourir à nous recevoir, dit Corinne. Mais tu sais que t'es toujours la bienvenue chez nous. La maison est moins grande, mais ça nous fait toujours plaisir de te recevoir.

L'abbé Dupras arriva quelques minutes plus tard. Il s'entretint quelques instants avec Henri et Annette avant d'inviter les rares visiteurs à réciter avec lui un chapelet pour le repos de l'âme du défunt. Corinne remarqua qu'Aimé et Raymond Boisvert n'étaient pas revenus veiller au corps de leur père et que, même en cette dernière soirée d'exposition, les gens de Saint-Paul-des-Prés étaient encore fort peu nombreux à être venus rendre un dernier hommage au vieux Gonzague Boisvert.

***

Le lendemain matin, Corinne et sa famille s'endimanchèrent pour aller assister aux funérailles. La température de ce dernier samedi de juillet était magnifique et ne se prêtait guère au genre de cérémonie qui allait être célébrée à l'église de Saint-Paul-des-Prés à neuf heures ce matin-là.

— Est-ce qu'on va jusque chez grand-père ? demanda Philippe pendant que tous les six venaient de s'entasser dans le boghei.

— C'est pas nécessaire, laissa tomber sa mère. On va attendre à la porte de l'église que tout le monde arrive.

— Qu'est-ce qu'on va faire après le service ? fit Madeleine.

— On va au cimetière et on revient tout de suite à la maison. On va dîner rapidement, puis on va finir les foins en après-midi.

Sur le chemin, Corinne et les siens aperçurent Ian Sullivan qui travaillait dans l'un de ses champs au passage.

— Tiens ! On dirait ben que l'Irlandais viendra pas au service, fit remarquer Philippe.

— Il a pas de raison de venir, dit sa mère.

— Ben, je sais pas trop, m'man. Je l'ai entendu dire à monsieur Duquette, avant-hier soir, chez grand-père, qu'il pensait à se présenter comme commissaire d'école pour le remplacer.

— Il y a des élections pour ça, lui rappela Corinne. Il y a rien qui dit qu'il va être élu.

— Il va ben finir par se faire élire quelque part, intervint Norbert. Moi, j'ai entendu dire au village qu'il haïrait pas ça pantoute être marguillier.

— Tout ça, ce sont des racontars, dit leur mère. C'est un nouveau dans la paroisse. Ce serait bien surprenant qu'il soit nommé commissaire ou marguillier.

— Il pourrait peut-être demander à diriger la chorale, fit Madeleine avec un sourire. Madame Lévesque veut plus faire cet ouvrage-là.

— Qu'est-ce que tu racontes là ? lui demanda Corinne.

Émilia Lévesque avait remplacé, trois ans auparavant, Honorine Gariépy, décédée de la grippe espagnole. La dame, imbue de son pouvoir sur la quinzaine de chantres de la paroisse, avait la réputation de mener son monde à la baguette et d'imposer ses vues avec autorité au bon curé Cormier.

— J'ai parlé à Hélène hier soir. Il paraît qu'elle s'est chicanée avec notre nouveau curé qui lui a dit qu'il voulait plus la voir diriger la chorale.

— Est-ce qu'elle t'a dit pourquoi ils se sont chicanés ?

— D'après Hélène, monsieur le curé voulait que madame Lévesque vienne lui faire accepter la liste des cantiques que la chorale chanterait à la grand-messe, chaque dimanche. Il semblerait qu'elle lui aurait répondu carrément que ça le regardait pas et qu'elle lui disait pas, elle, comment dire sa messe.

— Madame Lévesque a pas osé lui dire ça ? s'exclama Corinne en pouffant.

— Vous savez bien, m'man, qu'elle en est bien capable, répondit Madeleine en riant elle aussi.

— En tout cas, ça va faire un drôle de service à matin s'il y a pas de chants.

Philippe venait à peine d'immobiliser son attelage près de l'église que le corbillard conduit par Camil Giroux et un assistant, suivi par deux voitures seulement, vint s'arrêter au pied du parvis. Corinne reconnut Aimé et Raymond Boisvert et leurs épouses qui attendaient déjà à la porte de l'église, et elle s'empressa d'aller les rejoindre avec ses enfants. Les deux porteurs regardèrent autour d'eux à la recherche d'amis ou de membres de la famille du disparu pour les aider à porter le cercueil à l'intérieur de l'église. Philippe fit un pas en avant pour se porter volontaire, mais sa mère le retint par le bras, obligeant ainsi Henri et son fils à le faire.

À l'arrière de l'église, le curé Morin, les épaules couvertes d'une lourde cape noire et entouré d'un porte-croix et d'un porteur de goupillon, accueillit le corps de son vieux paroissien. Le cercueil fut déposé sur un chariot et poussé vers l'avant du temple. Le célébrant, suivi par la famille, s'avança dans l'allée centrale derrière la bière jusqu'à la sainte table et attendit que l'assistance prenne place dans les bancs avant de commencer la cérémonie.

Corinne et ses enfants s'assirent dans les troisième et quatrième bancs, derrière tous les autres membres de la famille Boisvert. Seule Juliette était venue les rejoindre. Au moment où le curé Morin montait à l'autel, la fille du disparu tourna la tête vers l'arrière avant de se pencher vers sa belle-sœur pour lui dire, la voix un peu étranglée par l'émotion :

— Il y a pas à dire, le monde de Saint-Paul aimait pas bien gros mon pauvre père. À part la famille, il y a pas plus qu'une douzaine de personnes dans l'église.

Le nouveau curé de la paroisse célébra une cérémonie très sobre et ne fit aucun effort particulier pour chanter les louanges du disparu lors de sa courte allocution. Il se borna à rappeler que la paroisse venait de perdre l'un de ses paroissiens les plus âgés et qu'il laissait derrière lui une famille nombreuse et estimée.

Certaines personnes dans l'assistance s'étonnèrent que le service funèbre se déroule sans le moindre chant, mais le prêtre ne fit aucune allusion à ce fait inhabituel. À la fin de la cérémonie, ce dernier bénit le corps et invita les fidèles à le suivre dans le cimetière voisin pour assister à l'inhumation. Un servant déposa sur les épaules du prêtre la cape noire aux ornements argentés dont il s'était départi pour célébrer la messe, il se coiffa de sa barrette et fit signe au porte-croix de se mettre en marche.

Les porteurs se levèrent et poussèrent le chariot jusqu'à la porte de l'église avant de déposer le cercueil sur leurs épaules et de se diriger à pas comptés vers le cimetière voisin. La maigre assemblée suivit et vint prendre place autour de la fosse creusée dans le lot des Boisvert par le bedeau, la veille.

Eusèbe Morin attendit que le silence tombe sur l'assistance pour réciter quelques prières. Ensuite, le cercueil fut lentement descendu dans la fosse et, avant de quitter les lieux, chacun jeta une poignée de terre sur ce qui allait être la dernière demeure de Gonzague Boisvert.

Les gens se dirigèrent lentement vers la sortie. On avait rarement vu des funérailles où si peu de larmes avaient été versées. Juliette marcha en compagnie de Corinne et lui murmura :

— Sais-tu la meilleure ?

— Non.

— Ce matin, mon cher frère Henri a eu le front de me demander qui allait payer les funérailles de notre père. En plus, il avait déjà calculé ce qu'il allait demander à chacun de payer. Si ça peut te faire plaisir, t'étais même sur la liste. Tu devais payer la même chose que chacun des enfants.

— C'est pas vrai! s'exclama Corinne à mi-voix, ébahie par un tel toupet.

— Je fais pas de farce, répliqua la restauratrice. Je lui ai dit qu'il avait du front tout le tour de la tête. Pour finir le plat, comme il avait pas le courage de demander leur part à Aimé et à Raymond, il voulait que ce soit moi qui m'en charge.

— Tu vas le faire?

— Es-tu malade, toi? Jamais de la vie. Je lui ai dit d'attendre la lecture du testament, qu'il y avait toutes les chances que notre père ait prévu un montant pour payer ses funérailles.

— Bon, tu t'en viens chez nous, déclara Corinne avec autorité.

— Je peux pas, Corinne. Mon associée a le restaurant sur le dos depuis trois jours.

— Elle peut bien attendre une couple d'heures de plus, s'entêta la jeune veuve avec un sourire. J'ai pas oublié que c'était ta fête la semaine passée et il est pas question que tu retournes en ville avant d'être venue à la maison manger le gâteau qu'on t'a préparé.

— Rendue à mon âge, je sais pas si ça me fait tellement plaisir de me faire rappeler ma fête chaque année, fit Juliette, à demi sérieuse.

— Inquiète-toi pas, tu vieillis pas plus vite pour ça, répondit sa belle-sœur avec humour.

— C'est correct, je vais demander au mari d'Hélène de venir me conduire chez vous. Ça le dérangera pas trop parce que notre chère Annette a jamais voulu inviter à dîner la famille après l'enterrement, même si Alexandra était prête à tout cuisiner.

— Ça me surprend pas, laissa tomber Corinne. Bon, je t'attends. Avez-vous vu Philippe quelque part? demanda-t-elle à Madeleine et à Élise qui les avaient suivies sans rien dire.

Élise regarda dans toutes les directions avant de repérer son frère aîné.

— Il est là-bas, proche de la route, en train de parler à mon oncle Henri.

— Je sais pas ce qu'Henri peut bien lui dire, mais je vais en profiter pour aller saluer tes frères avant qu'ils partent, dit Corinne à Juliette. Je vais les inviter à dîner si ça les tente.

— J'y vais avec toi, fit sa belle-sœur. Je vois Hélène et son mari en train de parler avec les Duquette.

Henri Boisvert avait intercepté son neveu Philippe au moment où il se dirigeait vers le boghei familial.

— Attends, Philippe, lui commanda le gros homme en retirant son chapeau pour essuyer la sueur qui perlait à son front.

Le jeune homme s'arrêta, mais il prit soin de vérifier si son cousin Charles s'approchait de son père. Il n'en fut rien.

— J'ai parlé hier après-midi à un nommé Meunier qui s'occupe de l'entretien des routes du comté pour le gouvernement. C'est lui qui a passé le contrat avec ton grand-père. Il est venu me demander si j'avais l'intention de respecter ce contrat-là, même si mon père est mort.

Philippe se taisait, attendant de savoir où son oncle voulait en venir.

— Il paraît que ton grand-père avait déjà été payé et qu'il faudrait que je lui rembourse plus que la moitié du montant que le gouvernement a versé si je laissais tomber. J'ai pas le choix. J'ai décidé de finir la *job*. D'après le bonhomme, il y en a encore pour un mois d'ouvrage. J'ai parlé hier soir au petit Tremblay. Il va continuer à charrier de la terre et de la gravelle pour moi. Toi, as-tu l'intention de continuer?

Son neveu prit le temps de réfléchir un court instant avant de demander:

— Au même salaire, mon oncle ?

— Au même salaire, admit ce dernier. Là, en t'en retournant, tu peux arrêter prendre le *truck* réparé chez Melançon. Il m'a dit cette semaine qu'il avait installé un moteur neuf. Fais-y ben attention. Ça va me coûter un bras, cette affaire-là. Quand je vais revendre les deux *trucks* à la fin du contrat, je veux pas être obligé de payer encore pour les mettre d'aplomb. Pour aujourd'hui et demain, on va laisser faire, mais il faut que tu recommences à travailler dès lundi matin.

— C'est correct, mon oncle, accepta le jeune homme.

Un peu plus loin, Raymond et Aimé Boisvert refusèrent l'invitation à dîner de Corinne tout en lui promettant de lui donner de leurs nouvelles plus régulièrement. Ils acceptèrent cependant avec plaisir d'être présents au mariage de Madeleine le printemps suivant. Avant de quitter les lieux, Corinne ne se donna pas la peine d'aller saluer Henri et les siens. Elle se contenta de s'approcher d'Alexandra pour l'embrasser sur une joue.

— J'aurais bien aimé que tout le monde se réunisse chez le beau-père, mais quand je l'ai proposé, ma belle-mère a pas voulu, déplora la jeune femme.

— Laisse faire, Alexandra, lui dit sa tante par alliance. Je me doute un peu comment ils ont réagi. Tu viendras nous voir dans le rang Saint-Joseph. C'est pas au bout du monde et la porte est toujours ouverte pour toi.

— Merci, ma tante.

Quelques minutes plus tard, Philippe confia les rênes à Norbert et descendit de voiture devant chez Melançon.

— Qu'est-ce que tu vas faire là ? lui demanda sa mère, étonnée.

— Mon oncle veut finir le contrat signé par grand-père. Il vient de me demander de continuer à travailler pour lui. Il veut que je recommence lundi matin.

— J'espère que tu t'es entendu avec lui pour le salaire ?

— C'est la première chose que j'ai faite, m'man.

— Est-ce que je peux embarquer avec toi ? demanda Lionel.

Philippe hésita un bref instant avant d'accepter.

Dès leur arrivée à la maison, Corinne et ses filles s'empressèrent de dresser la table sur laquelle on déposa un magnifique gâteau. Peu après, Juliette fut accueillie chaleureusement et on évita de parler du défunt durant tout le repas qui suivit. Au dessert, on remit à l'invitée quatre magnifiques tabliers brodés, ouvrages réalisés avec patience par Corinne et ses filles. Quand la restauratrice insista pour partir après le dîner, la maîtresse des lieux exigea que Philippe aille conduire sa marraine à la gare en utilisant le camion.

— Si jamais mon oncle s'en aperçoit, je vais en entendre parler, fit remarquer le jeune homme.

— Lui, que le diable l'emporte, trancha Juliette sur un éclat de rire avant de monter dans l'habitacle de l'International.

Chapitre 12

En double

Dès le dimanche matin, à Saint-Paul-des-Prés, l'arrivée du nouveau curé et le décès de Gonzague Boisvert cédèrent vite la place dans les conversations à la démission fracassante de la directrice de la chorale paroissiale. Ceux qui n'étaient pas encore au courant de l'affaire s'étonnèrent d'assister à une grand-messe sans hymnes chantés. Jusqu'au moment où Eusèbe Morin monta en chaire après avoir retiré sa chasuble, beaucoup de têtes se tournèrent vers le jubé pour tenter en vain d'apercevoir les membres de la chorale.

— Ça fait pas mal chenu quand on n'a pas de chant à la grand-messe, murmura le bedeau au président de la fabrique, agenouillé dans le dernier banc, au fond de l'église.

— Ça, père Leblanc, ça va être la *job* de notre nouveau curé, comme celle de me remplacer à partir de la semaine prochaine.

— Tu pars ?

— Mon mandat est fini.

— Tu peux toujours demander à monsieur le curé de le renouveler, lui suggéra le vieil homme.

— Il en est pas question, répliqua le marchand général. J'ai fait deux mandats, c'est assez. Je laisse ma place à un autre.

Avant de commenter longuement l'Évangile du jour, le nouveau pasteur de Saint-Paul-des-Prés se présenta à ses ouailles et parla de son rôle qui consistait, entre autres choses, à assurer le respect des bonnes mœurs et de la morale dans la paroisse tout en voyant à ce que chacun remplisse ses obligations de bon chrétien. À la fin de sa longue prédication, il remercia Alcide Duquette d'avoir si bien servi la paroisse à titre de marguillier et annonça la nomination de son remplaçant pour le dimanche suivant. Avant de quitter la chaire, il informa l'assistance, sans plus de précisions, du départ d'Émilia Lévesque et conclut en disant que la paroisse était à la recherche d'une directrice de chorale et d'une organiste.

La plupart des paroissiens, au courant des démêlés récents entre le nouveau curé et Émilia Lévesque, se jetèrent des regards entendus.

Cela dit, le prêtre retourna à l'autel et poursuivit la cérémonie religieuse. À leur sortie de l'église, les gens se rassemblèrent sur le parvis et dans le stationnement voisin de l'édifice pour échanger des nouvelles. Le ciel était gris et le temps particulièrement humide en cette dernière journée du mois de juillet.

— Sacrifice! On peut pas dire que notre nouveau curé a perdu du temps, déclara Ange-Albert Vigneault à Euclyde Moreau. Il est pas dans la paroisse depuis quatre jours qu'il a trouvé le moyen de partir une chicane avec Émilia Lévesque.

— L'Émilia a tout un caractère, laissa tomber son interlocuteur.

— Peut-être, reconnut le boucher, mais lui aussi.

Un peu plus loin, quelques femmes s'étaient regroupées et échangeaient à voix basse.

— Je crois bien que notre nouveau curé a pas beaucoup changé, fit remarquer Alexina Duquette à Victorine Melançon, sa voisine.

— Vous avez raison, fit la femme du garagiste en surveillant du coin de l'œil sa Cécile que Philippe Boisvert venait d'aborder. Il a l'air aussi bête qu'avant. Pour moi, on n'a pas fini d'entendre parler du diable et de l'enfer.

— En tout cas, il y a personne qui va venir me faire croire qu'il a sauté bien souvent des repas dans sa cure de Nicolet, dit en riant l'épouse du maire. Il est gras comme un voleur...

— Et bête comme ses pieds, poursuivit Mance Rivest, qui venait de se joindre aux trois femmes. En tout cas, je peux vous dire une chose, leur déclara-t-elle, quand il me parle, j'ai l'impression d'entendre la voix du curé Bilodeau et j'en ai des frissons.

Un peu plus loin, Corinne venait de quitter Rose Sullivan pour aller dire quelques mots à Marie-Claire Rocheleau et à Mariette Vigneault. Cette dernière, une petite femme aussi grosse que haute, était reconnue dans la paroisse pour sa bonne humeur constante.

— On dirait bien que le beau Ian est en train de faire les yeux doux à Émilie Michaud, lui fit remarquer Marie-Claire en désignant le couple du menton.

Corinne tourna la tête et aperçut, avec un petit pincement de jalousie au cœur, le voisin penché sur la petite brune qui le regardait avec ce qui lui sembla une coquetterie tout à fait déplacée. Elle se retint pour ne pas faire une remarque qui aurait pu laisser croire aux deux femmes qu'elle était jalouse.

— Je voudrais bien être un petit oiseau pour savoir se qu'il peut bien lui raconter comme ça, à l'oreille, se moqua la femme du boucher. À voir l'air de madame Michaud, j'ai l'impression que ça doit pas être des prières.

— À votre avis, qui est-ce que monsieur le curé va nommer comme remplaçant de monsieur Duquette? demanda Corinne pour changer de sujet de conversation.

— Mon mari aimerait bien ça être marguillier, dit Mariette.

— Pour ça, le mien aussi haïrait pas ça, fit Marie-Claire, mais j'ai l'impression que monsieur le curé va en parler avec les autres marguilliers cette semaine avant de choisir quelqu'un.

— Bon, il va bien falloir que je me décide à rentrer pour faire le dîner, dit Corinne avant de saluer les deux femmes.

— Moi aussi, déclara sa voisine en lui emboîtant le pas.

Les deux femmes descendirent du parvis.

— À ta place, je surveillerais le beau Ian, dit Marie-Claire à la veuve en riant. J'ai comme l'impression que la Michaud est en train de jouer dans tes plates-bandes, ajouta-t-elle avec humour.

— Arrête donc! lui ordonna Corinne, à demi sérieuse. À t'entendre, on dirait que j'ai des vues sur l'Irlandais.

— Je veux pas me mêler de ce qui me regarde pas, fit la voisine, mais tu devrais commencer à en avoir. Le beau Ian serait pas le pire parti de la paroisse.

Corinne s'en tira en adoptant un air scandalisé qui fit rire son amie.

Le lendemain, la veuve de Laurent Boisvert et sa famille eurent le temps d'engranger le contenu des deux dernières charrettes de foin avant les premières gouttes de pluie.

À six heures, ce matin-là, Philippe était monté à bord de son camion, prêt à aller rejoindre Léon Tremblay à la gravière. La veille, il avait longuement écouté le bruit du nouveau moteur installé par le père de Cécile en prenant des airs de mécanicien chevronné.

— À cette heure, le moteur de mon *truck* roule comme un moine, avait-il dit.

— Tant mieux, avait rétorqué son frère Norbert, sarcastique. Comme ça, ton *truck* va être assez bon pour t'emmener veiller chez ta blonde et te ramener, sans qu'on soit obligé d'atteler pour aller te chercher.

Après le départ de son fils aîné, Corinne déclara avec une satisfaction évidente:

— On est chanceux, les foins sont rentrés et on va pouvoir s'occuper des tomates dans le jardin avant d'en perdre. Il est temps qu'on en mette en conserve. Norbert, tu vas nous installer la sertisseuse. Moi, je vais faire cuire le pain pendant que les filles vont s'occuper d'aller ramasser les tomates.

— Mais il mouille, m'man, protesta Élise.

— C'est une petite pluie fine qui a l'air de vouloir arrêter. Aie pas peur, tu fondras pas, répliqua sa mère.

———

En cette fin d'avant-midi, l'abbé Dupras, pas du tout incommodé par ces quelques grains de pluie, revenait sans se presser d'une visite chez le vieux Alexis Gélinas, à l'autre bout du village. Il rencontra Émilie Michaud qui sortait du magasin général. Le vicaire salua poliment la jeune femme, prêt à poursuivre son chemin quand cette dernière l'arrêta. Debout sur le trottoir de bois, tous les deux eurent une assez longue conversation. Le vicaire ne remarqua pas le curé Morin qui venait dans sa direction.

Eusèbe Morin avait bien aperçu son vicaire en train de s'entretenir avec une paroissienne et il en avait tout de suite conçu un vague déplaisir. À son avis, il était tout à fait déplacé qu'un prêtre se conduise ainsi, au vu et au su de tout le monde.

Arrivé à la hauteur du couple, le curé de Saint-Paul-des-Prés, sans le moindre sourire, le salua d'un brusque hochement de tête et poursuivit son chemin jusque chez Duquette. À sa sortie du magasin général quelques minutes plus tard, son vicaire et Émilie Michaud avaient disparu. Il retourna au presbytère.

— L'abbé, j'aimerais vous dire deux mots, dit-il sur un ton cassant à Alphonse Dupras, à son entrée dans le salon.

Le vicaire déposa son bréviaire sur une table et suivit son supérieur dans son bureau.

— Fermez la porte, lui ordonna ce dernier.

L'abbé obéit et attendit de savoir ce que le nouveau curé lui voulait.

— L'abbé, je dois vous dire que j'aime pas beaucoup voir mes vicaires en grande conversation avec des jeunes paroissiennes au vu et au su de tout le monde. Les gens pourraient s'imaginer toutes sortes de choses, vous me comprenez.

— Il faudrait avoir l'esprit drôlement mal tourné, monsieur le curé, pour penser à mal. Justement, parce que ça se fait devant tout le monde et...

— Ça fait rien, je veux plus que ça se reproduise, le coupa son supérieur, l'air sévère.

— Je comprends, monsieur le curé, mais je peux pas me mettre à courir pour aller me cacher quand une paroissienne m'adresse la parole dehors.

— Faites ce que je vous dis, l'abbé, et discutez pas, lui ordonna Eusèbe Morin, sévère.

— Si je comprends bien, vous voulez pas savoir pourquoi madame Michaud tenait tant à me parler tout à l'heure ? répliqua le vicaire en arborant un air frondeur.

— Si ça concerne la paroisse, oui, je veux le savoir, répliqua le curé en feignant de ne pas remarquer le ton utilisé par son subordonné.

— Madame Michaud voulait proposer ses services comme organiste et directrice de chorale, si ça pouvait nous rendre service. Toutefois, elle n'y tient pas plus que ça et elle ne le ferait qu'en attendant que quelqu'un d'autre se propose.

— Lui avez-vous dit que c'était moi que ça concernait et qu'elle devait passer me voir ? demanda le curé sur un ton vindicatif.

— Bien sûr, monsieur le curé. Je lui ai dit que c'était vous le patron, répondit l'abbé avec un petit sourire moqueur. Elle m'a dit qu'elle était pour venir vous voir cet après-midi.

— Parfait, vous pouvez disposer, l'abbé.

Vers deux heures cet après-midi-là, Mance Rivest fit entrer Émilie Michaud dans la petite salle d'attente du presbytère avant d'aller prévenir le curé Morin qu'une paroissienne voulait lui parler. Le prêtre somnolait dans son bureau, aux prises avec une digestion difficile.

— Qui est-ce, madame Rivest?

— Madame Michaud, monsieur le curé.

— Faites-la entrer.

Émilie Michaud pénétra dans le bureau du curé en apportant avec elle une délicate odeur de parfum. Eusèbe Morin se leva à son entrée et lui offrit l'un des sièges placés devant son bureau avant de se rasseoir. Il ne connaissait pas cette paroissienne, mais il fut favorablement impressionné par sa distinction.

— L'abbé Dupras m'a appris que vous étiez prête à diriger la chorale et à toucher l'orgue, commença le prêtre sans se prêter à des civilités qu'il jugeait inutiles.

— Pas tout à fait, le corrigea la visiteuse avec un charmant sourire. J'ai proposé de faire ce travail seulement en attendant qu'une personne de la paroisse s'en charge. En fait, l'idée ne vient pas de moi, elle vient de Ian Sullivan que j'ai rencontré hier après la grand-messe, monsieur le curé. Quand il a appris que je jouais de l'orgue et que je lisais la musique, il a tellement insisté pour que je vous propose mes services que j'aurais été gênée de pas le faire.

— Ian Sullivan?

— Oui, monsieur le curé. C'est un cultivateur du rang Saint-Joseph qui vit avec sa mère. Il m'a l'air d'un bien bon catholique, toujours prêt à se dévouer pour la paroisse.

— Tant mieux, des hommes comme ça, on n'en a jamais assez pour donner l'exemple et nous aider, déclara le prêtre en posant une main sur son estomac qui le faisait souffrir.

Il y eut un bref silence dans la pièce avant que le prêtre reprenne la parole.

— Je suppose, madame, que vous comprenez que c'est une lourde responsabilité.

— Bien sûr, monsieur le curé.

— Vous croyez avoir les capacités de faire ce travail ?

— Je vais essayer, monsieur le curé.

— Je suis bien prêt à vous faire confiance, fit le prêtre avec une condescendance assez déplaisante. Je vous rappelle toutefois que vous devrez me soumettre chaque semaine les chants que la chorale aura à interpréter durant les services religieux.

— Évidemment, monsieur le curé, accepta la jeune femme. Monsieur l'abbé m'a appris ce matin que la chorale s'exerçait chaque mercredi soir. Comme je ne connais pas ses membres, peut-être pourriez-vous les prévenir qu'il y aura pratique après-demain soir ?

— Je vais demander au bedeau d'avertir les gens, fit Eusèbe Morin en se levant pour signifier que l'entrevue était terminée.

— ∞ —

Deux jours plus tard, Philippe s'arrêta au garage Melançon pour faire le plein du camion à la fin de sa journée de travail. Il eut la chance de voir Cécile sur la galerie de la maison du garagiste. Tout heureux de voir que la jeune fille ne se pressait pas pour rentrer à l'intérieur, il s'empressa d'aller lui parler.

— Sacrifice ! Qu'est-ce que tu fais endimanchée en plein mercredi soir ? lui demanda-t-il.

Il craignit pendant un instant qu'elle ne se soit faite belle que pour recevoir un autre prétendant durant la semaine. La chose s'était déjà vue à Saint-Paul-des-Prés. Plus d'une jeune fille avait déjà eu deux et même trois amoureux, qui ignoraient évidemment qu'ils devaient partager ses faveurs. Elles les recevaient des soirs différents, persuadées de ne rien faire d'immoral parce qu'elles n'avaient rien promis à aucun.

— Tu oublies que c'est ma pratique de chorale, répondit Cécile.

— Il y a encore une chorale ? J'avais compris que madame Lévesque avait tout lâché.

— Bien oui, il paraît que madame Michaud va prendre sa place un bout de temps. J'ai bien hâte de voir ce qu'elle est capable de faire, elle, poursuivit Cécile. Si elle connaît vraiment la musique, je me demande bien pourquoi elle faisait pas déjà partie de la chorale.

Dans la paroisse, on avait vite appris qu'Émilie Michaud s'était proposée pour prendre la relève d'Émilia Lévesque et les langues s'étaient déliées.

— C'est bien la première fois qu'une femme de ce genre-là s'occupe de notre chorale, chuchota Mance Rivest à l'oreille de son amie Alexina Duquette. Je ne sais vraiment pas ce que ça va donner.

— Je veux bien croire que notre Émilia ne se prenait pas pour rien, mais on peut pas nier qu'elle connaissait son affaire, reconnut la femme du marchand général. Là, elle doit avoir les oreilles dans le crin et elle doit mourir d'impatience d'apprendre comment va se passer la première répétition sans elle. Je suis certaine que dimanche prochain, elle va être la première à entrer dans l'église pour entendre ce que va donner une chorale dirigée par quelqu'un qui doit rien connaître à la musique.

— À part ça, je vois pas qui, dans notre chorale, va être capable de chanter les solos. Sans être bien extraordinaire, elle avait une assez belle voix.

En ce mercredi soir estival, certains paroissiens, plus curieux que d'autres, se glissèrent dans l'église supposément pour faire leurs dévotions. En réalité, ils voulaient entendre ce qui se passait au jubé où Émilie Michaud vivait son premier contact avec ses choristes. Le curé Morin, peu rassuré sur les réelles compétences de sa nouvelle directrice, avait prétexté un oubli à la sacristie pour aller écouter ce qui se passait dans son église. Le prêtre entrebâilla la porte de la sacristie pour mieux entendre. Quelques minutes lui suffirent pour se rendre compte que la nouvelle directrice était une bonne organiste et, surtout, qu'elle savait imposer son autorité aux membres de la chorale.

Les jours suivants, la rumeur se répandit dans la paroisse que la nouvelle directrice avait l'air de connaître son affaire. Bien des paroissiens estimèrent qu'ils allaient être en mesure d'en juger eux-mêmes le dimanche suivant.

───✦───

Ce matin-là, un changement d'habitude important se produisit chez les Boisvert. À la demande de Léopold, Madeleine avait approché sa mère la veille pour lui dire que son presque fiancé aimerait dorénavant assister à la grand-messe en sa compagnie le dimanche matin plutôt que d'aller à la basse-messe, comme il l'avait toujours fait. Après une brève hésitation, Corinne avait accepté d'en parler à Norbert et à Philippe. Ce dernier ne protesta pas parce que Cécile, accaparée par la chorale, ne pouvait assister à la grand-messe à ses côtés, en supposant que ses parents auraient accepté cela. Pour sa part, Norbert ne se fit pas prier pour céder sa place.

— C'est ben pour te rendre service, dit-il à Léopold, en prenant l'air d'un martyr.

— Surtout que tout le monde dans la maison sait bien que t'aimes bien gros les longs sermons, se moqua Madeleine qui n'était pas dupe.

— Et toi, Élise, vas-tu venir à la grand-messe avec nous autres ou bien t'aimes mieux la basse-messe ? lui demanda sa mère.

— Je vais aller à la basse-messe avec eux, m'man.

— Comme ça, tu vas pouvoir préparer la table pour le dîner et voir à ce que tout soit prêt quand on va arriver, lui précisa sa mère.

L'adolescente eut une grimace d'agacement, mais c'était là le prix à payer pour une cérémonie religieuse deux fois moins longue.

Les habitants de Saint-Paul-des-Prés s'entassèrent dans l'église surchauffée et attendirent avec impatience l'entrée dans le chœur du curé Morin encadré par ses deux servants de messe. Quand l'officiant apparut, l'organiste plaqua les premiers accords sur l'orgue et la chorale entonna le premier cantique de la cérémonie. Des curieux tournèrent la tête vers le jubé pour tenter d'apercevoir Émilie Michaud, mais ils n'aperçurent que son dos puisqu'elle faisait face à ses choristes. Quelques instants plus tard, une voix d'une incroyable pureté s'éleva dans l'église pour chanter l'Alléluia. Stupéfaits, beaucoup ne purent s'empêcher de se tourner pour constater que cette voix douce et cristalline appartenait bien à la nouvelle directrice de la chorale.

En ce 9 août 1921, Eusèbe Morin consacra son sermon au curé d'Ars, humble curé de campagne comme lui, qui avait consacré sa vie à son ministère. Il rappela que saint Jean-Marie Vianney était le patron de tous les prêtres et que ces derniers cherchaient à l'imiter dans une vie austère consacrée à la pénitence et au jeûne. Corinne sentit qu'on la touchait dans le dos. Elle tourna la tête vers Marie-Claire Rocheleau assise dans le banc derrière elle.

— Pour moi, ça fait pas trop longtemps que notre curé cherche à imiter son saint patron, chuchota-t-elle à l'oreille de son amie... surtout pour le jeûne.

Corinne sourit et opina de la tête.

Avant de quitter la chaire, le célébrant annonça avec un contentement mal déguisé que la paroisse avait la chance d'avoir une nouvelle organiste et directrice de chorale en la personne de madame Émilie Michaud et, du même souffle, il apprit à ses ouailles que monsieur Ian Sullivan remplacerait dorénavant monsieur Alcide Duquette au poste de marguillier de la paroisse.

Il y eut de nombreux chuchotements dans l'église. Évidemment, plus d'un se demanda comment ce nouveau venu était parvenu à se glisser dans les bonnes grâces du curé. Beaucoup de jaloux furent ulcérés de cette nomination alors qu'ils attendaient d'être remarqués depuis de nombreuses années. Bref, il y eut autant de mécontents que de gens surpris.

Le curé de Saint-Paul-des-Prés adressa un regard sévère à l'assistance et le silence revint progressivement dans le temple. Alors, il invita le nouveau marguillier à se présenter à l'avant pour prêter serment, comme tous devaient le faire avant de commencer leur mandat.

Corinne tourna la tête vers le banc occupé par les Sullivan et s'étonna de n'y voir que la mère de son voisin. Elle aperçut soudain l'homme, droit comme un « i » et les pointes de sa moustache bien cirées, s'avancer lentement dans l'allée centrale en direction de la sainte table.

— L'Irlandais a l'air de boire du petit lait, chuchota Marie-Claire dans le dos de Corinne.

Les fidèles entendirent clairement le nouveau marguillier prêter serment devant le docteur Précourt, nommé président du conseil de fabrique la veille.

Après cet intermède, le saint sacrifice reprit. Si les fidèles s'étaient attendus à d'autres solos de la directrice de la chorale, ils en furent pour leurs frais. Cette dernière laissa la place à Mariette Vigneault et à une voix masculine qu'on ne parvint pas à identifier. Dès que l'officiant eut donné sa dernière bénédiction, la foule s'écoula à l'extérieur. Les gens se rassemblèrent par petits groupes autant pour vanter la voix extraordinaire d'Émilie Michaud que pour discuter de la nomination surprenante du cultivateur du rang Saint-Joseph.

— Quelle belle voix ! ne put s'empêcher de s'exclamer Corinne, charmée. C'est bien de valeur qu'elle nous ait pas chanté autre chose.

— Émilia Lévesque doit être verte de jalousie, déclara Marie-Claire Rocheleau à mi-voix. Je viens de la voir passer. Je te dis qu'elle a pas l'air jasante pantoute à matin.

Soudain, Émilie Michaud parut sur le parvis et se glissa discrètement derrière un groupe d'hommes pour gagner le stationnement et traverser la route.

— Tiens, la v'là ! dit Marie-Claire.

— Il faut aller la féliciter, décida Corinne en entraînant avec elle son amie, Madeleine et Léopold. Je lui ai encore jamais parlé, révéla-t-elle aux autres.

— Moi non plus, fit Marie-Claire.

Le petit groupe intercepta la jeune femme avant qu'elle ne traverse la route et la félicita pour les beaux chants offerts durant la grand-messe.

— C'est facile, dit Émilie avec une belle humilité. Saint-Paul a une bonne chorale et madame Lévesque l'a bien formée.

— Pourquoi vous avez pas chanté autre chose ? lui demanda la voisine de Corinne.

— Parce qu'une chorale, c'est un groupe et ce serait injuste qu'un de ses membres prenne trop de place. On va chanter pour le plaisir, pas pour se faire remarquer.

— C'est bien de valeur, déclara Madeleine. Moi, je vous aurais écoutée pas mal plus longtemps.

— Vous êtes bien gentille, lui répondit Émilie.

Il était étrange de voir à quel point Madeleine et Émilie Michaud se ressemblaient, malgré la vingtaine d'années qui les séparaient. Ces deux brunes avaient la même taille et les mêmes traits fins.

— Quel homme chantait à la fin ? lui demanda Marie-Claire, curieuse.

— Monsieur Sullivan.

— Ian Sullivan ? s'étonna Corinne.

— Oui, dimanche passé, après la messe, il m'a demandé si j'accepterais pas de diriger la chorale, ajouta Émilie.

— Comment ça se fait qu'il savait que vous chantiez ? lui demanda Corinne, en proie à une vague jalousie.

— Parce qu'il m'a déjà entendue chanter à Nicolet, répondit Émilie sans donner plus d'explications.

Corinne aurait bien aimé avoir plus de détails, mais plusieurs dames de la paroisse venaient de s'approcher de leur groupe et voulaient féliciter la nouvelle directrice de la chorale.

— Pour moi, le beau Ian s'est servi d'elle pour être nommé sur le conseil, lui chuchota Marie-Claire en regagnant le boghei dans lequel son mari venait de monter.

— Tu penses ?

— Je commence à voir clair dans son jeu, à l'Irlandais, reprit son amie. À la place de Fabien Gagnon, je commencerais à m'inquiéter pour les prochaines élections. Il a l'air d'avoir les dents longues sans bon sens, notre voisin. En tout cas, je trouve pas ça tellement juste que monsieur le curé l'ait nommé avant d'autres plus méritants.

Corinne n'était pas persuadée que sa voisine eût raison. Elle croyait qu'elle était surtout dépitée de constater que Conrad, son mari, n'ait pas été élu marguillier à la place du marchand général. Il n'en restait pas moins qu'elle se devait d'admettre que le fils de Rose Sullivan prenait de plus en plus de place dans la paroisse et elle s'interrogea sur la véritable relation qui était en train de se tisser entre ce voisin et Émilie Michaud.

— Au fond, ça me regarde pas pantoute, cette histoire-là, finit-elle par se dire en changeant de robe à son arrivée à la maison.

—☙—

Deux jours plus tard, Léopold rentra à la maison en disant avoir vu beaucoup de gros bleuets dans le boisé, au bout du rang, là où une partie de la forêt avait brûlé bien avant que Laurent et Corinne viennent s'installer à Saint-

Paul-des-Prés. Le jeune homme y était allé la veille pour voir s'il y avait autant de bleuets que l'année précédente.

— Je vous le dis, madame Boisvert, j'en ai vu des gros comme le bout de mon petit doigt, affirma-t-il.

— Ce serait bien de valeur de laisser perdre ça, déclara Corinne à ses enfants. Cet après-midi, on va aller aux bleuets.

— C'est drôle, je suis passé dans ce coin-là avant-hier, fit Norbert, et j'en ai pas vu.

— Tu devais marcher le nez en l'air, répliqua Madeleine.

— Vous trouvez pas qu'il fait pas mal chaud pour faire ça, m'man, se plaignit Élise. En plus, c'est dans le brûlé. On va se faire manger tout rond par les maringouins.

— Peut-être que t'aimerais mieux attendre l'hiver prochain ? lui fit remarquer sa mère d'une voix acide. Secoue-toi donc un peu, Élise, et surtout, arrête de te plaindre à tout bout de champ pour n'importe quoi.

— Toi, Léopold, t'avais bien besoin de venir raconter ça, dit l'adolescente avec humeur en commençant à desservir la table.

— Tu peux venir charroyer du fumier avec nous autres cet après-midi, si t'aimes mieux ça ? intervint Norbert. Ça sent ben bon et ça, c'est une *job* plaisante quand il fait chaud.

— Beau niaiseux ! se contenta de laisser tomber sa sœur en lui tournant le dos.

— Toi, ma fille, t'es mieux de changer de caractère si t'as l'intention que je t'inscrive au couvent au mois de septembre, la tança sa mère, incapable d'en supporter davantage. Si tu continues comme ça, tu vas rester avec moi à la maison cet automne et je vais le casser, ton petit caractère.

L'homme engagé haussa les épaules et adressa un clin d'œil à Madeleine, ce qui fit sourire Corinne. Il quitta la maison en compagnie de Norbert pendant que les femmes rangeaient la cuisine. Quand tout fut en ordre, chacun se coiffa de son vieux chapeau de paille et prit un contenant.

— Lionel, remplis une cruche d'eau et vous autres, les filles, baissez vos manches de robe, ordonna la maîtresse de maison. Si vous continuez à les remonter en plein soleil, vous allez avoir les bras noirs comme les sauvagesses.

Ils se mirent en route tous les quatre sous un soleil de plomb, accompagnés par le vrombissement des insectes. La ferme des Boisvert avait beau être la dernière du rang, ils durent marcher une dizaine de minutes avant d'arriver au boisé. Au bout de la route, ils traversèrent non sans mal quelques buissons avant de trouver l'étroite piste qui conduisait à ce qui était connu dans la paroisse comme le « brûlé » du rang Saint-Joseph. Les cueilleurs n'eurent pas à chercher bien longtemps. Ils repérèrent immédiatement des bosquets couverts de petits fruits bleus dans le sous-bois.

— Aïe, m'man, il y en a toute une talle, annonça Lionel à sa mère avec enthousiasme en commençant déjà à cueillir de gros bleuets juteux.

— On dirait qu'on n'aura pas trop de misère à remplir nos chaudières, fit Madeleine en s'éloignant de quelques pieds pour se mettre au travail.

Corinne l'imita. Élise choisit un endroit éloigné d'une cinquantaine de pieds pour entreprendre sa cueillette, comme si elle avait décidé de bouder. Sa mère lui jeta un coup d'œil avant de dire à Lionel, tout près d'elle :

— Essaye de pas faire comme l'année passée et de remplir la moitié de ta chaudière avec des feuilles.

Après cette intervention, le silence revint. Les rayons du soleil étaient si chauds qu'ils incitaient à la sieste. Les oiseaux semblaient se répondre d'arbre en arbre et les insectes faisaient entendre leurs vrombissements assour-dissants. Corinne et ses enfants travaillaient à remplir leurs contenants de bleuets, conscients qu'ils n'auraient probablement pas le temps de revenir en cueillir cet été-là.

Élise, toujours à l'écart des membres de sa famille, n'en travaillait pas moins. Soudain, un bruit de branche brisée à proximité incita l'adolescente à lever la tête et à regarder peureusement autour d'elle. Alors, elle aperçut entre les branches une impressionnante masse brune se déplaçant à courte distance et venant dans sa direction.

— M'man! hurla-t-elle en s'emparant de son contenant et en se précipitant vers sa mère.

Corinne sursauta et faillit échapper son petit seau déjà rempli à demi.

— Qu'est-ce qu'il y a, sainte bénite? demanda-t-elle en se tournant vers sa fille qui accourait vers elle.

— Il y a un ours, là! lui cria l'adolescente en pointant la main dans la direction d'où elle venait.

— Si c'est tout ce que t'as trouvé pour t'en retourner plus vite à la maison... la prévint sa mère.

— Non, m'man, regardez là! s'écria sa fille en continuant de pointer un doigt tremblant vers l'endroit qu'elle venait de quitter.

Sa mère n'eut pas à s'interroger longtemps. Soudain, l'imposante masse brune d'un ours adulte se fraya un chemin au milieu des arbustes. Madeleine devint blanche comme un drap en l'apercevant et son jeune frère se rapprocha peureusement d'elle.

— Vite, les enfants! commanda Corinne à mi-voix aux siens. Faites pas de bruit et venez-vous-en. Surtout, courez pas.

Elle leur montra la direction à suivre et leur fit signe d'avancer doucement. Elle n'osait pas quitter l'énorme bête des yeux tout en reculant pour aller rejoindre ses enfants. Heureusement, l'ours, ne se sentant probablement pas menacé, les ignora superbement. Quand Corinne sentit qu'ils avaient mis suffisamment de distance entre eux et l'animal, elle incita les siens à hâter le pas et c'est passablement essoufflés que les Boisvert reprirent pied sur la route.

— J'ai jamais eu aussi peur de ma sainte vie! admit la mère de famille en jetant un regard effrayé derrière elle.

— Nous autres aussi, avouèrent ses filles en se remettant à marcher en direction de la maison qu'elles apercevaient au loin.

— Pas moi, crâna Lionel.

— Bien sûr, se moqua sa sœur Élise, un peu plus, on te retrouvait perché en haut d'un arbre tellement t'as eu peur.

À leur retour à la maison, ils prirent place autour de la table de la cuisine d'été et trièrent les petits fruits bleus.

— On va en manger avec de la crème fraîche pour souper, annonça Corinne, mais on va aussi faire des tartes aux bleuets et un pudding.

Quand Norbert et Léopold apprirent que les cueilleurs avaient vu un ours dans le brûlé, ils se promirent d'aller l'abattre après le souper. De retour de son travail, Philippe décida de se joindre à eux et s'appropria la seule arme disponible dans la maison.

— Léopold, va emprunter la carabine de Jocelyn Jutras, lui suggéra sa patronne en constatant à quel point son homme engagé était déçu de ne pas avoir une arme.

— C'est ça, fit Norbert, pendant ce temps-là, je vais aller emprunter celle de monsieur Rocheleau.

Quand les trois jeunes hommes furent prêts à partir pour la chasse, il restait un peu plus d'une heure de clarté avant que le soleil ne se couche. Au moment de leur départ, la maîtresse de maison ne put s'empêcher de les mettre en garde.

— Faites bien attention avec vos carabines, leur conseilla-t-elle. Organisez-vous pas pour vous blesser avec ces affaires-là.

— Moi aussi, je veux y aller, exigea Lionel du haut de ses neuf ans.

— Toi, tu restes ici, déclara fermement sa mère. C'est pas une place pour un garçon de ton âge.

Madeleine et sa mère s'installèrent dans les chaises berçantes sur la galerie tant pour profiter du peu de fraîcheur dispensée par cette soirée estivale que pour attendre le retour des chasseurs.

— De toute façon, on va les entendre tirer s'ils l'aperçoivent, fit remarquer Élise en adoptant un petit air supérieur.

— Elle, je sais pas ce qu'elle a, dit la mère à sa fille aînée, mais ses petits airs déplaisants commencent à m'énerver sérieusement.

— C'est l'âge ingrat, m'man.

— Si elle continue, je vais lui faire passer cet âge-là pas mal vite.

Aucun coup de feu ne fut entendu dans le rang Saint-Joseph et l'obscurité commençait à tomber quand le bruit des pas des jeunes hommes revenant sur la route alerta Corinne et sa fille demeurées assises sur la galerie.

— Tiens, voilà nos braves qui reviennent, se moqua gentiment Madeleine.

— On n'a rien vu, admit Léopold.

— On a pourtant regardé partout, poursuivit Norbert en se grattant furieusement.

— Pour moi, vous avez rêvé ça, fit Philippe, probablement déçu de ne pas pouvoir se vanter d'avoir abattu un ours.

— Bien oui, finfin, on est des folles, nous autres ! répliqua Madeleine.

— En tout cas, si nous autres, on a manqué votre ours, les maudits maringouins, eux autres, nous ont pas manqués, fit Norbert en se grattant de plus belle. Ils m'ont mangé tout rond.

— C'est bizarre, ça, fit Léopold, moi, ils m'ont pas piqué pantoute.

— C'est parce que tu te laves, intervint sa future fiancée avec un sourire moqueur.

— Vous êtes ben drôles. La prochaine fois, je vous laisserai aller le tuer tout seuls, votre ours… s'il existe, ben sûr ! rétorqua l'adolescent avec mauvaise humeur.

Évidemment, le bruit courut rapidement qu'un ours rôdait près du rang Saint-Joseph. Il y eut même une battue organisée par Ian Sullivan deux jours plus tard pour débusquer la bête et l'abattre. Sans résultat. Pendant un certain temps, plus d'un habitant de Saint-Paul-des-Prés se montra prudent dans ses déplacements quand il avait à s'éloigner de ses bâtiments. Comme on ne trouva jamais trace de cet animal, ce dernier entra dans la légende. Peu à peu, dans la paroisse, on en vint à désigner avec un air narquois tout phénomène peu crédible de l'expression l'«ours aux Boisvert».

Chapitre 13

Un visiteur

Le samedi après-midi suivant, Corinne était en train de désherber ses plates-bandes dont elle tirait une véritable fierté quand Lionel, qui transportait des bûches pour le four à pain, la héla pour lui annoncer qu'une voiture venait de dépasser chez Rocheleau et se dirigeait vers leur ferme.

— Bon, qui est-ce qui vient encore me bâdrer ? demanda la jeune veuve avec impatience à Madeleine, qui balayait la galerie. On dirait que chaque fois que j'essaye de m'occuper de mes fleurs, il y a quelque chose qui m'empêche de le faire.

Le boghei entra dans la cour de sa ferme et vint s'immobiliser près d'elle.

— Mais c'est Juliette ! s'exclama la maîtresse de maison en reconnaissant l'une des deux personnes assise dans la voiture.

Elle était réellement ravie que sa belle-sœur ait trouvé le temps de venir lui rendre visite si rapidement après le décès de son père.

— Bien oui, c'est encore moi, la belle-sœur fatigante, dit la sœur de Laurent en descendant du boghei, le visage illuminé par un large sourire. Tu pensais tout de même pas que j'avais oublié ta fête, j'espère ?

Madeleine abandonna son balai sur la galerie et descendit les marches pour venir à la rencontre de sa tante préférée. Élise sortit rapidement de la maison et vint rejoindre à son tour la visiteuse alors que cette dernière finissait d'embrasser sa mère et sa sœur aînée.

Corinne enleva son chapeau de paille et fit un pas en arrière en se demandant pour quelle raison le conducteur de la voiture n'avait pas bougé de sa place. L'homme la regardait sans dire un mot, attendant probablement qu'elle l'invite à descendre. Vêtu strictement d'un costume noir et d'une chemise blanche, il avait des traits réguliers et une fine moustache brune. Ses yeux noirs n'avaient pas quitté le visage de la jeune veuve depuis qu'il avait arrêté son attelage.

Soudain, le visage de la veuve s'éclaira et ses lèvres tremblèrent un peu. Des larmes lui vinrent aux yeux et elle demanda d'une voix hésitante :

— Est-ce que je me trompe ? Est-ce que c'est Rosaire ?

— Bonjour, Corinne, répondit-il, apparemment tout aussi ému qu'elle.

— Mais descends de là ! lui ordonna-t-elle. Qu'est-ce que t'as à rester assis sur ton perchoir ?

Madeleine et Élise voulurent se rapprocher de leur mère, mais leur tante les retint en leur faisant signe de la tête de ne pas bouger.

Le jeune homme âgé d'une trentaine d'années descendit avec souplesse du boghei, retira son chapeau et s'approcha de Corinne, l'air un peu intimidé.

— Mon Dieu, j'en reviens pas ! s'écria cette dernière, rose de plaisir. Pas mon Rosaire !

Elle saisit le visiteur par les épaules et l'embrassa sur les deux joues avec fougue. Rosaire rougit et lui rendit son étreinte.

— Puis, qu'est-ce que tu penses de ma surprise pour ta fête, ma belle-sœur ? lui demanda Juliette, attendrie par la scène. Je t'amène monsieur Rosaire Gagné en personne pour ta fête.

— J'en reviens pas, répéta Corinne d'une voix altérée. Ça fait tellement d'années que je l'ai pas vu, je le pensais mort.

— Il est pas mort, comme tu peux le voir, mais je te le dis tout de suite, il est pas plus bavard qu'il l'était quand il était plus jeune, se moqua la restauratrice en donnant une bourrade à son conducteur.

— Les filles, vous vous rappelez pas de Rosaire ? demanda Corinne à Madeleine et à Élise. On peut dire qu'il vous a bercées presque aussi souvent que moi quand vous étiez petites, ajouta-t-elle. Qu'est-ce que tu penses de mes filles, Rosaire ?

— Elles sont devenues presque aussi belles que leur mère, parvint à dire le visiteur en rougissant.

— Il parle pas souvent, notre Rosaire, mais quand il le fait, il sait quoi dire, se moqua gentiment Juliette.

— En tout cas, pour une belle surprise, c'en est toute une, fit la maîtresse de maison en replaçant une mèche blonde qui s'était échappée de son chignon. Venez dans la maison, on n'est pas pour se laisser rôtir au soleil.

Rosaire s'empara de deux petites valises placées à l'arrière du boghei et suivit les femmes. Tous rentrèrent dans la cuisine beaucoup plus fraîche. Madeleine servit des rafraîchissements et on prit place autour de la grande table.

Corinne avait du mal à détacher son regard de l'orphelin qu'elle avait tant aimé et qui avait vécu à ses côtés durant près de sept ans. Il lui avait tellement manqué.

Elle n'avait jamais oublié le soir de septembre où, au retour d'une brève visite chez son frère Bastien, un Laurent aviné lui avait appris avoir flanqué à la porte l'adolescent de dix-huit ans.

« — Avec cinq enfants dans la maison, on n'a pas besoin d'une bouche inutile à nourrir, avait-il tranché sur un ton sans appel.

— Mais Rosaire fait partie de la famille, avait-elle vainement protesté. Tu peux pas faire ça. C'est pas un chien qu'on jette dehors à coups de pied. Il est avec nous autres depuis qu'on est mariés.

— J'en veux plus ici dedans et je veux plus en entendre parler, avait déclaré son mari avant de se retirer dans leur chambre à coucher. »

Cette nuit-là, elle avait été incapable de trouver le sommeil. Elle l'avait passée assise dans une chaise berçante, dans le noir, tentant d'imaginer comment l'adolescent qu'elle aimait comme un frère pouvait se débrouiller seul, sans argent.

Il lui avait fallu des mois pour s'habituer à ne plus le voir près d'elle. Elle en avait voulu à son mari au point d'avoir senti le besoin de s'en confesser. Rosaire était son ami, son confident et le seul être sur lequel elle pouvait toujours compter à Saint-Paul-des-Prés.

Puis, les années avaient passé. Pendant trois ou quatre ans, à la fin de chaque automne, le facteur avait laissé une courte lettre de l'orphelin dans sa boîte. Mais cette correspondance à sens unique avait soudainement cessé une dizaine d'années auparavant et Corinne n'avait plus eu que des nouvelles épisodiques par l'intermédiaire de Juliette quand le jeune homme s'arrêtait manger à son restaurant.

— Rosaire est venu souper au restaurant mercredi soir, dit Juliette en finissant de manger la pointe de tarte aux bleuets que Madeleine avait déposée devant elle. Un peu plus, je le voyais pas. Tu le connais, c'est pas celui qui fait le plus de bruit.

— Je me rappelle, oui, fit Corinne en adressant un sourire de connivence à son invité.

— En jasant, je lui ai dit que j'avais l'intention de monter à Saint-Paul pour ta fête aujourd'hui et je lui ai offert de prendre le train avec moi. J'aurais bien aimé que le garçon de mon associée vienne nous conduire, mais il travaillait aujourd'hui. Ça fait qu'on a pris le train puis on a loué une voiture à Yamaska et nous voilà.

— C'est une bien belle surprise! répéta Corinne. Si ça te dérange pas, Rosaire, tu vas coucher avec Lionel et Élise va dormir avec sa sœur.

— Je voudrais pas déranger, dit le jeune homme. Je peux bien aller coucher à l'hôtel, à Yamaska.

— Il manquerait plus que ça! s'écria son hôtesse. Tu vas dormir avec nous autres, ça va te rappeler des souvenirs.

— Vous me gênez pas mal, Corinne.

— Quoi! C'est à moi que tu dis «vous» à cette heure? feignit de se fâcher la veuve. Tu vas me dire «tu», comme tu l'as toujours fait. Je suis pas ta mère. On a juste sept ans de différence, au cas où tu l'aurais oublié.

Son invité rougit à nouveau, mais dut s'incliner.

— Tu vas nous raconter tout ce qui t'est arrivé depuis que t'es parti, lui ordonna Corinne en commençant les préparatifs du souper avec l'aide de Juliette et de ses filles. Puis, organise-toi pas pour en oublier trop, le menaça-t-elle.

Pendant l'heure suivante, l'orphelin n'eut pas d'autre choix que de raconter sa vie depuis son départ de la maison de Laurent Boisvert alors qu'il avait dix-huit ans.

— J'ai pas fait grand-chose d'extraordinaire, balbutia-t-il, un peu mal à l'aise de déballer son passé devant tous ces regards. Quand je suis parti, j'ai trouvé de l'ouvrage au quai de Sorel et j'ai loué une chambre sur la rue Adélaïde. Je suis resté là jusqu'à la fin du printemps. Puis, j'ai perdu ma *job* et j'ai décidé de descendre à Montréal où j'ai travaillé dans une cour à bois à empiler et à livrer des planches et des madriers. J'ai été chanceux parce que le frère du propriétaire, monsieur Octave Vézina, avait une chambre à louer. Il a été un vrai père pour moi, reconnut Rosaire. Il travaillait pour la Ville de Montréal. Quand il s'est aperçu que j'aimais pas tellement l'ouvrage que je faisais, il m'a fait engager par la Ville et il m'a poussé à étudier pour avoir un meilleur salaire.

— Qu'est-ce que tu fais comme ouvrage? lui demanda Madeleine.

— Je suis inspecteur en bâtiments depuis cinq ans.

— Est-ce que ça veut dire que tu travailles pas de tes mains? fit Élise.

— C'est ça, reconnut Rosaire avec un sourire. Je vais faire des inspections et je remplis des rapports.

— T'es pas marié? s'étonna Corinne.

— Non.

— Mais tu fréquentes quelqu'un? insista la maîtresse de maison.

— Non, j'ai pas encore trouvé la femme qu'il me faudrait.

— Un beau garçon comme toi devrait être marié depuis longtemps, intervint Juliette, qui dominait sa belle-sœur de sa masse imposante.

— Il y a rien qui presse, s'entêta le jeune homme, apparemment un peu mal à l'aise.

— Est-ce que tu restes toujours chez monsieur Vézina? reprit Corinne.

Un nuage de tristesse passa alors dans le regard de Rosaire.

— Non, il est mort pendant l'épidémie de grippe, il y a deux ans. Je reste dans un petit appartement sur la rue Saint-Urbain.

— Comme ça, t'es devenu un vrai gars de la ville? demanda Corinne.

— Pantoute, je m'ennuie encore de la campagne. Je me suis jamais habitué à l'air étouffant de la ville. Il y a trop de monde. Il y a beau avoir les petits chars, les magasins de la rue Sainte-Catherine, le parc Lafontaine et le parc Sohmer, ça vaut pas la campagne, avoua le jeune fonctionnaire de trente-deux ans avec une nostalgie évidente.

— Ma tante Juliette s'est jamais plainte de ça, fit Élise. Moi, c'est en ville que je veux vivre. Ici, il se passe rien du tout. La vie est plate à mourir.

Corinne eut un rictus de déplaisir en entendant parler ainsi sa fille cadette. Sa réaction n'échappa pas à la restauratrice.

— Je me suis jamais plainte, ma petite fille, parce que ça aurait rien changé. Si je vis à Montréal, c'est que j'ai pas le choix. Quand je me suis mariée, ton oncle et moi, on devait aller vivre à Nicolet, mais son père est mort et lui a laissé son restaurant. On n'a pas eu le choix. Il a fallu aller demeurer en ville. J'ai continué parce que j'avais pas d'autre place où aller vivre.

Au moment où Juliette Boisvert finissait de parler, Norbert et Léopold rentrèrent à la maison en compagnie de Lionel. Corinne présenta Léopold non comme son employé, mais comme le futur mari de Madeleine, ce qui fit ouvertement plaisir à la jeune fille.

— Pour Norbert, tu dois certainement t'en rappeler, même s'il avait juste cinq ans quand t'es parti, reprit-elle en lui présentant l'adolescent de seize ans. Il a toujours été le plus haïssable de la famille, ajouta-t-elle.

— C'est pas vrai. C'est saint Rosaire en personne! s'exclama l'incorrigible en serrant la main que le visiteur lui tendait.

— Saint Rosaire? s'étonna l'orphelin.

— À entendre ma mère, t'as toutes les qualités et moi, juste des défauts.

Un éclat de rire général salua la répartie de l'adolescent.

— Arrête donc de dire des niaiseries et va faire le train, sinon on va encore souper tard, le sermonna sa mère sur un ton affectueux.

— En tout cas, t'as une poigne solide et tu fais ben plus que tes seize ans, le complimenta le visiteur.

— Tiens! Je sens que je t'haïrai pas trop, toi, plaisanta Norbert.

— Donnez-moi une minute pour me changer et je vais aller vous donner un coup de main à faire le train, proposa Rosaire à Léopold et à Norbert.

— Quoi! Un monsieur de la ville viendrait se salir dans notre étable? plaisanta l'adolescent en feignant l'incrédulité.

— Ben oui, répondit Rosaire avec un sourire. Je faisais le train quand tu salissais encore ta couche.

— Et moi, là-dedans? demanda Lionel en se campant devant l'étranger.

— C'est vrai, j'ai oublié de te présenter mon bébé. C'est Lionel.

— Aïe, je suis pas un bébé! protesta le gamin.

— Si t'es pas un bébé, morveux, va chercher les vaches dans le champ avant que saint Rosaire change d'idée et veuille plus venir nous aider à les traire, lui ordonna son frère.

Après le départ des garçons, Juliette attendit que Madeleine et Élise aillent chercher de la laitue et des tomates dans le jardin pour demander à sa belle-sœur ce qu'elle pensait de Rosaire.

— Il est devenu un bien bel homme, ne put s'empêcher de dire Corinne.

— Oui, et il t'aime bien gros, fit la restauratrice avec un air entendu. Il a pas placoté beaucoup durant le voyage, mais chaque fois qu'il a ouvert la bouche, c'était pour parler de toi.

— Il m'aime comme un frère.

— De ça, je suis pas sûre pantoute, ajouta Juliette en hésitant.

— Arrête donc, protesta la veuve. Je vais avoir trente-neuf ans demain.

— Puis après, t'as pas l'âge de Mathusalem que je sache. À trente-neuf ans, on n'est pas vieille. On a encore le droit de faire des projets et de changer sa vie.

— T'oublies, la belle-sœur, que j'ai cinq enfants.

— Cinq enfants qui, bientôt, auront plus besoin de toi. Ouvre les yeux, Corinne. Madeleine va se marier le printemps prochain. Ton Philippe cherche à se caser. Déjà, Élise et Norbert vieillissent vite… Dans quelques années, tu vas te ramasser comme moi, tu vas être toute seule comme une dinde à te demander quoi faire de ta peau.

Corinne préféra en rire après avoir dit à sa belle-sœur qu'elle devrait mettre elle-même ses conseils en pratique.

Les hommes se lavaient les mains avant de passer à table, quand le camion conduit par Philippe vint s'arrêter en grondant devant la porte de la remise. Il y eut un claquement de portière suivi par le bruit des pas de l'aîné de la famille montant sur la galerie.

Philippe entra dans la cuisine et reconnut sa tante qui s'approcha pour l'embrasser sur une joue.

— Attention, ma tante, je suis sale comme un cochon, la mit-il en garde.

Puis, il aperçut l'étranger qu'il chercha vainement à identifier. Ce dernier avait un peu blêmi en apercevant le grand gaillard qui venait de pénétrer dans la pièce.

— Philippe, c'est Rosaire, le présenta sa mère. Tu dois te souvenir de lui. T'avais neuf ans quand il est parti de chez nous.

— T'es le vrai portrait de ton père, ne put s'empêcher de dire l'invité en serrant la main du fils aîné de Laurent Boisvert.

Philippe le salua sans sourire et sans montrer qu'il l'avait reconnu avant de se diriger vers le lavabo dans l'intention de faire une toilette rapide avant de s'attabler avec les autres.

Durant le repas, il ne participa pas à la conversation, se contentant d'écouter les autres parler en arborant un air renfrogné assez désagréable. L'atmosphère s'allégea sensiblement quand il quitta la maison pour aller veiller chez Cécile Melançon. À la fin du repas, Rosaire proposa ses services pour laver la vaisselle, comme il le faisait à l'époque où il demeurait chez Corinne, mais cette dernière s'y opposa vivement.

— Il manquerait plus que ça! s'écria-t-elle. On est bien assez de femmes dans cette maison pour s'occuper de la vaisselle.

Rosaire ne put que s'incliner et alla se planter devant la porte moustiquaire pour regarder autour.

— J'irais bien dire bonjour à Jocelyn si j'étais sûr d'être bien reçu par sa femme, dit-il sans s'adresser à quelqu'un en particulier dans la cuisine.

— Vas-y, ça va lui faire plaisir, l'encouragea son hôtesse. Catherine et sa mère sont mortes depuis presque trois ans et Jocelyn vit tout seul, comme avant son mariage. Puis, pendant que j'y pense, dis-lui donc de venir veiller avec nous autres. On va jouer aux cartes comme dans le bon vieux temps, quand mon mari était au chantier.

Le jeune homme quitta la maison, et Corinne, pensive, son linge à vaisselle à la main, le regarda marcher sur la route.

— À quoi tu penses? lui murmura Juliette, apparue dans son dos.

— À rien.

— À rien?

— Je pensais à tous ces hommes qui essaient de se débrouiller sans femme. À Rosaire, à Jocelyn et même à Ian Sullivan alors qu'il y a tant de vieilles filles qui se morfondent à attendre un mari.

— Il y a les vieilles filles et il y a aussi les veuves, fit sa belle-sœur sur un ton narquois.

— Dites donc, ma tante, essayez-vous de mettre dans la tête de notre mère de se remarier ? demanda Norbert, l'air un peu inquiet.

— Norbert, occupe-toi de tes oignons, le rabroua la restauratrice. Quand je voudrai que tu saches quelque chose, je te le dirai.

Ce soir-là, lorsque Philippe rentra de sa soirée chez les Melançon, il trouva sa mère et ses invités en train de jouer aux cartes. Il monta se coucher et constata avec un certain déplaisir la présence de Norbert dans son lit.

— Qu'est-ce que tu fais là, toi ? lui demanda-t-il.

— La maison est pleine. On n'a pas le choix, on se tasse, répondit l'adolescent avec philosophie.

— Si la mère peut arrêter de recevoir tout un chacun comme si on était une auberge, on serait pas poignés comme ça, se contenta de faire remarquer l'aîné en se laissant tomber sur le lit pour retirer ses bottines. Je comprends pas ce que vient faire ici dedans l'ancien homme engagé. Et ma tante Juliette pourrait ben aller coucher chez mon oncle Henri de temps en temps.

— Sais-tu que t'es recevant sans bon sens, se moqua son jeune frère. On croirait entendre grand-père Boisvert.

Philippe ne se donna pas la peine de lui répondre. Il souffla la lampe et se mit au lit.

— T'as oublié de me dire si ta Cécile était de bonne humeur à soir, chuchota Norbert dans le noir.

— Ça te regarde pas. Mêle-toi de tes affaires, répondit son aîné en lui tournant résolument le dos.

—∼∼—

Le lendemain matin, Juliette fit en sorte d'être prête pour la grand-messe en même temps que Madeleine et Élise.

— Est-ce que je peux monter avec vous autres ? demanda-t-elle à Léopold qui venait d'arrêter le boghei près de la maison.

— On va peut-être être un peu tassés, dit Madeleine en pensant qu'il n'y aurait pas suffisamment de place pour sa mère et Lionel.

— Attends, je vais demander à ta mère si elle pourrait pas monter avec Rosaire et Lionel dans la voiture qu'on a louée.

Madeleine lança un regard entendu à son futur fiancé qui attendait, les rênes à la main. Elle venait de comprendre que sa tante cherchait à ménager une conversation privée entre sa mère et Rosaire. La restauratrice sortit de la maison moins d'une minute plus tard.

— On peut y aller, ta mère va venir à la messe avec Rosaire, déclara-t-elle en se hissant dans la voiture.

Quand le boghei loué s'engagea sur la route quelques instants plus tard, Philippe le regarda partir, debout devant l'une des fenêtres de la cuisine.

— J'aime pas ce gars-là, dit-il entre ses dents en parlant de Rosaire, assis aux côtés de sa mère dans la voiture.

— Qu'est-ce que tu dis ? lui demanda Élise, déjà en train de dresser le couvert pour le dîner.

— Rien ! dit-il.

Ian Sullivan était debout sur le parvis de l'église et parlait avec Léopold, Madeleine et Juliette lorsque Rosaire entra dans le petit stationnement voisin où plusieurs voitures de fidèles étaient déjà immobilisées. À la vue de l'inconnu aidant Corinne à descendre du boghei, ses traits se durcirent et il parvint mal à dissimuler sa jalousie. Cependant, son changement d'expression n'échappa pas à Juliette et la veuve esquissa un vague sourire.

— Bonjour, madame Boisvert, la salua l'Irlandais en soulevant son chapeau lorsque Corinne approcha.

— Bonjour.

— À ce que je vois, vous avez de la visite, fit-il en tournant un regard interrogateur vers Rosaire.

— Oui, monsieur Rosaire Gagné, un ami, dit-elle alors que Rosaire serrait la main du cultivateur à la carrure impressionnante.

— Enchanté, dit Rosaire, alors que l'autre lui écrasait volontairement les doigts dans sa poigne solide.

Corinne remarqua soudain que leur petit groupe formait un îlot que les fidèles devaient contourner pour entrer dans l'église.

— On va y aller avant d'être en retard, décida-t-elle.

— Nous autres, on va aller dans le jubé, m'man. Ça va vous laisser de la place dans le banc, déclara Madeleine.

— Vous pouvez ben vous asseoir avec ma mère dans notre banc, offrit Ian. Je dois chanter dans la chorale et elle est toute seule.

— Merci, monsieur Sullivan, dit Corinne sans préciser si elle acceptait ou non son offre.

Durant la grand-messe, célébrée, comme il se devait, par le curé Morin, Corinne n'eut guère la tête au recueillement. Durant toute la cérémonie, elle ne cessa de penser à la conversation qu'elle avait eue avec Rosaire en se rendant à l'église.

Le jeune fonctionnaire avait dû sentir que ce court trajet lui offrait une chance inespérée de dire à la veuve ce qu'il mourait d'envie de lui avouer depuis qu'il l'avait revue la veille. Toujours aussi timide, il dut faire un effort considérable pour s'ouvrir à la petite femme blonde endimanchée assise à ses côtés.

— Il y avait tellement longtemps que je voulais venir te voir, avait-il dit à mi-voix de manière à ne pas être entendu par Lionel, assis sur la banquette arrière.

— T'aurais pu revenir bien avant, l'avait-elle encouragé, attendrie par l'aveu.

— Peut-être, avait-il admis. Il aurait fallu que je vienne durant l'hiver, mais tu comprends que j'aurais pas voulu que tu penses que j'avais attendu que ton mari soit parti au chantier pour venir. Ça aurait pas été correct de faire ça et le monde aurait pu jaser.

— Voyons donc ! avait protesté la veuve de Laurent Boisvert. Je pourrais presque être ta mère.

— Exagère pas, on a juste sept ans de différence… En plus, t'as l'air tellement jeune que j'ai l'impression d'être plus vieux que toi.

— C'est toi qui le dis, avait-elle répliqué avec un sourire. J'ai cinq enfants et le plus vieux a déjà vingt ans. T'as l'air d'oublier qu'aujourd'hui, j'ai trente-neuf ans… Madeleine va se marier l'année prochaine. Je sais pas si tu t'en rends compte, mais je vais être grand-mère dans pas si longtemps que ça.

— Pour moi, tu seras toujours la même Corinne que j'ai connue, avait-il dit, la gorge serrée.

— Merci, avait-elle fait en riant doucement pour alléger l'atmosphère.

Le visage rouge, le jeune homme avait glissé un doigt entre son col de celluloïd et son cou, comme s'il l'étouffait. Puis ses traits s'étaient crispés légèrement, comme s'il avait pris une résolution soudaine.

— Hier, tu m'as demandé si j'étais marié, lui avait-il rappelé de la même voix éteinte.

— Oui.

— Est-ce que tu veux savoir pourquoi ?

— T'es pas obligé de me le dire, avait-elle répondu, un peu mal à l'aise.

— C'est important que tu le saches, avait-il dit en la regardant. Je me suis pas marié parce que j'ai pas trouvé une femme qui te ressemble.

— Voyons donc ! avait-elle protesté, tout de même flattée.

— Je voudrais te demander si t'accepterais que je revienne te voir de temps en temps, mais sans Juliette.

Corinne l'avait alors regardé attentivement avant de lui répondre d'une voix hésitante.

— Je sais pas, Rosaire. Laisse-moi le temps d'y penser.

Et c'est à cet échange que la veuve n'avait cessé de penser durant toute la messe. Que devait-elle répondre à Rosaire? Il était clair qu'il désirait être plus qu'un ami. Il lui avait purement et simplement demandé de la fréquenter, elle, une femme de trente-neuf ans et mère de cinq enfants... Qu'est-ce qu'elle voulait exactement? Elle l'ignorait elle-même. Rosaire, c'était son passé. Qu'allaient dire les membres de sa famille quand il viendrait lui faire sa cour? Elle aurait l'air ridicule. Les mauvaises langues de la paroisse n'allaient sûrement pas manquer de raconter qu'elle avait débauché un jeune qui pourrait presque être son garçon. Ils allaient même peut-être en déduire qu'il s'était passé des choses pas très catholiques entre eux à l'époque où le jeune homme habitait chez elle.

Il fallut que Juliette la tire par une manche pour l'inciter à s'agenouiller au moment du *Ite missa est* du célébrant.

— T'avais bien l'air dans la lune pendant la messe, lui chuchota sa belle-sœur comme elles sortaient de l'église, suivies par Lionel et Rosaire.

— T'as pas honte de guetter tes voisins plutôt que de prier pendant la messe, toi? répliqua en riant la jeune veuve.

— Remarque que je serais peut-être comme toi si j'étais entouré de tant d'hommes intéressants qui me font de l'œil, plaisanta à demi la restauratrice.

— Dis donc pas n'importe quoi, la rabroua Corinne. Est-ce qu'on va saluer ton frère et sa femme avant de rentrer? demanda-t-elle à son invitée pour changer de sujet de conversation.

— On peut bien, accepta Juliette sans aucun enthousiasme au moment où Léopold et Madeleine les rejoignaient sur le parvis.

Ils se rapprochèrent d'Henri, qui précédait de quelques pas Annette. Corinne vit Madeleine chuchoter quelques mots à l'oreille d'Alexandra avant de s'écarter d'elle.

— Tiens, t'es en visite à Saint-Paul ? dit le gros cultivateur bourru en apercevant sa sœur.

— En plein ça, fit Juliette. C'est la fête de Corinne aujourd'hui.

— Batèche ! Ça fait tout un voyage pour une fête. Je me souviens pas que t'en aies fait autant pour la mienne.

— Il faut croire qu'il y en a qui le méritent, rétorqua sèchement Juliette.

— Bonne fête, ma tante, fit Alexandra en embrassant Corinne.

— Bonne fête, se contenta de dire Annette sans esquisser le moindre geste, mais cherchant à identifier le jeune homme qui se tenait silencieux derrière les deux femmes.

— Merci.

— Tu nous présentes pas ? demanda-t-elle à sa belle-sœur.

— Voyons, Annette, tu le reconnais pas ? fit Juliette. Il est resté chez vous un bon bout de temps pourtant. C'est le petit Rosaire que ton père avait fait venir de l'orphelinat.

Henri et sa femme dévisagèrent l'inconnu qui leur faisait face, mais Rosaire ne dit pas un seul mot et se contenta de les saluer d'un bref hochement de tête.

— Bon, nous autres, il faut y aller, déclara Corinne. Élise va finir par croire qu'on a décidé d'aller dîner ailleurs qu'à la maison.

Juliette embrassa Alexandra sur une joue et salua de la main son frère et sa belle-sœur avant de suivre son hôtesse. Cette façon de prendre congé disait assez ce qu'elle pensait d'Henri et de sa femme. Au moment de monter dans les bogheis, l'imposante restauratrice s'empressa de s'installer dans celui où Madeleine et Léopold avaient déjà pris place, de manière à permettre à Corinne de se retrouver avec Lionel dans celui conduit par Rosaire.

Cette dernière remarqua rapidement le visage fermé de son conducteur quand il mit l'attelage en route.

— On dirait que ça t'a pas fait grand plaisir de revoir mon beau-frère et sa femme, lui dit-elle.

— Ça m'a surtout rappelé des mauvais souvenirs, fit le jeune fonctionnaire après un long moment de silence. J'aurais peut-être dû me montrer plus poli, ajouta-t-il avec un rien de regret dans la voix.

— Pantoute, dit sa passagère. Ils t'ont maltraité quand t'étais jeune, tu leur dois rien. C'est du monde qui a pas de cœur.

Ce jugement de Corinne sembla ragaillardir Rosaire à qui le sourire revint. Comme il se souvenait très bien de Gonzague Boisvert, elle lui raconta diverses péripéties auxquelles le vieil homme avait été mêlé durant les dernières années.

— T'as dû être surpris de voir Philippe conduire un *truck*? conclut-elle alors qu'ils arrivaient à la ferme. Mon beau-père a vendu son hôtel pour acheter deux camions avec l'intention de travailler pour le gouvernement. Le *truck* que conduit mon garçon est le même que celui avec lequel mon mari s'est tué il y a deux ans et demi.

— Ça doit te rappeler pas mal de mauvais souvenirs de le voir tous les jours dans ta cour? lui demanda Rosaire.

— Oui, mais ça achève. Dans un mois, le contrat avec la voierie va être fini, si je me fie à ce qu'a dit mon beau-frère. Il a décidé de vendre les deux *trucks* cet automne. Philippe va revenir travailler sur la terre avant d'aller au chantier cet hiver.

À leur entrée dans la maison, Élise avait mis le dîner sur le feu et il ne restait à Corinne qu'à trancher le rôti de porc qui allait être servi avec des pommes de terre et des carottes. N'ayant rien mangé depuis la veille pour avoir la possibilité d'aller communier à la grand-messe, les nouveaux arrivants étaient affamés.

Tout le monde s'entassa autour de la grande table et on mangea avec un bel appétit. Au moment du dessert, Madeleine sortit un gâteau de fête cuisiné la veille en cachette. Sa sœur l'avait glacé pendant leur absence à la fin de l'avant-midi.

— On va attendre avant de le servir, déclara Madeleine. Il y en a qui ont des choses à offrir à la fêtée.

Rosaire, Philippe et Juliette disparurent durant quelques instants et revinrent dans la cuisine d'été, portant chacun un paquet joliment enveloppé.

— À Philippe d'abord, décida Juliette en faisant signe à son neveu de présenter son cadeau à sa mère.

— C'est de la part de tous nous autres, déclara l'aîné en montrant ses frères et ses sœurs.

Émue, Corinne déballa une magnifique veste de laine rose ornée de petits boutons en nacre.

— Mais c'est bien trop beau ! s'exclama-t-elle. Je vais avoir bien trop peur de la salir.

— Dans ce cas-là, vous la mettrez juste le dimanche et elle va durer plus longtemps, plaisanta Norbert.

— Léopold aussi a tenu à fournir pour le cadeau, fit remarquer Madeleine.

— Merci, les enfants. Merci, Léopold, dit la maîtresse de maison en embrassant chacun.

— À Rosaire, à cette heure, fit Juliette, s'amusant à jouer au maître de cérémonie.

Rosaire tendit alors à son amie une boîte rectangulaire que Corinne s'empressa de déballer. Une boîte de chocolats. C'était la seconde fois qu'il lui offrait un pareil cadeau. Soudain, elle revit l'orphelin de onze ans qui avait consacré tout l'argent qu'il possédait à l'achat de ce présent pour le jour de sa fête. Elle en fut profondément émue et éprouva beaucoup de mal à dissimuler à quel point ce souvenir la bouleversait.

— Et moi, je me suis pas encombrée d'une grosse boîte, intervint Juliette en lui en tendant une toute petite enveloppée dans un papier argenté.

La jeune veuve découvrit dans un petit écrin de velours une petite croix en or.

— Voyons donc, Juliette ! T'as encore fait des folies ! protesta sa belle-sœur, rouge de plaisir. C'est la deuxième fois que tu me donnes un bijou.

— Puis après ! T'as bien le droit d'en avoir toi aussi, fit la restauratrice en souriant. À part ça, inquiète-toi pas. Tu risques pas de couler à pic à cause du poids des bijoux que je te donne si tu tombes à l'eau.

Tous les gens présents dans la pièce s'approchèrent pour admirer la petite croix.

— Bon, si c'est fini tout ça, on pourrait peut-être goûter à ce dessert-là, dit Juliette en montrant le magnifique gâteau au chocolat qui les attendait au centre de la table.

Pendant que chacun savourait sa part, Corinne ne put s'empêcher de se rappeler qu'elle n'avait reçu dans sa vie que trois boîtes de chocolats. La première lui avait été offerte par Rosaire et la seconde par grand-père Boucher. La figure de Philippe sembla se renfrogner à cette évocation et il s'empressa de demander à sa mère, comme pour lui faire savoir qu'elle manquait de retenue :

— Et ça vous fait quel âge aujourd'hui, m'man ?

— Ah bien, mon effronté ! s'exclama sa tante Juliette, mi-sérieuse. Tu sauras qu'on demande jamais son âge à une femme, même à sa mère. Ta blonde t'a jamais dit ça ?

Alors qu'il allait répondre à sa tante, Corinne intervint pour lui suggérer :

— Si tu vas voir Cécile, cet après-midi, ramène-la donc pour lui faire goûter le gâteau de tes sœurs.

— Je peux toujours lui offrir de venir, dit-il, mais je pense pas que sa mère accepte qu'on prenne le chemin tout seuls, tous les deux.

— Si elle fait ça, elle aura raison, fit Corinne. C'est le rôle d'une mère de voir à la réputation de sa fille.

Madeleine adressa un regard entendu à Léopold, qui se contenta de baisser les yeux.

Une heure plus tard, Philippe quittait la maison alors que Germaine et Bernard arrivaient chez Corinne en compagnie de Lucienne.

— Tu pensais tout de même pas qu'on allait oublier ta fête, fit remarquer cette dernière à sa fille en l'embrassant. Germaine et Bernard m'ont prise en passant. Je suis venue pour voir si t'étais pas morte, j'ai pas eu de tes nouvelles depuis un mois et demi, ajouta-t-elle avec une note de reproche dans la voix.

— Je le sais bien, m'man, mais c'était pas de la mauvaise volonté, s'excusa Corinne en entraînant ses invités à l'intérieur. Après la construction de l'étable, il a fallu se remettre d'aplomb, puis mon beau-père est mort juste quand il fallait s'occuper des foins. J'ai pas vu l'été passer.

La maîtresse de maison était heureuse de revoir sa mère qu'elle n'avait pas vue depuis la fête offerte à l'occasion de la bénédiction du nouveau bâtiment. Par ailleurs, cette dernière semblait contente de rencontrer à nouveau Juliette avec qui elle s'était toujours bien entendue, et très surprise de revoir Rosaire.

— Sais-tu que je t'aurais jamais reconnu si je t'avais rencontré quelque part, dit-elle à l'ami de sa fille. Mon Dieu, ce que t'as changé!

Durant un bon moment, on échangea des nouvelles de la famille. Ainsi, Corinne apprit que Blanche et Amédée allaient marier l'aîné de leurs fils le printemps suivant.

— Tu sais pas la meilleure, fit Germaine. Thérèse et Anatole sont enragés bien noir parce qu'ils viennent d'apprendre que leur Gustave a juste une envie, s'en aller en ville pour apprendre à piloter un aéroplane.

— Des plans pour se casser le cou, laissa tomber la grand-mère. J'ai beau lui répéter que si le bon Dieu avait voulu qu'on se promène dans les airs, il nous aurait donné des ailes, il veut rien comprendre. Il est têtu comme un âne. Pour moi, cet enfant-là tient de sa mère, ne put-elle s'empêcher d'ajouter.

Germaine lança à sa sœur un regard de connivence. Il était bien connu dans la famille que leur mère et leur belle-sœur Thérèse étaient à couteaux tirés depuis que celle-ci s'était installée dans la maison des Joyal vingt ans auparavant.

— De toute façon, m'man, ils s'en font bien pour rien, dit Corinne. Gustave a l'âge de Norbert et il va bien être obligé de faire ce qu'ils vont lui dire tant qu'il sera pas majeur.

— Je suis pas si sûre de ça, moi, rétorqua Lucienne.

— Les parents de Rosalie se sont finalement donnés à Bastien et à sa femme, annonça Bernard pour changer de sujet de conversation.

— Ils ont bien fait, déclara Lucienne. Bastien est un bon garçon, il leur fera jamais de misère, sentit-elle le besoin de préciser.

— Mais vous, vous êtes pas prête à vous donner à Anatole, même s'il aimerait bien ça, lui rappela Corinne. Vous avez pas confiance dans Anatole ?

— Non, c'est à Thérèse que je fais pas confiance.

Après avoir dégusté le gâteau apporté par Germaine en l'honneur de la fête de sa cadette, tous les invités décidèrent de profiter du beau temps de ce dimanche du mois d'août en allant s'asseoir sur la galerie. Léopold et Madeleine choisirent la balançoire qu'ils allèrent occuper en compagnie d'Élise et de Lionel. La conversation dériva rapidement sur le proche avenir de chacun.

— M'man a oublié de te dire qu'elle avait l'œil sur une maison au village, pas trop loin de l'église, annonça Germaine à l'hôtesse.

— Laquelle ? demanda la maîtresse de maison en se tournant vers sa mère.

— Celle du vieux Cléophas Bédard. Je lui ai parlé il y a quinze jours. Sa fille veut le prendre avec elle à Trois-Rivières. Sa maison est pas mal propre et serait pas trop grande à entretenir.

— Qu'est-ce qu'Anatole dit de ça ?

— Ton frère est pas trop enchanté d'avoir à m'acheter la terre, mais je pense que Thérèse lui pousse dans le dos pour qu'il accepte. Mais là, il faut pas s'énerver. Il y a encore rien de fait.

— De toute façon, madame Joyal, ma proposition tient toujours, intervint Bernard Provencher. Je suis prêt à vous construire une maison où vous voudrez.

— Merci, mais si je peux me débrouiller autrement, je vais le faire.

— Et toi, Rosaire ? demanda Germaine, tu dis rien, mais tu dois bien avoir des plans pour ton avenir. Te marier peut-être ?

— J'haïrais pas revenir vivre à la campagne, se contenta de dire l'inspecteur en bâtiment de la Ville de Montréal sans donner plus de précision, mais à l'air affiché par Juliette, il était évident que cette dernière avait deviné le fond de la pensée du jeune homme.

— Et toi, Juliette ? lui demanda Lucienne.

— Moi, il faut d'abord que j'attrape mon train de six heures pour rentrer à Montréal à temps, plaisanta la restauratrice en se levant. Il est déjà trois heures et quart.

— Pourquoi tu restes pas à souper avec Rosaire ? Vous pourriez partir après et prendre le dernier train pour Montréal, offrit Corinne, désolée de voir ses invités la quitter si rapidement.

— J'aimerais bien ça, mais mon associée m'en voudrait.

Rosaire se leva à son tour en disant qu'il allait atteler la voiture louée. Bernard décida d'aller l'aider. Au lieu d'entrer dans la maison, Juliette se dirigea vers la balançoire, à la surprise de Corinne.

— Madeleine, je pars dans deux minutes. Avant de partir, j'aimerais te dire quelque chose, si Léopold y voit pas d'inconvénient, comme de raison.

— J'arrive, ma tante, dit la jeune fille en quittant son futur fiancé et en faisant quelques pas avec la restauratrice.

Juliette tira un petit paquet de la poche de sa robe et le tendit à sa nièce.

— Je pourrai pas venir à tes fiançailles dans quinze jours, dit-elle, mais je voulais te laisser un souvenir.

Confuse, Madeleine s'empressa de développer le cadeau. Dans une petite boîte bleue, elle découvrit une fine chaîne en or à laquelle était suspendu un camée.

— Mais c'est bien trop beau, ma tante, protesta la jeune fille en l'embrassant.

— C'est juste un souvenir pour te rappeler que je vais penser à toi ce jour-là.

Rosaire revint devant la maison à bord du boghei, puis descendit de voiture pour aller chercher les bagages demeurés à l'intérieur pendant que Juliette saluait toutes les personnes présentes. Corinne se glissa elle aussi à l'intérieur pendant que sa belle-sœur faisait ses adieux.

Rosaire s'immobilisa au milieu de la cuisine d'été lorsqu'il l'aperçut seule, dans la pièce. Le jeune homme ne dit rien, sa petite valise à la main. De toute évidence, il attendait un geste ou une parole de son amie.

— J'ai pensé à ce que tu m'as demandé à matin, chuchota Corinne.

— Oui.

— J'aimerais que tu me laisses encore un peu de temps pour y penser, ajouta-t-elle d'une voix légèrement altérée.

— Je vais attendre et te laisser tout le temps que tu voudras, fit Rosaire dans un souffle. J'ai glissé mon adresse sous ta porte de chambre, si tu veux m'écrire.

— Merci, dit-elle. Viens, Juliette t'attend. Vous allez finir par manquer votre train. Je veux que tu saches que j'ai été bien contente de te revoir, sentit-elle le besoin d'ajouter avant de pousser la porte moustiquaire pour lui permettre de sortir.

Au moment où Juliette et Rosaire s'apprêtaient à monter dans la voiture, Corinne les embrassa l'un et l'autre sur une joue en leur souhaitant un bon voyage. Quand le boghei s'engagea sur la route, un voile de tristesse assombrit son regard durant un instant.

— C'est bien beau tout ça, fit Bernard, mais nous autres aussi, on doit prendre le chemin.

— Je pensais que vous étiez pour rester à souper, protesta Corinne.

— On aimerait bien ça, répliqua Germaine, mais on a promis aux enfants de leur ramener leur grand-mère pour souper.

Avant de quitter sa fille, Lucienne trouva le moyen de lui dire quelques mots en aparté en prétextant vouloir examiner un couvre-lit que Corinne avait entrepris de crocheter le printemps précédent. Aussitôt que les deux femmes se retrouvèrent dans la chambre à coucher, Lucienne n'y alla pas par quatre chemins.

— Je me suis demandé souvent si t'avais commencé à recevoir le garçon de madame Sullivan, fit-elle, curieuse.

— Non, m'man.

— Bernard m'a fait remarquer il y a deux semaines que ton voisin, Jocelyn Jutras, avait l'air de pas t'haïr, lui non plus.

— Ça se peut, ça fait tellement longtemps qu'on se connaît. Mais pourquoi vous me dites tout ça, m'man ?

— Je te dis ça parce que, au cas où tu le saurais pas, tu viens d'avoir trente-neuf ans, Corinne.

— Oui, je le sais. Puis après ?

— Je pensais m'être fait bien comprendre au commencement de l'été quand on s'était parlé, répondit Lucienne avec une certaine vivacité. T'as encore l'âge de te remarier. T'es pas pour finir tes jours toute seule, non ?

— J'ai mes enfants, m'man.

— Comme je te l'ai déjà dit, tes enfants vont partir les uns après les autres et tu vas te retrouver toute seule.

— Même si j'en avais le goût, j'y penserais à deux fois, ne put s'empêcher de dire Corinne. Chat échaudé craint l'eau froide. J'aurais bien trop peur d'avoir à revivre ce que j'ai vécu avec Laurent. J'en ai trop arraché.

— Bien, à ta place, je me dépêcherais d'oublier. Arrête de regarder en arrière, lui conseilla sa mère en lui caressant l'épaule, tu peux encore choisir un homme à ta convenance. Mais attends pas trop. Tu risques un beau jour de te ramasser le bec à l'eau.

Sur ce, Lucienne sortit de la chambre sans avoir accordé beaucoup d'attention au travail d'aiguille de sa fille.

Ce soir-là, Corinne mit beaucoup de temps à s'endormir. À force de se faire répéter qu'elle avait maintenant trente-neuf ans, son âge commençait à la préoccuper. Avant de se mettre au lit, elle avait déposé sa lampe à huile devant le miroir de sa commode et s'était scrutée sans ménagement. Son visage n'était pas encore trop marqué, mises à part deux rides apparues sur son front au fil des années. Il n'y avait encore aucun cheveu blanc dans son épaisse tignasse blonde. Ses maternités avaient à peine épaissi sa taille et elle jouissait d'une excellente santé.

— Qu'est-ce qu'ils ont tous à vouloir me voir remariée ? dit-elle à mi-voix. J'ai déjà bien assez de problèmes comme ça sans avoir à endurer un mari en plus.

Toutefois, cela ne l'empêcha pas d'examiner l'un après l'autre les hommes qu'elle croyait plus ou moins intéressés à elle.

Il y avait Ian Sullivan, un bel homme ambitieux, peut-être un peu trop d'ailleurs et cherchant toujours à attirer l'attention de son entourage. Comment savoir à quel point sa mère l'avait gâté ? Il avait un peu plus de quarante ans. Pourquoi ne s'était-il jamais marié ? Ce n'était pas très bon signe, à son avis. Cela dit, il semblait être le genre d'homme sur lequel une femme pouvait s'appuyer. Il connaissait ses enfants et, à première vue, la perspective de les avoir à charge n'avait pas l'air de lui faire peur puisqu'il avait, en quelque sorte, envoyé sa mère sonder le terrain. Par contre, il ne s'était pas déclaré et n'avait personnellement entrepris aucune démarche d'approche.

Ensuite, pouvait-elle considérer Jocelyn Jutras comme un parti possible ? Difficile à dire. Ce voisin si serviable avait-il jamais songé à en faire sa femme ? Il était si timide qu'il faudrait probablement le pousser dans ses derniers retranchements pour savoir s'il avait envie de la conduire au pied de l'autel. Dans l'obscurité, elle esquissa un mince sourire. Elle se voyait mal poursuivre de ses assiduités un homme qui n'avait peut-être jamais oublié Catherine Gariépy, sa femme décédée. De plus, voudrait-il hériter d'une famille toute faite ? C'était loin d'être sûr.

Enfin, où se situait Rosaire dans tout ça ? Sa demande de venir la visiter ressemblait beaucoup à une déclaration d'amour. N'avait-il pas dit être encore seul parce qu'il n'avait pas trouvé une femme qui lui ressemblait ? C'était bien gentil, mais qu'est-ce que cela signifiait exactement ? Serait-elle capable d'aimer d'amour quelqu'un qu'elle avait toujours considéré comme son meilleur ami et comme un véritable frère ? Elle n'en savait rien. Puis, il y avait la différence d'âge ! Sept ans, c'était énorme.

Non, il fallait vraiment qu'elle réfléchisse à tout ça. Au fond, il n'y avait aucune presse. Elle se sentait fatiguée et elle avait une foule de problèmes immédiats à résoudre. Tout d'abord, il fallait retirer de l'argent chez le notaire Ménard pour payer le couvent d'Élise. Elle devait aussi voir à ce que le trousseau de l'adolescente soit prêt pour le début des classes. Puis les fiançailles de Madeleine allaient avoir lieu dans trois semaines. Elle ne pouvait oublier non plus sa dette envers Léopold. Le moins qu'elle puisse faire était de prévoir un premier remboursement de la somme empruntée pour la construction de la nouvelle étable. Comment allait-elle se débrouiller après le départ de son futur gendre au début d'octobre? Philippe voudrait probablement monter au chantier, Norbert pourrait-il alors couper seul du bois de chauffage? Elle saurait lui donner un coup de main pour soigner les bêtes, mais pour le reste, c'était une bien grosse tâche à exiger d'un jeune homme qui n'avait pas encore dix-sept ans. Et Madeleine dans tout ça? Allait-elle passer l'hiver avec elle ou allait-elle partir, elle aussi, pour enseigner ailleurs qu'à Saint-Paul-des-Prés?

— Saudit! je m'en sortirai jamais, murmura-t-elle.

L'horloge de la cuisine d'hiver sonna deux coups et Corinne sombra doucement dans un lourd sommeil.

Chapitre 14

Les fiançailles

Septembre arriva sans crier gare et n'entraîna aucun changement de température, elle continuait d'être douce et agréable, même si le soleil se couchait de plus en plus tôt. Chez Corinne, les journées n'étaient pas assez longues pour faire tout ce qui devait être fait.

Depuis une semaine, la mère de famille avait entrepris de cuisiner ses marinades. Son grand jardin avait été dépouillé de ses oignons, de ses concombres et de toutes ses tomates. La maison embaumait du matin au soir alors que le ketchup rouge, puis le vert mijotaient sur le poêle à bois. Après avoir coupé les tomates, les oignons et le céleri, Corinne et ses filles avaient ébouillanté les pots vides et préparé la paraffine qui servirait à conserver la vingtaine de pots qui allaient être rangés dans l'armoire, près des confitures de fraises, de framboises et des contenants de compote de pommes.

— Il nous reste encore les concombres à préparer et à faire mariner avant de nous occuper des patates, déclara la mère de famille en essuyant avec un coin de son tablier la sueur qui coulait sur son front.

— Il est temps pour les patates, fit remarquer Madeleine. Celles qui restent dans le caveau sont en train de germer.

— On n'en finira jamais, laissa tomber Élise en déposant sur la table le couteau qu'elle utilisait.

— C'est le prix à payer pour avoir de quoi manger cet hiver, la sermonna sa mère.

— Compte-toi chanceuse, tu vas te sauver de la préparation des citrouilles et t'auras pas à te casser les reins à récolter les patates, ajouta sa sœur sur un ton narquois. Tu vas même manquer la boucherie. T'auras pas le plaisir de brasser le sang du cochon pour l'empêcher de cailler quand on va faire du boudin.

— Ouach! Arrête, tu me donnes mal au cœur, lui ordonna l'adolescente avec une mine dégoûtée.

— Pauvre petite fille! la plaignit sa mère, tu vas faire des choses bien pires que celle-là dans ta vie, je te le garantis.

Ce soir-là, Philippe rentra à la maison de fort mauvaise humeur et ne fit aucun effort pour le cacher.

— Qu'est-ce qui t'arrive encore, toi? lui demanda sa mère en constatant qu'il manipulait tout avec brusquerie.

— Rien.

— Dis-moi pas rien, rétorqua sèchement Corinne, j'ai des yeux pour voir.

— C'est le maudit Charles qui me tape sur les nerfs! Je vais finir par lui sacrer une volée à ce maudit baveux-là, fit-il en serrant les poings.

— Qu'est-ce qui s'est encore passé? demanda Corinne en déposant un plat de fèves au lard sur la table, à côté de la miche de pain cuite au four le matin même.

— Tremblay m'a averti à matin qu'on devait arrêter tous les deux chez mon oncle à la fin de notre journée d'ouvrage.

— Puis?

— Quand on est arrivés là avec nos *trucks*, mon oncle était pas là. Charles est sorti en prenant un air de grand *boss* pour nous dire qu'on aurait encore de l'ouvrage pour quinze jours. C'était comme s'il nous faisait la charité. Après, il a fait le tour de chacun des *trucks* en les examinant. Il a eu le front de nous dire que c'était pas parce qu'ils étaient pas à nous autres qu'on devait mal les entretenir comme ça. J'ai eu ben envie de lui mettre mon poing sur la gueule.

— Retiens-toi, lui ordonna sa mère. Tu le connais, il aime ça provoquer le monde.

— Il a déjà oublié que j'ai failli lui en sacrer une quand grand-père est mort.

— C'est ton cousin. T'es pas obligé de l'aimer, mais c'est de la famille.

— Une chance que j'achève de travailler pour eux autres, déclara Philippe en s'emparant de l'assiette qu'on lui tendait. Mon oncle et lui me donnent toujours l'impression de me faire la charité quand ils me donnent ma paye le samedi après-midi.

Corinne venait à peine de terminer le rangement de la cuisine après le repas que Norbert annonça l'arrivée de Damien Sauvageau, du rang Notre-Dame.

— Veux-tu bien me dire ce qu'il peut nous vouloir? demanda la maîtresse de maison en détachant son tablier.

Madeleine souleva un coin du rideau de l'une des fenêtres juste à temps pour voir descendre de voiture un petit homme sec dont les oreilles largement décollées servaient apparemment surtout à empêcher sa casquette de toile brune trop grande de descendre trop bas sur son front. Le cultivateur s'approcha de la galerie et demanda à parler à Madeleine.

— Vous pouvez entrer, elle est en dedans, l'invita Norbert en lui ouvrant la porte moustiquaire.

Le visiteur retira sa casquette en posant les pieds sur le paillasson.

— Bonjour, monsieur Sauvageau, le salua Corinne. Êtes-vous en train de faire la visite paroissiale de monsieur le curé?

— Pantoute, madame Boisvert, j'avais juste affaire à votre fille.

Madeleine s'avança, intriguée, et l'invita à s'asseoir. L'homme choisit de prendre place sur l'un des deux grands bancs près de la table.

— Je serai pas trop long. Je viens ici comme président de la commission scolaire. C'est moi qui ai pris la place de ton grand-père.

— Félicitations, dit Corinne.

— Il y a pas grand mérite, répliqua humblement le cultivateur. On est juste deux commissaires. Télesphore Hervieux était pas intéressé à être président en attendant les prochaines élections au mois d'octobre. Ça fait que je me suis nommé tout seul, précisa-t-il dans un éclat de rire.

Corinne et Madeleine attendirent pour connaître l'objet de sa visite.

— Je suis venu à soir pour te demander si tu serais pas intéressée à faire encore l'école à Saint-Paul, comme l'année passée. L'école est à la veille de recommencer et il nous manque une maîtresse.

— C'est certain, répondit prudemment la jeune fille, mais pas à l'autre bout du rang Saint-André, par exemple. C'est ce que j'ai dit à mon grand-père quand il a voulu m'engager le printemps passé.

— C'est ce qu'il nous a raconté au mois de juin, confirma le nouveau président de la commission scolaire.

— Je suis bien prête à faire l'école, mais il faudrait que ce soit dans Saint-Joseph parce que je tiens à venir coucher chez ma mère.

— Je comprends, fit Damien Sauvageau en se grattant la tête. Le problème est que ton grand-père avait promis l'école de Saint-Joseph à la petite Dupré de Saint-Gérard.

— Au fond, monsieur Sauvageau, qu'est-ce que ça peut bien lui faire de faire l'école dans Saint-André plutôt que dans notre rang? intervint Corinne. La petite Dupré sera pas plus proche de chez eux à une place ou l'autre, non?

— C'est vrai ce que vous dites là, reconnut le cultivateur.

— En plus, ça doit pas être écrit en toutes lettres dans son contrat à quelle école elle va travailler, reprit la mère de famille.

— Vous avez raison, dit Sauvageau en sortant de la poche de poitrine de sa chemise une feuille pliée en quatre. Si t'es d'accord pour reprendre ton école la semaine prochaine, poursuivit-il en s'adressant cette fois à Madeleine, t'as juste à signer ton contrat tout de suite.

— Allez-vous marquer dessus que c'est pour l'école du rang Saint-Joseph, monsieur ? s'informa la jeune fille.

Le président de la commission scolaire eut une brève hésitation, mais il accepta de préciser l'école.

— Naturellement, vous l'engagez aux mêmes conditions que l'année passée, intervint encore une fois Corinne.

— Vous voulez dire pour le même salaire ?

— Oui et aussi avec le petit montant supplémentaire que vous lui avez donné l'année passée parce qu'elle ne restait pas à l'école et qu'elle vous coûtait moins cher de chauffage.

— C'est correct, accepta l'homme.

Après le départ de Damien Sauvageau, quelques minutes plus tard, Corinne ne put s'empêcher de dire à sa fille :

— Ça, c'est une bonne affaire de faite. Là, tu vas pouvoir avoir de l'ouvrage intéressant avant ton mariage.

— D'autant plus que l'école est presque en face de notre future maison, fit remarquer la jeune fille avec enthousiasme. Je vais pouvoir voir Léopold quand je le voudrai.

— Attention, ma fille, la mit en garde Corinne en baissant la voix pour ne pas être entendue par le futur fiancé, assis sur la galerie. Oublie pas que t'as pas le droit de faire entrer un homme dans ton école.

— Je le sais, m'man.

— Et j'espère que t'es assez sérieuse pour pas chercher à aller le voir chez eux. Souviens-toi qu'un homme marie juste une fille qui se respecte. Fais bien attention à ta réputation.

— Vous savez bien, m'man, que je suis pas assez niaiseuse pour faire une affaire comme ça.

— Je sais que t'as une tête sur les épaules, se contenta de dire sa mère.

———

Deux jours avant les fiançailles de sa fille, Corinne décida de suspendre la fabrication des conserves pour l'hiver afin de se consacrer au souper qu'elle se proposait d'offrir pour l'occasion. Consultés la semaine précédente, Léopold et Madeleine avaient préféré que l'événement se déroule en famille, sans cérémonie.

— De toute façon, m'man, tout le monde a bien autre chose à faire ces temps-ci, avait expliqué Madeleine. Vous, vous devez finir le trousseau d'Élise qui s'en va au couvent mardi matin, et moi, je dois faire le grand ménage de l'école avant que les enfants entrent. En plus, ça gênerait les gens et ils se sentiraient obligés de nous faire un cadeau.

— C'est comme vous voulez, mais on va tout de même préparer un souper spécial, dit la mère de famille.

Si Corinne s'était pliée de bonne grâce à cette demande raisonnable, elle désirait tout de même que ce souper offert le premier dimanche de septembre soit mémorable et laisse un agréable souvenir aux fiancés. Elle avait acheté un gros rôti de bœuf chez Vigneault et avait confectionné des tartes aux pommes.

Le dimanche matin, après la grand-messe, Corinne vit s'approcher Ian Sullivan au moment où elle s'apprêtait à monter dans son boghei en compagnie de Madeleine et de Léopold.

— J'ai appris que vous vous fiancez aujourd'hui, dit-il aux jeunes gens. Je tiens à vous féliciter. Je vous trouve ben chanceux de vous préparer à vous marier et je vous souhaite beaucoup de bonheur.

Madeleine et Léopold le remercièrent.

— Et pour vous, madame Boisvert, ajouta-t-il en se tournant vers Corinne, je suppose que ces fiançailles-là, c'est aussi ben du tracas. Quand on a une grosse famille et des amis qui restent en ville, ça fait pas mal de monde à inviter.

— Pantoute, monsieur Sullivan. On va fêter ça juste en famille.

En apprenant la nouvelle, le fils de Rose Sullivan sembla inexplicablement rassuré.

— En tout cas, je vous souhaite une ben belle journée, conclut-il avant de tendre la main pour aider la veuve à monter dans la voiture.

— Vous le trouvez pas un peu bizarre, m'man? demanda Madeleine tandis que leur boghei s'éloignait du stationnement de l'église. On aurait dit qu'il cherchait à se faire inviter.

— Je vois pas pourquoi on l'aurait invité, répondit sa mère, qui croyait surtout que le voisin avait cherché à savoir qui serait présent à la fête.

Même si Corinne avait affirmé qu'il n'y aurait que la famille présente au souper, elle insista pour que Philippe invite Cécile à partager le repas de fiançailles de sa sœur.

— Tu viendras chercher Lionel à la fin de l'après-midi, lui ordonna-t-elle. Comme ça, ses parents auront rien à redire à l'invitation. Puis, pendant que j'y pense, reviens donc à la maison un peu avant quatre heures. Ce serait fin de ta part d'aider Norbert à faire le train. Il me semble que ce serait convenable que Léopold ait pas à le faire aujourd'hui.

— Ah ben, j'aurai tout entendu! s'était-il exclamé. Pendant que l'homme engagé va se reposer, c'est moi qui vais être poigné pour faire son ouvrage.

— Aïe! Philippe Boisvert, tu vas changer de ton et d'air, s'était emportée sa mère. Tu vas arrêter de regarder Léopold comme un homme engagé. C'est ton futur beau-frère et c'est un bon garçon. Il va être en plus un de nos voisins.

Ça fait qu'arrange-toi pas pour te le mettre à dos. Tu m'as compris ?

— Ben oui !

— À cette heure, grouille-toi et fais ce que je te dis, conclut sa mère avant de lui tourner résolument le dos.

Le fils aîné avait quitté la maison en ronchonnant. Après avoir fait démarrer son camion avec la manivelle, il était monté dans la cabine et avait pris la route du village en laissant derrière lui un nuage de poussière.

— Quel caractère de cochon ! avait murmuré sa mère en se dirigeant vers l'une de ses plates-bandes pour y couper quelques fleurs avec lesquelles elle désirait décorer la table.

Cet après-midi-là, la mère de famille aurait bien aimé s'offrir une courte sieste pour se reposer, mais Madeleine et Léopold s'étaient installés dans la balançoire après le repas du midi et n'en avaient plus bougé. Comme il n'était pas question de les laisser sans chaperon, elle avait pris un ouvrage de broderie dans son panier d'osier et s'était installée sur la galerie, à l'ombre. Il faisait un soleil radieux et une petite brise rafraîchissante apportait toutes sortes d'effluves. Elle n'entendait que le bruit entêtant des criquets et les murmures des futurs fiancés. Peu à peu, ses yeux se fermèrent et sa tête s'inclina.

— Ah ben ! On peut dire que vous faites tout un chaperon, m'man ! fit Norbert en ricanant.

Corinne sursauta et échappa son ouvrage posé sur ses genoux. L'adolescent était planté devant sa mère en compagnie de son frère Lionel et de sa sœur Élise, au pied des marches conduisant à la galerie.

— Quoi ? Quelle heure il est ? demanda-t-elle, mal réveillée.

— Il est presque trois heures et demie, répondit l'incorrigible farceur. Je pense que ça fait au moins une heure qu'on vous regarde dormir sur votre chaise.

— Voyons donc! protesta sa mère.

— Je vous le dis, m'man. Vous saurez jamais tout ce qui s'est passé sous votre nez pendant que vous cogniez des clous, se moqua l'adolescent.

Au même moment, le camion conduit par Philippe pénétra dans la cour et le conducteur cria à Lionel de monter. Quelques minutes plus tard, l'International vert bouteille était de retour et Corinne vit Cécile Melançon en descendre, suivie de près par un Lionel tout fier d'avoir fait une courte balade en camion.

Les Boisvert s'avancèrent pour accueillir l'amie de Philippe et Corinne invita cette dernière à entrer, le temps qu'elle mette son souper sur le feu. Philippe disparut avec Norbert pour aller changer de vêtements.

— Je vais aller leur donner un coup de main, déclara Léopold en s'apprêtant à quitter la cuisine d'été où il venait de pénétrer.

— Il en est pas question, trancha Corinne. Tu restes là avec Madeleine. Le jour de tes fiançailles, tu te reposes.

La fille aînée de la famille était, pour sa part, déjà en train de nouer les cordons de son tablier quand Cécile Melançon tendit la main pour l'en empêcher.

— Je vais aider au souper, si ta mère le permet, fit-elle. On peut se passer de toi aussi.

Corinne approuva et envoya le couple s'asseoir au salon pendant les préparatifs du repas. Durant l'heure suivante, la jeune veuve apprit à mieux connaître et à apprécier l'amie de son fils. Cette grande fille aux cheveux et aux yeux noirs avait du caractère et semblait savoir ce qu'elle voulait. Elle était efficace dans une cuisine et il n'était pas nécessaire de lui répéter ce qu'il y avait à faire. La mère de famille appréciait surtout l'absence de toute timidité chez la fille de Joseph Melançon qui ne se gêna pas pour dire à Élise comment dresser le couvert, par exemple.

Pendant qu'elle était allée chercher de la vaisselle dans les armoires de la cuisine d'hiver, l'adolescente, frustrée, ne put s'empêcher de confier tout bas à sa mère :

— Je vous dis qu'elle est pas gênée, elle. On dirait qu'elle est chez eux ici dedans. Elle veut nous faire croire qu'elle sait tout faire.

— Inquiète-toi pas, ma fille, la taquina sa mère sur le même ton. On va lui prouver que toi, tu sais bien laver la vaisselle après le souper.

— Vous êtes pas drôle pantoute, m'man, se rebiffa Élise.

Le repas de fiançailles fut très agréable et donna lieu à plusieurs plaisanteries. Pour une fois, le caractère ombrageux de Philippe ne gâcha pas l'atmosphère. La présence de Cécile incita ce dernier à faire preuve de bonne humeur. Au moment du dessert, Léopold sortit un écrin de la poche de son veston. Il en extirpa une petite bague en or blanc qu'il glissa au doigt de Madeleine sous les applaudissements de tous les gens présents autour de la table.

— Tu peux l'embrasser devant nous autres, déclara Norbert, narquois. Pour une fois que t'es pas obligé de te cacher.

Léopold et Madeleine rougirent et se regardèrent sans rien dire.

— Norbert, tiens-toi comme du monde ! le réprimanda sa mère en lui jetant un regard furieux.

Philippe mit sa main sur le bras de Cécile, sa voisine à table, dans un geste de possession. Cette dernière repoussa doucement la main sans même se donner la peine de lui adresser un regard. Cette réaction de la jeune fille n'échappa pas à Corinne qui eut du mal à réprimer un sourire à la vue de l'air dépité de son fils. Ensuite, on demanda aux fiancés de raconter leurs projets d'avenir, ce qui sembla intéresser singulièrement Cécile.

Après le départ de l'invitée à la fin de la soirée, Léopold et Madeleine remercièrent Corinne pour l'excellent repas qu'elle avait cuisiné pour leurs fiançailles.

— Vous allez trouver le dîner que je vais organiser pour vos noces encore meilleur, leur promit-elle avant de se retirer dans sa chambre à coucher.

Avant de s'endormir, elle planifia sa journée du lendemain. Elle aurait le temps de cuire son pain et de faire son lavage hebdomadaire avant d'aller conduire Élise au couvent en début d'après-midi. Elle allait profiter de l'aide de ses filles pour la dernière fois avant les vacances des fêtes. Dès le mardi matin, la confection des repas, l'entretien de la maison et les autres tâches ménagères n'incomberaient plus qu'à elle seule, la plupart du temps.

—✴✴✴—

Lorsque Corinne se réveilla en ce lundi 5 septembre 1921, elle fut accueillie par un ciel gris prometteur de pluie.

— J'espère qu'il se mettra pas à mouiller cet avant-midi pour m'empêcher d'étendre le linge frais lavé, dit-elle à ses filles après le déjeuner.

— On aurait pu aussi se reposer et rien faire, nous aussi, dit Élise avec mauvaise humeur. Après tout, c'est une journée de fête.

— Oui, on le sait que la fête du Travail existe depuis 1886, se moqua sa sœur. Je pense qu'il y a juste les hommes qui en profitent, ajouta-t-elle en faisant allusion au fait que Norbert et Philippe venaient de s'asseoir sur la galerie en donnant l'impression de vouloir se la couler douce ce matin-là.

— Oh non, par exemple ! s'exclama leur mère en se dirigeant vers la porte moustiquaire d'un pas décidé.

Elle franchit le seuil et s'arrêta sur la galerie, les deux mains plantées sur les hanches.

— Aïe, mes snoros ! Vous pensez tout de même pas que vous allez passer la journée à nous regarder travailler.

— Mais m'man, je travaille pas aujourd'hui, lui fit remarquer Philippe.

— Tu veux dire que tu conduis pas le *truck* pour ton oncle. Ça veut pas dire qu'il y a rien à faire. Où est passé Léopold ?

— Il a dit qu'il s'en allait réparer l'enclos des cochons, répondit Norbert en se levant déjà.

— Ben, vous aller lui donner un coup de main avant de transporter les poches de moulée qui traînent dans la remise depuis une semaine. Après, je veux que vous me nettoyiez un peu le boghei. Il est tout crotté et on se salit quand on s'en sert.

— Bon, il faut croire que c'était trop beau qu'on souffle un peu aujourd'hui, dit Philippe avec mauvaise humeur.

— Ici dedans, tout le monde travaille en même temps ou tout le monde se repose, fit sa mère d'une voix tranchante en rentrant dans la maison.

— Avoir su, j'aurais sacré mon camp traîner au village après avoir mangé, dit l'aîné.

Sa mère fit comme si elle ne l'avait pas entendu.

Après le repas du midi, la mère de famille demanda à ses fils de charger les bagages d'Élise à l'arrière du boghei pendant qu'elles changeaient de robe.

— Je pourrais ben aller vous conduire en *truck* à Nicolet, si vous le voulez, proposa Philippe revenu à de meilleurs sentiments depuis que sa mère avait donné congé aux siens pour le reste de la journée.

— Non, merci, refusa-t-elle. J'ai pas envie que ton oncle Henri me mette sous le nez qu'on se sert du *truck* dans son dos. Si je suis pas revenue pour le souper, ajouta-t-elle à l'intention de Madeleine, tu pourras toujours servir le reste du bouilli de légumes.

— Vous pensez arrêter chez ma tante Germaine ? demanda Norbert.

— Le couvent est presque en face. Si ton oncle et ta tante sont là, je vais arrêter leur dire bonjour.

Quelques minutes plus tard, Élise sortit de la maison vêtue de la robe de couvent qu'avait portée sa sœur trois ans auparavant.

— J'ai l'air d'une vraie folle là-dedans, affirma-t-elle, le visage boudeur.

— Cette robe-là te fait comme un gant, répliqua sa mère. On dirait qu'elle est neuve. Là, tu me refais pas ta petite crise de la semaine passée parce que je te garantis que tu montes te changer et tu pourras dire adieu à ton année au couvent.

L'adolescente, domptée, monta dans le boghei et attendit que sa mère s'empare des rênes.

La semaine précédente, Corinne avait fouillé dans les tiroirs de Madeleine pour en sortir la petite robe noire à collet blanc qu'elle avait portée durant deux ans au couvent. Le vêtement était dans un excellent état et la mère avait décidé de faire l'économie de l'achat d'un nouveau tissu et de se limiter à ajuster cette robe aux mensurations de la future couventine. Cette décision avait déclenché alors une véritable crise chez l'adolescente qui acceptait mal de porter une vieille robe de son aînée.

— Cette robe-là est encore bonne et tu vas la mettre pour aller au couvent, avait tranché la mère de famille, à bout de patience. On n'a pas d'argent à jeter par les fenêtres pour des achats inutiles, lui avait-elle fait remarquer. Déjà, je me saigne aux quatre veines pour payer le couvent, exagère pas, sainte bénite!

Bon gré, mal gré, Élise avait dû se prêter aux séances d'essayage obligatoires et avait été obligée de se contenter de cette robe.

— J'aurais ben pu y aller avec vous autres et conduire, proposa Norbert pour la deuxième fois depuis la fin du repas.

— Laisse faire, fit sa mère, excédée. J'ai assez à endurer la face de bois de ta sœur sans avoir à supporter vos chamailleries en chemin.

Il était à peine une heure trente quand l'attelage dépassa la dernière maison du village de Saint-Paul-des-Prés. Un mille plus loin, Corinne tourna la tête vers la maison en pierre des Boisvert, mais elle ne vit personne à l'extérieur. Quand elle traversa Saint-François-du-Lac, elle résista difficilement à l'envie de faire un arrêt chez sa mère. Au moment de franchir le pont par lequel on accédait à Pierreville, elle fit taire ses remords en se disant que cet arrêt les aurait probablement fait arriver en retard au couvent. La pluie tant redoutée au début de l'avant-midi commença à tomber alors que la voiture arrivait à Baie-du-Fèvre. La conductrice tourna la tête vers sa fille qui avait à peine ouvert la bouche depuis leur départ de la maison.

— Une chance que c'est juste une pluie fine, lui dit-elle, sinon on aurait eu l'air fin d'arriver à Nicolet trempées comme des soupes. Des plans pour que les sœurs te prennent pour un chien mouillé et veuillent pas t'ouvrir la porte.

Cette remarque eut le don de sortir l'adolescente de la bouderie dans laquelle elle s'était enfermée durant la plus grande partie du trajet. À leur arrivée à Nicolet, Corinne l'accompagna au couvent. Elle passa régler le premier trimestre chez la sœur économe, comme il se devait, avant d'embrasser sa fille qui l'attendait dans le parloir où les nouvelles élèves étaient rassemblées pour dire au revoir à leurs parents.

— Écoute bien ce qu'on te dit et étudie, recommanda-t-elle à l'adolescente. Souviens-toi que ça fait des années que tu veux venir au couvent. Là, tu y es. Arrange-toi pour avoir de bonnes notes. Écris-moi chaque semaine. On va se revoir à la Toussaint. Si jamais il y a quelque chose d'urgent qui arrive, fais prévenir ta tante Germaine, elle va s'arranger pour m'avertir.

Élise, la larme à l'œil, embrassa sa mère avant que cette dernière la quitte. C'était la première fois qu'elle serait séparée des siens.

À sa sortie de l'institution, Corinne s'arrêta chez Germaine et Bernard qui ne voulurent jamais qu'elle retourne chez elle avant d'avoir soupé à leur table.

— Il aurait bien fallu que j'arrête pour dire bonjour à m'man, dit-elle à sa sœur en l'aidant à dresser le couvert.

— Inquiète-toi pas, tu vas la voir la semaine prochaine, lui annonça Germaine. Elle nous a dit hier après-midi qu'elle monterait à Saint-Paul dimanche.

— Probablement pour t'annoncer qu'elle s'est entendue avec Anatole, poursuivit Bernard.

— Dis-moi pas qu'il s'est décidé à lui acheter la terre ? s'étonna la veuve en se rappelant à quel point son frère aîné et sa femme avaient tenté de persuader leur mère de se donner à eux.

— En plein ça, confirma Germaine. M'man a l'air pas mal soulagée. Si j'ai bien compris, Anatole va lui donner un assez gros montant pour lui permettre d'acheter la maison de Cléophas Bédard et il va lui verser une rente chaque année pendant les dix prochaines années.

— Et il peut se compter ben chanceux, fit son mari.

— Pourquoi tu dis ça ? lui demanda Corinne.

— D'abord parce que ta mère lui vend son bien à un sacrifice de bon prix et, en plus, elle le finance sans lui charger une cenne d'intérêts.

— C'est normal, rétorqua sa femme, c'est son garçon. Elle était tout de même pas pour lui demander des intérêts.

— Dis pas ça, fit sa sœur. Quand le beau-père nous a vendu notre terre, non seulement il nous l'a vendue la peau et les os, mais en plus, il nous a chargé les mêmes intérêts que le notaire demande aux étrangers.

— Comme tu peux le voir, tout cet argent-là l'a pas empê-ché de mourir comme tout un chacun, conclut Bernard.

Le lendemain matin, Corinne eut du mal à s'habituer à l'idée qu'elle se retrouverait maintenant seule avec Norbert et Léopold toute la journée. Après le déjeuner, elle avait vu Madeleine et Lionel quitter la maison en direction de l'école du rang d'où ils ne reviendraient qu'en fin d'après-midi.

— Ça va être pire encore à la fin du mois, dit-elle à mi-voix en commençant son repassage. Quand Léopold sera parti vivre sur sa terre, la maison va être encore plus vide.

Chapitre 15

L'huile de ricin

Au milieu de la seconde semaine de septembre, Léopold et Norbert avaient profité du beau temps pour faucher le blé et aller le faire moudre au moulin de Saint-David.

— Votre farine va être prête lundi prochain, déclara Norbert à sa mère en entrant dans la maison.

— D'après le meunier, même si la récolte est en retard d'un gros quinze jours, c'est une ben bonne année pour le blé, madame Boisvert, annonça Léopold, qui avait fait la livraison au moulin avec l'adolescent. Selon lui, vous allez avoir presque le double de farine que vous avez eue l'année passée.

— Tant mieux, fit la veuve. Voilà enfin une bonne nouvelle. Je vais pouvoir te rembourser au moins un petit montant sur ce que je t'ai emprunté après en avoir vendu à Alcide Duquette.

— Il y a rien qui presse, vous savez.

— Je le sais, mais j'aime pas devoir de l'argent, même à mon futur gendre, ajouta-t-elle avec un sourire.

À la fin de l'après-midi, Madeleine rentra de l'école en compagnie de Lionel. Corinne permit à son fils de manger quelques biscuits à la farine d'avoine qu'elle venait de cuire avant de l'envoyer chercher les vaches pour le train.

— Si tu veux finir d'éplucher les patates pour le souper, dit-elle à sa fille, je vais aller lever les œufs dans le poulailler et donner à manger aux cochons. Tu diras à Lionel d'aller nourrir le blond quand il reviendra.

Au moment de passer à table un peu avant six heures, Philippe revint de son travail, visiblement harassé. Après avoir effectué une toilette rapide, il prit place à table.

— T'as bien l'air fatigué, lui fit remarquer sa mère en lui servant un morceau de tête fromagée avec des pommes de terre.

— Ouais, on a couru comme des fous toute la journée pour fournir en gravelle les gars qui travaillent sur la route. Ils ont un nouveau *foreman*, un nommé Rondeau. Lui, il avait l'air de trouver que les hommes allaient pas assez vite. Ça fait que Tremblay et moi, on a été obligés de les fournir. Pour achever le plat, mon oncle et le maudit Charles sont arrivés et ont joué aux grands *boss* en essayant de nous pousser encore plus dans le dos. Bâtard! ils oublient tous les deux que cette maudite gravelle-là, on doit la pelleter pour remplir nos *trucks*. Même Rondeau a pas eu l'air d'aimer les voir venir nous donner des ordres sur le chantier. Il les a remis à leur place et leur a dit qu'il avait rien à nous reprocher. Ils ont fini par sacrer leur camp.

— Prends patience, il te reste juste une couple de jours à travailler pour eux autres, l'encouragea sa mère.

— Une chance.

— Aïe! J'ai oublié de vous le dire, intervint Lionel. J'ai vu deux renards dans le champ en allant chercher les vaches.

— Il est temps que tu te décides à nous le dire, lui fit remarquer Norbert. Il manquerait plus que cette maudite vermine-là vienne manger nos poules, à cette heure.

— Après le souper, je vais prendre le fusil et aller voir dans le champ, déclara Philippe. Ça va me changer les idées.

Quand Corinne et Madeleine entreprirent de ranger la cuisine après le repas, Léopold s'en alla rendre visite à Ernest Pouliot qui se préparait à quitter sa maison. Les deux hommes avaient convenu de passer chez le notaire Ménard le surlendemain pour conclure la vente. Norbert se chargea d'aller porter à Jocelyn Jutras les deux miches de pain que sa mère avait fait cuire pour lui, comme chaque semaine. Pour sa part, Lionel s'attabla devant un devoir d'arithmétique donné par sa sœur.

— Et surtout tu me demandes pas les réponses, lui dit sévèrement cette dernière. C'est pas parce que je suis ta sœur que je vais faire des passe-droits.

Après avoir aidé à laver la vaisselle, l'institutrice s'installa à un bout de la table pour préparer sa classe du lendemain pendant que sa mère commençait à confectionner ce qui allait être le dîner du lendemain de Philippe.

Elle jeta un coup d'œil sur le comptoir où son aîné laissait habituellement la boîte en fer-blanc dans laquelle il transportait son repas du midi, mais elle ne la vit pas.

— Il l'a oubliée dans le *truck*, dit-elle.

— Qu'est-ce qu'il y a, m'man ? demanda Lionel en levant la tête de son devoir.

— Laisse faire, fais ton devoir, répondit la veuve en se dirigeant vers la porte moustiquaire.

Elle descendit de la galerie et alla jusqu'au camion dont elle ouvrit la porte du côté passager. Aussitôt, elle aperçut la boîte noire sur le plancher de la cabine. Elle allongea le bras et son coude heurta une bouteille à demi dissimulée sous la banquette. Surprise, elle tira la bouteille à elle et découvrit qu'il s'agissait d'une bouteille d'alcool. Elle en retira le bouchon, et aussitôt la forte odeur du caribou se répandit dans l'habitacle.

— Pouah ! fit-elle avec une grimace de dégoût.

C'était l'alcool préféré de son mari. Puis, elle réalisa subitement que c'était son fils qui, à son tour, buvait ça.

— Ah non ! C'est pas vrai ! s'exclama-t-elle. Dis-moi pas qu'il va faire comme son père !

La mère de famille était hébétée par sa découverte et ne se décidait pas à déposer sous le banc ce qu'elle venait d'y découvrir.

— Il vient d'avoir vingt ans ! Ça a pas d'allure ! J'ai bien envie de lui casser mon balai sur le dos, dit-elle, folle de rage.

Pendant un bref instant, elle eut la forte tentation de lancer la bouteille dans le fossé, mais elle se retint à la dernière seconde.

— Ça donnerait rien de faire ça, se dit-elle tout bas. S'il est rendu comme son père, il dira pas un mot et il va aller s'en acheter une autre qu'il va cacher ailleurs. Il a passé l'âge où le balai lui fait peur.

Toujours penchée dans la cabine, elle réfléchit longuement à ce qu'elle pouvait faire. Puis, elle prit une soudaine décision : elle laissa la boîte noire sur place, ne gardant en main que la bouteille à demi pleine. Elle referma doucement la portière du véhicule et revint à la maison en dissimulant sous son tablier la bouteille d'alcool. Sans rien dire, elle traversa la cuisine d'été et se rendit dans l'armoire de la cuisine d'hiver où elle conservait les médicaments.

— Le petit vinyenne, il va s'en souvenir ! dit-elle en colère.

Elle s'empara de la bouteille d'huile de ricin et en versa une généreuse quantité dans la bouteille d'alcool qu'elle agita énergiquement avant de la reboucher. Ensuite, elle s'empressa de la rapporter dans le camion avant de revenir s'asseoir sur la galerie avec un ouvrage de couture.

Philippe ne rentra à la maison qu'au coucher du soleil en déclarant ne pas avoir vu de renard, même s'il s'était rendu jusqu'à leur terre à bois. Corinne était rentrée dans la maison quelques minutes plus tôt parce que la température s'était rafraîchie.

— Avant de faire la prière, j'aimerais bien préparer ton repas de demain midi, mais t'as oublié de rentrer ta boîte, lui fit remarquer sa mère. Va donc la chercher.

Philippe sortit de la maison et se rendit à son camion toujours stationné devant la remise. Corinne s'approcha de la fenêtre et jeta un coup d'œil à l'extérieur. Même s'il faisait noir dehors, elle s'aperçut tout de même qu'il avait fait le tour du camion pour ouvrir la portière du passager. Elle se demanda s'il n'en profiterait pas pour boire une rasade de caribou avant de rentrer.

Quelques minutes plus tard, toute la famille s'agenouilla au centre de la cuisine pour la prière du soir. La mère de famille pria spécialement pour que son fils ne sombre pas dans l'ivrognerie, comme son père l'avait fait avant lui. Elle alla se coucher après avoir vu Norbert éteindre le fanal qu'il avait allumé pour aller vérifier si tout était en ordre dans les bâtiments. Elle ne trouva le sommeil qu'après avoir récité tout un chapelet pour demander la guérison de son fils. Il s'agissait là d'une autre dure épreuve pour cette femme que la vie n'avait guère ménagée.

Le lendemain avant-midi, en sortant de la porcherie, Corinne s'aperçut que le facteur lui avait laissé du courrier dans sa boîte aux lettres, le drapeau rouge étant levé. Elle alla jusqu'au chemin et tira trois lettres de la boîte. La première venait de Juliette. Elle reconnut immédiatement son écriture soignée sur l'enveloppe. Elle eut beau retourner dans tous les sens la deuxième, elle fut incapable d'identifier l'expéditeur. Le plus bizarre était que la troisième était adressée à Philippe Boisvert et semblait venir du même correspondant.

Intriguée, elle rentra dans la maison, s'assit à table et décacheta d'abord l'enveloppe dont elle ignorait la provenance. Elle la lut lentement en remuant les lèvres. La missive venait de l'étude de maître Osias Larue de Sorel. Elle était convoquée à son bureau de la rue Sainte-Anne le mardi suivant, à trois heures, pour assister à la lecture du testament de feu Gonzague Boisvert.

— Je suppose que l'autre lettre vient du même notaire, dit-elle à voix haute. Sainte bénite, veux-tu bien me dire ce qu'on va aller faire là, tous les deux ?

Il lui fallut quelques minutes pour retrouver assez de calme pour lire la lettre envoyée par sa belle-sœur. Cette dernière lui apprenait qu'elle avait reçu une convocation du même notaire et que Rosaire était venu souper à son restaurant l'avant-veille, surtout pour parler d'elle.

Corinne eut un mince sourire en repliant la lettre. Elle laissa les deux convocations sur le comptoir avant d'aller déposer la lettre de Juliette dans l'un des tiroirs de son bureau, dans sa chambre à coucher. Ensuite, elle se dirigea vers son jardin. Le temps était venu de déterrer les pommes de terre et de les transporter dans un seau dans la cave. Toujours profondément bouleversée par sa découverte de la veille, elle n'en exécuta pas moins ce travail éreintant jusqu'à la fin de l'après-midi, ne s'accordant qu'une brève pause pour dîner en compagnie de Léopold et de Norbert, occupés ce jour-là à faucher l'avoine.

Quand Madeleine rentra de l'école avec son jeune frère, la mère de famille demanda à son fils de faire ses devoirs pendant qu'elle préparait le souper avec sa sœur.

À l'heure du repas, Philippe vint stationner son camion près de la remise et tarda un bon moment avant de les rejoindre dans la cuisine d'été où on venait de s'attabler.

— Qu'est-ce qu'il a à traînasser comme ça ? s'impatienta Madeleine qui attendait de lui servir son assiette avant de prendre place à table.

— Il est parti aux toilettes, lui expliqua Lionel qui venait de s'étirer le cou pour voir pourquoi son frère aîné ne rentrait pas.

Quelques minutes plus tard, Philippe, la mine défaite, entra dans la maison.

— Il est temps que t'arrives, tu vas manger froid, lui dit sa sœur en quittant sa place pour le servir.

— Laisse faire, lui ordonna-t-il, je me sens pas ben pantoute, je mangerai plus tard.

Sur ce, il ouvrit la porte de communication avec la cuisine d'hiver, apparemment décidé à gagner sa chambre à l'étage. Sa mère se leva et, sans dire un mot, le suivit dans la pièce voisine.

— Attends une minute, lui commanda-t-elle en refermant la porte derrière elle, j'ai deux mots à te dire.

— Est-ce que ça peut pas attendre, m'man? lui demanda-t-il, l'air un peu misérable. Je sais pas ce que j'ai depuis à matin, j'arrête pas d'aller aux toilettes. Si j'y suis pas allé dix fois aujourd'hui, j'y suis pas allé une maudite fois. J'ai mal au cœur, à part ça.

— Ce serait pas, par hasard, à cause de la boisson? lui demanda sèchement Corinne, plantée devant lui.

— Quelle boisson?

— Celle que tu caches, par exemple, dans ton *truck*, ajouta-t-elle d'une voix sifflante.

— J'ai pas...

— Philippe Boisvert, viens pas me mentir en pleine face, tu m'entends? fit-elle, menaçante.

— C'est pas une goutte de boisson qui va me rendre malade, avoua-t-il en changeant de tactique.

— Toi, écoute-moi bien, lui ordonna-t-elle sèchement. As-tu décidé de finir comme ton pauvre père? C'est ce genre de vie là que tu veux avoir? T'as envie de te faire traiter d'ivrogne par tout le monde dans ton dos?

— C'est pas une gorgée de boisson de temps en temps, m'man...

— Espèce de grand insignifiant! l'interrompit sa mère. Comment tu penses que ça a commencé avec ton père? À ton âge, il a commencé par une gorgée de temps en temps, lui aussi. Après, il a jamais plus été capable de s'arrêter. Et c'est comme ça qu'il s'est tué en conduisant soûl son *truck*. Tu veux faire pareil?

— Ben non, vous exagérez.

— Non, j'exagère pas, mon garçon. Tu vas boire de plus en plus et tu vas être obligé de mentir à tout le monde pour cacher ton vice, comme t'as commencé à me mentir à moi, ta mère. Il me semble que l'exemple de ton père devrait te suffire. Tu veux maganer tes enfants comme il l'a fait ? Tu te souviens pas des volées qu'il t'a données pour un oui ou pour un non ? C'est ce genre de père-là que tu veux devenir ? Si c'est ça, continue, t'es bien parti. Moi, je te le dis tout de suite. Si je te prends encore une fois à boire, tu t'en vas. Tu viendras pas donner ce genre d'exemple-là à tes frères.

— C'est correct, finit par dire le jeune homme, le visage blême.

— Je voudrais pas être obligée de dire à Cécile Melançon quel genre de garçon t'es, le menaça-t-elle.

— Ce sera pas nécessaire, je boirai plus, lui promit-il.

— Dans ce cas-là, va jeter dans les toilettes ce qu'il y a dans la bouteille qui traîne dans ton *truck* avant d'aller te coucher, dit Corinne, la voix adoucie. Quand tu te lèveras, je te ferai à souper.

Dompté, Philippe sortit de la maison. Par l'une des fenêtres, sa mère le vit ouvrir la portière de l'International, s'emparer de la bouteille d'alcool et se diriger vers les toilettes sèches, au bout de la remise. Peu après, il rentra et se retira dans sa chambre sans dire un mot.

Dans la cuisine d'été, tous n'avaient pu faire autrement que d'entendre les éclats de voix de la mère de famille, mais aucun n'osa lui poser la moindre question au sujet de la violente dispute qui l'avait opposée à son aîné.

Le soleil venait à peine de se coucher que Philippe apparut dans la cuisine, l'air un peu remis de ses malaises de la journée. En le voyant, Corinne se promit de ne jamais lui révéler qu'elle avait trafiqué sa bouteille d'alcool.

« Il vaut mieux l'avoir rendu malade aujourd'hui que d'attendre qu'il le soit parce qu'il a pris l'habitude de boire », se dit-elle pour se convaincre d'avoir bien agi.

Pendant que son souper réchauffait sur le poêle à bois, elle tendit à Philippe la lettre qu'il avait reçue durant la matinée. Madeleine et Norbert, curieux, attendirent de savoir ce que la missive contenait.

— Qu'est-ce que c'est ? demanda-t-il, étonné. C'est ben la première fois que je reçois une lettre, ajouta-t-il en ouvrant l'enveloppe.

— Puis ? fit sa mère, après lui avoir laissé le temps de lire la convocation du notaire.

Il se contenta de lui tendre la lettre. Corinne ne s'était pas trompée, c'était bien une convocation à assister à la lecture du testament de Gonzague Boisvert, le mardi de la semaine suivante.

— D'après vous, m'man, qu'est-ce que ça veut dire ? lui demanda son fils, intrigué et vaguement inquiet.

— Ça peut vouloir dire que ton grand-père t'a laissé un petit quelque chose.

— Voyons donc ! protesta-t-il. La seule fois qu'il s'est aperçu que j'existais, c'est quand il m'a engagé cet été pour conduire un de ses *trucks*.

— Pourquoi Philippe hériterait de quelque chose, et pas nous autres ? demanda Norbert, curieux.

— C'est vrai, ça, m'man, renchérit Madeleine.

— Écoutez, on peut pas savoir avant que le testament soit ouvert par le notaire. Moi aussi, j'ai reçu la même lettre que votre frère, et je suis certaine que votre grand-père m'a rien laissé. On verra bien ce qui arrivera la semaine prochaine.

———

Le surlendemain avant-midi, Corinne était occupée à changer la literie dans les chambres, à l'étage, quand des coups furent frappés à la porte de sa cuisine.

— Si c'est le quêteux qui passe déjà, j'ai rien à lui servir à manger, dit-elle à mi-voix en descendant. Il va se contenter de deux cennes. C'est tout ce que je peux lui donner.

À son arrivée devant la porte moustiquaire, elle eut la surprise de découvrir Jocelyn Jutras. Elle enleva le crochet et fit entrer le voisin.

— Viens pas me dire que tu manques de pain? fit-elle alors qu'elle lui avait envoyé deux grosses miches la veille même.

— Pantoute, j'en ai mon content, répondit Jocelyn. J'ai toujours l'impression que j'exagère chaque fois que tu m'en envoies. Ça fait des années que tu fais cuire mon pain. C'est gênant.

— Voyons donc, protesta la veuve. T'arrêtes pas de m'envoyer de la farine et de la graisse.

— Mais c'est pas pour ton pain que je viens te voir, même s'il est ben bon, reprit le voisin. T'entends pas meugler?

— Ah bien oui, fit-elle après avoir tendu l'oreille.

— C'est une de tes vaches qui se lamente comme ça, lui apprit-il.

— Qu'est-ce qui va encore me tomber sur la tête? demanda-t-elle, soudain alarmée.

— Léopold et Norbert sont pas là?

— Non, ils sont partis porter de l'avoine chez Gignac, à Yamaska. Pourquoi tu me demandes ça?

— Parce que s'ils avaient été ici dedans, ils se seraient immanquablement aperçus qu'une de tes vaches était en train de crever dans le champ.

— C'est pas vrai!

— J'ai sauté la clôture pour aller voir ce qu'elle avait à se plaindre comme ça. Je pense qu'elle a glissé dans la décharge et qu'elle s'est cassé une patte. J'ai pas été capable de la relever.

— Tu parles d'une malchance, se plaignit Corinne.

— Si tes hommes sont pas là, je peux ben aller te la tuer pour l'empêcher de souffrir pour rien.

— Attends, je vais y aller avec toi, dit-elle au voisin. Comme t'es ici, je vais te passer mon fusil.

Elle disparut un bref moment et revint avec le fusil de chasse laissé par Laurent. Elle tendit l'arme à Jocelyn et le suivit à travers champs jusqu'à la décharge. Au fur et à mesure que le couple approchait de la déclivité assez profonde où Corinne avait l'habitude de faire brûler ses déchets, les meuglements de la vache blessée devenaient de plus en plus assourdissants. Quand la fermière aperçut sa bête couchée sur le côté, au fond de la décharge, elle en eut les larmes aux yeux. La bête la regarda venir vers elle avec une sorte de confiance à briser le cœur.

— Sois fin, Jocelyn, supplia-t-elle son voisin. Tue-la vite sans la faire souffrir.

Ce dernier s'empressa de rejoindre la vache au fond de la décharge. Il laissa le temps à Corinne de s'éloigner quelque peu et de détourner la tête avant de tirer une balle en pleine tête de la bête.

— Tu peux pas savoir comment ça me fait mal au cœur de perdre une bête, lui dit-elle en se remettant en marche vers la maison. En plus, c'était celle qui me donnait le plus de lait.

— T'as tout de même des veaux et t'as même deux ou trois vaches qui sont prêtes à vêler, lui fit remarquer Jocelyn.

— Puis, ça va être tout un aria de creuser un trou pour l'enterrer, reprit Corinne, comme si elle ne l'avait pas entendu. Ça tombe mal en pleine récolte.

— Pourquoi tu demandes pas à Corriveau de t'en débarrasser ? Il peut venir te la chercher. Comme ça, Norbert et Léopold perdront pas une demi-journée à creuser une fosse pour l'enterrer.

— La dernière fois qu'on a perdu une vache, Laurent vivait et il avait mieux aimé l'enterrer après lui avoir enlevé la peau. Du bon cuir de vache, on en a toujours l'usage.

— C'est comme tu veux, consentit le voisin. Si tu changes d'idée, j'ai affaire chez Duquette cet avant-midi, je pourrais faire prévenir Corriveau. C'est vrai que t'aurais pas la peau de ta bête s'il vient, mais il va te donner un petit quelque chose pour elle.

Parvenue à la maison, Corinne remercia son voisin et accepta finalement qu'il prévienne l'équarrisseur. Ce dernier passa au milieu de l'après-midi et se fit aider par Léopold et Norbert pour charger la dépouille dans sa charrette. Il laissa deux dollars à Corinne avant de reprendre la route.

Quand Philippe rentra de son travail ce soir-là, sa mère lui apprit la mauvaise nouvelle.

— Il y a pas à dire, ça va pas ben, se contenta de dire son fils, l'air dépité. On perd notre meilleure vache et je perds ma *job* demain.

— Oui, mais pour ton ouvrage, t'étais au courant depuis un bon bout de temps. T'as même travaillé une semaine de plus que prévu, lui fit remarquer sa mère.

— Est-ce que quelqu'un pourrait venir me chercher chez mon oncle Henri demain après-midi, vers quatre heures ?

— Pourquoi ça ? lui demanda Norbert.

— Parce que notre cousin est venu nous dire cet après-midi qu'on aurait notre dernière paye demain, à la fin de la journée, comme d'habitude, mais qu'il voulait que les deux *trucks* restent dans la cour.

— Tu parles d'un beau cochon ! s'exclama l'adolescent. Est-ce qu'il a peur que tu le manges, ce *truck*-là ?

— Au fond, fit sa mère, c'est normal. Tremblay et toi, vous travaillerez plus pour ton oncle Henri. Il veut garder les *trucks* à côté de sa maison. Vous avez plus à vous en servir.

— Le meilleur, c'est qu'il voulait qu'on les lave ben comme il faut avant de partir, reprit Philippe, les yeux pleins de colère. Il peut ben manger de la…

— Philippe ! fit sa mère, sévère.

— J'ai rien dit, protesta le jeune homme, mais je le pense, par exemple. Le plus plate là-dedans, c'est que je vais être poigné pour aller veiller chez Cécile en boghei. C'était ben plus vite en *truck*.

— Tu t'habitueras, conclut sa mère avant de retourner au poêle s'occuper de la confection du souper.

Le lendemain après-midi, Norbert attela le blond pour aller chercher son frère à la grande maison de pierre du rang Saint-André. À sa grande surprise, il découvrit Philippe à mi-distance entre la maison de son grand-père et l'église de Saint-Paul-des-Prés.

— Sacrifice! T'étais pressé en batèche de t'en revenir à la maison, lui fit remarquer l'adolescent en laissant monter son frère aîné à ses côtés. T'aurais ben pu m'attendre chez mon oncle, j'arrivais.

— Laisse faire, fit son frère, furieux. L'enfant de chienne de Charles, je vais finir par l'écrapoutir. Je suis parti avant de lui sauter dessus.

— Qu'est-ce qu'il t'a encore fait, la chenille à poils?

— T'aurais dû le voir faire le tour du *truck* une dizaine de fois pour être ben sûr qu'il était pas poqué quelque part. Après ça, il a regardé en dedans pour voir si les outils étaient tous là. C'est ben clair, j'allais le poigner par la peau du cou quand Alexandra est sortie de la maison pour m'offrir une tasse de thé et des biscuits. Elle s'en est pas aperçue, mais elle a sauvé la peau de son mari.

— Pourquoi t'es pas revenu avec Tremblay?

— Il a arrêté de travailler à midi, il devait aller à Pierreville avec sa femme, expliqua Philippe en retrouvant peu à peu son calme.

— En tout cas, tu seras pas de trop pour m'aider à récolter l'orge la semaine prochaine. Oublie pas que Léopold part de la maison lundi prochain.

— Ah oui, je l'avais oublié, lui, dit Philippe sans la moindre trace de regret dans la voix.

Norbert lui jeta un coup d'œil, mais se garda bien d'ajouter quoi que ce soit. À leur arrivée à la maison, Philippe déposa sur la table son salaire de la semaine.

— C'est le dernier pour un bon bout de temps, rappela-t-il à sa mère.

— C'est pas grave, fit-elle, c'est pas l'ouvrage qui manque ici dedans. On mangeait quand même nos trois repas par jour avant que tu travailles pour ton oncle.

Chapitre 16

Un nouveau départ
pour Léopold

Corinne décida d'aller visiter sa famille à Saint-François-du-Lac en ce dernier dimanche de septembre malgré la température maussade qui s'était installée sur la région durant la nuit précédente.

— Comment je vais faire pour aller chez Cécile si vous prenez le boghei? demanda Philippe, qui venait de réaliser qu'il n'avait plus de moyen de transport pour se rendre au village.

— Ah ça, mon garçon, il va falloir que tu te débrouilles, rétorqua sa mère en fixant son chapeau sur son chignon blond. Tu penses tout de même pas que je vais m'enfermer dans la maison toutes les fins de semaine parce que t'as besoin de la voiture pour aller veiller chez ta blonde.

— C'est là que ta Cécile va voir que tu l'aimes pour vrai, intervint Norbert, goguenard. Marcher presque trois milles pour aller passer l'après-midi avec elle, c'est pas tous les gars de la paroisse qui feraient ça.

— Achale-moi pas, toi! lui ordonna son frère, de mauvaise humeur.

— Si t'es pas plus poli que ça, je te passerai pas mon bicycle, le menaça l'adolescent.

Une vague lueur d'intérêt s'alluma dans l'œil de l'aîné. Il n'avait pas du tout songé à l'antique bicyclette sans frein de son frère qui dormait au fond de la remise depuis près de trois ans.

— Tu penses qu'il marche encore ? demanda-t-il, plein d'espoir.

— On peut aller voir, accepta Norbert.

Les deux frères quittèrent la maison pendant que Léopold allait atteler la voiture. Corinne avait proposé à Madeleine et à son futur gendre de l'accompagner afin de permettre aux Joyal de les féliciter pour leurs fiançailles. Avant même de quitter la cour, la mère de famille fut un peu rassurée en voyant son fils aîné passer près de l'attelage, monté sur la grosse bicyclette noire qui avait appartenu au docteur Précourt.

— Il me semble qu'il a l'air d'aller un peu tout croche là-dessus, fit remarquer Madeleine en prenant place dans le boghei.

— Il va s'habituer, lui expliqua son frère debout près de la voiture. On a gonflé les *tires* et mon bicycle roule correct. Il en a pas fait souvent et ça fait longtemps qu'il s'en est pas servi, mais il est capable de se débrouiller. C'est tout de même mieux que de marcher jusqu'au village.

— T'es bien sûr de ça ? insista sa mère.

— Faites-vous-en pas, m'man. S'il se casse la gueule, on va en entendre parler, plaisanta Norbert.

— T'es bien drôle, Norbert Boisvert, fit sa mère, sévère. Là, je te laisse avec Lionel, ajouta-t-elle en s'assoyant sur la banquette arrière du boghei. Il y a des cretons, des tomates et du pain pour souper, mais lavez votre vaisselle et mettez-moi pas la maison à l'envers pendant qu'on va être partis, sinon vous allez aussi en entendre parler.

Léopold prit les rênes et l'attelage s'engagea sur le rang Saint-Joseph. Jocelyn, assis sur sa galerie, les salua au passage. Un peu avant d'arriver au bout du rang, Corinne aperçut Philippe monté sur l'antique bicyclette. Selon toute les apparences, le jeune homme peinait.

— Tu veux pas te tenir au boghei jusque chez Melançon ? lui proposa aimablement Léopold en obligeant sa bête à ralentir.

— Laisse faire, j'ai besoin de personne, répondit ce dernier, passablement essoufflé par l'effort qu'il devait fournir pour faire avancer la lourde bicyclette.

Léopold secoua la tête et poursuivit son chemin.

— Il est toujours aussi bête, lui, fit remarquer Madeleine en se tournant vers sa mère.

— Il a un caractère de cochon, on le sait depuis longtemps, confirma Corinne. Il manquerait plus qu'il se mette à mouiller pour arranger le plat avant qu'il arrive chez Cécile. Là, il serait pas à prendre avec des pincettes.

Cet après-midi-là, la veuve s'arrêta une heure chez son frère Bastien et sa belle-sœur Rosalie avant de se rendre chez sa mère à la maison ancestrale des Joyal dans le rang de la rivière, à Saint-François-du-Lac. À son arrivée, elle fut tout heureuse de retrouver sa sœur Blanche et son mari qu'elle n'avait pas vus depuis plusieurs mois.

— Dites donc, vous deux, c'est à croire que Sorel est rendu à l'autre bout du monde, fit-elle remarquer au couple. On vous voit plus. Avez-vous oublié que vous avez de la parenté à Saint-Paul ?

— Pantoute, se défendit Amédée en l'aidant à descendre de voiture. Ta sœur a passé son été à s'occuper de ma mère malade.

— Elle va mieux, j'espère ?

— Elle est correcte, la rassura son beau-frère. J'aime autant te dire qu'elle avait pas le choix de guérir avec Blanche. T'aurais dû voir tout ce qu'elle lui a fait prendre. Il fallait de la santé pour avaler tout ça.

— Arrête donc de dire n'importe quoi, le réprimanda sa femme en riant et en embrassant sa jeune sœur.

Lucienne, Anatole, Thérèse et leur fils Gustave s'avancèrent à leur tour pour saluer les visiteurs.

— Je crois ben qu'on n'aura pas le choix d'entrer dans la maison, dit Anatole. Je viens de recevoir une goutte de pluie.

En fait, une pluie fine se mit à tomber doucement, obligeant tout le monde à trouver refuge dans la cuisine d'été.

— J'ai bien l'impression qu'on est à la veille de déménager dans la cuisine d'hiver, dit Thérèse après que tous les gens présents eurent trouvé un siège dans la grande pièce. Ça commence à être pas très chaud le matin.

— Je pense que je vais faire ça cette semaine, si j'en ai le temps, déclara Corinne. Ça va être une grosse semaine. Léopold s'en va s'installer sur sa terre demain et je dois aller à Sorel mardi après-midi avec Philippe.

Durant de longues minutes, Anatole et Amédée interrogèrent Léopold sur la ferme qu'il venait d'acheter pendant que les femmes discutaient trousseau avec la future mariée.

— Quand vous viendrez à Saint-Paul, j'espère que vous allez arrêter me voir, conclut Léopold. Je vais ben entretenir la maison, ayez pas peur. J'ai pas le choix. Madeleine m'a fait promettre de tenir ça propre jusqu'à notre mariage.

— T'es pas tout seul à déménager, intervint Lucienne. Je me suis finalement entendu avec Cléophas Bédard. J'ai acheté sa maison, j'entre dedans dans deux semaines.

— C'est pas vrai ! s'écria Corinne en feignant d'ignorer la nouvelle qui lui avait déjà été communiquée par sa sœur Germaine.

— Bien oui, ça faisait assez longtemps qu'on en parlait.

— Ça doit vous faire mal au cœur de partir d'ici pour aller vivre au village, grand-mère ? demanda Madeleine

— C'est certain, confirma la petite femme au chignon blanc, mais j'espère que ta tante et ton oncle vont m'inviter de temps en temps.

— C'est sûr, madame Joyal, la rassura sa bru.

— On est allés voir la maison du bonhomme, reprit Anatole. Elle va avoir besoin de tout un ménage. Il vivait là-dedans tout seul depuis une quinzaine d'années et ça paraît qu'il avait pas une femme pour l'entretenir.

— C'est vrai que c'est pas mal sale, confirma Lucienne.

— On va venir vous donner un coup de main, m'man, lui promit Corinne.

Ensuite, la conversation dériva sur la crise économique qui obligeait les cultivateurs à baisser le prix de leurs produits s'ils voulaient parvenir à les vendre.

— On n'est pas chanceux pantoute, déclara Anatole. Pour une fois qu'on avait une belle récolte, il faut la vendre moins cher que l'année passée.

— Plains-toi pas, fit le commis de quincaillerie. Au magasin, on vend pas la moitié de ce qu'on vendait d'habitude. Ça commence à paraître que le monde tire le diable par la queue.

À la fin de l'après-midi, la pluie n'avait pas cessé. Quand Corinne annonça son intention de rentrer à Saint-Paul-des-Prés, Thérèse insista pour que ses invités restent à souper. Pour sa part, Anatole refusa l'aide des hommes pour faire son train.

— Vous êtes pas habillés pour faire ça. Gustave va me donner un coup de main.

Pendant que Madeleine et Blanche participaient à la préparation du souper, Lucienne entraîna Corinne dans sa chambre sous le prétexte de lui montrer ce qu'elle venait de finir de tricoter.

— Sainte bénite, m'man, je me souviens pas avoir vu Thérèse d'aussi bonne humeur depuis le matin de ses noces! chuchota cette dernière en refermant la porte de la chambre derrière elle.

— Elle a une bien bonne raison : elle a gagné. Ça fait des années qu'elle veut que je lui laisse toute la place ici dedans. Dans quinze jours, elle va l'avoir.

Corinne regarda attentivement sa mère.

— On dirait que vous partez un peu à reculons, finit-elle par dire.

— C'est presque ça. En vieillissant, ma fille, on est moins résistant et on finit par se fatiguer de se battre jour après jour pour garder son autorité sur sa maison. Là, au village, pas loin de l'église, je vais avoir la paix.

— Mais vous êtes pas obligée de partir si vous en avez pas le goût, m'man.

— Écoute, je peux pas dire que j'en ai pas le goût, précisa Lucienne. J'ai refusé de me donner à ton frère et à sa femme parce que je me voyais pas dépendre d'eux jusqu'à la fin de mes jours. Je leur ai vendu la terre pour rester indépendante. Je suis sûre que je vais m'habituer à vivre au village. Je connais tout le monde… et ta belle-sœur va être enfin heureuse dans sa maison.

Une heure après le souper, la pluie cessa et Corinne en profita pour donner le signal du départ. Amédée et Blanche décidèrent de l'imiter. La veuve invita tout le monde à venir la visiter à Saint-Paul-des-Prés.

— Attendez pas la première tempête de neige pour vous décider, les avertit-elle en riant. Profitez-en pendant que les chemins sont encore beaux.

Au retour, la maîtresse de maison ne trouva que Norbert encore debout en train de faire un jeu de patience sur la table de cuisine, à la lueur de la lampe à huile.

— Lionel est déjà couché ? lui demanda-t-elle.

— Pas juste lui, Philippe aussi.

— Tiens, il est déjà revenu de chez Cécile ? s'étonna-t-elle.

— Il est resté à souper chez les Melançon. Il paraît que madame Melançon a pas voulu qu'il prenne le chemin parce qu'il mouillait. Ça fait qu'il est revenu vers huit heures et demie en beau maudit.

— Bon, qu'est-ce qu'il avait encore ?

— Il s'est fait prendre par la pluie en revenant, lui expliqua l'adolescent. Vous auriez dû le voir quand il est rentré. Il était crotté jusqu'aux yeux et tout mouillé. Il faut dire que mon bicycle l'a lâché en entrant dans le rang. La chaîne a sauté, il paraît. Il a dû marcher en le poussant jusqu'ici. J'ai ben l'impression qu'on a dû l'entendre sacrer jusqu'au bout de Saint-Paul.

— Qu'est-ce qu'il a fait de son linge mouillé?

— Je le sais pas. Il doit être en tas quelque part, dans sa chambre.

— C'est correct, je m'occuperai de ça demain matin, dit-elle, fatiguée par sa journée.

Ce soir-là, seule dans sa chambre à coucher, Corinne se demanda si son sort allait ressembler à celui de sa mère. Celui de ses fils qui allait reprendre la terre avec sa femme et ses enfants allait-il faire en sorte de la harceler pour qu'elle parte? Allait-il chercher à la dépouiller de son bien en la poussant à se donner à lui? Elle ne se laisserait pas faire… Mais aurait-elle la force de résister bien longtemps? Peu à peu, ses pensées la conduisirent à se demander si la solution n'était pas de prendre un compagnon pour la protéger. Aussitôt, trois figures se présentèrent à sa pensée. Qui était le plus apte à la défendre et à prendre soin d'elle? Jocelyn et Ian possédaient leur terre et pouvaient la mettre à l'abri… Rosaire était jeune et serait sûrement en mesure d'exploiter sa ferme plusieurs années encore… Mais comment faire un choix? Elle aimait la virilité de Ian, mais appréciait autant la gentillesse de Jocelyn que la tendresse de Rosaire.

—⁓—

Le lendemain matin, Corinne découvrit avec étonnement Madeleine déjà debout dans la cuisine d'été. La jeune fille avait allumé le poêle et la table du déjeuner était déjà dressée.

— Veux-tu bien me dire ce que tu fais debout aussi de bonne heure ? lui demanda-t-elle en fermant sa robe de chambre.

— J'arrivais plus à dormir, répondit la jeune fille, l'air sombre.

Le ton de sa fille alerta Corinne qui tourna la tête vers elle.

— Qu'est-ce qui se passe ?

— Je pensais à Léopold qui va partir aujourd'hui, avoua Madeleine. Je serai même pas là pour le voir partir.

— Voyons donc ! protesta sa mère. Il s'en va pas au diable vauvert. Il va rester presque en face de l'école où tu passes tes journées.

— C'est pas pantoute la même chose, m'man. On est habitués de se voir matin et soir. On mange ensemble depuis des années…

— Je comprends, admit sa mère, un peu attendrie par cette peine qu'elle imaginait facilement.

— À partir d'aujourd'hui, je vais le voir juste le samedi soir et le dimanche. Ce sera pas pareil.

— Écoute, si ça peut te faire plaisir, tu pourras l'inviter à venir veiller un soir dans la semaine, le mercredi, par exemple.

Cette permission spéciale sembla alléger considérablement la peine de la jeune fille.

— Seigneur, on gèle tout rond à matin, reprit Corinne en s'approchant du poêle. On dirait bien que l'automne a fini par arriver.

— C'est normal, m'man, on est déjà le premier octobre. Il pouvait pas continuer à faire chaud indéfiniment.

— Je crois bien qu'il va falloir penser à s'installer dans la cuisine d'hiver, poursuivit la mère de famille en jetant un coup d'œil à l'extérieur où il faisait encore noir.

— Si vous décidez de faire ça aujourd'hui, attendez que je revienne de l'école pour vous donner un coup de main, proposa la jeune fille, avant de retourner dans sa chambre faire sa toilette.

Lorsque Madeleine rejoignit sa mère quelques minutes plus tard, elle lui fit remarquer:

— Ça va faire drôle de laisser partir Léopold à pied avec son bagage pour aller chez Pouliot.

— Mais il en est pas question, fit sa mère. On va demander à un de tes frères d'aller le conduire en voiture, voyons!

— Ça vous tenterait pas de venir voir la maison avec moi, m'man? demanda l'institutrice. On aurait le temps après le déjeuner, avant que je commence l'école.

Corinne se rendit compte que sa fille mourait d'envie de voir sa future maison, mais qu'elle ne pourrait y aller seule avec son fiancé sans que sa réputation en souffre.

— Je veux bien si ça dérange pas Léopold.

— C'est lui qui me l'a proposé.

Après le déjeuner, Corinne demanda à Norbert d'aller atteler le cheval sans perdre de temps.

— Il est même pas sept heures, m'man, fit remarquer l'adolescent. Vous vous en allez tout de même pas au village à cette heure-là?

— Non, on va aller visiter la maison de Léopold avec Madeleine avant que les enfants arrivent à l'école. Fais ça vite. En même temps, ça va permettre à Léopold de transporter ses affaires.

— Est-ce que je peux y aller, moi aussi?

— On va déjà être quatre dans le boghei avec Lionel. Tu iras sentir là une autre fois, quand Léopold t'invitera.

— Tu peux venir n'importe quand, l'invita tout de suite le jeune homme, qui avait toujours apprécié le caractère enjoué de son futur beau-frère.

Pendant que Madeleine allait chercher ses préparations de classe dans sa chambre, Corinne entraîna son futur gendre dans la cuisine d'hiver.

— Avant que tu partes, je veux d'abord te régler tes gages et te rembourser vingt piastres sur le montant que je te dois.

— Ça presse vraiment pas, madame Boisvert, se défendit le jeune homme.

— Non, non, cet argent-là est à toi. Déjà que tu me l'as prêté sans me charger d'intérêt.

Corinne lui tendit l'argent qu'elle avait déjà préparé.

— Je dois te dire, Léopold, que t'as été un bien bon homme engagé. Je vais te regretter pas mal. Mais comme tu vas entrer dans la famille…

— Vous savez que vous pouvez toujours compter sur moi, madame Boisvert, lui promit Léopold, ému. Je vais rester tout près. J'espère que vous vous gênerez pas pour me demander un service.

— T'es bien fin, conclut la veuve en l'embrassant sur une joue.

Quelques minutes plus tard, le boghei ralentit et vint s'immobiliser près d'une maison à un étage au toit très pentu dont les déclins en bois avaient été soigneusement chaulés le printemps précédent. Comme chez les Boisvert, une large galerie ceignait deux des quatre côtés de la maison qui était prolongée, elle aussi, par une cuisine d'été et une remise attenante. Les portes et les cadres des fenêtres étaient de couleur verte. Le fond de la cour était occupé par une étable et une écurie. Deux autres petits bâtiments étaient érigés sur le côté droit. Tout était vieux, mais propre et semblait fort bien entretenu.

La porte de la maison s'ouvrit sur une petite femme au chignon gris retenu dans une résille.

— Entrez, dit-elle aux visiteurs. Mon mari est allé aux bâtiments avec Tit-Bé. Il devrait pas être long à revenir.

Léopold fit passer devant lui Corinne et Madeleine qui s'arrêtèrent sur le paillasson. Lionel préféra demeurer à l'extérieur, sur la galerie.

— Entre, mon garçon, fit Marie Pouliot en s'adressant à Léopold. T'es chez vous ici dedans. Inquiète-toi pas, on va être partis dans une heure. Samedi passé, notre gars est venu chercher presque tout notre barda et l'a transporté chez eux. Il est supposé venir nous chercher tout à l'heure.

— On voudrait pas vous déranger, s'excusa Corinne, qui avait très rarement eu l'occasion de parler à cette voisine.

— Vous me dérangez pas pantoute, madame Boisvert. Je suppose que c'est la future madame Monette, dit l'épouse d'Ernest Pouliot en se tournant vers Madeleine.

— Oui, madame.

— Je voulais juste leur faire voir un peu la maison avant que Madeleine s'en aille à l'école, expliqua Léopold.

— Écoute, va donc retrouver mon mari à l'étable pendant que je la leur fais visiter, suggéra la fermière avec bonhomie. Comme ça, tu pourras jeter un coup d'œil aux animaux avant qu'on parte.

Léopold accepta la proposition et quitta les lieux pendant que Marie Pouliot entraînait Madeleine et sa mère dans une visite rapide de la maison que son père avait construite près de quarante ans auparavant, selon son dire.

— Ça doit ressembler pas mal à votre maison, madame Boisvert, dit-elle en montant l'escalier. Il y a quatre chambres en haut.

Elle ouvrit la porte de chacune des pièces pour montrer aux visiteuses qu'elles étaient toutes pourvues d'un lit et d'une commode.

— Au fond, la chambre bleue, c'est la chambre de notre homme engagé. Ça fait une douzaine d'années que Tit-Bé est installé là, expliqua l'hôtesse.

— On voit que c'est bien propre, se sentit obligée de faire remarquer Corinne, polie.

— Ah ça, je pense pas que vous trouverez bien de la poussière dans la maison, fit Marie Pouliot avant de prendre les devants pour descendre au rez-de-chaussée.

Elle ouvrit la porte du salon dont une fenêtre donnait sur la route et l'autre vers le nord.

— Les fauteuils sont pas mal vieux, s'excusa-t-elle, mais Léopold tenait à les garder. À côté, c'est la chambre des maîtres, dit-elle en ouvrant la porte voisine. J'aurais bien aimé garder mon vieux *set* de chambre, c'est un cadeau que mon défunt père nous a fait quand on s'est mariés en 1884, mais mon garçon avait pas de place. Ça fait que je le laisse.

Le lourd mobilier en noyer occupait pratiquement toute la place.

Finalement, Marie Pouliot montra la cuisine d'hiver dont le centre était occupé par une table massive en chêne de chaque côté de laquelle étaient disposés deux longs bancs. Le poêle à bois à deux ponts répandait une douce chaleur et était flanqué de deux antiques chaises berçantes sur le siège desquelles était posé un coussin.

— Tu manqueras pas de vaisselle, en tout cas, dit la maîtresse des lieux en ouvrant successivement les quatre portes de ses armoires. Ton futur a acheté pratiquement toute ma vaisselle et mes chaudrons. Il a aussi acheté l'horloge. Au bout, t'as le garde-manger, ajouta-t-elle en montrant une petite pièce garnie de tablettes pratiquement vides. Ce sera à toi de les garnir, précisa-t-elle, non sans humour.

— Je me demande bien comment Léopold va faire pour manger, fit Madeleine. Il a jamais rien cuisiné.

— Dans ce cas-là, Tit-Bé va lui être bien utile, fit Marie Pouliot. Il mange peut-être comme un défoncé, mais il sait se débrouiller dans une cuisine.

— Là, vous me rassurez pas mal, madame Pouliot.

Enfin, cette dernière montra à ses deux visiteuses la cuisine d'été où trônaient un mobilier en bois blanc tout simple et un poêle beaucoup moins beau que celui de la cuisine d'hiver.

— Mon Dieu, on dirait bien que vous vous êtes même donné la peine de laver vos vitres avant de partir ! s'exclama Corinne.

— Vous vous imaginiez tout de même pas que j'étais pour laisser à un homme le soin de laver mes fenêtres. Ça, c'est des plans pour plus être capable de voir dehors deux mois après, plaisanta la maîtresse de maison.

Madeleine leva la tête et constata qu'il était déjà huit heures quinze.

— Seigneur, il faut que je parte, sinon je vais ouvrir l'école en retard, expliqua-t-elle à sa mère et à la maîtresse des lieux. Merci beaucoup, madame Pouliot. M'man, vous direz à Léopold que j'ai dû partir.

Sur ces mots, la jeune institutrice quitta la maison qui allait devenir la sienne à la fin du printemps suivant et fit signe à son jeune frère de la suivre. Par la fenêtre, Corinne la vit sortir de la cour et prendre la direction de l'école du rang Saint-Joseph située à quelques centaines de pieds, de l'autre côté de la route. Marie Pouliot déposa deux tasses de thé et l'invita à s'installer à table en attendant le retour des hommes.

Quelques minutes plus tard, la veuve vit arriver Ernest Pouliot et son homme engagé en compagnie de Léopold. Malgré leurs grandes différences d'âge, les trois hommes semblaient très bien s'entendre. Ils s'arrêtèrent près du boghei et en retirèrent les maigres bagages du nouveau propriétaire avant d'entrer dans la maison.

— Tu vas avoir une bien bonne maison, déclara Corinne en se levant, prête à partir. En tout cas, Madeleine a eu l'air de la trouver bien à son goût. Bon, je vous laisse, j'ai pas mal d'ouvrage qui m'attend. Je vous souhaite bonne chance à Drummondville, madame Pouliot, ajouta-t-elle à l'intention de celle qui l'avait si gentiment accueillie. À vous aussi, monsieur Pouliot. Quant à toi, Léopold, la porte de la maison t'est toujours ouverte.

— Merci, madame Boisvert.

Le jeune homme la raccompagna jusqu'à sa voiture.

— Est-ce que tout est en ordre ? lui demanda-t-elle à mi-voix.

— Tout est ben correct. Les animaux ont l'air en santé et on manquera pas de foin pour l'hiver. Monsieur Pouliot me laisse même pas mal de farine et une bonne provision de patates et de carottes. En plus, j'ai Tit-Bé qui va me donner un coup de main pour commencer les labours d'automne et étendre le fumier.

Rassurée, Corinne prit la route et rentra chez elle où elle retrouva ses deux fils assis dans la cuisine.

— Norbert, va donc dételer le blond, commanda-t-elle à l'adolescent. Est-ce que l'étable est déjà nettoyée ? poursuivit-elle.

— On y allait justement, répondit Philippe, sans grand entrain.

— De quoi ça a l'air chez Léopold ? demanda Norbert, curieux.

— Il va être bien installé, se contenta de dire la veuve.

— Ça va faire du bien de se retrouver juste entre nous autres, laissa tomber Philippe en s'approchant de la porte pour chausser ses bottes.

— Dis donc pas n'importe quoi, le réprimanda sèchement sa mère. Léopold fait partie de la famille. En plus, dis-toi bien, mon garçon, que l'ouvrage qu'il faisait ici dedans, c'est vous autres qui allez le faire. C'est comme ça que vous allez vous apercevoir qu'il faisait sa large part.

— C'est vrai ce que vous dites, m'man, l'approuva Norbert. Léopold, c'est un bon homme.

— C'est correct, fit la veuve sur un ton énergique. Là, grouillez-vous, l'ouvrage attendra pas. Philippe, allume-moi le four dehors en passant avant d'aller à l'étable. Quand vous en aurez fini là-bas, vous reviendrez me voir, j'ai de l'ouvrage en masse pour vous deux, conclut-elle sans plus de précisions.

L'aîné et son frère quittèrent la maison et elle alla changer de robe avant d'entreprendre son lavage du lundi, même si de lourds nuages traversaient le ciel, poussés par un petit vent frisquet. Elle avait l'intention de commencer ce qu'elle appelait son « barda d'automne » dès qu'elle en aurait fini avec sa lessive. Comme ses garçons ne pouvaient travailler dans le champ parce qu'il avait trop plu la veille, elle allait les mettre à contribution. Tout d'abord, elle allait s'occuper de renouveler sa provision de savon du pays pendant que l'eau chauffait sur le poêle.

Elle sortit la grosse marmite en fonte de la remise et alla la déposer sur la plaque du four à l'extérieur. Elle jeta d'abord quelques rondins dans le feu allumé par Philippe avant de déposer dans la marmite une bonne quantité de gras animal, de l'eau de lessive et un peu de résine. Elle touilla le tout durant quelques instants avant de rentrer dans la maison.

— C'est écœurant ce que ça sent mauvais, dit Philippe en pénétrant dans la cuisine d'été quelques minutes plus tard.

— Tu dis ça chaque fois que je fais du savon. Si tu connais une autre façon d'en faire, tu me donneras la recette, fit sa mère. Pendant que je fais mon lavage, tu vas me transporter toutes les paillasses dans la tasserie. Il est plus que temps qu'on remplace la paille si on veut bien dormir cet hiver. Fais-toi aider par Norbert.

Dès qu'elle eut terminé d'étendre une première cordée de vêtements fraîchement lavés, la mère de famille alla rejoindre ses deux fils et décousit un coin de chacun des matelas pour en extirper la vieille paille et la remplacer par de la neuve avant de recoudre le tout. De retour à la maison, elle fit le tour des chambres pour vérifier l'état des oreillers, prête à ajouter des plumes dans certains, si nécessaire. Mais elle n'eut pas à le faire.

Après le repas du midi, les deux garçons durent laver le plafond et les murs de la cuisine d'été puis nettoyer les tuyaux du poêle pendant que leur mère transportait dans l'autre cuisine la vaisselle et la nourriture du garde-manger. Quand Madeleine et Lionel rentrèrent de l'école à la fin de l'après-midi, ils trouvèrent leur mère en train de laver le plancher de la pièce où la famille avait vécu tout l'été.

— M'man, je vous avais demandé de m'attendre pour faire ça, protesta l'institutrice en retirant ses souliers.

— J'avais le temps de le faire et j'ai eu l'aide de tes deux frères.

— Je peux te dire qu'on aime mieux travailler dehors, osa dire Norbert. Là, au moins, on n'a pas toujours un *boss* sur le dos.

— Tu sais ce qu'il te dit, ton *boss*! reprit Corinne avec un certain humour. À partir d'aujourd'hui, les bottes vont rester dans l'entrée et le linge porté dans les bâtiments va être accroché derrière la porte. Je veux pas avoir de senteur de vache dans la maison. C'est clair? À cette heure, Lionel, va te changer avant d'aller chercher les vaches. Madeleine, tu peux aller soigner les poules et nourrir les cochons pendant que tes frères vont faire le train. Moi, je vais aller démouler mon savon et le couper. Je devrais en avoir assez pour l'hiver. Après, je m'occuperai du souper.

— Pressez-vous pas, m'man, fit Madeleine, je vais avoir le temps de préparer le souper.

Après le repas, la mère de famille ordonna à Philippe:

— Va me chercher ton linge du dimanche que je le repasse. Il paraît que t'as attrapé la pluie avec, hier, en revenant de chez Cécile.

— Ça peut ben attendre, m'man, dit son fils en finissant d'allumer sa pipe.

— Non, ça peut pas attendre. T'oublies que demain après-midi, on doit aller chez le notaire, à Sorel.

— Est-ce que je suis obligé d'aller là? demanda-t-il. Moi, j'ai pas ben le goût de voir la face de Charles et même celle de mon oncle.

— T'as pas le choix, il faut y aller. Imagine-toi comme ça me tente, moi aussi ! lui fit remarquer sa mère.

— Je vais m'occuper du repassage, dit Madeleine en refermant son cahier de préparation. J'ai fini mon ouvrage et j'ai rien d'autre à faire.

La jeune fille alla chercher le fer à repasser qu'elle déposa sur le poêle avant d'ouvrir la porte qui libérait la vieille planche à repasser logée dans le mur. En attendant que son frère aîné revienne de sa chambre, elle jeta un coup d'œil à l'extérieur.

— Il fait noir de plus en plus de bonne heure, dit-elle à sa mère, et là, on dirait qu'il vient de commencer à mouiller.

En fait, la pluie, poussée par le vent, venait frapper les fenêtres.

— Je me demande comment Léopold a passé sa première journée dans notre maison, ajouta la jeune fille.

— Il est pas tout seul, lui fit remarquer sa mère. Je veux bien croire que Tit-Bé a pas la réputation d'être bien bavard, mais c'est tout de même quelqu'un à qui Léopold peut parler.

Quand Philippe déposa son unique costume sur la planche à repasser, sa sœur l'examina.

— Sainte bénite, t'es-tu roulé dans le fossé avec ton habit ? Il est tout taché. Il va falloir décrotter tout ça avant de pouvoir le repasser.

— Ça aurait été moins pire si le bicycle avait roulé comme du monde, répondit Philippe. J'ai été obligé de marcher à la pluie battante en poussant cette cochonnerie-là.

— T'essaieras de me l'emprunter une autre fois, intervint Norbert, fâché d'entendre son frère appeler sa bicyclette une « cochonnerie ».

Chapitre 17

Le testament

Le lendemain, la mère de famille servit très tôt le repas du midi afin d'avoir le temps de se préparer pour aller à Sorel. Elle dut houspiller son fils, guère pressé de partir.

— Je le sais que tu y vas à reculons, finit-elle par lui dire, mais c'est pas en te traînant les pieds que ça va arranger les affaires. Grouille-toi. Si on veut revenir, il faut partir.

— Même si j'aime mieux conduire un *truck*, j'aurais encore mieux aimé continuer à labourer comme à matin, rétorqua Philippe.

— Norbert va continuer.

Pour l'occasion, Corinne avait revêtu une robe grise agrémentée d'un collet en dentelle. C'était l'une des deux robes de sortie qu'elle s'était confectionnées au début du printemps précédent quand elle avait décidé que son deuil était terminé. Après avoir fixé sur son chignon blond son chapeau, elle enfila son manteau d'automne et attendit que Philippe vienne la rejoindre. Elle l'examina brièvement avant de lui dire :

— T'es bien beau, arrangé comme ça. Je pense qu'on peut y aller.

En fait, elle avait plus l'air de la grande sœur que de la mère du grand et solide gaillard qui l'aida à monter dans le boghei avant de s'emparer des rênes.

En cette seconde journée d'octobre, l'air était frais et le ciel partiellement dégagé. Les feuilles des arbres avaient commencé à changer de couleur. Le feuillage des érables plantés devant la maison de Jocelyn Jutras était déjà quelque peu jauni. Corinne aperçut Norbert, au loin, les mains soudées aux mancherons de la charrue et elle se demanda, encore une fois, s'il ne s'agissait pas là d'un travail trop éreintant pour un adolescent. Il avait beau être costaud, c'était tout de même une tâche d'homme.

— Il est pas mal bon, reconnut Philippe, qui avait suivi le regard de sa mère.

— Il y a pas de doute, il va faire un bon habitant, déclara Corinne.

— Meilleur que moi, en tout cas, laissa tomber son fils.

— Pourquoi tu dis ça ?

— J'aime plus ça pantoute, cet ouvrage-là, avoua-t-il à sa mère. J'ai hâte de monter au chantier. Quand je vais revenir le printemps prochain, je vais peut-être demander au père de Cécile s'il aurait pas de l'ouvrage pour moi au garage.

— T'es pas sérieux ? s'alarma Corinne. Et notre terre ?

— Ben, il y a Norbert, m'man.

— J'y arrivais avec Norbert parce que je pouvais compter sur Léopold quand t'étais pas là, raisonna la veuve, mais là, Léopold est parti. En plus, t'oublies que Joseph Melançon a déjà son garçon pour l'aider. C'est pas sûr pantoute qu'il ait de l'ouvrage pour toi.

— On verra ben le printemps prochain, dit Philippe sur un ton évasif tandis que la voiture passait devant l'école.

Corinne aperçut les enfants en train de jouer dans la cour sous la surveillance de sa fille qui les salua de la main en les apercevant. Sa mère lui rendit son salut. Pendant de longues minutes, cette dernière garda le silence, plongée dans de profondes réflexions engendrées par les dernières paroles de son fils. Norbert ne serait jamais en mesure de tout faire seul. Comment allait-elle pouvoir exploiter sa terre sans aide supplémentaire ?

— Si c'est comme ça, il va falloir que je pense à me remarier, laissa-t-elle tomber sans vraiment y croire, alors que la voiture entrait dans le village.

— Hein! Qu'est-ce que vous avez dit? lui demanda son fils.

— J'ai dit que si c'était comme ça, j'allais être obligée de me trouver un mari.

— Vous y pensez pas, m'man, fit Philippe en affichant un air horrifié.

— Pourquoi pas?

— Mais vous êtes rendue ben trop vieille pour ça, affirma-t-il avec la dureté propre à la jeunesse.

— Tu sauras, mon garçon, que je suis pas trop vieille pour me remarier. Il y a déjà deux ou trois hommes qui haïraient pas ça pantoute courtiser ta mère.

— Qui ça?

— Laisse faire, ça te regarde pas.

Poussée dans ses derniers retranchements, Corinne n'osa pas prononcer à voix haute les noms de ceux qu'elle avait à l'esprit.

— J'espère que vous pensez pas à Rosaire Monette, dit Philippe, méprisant.

— Pourquoi tu me parles de lui?

— Parce que je suis pas fou. J'ai ben vu qu'il vous regardait avec les yeux dans la graisse de binnes quand il est venu au mois d'août. J'avais envie de lui sacrer une claque sur la gueule pour lui remettre les idées à l'endroit.

— T'es bien drôle, Philippe Boisvert, dit-elle sèchement. Laisse-moi te dire une chose, mon garçon. Quand j'aurai décidé de me remarier, t'auras rien à dire. Je choisirai qui je voudrai.

La veuve s'enferma dans un silence boudeur, se répétant inlassablement ce que son fils venait de lui dire, soit qu'elle était trop vieille pour se remarier. De son côté, Philippe se contentait de lui jeter des regards à la dérobée, pas encore persuadé que sa mère lui avait parlé sérieusement. Il lui semblait inconcevable qu'elle songe à remplacer son père.

Entre Yamaska et Sorel, Corinne prit la décision d'accueillir favorablement toute tentative ouverte de Jocelyn ou de Ian de la fréquenter. On allait bien voir si elle était trop âgée pour penser à se remarier. Sa mère et Juliette avaient peut-être raison. Il était temps qu'elle songe à son avenir et à celui de ses enfants. Forte de cette résolution, le sourire lui revint progressivement. À leur arrivée à Sorel, elle aida le conducteur à repérer la rue Sainte-Anne et l'étude du notaire Larue.

Un peu après deux heures trente, Corinne et son fils allèrent sonner à la porte d'une grande maison en briques rouges après avoir attaché leur cheval à côté des trois autres voitures qui encombraient la cour située sur le côté gauche du bâtiment.

Une dame d'un certain âge vint leur ouvrir et les invita à passer dans la salle d'attente. En posant le pied dans la pièce voisine, la veuve découvrit que Juliette était déjà sur place en compagnie de ses trois frères et de son neveu Charles. Sa belle-sœur se leva immédiatement pour venir l'embrasser ainsi que son filleul.

— Veux-tu bien me dire ce qu'on vient faire ici dedans? demanda Corinne à mi-voix à l'imposante matrone après avoir salué d'un signe de tête Henri et son fils, cantonnés à une extrémité de la grande pièce.

Elle s'avança ensuite vers Raymond et Aimé et les embrassa.

— Je me pose la même question depuis une semaine, répondit la restauratrice tout aussi discrètement.

— Nous autres aussi, firent en même temps le débardeur de Sorel et le cultivateur de Saint-Césaire.

— Le père a toujours dit à tout le monde qu'il laissait tout au gros Henri, chuchota Aimé. Je vois pas l'utilité de faire tout le chemin depuis Saint-Césaire pour me faire répéter ça par un notaire.

— On va le savoir dans pas grand temps, précisa Raymond qui venait de voir dans le couloir le notaire Larue raccompagner jusqu'à la porte le client qui occupait son bureau.

— En tout cas, j'ai hâte que cette affaire-là soit finie, murmura Juliette à l'oreille de sa belle-sœur. J'ai l'impression que je sers d'arbitre depuis que je suis arrivée. J'ai peur qu'ils finissent par se sauter à la gorge avant même que le notaire ait lu le testament de mon père.

La situation n'eut pas le temps de s'envenimer à ce point-là parce que la porte s'ouvrit presque immédiatement pour livrer passage à un petit homme au costume noir tout lustré dont les yeux disparaissaient derrière des lorgnons retenus par une cordelette noire. L'homme âgé d'une cinquantaine d'années avait étalé sur sa tête avec beaucoup de soin ses rares cheveux, probablement désireux de poursuivre une lutte contre la calvitie qui semblait perdue d'avance.

— Bonjour mesdames, bonjour messieurs, leur dit-il d'une voix onctueuse. Je vous invite à passer dans la pièce voisine où nous serons plus à l'aise pour procéder à la lecture du testament de feu Gonzague Boisvert. Si vous voulez bien me suivre.

Toutes les personnes présentes se levèrent en même temps, mais Henri et son fils furent les premiers à emboîter le pas à l'homme de loi, le visage éclairé par un sourire qui en disait long sur leurs attentes. Juliette adressa un regard plein de sous-entendus à sa belle-sœur avant de sortir de la pièce en sa compagnie.

— Si vous voulez bien vous asseoir, les invita Osias Larue en ouvrant la porte de la pièce voisine dont le centre était occupé par une longue table en acajou entourée de chaises.

Lui-même alla prendre place à une des extrémités où était déposée une chemise cartonnée. Sans s'être concertés, les Boisvert se séparèrent en deux clans. Henri et son fils s'installèrent sur le côté gauche, en face de Raymond, Aimé, Juliette et Corinne. Pour sa part, Philippe, mal à l'aise, s'était assis à l'autre bout de la table.

L'homme de loi jeta un coup d'œil aux personnes présentes par-dessus ses lorgnons avant de se décider à ouvrir la chemise cartonnée qui semblait ne contenir qu'un unique document.

— Je dois d'abord vérifier l'identité de chacune des personnes présentes avant de procéder, dit-il. Auriez-vous l'amabilité de vous nommer pour que je puisse vérifier si vous faites partie des ayants droit?

Chacun se nomma et le notaire eut un sourire de contentement en constatant que toutes les personnes convoquées étaient présentes devant lui.

— Mais pourquoi tant de monde aujourd'hui? demanda Henri, apparemment inquiet de voir autant de gens réunis dans la pièce.

— Tout simplement parce qu'ils sont concernés par le testament, monsieur, répondit Osias Larue.

Henri regarda son fils et fit signe à ce dernier de se taire au moment où il allait intervenir.

— Je vous offre d'abord mes condoléances pour la perte de votre parent, dit le notaire de la même voix douce. Comme je vous l'ai écrit, je vous ai demandé de vous réunir à mon étude cet après-midi pour vous faire lecture du testament de feu monsieur Gonzague Boisvert.

Il eut un bref regard vers le document qu'il tira du dossier placé devant lui sur la table avant de dire :

— Ce testament est daté du 18 juin 1921 et, après recherches, je suis en mesure de vous affirmer que c'est le dernier rédigé par le disparu.

— Le 18 juin passé! s'exclama Henri. Est-ce que ça veut dire qu'il a changé le testament qu'il avait fait avant?

— Je ne suis pas en mesure de vous le dire, répondit Osias Larue. Et même si je le savais, je n'aurais pas le droit de vous en faire part, monsieur. Les dernières volontés de quelqu'un ne concernent que lui, ajouta-t-il un peu plus sèchement. Bon, nous allons procéder à la lecture du document. Je vous demanderais d'attendre la fin de ma lecture pour poser des questions si certains points ne vous semblent pas clairs.

Toutes les personnes présentes acquiescèrent. Alors, d'une voix lente et claire, l'homme de loi entreprit la lecture du testament.

« Moi, Gonzague Boisvert, sain de corps et d'esprit, j'ai décidé de léguer à mon fils Henri et à son fils Charles ma maison sise dans le rang Saint-André, à Saint-Paul-des-Prés, et tout ce qu'elle contient. Je leur laisse aussi ma terre, les bâtiments et leur contenu ainsi que les animaux. »

Henri et Charles se rengorgèrent, visiblement satisfaits de ce qu'ils venaient d'entendre.

« Par ailleurs, je lègue à chacun de mes autres enfants vivants la somme de trois mille dollars », enchaîna le notaire.

— Trois mille piastres ! ne put s'empêcher de s'écrier Aimé, stupéfait.

L'air réjoui de son frère Raymond disait assez que sa surprise était au moins égale à la sienne.

« Enfin, comme mon fils Laurent est parti avant moi, j'ai décidé de donner à Philippe, l'aîné de ses enfants, les deux camions que je possède ainsi que la somme de mille cinq cents dollars. Si je meurs avant sa majorité, sa mère administrera comme elle l'entend cette somme et pourra, si elle le désire, vendre les camions. »

À voir l'air confondu de Philippe, Corinne se rendit compte qu'il avait fort bien compris l'ampleur du legs que lui avait fait son grand-père. Par contre, l'air déconfit d'Henri et de Charles faisait plaisir à voir. Non seulement plus de dix mille dollars leur échappaient, mais en plus, on leur arrachait les deux camions dont ils étaient certains d'hériter.

Ils allaient intervenir quand le notaire leva une main et leur dit :

— Plus tard les questions, s'il vous plaît.

Et il poursuivit sa lecture.

« Après le paiement des taxes et des frais de succession, j'aimerais que la somme restante serve à faire chanter des messes à l'église de Saint-Paul-des-Prés pour le salut de mon âme. »

« Fait à l'étude de maître Osias Larue, le 18 juin 1921, et signé devant madame Marthe Larochelle, sa secrétaire, et Joseph Dubé, son clerc », conclut le notaire en repliant le testament et en le déposant devant lui.

— Est-ce qu'on peut savoir combien il reste pour les messes ? demanda Juliette, devançant de peu son frère aîné qui allait prendre la parole.

— Trois cent cinquante dollars, madame, répondit poliment l'homme de loi.

— Je suppose qu'elles doivent toutes être chantées à Saint-Paul ?

— C'est en effet le vœu exprimé par votre père.

— Très bien, j'en ferai aussi chanter à Montréal.

— Est-ce que vous êtes ben certain que ce testament-là est bon ? demanda sèchement Henri.

— Je ne vois pas pourquoi vous le contesteriez, dit le notaire Larue avec une certaine hauteur.

— Tout simplement parce que c'est pas pantoute ce que mon vieux père avait dit qu'il ferait. Il m'a toujours dit qu'il me laisserait tout à sa mort.

— C'était son droit de disposer de ses biens comme il l'entendait, lui fit remarquer Osias Larue sans parvenir à cacher l'antipathie qu'il éprouvait pour le gros homme.

— Je veux ben le croire, s'obstina un Henri Boisvert, hargneux, mais j'ai travaillé toute ma vie comme un esclave sur la terre qu'il me laisse et…

— Je crains qu'on ne puisse rien y changer, le coupa le notaire pour mettre fin à ses récriminations. Maintenant, j'ai préparé tous les papiers permettant de clore cette succession.

Sur ces mots, il tendit à Henri et à son fils un document à signer et qui leur assurait la pleine et entière propriété de la ferme des Boisvert. Puis, il remit des chèques déjà préparés à Juliette et à ses deux jeunes frères. Ces derniers le remercièrent.

— Il me reste à finaliser ce qui revient à monsieur Philippe Boisvert, dit-il en adressant un sourire à Corinne et à son fils. Je n'ai pas encore libellé le chèque parce que j'ignorais si l'ayant droit était majeur.

— Il le sera au mois de mai prochain, précisa Corinne.

— Dans ce cas, madame, les titres de propriété des deux véhicules seront transférés à votre nom ainsi que le chèque de mille cinq cents dollars.

Philippe prit un air profondément contrarié en enten-dant ces mots et il attendit avec une impatience apparente que l'homme de loi tende les documents à sa mère. Cette dernière remercia Osias Larue qui se leva pour indiquer que la réunion était terminée. Toutes les personnes présentes dans la pièce s'empressèrent de l'imiter.

— Quand est-ce que je peux avoir mes *trucks*? demanda Philippe au notaire avant de sortir de la salle de réunion.

— Je suppose que ces véhicules sont au domicile de votre grand-père, répondit maître Larue. Vous pouvez en prendre possession dès aujourd'hui, si vous le voulez.

— Merci.

À l'extérieur, Henri et Charles ne s'attardèrent pas. Le visage fermé, le père et le fils saluèrent du bout des lèvres Juliette, Corinne et son fils mais ignorèrent ostensiblement Aimé et Raymond avant de monter dans leur voiture.

— C'est ben triste qu'il ait pas tout eu, se moqua Aimé en montrant le dos de son frère aîné qui venait d'engager son attelage rue Sainte-Anne.

— En tout cas, je dois dire que je regrette de pas avoir fait la paix avec le père de son vivant, avoua Raymond, sur un ton beaucoup plus sérieux. J'aurais jamais cru qu'il m'aurait avantagé dans son testament.

— Moi non plus, reconnut Aimé.

— Il nous a fait tout un cadeau, pauvre p'pa, intervint Juliette, émue. Lui qui a passé sa vie à gratter la moindre cenne, il a été assez généreux pour oublier qu'on n'a pas été bien fins avec lui et il nous a tous laissé un gros héritage. Il y a juste toi, Corinne, qui as rien eu.

— C'est normal, dit la veuve sur un ton égal. Moi, je suis pas sa fille. Mais en donnant autant à Philippe, c'est tout un cadeau qu'il a fait à ma famille.

— Aïe ! On va pas se mettre tous à pleurer, fit Raymond avec bonne humeur. Venez boire quelque chose à la maison pour fêter ça.

Aimé et Juliette acceptèrent l'invitation, mais Corinne la refusa en prétextant le train à faire.

— Vous savez où je reste à Saint-Paul. Quand ça vous le dira, venez faire un tour, vous êtes les bienvenus, dit-elle aux parents de son défunt mari.

Sur le chemin du retour, Philippe fut incapable de retenir plus longtemps son excitation.

— C'est pas croyable ! se réjouit-il. Je suis riche à cette heure.

— Grâce à ton grand-père, lui fit remarquer sa mère, amusée par cet enthousiasme assez inhabituel.

— Ça veut dire que je vais pouvoir faire ce que je veux l'hiver prochain. Je suis plus obligé pantoute de monter au chantier. Je vais me reposer un peu. Ça va être à mon tour de jouer au *boss*. Les autres vont s'éreinter et je vais ramasser l'argent.

Sa mère le laissa à ses élucubrations durant plusieurs minutes avant d'y mettre fin de façon assez abrupte dans le but de lui ramener les pieds sur terre.

— Je pense que t'as oublié une couple de choses, lui dit-elle alors qu'ils approchaient de Yamaska.

— Quoi, m'man ?

— Tu pourras pas toucher à ton argent avant huit mois.

— Je le sais, mais j'ai les *trucks*.

— T'as mal compris le notaire quand il a parlé, le corrigea-t-elle. Les *trucks* sont à mon nom et je peux les vendre n'importe quand d'ici le mois de mai.

— Mais vous ferez pas ça ! s'insurgea le jeune homme.

— Je me gênerai pas pour le faire si je m'aperçois que t'es pas capable de te servir de ta tête, lui dit-elle sèchement. Ces *trucks*-là, ce sont pas des bébelles. On va les garder seulement s'ils rapportent quelque chose.

— Ben, je vois pas pourquoi ils continueraient pas à charroyer de la terre et de la gravelle comme avant.

— T'as oublié un détail important, mon garçon. Le dernier contrat de ton grand-père avec le gouvernement a fini la semaine passée, lui fit remarquer sa mère. Là, on va avoir deux *trucks* dans la cour qui serviront à rien tant qu'on saura pas quoi en faire.

— On peut transporter n'importe quoi pour les cultivateurs de Saint-Paul ou pour le moulin de Gagnon, suggéra Philippe, tout à coup beaucoup moins emballé.

— J'en doute pas mal. Il y a pas un habitant qui va payer pour faire transporter sa récolte ou autre chose quand ça lui coûte pratiquement rien de le faire avec ses chevaux et une voiture. Pour Fabien Gagnon, il est organisé depuis longtemps et il a pas besoin de nos *trucks*.

Philippe remarqua avec une grimace le « nos » utilisé par sa mère.

— D'après vous, qu'est-ce qu'on va faire ?

— Je pense que je vais écrire au député Ouellet pour voir si on pourrait pas avoir un contrat pour les routes le printemps prochain. Ton grand-père l'a aidé à se faire élire il y a deux ans. Je vois pas pourquoi il nous aiderait pas en retour.

— Quand est-ce qu'on va aller chercher les *trucks* ?

— Ça peut attendre demain, décida Corinne. Norbert va aller te conduire chez ton oncle et vous prendrez Léon Tremblay en passant. Il pourra conduire l'autre *truck*.

— Et pour l'argent ?

— Cet argent-là, j'irai le placer chez le notaire Ménard cette semaine. On va se garder un petit montant pour faire rouler les *trucks*, pas plus, trancha la mère de famille.

— Comme ça, je pourrai pas toucher à une cenne ?

— En plein ça, pas avant que t'aies vingt et un ans.

De retour à la maison, Corinne laissa à son fils la joie d'apprendre à ses frères et à sa sœur sa bonne fortune. Norbert fut littéralement ébahi par une telle chance et même un peu envieux.

— Il y a pas de saint danger que ça m'arrive, une affaire comme ça, fit-il.

— Si tu veux, je pourrai te montrer à chauffer un de mes *trucks*. Tu pourrais même devenir un de mes chauffeurs, lui proposa son frère.

— Toi, essaye pas de m'enlever mon bâton de vieillesse, plaisanta à demi sa mère.

— Il y a pas de danger, m'man. Moi, j'aime mieux travailler sur la terre que d'aller conduire ça.

— C'est comme tu voudras, rétorqua son frère. M'man, je pense que je vais atteler après le souper pour aller raconter ça à Cécile, poursuivit l'aîné de la famille en se tournant vers sa mère.

— À ton aise, accepta Corinne.

Ce soir-là, la veuve écrivit au député du comté pour lui expliquer sa situation et lui demander son appui pour l'obtention d'un contrat avec le ministère de la Voierie. Au retour de Philippe, un peu après neuf heures, elle ne put s'empêcher de lui demander comment Cécile avait pris la nouvelle.

— Elle est ben contente pour moi, m'man, mais elle est comme vous. Elle voit du pour et du contre dans toute cette affaire-là, répondit-il, l'air un peu assombri. Son père m'a dit que les *trucks* de grand-père avaient jamais servi à rien durant l'hiver depuis qu'il les avait. D'après lui, c'est à cause des chemins qui sont pas assez beaux et assez ben nettoyés pendant l'hiver pour qu'ils roulent à l'aise. Les contrats de grand-père étaient bons du commencement du mois d'avril jusqu'à la mi-octobre.

— C'est plein de bon sens ce qu'il dit là, reconnut Corinne. Joseph Melançon est bien placé pour le savoir. Oublie pas que c'est lui qui a toujours fait l'entretien des *trucks* de ton grand-père, si je me souviens bien.

— Je le sais ben, mais ça fait pas mon affaire pantoute. Si c'est vrai, qu'est-ce que je vais faire, moi, pendant l'hiver ?

— Il me semble que t'as le choix entre monter au chantier ou bûcher sur notre terre, lui rappela sa mère.

— Moi, ça m'intéresse pas ben gros de passer l'hiver sans voir Cécile, avoua-t-il.

— Tu serais pas le premier à pas voir ta blonde pendant cinq mois, lui fit remarquer sa mère. Presque tous les hommes ont connu ça.

―――∽∽――

Le lendemain matin, pendant que les garçons étaient occupés à soigner les animaux et que Corinne préparait le déjeuner en compagnie de Madeleine, la mère de famille s'aperçut que, pour la troisième fois, sa fille l'examinait à la dérobée sans dire un mot.

— Je sais qu'un chien regarde bien un évêque, dit-elle soudain, mais est-ce que je peux savoir ce que t'as à me regarder comme ça, en cachette ?

345

— Rien, m'man, fit la jeune fille, gênée d'avoir été surprise.

— Dis-moi pas ça, s'entêta Corinne. Je te connais, il y a quelque chose qui te trotte dans la tête.

— Ça a rapport avec ce que Philippe m'a raconté hier soir, avoua l'institutrice.

— Qu'est-ce que ton frère t'a raconté ?

— Je le crois pas, mais il nous a dit, à Norbert et à moi, que vous aviez dans l'idée de vous remarier.

Corinne eut un rire un peu forcé en entendant ces mots.

— Je suppose que toi aussi, tu penses que je suis trop vieille pour songer à me remarier ?

— Pantoute, m'man. Mais ça me surprend, fit Madeleine, l'air embarrassée.

— Pourquoi ?

— Parce que j'ai de la misère à m'imaginer un autre homme dans la maison, répondit-elle.

— Et parce que t'aurais l'impression que je trahis la mémoire de ton père, je suppose, poursuivit sa mère.

— Non, m'man, j'ai pas pensé à ça.

— Tu peux me croire, il y a pas de quoi s'énerver avec cette affaire-là, sentit-elle le besoin de préciser à sa fille. J'ai juste dit à ton frère que j'allais devoir penser à me remarier un jour si j'avais pas d'aide pour cultiver notre terre. Rien de plus.

Il y eut un long silence dans la cuisine, silence qui n'était rompu que par les assiettes déposées sur la table.

— En tout cas, m'man, si jamais vous pensez à vous remarier, moi, je dirai rien. Vous êtes encore une belle femme et je suis sûre qu'il y a des hommes dans la paroisse qui haïraient pas ça venir accrocher leur fanal certains soirs, poursuivit la jeune fille sur un ton plus léger.

— Tiens ! C'est ce que tu crois, toi ? fit sa mère, tout de même un peu flattée que sa fille conçoive qu'elle puisse encore plaire à son âge.

— Certain. Mais là, on aurait tout un problème sur les bras, m'man. Qui chaperonnerait l'autre si vous recevez le même soir que moi ?

— Si jamais ça se présente, on s'arrangera bien, dit Corinne en riant et en plaçant un châle sur ses épaules dans l'intention d'aller jusqu'au chemin pour déposer dans la boîte aux lettres la missive destinée au député.

À la fin de l'avant-midi, Léon et Philippe allèrent prendre possession des deux International chez Henri Boisvert. Ensuite, Philippe alla conduire chez lui celui qui avait travaillé avec lui l'été précédent avant de venir ranger le camion vert bouteille aux côtés du camion noir, près de la remise.

— Je vous dis que ça a été comme leur arracher une dent, déclara-t-il à sa mère en posant les clés de contact sur le comptoir. Si leurs yeux avaient été des fusils, je serais mort, ajouta-t-il en exagérant un peu.

— Les *trucks* sont pas à eux autres et ils le savent, conclut sa mère en suspendant les clés là où son défunt mari avait suspendu les siennes de son vivant.

— Mon oncle m'a dit qu'il aurait affaire à vous demain. Il est supposé passer vous voir dans l'après-midi. Si c'est pour racheter les *trucks*, j'espère que vous allez refuser, ajouta-t-il, l'air passablement inquiet.

— On verra, se contenta de dire la veuve. En attendant, tu pourrais peut-être aller donner un coup de main à Norbert pour charroyer du fumier.

Chapitre 18

La visite paroissiale

De bonne heure ce jeudi matin, alors que Corinne venait de déposer sa pâte à pain dans le four situé derrière la maison, elle vit, sans grand plaisir, arriver Henri Boisvert. Son beau-frère ne l'avait pas vue et il s'attarda un long moment à regarder sa nouvelle étable, debout près de son boghei. Elle laissa le gros homme monter l'escalier conduisant à la galerie et surgit derrière lui alors qu'il ne s'y attendait visiblement pas. Il sursauta brusquement en l'apercevant.

— Pousse la porte et entre, l'invita-t-elle.

— T'es toute seule ? demanda-t-il.

— Norbert et Philippe sont en train d'étendre du fumier sur un de nos champs. Ils profitent du beau temps. Toi, tu travailles pas aujourd'hui ?

— J'avais une couple d'affaires à régler au village et je me suis dit que j'allais en profiter pour venir te parler de quelque chose.

Corinne retira ses bottes et le châle qui lui recouvrait les épaules, puis invita son beau-frère à passer dans la cuisine d'hiver. Ce dernier la suivit en déboutonnant son manteau de drap brun. Elle lui indiqua l'une des chaises berçantes et lui proposa une tasse de thé qu'il refusa.

— Tu dis que t'avais des choses à voir au village. Es-tu en train de me dire que tu reprends les affaires de ton père ? fit-elle, narquoise, en songeant qu'il était assez âpre au gain pour s'être lancé dans les prêts, comme son défunt père le faisait depuis des décennies.

— J'aurais ben voulu, reconnut Henri sans percevoir la moquerie chez sa belle-sœur, mais le père m'a pratiquement laissé sans une cenne. Il a donné tout son argent à gauche et à droite.

— C'est bien triste, ton histoire, fit Corinne sans éprouver la moindre compassion pour celui qui était assis en face d'elle. Mais je suppose que t'es pas venu ici juste pour te plaindre, poursuivit-elle. Philippe m'a dit hier que tu voulais me parler.

— Oui, il faut d'abord que je t'explique ça, même si je suis pas certain qu'une femme comprenne ben, fit Henri en adoptant un air d'homme d'affaires qui n'a pas beaucoup de temps à perdre.

— Je t'écoute, même si je suis juste une femme, rétorqua Corinne en faisant un effort méritoire pour ne pas formuler la réplique cinglante qui lui était venue.

— Je sais pas si tu te rappelles, mais le *truck* vert que ton gars conduisait était en réparation quand mon père est mort.

— Oui, je me rappelle.

— C'était une grosse réparation. Melançon a dû changer le moteur et le *truck* est resté au moins trois jours au garage.

— C'est vrai.

— J'en ai pas parlé dans ce temps-là, poursuivit le fils de Gonzague Boisvert en tirant un papier de l'une de ses poches, mais Melançon m'a fait payer cent treize piastres pour cette réparation-là.

— Et?

— Ben, j'ai payé parce que je pensais que les *trucks* allaient me revenir, mais là, tout a changé. Les *trucks* sont à ton gars. Ça fait que je t'ai apporté la facture pour que tu me rembourses. Tu comprends que c'est pas à moi à payer ça.

— Tu veux que je te donne cent treize piastres?

— En plein ça. Et je te charge pas une cenne d'intérêts, à part ça.

— T'es bien bon, fit Corinne, sarcastique. Mais dis donc, reprit-elle. Si je me trompe pas, tu t'es servi de nos *trucks* depuis le mois de juillet, non?

— Tu le sais ben, ton gars en chauffait un.

— Est-ce que ça veut dire que t'as fait de l'argent en utilisant nos *trucks*? demanda-t-elle en durcissant le ton.

— Ben, il a ben fallu que je finisse le contrat signé par le père. J'avais pas le choix.

— C'est correct. Mais à cette heure que tu sais que les *trucks* nous appartenaient, je suppose que tu vas m'apporter le contrat et me rembourser l'argent que le gouvernement t'a donné pour finir l'ouvrage, fit la veuve sur un ton passablement plus dur.

— Ben non, protesta Henri. T'oublies tout le trouble que j'ai eu avec cette affaire-là.

— Quel trouble? C'est pas Léon Tremblay et Philippe qui conduisaient les *trucks*?

— C'est sûr.

— En d'autres mots, toi, tu t'es contenté de ramasser l'argent.

— Je pense que tu comprends pas pantoute, s'entêta le beau-frère.

— Je comprends surtout que tu me dois d'abord l'argent que t'as fait avec nos *trucks* sans en avoir le droit. Commence par me donner cet argent-là et je vais te rembourser la réparation. Est-ce que c'est correct comme ça?

— Non, c'est pas comme ça que ça marche.

— Je parle pas pour moi, mais pour mon garçon, lui fit remarquer sèchement Corinne. J'avais pas l'intention pantoute de t'achaler avec l'argent que t'as encaissé grâce aux *trucks* de Philippe, expliqua-t-elle à son beau-frère qui venait de se lever de sa chaise. Puisque c'est toi qui en parles, on va régler cette affaire-là sans perdre trop de temps. Tu m'apportes les papiers et l'argent que tu dois à Philippe et je te rembourse la réparation que t'as payée ou bien je vais chez le notaire Larue pour tirer cette affaire-là au clair. Comme tu dis, je connais peut-être rien là-dedans, mais j'ai bien l'impression qu'il va me donner raison et que tu vas devoir nous rembourser.

— On verra ben, dit Henri Boisvert, les dents serrées, en remettant la facture dans l'une de ses poches et en quittant la maison.

Quand ses garçons rentrèrent à la maison à la fin de la journée, leur mère leur raconta la visite de leur oncle.

— Vous parlez d'un écœurant! s'emporta Philippe. C'est vrai ce que vous dites là, m'man. Il a fait de l'argent avec mes *trucks* pendant presque deux mois sans me donner une cenne.

— Énerve-toi pas avec ça, lui conseilla sa mère. Ce sera bien beau s'il renonce à nous faire payer la réparation, mais ça serait toujours ça de gagné. Cent treize piastres, c'est pas mal d'argent.

— Et le reste?

— Oublie le reste, on aura au moins sauvé ça.

— Savez-vous, m'man, que vous êtes devenue aussi dure en affaires que grand-père Boisvert, lui fit remarquer Norbert en riant.

— C'est pas un compliment que tu me fais là, mon garçon, le rembarra sèchement la petite femme blonde.

Quelques minutes plus tard, Madeleine rappela à sa mère que le curé Morin était passé l'après-midi même à l'école, dans le cadre de sa visite paroissiale.

— Seigneur! J'ai eu l'impression d'entendre le curé Bilodeau quand il s'est mis à parler de l'enfer aux enfants.

— On sait tous qu'il est pas mal plus strict que l'était notre bon curé Cormier, lui fit remarquer sa mère.

— En partant, il m'a dit qu'il allait finir de passer dans le rang demain avant-midi. Je pense qu'il a déjà passé chez

Léopold. Pour moi, il sera pas tard que vous allez le voir arriver demain matin.

———⚋———

Le lendemain, après le déjeuner, Corinne sortit à l'extérieur en même temps que ses deux fils. Il faisait un temps splendide en cette fraîche journée de la mi-octobre, le ciel était totalement dégagé. Les couleurs vives du feuillage des arbres donnaient une touche de gaieté au paysage. Une bruyante volée de canards survola les champs maintenant dénudés. La veuve se désintéressa des oiseaux pour regarder s'éloigner Madeleine et Lionel sur la route, en direction de l'école du rang. Puis, elle se tourna vers ses fils en train de chausser leurs bottes, assis sur les marches conduisant à la galerie et leur demanda de ne pas trop s'éloigner de la maison à cause de la visite paroissiale. Elle rentra ensuite dans la maison pour se lancer dans une chasse à la moindre poussière dans le salon.

Quelques minutes plus tard, Norbert rentra.

— M'man, on n'est toujours pas pour rester assis sur la galerie toute la journée à attendre monsieur le curé, protesta-t-il.

— On peut ben continuer à charroyer le fumier, suggéra Philippe, qui venait d'entrer dans la maison à son tour. On va être dans le champ en arrière de l'étable. Pourquoi vous viendriez pas nous avertir quand vous verrez le curé s'arrêter chez Jutras ? On va avoir amplement le temps de se changer avant qu'il arrive à la maison.

— Monsieur le curé, le reprit sa mère sur un ton sévère. C'est correct, allez-y.

Même si Corinne trouvait que le nouveau curé de Saint-Paul-des-Prés ressemblait un peu trop à feu le curé Bilodeau avec sa manie de brandir les flammes de l'enfer à tout propos, il n'en restait pas moins qu'elle éprouvait à son égard un très grand respect. C'était le fruit de l'éducation très religieuse dispensée par Lucienne Joyal à ses enfants. Les prêtres étaient les représentants de Dieu sur la terre et il fallait les respecter, faute de les aimer.

Philippe et Norbert allèrent travailler et elle termina son ménage avant d'aller s'endimancher et vérifier l'état de son chignon. Quand elle s'estima prête à recevoir le prêtre, elle s'installa dans sa chaise berçante, près d'une fenêtre donnant sur la ferme voisine, et entreprit de raccommoder des vêtements mis de côté dans son panier à ouvrage.

Un peu après dix heures, elle aperçut au loin le boghei du curé Morin s'arrêter chez le voisin. Immédiatement, elle couvrit ses épaules d'un châle et s'empressa d'aller prévenir ses fils qui rentrèrent rapidement à la maison après avoir entravé leur cheval.

— J'espère qu'il brettera pas trop longtemps ici dedans, dit Philippe avec humeur avant de monter changer de vêtements. On a encore pas mal de fumier à étendre.

Les deux garçons venaient à peine de descendre quand la veuve vit la voiture du prêtre quitter la ferme voisine.

— Sacrifice ! il a pas l'air de niaiser pantoute à matin, fit Norbert, irrévérencieux. Pour moi, il est même pas entré chez Jocelyn, il a dû se contenter de le bénir sur sa galerie avant de sauter dans son boghei.

— Arrête tes niaiseries, Norbert, lui ordonna sa mère en réprimant difficilement un sourire.

Quelques instants plus tard, la voiture du prêtre pénétra dans la cour de la ferme et Corinne se précipita vers la porte du salon, prête à l'ouvrir dès que le prêtre s'y présenterait. C'était la seule occasion de l'année où cette porte était utilisée, à moins qu'il ne se produise un décès dans la maison.

Eusèbe Morin n'eut pas à frapper. La porte s'ouvrit dès qu'il arriva devant elle. La maîtresse de maison, entourée par ses deux fils, l'invita à entrer et le débarrassa de son manteau avant de lui offrir un siège.

— Je me souviens pas d'être déjà venu dans cette maison, affirma le prêtre en regardant autour de lui.

— Vous avez raison, monsieur le curé, l'approuva Corinne sur un ton aimable. Au temps où vous étiez notre vicaire, c'était le curé Bilodeau qui venait chaque année pour la visite paroissiale dans notre rang.

— Vous êtes madame Boisvert, c'est ça ?

— Oui, madame Laurent Boisvert.

— Parente avec les Boisvert du rang Saint-André ?

— C'est mon beau-frère, le frère de mon mari qui est mort il y a trois ans.

— Je vois que vous avez des grands enfants pour vous aider, poursuivit le petit prêtre à la figure ronde en examinant à travers ses petites lunettes les deux garçons qui avaient pris place près de leur mère.

— J'ai trois autres enfants, dit la mère de famille avec fierté. Vous avez rencontré ma fille hier. Elle fait l'école dans le rang. J'ai aussi une fille qui vient d'avoir quatorze ans et qui étudie au couvent, à Nicolet, et un garçon de neuf ans qui est à l'école.

— C'est une belle famille.

Ensuite, le curé Morin s'informa des projets de chacun et se fit très attentif quand son hôtesse lui parla des fiançailles de sa fille.

— J'espère que vous surveillez ça de près, laissa-t-il tomber, suspicieux.

— C'est certain, monsieur le curé.

— Et toi, dit-il en s'adressant à Norbert. Est-ce que t'es pas celui qui avait jeté à terre une des stations du chemin de croix de l'église ?

— C'était un accident, monsieur le curé, bafouilla l'adolescent en constatant que le prêtre n'avait pas oublié cette bourde, même trois ans après qu'elle se fut produite.

— Et toi, fréquentes-tu une fille de notre paroisse? demanda-t-il à Philippe, qui n'avait pas ouvert la bouche depuis le début de la rencontre.

— Oui, monsieur le curé, la fille de Joseph Melançon.

— C'est sérieux?

— Il est encore pas mal de bonne heure pour le savoir, intervint la mère de famille. Ces fréquentations-là viennent juste de commencer et...

Soudain, Corinne sursauta. Elle venait d'apercevoir une vache passer devant la fenêtre du salon.

— Sainte bénite! qu'est-ce qu'elle fait là, elle? s'écria-t-elle en se levant brusquement, à la plus grande surprise du prêtre qui, tournant le dos à la fenêtre, n'avait rien vu.

— Qu'est-ce qui se passe, madame?

— Il y a des vaches dans mes plates-bandes, expliqua-t-elle. Les garçons, allez voir ce qui se passe dehors, ordonna-t-elle à ses fils. Faites ça vite!

Corinne, un peu confuse, se rassit face au prêtre.

— Excusez, monsieur le curé, mais il y a rien de pire que des vaches lâchées dans un parterre.

— Je vous comprends. Pendant que vos garçons sont pas là, j'aimerais tout de même vous poser quelques questions.

Corinne se fit soudainement plus attentive.

— Je finis la visite de votre rang avec vous, madame Boisvert. C'est normal, vous restez au bout du rang. J'ai parlé avec vos voisins et on peut dire que vous avez une très bonne réputation.

— Merci.

— Vous êtes pas sans savoir que monsieur Sullivan, votre deuxième voisin, est célibataire. C'est un homme dans la force de l'âge et il est marguillier.

— Je sais ça.

— J'ai cru comprendre qu'il haïrait pas se marier.

— Il est bien libre de le faire, monsieur le curé, répliqua la veuve en devinant où le prêtre voulait en venir.

— Je me suis aperçu qu'il avait pas l'air indifférent à madame Michaud, la directrice de notre chorale. Par contre, il m'a dit à demi-mot qu'il ressent une certaine inclination envers vous.

— Là, vous me surprenez, monsieur le curé. Il m'en a jamais parlé, dit Corinne en feignant la surprise.

— Je pense qu'il est un peu timide.

— C'est drôle, c'est pas pantoute l'impression qu'il me donne, répliqua la veuve. Il doit tout de même se rendre compte que j'approche de quarante ans et que j'ai cinq enfants sur les bras.

— De grands enfants, madame Boisvert, la corrigea le prêtre, avec un sourire un peu figé. Je vous encourage tout de même à réfléchir à tout ça. Tout laisse croire que ça déplairait pas du tout à notre nouveau marguillier d'avoir pour femme une bonne chrétienne comme vous.

Philippe et Norbert, un peu essoufflés, rentrèrent à ce moment-là dans le salon.

— La barrière du pacage était mal fermée, expliqua Norbert. Les vaches en ont profité.

— Elles ont pas fait trop de dommages, j'espère ? leur demanda leur mère.

— Elles ont pas eu le temps, se contenta de dire Philippe.

— Je vais vous bénir avant de partir, annonça Eusèbe Morin en se levant.

La mère et ses deux fils s'agenouillèrent devant lui et il s'exécuta. Pendant que Norbert allait chercher le manteau du prêtre déposé sur une chaise dans la cuisine, ce dernier rappela à la veuve que la dîme devait être acquittée avant la fin du mois.

— Est-ce qu'on peut vous la donner en farine ? demanda Corinne. On vient de faire moudre au moulin.

— Si vous le voulez. Tiens, je vais demander à monsieur Sullivan de venir la prendre la semaine prochaine. Il doit justement passer au presbytère m'apporter sa dîme.

— C'est bien correct, monsieur le curé, accepta l'hôtesse en lui ouvrant la porte.

Le prêtre sortit de la maison en remettant sa barrette sur sa tête et descendit l'escalier. Philippe et Norbert s'empressèrent de quitter le salon pour aller changer de vêtements pendant que leur mère se plantait devant l'une des deux fenêtres de la pièce pour voir partir le curé.

Elle le vit soudain s'immobiliser après quelques pas dans la cour et se mettre à avancer à cloche-pied en parlant. Inquiète, elle allait ouvrir la porte pour s'informer auprès du prêtre de ce qui se passait quand elle aperçut au bas de l'escalier une énorme bouse de vache au milieu de laquelle se voyait nettement l'empreinte d'un pied. Elle retint de justesse son geste et se contenta d'entrouvrir subrepticement la porte pour écouter ce que disait son curé.

— Maudit batèche, par exemple ! jura le prêtre en colère en cherchant visiblement où essuyer son pied souillé.

Corinne referma la porte entrebâillée sans bruit et trouva refuge derrière son rideau, incapable de refréner une formidable envie de rire. Quand le curé Morin leva la tête vers les fenêtres, elle se dépêcha de s'écarter des rideaux de peur qu'il ne l'aperçoive.

Le curé de Saint-Paul-des-Prés renonça finalement à venir demander de l'aide pour nettoyer sa chaussure et le bas de sa soutane qui devaient pourtant dégager une odeur peu appétissante. La maîtresse de maison, toujours à l'affût, le vit jeter un regard furieux vers la maison avant de se décider à monter dans sa voiture. Corinne ne put s'empêcher de pousser un grand soupir de soulagement quand elle le vit partir. Pendant un long moment, elle avait cru qu'elle allait avoir droit à une crise de son curé outragé.

Philippe et Norbert descendirent de l'étage comme elle quittait le salon, encore secouée par le rire.

— Qu'est-ce qui est si drôle que ça ? lui demanda Norbert, étonné.

— Rien, rien pantoute, mentit-elle en tentant de retrouver son sérieux. Vous savez ce qui vient d'arriver à monsieur le curé ?

— Non.

— Il vient de marcher dans une bouse de vache, leur apprit-elle en s'efforçant de prendre un air sévère. Je vous dis qu'il était pas de bonne humeur. Il me semble qu'avant de rentrer, vous auriez pu aller voir en avant ce que les vaches avaient fait.

— On s'est pas occupés d'aller en avant, m'man, se défendit Norbert. Elles étaient déjà rendues sur le côté de la maison quand on est sortis.

— Après tout, il en mourra pas, laissa tomber Philippe.

— Sûrement pas, fit sa mère, mais il va finir par croire que les Boisvert lui portent malchance, conclut Corinne en se rappelant que le nouveau curé de la paroisse n'avait pas encore oublié que Norbert avait brisé une station du chemin de croix de l'église, il y a quelques années.

— Pourquoi il a offert que Sullivan vienne chercher notre dîme ? demanda Philippe en regardant sa mère d'un air soupçonneux. On n'est pas des infirmes. On est encore capables d'aller porter nos affaires au presbytère.

— Je pense que monsieur le curé tient à montrer à son nouveau marguillier comment se rendre utile, mentit la veuve avec aplomb.

Chapitre 19

Le premier prétendant

Le mercredi suivant, la température se rafraîchit considérablement malgré une lourde couverture nuageuse. En cette troisième semaine d'octobre, le rouge, l'orangé et le jaune qui avaient envahi le feuillage des érables étaient en passe de devenir de plus en plus ternes. Pendant que Norbert et son frère moissonnaient le sarrasin, dernière récolte de la saison, les cultivateurs des alentours procédaient à leurs labours d'automne sous un ciel menaçant. Ils étaient suivis par les cris assourdissants des mouettes se disputant bruyamment la maigre pitance que les charrues mettaient au jour.

À sa sortie du poulailler où elle était allée chercher des œufs, Corinne vit le facteur s'arrêter devant sa boîte aux lettres. Elle s'avança à sa rencontre.

— J'ai trois lettres pour vous aujourd'hui, madame Boisvert, lui annonça l'homme en lui tendant trois enveloppes blanches. Ma foi du bon Dieu, vous êtes rendue presque aussi importante que monsieur le maire. Vous recevez autant de courrier que lui.

— Rassurez-vous, monsieur Langlois, je suis bien moins riche que lui, dit la veuve en riant. À part ça, comment allez-vous ?

— Tant qu'il se met pas à neiger, j'ai pas à me plaindre, répondit l'homme. Je pense un peu la même chose que le quêteux que je viens de voir dans Saint-André, ajouta-t-il. Passez une bonne journée.

Corinne rentra chez elle, retira son épaisse veste de laine brune et alla déposer son bol d'œufs sur la table avant de s'asseoir dans sa chaise berçante pour lire son courrier.

La première lettre provenait du bureau de son député. Elle la lut à deux reprises pour s'assurer de ne pas s'être trompée. Quand elle replia la courte missive, un air de profond soulagement se peignit sur ses traits. Le député Ouellet lui affirmait que le bureau du ministre des Travaux publics, Antonin Galipeau, après consultation avec le responsable de l'entretien des routes du comté, se disait prêt à renouveler à monsieur Philippe Boisvert le contrat consenti à son grand-père, Gonzague Boisvert, et cela, aux mêmes conditions. Tout comme les années précédentes, le ministère s'attendait à ce qu'on mette deux camions et leurs chauffeurs à la disposition du responsable de l'entretien des chemins du comté, du 15 avril au 30 septembre 1922.

— Ça, c'est une bonne nouvelle! ne put-elle s'empêcher de dire à haute voix. Philippe va être heureux et il va pouvoir rassurer Léon Tremblay qui se demandait s'il y aurait de l'ouvrage pour lui le printemps prochain.

Elle s'empara ensuite de la seconde enveloppe qu'elle ouvrit. Elle avait déjà reconnu l'écriture d'Élise. Contrairement à ce à quoi elle s'était attendue, l'adolescente ne semblait pas s'ennuyer au couvent, même si elle disait avoir hâte de profiter du congé de la Toussaint dans une dizaine de jours. Depuis le début de l'année scolaire, ses notes étaient bonnes et les religieuses paraissaient avoir peu de choses à lui reprocher.

L'écriture sur la troisième enveloppe ne lui rappela rien de précis. La lettre ne venait sûrement pas de sa mère, de l'une de ses sœurs ou même de Juliette. Curieuse, elle l'ouvrit avec soin et en tira deux feuillets couverts d'une écriture serrée. Tout de suite ses yeux allèrent à la fin pour identifier l'expéditeur. C'était Rosaire.

L'inspecteur en bâtiments de la Ville de Montréal était beaucoup plus bavard par écrit qu'en personne. Il décrivait aussi bien ses balades aux parcs Lafontaine et Sohmer durant le mois de septembre que ses visites de certains grands magasins de la métropole et les nouveaux circuits de tramway. Tout cela ne l'empêchait pas de dire que le calme de la campagne lui manquait. Son appartement avait beau jouir de l'éclairage au gaz, il était tout de même vide chaque soir quand il rentrait de son travail, déplorait-il. C'était la seule remarque qui pouvait laisser croire à Corinne que la solitude lui pesait. Dans un dernier paragraphe, il lui demandait des nouvelles de sa santé et des siens. Le tout laissait transpirer une tendresse qu'il n'osait pas exprimer ouvertement. Il était évident qu'il attendait un signe d'encouragement qu'elle n'était pas encore prête à lui donner.

Après avoir classé les lettres, la maîtresse de maison alla chercher une bouteille de sirop d'érable dans le garde-manger. Comme le sirop était rangé sur la même tablette que ses cinq bouteilles de vin de cerise, elle en profita pour examiner ces dernières afin de vérifier s'il ne s'était pas formé de dépôt au fond des bouteilles. Il n'y en avait pas. Par contre, elle remarqua que le contenu de l'une de ses bouteilles était beaucoup plus clair que celui des autres. Surprise, elle la déboucha et la sentit.

— Veux-tu bien me dire pourquoi ce vin-là est plus clair que le reste ? demanda-t-elle à mi-voix en l'apportant dans la cuisine ainsi que le sirop.

Intriguée, elle prit un verre et y versa un peu de vin avant d'y goûter.

— Pouah ! Mais ça goûte juste l'eau, cette affaire-là ! s'exclama-t-elle. Qu'est-ce qui s'est passé ?

Elle s'empressa d'aller chercher les autres bouteilles qu'elle ouvrit les unes après les autres avant de goûter à leur contenu. Le vin était exactement comme il devait être. Il avait le goût qu'il avait toujours eu depuis qu'elle suivait méticuleusement la recette donnée par sa mère, plusieurs années auparavant.

Il lui fallut quelques minutes avant de concevoir ses premiers soupçons.

— S'il est rendu à boire mon vin de cerise en cachette, lui, ça se passera pas comme ça! s'écria-t-elle furieuse, en songeant à Philippe. Il m'avait promis de plus toucher à la boisson. Ça a beau pas être fort, c'est de la boisson pareil.

Après avoir dressé le couvert, elle déposa au centre de la table la bouteille de vin et la bouteille de sirop. Ensuite, elle fit réchauffer les fèves au lard qu'elle avait laissées mijoter dans son four à l'extérieur, la veille, après avoir fait cuire son pain.

Quand ses fils rentrèrent, elle ne dit pas un mot, se contentant de remplir leur assiette.

— On en a fini avec le sarrasin, déclara Philippe. Il reste juste à aller le porter au moulin. Si ça vous fait rien, m'man, on pourrait le faire en *truck*, ça irait plus vite.

Avant que Corinne ait eu le temps de dire un mot, Norbert remarqua la présence de la bouteille de vin au centre de la table.

— Sacrifice, m'man, dites-moi pas qu'on va se mettre à boire du vin pendant les repas comme les Français?

— Non, fit sèchement sa mère en déposant une seconde bouteille de vin à côté de la première. Regardez la couleur de ces deux bouteilles-là. Elle est pas pareille, non?

— Ben non, fit Philippe d'une voix indifférente.

— Comment ça se fait, vous pensez? reprit-elle, l'air sévère.

— Il y en a une qui doit avoir du vin pas mal plus fort, suggéra Norbert.

— C'est en plein ça, mon garçon, dit sa mère d'une voix rageuse. Il y a ici dedans quelqu'un qui a bu de mon vin et qui l'a remplacé, je crois bien, par de l'eau.

Philippe dut sentir le regard accusateur de sa mère peser sur lui parce qu'il se défendit immédiatement.

— Regardez-moi pas, m'man. Je bois pas de ça. C'est pour les femmes, ce boire-là. En plus, je vous ai dit que je buvais plus pantoute.

Étrangement, Corinne le crut.

— Si c'est comme ça, on n'a pas grand choix, reprit-elle. Il reste Norbert ou encore Lionel. Mais je pense pas que ton frère ait touché à mon vin.

— Non, c'est pas lui, m'man, reconnut Norbert en rougissant, c'est moi. J'en ai bu juste une ou deux gorgées pour savoir ce que ça goûtait. C'était ben trop méchant, ajouta-t-il avec une grimace expressive. J'ai eu peur que vous vous fâchiez. Ça fait que j'ai rempli la bouteille avec un peu d'eau. Je pensais pas que ça se verrait tant que ça.

— À cette heure que le mal est fait, il est trop tard. Je vais être obligée de jeter cette bouteille-là, lui déclara sa mère. En punition, tu devrais aller me chercher une citrouille dans le jardin et me la préparer à soir, après le souper.

— Mais c'est une *job* de femme, protesta l'adolescent.

— C'est en plein ça, comme le vin de cerise est une boisson de femme, répliqua sa mère. À cette heure, mange et fais-toi oublier, lui ordonna-t-elle, satisfaite.

La mère de famille se sentait soulagée d'apprendre que ce n'était pas Philippe qui avait bu son vin. Le geste de Norbert n'était pas très grave et elle n'avait pas du tout l'intention de l'obliger à l'aider à vider et découper une citrouille.

Après un court silence, Corinne reprit la parole.

— Pendant que j'y pense, Philippe, dit-elle à son fils aîné, j'ai reçu une réponse du député. Tu vas être content, je pense qu'on va garder les *trucks*. Il m'a promis un contrat pour le printemps prochain. Après le souper, tu pourras même aller avertir Léon Tremblay qu'on va avoir de l'ouvrage pour lui l'année prochaine.

— C'est correct, se contenta de répondre le jeune homme, le visage éclairé par un sourire.

Il était bien visible que la nouvelle lui apportait la plus grande joie.

———

Ce soir-là, Madeleine se dépêcha de ranger la cuisine avec sa mère et prévint son jeune frère de ne pas venir la déranger au salon pour l'aider à faire le devoir qu'elle avait donné à la classe à la fin de l'après-midi, avant de quitter l'école. À peine venait-elle de parler, qu'on frappa à la porte.

— C'est Léopold, lui dit sa mère. Va lui ouvrir.

Le fiancé entra dans la cuisine où régnait une agréable chaleur en cette soirée automnale. Il salua les personnes présentes dans la pièce.

— J'ai vu passer Philippe dans son *truck* tout à l'heure, dit-il sans s'adresser à quelqu'un en particulier.

Corinne le mit au courant de l'obtention du contrat gouvernemental.

— Est-ce que ça veut dire qu'il va passer l'hiver dans la paroisse ? demanda Léopold.

— Je le sais pas encore, avoua Corinne. Mais s'il veut monter au chantier, il va falloir qu'il se branche bien vite.

— S'il reste pas, on s'organisera avec Norbert pour couper du bois cet hiver, offrit le jeune homme. J'ai déjà Tit-Bé, mais un de plus fera pas de mal.

— En parlant de Tit-Bé, comment tu te débrouilles avec lui ? lui demanda Madeleine, curieuse. Il a presque l'âge d'être ton père.

— C'est un homme pas mal tranquille et pas ben jasant, admit le jeune cultivateur. Mais pour l'ouvrage, il travaille en pas pour rire.

— Vous vous débrouillez toujours pour le manger ? lui demanda sa future belle-mère.

— On n'a pas de trouble, madame Boisvert. Il y a rien que mon homme engagé sait pas faire dans une cuisine. Il a fait du pain avant-hier. Il est pas aussi bon que le vôtre, mais il est ben mangeable.

— Sais-tu que je commence à me demander si t'as besoin de te marier si ça marche aussi bien que ça, fit remarquer Madeleine d'une voix acide.

Léopold rougit légèrement, mais il répondit avant que Corinne n'ait à intervenir.

— Je me marie pas juste pour avoir une cuisinière à la maison, dit-il à sa fiancée.

— Ah bon ! Ça me rassure, fit la jeune fille en s'emparant d'une lampe à huile qu'elle venait d'allumer pour l'apporter dans le salon.

Le fiancé de Madeleine avait quitté la maison depuis moins de trois semaines et déjà une certaine routine s'était installée. Il venait veiller les mercredis, samedis et dimanches. Par ailleurs, il passait prendre Madeleine le dimanche matin pour la conduire à l'église et, pour éviter les rumeurs malveillantes, il faisait monter Lionel. Le dimanche après-midi, il venait passer une heure ou deux en compagnie de celle qui allait devenir sa femme le printemps suivant.

Philippe avait bien tenté de fréquenter Cécile Melançon à ce rythme-là, mais le père de la jeune fille s'y était opposé. Le garagiste et maréchal-ferrant avait clairement déclaré au fils de Corinne Boisvert qu'il ne pouvait venir veiller au salon que les samedis et dimanches soir, si sa fille était d'accord. Le jeune homme n'avait d'autre choix que de s'y plier.

En réalité, il s'était sérieusement attendu à ce que son amie se rebelle contre l'autorité paternelle pour lui prouver qu'elle acceptait mal de ne voir son amoureux qu'à deux occasions chaque semaine. Tel ne fut pas le cas, loin de là.

— Tu pourrais bien ne venir que le dimanche soir, lui suggéra-t-elle, comme si la chose n'avait aucune importance pour elle.

— On dirait que ça te fait rien qu'on se voie aussi peu souvent! avait-il protesté, humilié de constater qu'elle ne semblait pas plus tenir à le voir que cela.

— Ça me fait quelque chose, avait-elle dit sans grande émotion, mais je suis sûre que j'en mourrai pas.

Bref, l'amoureux se l'était tenu pour dit et son amour-propre en avait sérieusement souffert. De fait, si Cécile avait montré qu'elle tenait beaucoup à lui, il l'aurait probablement délaissée peu à peu, comme il l'avait fait en quelques occasions avec d'autres jeunes filles de la paroisse. La réaction assez froide de la fille de Joseph Melançon eut l'étrange effet de fidéliser davantage encore son amoureux. Même s'il trouvait humiliant de ne pas être pris plus au sérieux par celle qu'il aimait, le fils de Corinne n'en souhaitait pas moins ardemment s'attacher cette fille si indépendante.

—◆—

Le lendemain matin, Ian Sullivan vint frapper à la porte des Boisvert. Corinne ouvrit la porte au cultivateur tout endimanché.

— Bonjour, madame Boisvert, dit poliment le voisin en retirant son chapeau, révélant ainsi son épaisse chevelure abondamment gominée.

— Mon Dieu, mais allez-vous à des noces? s'exclama la maîtresse de maison en le faisant entrer.

— Non, je vais juste au presbytère. Monsieur le curé m'a demandé de lui apporter la dîme que vous lui avez promise.

— J'espère que vous vous mettez pas de l'eau d'odeur juste pour faire plaisir à monsieur le curé, dit-elle pour le taquiner.

Le cultivateur rougit légèrement, mais ne dit rien.

— C'était vraiment pas nécessaire de vous déranger, reprit Corinne sur un ton plus sérieux, les garçons auraient bien pu aller porter notre dîme au presbytère.

— Ça me fait plaisir, affirma le célibataire. Mais ça sent ben bon chez vous, ajouta-t-il en inspirant bruyamment.

— C'est de la confiture de citrouille. Voulez-vous y goûter ?

— Pourquoi pas, accepta Ian. Ma mère fait pas cette sorte-là, expliqua-t-il en prenant place à table devant le petit bol de confiture que s'empressa d'y déposer la maîtresse de maison.

— C'est pas mauvais au goût si on y met un peu de cannelle, fit Corinne.

Le voisin y goûta.

— C'est vrai que c'est bon, reconnut-il.

— Je vais vous en donner un pot, offrit Corinne.

Il y eut dans la pièce un silence embarrassé que la veuve se décida à briser avant que cela ne devienne trop gênant.

— Je vous ai pas félicité d'avoir été nommé marguillier, dit-elle aimablement. C'est toute une réussite pour quelqu'un qui reste pas à Saint-Paul depuis bien longtemps. Vous faites des jaloux... En plus, vous avez commencé à chanter dans la chorale.

— C'est pour rendre service, répliqua Ian en se gourmant toutefois un peu.

Il était évident qu'il tirait beaucoup de fierté de tout cela.

— Je savais pas que vous aviez une belle voix, poursuivit l'hôtesse.

— Elle est pas si fameuse que ça.

— Elle doit tout de même être assez bonne pour que madame Michaud vous garde dans la chorale, lui fit-elle remarquer, heureuse d'avoir amené la conversation sur le sujet. Je connais pas cette femme-là, mais il paraît qu'elle est pas mal fine, ajouta-t-elle en lui tendant la perche.

— C'est vrai qu'elle est fine, déclara le voisin en tombant dans le piège. Elle connaît son affaire, à part ça. Vous l'avez entendue chanter ? Moi, en tout cas, j'ai jamais entendu une voix comme la sienne.

— Une belle femme comme elle, je suppose qu'un céli-bataire comme vous doit être intéressé, non ? demanda Corinne en guettant la réaction du voisin.

Ian parut embarrassé et ses doigts s'activèrent à replacer sa cravate qui était pourtant au bon endroit.

— Pourquoi j'irais chercher au village ce qu'il y a déjà dans le rang ? demanda-t-il en se levant.

— Qu'est-ce qu'il y a dans le rang ? fit-elle en feignant la surprise.

— Il y a vous, madame Boisvert, finit-il par dire en rougissant légèrement.

Puis, le visiteur sembla se décider à se jeter à l'eau.

— Les soirées sont souvent ben longues à la maison, avança-t-il, la voix un peu changée tout en triturant son chapeau.

— Vous avez pourtant votre mère avec vous.

— Oui, je sais ben, mais m'man se couche pas mal de bonne heure et on a souvent pas grand-chose à se dire, poursuivit-il. Il y a des soirs où j'aimerais ben ça venir jaser avec vous ou jouer aux cartes.

Consciente de ce que cette proposition dissimulait, Corinne hésita un bon moment avant de se décider à sauter le pas.

— Si ça vous le dit, vous pourriez venir jouer une partie de cartes ou deux un beau samedi soir.

— Vous pouvez être certaine que j'oublierai pas votre invitation, affirma le visiteur en retrouvant soudainement toute son assurance. C'est ben beau tout ça, mais il va ben falloir que je me décide à descendre au village, sinon monsieur le curé va finir par perdre patience.

Il prit le pot de confiture que lui tendait Corinne et se dirigea, comme à regret, vers la porte.

— Vous m'avez pas encore dit ce que j'avais à apporter à monsieur le curé ? demanda le nouveau marguillier à la jeune veuve.

— Deux grosses poches de farine. Je sors vous montrer où mes garçons les ont laissées avant de partir pour le moulin avec le sarrasin.

— Je les ai vus passer en *truck* tout à l'heure. J'ai entendu dire chez Duquette que votre plus vieux avait hérité des deux camions de son grand-père.

— Oui, mais ils serviront pas avant le printemps prochain, se contenta de répondre Corinne qui se doutait bien que le célibataire avait probablement choisi avec soin le moment où elle serait seule pour venir se présenter chez elle.

Après avoir endossé sa veste, elle le conduisit à la porte de la remise près de laquelle Philippe et Norbert avaient laissé la farine. Elle regarda Ian empoigner sans effort apparent les deux lourdes poches et les placer sur ses épaules pour aller les déposer à l'arrière de sa voiture. Elle le remercia encore une fois et le salua avant de rentrer. Elle était intimement persuadée qu'elle allait le voir se précipiter chez elle trois jours plus tard, impatient de profiter de son invitation.

Cet avant-midi-là, elle se demanda si elle avait eu une bonne idée d'inviter Ian Sullivan. C'était un bel homme et il donnait l'impression de le savoir un peu trop. Il était peut-être timide avec les femmes, mais quelque chose lui disait que cette timidité était un peu feinte. Elle s'interrogea aussi longuement sur les réactions de ses enfants quand ils verraient le voisin venir veiller à la maison un samedi soir. Étrangement, elle avait l'impression de trahir la confiance que lui manifestait aveuglément Rosaire, et cela la mettait mal à l'aise.

— Seigneur, j'avais complètement oublié que m'man déménage samedi ! s'exclama-t-elle soudainement. Si le beau Ian s'imagine venir veiller samedi prochain, il va se cogner le nez à une porte fermée.

Deux jours auparavant, son frère Bastien s'était arrêté quelques minutes à la maison pour lui apprendre que leur mère emménagerait dans l'ancienne maison du vieux Cléophas Bédard le samedi suivant.

— Qu'est-ce qui se passe pour le ménage ? avait-elle demandé à son frère. À entendre m'man, c'est une vraie soue à cochons.

— C'est pas si sale que ça, l'avait rassurée son frère. En tout cas, pour le ménage, il va falloir oublier l'idée de nettoyer la maison avant que m'man entre là-dedans. Le vieux m'a dit qu'il partait seulement jeudi après-midi.

— Pourquoi m'man attend pas une semaine de plus avant de s'installer au village ? avait-elle rétorqué avec bon sens. Ça nous donnerait le temps de remettre la maison d'aplomb.

— Je le sais pas, avait admis Bastien. Tu la connais, elle s'est mis dans la tête de partir samedi et elle dit qu'elle est fatiguée de vivre au milieu de ses boîtes.

Elle avait alors promis de venir aider avec Philippe et Norbert. Elle avait même offert de transporter les meubles de sa mère dans l'un des camions de son fils.

— ∾ —

Le samedi matin, Corinne laissa Lionel aux soins de Madeleine et prit place dans l'International entre Norbert et Philippe. La dernière fois qu'elle s'était assise dans la cabine de ce camion, c'était aux côtés de son mari, quelques semaines avant sa mort. Cette pensée assombrit son humeur pendant une bonne partie du trajet qui les conduisit à la grosse maison en pierre des Joyal du rang de la rivière.

À leur arrivée, ils trouvèrent la maison ancestrale déjà prise d'assaut par les autres enfants de Lucienne. Si Thérèse et Anatole avaient l'air d'être surtout occupés à voir à ce que Lucienne ne parte pas avec des objets qui devaient leur rester, Bernard, Bastien et Amédée, pour leur part, transportaient des boîtes sur la galerie.

— C'est pas croyable comment on peut ramasser d'affaires dans une vie, ma petite fille, déclara Lucienne en embrassant Corinne. Je pense que j'ai de quoi meubler et remplir les armoires de deux maisons comme celle que je viens d'acheter, ajouta-t-elle en affichant un air très inquiet.

— Vous allez voir, m'man, ça va se faire vite. Les hommes vont charger vos affaires dans le *truck* et, dans le temps de le dire, tout va être placé chez vous.

— Cléophas Bédard est parti juste avant-hier, se plaignit sa mère. J'ai seulement eu le temps de laver ma chambre.

— Faites-vous-en pas, on est là pour vous donner un coup de main, fit Corinne, pleine d'énergie. Je suis sûre qu'à soir, vous allez vous coucher dans une maison propre.

— Envoye, Gustave, ôte tes doigts dans ton nez et viens nous aider ! cria Norbert à son cousin, assis à table.

— Tu pourrais peut-être nous aider, toi aussi, dit Corinne à son frère Anatole. Aie pas peur, on partira pas avec les murs de ta maison.

Cette remarque un peu acerbe sembla secouer aussi bien le frère aîné que son épouse qui se mirent à transporter, eux aussi, des objets dans le camion.

Quelques minutes plus tard, Philippe annonça à ses tantes et à ses oncles :

— Je pense qu'on va être obligés de faire deux voyages. Il y a plus de place. Qui vient m'aider à décharger ?

Plusieurs se proposèrent.

— Attends-nous pour commencer, lui demanda Bernard Provencher. On va y aller en voiture avec ta grand-mère. C'est elle qui sait où tout ça doit être placé.

— On va atteler, nous autres aussi, dit Anatole.

Gustave s'occupa de la voiture de son père qui suivit celles de Bastien et de Bernard. Quand ils arrivèrent devant la petite maison blanche située à quelques centaines de pieds de l'église du village, Philippe avait eu le temps de stationner le camion près de la porte arrière et il attendait les autres en compagnie de sa mère et de son frère.

Lucienne déverrouilla la porte de son nouveau foyer et se mit à diriger le ballet des déménageurs en indiquant à chacun où devaient être posés les meubles et les boîtes. Quand la benne du camion fut vidée, elle se prépara à retourner à la maison qu'elle avait occupée durant plus de quarante ans pour voir à ce qu'on dépose dans le camion ses derniers objets personnels. Corinne se rendit compte que sa belle-sœur Thérèse avait l'air de tenir absolument à accompagner sa belle-mère, probablement pour s'assurer que cette dernière ne s'appropriait pas quelque chose qu'elle devait laisser. Alors, elle ne put s'empêcher de demander à sa belle-sœur sur un ton narquois :

— Comme t'as l'air de tenir à retourner absolument chez vous, tu pourrais peut-être nous rapporter des escabeaux, des chaudières et des guenilles pour qu'on puisse nettoyer un peu ici dedans.

En attendant le retour du camion, Blanche et Corinne entreprirent de laver les armoires avant d'y déposer la vaisselle alors que Germaine et Rosalie nettoyaient le poêle.

— M'man va trouver ça pas mal plus petit, déclara Germaine en regardant la grandeur de la cuisine. Elle a même pas de cuisine d'été.

— Au fond, ça va lui faire moins grand à entretenir, dit Blanche. À son âge, c'est pas une mauvaise idée de ralentir un peu.

— L'écurie en arrière lui servira pas à grand-chose, fit remarquer Amédée qui n'avait pas cru bon de retourner à la maison du rang de la rivière.

— Ça lui fera une deuxième remise, suggéra Corinne. On connaît tous ma mère et on sait comment elle est ramasseuse. Elle a jamais trop de place pour mettre tous ses cossins.

— En tout cas, j'ai l'impression qu'à partir d'aujourd'hui, Thérèse va trouver qu'elle a pas mal plus de place dans sa maison, intervint Germaine en riant. Avec tout ce que m'man a apporté ici dedans, c'est comme si elle lui avait vidé la moitié de sa maison.

— C'est elle qui tenait absolument à ce que m'man parte, c'est fait, déclara Blanche, la voix chargée d'une certaine rancune. Qu'elle vienne surtout pas se plaindre après ça. Depuis qu'on est arrivés, elle a pas arrêté d'être sur les talons de m'man, comme si elle avait peur qu'elle parte avec quelque chose qui lui appartient. Il faut avoir un front de beu pour faire ça. Elle oublie que cette maison-là, c'était à m'man bien avant qu'elle y mette les pieds.

— Tu t'énerves pour rien, lui dit son mari sur un ton apaisant. L'affaire est réglée maintenant. À partir d'aujourd'hui, ta mère va avoir ce qu'elle veut : elle va être chez elle et aura plus à l'endurer. Elle se sera pas donnée à ton frère et elle va lui avoir vendu la terre. D'un autre côté, Anatole et Thérèse vont se sentir plus libres. Ça fait presque vingt ans qu'ils sont mariés et ils ont jamais été tout seuls. Là, Thérèse va pouvoir mener son monde sans sentir ta mère dans son dos, prête à la critiquer.

À midi, un repas frugal fut servi dans la cuisine à tous ceux qui avaient aidé.

— Bon, si vous êtes d'accord, on va tous donner un coup de cœur pour finir de nettoyer la maison, déclara Germaine. La maison de m'man est pas bien grande. Si on niaise pas, on devrait avoir fini à la fin de l'après-midi. On est presque une douzaine.

Un murmure d'approbation suivit cette déclaration. En un rien de temps, on se partagea le travail. Certains allèrent à l'étage laver les plafonds et les murs des deux chambres tandis que les autres faisaient de même avec la cuisine et le salon du rez-de-chaussée. Les fenêtres furent lavées et le coffre à bois fut rempli de bûches trouvées dans la remise. À la fin de l'après-midi, les femmes purent suspendre les rideaux confectionnés par la nouvelle propriétaire durant le mois précédent. Quand vint le temps de partir, la maison reluisait de propreté.

— Je vous dis que ça sent le propre, dit Lucienne, la mine épanouie. Je regarde autour de moi et j'ai l'impression que ça fait des années que je reste ici dedans. Je me sens chez nous.

— C'est normal, m'man, avec tout ce que vous avez apporté, ne put s'empêcher de lui faire remarquer Anatole.

— Vous avez été de bien bons enfants de venir m'aider, poursuivit-elle en ne relevant pas la remarque. J'avoue que je me faisais une montagne de ce déménagement-là.

— Ça nous a fait plaisir, m'man, dit Corinne.

— On va se faire un bon souper, reprit Lucienne sur un ton décidé.

— Nous autres, on restera pas, fit Corinne. Madeleine reçoit Léopold à soir et Philippe doit aller veiller chez sa blonde. Ce sera pour une autre fois.

Quelques minutes plus tard, la veuve monta dans le camion aux côtés de ses fils, satisfaite d'avoir rendu service à sa mère. Ce ne fut qu'au moment où le véhicule s'engagea dans le rang Saint-Joseph qu'elle pensa à Ian Sullivan. « Pourvu qu'il choisisse pas de venir veiller à soir, lui, pensa-t-elle. Là, je suis vraiment pas d'humeur à jouer aux cartes. »

À leur arrivée, Philippe et Norbert se dépêchèrent d'aller faire le train pendant que Madeleine dressait le couvert.

— J'ai déjà soupé avec Lionel, expliqua la jeune fille. Je pensais que vous souperiez chez grand-maman. Là, je vais mettre à réchauffer votre souper. Pourquoi vous iriez pas vous étendre quelques minutes pendant que les garçons font le train. J'ai déjà nourri les cochons et le cheval. Lionel s'est occupé des poules.

Corinne accepta cette proposition avec reconnaissance et alla s'étendre tout habillée sur son lit. Quand Madeleine vint la réveiller vers six heures trente, elle eut l'impression d'avoir dormi de longues heures tant elle se sentait reposée.

Tout en mangeant, elle se dit que tout compte fait elle se sentait prête à jouer aux cartes avec le voisin s'il venait. Elle verrait tout de même à ce qu'il quitte la maison en même temps que Léopold, qui arriva comme elle finissait de boire son thé. Philippe partit veiller chez Cécile et Norbert s'esquiva dans sa chambre.

Pendant que Madeleine finissait de ranger la cuisine, Léopold demanda à sa future belle-mère si elle était satisfaite de ses récoltes de blé, d'avoine et de sarrasin.

— J'ai pas à me plaindre, reconnut la veuve. J'en ai assez pour en vendre. La semaine prochaine, j'irai voir Duquette. Il m'a déjà acheté pas mal de farine. Je vais voir s'il veut de l'orge, de l'avoine et du sarrasin. Après ça, s'il m'en reste encore, j'irai en vendre à Yamaska.

— J'ai pensé à une affaire, madame Boisvert, fit Léopold. Moi, j'ai besoin d'au moins dix poches de farine, d'une poche de sarrasin et d'avoine aussi pour mes deux chevaux. Est-ce que vous voulez m'en vendre ?

— Je veux bien, accepta Corinne, mais là, je sais pas à quel prix je vais pouvoir te vendre ça.

— Mais au même prix qu'aux autres, dit le jeune homme. Si je vais l'acheter chez Duquette, il va même me faire payer ça plus cher parce qu'il va se garder un petit quelque chose pour son dérangement.

Quelques minutes suffirent pour que l'entente soit conclue et Corinne se promit de consacrer une partie de la somme au remboursement de la dette qu'elle avait contractée auprès de lui. Quand le notaire Larue lui avait remis le chèque de mille cinq cents dollars dont elle allait avoir la responsabilité durant les huit prochains mois, elle avait eu la tentation de rembourser immédiatement son futur gendre, quitte à remettre peu à peu à Philippe la somme qui lui appartenait. Puis, elle avait changé d'idée en songeant que Léopold affirmait toujours que le remboursement n'était pas pressant alors que son fils allait sûrement exiger la totalité de l'argent légué par son grand-père le jour même de son anniversaire au mois de juin prochain.

Après l'entente, Madeleine entraîna son fiancé au salon pendant que sa mère s'installait dans sa chaise berçante de manière à surveiller efficacement les deux amoureux. Corinne décida de s'absenter quelques minutes pour aller vérifier sa coiffure dans le miroir et se poudrer un peu le visage. Avant de se rasseoir, elle sortit l'unique jeu de cartes de la maison et le déposa sur la table, certaine qu'elle aurait à l'utiliser durant la soirée.

Le tic-tac de l'horloge se mit à égrener lentement les minutes et la veuve ne pouvait s'empêcher de jeter un coup d'œil de temps à autre vers la fenêtre, comme si ce geste avait pu faire arriver le voisin plus rapidement. L'horloge sonna huit heures, puis neuf heures sans que Ian Sullivan ait montré le bout de son nez. Norbert semblait s'être endormi dans sa chambre et Lionel somnolait, assis au bout de la table.

— Va donc te coucher, lui ordonna la mère de famille. Oublie pas de faire ta prière avant de t'endormir.

Son fils monta à l'étage à son tour. Elle se leva et alla ranger les cartes inutilisées.

— Lui, il va sécher la prochaine fois, dit-elle à mi-voix en pensant au voisin.

En réalité, elle était dépitée de constater que celui qu'elle croyait déjà conquis ne s'était pas précipité chez elle pour la voir dès le premier samedi.

Après le départ de Léopold et le retour de Philippe, elle s'empressa de se retirer dans sa chambre. Quand elle eut posé sa lampe sur le bureau, elle s'examina longuement dans le miroir, s'adressa une grimace et entreprit de se dévêtir pour se mettre au lit. Elle souffla sa lampe et s'enfouit profondément sous les couvertures. Elle commença alors sa prière du soir, mais le sommeil l'emporta avant même de la terminer.

Chapitre 20

La Toussaint

Une semaine s'était écoulée sans que Corinne ait la moindre nouvelle de Ian Sullivan. Maintenant, son jardin était vidé. Le matin même, elle avait déposé les dernières carottes dans la cave et avait vu à ce que Norbert place sur la galerie les deux seules citrouilles qui restaient. Philippe était parti au début de l'avant-midi chercher sa sœur Élise au couvent de Nicolet. La mère de famille avait d'ailleurs profité de l'occasion pour envoyer à Germaine quelques pots de confiture de citrouille.

En ce dernier vendredi du mois d'octobre, les quatre érables montant la garde autour de la maison avaient maintenant perdu leurs dernières feuilles durant la nuit. Elles jonchaient le sol et ne tarderaient pas à se racornir et à prendre la vilaine teinte brune de celles qui les avaient précédées. Le ciel était nuageux, mais il faisait beaucoup plus chaud que lors des jours précédents. Un autre vol d'outardes traversa le ciel accompagné par leurs cris caractéristiques.

— On est bien dehors aujourd'hui, fit remarquer Madeleine en rentrant dans la maison.

— Attends la nouvelle lune, et tu vas voir que ça durera pas ce temps doux là, rétorqua sa mère en déposant sur la table le gâteau qu'elle venait de sortir du fourneau. Qu'il fasse beau ou pas, demain, c'est la Toussaint et on va aller au cimetière. Mais où sont passés Norbert et Lionel ?

— Norbert vient de me dire qu'il s'en allait faire un tour chez Léopold avec Lionel.

— Il faudrait tout de même pas qu'ils l'empêchent de faire son ouvrage, fit la mère de famille, mécontente.

— Il y a pas de danger, m'man. Vous savez bien que Léopold s'entend bien avec Norbert, dit l'institutrice en se dirigeant vers le salon.

Le silence revint dans la maison, rompu uniquement par le bruit des tisons qui tombaient dans le poêle. Pendant que Madeleine faisait le ménage du salon où elle allait recevoir Léopold le soir même, sa mère monta à l'étage pour changer la literie du lit d'Élise qui allait arriver incessamment pour son premier congé depuis le début du mois de septembre.

Lorsqu'elle descendit dans la cuisine quelques minutes plus tard, Corinne entendit du bruit à l'extérieur. Elle alla voir à la fenêtre et découvrit Jocelyn Jutras en train de vider sa voiture des bûches qu'elle contenait. La veuve s'empressa d'ouvrir la porte et de s'avancer sur la galerie.

— Veux-tu bien me dire ce que tu fais là, Jocelyn ? demanda-t-elle à son voisin.

— Je t'apporte un peu de bois, se contenta de dire le célibataire.

— Pourquoi ? demanda-t-elle, comme si elle ne connaissait pas déjà la réponse.

— C'est un peu pour compenser tout le bois que t'as brûlé pour cuire mon pain cette année, répondit-il, comme chaque fois qu'il lui en apportait.

— Voyons donc ! Tu sais bien que c'est pas nécessaire, protesta-t-elle.

— Je le sais, mais c'est pas mal utile, par exemple, déclara l'homme en jetant les deux dernières bûches sur le tas accumulé devant la porte de la remise.

— Viens prendre une tasse de thé, l'invita-t-elle.

— Je suis pas ben propre, prétexta Jocelyn.

— Ça dérange rien, t'auras juste à ôter tes bottes en entrant, dit-elle avant de retourner à l'intérieur.

Le voisin la suivit quelques instants plus tard. Après avoir laissé sa casquette sur la table de la cuisine d'été, il frappa discrètement à la porte de la cuisine d'hiver.

— Entre Jocelyn, viens t'asseoir, lui proposa la maîtresse de maison.

Elle déposa une tasse de thé devant lui ainsi qu'une assiette de biscuits à la mélasse cuisinés la veille.

— On dirait ben qu'on s'en va encore une fois vers l'hiver, dit le veuf. On est à la veille de rentrer les vaches pour de bon dans l'étable et il va falloir penser à faire boucherie.

— Tu t'ennuies pas ? lui demanda Corinne en prenant place en face de lui, de l'autre côté de la table.

— Pantoute, répondit franchement le voisin. J'ai pas le temps. T'oublies que je dois me faire à manger et nettoyer la maison en plus de voir à l'entretien des bâtiments et aux soins à donner aux animaux. L'hiver, je m'occupe aussi de ma provision de bois de chauffage et de la glace… Je te cache pas qu'il y a des soirs où je suis obligé de me coucher pas mal tard, mais je suis habitué.

— Tu devrais peut-être penser à te remarier, suggéra Corinne en épiant sa réaction.

— T'as peut-être raison, admit-il, mais à quarante-cinq ans, je suis pas facile à caser. En plus, j'ai été pas mal plus longtemps un vieux garçon qu'un homme marié, rappela-t-il à sa voisine. Je pense que j'ai pris toutes sortes de mauvais plis qu'une femme aurait pas nécessairement la patience ou le goût de me faire perdre.

Quelques minutes plus tard, Jocelyn Jutras quitta la maison après que Corinne l'eut remercié encore une fois pour le bois qu'il lui avait apporté.

— Corder ce bois-là, ça va occuper ton plus jeune, dit-il avant de refermer la porte derrière lui.

La veuve revint dans la cuisine d'hiver pour y trouver sa fille en train de ranger les chiffons utilisés pour le nettoyage du salon.

— Dites donc, m'man, êtes-vous rendue une marieuse, plaisanta la jeune fille. Je vous entendais parler au voisin tout à l'heure. On aurait dit que vous cherchiez à le pousser au mariage.

— Pantoute, se défendit mollement Corinne. Seulement, je trouve ça triste de le voir se débrouiller tout seul.

— Est-ce que vous auriez pas un œil sur lui, par hasard ? demanda Madeleine, mi-sérieuse.

— Va surtout pas partir cette rumeur-là, toi, lui ordonna sa mère. Jocelyn, c'est un bon homme, mais je suis pas certaine qu'il ferait un bien bon mari.

— On dit ça, fit Madeleine en riant.

Sa mère eut le bon goût de ne pas protester.

Un peu avant midi, l'International vert conduit par Philippe entra dans la cour. Élise descendit du véhicule et son frère lui tendit sa valise déposée dans la benne du camion. L'adolescente n'attendit pas son conducteur et se précipita vers la maison.

Corinne embrassa sa fille qu'elle n'avait pas vue depuis deux mois.

— Si c'est pour nous donner un coup de main pour le dîner, t'arrives trop tard, plaisanta Madeleine en embrassant sa sœur sur une joue.

—J'aurais bien voulu arriver plus de bonne heure, expliqua la couventine, mais Philippe a dû arrêter chez mon oncle Bernard et là, il était pas question de partir sans que ma tante Germaine nous fasse manger un morceau de la tarte aux pommes qu'elle venait de sortir du fourneau.

Norbert et Lionel rentrèrent peu après et tous les Boisvert s'entendirent pour reconnaître qu'Élise avait une bonne mine. D'ailleurs, la jeune fille ne cessa de parler durant tout le repas pour raconter sa vie au couvent ainsi que ses amitiés. Elle en profita pour donner à sa sœur des nouvelles des religieuses qu'elle avait connues durant ses études au même endroit.

Après le repas, sa mère l'invita à aller défaire sa valise dans sa chambre pendant qu'elle s'occuperait de laver la vaisselle avec sa sœur.

— Toi, Lionel, tu vas te rendre utile cet après-midi, ajouta-t-elle en se tournant vers son fils cadet. Tu vas aller me corder le bois que le voisin a laissé devant la remise. Il est pas question qu'on passe la journée de dimanche avec ce tas-là devant la porte.

Le jeune garçon sortit de la maison en rechignant.

— On dirait bien que les bonnes sœurs sont parvenues à casser un peu le petit caractère de ta sœur, dit la mère de famille à mi-voix à Madeleine un instant plus tard. On l'a pas encore entendue chialer depuis qu'elle est arrivée.

— On le dirait, reconnut l'institutrice. Mais on va bien voir si ça va durer, ajouta-t-elle d'un air sceptique.

— C'est vrai qu'il est peut-être un peu de bonne heure pour le dire, reprit Corinne. En tout cas, si elles y sont arrivées, juste ça, ça vaut le prix de sa pension.

Le lendemain matin, un ciel radieux attendait les habitants de Saint-Paul-des-Prés. Corinne refusa qu'on utilise l'un des camions pour se rendre à l'église quand vint le moment d'aller à la messe.

— Ces *trucks*-là, c'est pas pour se promener, décréta-t-elle à un Philippe mis de mauvaise humeur par la décision maternelle.

— Vous avez pas dit ça hier quand je suis allé chercher Élise, protesta-t-il.

— Discute pas et va atteler, lui ordonna-t-elle sèchement. Tu pourras t'en servir aujourd'hui pour aller voir Cécile, concéda-t-elle. Toi, Norbert, tu vas aller mettre les deux boîtes de fleurs qui sont dans la remise en arrière du boghei. Apporte aussi ce qu'il faut pour les planter.

— Je fais ça tout de suite, m'man, accepta l'adolescent. J'ai demandé à Léopold de me laisser monter dans son boghei avec Lionel et Madeleine. Comme ça, vous serez pas trop tassés.

En arrivant à l'église, la veuve aperçut Ian Sullivan en grande conversation avec les autres marguilliers. Elle se contenta de le saluer de la tête en passant près de lui, quand il souleva poliment son chapeau.

À son entrée dans l'église, elle entendit les membres de la chorale paroissiale en train de parler dans le jubé. De toute évidence, Émilie Michaud avait terminé la répétition qu'elle tenait tous les dimanches, quelques minutes avant la grand-messe. La veuve fit une génuflexion en arrivant à son banc et s'agenouilla sur le prie-Dieu, imitée par Philippe et Élise. Elle ne tourna pas la tête pour vérifier si ses autres enfants étaient déjà arrivés dans le banc que Léopold avait loué trois semaines plus tôt.

Corinne aperçut du coin de l'œil Émilia Lévesque, l'ancienne directrice de la chorale. L'imposante matrone avait son air fermé des mauvais jours et, la tête bien droite, attendait le début de la grand-messe.

Le curé Morin célébra l'office et monta en chaire après la lecture de l'Évangile. D'un air implacable, il fixa les portes de son église pour s'assurer qu'aucun fidèle ne chercherait à s'esquiver durant le sermon qui allait suivre. Il parla de la Toussaint et, bien sûr, de la fête des Morts célébrée le lendemain. Après avoir insisté sur le respect qu'on devait aux disparus, il s'étendit longuement sur le fait que la mort viendrait tous les chercher comme un voleur et qu'il importait qu'ils soient prêts à la recevoir à tout instant.

À la fin de son homélie, il passa aux annonces. Le curé de Saint-Paul-des-Prés en avait terminé avec sa visite paroissiale et il en profita pour encourager ses paroissiens

à s'acquitter de leur dîme et de la location de leur banc
d'église le plus tôt possible. Il fit savoir ensuite que les
marguilliers avaient décidé de demander à l'évêque de
Nicolet la permission de procéder à une quête spéciale dans
le but de commander la station du chemin de croix brisée
trois ans auparavant par un jeune paroissien maladroit. Ces
derniers mots étaient si réprobateurs que Corinne dut faire
un effort pour ne pas tourner la tête vers le banc où était
assis Norbert, mais elle était certaine qu'il devait être gêné
par ce rappel. Avant de descendre de la chaire, le prêtre
trouva le moyen de reprocher à ses paroissiens leur manque
de générosité à la quête dominicale et il les incita fortement
à donner plus qu'un sou quand un marguillier allait passer
de banc en banc.

La célébration de la messe se poursuivit, ponctuée par
les cantiques de la chorale. Lorsque le curé Morin descendit
les marches de l'autel pour distribuer la communion, on
entendit avec ravissement la voix extraordinairement pure
d'Émilie Michaud entonner le chant de communion. Comme
chaque dimanche depuis qu'elle avait pris la direction de la
chorale, la nouvelle directrice ne se permettait qu'un unique
solo.

À la sortie de l'église, Philippe abandonna sa mère sur le
parvis pour aller dire quelques mots à Simon Beauchamp,
un jeune homme qu'il voyait de temps à autre et avec qui il
était descendu au chantier les deux dernières années.

— Traîne pas trop, lui recommanda-t-elle. On doit aller
au cimetière avant de rentrer.

Tandis qu'elle allait rejoindre Madeleine et Léopold,
toujours suivie par Élise, la veuve aperçut son beau-frère
Henri et Annette qui donnaient l'impression de vouloir
l'éviter. Ce fut plus fort qu'elle, elle s'avança dans leur
direction pour les saluer.

— Puis, Henri, as-tu fini par ramasser tous les papiers que
t'es censé m'apporter ? lui demanda-t-elle, l'air narquois.

— C'est pas facile pantoute, se défendit le gros homme avec un air de faux jeton. Tu comprends, le père a laissé pas mal de paperasse et moi, j'ai pas grand temps pour jouer là-dedans.

— C'est pas bien grave, dit Corinne, sur un ton apaisant. Si jamais t'as perdu le contrat que tu veux m'apporter, t'as juste à t'arranger pour perdre à la même place la facture de Melançon.

— Désespère pas, je vais finir par le trouver, déclara-t-il avant de prendre congé avec sa femme qui avait à peine salué sa belle-sœur.

Corinne était maintenant sûre qu'elle n'entendrait plus jamais parler de cette facture. Il fallait croire que le contrat achevé par Henri avait été passablement payant. Mais à tout prendre, elle n'était pas certaine de gagner si elle devait payer un avocat pour le forcer à rendre des comptes. Mieux valait laisser s'éteindre toute l'affaire. L'important était qu'Henri Boisvert ne la prenne pas pour une idiote.

— Qu'est-ce qu'elle a, ma tante Annette ? demanda Élise qui n'avait pas dit un seul mot depuis sa sortie de l'église. Elle a bien l'air bête.

— C'est son air habituel quand elle a pas besoin de quelque chose, se contenta de lui répondre sa mère qui venait d'apercevoir du coin de l'œil Ian Sullivan en grande conversation avec Émilie Michaud. Nous autres, on va aller chercher les fleurs dans le boghei et on va arranger la tombe de ton père. Viens-t'en.

Les deux femmes venaient à peine d'entrer dans le cimetière que Corinne vit Madeleine, Norbert et Lionel les rejoindre près du lot où grand-père Boucher et leur père étaient ensevelis. C'était maintenant une tradition familiale de fleurir leur tombe à la Toussaint et de revenir le lendemain, prier pour le salut de leur âme. Pendant une quinzaine de minutes, on désherba et on arrangea le lot avant de se relever pour réciter une courte prière à l'intention des deux disparus.

Ils regagnaient les voitures, quand ils virent Philippe saluer le jeune Beauchamp et se diriger vers eux. Corinne eut envie d'adresser une remarque acerbe à son aîné, mais elle se retint. Léopold avait attendu patiemment ses passagers près de son boghei, laissant discrètement les Boisvert s'occuper seuls du lot familial.

Quand tous les membres de sa famille furent attablés devant une assiette contenant des pommes de terre et un morceau de veau, la mère de famille ne put s'empêcher de dire :

— Si les froids peuvent arriver ! Je commence à avoir pas mal hâte de faire boucherie. C'est le reste du veau que j'ai acheté la semaine passée chez Vigneault. La viande coûte cher et même si on n'en mange que trois fois par semaine, on n'a pas les moyens de s'en payer trop souvent.

— On est au commencement de novembre, m'man, intervint Norbert. Jamais je croirai qu'on va devoir attendre encore ben longtemps.

Il y eut un long silence dans la cuisine avant que Philippe, assis au bout de la table, se décide à parler.

— J'ai jasé avec Beauchamp après la messe. Il monte au chantier mercredi matin.

— Comme l'année passée, se contenta de dire sa mère.

— Oui, j'ai décidé que j'étais pour monter avec lui, si ça vous dérange pas, m'man.

— Tu peux y aller, accepta immédiatement sa mère. On va se débrouiller sans toi cet hiver, même si on n'a plus Léopold pour nous donner un coup de main. Je sais pas encore trop comment on va s'y prendre, mais on va y arriver.

Corinne aurait pu refuser en alléguant qu'elle avait besoin de lui puisqu'elle ne pouvait plus compter sur l'aide de Léopold. Cependant, elle savait très bien qu'il ne lui aurait servi à rien de s'opposer à son fils aîné et de l'empêcher d'aller travailler dans un chantier durant les cinq prochains mois. Il aurait fait une scène et l'atmosphère serait devenue irrespirable dans la maison durant tout l'hiver. À la limite, il lui aurait tenu tête et serait parti quand même pour le chantier.

En réalité, elle aurait préféré qu'il demeure à la maison cet hiver-là de son plein gré pour aider son frère à couper du bois de chauffage, mais elle n'avait pas l'intention de le supplier.

— Ça vous dérange pas trop ? demanda Philippe, comme s'il était prêt à renoncer à son projet.

— Tu fais comme tu veux, répondit-elle en espérant encore qu'il se rende compte par lui-même qu'elle aurait besoin de lui pendant l'hiver.

— Dans ce cas-là, je vais y aller, déclara-t-il.

— Ton linge va être prêt pour mercredi matin, se contenta-t-elle de lui annoncer d'une voix neutre.

Cet après-midi-là devait réserver deux grandes surprises à la veuve de Laurent Boisvert. Madeleine venait à peine de s'installer avec Léopold dans le salon qu'Élise s'approcha de sa mère, assise à faible distance de la pièce voisine pour jouer son rôle de chaperon.

— M'man, j'ai quelque chose à vous dire, fit l'adolescente à mi-voix.

— Quoi ?

— J'aime pas mal ça au couvent.

— Je l'espère bien, au prix que ça coûte.

— C'est pas ce que je veux dire, dit Élise, l'air un peu agacée. J'aime ce que les sœurs font.

— Ah oui ?

— J'aimerais ça entrer chez les sœurs, se décida à dire clairement l'adolescente en épiant la réaction de sa mère.

— Quoi ? Qu'est-ce que tu viens de me dire là ? lui demanda sa mère, interloquée.

— Je viens de vous dire que j'aimerais entrer chez les sœurs. Sœur Marie de la Rédemption dit que j'ai tout ce qu'il faut pour faire une bonne religieuse. Je pourrais faire l'école quand même.

Corinne était sidérée. Sa fille cadette, religieuse! C'était bien la dernière qu'elle aurait imaginée tentée par ce genre de vie.

— T'as jamais arrêté de te plaindre que la prière du soir était trop longue et tu voudrais passer ta vie à prier? demanda-t-elle à sa fille.

— Les sœurs font pas juste prier, m'man. En plus, prier à la chapelle, c'est pas comme rester à genoux au milieu de la cuisine.

— Depuis quand tu penses à entrer chez les sœurs?

— Depuis le mois de septembre.

Corinne garda le silence un long moment. Elle était profondément religieuse et savait depuis toujours qu'on ne s'opposait pas à l'appel de Dieu. De tout temps, on avait dit et répété chez les Joyal qu'un religieux ou une religieuse dans une famille, c'était une bénédiction. C'était le devoir des parents de soutenir leur enfant s'il était tenté par la vie religieuse.

— Écoute, Élise, reprit-elle, là, on est juste au mois de novembre. Tu vas prendre le reste de l'année pour penser à ton affaire. Si à la fin du printemps prochain t'as pas changé d'idée, il y aura pas de problème. Je vais t'aider à faire ton trousseau.

— Ça va être pas mal long, m'man.

— Pas si long que ça, la rassura Corinne. Oublie pas que c'est pour toute ta vie. Il faut prendre le temps de bien y penser.

L'adolescente ne protesta pas davantage.

À la fin de l'après-midi, Philippe rentra à la maison après avoir passé quelques heures en compagnie de Cécile.

— Dis donc, toi, l'interpella sa mère. Tu m'avais pas dit que Joseph Melançon voulait que t'ailles voir sa fille seulement les samedis et dimanches soir ? lui demanda-t-elle alors que Norbert sortait de la maison pour commencer le train.

— Ben oui, mais aujourd'hui, c'était pas pareil. J'ai dit à Cécile que je montais au chantier après-demain. Son père a rien dit quand je suis allé chez eux.

— Qu'est-ce que ta Cécile a dit quand tu lui as appris ça ?

— Elle était pas ben contente, mais je pense qu'elle s'y attendait un peu.

— Est-ce qu'elle t'a promis de t'attendre ? demanda Corinne, curieuse de savoir à quel point les fréquentations de son fils étaient sérieuses.

— Elle m'a dit qu'elle allait m'attendre, affirma-t-il avec une certaine fierté.

— Tiens ! Tiens ! fit sa mère, moqueuse, on dirait que t'es bien accroché.

— On s'est parlé, m'man, finit par avouer le jeune homme. Quand je vais descendre du chantier ce printemps, je vais avoir presque vingt et un ans.

— Au mois de mai, précisa sa mère.

— C'est ça. À ce moment-là, je pense que je vais m'associer avec le père de Cécile. Il a un garage, et moi, j'ai deux *trucks* à faire entretenir. Le frère de Cécile va même être capable d'en chauffer un si Tremblay peut pas.

— Puis ?

— Puis, ça se pourrait que Cécile et moi, on se fiance l'été prochain.

Corinne encaissa le coup.

— Tu penses déjà à te marier ? lui demanda-t-elle, la voix changée.

— Ben oui, c'est normal, non ?

— Je te trouve encore pas mal jeune, ne put s'empêcher de lui dire sa mère.

— Je pense que Cécile va me faire une bonne femme, fit Philippe, l'air convaincu.

— Si elle est capable de t'endurer, ajouta sa mère.

—J'ai pas si mauvais caractère que ça, vous saurez, protesta-t-il. En tout cas, elle aura pas à m'endurer cet hiver, je serai pas là, conclut-il en se dirigeant déjà vers l'escalier conduisant aux chambres dans l'intention d'aller changer de vêtements. Bon, il faut que j'y aille, sinon Norbert va se lamenter que je suis jamais là pour l'aider.

Ce soir-là, la veuve fut la proie d'une vague de tristesse insurmontable. Toujours à son poste de chaperon, elle ne parvenait pas à distraire sa pensée de ses enfants qui s'apprêtaient à la quitter les uns après les autres. Madeleine allait épouser Léopold au printemps et, même si elle allait demeurer tout près, elle n'habiterait plus à la maison. Élise désirait entrer au noviciat. Têtue comme elle était, il était loin d'être certain qu'elle ait changé d'idée à la fin de l'année scolaire. Enfin, Philippe parlait de s'associer avec Joseph Melançon. Elle soupçonnait le garagiste d'avoir insidieusement mis cette idée dans la tête de son aîné. Cette dernière n'était peut-être pas mauvaise, mais l'homme allait en profiter pour s'attacher celui qu'il désirait pour gendre. Si les amours de son fils n'étaient pas contrariées, elle ne serait pas surprise qu'il épouse sa Cécile l'automne suivant. En d'autres mots, elle demeurerait seule en compagnie de Lionel et de Norbert... Pour combien d'années encore ?

Le lendemain après-midi, Corinne demanda à Philippe d'atteler le blond pendant qu'elle allait chercher un peu de crème dans le bidon que Norbert s'apprêtait à plonger dans le puits pour en conserver le contenu. L'aîné se rendit en rechignant à l'écurie. C'était chaque année la même scène quand il était obligé de changer de vêtements pour assister à la cérémonie célébrée dans le cimetière par le curé de la paroisse, le jour de la fête des Morts.

— Il me semble qu'on a ben assez d'avoir passé l'avant-midi à l'église hier matin sans aller perdre encore du temps là, avait-il protesté après le repas.

Un silence de réprobation de ses frères et sœurs avait accueilli cette remarque.

— Whow! Whow! cria-t-il au cheval un peu nerveux qu'il venait de sortir de l'écurie et qu'il cherchait à faire reculer entre les menoirs du boghei.

Impatient, le jeune homme se mit à frapper la bête avec la longe en cuir qu'il tenait à la main. Corinne se retourna alors qu'elle montait l'escalier conduisant à la galerie et aperçut son fils en train de maltraiter la pauvre bête.

— Ah bien non, par exemple! s'emporta-t-elle en déposant son bol de crème sur la galerie et en s'emparant du balai posé près de la porte.

La veuve, furieuse, courut vers son fils et eut le temps de lui assener deux violents coups de balai dans le dos avant qu'il cesse de frapper le cheval pour se tourner, stupéfait, vers sa mère qu'il n'avait pas entendue venir, tellement il était enragé.

— Ayoye, sacrement! jura-t-il en faisant un pas de côté pour éviter un autre coup. Ça fait mal, ça!

— Toi, tu vas te calmer, mon énergumène! lui ordonna sa mère, en proie à une rage froide. C'est pas vrai que tu vas maganer nos animaux, tu m'entends? Si jamais tu refais ça, c'est avec le manche que je vais te battre. Finis l'ouvrage comme du monde et arrête de crier après ce cheval-là. Tu l'énerves pour rien.

Sur ce, la mère rentra dans la maison sans même se donner la peine de regarder son fils pour connaître sa réaction. Quand elle sortit quelques minutes plus tard en compagnie de ses autres enfants, elle se conduisit comme s'il ne s'était rien produit.

Elle arriva avec les siens au cimetière quelques minutes avant la cérémonie. Elle apportait quelques fleurs qu'elle avait cultivées dans la maison depuis la fin de l'été. À la vue des lots bien entretenus et fleuris, elle constata que la plupart des familles n'avaient pas oublié leurs morts. Un grand nombre de paroissiens se rassemblèrent près de la croix plantée au centre du cimetière. Ils attendaient l'arrivée du curé Morin en discutant à mi-voix avec des voisins et des connaissances. Corinne chercha des yeux la famille de son mari. Personne ne semblait s'être dérangé pour honorer la mémoire de Gonzague Boisvert et de son épouse, décédée plusieurs années avant lui.

Le curé Morin, la tête couverte par sa barrette et vêtu d'une chape noire au liséré brodé de fil d'or, entra dans le cimetière, entouré par ses deux vicaires qui avaient endossé, pour l'occasion, un surplis blanc sur leur soutane. Le pasteur de Saint-Paul-des-Prés fit une longue prière pour le repos de l'âme des disparus de la paroisse et une courte homélie de circonstance avant de laisser les gens aller prier sur la tombe de leurs chers disparus.

Corinne se dirigea directement vers le lot fleuri la veille, après la grand-messe. Ses enfants l'entourèrent et prièrent pour leur père décédé depuis trois ans déjà. Après quelques minutes de recueillement, elle leur fit signe qu'ils pouvaient se retirer.

— Partez pas tout de suite, ordonna-t-elle aux siens, on va aller dire une prière pour votre grand-père.

Elle les entraîna vers le lot des Boisvert. Elle déposa ses fleurs, d'abord destinées à son défunt mari, au pied du petit monument en pierre sous lequel reposaient Gonzague et sa femme. Entourée de ses enfants, elle récita une courte prière à l'intention du disparu.

— Si c'est pas une pitié de voir ça, fit Madeleine qui marchait à ses côtés vers la sortie du cimetière. Même pas une fleur !

— Qu'est-ce que tu veux? Ils sont comme ça. On les changera pas, dit sa mère en parlant d'Henri et de sa famille.

La mère de famille passa le reste de la journée à examiner les tenues d'Élise qui devait retourner au couvent le lendemain. Après le souper, elle lui cuisina du sucre à la crème qu'elle déposa dans une petite boîte.

— Si tu manges ça toute seule, lui fit remarquer son frère Norbert, tu vas devenir grosse comme Rachel Malenfant.

La jeune fille citée était dotée d'un tour de taille plutôt remarquable. Élise ne dit rien et se contenta de déposer la boîte dans un coin de sa valise ouverte sur une chaise.

— Pour moi, on serait mieux de t'aider tout de suite à en manger un peu, insista son frère. Attends pas d'être rendue au couvent pour te décider, il va être trop tard.

— Non! fit Élise, je vais en donner aux filles au couvent.

— C'est ça! Fais passer les étrangères avant ton propre frère, dit l'adolescent en prenant un air misérable.

— Toi, l'haïssable, fais de l'air, lui ordonna sa mère. Laisse ta sœur tranquille.

Le lendemain, après le dîner, Corinne demanda à Philippe d'aller conduire sa sœur en camion à son couvent, à Nicolet. Le jeune homme avait passé une bonne partie de l'avant-midi à préparer le camion noir pour l'hiver et il s'apprêtait à s'occuper de l'autre véhicule.

— Norbert pourrait pas aller la conduire en boghei? demanda-t-il avec impatience. Là, j'ai commencé à les préparer pour l'hiver. J'en ai monté un sur des blocs, il me reste à m'occuper de l'autre.

— Tu feras ça en revenant. Vas-y et profites-en en te disant que t'auras pas la chance de conduire ton *truck* avant la fin du printemps prochain, se contenta de lui dire sa mère avant de rentrer dans la maison.

Philippe reconnut qu'elle avait raison et il avait retrouvé sa bonne humeur au moment d'aller conduire sa sœur. À son retour, il s'empressa de préparer le camion, comme le lui avait conseillé Joseph Melançon, dans le but de ménager les pneus et la suspension des véhicules.

Le lendemain matin, le congé de la Toussaint était déjà chose du passé. Madeleine et Lionel retournèrent à l'école après le déjeuner. Quelques minutes plus tard, Philippe prit la route en compagnie du jeune Beauchamp après avoir promis à sa mère de donner de ses nouvelles dès qu'il le pourrait.

À la fin de la matinée, Corinne fut mal à l'aise de constater à quel point le départ de son aîné avait allégé l'atmosphère qui régnait dans la maison. Sans se l'avouer ouvertement, elle éprouvait la même sensation que lorsque Laurent s'en allait chaque automne pour le chantier. C'était une sorte de libération. Ne plus avoir à supporter les sautes d'humeur imprévisibles de son fils la soulageait énormément.

— Je dois pas être une bonne mère, dit-elle en se sentant coupable de ressentir un tel soulagement.

Chapitre 21

Les premiers froids

Les premiers froids arrivèrent la semaine suivante, rendant la terre dure comme de la pierre. Le paysage s'était sensiblement transformé tout au long de l'automne et maintenant, en cette deuxième semaine de novembre, le gris le disputait au noir et au brun.

— Il est temps de faire boucherie, déclara Corinne à Norbert après la traite du matin. À partir d'aujourd'hui, on va garder les vaches dans l'étable.

— Ça, ça veut dire pas mal plus de nettoyage, dit l'adolescent.

— À matin, tu vas aller voir Jocelyn pour lui demander s'il viendrait pas nous aider à tuer une vache et un cochon, poursuivit sa mère.

— Je pense que je serais capable de le faire tout seul, m'man.

— J'en suis certaine, acquiesça sa mère, mais de toute façon on aura besoin d'aide pour les suspendre dans l'entrée de la grange.

Au milieu de l'avant-midi, le voisin, toujours aussi serviable, se présenta chez elle. Elle endossa un vieux manteau et le précéda dans l'étable pour lui désigner la bête à abattre. Norbert fit sortir la vache qui résistait en meuglant, sentant peut-être sa fin prochaine. Elle n'eut pas le temps de souffrir. Armé d'une masse, Jocelyn la frappa en plein front dès qu'elle eut franchi la porte de l'étable et elle s'écroula sur place. Avec l'aide de l'adolescent, le veuf attacha la carcasse de la bête et passa la chaîne dans un gros anneau vissé au cadrage de la porte de grange. Le blond tira la charge qui fut suspendue à trois pieds du sol.

— Est-ce qu'on s'occupe de ton cochon tout de suite ? demanda Jocelyn à Corinne.

— Si c'est pas trop te demander.

L'un des quatre porcs engraissés durant l'année fut cerné dans un coin de la porcherie et ils ne furent pas trop de deux pour lui lier les pattes et le traîner à l'extérieur avant de le suspendre, lui aussi, aux côtés de la vache. La bête couinait à fendre l'âme.

— On est aussi ben de l'égorger tout de suite, déclara Jocelyn.

Corinne accepta et s'empressa de présenter un seau dans lequel elle recueillit le sang du porc.

— Tu veux que je te donne un coup de main pour enlever la peau de ta vache ? proposa le voisin.

— T'es bien fin, Jocelyn, mais on va être capables de se débrouiller, Norbert et moi, répondit-elle en se mettant à brasser le sang du porc pour éviter qu'il coagule.

— Dis donc, Corinne, tu m'avais pas dit à la fin de l'hiver que t'aimerais ça te trouver un deuxième cheval parce que le tien commençait à prendre de l'âge et qu'il en arrachait pour déneiger ? demanda le voisin.

— Oui, mais j'ai pas vraiment cherché, admit la veuve. En plus, j'ai eu bien des dépenses avec la construction de l'étable. Remarque que je veux bien en avoir un autre, mais à un prix raisonnable. Pourquoi tu me dis ça ?

— J'ai rencontré Omer Gosselin chez Duquette, hier après-midi. Si je l'ai ben compris, il cherche à se débarrasser de sa jument. Il paraît qu'elle s'entend pas pantoute avec l'autre.

— Elle a quel âge ?

— Il me semble qu'il m'a dit qu'elle avait trois ans. Elle est débourrée, ça, c'est sûr.

— Oui, mais je serai pas plus avancée si c'est une bête vicieuse ou malcommode, fit-elle remarquer. En plus, ça dépend du prix qu'il va demander.

— Il est tellement écœuré de l'avoir qu'il m'a dit qu'il la laisserait aller pour vingt piastres.

— C'est pas mal d'argent.

— Ça dépend, reconnut Jocelyn, c'est pas trop cher si c'est une bonne bête. Elle peut en valoir le double facilement.

— Je vais peut-être aller y jeter un coup d'œil, dit-elle en demeurant assez vague.

— Tarde pas trop, j'ai comme l'impression qu'elle pourrait partir pas mal vite à ce prix-là, lui conseilla le voisin.

— J'hésite, je m'y connais pas bien gros en maquignonnage, avoua Corinne.

— Est-ce que tu veux que j'y aille avec toi ?

— Si ça te dérange pas trop, ça me rassurerait.

— C'est correct. Dès que t'es prête, tu m'avertis, conclut Jocelyn avant de rentrer chez lui.

Corinne et son fils travaillèrent toute la matinée à vider la vache et à retirer sa peau en faisant attention de ne pas l'abîmer. Après le dîner, ils entreprirent de dépecer le porc.

À son arrivée à la maison, Madeleine s'empressa de changer de vêtements et de venir leur prêter main-forte pour découper et envelopper dans de la jute les morceaux de viande qui furent déposés dans l'un des deux grands coffres en bois placés dans la remise. Le travail ne cessa que lorsque l'obscurité tomba. Avant de rentrer dans la maison pour préparer le souper et réaliser la recette du boudin qu'elle entendait faire avec le sang du porc, la veuve s'assura que la carcasse de la vache était suspendue assez haut pour échapper aux prédateurs.

Le lendemain, le froid était aussi vif quand la mère et le fils commencèrent à débiter la vache, installés sur des tréteaux posés dans l'entrée de la grange pour se protéger un peu du vent. À la fin de l'avant-midi, tout le travail était achevé, à la plus grande satisfaction de la veuve, certaine maintenant d'avoir assez de viande pour la plus grande partie de l'année. Après le repas du midi, qui fut pris assez tardivement, elle décida de tenir compte du conseil du voisin et d'aller voir le cheval d'Omer Gosselin, dans le rang Saint-Pierre.

— Je te laisse nettoyer le reste pendant que je vais aller voir chez Gosselin si sa bête a de l'allure, dit-elle à son fils.

— C'est correct, je vais vous atteler le blond, accepta Norbert.

Corinne disparut dans sa chambre pour faire un brin de toilette et quitta la maison quelques minutes plus tard. Elle fit un bref arrêt chez Jocelyn Jutras qui monta à ses côtés. Au passage, Ian Sullivan les aperçut et les salua de la main avant de disparaître dans son étable.

Corinne n'était jamais allée chez Omer Gosselin. Un peu avant leur arrivée à la ferme du rang Saint-Pierre, Jocelyn, qui semblait bien connaître les lieux, la prévint qu'elle allait peut-être trouver l'endroit un peu en désordre.

Dès que la voiture s'immobilisa dans la cour, la veuve trouva la remarque de son passager pour le moins faible. Elle ne se souvenait pas d'avoir déjà vu pareil fouillis. Il y avait tellement de choses qui traînaient dans la cour qu'il semblait dangereux de s'y déplacer. On y trouvait de tout, de l'instrument aratoire déglingué et de la broche rouillée à des boîtes et divers matériaux.

— J'aime autant ne pas voir de quoi ça a l'air dans la maison, murmura-t-elle à Jocelyn, qui s'apprêtait à aller frapper à la porte de la maison, dont deux carreaux brisés de la fenêtre située près de la porte avaient été remplacés par du carton.

Un grand homme au visage osseux vint ouvrir à Jocelyn. Heureusement, il ne proposa pas aux visiteurs de pénétrer dans son antre. Avant même que Jocelyn soit revenu à la voiture, Corinne vit Omer Gosselin sortir à l'extérieur en boutonnant son manteau.

— Il paraît que vous voulez voir ma jument, madame Boisvert? lui demanda-t-il.

— Si ça vous dérange pas trop, répondit Corinne en se décidant enfin à descendre de voiture.

— J'espère que vous êtes pas aussi dure en affaires que votre beau-père, dit l'homme en entraînant ses visiteurs vers l'écurie située du côté gauche de la cour.

— Pantoute, fit Corinne, très occupée à voir où elle posait les pieds pour ne pas trébucher.

Arrivé à l'écurie, le maître des lieux entra seul dans le petit bâtiment, passa un mors à sa bête et revint à l'extérieur en la tenant par une longe. La jument à la robe toute noire semblait passablement nerveuse. Sans rien dire, Jocelyn fit le tour du cheval et l'examina soigneusement pendant que Corinne s'approchait et passait une main apaisante sur l'encolure de la bête qui sembla soudain se calmer.

— Cocotte est pas pire pantoute pour le gros ouvrage, dit le propriétaire, mais quand je la mets avec mon autre jument, c'est le diable aux vaches. Il y a plus moyen de rien faire. Tant qu'à avoir à la nourrir pour rien, j'ai décidé de m'en débarrasser et peut-être de me trouver une autre bête moins malcommode.

— Je vous comprends, fit Corinne.

Jocelyn demanda à Omer Gosselin de lui laisser la longe et il conduisit doucement Cocotte jusqu'au cheval de Corinne attelé au boghei. Les deux animaux ne manifestèrent aucun signe d'animosité.

— Je pense qu'il y aurait peut-être moyen qu'ils s'entendent, ces deux-là, fit-il remarquer à Corinne.

Après avoir hésité un bref moment, Corinne se décida finalement à demander au cultivateur :

— Combien vous demandez pour votre cheval, monsieur Gosselin?

— Trente piastres, madame.

— Il les vaut peut-être, mais c'est trop cher pour moi, dit-elle avec une pointe de regret dans la voix.

Jocelyn se tut, laissant les intéressés à leur marchandage.

— Combien vous pensiez mettre ? fit l'homme.

— Pas plus que quinze piastres, certain, affirma la veuve. Vous nous excuserez de vous avoir dérangé pour rien, ajouta-t-elle en faisant signe à Jocelyn qu'il était temps de partir.

Ce dernier remit la longe à son propriétaire et suivit sa voisine qui se dirigeait déjà vers la voiture.

— Attendez, madame. On peut peut-être finir par s'entendre, s'empressa de dire l'homme qui voyait déjà son acheteuse prête à partir. Qu'est-ce que vous diriez de vingt-cinq piastres ? C'est vraiment pas cher, vous savez. Cette bête-là en vaut plus que le double.

— Je veux bien vous croire, mais c'est pas dans mes moyens, répliqua Corinne avec un sourire d'excuse.

— Faites-moi un prix, au moins.

— Le plus que je pourrais vous donner, et là, c'est vraiment tout ce que je peux faire, c'est vingt piastres, pas une cenne de plus, offrit-elle. Mais je veux pas vous forcer. C'est certain que vous allez trouver quelqu'un capable de vous donner plus pour votre jument.

Omer Gosselin lui laissa le temps de faire encore quelques pas vers le boghei avant de se décider à dire :

— C'est correct pour vingt piastres. Vous pouvez partir avec.

Corinne revint sur ses pas, fouilla dans l'une des poches de son manteau et compta vingt dollars au cultivateur.

— Tout ce que je peux vous dire, madame Boisvert, c'est que vous faites une maudite bonne affaire, lui assura le cultivateur. À cette heure, je le sais, vous êtes aussi dure en affaires que le vieux Gonzague Boisvert l'était.

— Bien non, monsieur Gosselin. Ce sont des idées que vous vous faites. Je connais rien aux affaires, ajouta-t-elle avec un sourire.

— Ça, c'est vous qui le dites, fit l'homme, apparemment sceptique.

Pendant que Jocelyn attachait la bête à l'arrière du boghei avec une autre longe apportée par Corinne, Gosselin prit tout de même la précaution de prévenir cette dernière.

— Vous ferez attention, madame Boisvert, cette jument-là est pas mal nerveuse. Ça se peut que ça lui prenne un bout de temps avant de s'habituer à vous.

Corinne le remercia et Jocelyn s'empara des rênes et mit la voiture au pas. Cocotte renâcla un peu, mais suivit la voiture sans autre manifestation de mauvaise humeur.

— Pour moi, ton père devait être maquignon, plaisanta Jocelyn alors qu'ils s'éloignaient de la ferme du rang Saint-Pierre.

— Là, tu te trompes, fit Corinne en riant. Mais comme tu m'avais dit qu'il était prêt à s'en débarrasser pour vingt piastres, j'étais pas pour lui en donner trente, lui expliqua-t-elle.

À leur arrivée à la ferme, Norbert sortit de l'écurie.

— Je lui ai nettoyé l'autre stalle. Ça fait drôle, on n'a jamais eu deux chevaux, précisa-t-il en se dirigeant vers la jument noire.

Il s'approcha lentement d'elle et la flatta doucement avant de détacher la longe et de la conduire au pas vers l'étable où il lui donna de l'avoine. Quand il revint vers le blond pour le dételer et le conduire à l'écurie, l'adolescent ne put s'empêcher de dire à sa mère et au voisin :

— C'est un beau cheval. En plus, il a l'air obéissant.

— Méfie-toi quand même pendant une couple de jours, le mit en garde Jocelyn avant de prendre congé.

Au même moment, le climat était tout autre au presbytère de Saint-Paul-des-Prés. Mance Rivest avait posé sur la table du salon l'unique lettre laissée par le facteur à la fin de l'avant-midi. Distrait, Eusèbe Morin ne l'avait pas vue lorsqu'il s'était rendu à la salle à manger pour dîner en compagnie des abbés Dupras et Biron.

Quelques minutes après le repas, la cuisinière desservit et remarqua au passage la lettre demeurée sur la table. Elle la prit et alla frapper à la porte du bureau du curé. Ce dernier venait de sombrer doucement dans une agréable sieste provoquée par un repas un peu trop copieux. Les coups frappés à sa porte le firent sursauter violemment.

— Qu'est-ce qu'il y a ? demanda-t-il d'une voix mécontente en remettant sur son nez ses lunettes qu'il avait déposées sur son bureau.

La servante ouvrit la porte et s'avança en lui tendant la lettre.

— Vous l'avez pas prise sur la table, monsieur le curé. J'ai pensé que vous l'aviez pas vue.

— Merci, madame Rivest, se contenta-t-il de dire avant que Mance quitte la pièce en refermant la porte derrière elle.

Dès qu'il avait vu l'enveloppe, Eusèbe Morin avait su que le message provenait de l'évêché. Un peu inquiet, il ouvrit l'enveloppe, déplia l'unique feuille qu'elle contenait et se mit à lire. Au fur et à mesure de sa lecture, son visage pâlit et ses traits se durcirent.

— Maudit batèche ! jura-t-il en assenant une claque retentissante sur son bureau. C'est tout de même pas ma faute si la fabrique veut avoir un chemin de croix complet ! Et l'autre qui est allée se plaindre que j'avais pas été juste envers elle ! Qu'est-ce que j'ai fait au bon Dieu pour mériter ça ? pestait-il hors de lui, en élevant progressivement la voix.

Le prêtre se leva et se mit à faire les cent pas dans la pièce, toute envie de faire une sieste envolée. Monseigneur Brunault ne mâchait pas ses mots pour lui reprocher d'avoir incité les membres de son conseil de fabrique à lui demander la permission de faire une quête spéciale pour remplacer la douzième station de son chemin de croix. La réponse était non. Il n'en était pas question en cette période où le diocèse voyait ses recettes brutalement baisser à cause de la crise économique qui sévissait depuis le début de l'été. De plus, l'évêque de Nicolet faisait état d'une lettre que lui avait fait parvenir madame Émilia Lévesque se plaignant qu'il lui avait retiré la direction de la chorale paroissiale pour donner la place à une paroissienne qui lui plaisait plus. Le prélat lui rappelait lui avoir demandé de faire preuve de plus de souplesse dans sa nouvelle paroisse en lui confiant la cure de Saint-Paul-des-Prés. Il concluait sa lettre en souhaitant que tout rentre dans l'ordre rapidement.

— En d'autres mots, monseigneur veut plus entendre parler de Saint-Paul, dit-il à haute voix. Mais rien n'empêche que c'est injuste. J'ai juste suggéré au conseil de demander une permission spéciale. Pour Émilia Lévesque, elle, l'hypocrite, elle va entendre parler de moi. J'ai jamais voulu la remplacer, c'est elle qui a pas accepté de me présenter la liste des chants qu'elle voulait faire chanter par la chorale. Bondance ! c'est tout de même moi, le curé de cette paroisse.

Après mûre réflexion, Eusèbe Morin reprit place derrière son bureau, s'empara d'une feuille vierge et rédigea une longue lettre d'explications destinée à son supérieur. Quand il quitta la pièce, une heure plus tard, il déposa une enveloppe sur la petite table du couloir de manière à ce que la servante la remette au facteur lorsqu'il passerait le lendemain avant-midi.

Même après s'être longuement expliqué par écrit, son humeur n'en demeura pas moins assombrie pour le reste de la journée. À l'heure du souper, les deux vicaires s'en rendirent compte et le repas se prit dans un silence assez inconfortable. Quand le curé Morin se retira de la salle à manger, l'abbé Dupras chuchota à son confrère :

— Pour moi, monsieur le curé s'est fait frotter les oreilles par monseigneur.

— Pourquoi dis-tu ça ? lui demanda René Biron.

— Il était normal à midi. Il y avait une lettre pour lui et j'ai vu qu'elle venait de l'évêché. Depuis qu'il l'a lue, on dirait qu'il a envie de mordre tout le monde.

Le lendemain, Émilie Michaud rendit une courte visite au curé Morin autant pour lui soumettre la liste de chants du dimanche suivant que pour l'informer de certains changements. La jeune femme, toujours aussi soignée et bien mise, attendit que le prêtre l'ait invitée à s'asseoir avant de parler.

— Monsieur le curé, je vous ai apporté la liste des chants, dit-elle en lui tendant une feuille qu'elle venait de tirer de la poche de son manteau.

— C'est parfait, l'approuva Eusèbe Morin après avoir consulté la liste.

— Je voulais aussi vous parler de la chorale, reprit Émilie. Vous vous rappelez que j'ai accepté de m'en occuper seulement en attendant que quelqu'un soit en mesure de la diriger ?

— Bien sûr, et tout le monde dans la paroisse l'apprécie, confirma le curé de Saint-Paul-des-Prés en faisant un effort pour se montrer aimable.

— Je voulais vous dire que madame Vigneault se débrouille maintenant très bien à l'orgue et qu'elle est capable de s'occuper de la chorale.

— La femme du boucher ? s'étonna le prêtre.

— Oui, monsieur le curé. Elle joue du piano depuis plusieurs années et elle n'a pas de difficulté à toucher l'orgue. Elle m'a dit qu'elle sera prête à s'occuper de la chorale à partir de Noël, si vous êtes d'accord.

— Et vous, madame Michaud ?

— Je dois m'absenter pour aller en ville assez souvent, monsieur le curé. Si vous le permettez, madame Vigneault va diriger quand je serai pas à Saint-Paul, du moins jusqu'à Noël.

— Êtes-vous vraiment obligée d'aller en ville ? demanda Eusèbe Morin, curieux.

— Oui, monsieur le curé, se contenta de lui répondre sa paroissienne, apparemment bien décidée à ne pas lui donner plus d'explications.

— Si c'est comme ça, on va essayer madame Vigneault. Mais vous savez, monseigneur aimerait bien que madame Lévesque reprenne son poste, lui avoua-t-il. Peut-être pourriez-vous lui parler pour la persuader de revenir ?

— Non, monsieur le curé. Je pense pas que madame Lévesque apprécierait que je me mêle de ses affaires. Je suis certaine qu'elle m'aime déjà pas beaucoup parce que j'ai pris sa place.

Émilie Michaud se leva, remercia le prêtre de l'avoir reçue et quitta le presbytère. Eusèbe Morin, debout devant sa fenêtre, la regarda traverser la route. Il était dépité de constater que la nouvelle directrice de la chorale paroissiale abandonne son poste si tôt.

— Je voudrais bien savoir ce qu'elle a tant à faire en ville aussi souvent, cette femme-là. Au fond, je la connais pas. Je sais même pas si c'est une veuve ou une vieille fille.

—⁓—

Le samedi suivant, Corinne avait attelé Cocotte pour la première fois dans l'intention d'aller faire quelques achats chez Duquette, au village.

— Voulez-vous que j'y aille avec vous, juste au cas où elle s'énerverait en chemin ? lui offrit Norbert en lui montrant la jument qui attendait près de la galerie.

— C'est pas nécessaire, avait refusé sa mère. Si ça se trouve, elle est encore moins nerveuse que le blond. Je me demande bien ce que Gosselin pouvait avoir à lui reprocher, à cette bête-là. Non, va plutôt nettoyer l'étable. Moi, j'en ai tout au plus pour une heure.

La veuve s'emmitoufla soigneusement et prit la route sous un ciel gris. L'air était sec et le froid assez vif. Ce matin-là, le frimas couvrait les toitures et les champs, donnant aux gens le goût de demeurer frileusement près du poêle. Elle s'arrêta un moment chez Marie-Claire Rocheleau pour lui offrir de rapporter quelques denrées dont sa voisine aurait pu avoir besoin. Cette dernière la remercia et l'invita à venir boire une tasse de thé au retour.

Un peu plus d'une heure plus tard, ses emplettes faites, Corinne revint du village. Elle allait passer devant la maison des Sullivan quand Ian apparut au bord de la route en lui faisant signe de s'arrêter. L'homme était tête nue et son manteau n'était pas boutonné malgré le froid.

— Bonjour, Corinne, la salua-t-il avec ce qui parut à la veuve comme un aplomb qu'il ne possédait pas auparavant.

Elle avait tout de suite remarqué qu'il l'avait appelée par son prénom, ce qui la surprit. Où était passé le fils timide de Rose Sullivan qui n'osait même pas lui demander de venir la voir?

— Bonjour, monsieur Sullivan, fit-elle à son tour, sans déroger à son habitude de le vouvoyer.

— Pourquoi vous m'appelez pas Ian, comme tout le monde? Vous appelez ben Jocelyn Jutras par son petit nom, lui fit-il remarquer en ne perdant rien du sourire communicatif qu'il affichait.

— Jocelyn, c'est pas pareil, répondit-elle. C'est un ami depuis presque vingt ans.

— J'espère que vous me considérez aussi comme un ami? demanda-t-il en revenant au vouvoiement.

— Bien sûr.

— En vous voyant passer, je me suis souvenu que vous m'avez invité à jouer aux cartes, lui rappela-t-il.

— C'était pas pour le samedi soir il y a trois semaines ? fit Corinne en retenant d'une main solide sa jument qui piaffait d'impatience.

— En plein ça. J'ai voulu y aller, mais ça a pas adonné pantoute. Ce samedi-là, il y a du monde de la paroisse qui sont venus à la maison pour me demander de me présenter comme commissaire d'école à la fin du mois. Je voulais pas trop, mais ils m'ont pas mal forcé la main. Puis, les deux autres samedis, j'ai encore eu des empêchements. On aurait dit que le diable s'en mêlait pour m'empêcher d'aller jouer aux cartes chez vous.

— Ah bon ! se contenta de dire la veuve en admirant l'homme costaud au charme irrésistible, debout près de sa voiture.

— Ça fait que je me suis dit que j'étais pour prendre une chance et vous demander si votre invitation tenait toujours, poursuivit-il en ne la quittant pas des yeux.

— Pourquoi pas ? dit-elle en lui adressant un sourire.

— Dans ce cas-là, vous pouvez être certaine que je vais venir chez vous après le souper.

— C'est bien correct, je vais vous attendre.

Comme promis, Corinne s'arrêta quelques minutes chez Marie-Claire. Elle profita de l'absence du mari de cette dernière pour lui raconter sa rencontre avec Ian Sullivan.

— On peut dire qu'il a du front tout le tour de la tête, l'Irlandais, dit la voisine en riant.

— Pourquoi tu dis ça ? s'étonna la veuve.

— Il faut avoir du front en pas pour rire pour raconter que des gens de Saint-Paul sont allés le supplier de se présenter comme commissaire alors que c'est lui qui fait de la cabale dans la paroisse depuis le commencement du mois d'octobre pour se faire élire.

— C'est drôle, j'ai rien entendu de ça.

— Tu dois bien être l'une des rares qu'il est pas allé voir, supposa Marie-Claire. En tout cas, je commence à me faire ma petite idée du bonhomme et comment il est arrivé à se faire assez remarquer par monsieur le curé pour être nommé marguillier… Je trouve qu'il commence à avoir les dents pas mal longues, le garçon de Rose Sullivan.

— Tu trouves ?

— Oui, pas mal. Je sais pas si tu l'as remarqué, poursuivit son amie, avant, il fondait quand une femme de la paroisse lui adressait la parole. Là, depuis une couple de mois, ça a plus l'air de le déranger pantoute.

En rentrant, Corinne ne put s'empêcher de se dire que Marie-Claire n'avait vraiment pas digéré le fait que Ian ait été nommé au conseil de fabrique plutôt que son mari.

— C'est sûr qu'elle l'a sur le cœur, se dit-elle en descendant de voiture devant l'écurie.

Norbert sortit de l'étable et s'approcha pour dételer.

— On n'a pas pantoute à s'inquiéter pour ce cheval-là, lui dit-elle en ne cachant pas sa satisfaction. Il est docile et pas mal plus rapide que le blond.

———

Ce soir-là, Corinne demanda à Madeleine de préparer le souper un peu plus tôt avant de sortir faire le train avec Norbert.

— On va souper un peu plus de bonne heure, expliqua-t-elle à sa fille. Comme ça, ça va te donner plus de temps pour te préparer à recevoir Léopold. Lionel, tu vas me remplir le coffre de bûches avant d'aller nourrir les poules et les cochons, ordonna-t-elle au garçon qui venait de célébrer son dixième anniversaire.

Quand elle revint dans la maison en compagnie de ses deux fils, Madeleine finissait de faire rôtir des saucisses qu'elle servit avec des pommes de terre et du navet.

Dès que la cuisine fut rangée, Corinne disparut dans sa chambre et fit une toilette soignée. Elle changea de robe et consacra plusieurs minutes à coiffer son chignon blond tout en se livrant à un examen sans pitié de son visage. Même si elle était assez satisfaite de son teint de pêche, elle se poudra légèrement avant de revenir dans la cuisine.

— Sacrifice, m'man, attendez-vous quelqu'un ? lui demanda Norbert, surpris de la voir dans sa toilette du dimanche.

— Peut-être, se contenta-t-elle de lui répondre en allant jeter un coup d'œil à la fenêtre.

Norbert regarda sa sœur Madeleine qui venait de descendre de sa chambre. Celle-ci lui fit signe de se taire. La jeune fille alluma une lampe à huile qu'elle alla déposer sur la table du salon pendant que sa mère prenait place dans sa chaise berçante et s'emparait d'un tricot commencé deux semaines auparavant.

Quelques minutes plus tard, on frappa à la porte et Madeleine alla ouvrir, persuadée qu'il s'agissait de son fiancé. Elle ne se trompait pas. Ce dernier pénétra dans la cuisine d'été, suivi par Ian Sullivan. À demi surprise, elle entraîna les deux hommes vers la cuisine d'hiver.

— M'man, c'est Léopold et monsieur Sullivan, dit-elle à sa mère.

— Bonsoir, madame Boisvert, la salua son futur gendre. Je vous ai amené de la visite. Monsieur Sullivan s'en venait chez vous quand je passais en voiture.

Madeleine s'empara des manteaux des visiteurs qu'elle alla déposer sur le lit de sa mère avant de revenir dans la cuisine. Elle laissa son fiancé parler durant quelques minutes avec Ian et sa mère avant de l'inviter à passer au salon.

Norbert était demeuré assis à table en compagnie de son frère Lionel à qui il disputait une partie de cartes. Quand il vit sa mère offrir au voisin de prendre place dans l'une des deux chaises berçantes, il ne put s'empêcher de jeter des regards soupçonneux au visiteur tout endimanché.

Durant quelques instants, Ian Sullivan sembla avoir perdu toute sa superbe et parut assez embarrassé dès que Léopold et Madeleine eurent disparu dans la pièce voisine. Puis, peu à peu, il retrouva son aplomb pour parler des préparatifs auxquels on ne pouvait échapper à l'approche de l'hiver. Corinne et lui discutèrent des dernières récoltes, des vaches qui allaient bientôt vêler et de la santé de la mère du visiteur qui était chancelante depuis une semaine. Quand Ian parla du docteur Précourt venu visiter sa mère la veille, Corinne en profita pour faire participer son fils à la conversation en lui faisant raconter comment il avait obtenu l'ancienne bicyclette du médecin et certaines des mésaventures de ce dernier au volant de son automobile qu'il n'avait toujours pas appris à maîtriser.

Un peu malgré lui, Norbert dut participer à la veillée. Après le départ de Lionel vers sa chambre, l'adolescent accepta de jouer aux cartes avec sa mère et le voisin. De temps à autre, Corinne délaissait les cartes pour jeter un coup d'œil à ce qui se passait au salon.

Norbert quitta la table pour aller jeter deux rondins dans le poêle. Ian ne perdit pas un instant et posa sa main sur celle de son hôtesse. Surprise, cette dernière la dégagea avec une certaine brusquerie.

À dix heures trente, Léopold sortit du salon, prêt à partir.

— Est-ce que je vous ramène chez vous? offrit-il à l'Irlandais.

— C'est vrai qu'il est pas mal tard, fit remarquer Corinne en se levant pour signifier qu'il était temps de partir.

Son visiteur n'eut d'autre choix que de se lever à son tour, mais il était évident qu'il le faisait sans plaisir. Léopold sortit le premier pour aller retirer l'épaisse couverture qu'il avait déposée sur le dos de sa bête à son arrivée. Corinne accompagna son visiteur jusqu'à la porte de la cuisine d'été.

— J'ai perdu presque toute la soirée, dit-il sur un ton plaisant. J'espère que vous allez me donner la chance de me reprendre, ajouta-t-il en endossant son manteau que lui tendait Madeleine.

— Bien sûr, fit son hôtesse.

— Demain ? insista Ian.

— Pourquoi pas, accepta-t-elle.

— Vous êtes ben fine, madame Boisvert.

— En passant, vous pouvez m'appeler Corinne, si ça vous tente, lui permit-elle en lui ouvrant la porte.

— C'est sûr que ça me tente, fit-il en sortant après s'être coiffé de sa casquette.

Après le départ des visiteurs, Norbert affichait une humeur assez sombre. Il alluma un fanal dans l'intention de faire la tournée des bâtiments pour s'assurer que tout était en ordre. Avant de sortir, il ne put s'empêcher de demander à sa mère :

— Voulez-vous ben me dire, m'man, pourquoi le voisin est venu bretter ici dedans à soir ? S'il a tant envie de jouer aux cartes, il peut toujours jouer avec sa mère, non ?

Madeleine adressa un sourire de connivence à sa mère.

— Tu l'as entendu comme moi. Sa mère est malade, répondit Corinne avant de se diriger vers sa chambre à coucher après avoir allumé une lampe de service.

Quelques minutes plus tard, la jeune femme était étendue dans le noir et tentait d'analyser les sentiments qu'elle éprouvait à l'égard de l'homme venu veiller près d'elle. Elle reconnaissait qu'il était difficile d'échapper à son charme. Elle se sentait excitée comme une jeune fille qu'un garçon venait de serrer entre ses bras pour la première fois. Sous certains aspects, Ian lui rappelait son Laurent des belles années, à l'époque de leurs premières fréquentations. Il en avait l'air conquérant et l'aplomb, mais il semblait posséder en plus une maturité et une ambition que son défunt mari n'avait jamais eues.

Elle se rappela en réprimant un frisson le contact de sa forte main sur la sienne. C'était certain qu'il y aurait du réconfort à pouvoir se reposer sur un tel homme. Soudain, elle se rendit compte qu'elle commençait à en avoir assez de dormir seule dans un grand lit froid.

— Veux-tu bien me dire ce qui me prend? se demanda-t-elle à mi-voix dans le noir. On dirait que je viens d'avoir seize ans, ajouta-t-elle pour se moquer de son comportement.

Pour changer ses pensées, elle prit son chapelet suspendu à la tête de son lit et se mit à prier. Le sommeil finit par l'emporter doucement dans l'oubli.

———— ᘛ ————

À son réveil, le lendemain matin, Corinne eut la surprise de découvrir par sa fenêtre de chambre un paysage tout blanc. Elle fut secouée par un frisson et s'empressa de mettre sur ses épaules le châle de laine déposé au pied de son lit.

— Nous voilà encore repartis pour six mois à geler tout rond, murmura-t-elle.

Après avoir allumé le poêle, elle cria à ses enfants de se lever avant de s'habiller pour aller faire le train. À sa sortie de la chambre, les bruits à l'étage lui apprirent qu'on l'avait bien entendue. Elle alluma l'un des deux fanaux posés en permanence sur la table de la cuisine d'été, mit son vieux manteau et ses bottes et sortit de la maison.

Il n'était tombé qu'un ou deux pouces de neige, mais cela suffisait à éclairer tout le paysage. Elle se dirigea sans plus attendre vers l'étable d'où provenaient déjà les meuglements de ses vaches. Norbert et Lionel vinrent la rejoindre tandis que Madeleine allait s'occuper des poules.

En montant dans le boghei, quelques heures plus tard, la veuve dit à Norbert :

— Je pense qu'on est en train de faire un de nos derniers voyages en boghei. Il va falloir que tu regardes la *sleigh* pour voir si elle est correcte.

— Oui, je le sais, m'man. Demain, je vais aussi m'occuper de la gratte. J'ai ben hâte de voir ce que ça va donner cette année avec deux chevaux pour la tirer. Je suis certain que l'ouvrage va se faire pas mal plus vite que l'hiver passé.

Durant la grand-messe, beaucoup de têtes se levèrent vers le jubé quand on prit conscience qu'il n'y avait pas de solo d'Émilie Michaud ce dimanche-là. En fait, il n'y eut aucun solo d'un membre de la chorale. À la fin de l'office religieux, Alexina Duquette se fit le plaisir de propager la nouvelle que la chorale avait été dirigée ce matin-là par nulle autre que Mariette Vigneault.

— C'était loin d'être aussi beau que quand madame Lévesque dirige, mais c'est mieux que rien, chuchota-t-elle aux trois femmes qui l'entouraient sur le parvis.

L'épouse du propriétaire du magasin général était, selon toute évidence, un peu jalouse de la femme du boucher avec qui elle était obligée d'alterner depuis quelques années dans la construction du reposoir de la Fête-Dieu. Par ailleurs, elle s'était bien gardée de comparer les chants entendus ce matin-là avec ceux dirigés par Émilie Michaud parce qu'elle n'aimait pas plus cette nouvelle paroissienne dont on ne savait pratiquement rien.

Cet après-midi-là, Norbert sortait de la remise quand il vit arriver Léopold en compagnie de Ian Sullivan.

— Pas encore ce maudit fatigant-là, jura-t-il entre ses dents. Qu'est-ce qu'il veut encore ?

Il s'avança vers les deux hommes en essayant de faire bonne figure.

— Tiens ! V'là notre partenaire pour jouer aux cartes ! fit l'Irlandais avec une joyeuse animation dans la voix.

— Ça me tente pas ben gros de jouer aux cartes cet après-midi, laissa tomber l'adolescent, incapable de dissimuler sa mauvaise humeur.

— C'est pas grave, Norbert, Madeleine et moi, on va jouer avec ta mère et monsieur Sullivan, lui dit son futur beau-frère.

— Aïe ! Je veux pas nuire à vos fréquentations, moi, protesta le voisin pour la forme.

— Ça dérangera rien, le rassura Léopold en entraînant le visiteur vers la galerie.

Durant les trois heures suivantes, Norbert se contenta d'assister aux parties de cartes disputées par les quatre adultes attablés dans la cuisine. Il entendit surtout Ian Sullivan parler à n'en plus finir du conseil de fabrique et de la grande confiance qu'il avait d'être élu commissaire la semaine suivante. Il aborda même les changements qu'il entendait apporter à la commission scolaire. Corinne, Madeleine et Léopold se contentaient de l'écouter la plupart du temps, un peu ébahis par un tel bagout.

Après le départ des deux hommes, à la fin de l'après-midi, il était bien évident que Norbert commençait à avoir des doutes sur les intentions de Sullivan et cela était loin de lui plaire.

— Ouf! Ça va faire du bien de se reposer un peu les oreilles, fit l'adolescent. J'ai jamais entendu une pie pareille. Il a pas arrêté une minute de jacasser. Pour moi, il vient s'échouer ici dedans parce que sa mère peut plus l'endurer.

— Norbert! protesta mollement sa mère.

— C'est vrai qu'il est pas mal bavard, dit Madeleine en riant. Je dirais même qu'il est un peu vantard. Vous trouvez pas, m'man?

— Peut-être, admit Corinne en commençant à préparer le souper.

La semaine suivante fut sans histoire. Certains habitants de Saint-Paul-des-Prés s'étaient attendus à essuyer la première tempête de la saison, mais il n'en fut rien. Il tomba tout au plus quelques grains de neige au milieu de la semaine. Norbert eut donc tout le temps voulu pour préparer la *sleigh* et la gratte en prévision des premières neiges. Ensuite, il s'empressa d'aller s'entendre avec Jocelyn Jutras dans l'intention de former un tandem avec lui pour bûcher durant l'hiver.

— T'aurais pu m'en parler avant, lui reprocha sa mère, mécontente de ne pas avoir été consultée.

— Ben, m'man, on n'a plus Léopold et je pouvais tout de même pas aller bûcher tout seul, expliqua l'adolescent. Jocelyn m'en avait parlé la semaine passée et j'ai pensé que c'était une bonne idée.

— Léopold avait proposé de bûcher avec toi, lui rappela sa mère.

— Je le sais, m'man, mais Jocelyn va aussi me montrer à marquer les bons arbres à couper. En plus, j'ai pensé que ce serait une bonne idée de pas déranger Léopold et Tit-Bé, qui sont déjà deux.

— T'aurais pu aussi t'entendre avec Ian Sullivan, lui fit-elle remarquer.

— J'aime mieux Jocelyn, répliqua impulsivement Norbert. Lui, il parle pas pour rien dire.

— Pourquoi tu dis ça ?

— Il m'étourdit, l'Irlandais, se contenta de dire son fils.

En fait, Corinne n'aurait pas détesté voir son fils travailler avec celui qu'elle considérait un peu comme son prétendant. L'adolescent aurait pu apprendre à mieux connaître et apprécier le voisin. Ainsi, si les choses devenaient plus sérieuses entre elle et Ian, son opposition pourrait être moins forte.

Les jours suivants, Jocelyn et Norbert allèrent marquer des arbres et commencèrent à en abattre. Ils travaillaient en alternance tantôt sur la terre de l'un, tantôt sur celle de l'autre.

Le samedi suivant, deux jours avant les élections scolaires, Corinne vit arriver Ian très tôt au début de la soirée. Il accueillit avec un large sourire la proposition de la veuve de ne pas jouer aux cartes ce soir-là.

— Bonne idée ! s'exclama-t-il. On va chaperonner les jeunes dans le salon, poursuivit-il en s'appropriant l'une des deux chaises berçantes sans en demander la permission.

Dès que Léopold et Madeleine furent installés au salon, il alluma sa pipe et entreprit de parler de choses et d'autres, attendant visiblement que Lionel et Norbert se trouvent une occupation ailleurs que dans la cuisine. Quand Corinne rangea son tricot, il approcha sa chaise de la sienne et se mit à lui parler doucement de manière à ce que ses enfants n'entendent pas ce qu'il avait à lui dire.

— T'as pas d'amis autour ? finit par demander le visiteur à l'adolescent.

— Oui, j'en ai deux ou trois.

— Ça t'arrive jamais d'aller passer un bout de veillée chez eux ?

— Ça m'arrive, reconnut Norbert, mais là, je peux pas, il faut que je surveille ma mère, ajouta-t-il, frondeur.

Corinne rougit en entendant l'allusion, mais elle ne trouva rien à dire. Lionel finit par monter se coucher, mais son frère demeura stoïquement au poste jusqu'à ce que Léopold choisisse de quitter la maison, en fin de soirée, en compagnie de Ian Sullivan.

— Je trouve que t'as été pas mal effronté, mon garçon, dit la mère de famille à son fils dès que la porte se referma sur les visiteurs.

— J'ai pas été effronté, protesta Norbert. Je comprends pas pourquoi il aimerait que je sois pas là. On dirait que c'est lui qui est chez eux ici dedans et moi, un étranger.

— Tu te fais des idées, répliqua Corinne au moment où il sortait pour aller faire sa tournée des bâtiments.

La veuve se rendait bien compte que Ian déplaisait à son fils, et elle ne comprenait pas trop bien pourquoi. Elle espérait que Philippe lui ferait meilleure figure quand il reviendrait du chantier au printemps.

Le lendemain, les paroissiens de Saint-Paul-des-Prés ne purent, encore une fois, profiter de la belle voix d'Émilie Michaud. À la fin de la messe, Ian Sullivan quitta rapidement les autres membres de la chorale pour venir s'entretenir avec les gens sur le parvis de l'église. Quand il aperçut Corinne, son sourire s'élargit et il vint à sa rencontre pour la saluer et lui demander s'il pouvait passer lui rendre visite après le dîner. Ravie, cette dernière accepta avant d'aller rejoindre Norbert qui l'attendait déjà dans le boghei.

Après le repas, la veuve prit la décision de jouer cartes sur table avec ses deux fils.

— Vous deux, je veux pas vous voir collés tout l'après-midi dans la cuisine à dévisager monsieur Sullivan comme s'il était un veau à deux têtes, leur dit-elle.

— Est-ce que ça veut dire que vous voulez qu'on aille geler dehors pendant qu'il va être ici dedans ? demanda Norbert.

— Non, ça veut juste dire que t'as pas à me surveiller, Norbert Boisvert, s'il faut te mettre les points sur les i. Ta sœur et Léopold sont dans la maison. Crains rien, il m'arrivera rien. Tu peux aller faire un tour chez Jocelyn, comme tu le fais souvent le dimanche, et Lionel peut aller jouer avec le petit Vallée, si le cœur lui en dit.

— C'est correct, j'ai compris, fit l'adolescent en sortant de la cuisine.

Deux minutes plus tard, Corinne vit son fils quitter la cour et se diriger vers la maison de Jocelyn Jutras. Pendant tout l'échange, Madeleine s'était bien gardée de dire un mot, jugeant que sa mère avait bien le droit de tenter de refaire sa vie, même si la personnalité de l'Irlandais ne lui plaisait pas plus qu'à Norbert. Peu après, Lionel quitta la maison à son tour en promettant d'être revenu pour le souper. Après le départ de ses fils, la veuve, incapable de demeurer les mains inoccupées, se mit à placer les morceaux de tissu qu'elle allait utiliser dans la confection de sa prochaine courtepointe. Cet hiver, elle ne pourrait pas compter sur l'aide de sa fille aînée puisque cette dernière allait consacrer tout son temps libre à terminer son trousseau.

Quand Léopold arriva, Madeleine le fit passer au salon. Sa mère n'ouvrit la porte à son cavalier que quelques minutes plus tard.

Ian sembla apprécier à sa juste valeur l'absence des deux fils de son hôtesse et, dès les premiers instants, il se montra si entreprenant que cette dernière dut le remettre à sa place en lui montrant la pièce voisine où les fiancés se tenaient. Il lui avait volé un baiser, ce qui avait poussé la jeune femme à le repousser sèchement. Ce dernier, apparemment repentant, s'empara alors de l'une de ses mains en s'excusant de sa fougue.

— Ça fait des mois que je rêve de toi, chuchota-t-il. Ça me retourne les sangs quand t'es à côté de moi, comme ça.

— C'est bien beau tout ça, fit Corinne en prenant un air sévère, mais je suis une femme honnête et une mère de famille. Il y a des convenances à respecter, ajouta-t-elle sur un ton plus doux.

Elle l'invita à s'asseoir, mais elle ne put l'empêcher de venir placer sa chaise berçante tout près de la sienne, comme s'il ne pouvait sentir un vide entre elle et lui.

— T'es la première femme que je fréquente depuis que je suis tout jeune, lui avoua-t-il, le visage empreint de sincérité. Depuis que je t'ai vue, il y en a pas une autre qui m'intéresse.

— Ça fait juste deux ans que tu restes dans la paroisse, fit Corinne, moqueuse.

— Deux ans, pour un homme en santé comme moi, c'est une éternité, ajouta-t-il en posant sa main sur son bras.

À ce contact, la veuve se sentit envahie par une chaleur intense et elle ne put s'empêcher de presser la main de son amoureux. Maintenant, les choses étaient claires : il lui avait avoué son amour. Elle, de son côté, était de plus en plus sensible à son charme.

Chapitre 22

Le menteur

Le lendemain, Ian Sullivan fut élu commissaire d'école sans grande opposition. Son unique adversaire, Armand Beausoleil, n'avait pas mis beaucoup d'efforts pour briguer les suffrages. Corinne s'était attendue à ce que son prétendant arrête chez elle pour célébrer sa victoire, mais elle ne le vit pas ce soir-là.

À la fin de cette dernière semaine du mois de novembre, les gens de la région eurent droit à la première véritable tempête de neige de la saison. Durant la matinée du jeudi, le ciel s'ennuagea rapidement et prit une teinte violacée de mauvais augure. Vers onze heures, les premiers flocons se mirent à tomber, poussés par le vent qui venait de se lever.

— J'espère que les enfants vont être assez fins pour revenir à la maison avant que ça commence à tomber pour de bon, dit Corinne à mi-voix en regardant à l'extérieur par l'une des fenêtres de la cuisine. J'ai bien l'impression qu'on va y goûter.

Il faisait maintenant tellement sombre qu'elle dut allumer une lampe avant de se remettre à son travail d'aiguille. La soupe, en train de mijoter sur le poêle, répandait une odeur appétissante dans la pièce. En se levant pour déposer son chaudron sur le réchaud, elle entendit des pas sur la galerie. La porte s'ouvrit et il y eut des bottes secouées bruyamment sur le paillasson.

— Je pense qu'on est revenus juste à temps, fit la voix de Madeleine en entrant dans la cuisine d'hiver. J'ai renvoyé les enfants à la maison en leur disant de pas revenir à l'école avant demain.

— T'as bien fait, l'approuva sa mère. C'est pas en pleine tempête qu'il faut se décider à les renvoyer à la maison. La soupe est déjà prête pour le dîner. J'espère que Norbert attendra pas trop longtemps avant de revenir du bois.

— Inquiétez-vous pas pour lui, m'man, je viens de le voir dans la cour de Jocelyn Jutras. Il s'en vient, dit l'institutrice pour la rassurer.

— J'ai bien l'impression qu'on va avoir un après-midi pas mal tranquille, fit la mère de famille en poursuivant son travail pendant que sa fille montait à l'étage derrière Lionel.

Corinne n'avait rien dit des deux lettres laissées le matin même par le facteur. Dans la première, Élise racontait sa vie au couvent avec le même enthousiasme que celui qu'elle avait manifesté au début du mois quand elle était venue à la maison. La deuxième lettre était de Rosaire. L'inspecteur de la Ville de Montréal l'avait fait sourire en lui racontant quelques mésaventures survenues à son travail. Il avait mentionné sa visite au restaurant de Juliette Marcil qui lui avait appris le départ de Philippe pour le chantier et celui de Léopold pour sa ferme. Il avait conclu sa missive en lui proposant à demi-mot ses services comme homme engagé.

— Il manquerait plus que ça ! s'était exclamée la veuve en lisant ce dernier passage. Comme si ça aurait de l'allure qu'un monsieur de la ville vienne faire l'homme engagé sur ma terre.

Corinne tourna la tête vers la fenêtre à temps pour voir arriver Norbert, la tête penchée vers l'avant pour éviter la neige qui s'était subitement mise à tomber avec de plus en plus de force.

— Secoue-toi bien comme il faut pour pas mettre de la neige partout, lui cria-t-elle quand elle l'entendit refermer la porte derrière lui.

Durant le repas, le vent se mit à hurler comme s'il cherchait à arracher la toiture et la neige formait un rideau si opaque qu'il était devenu impossible de voir de l'autre côté de la route. Quand Corinne alla ouvrir la porte une heure plus tard pour tenter d'évaluer l'épaisseur de neige déjà tombée, une brusque rafale l'obligea à s'arc-bouter pour la refermer.

— Bonne sainte Anne! s'écria-t-elle en rentrant dans la cuisine d'hiver, on dirait que le ciel est en train de nous tomber sur la tête. Il y a rien à faire, il faut attendre que ça arrête, ajouta-t-elle, fataliste.

— Si c'est comme ça, je vais aller faire un somme, déclara Norbert en se dirigeant vers l'escalier, au fond de la pièce.

— Moi, je vais vous donner un coup de main à faire votre courtepointe, proposa Madeleine en s'assoyant à table, en face de sa mère qui venait d'étaler le piqué composé de triangles de tissu aux couleurs vives.

À la fin de l'après-midi, l'obscurité totale était tombée beaucoup plus tôt qu'à l'accoutumée et il continuait à neiger, même si le vent semblait avoir un peu faibli.

— C'est bien beau tout ça, fit la veuve en se levant, mais il va falloir aller faire le train quand même. On va tous y aller ensemble, ça va prendre moins de temps.

Ils s'habillèrent chaudement tous les quatre et chaussèrent leurs bottes. Madeleine et Norbert allumèrent chacun un fanal. Avant de sortir, Corinne recommanda à Lionel de suivre sa sœur au poulailler et à la porcherie pendant que Norbert et elle s'occuperaient des vaches et des chevaux. Norbert ouvrit le chemin, de la neige à mi-jambe et la tête penchée vers l'avant pour ne pas être aveuglé par les flocons qui continuaient à tomber serrés. Les autres le suivirent. Madeleine et Lionel ne quittèrent l'étroit sentier tracé par Norbert et leur mère qu'à proximité du poulailler à l'intérieur duquel ils s'engouffrèrent.

À leur arrivée à l'étable, Norbert dut repousser plus de deux pieds de neige accumulée contre la porte avant de pouvoir ouvrir. Sa mère le suivit. Après avoir soigné les animaux, ils rentrèrent tous dans la maison. Les empreintes de leurs pas avaient déjà disparu et la neige tombait toujours.

— Seigneur, on dirait que c'est la fin du monde ! s'exclama Madeleine, un peu essoufflée, en repoussant la porte.

— Non, mais c'est une saudite bonne tempête, fit sa mère en retirant sa tuque couverte de neige. Pendant qu'on va préparer le souper, vous autres, les garçons, vous allez me remplir le coffre à bois. Ça me surprendrait qu'on puisse commencer à déneiger durant la soirée.

En fait, la veuve se trompait. De violentes bourrasques de vent se levèrent durant le souper, chassant rapidement les derniers nuages et ébranlant les vitres des fenêtres. Le calme soudain qui succéda à la tempête surprit tout le monde. Norbert quitta la chaise berçante où il venait de s'asseoir pour jeter un coup d'œil à l'extérieur.

— On voit pas grand-chose dehors, mais on dirait qu'il neige plus pantoute, annonça-t-il à sa mère et à sa sœur en train de ranger la cuisine. Je vais aller voir ça.

Il traversa la pièce et pénétra dans la cuisine d'été. Après s'être habillé, il sortit sur la galerie. Il régnait à l'extérieur un silence impressionnant, comme si tout était étouffé par une épaisse ouate blanche. De fait, tout était blanc à perte de vue et l'adolescent aurait pu jurer que la moindre trace de vie humaine avait disparu. Il rentra un instant pour annoncer qu'il ne neigeait plus et qu'il allait commencer à passer la gratte.

— On va aller te donner un coup de main à nettoyer, lui dit sa mère. Si on se met ensemble, ça va prendre moins de temps à se désembourber. Penses-tu avoir besoin d'aide pour atteler les chevaux à la gratte ? demanda-t-elle à son fils.

— Je vais essayer de me débrouiller tout seul, répondit ce dernier en sortant.

Lionel et Madeleine entreprirent de déneiger la galerie et les marches pendant que leur mère, armée elle aussi d'une pelle, alla dégager les entrées de chacun des bâtiments. Avant de se mettre au travail, elle regarda Norbert sortir d'abord le blond de l'écurie et attacher l'une des chaînes de la gratte à son harnais. Elle ne bougea pas, attendant de voir comment Cocotte allait réagir lorsqu'elle se retrouverait attelée en tandem avec l'autre bête. Norbert sortit en tenant la jument par le mors. Il la fit reculer aux côtés de l'autre cheval et attacha la chaîne sans que la bête manifeste le moindre signe de nervosité.

— C'est là qu'on va voir si elle est bonne à quelque chose, dit l'adolescent à sa mère en prenant place derrière les trois épais madriers en chêne longs d'environ douze pieds reliés entre eux par des travers.

On avait fixé à chaque extrémité de l'instrument rudimentaire lourdement lesté des chaînes de longueur inégale qu'on attachait au harnais des chevaux.

— Hue! cria donc Norbert en agitant les rênes.

Après une légère hésitation, les deux bêtes se mirent à avancer lentement, surprises par le poids inattendu qu'elles devaient tirer derrière elles. Aussitôt, les madriers traînés en oblique se mirent à repousser la neige sur le côté.

Norbert fit d'abord lentement un passage dans la cour, puis un second. Sa mère, qui venait de dégager la porte du poulailler, le regarda faire.

— Ça a l'air d'aller pas mal bien, cria-t-elle à son fils.

— Même si je vais être obligé de passer au moins deux fois à la même place parce qu'il est tombé trop de neige, ça va pas mal mieux que l'hiver passé, reconnut l'adolescent. Cocotte est solide.

— Je vois ça, dit sa mère. Quand t'auras fini de nettoyer la cour, mets-leur une couverte sur le dos et laisse-les souffler un peu avant d'aller sur le chemin. En plus, tu vas avoir besoin de te réchauffer.

Norbert fit signe de la tête qu'il avait bien compris et poursuivit son chemin en tenant solidement les rênes de son attelage qui avançait à un rythme régulier.

Même avec deux chevaux, il eut besoin de pratiquement toute la soirée pour dégager la cour et la portion de route qui longeait la terre des Boisvert. Quand il rentra dans la cour, les mains et les pieds gourds à cause du froid, il retrouva sa mère sur son chemin.

— Rentre te réchauffer. Je vais m'occuper des chevaux, lui ordonna-t-elle.

— Voyons donc, m'man, je suis capable de le faire, protesta-t-il faiblement.

— T'es complètement gelé. Fais ce que je te dis, fit-elle en s'emparant des rênes.

La veuve conduisit les bêtes tout près de l'étable. Elle les débarrassa des chaînes qui les entravaient et les conduisit l'une après l'autre dans l'écurie. Elle prit le temps de les bouchonner avant de leur servir une bonne ration d'avoine. Elle éteignit ensuite son fanal et regagna sa maison. Ce soir-là, elle avait subitement compris en regardant travailler son fils qu'il était devenu un homme, capable d'abattre un travail solide.

—⁓—

Deux jours plus tard, Corinne s'empressa de laver la vaisselle sale du souper avec Madeleine avant de gagner sa chambre à coucher pour faire sa toilette. Elle attendait cette soirée avec impatience depuis plusieurs jours et avait cuisiné une recette de sucre à la crème, friandise que son amoureux semblait particulièrement apprécier. Elle se coiffa devant son miroir après s'être lavée avec le savon de toilette qu'elle n'utilisait habituellement que pour donner une bonne odeur à ses vêtements dans ses tiroirs de commode. En se poudrant légèrement les joues, elle se promit de reprocher à son amoureux de n'être pas venu lui apprendre son élection au poste de commissaire au début de la semaine.

— Je lui dirai peut-être rien, dit-elle tout bas. Il faudrait pas qu'il pense que je m'attache à lui à ce point-là. Par contre, je pourrais peut-être lui faire comprendre qu'il pourrait aussi venir veiller le mercredi soir, comme Léopold. J'ai l'impression qu'il serait bien content de ça, ajouta-t-elle avec un sourire.

Elle gagna la cuisine au moment même où Léopold y entrait. Le jeune homme s'informa de la manière dont Cocotte s'était tirée d'affaire lors de la première tempête et parla un peu avec Norbert de la coupe de bois sur leurs terres respectives.

— Si jamais Jocelyn Jutras veut plus continuer, offrit le fiancé de Madeleine, on pourra toujours s'arranger pour travailler ensemble avec Tit-Bé.

Madeleine conduisit ensuite son fiancé au salon et sa mère prit un tricot avant de s'asseoir près du poêle dans sa chaise berçante. Norbert décida de monter dans sa chambre, comme s'il ne désirait pas voir Ian Sullivan, mais Lionel demeura dans la pièce, occupé à compléter un devoir donné la veille par sa sœur.

Durant l'heure suivante, la maîtresse de maison ne cessa de faire des allers et retours jusqu'aux fenêtres, scrutant la route pour voir si Ian arrivait.

— Veux-tu bien me dire ce qui le retarde comme ça ? se demanda-t-elle à mi-voix à plusieurs reprises en reprenant son tricot après s'être assise.

La soirée s'étirait, interminable, ponctuée par le tic-tac agaçant de l'horloge murale. Norbert finit par descendre de sa chambre alors que Lionel était invité à monter se coucher par sa mère. L'adolescent, surpris de constater l'absence du voisin, se garda de poser la moindre question. Il prit le jeu de cartes délaissé par son jeune frère et se mit à faire une patience. Il voyait bien que sa mère était nerveuse et inquiète.

Peu après dix heures, Léopold vint saluer Corinne et Madeleine l'accompagna jusqu'à la porte avant de revenir dans la cuisine. Si la jeune fille était surprise de retrouver sa mère seule, elle n'en fit pas mention. La prière du soir fut expédiée rapidement et chacun put aller se coucher. Quand la porte de sa chambre se referma sur elle, la veuve ne put empêcher sa frustration et sa colère d'éclater.

— Lui, il va m'entendre demain, dit-elle, les dents serrées. Il me prendra pas deux fois pour une dinde à passer mes soirées à l'attendre pour rien. C'est pas vrai !

Elle s'endormit en se répétant les réparties cinglantes qu'elle allait avoir le plaisir d'adresser à son amoureux transi le lendemain après-midi.

Le lendemain matin, sa colère était beaucoup moins vive. Soudain, elle venait de penser que madame Sullivan avait pu avoir un malaise et que son fils avait dû être dans l'obligation d'en prendre soin la veille. Une vache avait pu vêler dans la soirée, l'empêchant ainsi de venir lui tenir compagnie. Il avait pu tomber malade lui-même. Pourquoi pas ? Assiégée par toutes ces suppositions, elle fut passablement distraite durant la grand-messe. Elle remarqua toutefois qu'Émilie Michaud était de retour puisqu'elle entonna de sa voix extraordinaire le solo du chant de communion.

À sa sortie de l'église avec Norbert et Lionel, Corinne s'empressa de rejoindre Madeleine et Léopold. En ce dernier dimanche du mois de novembre, les *sleighs*, les berlots et quelques élégantes catherines avaient remplacé les bogheis. Corinne aperçut du coin de l'œil Henri et Annette s'esquivant rapidement vers leur *sleigh*.

Puis, elle vit Ian en grande discussion avec Émilie Michaud et deux autres membres de la chorale qui venaient d'apparaître sur le parvis. Pendant quelques instants, la veuve attendit que son prétendant vienne la rejoindre, ne serait-ce que pour lui expliquer la raison de son absence la veille. Quand elle se rendit compte qu'il n'avait pas cette intention, elle eut un mouvement d'humeur et pressa Norbert de la ramener à la ferme du rang Saint-Joseph. Lionel, comme d'habitude, allait revenir à la maison dans la voiture de Léopold pour chaperonner les fiancés. À son retour chez elle, elle demeura endimanchée, se contentant de protéger sa plus belle robe avec un tablier pour ne pas la salir en cuisinant le dîner.

— Dites donc, m'man, vous êtes-vous chicanée avec monsieur Sullivan? finit par lui demander à voix basse Madeleine alors qu'elles s'activaient dans la cuisine.

— Non, pourquoi tu me demandes ça? feignit de s'étonner sa mère.

— Bien, parce qu'il est pas venu veiller hier soir.

— Il est pas obligé de venir toutes les fins de semaine, lui fit remarquer Corinne, sur un ton qui laissait clairement entendre qu'elle ne souhaitait pas poursuivre cette conversation.

Sa fille comprit et se mit à parler de l'appétit sans bornes de Tit-Bé, si elle se fiait à ce que lui avait rapporté Léopold.

— Vous le croirez pas, m'man, mais il mange six œufs le matin avec du lard et presque la moitié d'un pain.

— C'est à se demander où il met tout ça, fit sa mère que le sujet intéressait peu. Il est maigre à faire peur, cet homme-là.

Cet après-midi-là, la veuve attendit encore vainement son amoureux. Ian Sullivan ne vint pas plus frapper à sa porte que la veille. De plus en plus nerveuse et inquiète, elle essaya de se rappeler la dernière soirée passée ensemble pour tenter de voir ce qu'elle avait bien pu faire ou dire qui aurait pu l'insulter. Elle ne trouva rien.

Après le départ de Léopold, Corinne changea de robe et alla faire le train avec ses enfants. À leur sortie des bâtiments, une petite neige s'était mise à tomber doucement. L'humeur sombre, la mère de famille, aidée par son aînée, servit le souper et rangea la cuisine avant de sortir la courtepointe qu'elle avait entrepris de piquer. Elle venait à peine de s'asseoir quand des pas sur la galerie la firent légèrement sursauter.

— Madeleine, appela-t-elle, Léopold arrive.

— C'est correct, je vais ouvrir, répondit l'institutrice en sortant du salon où elle venait de déposer une lampe à huile.

Les voix dans la cuisine d'été attirèrent l'attention de la maîtresse de maison.

— Oui, monsieur Sullivan, ma mère est dans la cuisine, entendit-elle Madeleine dire au visiteur.

Avant même que le voisin entre dans la pièce avec Madeleine et Léopold, Corinne s'enfuit dans sa chambre après avoir laissé tomber sa courtepointe près de sa chaise berçante.

— Saudite affaire! dit-elle avec rage en allumant la lampe de service posée sur sa table de nuit. Je suis même pas préparée.

Elle enleva ce qu'elle appelait sa robe de semaine pour mettre celle du dimanche. On frappa à la porte de la chambre.

— M'man, c'est monsieur Sullivan qui vient d'arriver, entendit-elle sa fille lui dire à travers la porte.

— Fais-le asseoir et dis-lui que j'en ai pour cinq minutes, répondit-elle à sa fille, le cœur battant la chamade.

Après avoir boutonné nerveusement sa robe, elle s'examina dans le miroir, vérifia le bon ordre de son chignon et se poudra légèrement le nez. Avant de quitter la pièce, elle s'efforça de se composer un visage neutre.

De retour dans la cuisine, elle salua Léopold et Ian tout en constatant que sa fille avait rangé sa courtepointe et que Norbert s'était esquivé. Madeleine disparut rapidement dans le salon avec son fiancé et l'hôtesse invita son amoureux à prendre place dans l'une des chaises berçantes après lui avoir proposé une tasse de thé et du sucre à la crème. Elle mourait d'envie d'apprendre pourquoi il lui avait fait faux bond la veille et l'après-midi même, mais sa fierté l'empêchait de quémander des explications. Elle n'eut cependant pas à attendre bien longtemps avant que le nouveau commissaire de Saint-Paul-des-Prés lui donne la raison de ses absences.

— Hier soir, j'aurais ben aimé venir veiller avec toi, lui dit-il à voix basse, mais un cousin de Verchères est arrivé à la maison hier après-midi et il est resté collé jusqu'au souper, aujourd'hui. Je l'aurais ben laissé tout seul avec ma mère, mais ça aurait pas été ben poli, tu comprends ?

— C'est pas grave, le rassura Corinne. Va surtout pas te sentir obligé de venir veiller avec moi tous les samedis et dimanches. À dire vrai, je t'attendais pas pantoute, mentit-elle effrontément.

— J'espère que je te dérange pas à soir, au moins ? demanda Ian, un peu surpris par sa réponse.

— Non, comme t'as pu le voir, j'étais en train de travailler sur une courtepointe quand t'es arrivé.

Bref, quelques minutes à peine après l'arrivée de son amoureux, Corinne avait pratiquement oublié les heures pénibles qu'elle avait vécues depuis la veille. Tout était rentré dans l'ordre et Ian se montrait aussi tendre que pressant, ce qui avait le don de l'émouvoir singulièrement.

Se sentir de nouveau belle, désirée et admirée la transportait d'autant plus qu'elle n'avait pas éprouvé cette sensation depuis la lointaine époque de ses fiançailles, plus de vingt ans auparavant.

À la fin de la soirée, Ian parvint à lui voler un baiser en partant, ce qui la choqua et la ravit en même temps.

Cette nuit-là, des rêveries très agréables l'empêchèrent de s'endormir. Par conséquent, elle eut du mal à quitter son lit le lendemain matin. Il fallut que Madeleine vienne frapper à sa porte pour qu'elle consente enfin à reprendre pied dans la réalité.

— Êtes-vous malade, m'man ? lui demanda la jeune fille, qui ne se souvenait pas d'avoir déjà eu à réveiller sa mère.

— Non, j'ai seulement mal dormi, mentit-elle en serrant frileusement son châle sur ses épaules. On gèle dans la cuisine.

— Je viens d'allumer le poêle, lui dit sa fille.

En ce lundi matin, Corinne fit son lavage après le départ des siens. Elle tendit des cordes dans la cuisine et y étendit les vêtements qu'elle venait de laver. Les vitres s'embuèrent alors rapidement à cause de l'humidité. Après avoir tout rangé, elle décida de préparer sa pâte à pain, comme elle le faisait au début de chaque semaine. Au moment de se mettre au travail, elle s'aperçut avec dépit qu'elle n'avait plus suffisamment de levure et qu'elle avait oublié d'en acheter le samedi précédent chez Duquette.

— Dis-moi pas que je vais être obligée d'atteler et d'aller au village juste pour ça, dit-elle à haute voix.

Elle se demanda si elle n'attendrait pas après le repas du midi pour y aller, puis elle se décida à se débarrasser avant le dîner de cette corvée. Elle s'habilla, alla atteler Cocotte à la *sleigh* et prit la direction du village. Norbert avait quitté la maison un peu après sept heures avec le long traîneau auquel il avait attelé le blond.

La veuve entra dans le magasin général en même temps que Mance Rivest, la servante du curé Morin. Elle la salua ainsi qu'Alexina Duquette et son mari, debout derrière le long comptoir en bois. Émilia Lévesque lui adressa un sourire contraint avant de reprendre sa conversation avec les deux propriétaires du magasin. Corinne lui rendit son sourire avant de se diriger vers l'une des trois rangées de produits offerts par le commerce. Elle eut le temps de voir la servante du curé s'approcher du trio pour participer à leur conversation.

Les gens rassemblés au comptoir semblèrent oublier pendant un moment la présence de Corinne. Pour sa part, cette dernière ne prêta aucune attention à leur discussion, du moins jusqu'à l'instant où elle entendit parler de l'Irlandais. Alors là, elle tendit l'oreille en feignant d'examiner divers produits rangés sur une tablette devant elle.

— Je suppose que ça a pas dû faire trop trop l'affaire de madame Vigneault de voir revenir la Michaud hier matin pour la grand-messe? demanda l'ancienne directrice de la chorale. Elle devait évidemment s'attendre à diriger la chorale.

— C'est bien normal, fit Alexina Duquette.

— Bien sûr, Émilie Michaud devait être encore partie en ville, fit Mance.

— Le bedeau reste à côté de chez elle. Il m'a dit que ça fait deux bonnes semaines qu'elle va en ville les fins de semaine, sentit le besoin de préciser Alcide Duquette.

— Je sais pas si ça a enragé Mariette Vigneault de la voir revenir diriger la chorale à sa place à la grand-messe, hier matin, fit sa femme, mais Sullivan, lui, devait être pas mal content.

— Est-ce que c'est vrai qu'il y aurait une petite histoire d'amour entre l'Irlandais et cette femme-là? demanda Mance sur un ton un peu méprisant.

— On le dirait ben, confirma Alcide Duquette. Je me suis laissé dire que ça durait même depuis un bon bout de temps.

— C'est bien ce que le père Leblanc m'a raconté, reprit la servante. Il m'a dit qu'il voyait l'Irlandais entrer chez la Michaud un ou deux soirs par semaine à part le samedi et le dimanche, comme de raison. Pour moi, ça va virer en basse-messe cette histoire-là.

— Vous êtes certaine de ça, madame Rivest? lui demanda Alcide Duquette.

— Il me l'a juré sur la tête de ses enfants, répondit la servante.

— Qu'il la marie serait la moindre des choses, intervint Émilia Lévesque, le bec pincé. Si ça a de l'allure de voir un homme et une femme pas mariés, tout seuls, sans chaperon, dans une maison. C'est sûr qu'ils passent pas leur soirée ensemble pour dire leur prière, ajouta-t-elle, l'air franchement scandalisée. Vous savez comme moi que le bedeau est une vraie commère. S'il commence à raconter ça à gauche et à droite, ça va être un vrai scandale. La directrice de la chorale paroissiale qui fricote avec un marguillier. Monsieur le curé va bien piquer une crise s'il apprend ça.

Si l'une des quatre personnes rassemblées près du comptoir avait pris la peine de jeter un coup d'œil à Corinne, elle se serait rendu compte que la veuve s'était immobilisée, tétanisée par ce qu'elle venait d'entendre. Cette dernière attendit un bon moment afin de retrouver son calme avant de se présenter à la caisse avec la levure qu'elle venait de prendre sur une tablette.

Elle paya au marchand ce qu'elle lui devait, adressa un bref sourire aux dames présentes, les salua et quitta le magasin sans se retourner. Elle était certaine qu'on s'était mis à parler d'elle dès que la porte s'était refermée dans son dos. Elle s'en fichait, on n'avait rien à lui reprocher. Sa conduite et celle des siens étaient inattaquables.

Quand elle monta dans la *sleigh*, elle était dans une rage folle.

— Si c'est vrai ce que je viens d'entendre, Ian Sullivan est un maudit menteur ! Un maudit menteur ! répéta-t-elle à plusieurs reprises et de plus en plus fort. Il a bien ri de moi ! Mais qu'est-ce que j'ai fait au bon Dieu pour tomber encore une fois sur un homme comme ça ? s'écria-t-elle au bord des larmes.

Elle se rappelait trop bien comment son Laurent l'avait traitée lors de leurs fréquentations. Elle n'avait appris que quelques mois après son mariage qu'il l'avait fréquentée en même temps que Catherine Gariépy, celle qui allait devenir l'épouse de Jocelyn Jutras. Il n'avait abandonné la fille d'Honorine Gariépy que peu de temps après leurs fiançailles.

— Tu parles d'un bel hypocrite, à part ça! Si ce qu'on raconte est vrai, il est venu veiller avec moi les deux dernières semaines juste parce que la Michaud était en ville. Pourquoi se gêner?

Folle de rage, elle donna un coup de poing sur le siège de la *sleigh*.

— C'est facile. Quand une est pas là, il a juste à venir voir la veuve du rang Saint-Joseph! dit-elle, sarcastique. À l'entendre, il avait pas fréquenté une femme depuis qu'il était jeune! Un beau menteur, oui! Je suis tombée encore une fois sur un beau parleur et moi, la niaiseuse, j'ai cru tout ce qu'il m'a dit. Ça m'apprendra! Dire que j'allais lui offrir de venir veiller aussi le mercredi soir! C'est sûr qu'il se serait trouvé une défaite parce qu'il aurait été trop occupé à aller minoucher la Michaud!

Elle détela Cocotte et la fit entrer dans l'écurie avant de regagner la maison. Après avoir retiré son manteau, elle s'empressa d'aller jeter deux rondins dans le poêle avant de se laisser tomber dans sa chaise berçante, le cœur en miettes et son orgueil blessé.

— Si ça se trouve, il a jamais eu la visite d'un cousin la fin de semaine passée. Il était chez la Michaud pendant que je l'attendais à me ronger les sangs comme une belle niaiseuse! Maudit menteur! répéta-t-elle encore une fois. C'est pas demain la veille qu'un autre homme va venir rire de moi en pleine face.

Les dents serrées, elle se releva et entreprit de préparer le dîner avant d'ajouter la levure à sa pâte à pain. Elle le cuirait quand Norbert serait retourné travailler, même si elle n'avait qu'une envie, celle d'aller s'étendre dans sa chambre pour pleurer sur son sort. Elle passa l'après-midi à penser à sa mésaventure et à celui qui avait trahi sa confiance. Pourtant, elle finit par se raisonner progressivement.

— Au fond, c'est pas la fin du monde, réfléchit-elle à un certain moment, répétant sans s'en rendre compte la phrase apaisante que sa mère disait si souvent. Ian Sullivan a ri de moi, mais personne doit être au courant dans la paroisse. Il s'en est certainement pas vanté à sa mère ou à quelqu'un d'autre. À cette heure, lui, il va apprendre comment je m'appelle. S'il a le front de se présenter ici dedans, il fera pas de vieux os, je le garantis.

Forte de cette résolution, elle poursuivit la tâche qu'elle venait d'entreprendre tout en surveillant la cuisson de son pain. Il y avait déjà quatre miches dorées sur la table et les deux dernières finissaient de cuire quand Norbert revint en compagnie de Jocelyn. Tous deux avaient bûché toute la journée sur sa terre à bois. Elle se précipita vers la porte qu'elle ouvrit.

— Jocelyn! héla-t-elle le voisin. Arrête une minute, ton pain est prêt.

Le veuf entra dans la maison. Elle lui offrit une tasse de thé pour se réchauffer, mais il refusa sous prétexte de vouloir faire son train de bonne heure. Il la remercia pour le pain et rentra chez lui.

— Ça va ben, déclara Norbert, satisfait de sa journée de travail. On va être capables de rapporter deux bons traîneaux de bois demain avant-midi avant d'aller bûcher chez eux.

Ce soir-là, la mère de famille s'enferma dans un mutisme inhabituel pendant que Madeleine préparait sa classe et que Lionel faisait ses devoirs à table. Sa folle colère à l'endroit de Ian Sullivan avait fait place à une froide détermination. Par fierté, elle n'allait ni lui faire une crise de jalousie ni lui reprocher quoi que ce soit. Non, elle n'allait même pas chercher à le reconquérir. Un menteur et un hypocrite semblable ne méritait que d'être ignoré. Elle prit la décision d'invoquer toutes sortes d'excuses pour ne pas le recevoir quand il se présenterait chez elle. À la longue, il finirait par comprendre qu'elle ne voulait plus avoir affaire à lui et tout rentrerait dans l'ordre, sauf la profonde blessure à son amour-propre qui prendrait sûrement beaucoup de temps à se cicatriser.

— S'il y a une justice en ce bas monde, murmura-t-elle avant de s'endormir ce soir-là, il va payer pour ce qu'il m'a fait.

Chapitre 23

Le scandale

La semaine passa sans événement notable, du moins jusqu'au vendredi matin. Comme tous les jours, Corinne s'était réveillée à cinq heures et demie. Depuis l'arrivée des premiers froids, elle avait renoué avec l'habitude de se lever à période fixe durant la nuit pour alimenter le poêle, sinon la maison se transformait en véritable glacière. Cette précaution n'empêchait nullement la maison de se rafraîchir, mais cela aurait été pire si elle ne l'avait pas fait. Quand elle se levait si tôt, c'était autant pour éviter qu'il n'y ait plus un tison dans le poêle au réveil que pour faire le train avant le déjeuner.

Avant de réveiller les siens, la veuve s'était habillée en grelottant et avait déposé la vieille théière sur le poêle que les flammes faisaient ronfler.

— Grouillez-vous, les enfants. Il est bien proche six heures, cria-t-elle, debout au pied des marches de l'escalier qui conduisait à l'étage des chambres.

Elle eut le temps d'endosser son manteau, de chausser ses bottes et d'allumer les deux fanaux déposés sur la table de la cuisine d'été avant de voir paraître ses trois enfants, les yeux encore gonflés de sommeil. Sans rien dire, elle sortit de la maison. Un froid vif et un ciel étoilé l'accueillirent. Elle pressa le pas en direction de l'étable, sans vérifier si Norbert la suivait ou pas.

Son fils l'avait rejointe dans le bâtiment depuis quelques minutes quand les cris apeurés de Madeleine faillirent lui faire échapper le seau contenant le lait de la vache qu'elle venait de traire.

— Bonne sainte Anne! s'exclama-t-elle en se précipitant vers la porte de l'étable après avoir déposé son seau, qu'est-ce qui se passe encore?

La mère de famille eut à peine le temps d'ouvrir la porte qu'elle vit accourir sa fille vers elle. Lionel sortait de l'écurie voisine au même moment.

— Qu'est-ce que t'as à crier comme une perdue? lui demanda Corinne.

— Il y a quelqu'un ou un animal en haut, dans le poulailler! fit la jeune fille, hors d'haleine et prête à défaillir. J'ai jamais eu aussi peur de ma vie.

— Qu'est-ce que tu racontes là? fit Norbert, qui venait de sortir de l'étable à son tour. Il y a rien en haut. Qu'est-ce qu'un animal ferait là?

— C'est peut-être un renard, suggéra Lionel.

— Ben non, répliqua son frère. Si c'était un renard, il serait en bas après les poules, pas en haut.

— En tout cas, il y a quelque chose là, dit Madeleine en reprenant son souffle. J'étais en train de lever les œufs quand j'ai entendu tout un charivari en haut. J'ai failli avoir une syncope.

— T'es pas allée voir? fit Norbert.

— Es-tu malade, toi? s'emporta l'institutrice.

— Comme ça, on n'est pas plus avancés. On sait pas ce qu'il y a dans le grenier, répliqua sa mère.

— En tout cas, moi, je retourne pas là-dedans, déclara Madeleine sur un ton péremptoire.

— C'est correct, occupe-toi d'aller nourrir les cochons et va préparer le déjeuner, fit sa mère. Il commence à faire clair. On va aller voir ce qu'il y a là. Toi, Norbert, va chercher le fusil à la maison.

— Ben non, m'man, on n'a pas besoin du fusil, répliqua l'adolescent avec assurance. Un bâton va être ben assez. Je vais m'en occuper tout seul.

Cette mâle assurance parut légèrement suspecte à la mère de famille et elle décida de l'accompagner.

— Attends, j'y vais avec toi, lui ordonna-t-elle. Et prends un bâton, on sait jamais à qui on a affaire.

L'air subitement contrarié de son fils convainquit Corinne qu'il y avait anguille sous roche. Elle n'avait pas fait trois pas en direction du poulailler que Norbert l'arrêta.

— C'est pas nécessaire pantoute que vous veniez, m'man. Je sais ce qu'il y a en haut du poulailler. Je m'en occupe.

— Bon, il me semblait bien aussi, laissa tomber sa mère. Qu'est-ce qu'il y a là?

— La chienne des Lavallée a eu des chiots il y a trois semaines, expliqua l'adolescent. Alexandre m'en a donné un hier. Je savais que vous en voudriez pas dans la maison. Ça fait que je l'ai installé en haut. Il nuit à personne.

— Norbert Boisvert, je t'ai dit cent fois que je voulais pas de chien. Un chien, c'est juste bon à faire peur aux vaches et aux chevaux! s'écria Corinne.

— Mais m'man, il est tout petit, plaida Norbert. Il peut pas faire peur à rien, c'est lui qui a peur de tout.

— Je t'ai dit…

— Attendez, je vais vous le montrer, la coupa son fils en se dirigeant vers le poulailler d'où il sortit quelques instants plus tard en portant un petit chiot tout noir qui gémissait comme un enfant.

— Regardez, m'man, s'il est beau, fit Norbert en caressant doucement la bête qu'il serrait contre lui.

Corinne se laissa attendrir en voyant le petit labrador que tenait son fils. De plus, l'adolescent avait l'air si heureux qu'elle aurait eu mauvaise conscience de lui demander de renoncer à son chiot.

— C'est correct, tu peux le garder, mais dans la remise. Si jamais j'aperçois ce chien-là dans la maison, tu vas t'en débarrasser tout de suite.

Norbert, tout heureux de la décision maternelle, remercia sa mère et s'empressa d'aller installer sa bête dans la remise avant de revenir terminer le train.

Quand Madeleine apprit que c'était un chiot qui lui avait causé une si grande peur, elle balança durant quelques instants entre la colère et le rire. Finalement, elle choisit de rire de sa mésaventure et suivit son frère dans la remise après le déjeuner pour y admirer le nouveau pensionnaire.

— Comment tu vas l'appeler ? demanda-t-elle à son frère en se préparant à partir pour l'école.

Norbert réfléchit un court instant avant de dire :

— Je pense que je vais l'appeler Noiraud.

— En tout cas, on peut pas dire que tu t'es creusé trop trop la cervelle pour lui trouver un nom original, fit sa sœur en faisant signe à Lionel de sortir de la maison devant elle.

—⚬⚬—

Corinne passa une bonne partie du samedi après-midi à chercher une façon d'expliquer à ses enfants qu'elle ne voulait plus voir Ian Sullivan entrer dans la maison. Finalement, à l'heure du souper, elle se décida à leur parler.

— Si jamais Ian Sullivan vient frapper à la porte à soir ou un autre jour, j'aimerais que vous lui répondiez que j'ai la grippe, que je suis couchée, que je peux pas le voir.

Norbert tourna vers sa sœur Madeleine un visage qui exprimait la plus parfaite incompréhension.

— Qu'est-ce qui s'est passé ? demanda-t-il, curieux.

— C'est pas de tes affaires, mon garçon, lui répondit sèchement sa mère. Contente-toi de faire ce que je te dis. De toute façon, ça devrait pas te faire trop de peine. Si je me trompe pas, tu peux pas le sentir.

L'adolescent ne protesta pas et se le tint pour dit.

Ce soir-là, Léopold venait à peine de s'installer au salon qu'on frappa à la porte. Corinne ne broncha pas et fit signe à Norbert d'aller répondre. Ce dernier sortit de la cuisine et alla ouvrir dans la pièce voisine. Il en revint moins d'une minute plus tard en arborant un air satisfait.

— Il avait l'air pas mal dépité, se contenta-t-il de dire. Il vous souhaite de guérir vite. Il va revenir demain après-midi.

Sa mère ne dit pas un mot. Elle se leva et regarda par la fenêtre le voisin s'en retourner à pied chez lui. Elle reprit sa place dans sa chaise berçante et se mit à tricoter en songeant qu'on était presque à la mi-décembre et qu'il lui faudrait bientôt planifier les fêtes de fin d'année.

— Si jamais tu vois un sapin qui a du bon sens, dit-elle à son fils qui s'apprêtait à aller s'amuser avec son chiot dans la remise, coupe-le et apporte-le à la maison. On va l'installer ici dedans.

— Je vais regarder, promit-il.

Le lendemain, Corinne vit sans surprise un Ian Sullivan tout souriant s'approcher d'elle tandis qu'elle s'apprêtait à monter dans la *sleigh* après la grand-messe.

— Je vois que tu vas pas mal mieux qu'hier, lui dit-il.

— Pas tellement mieux, se contenta-t-elle de dire en se couvrant les jambes avec la lourde couverture de carriole.

— Est-ce que tu penses que je pourrais aller passer l'après-midi avec toi ? osa-t-il lui demander.

— Sais-tu, Ian, je me sens pas très bien depuis une semaine, mentit-elle. J'ai besoin de me remettre d'aplomb. Je pense que le mieux serait que je t'envoie un de mes enfants t'avertir quand je me sentirai mieux.

— Es-tu sérieuse ? fit-il, soudain frappé par son ton plutôt froid.

— C'est ce qu'il y a de mieux à faire. Bon, tu m'excuseras, mais je commence à geler et c'est pas bien bon pour ma grippe.

Norbert, qui n'attendait que ce signal pour mettre l'attelage en marche, laissa sur place un Ian Sullivan un peu abasourdi par ce qu'il venait d'entendre.

— Est-ce que vous avez vraiment l'intention de nous envoyer l'avertir ? demanda l'adolescent à sa mère.

— Ça me surprendrait, fit Corinne, contente de s'être sortie de cette manière de la situation humiliante où elle se trouvait.

Durant le trajet de retour à la maison, elle se mit à espérer que son prétendu amoureux ait bien compris que c'était terminé et qu'il n'aurait pas le culot d'insister pour revenir veiller chez elle.

Le hasard fit en sorte que cela ne risquait pas de se produire de sitôt.

—⁓—

Trois jours plus tard, au milieu de la soirée, le docteur Précourt rentrait chez lui après avoir visité une patiente quand il vit des flammes sortir par la cheminée de la petite maison blanche habitée par Émilie Michaud. Il faisait très froid et le médecin eut du mal à immobiliser son énorme Buick sur la chaussée glissante. Il se précipita pour aller frapper à la porte de la directrice intérimaire de la chorale paroissiale. Il fut bientôt rejoint par Anselme Leblanc, le bedeau, qui venait de remarquer les flammes alors qu'il quittait l'église.

— Le feu est poigné dans la cheminée, déclara le vieil homme en frappant à coups redoublés à la porte de la jeune femme.

— Je comprends pas que madame Michaud s'en rende pas compte, fit le médecin en l'imitant.

La porte s'ouvrit tout à coup sur un Ian Sullivan à la chevelure ébouriffée et apparemment mal réveillé. Il n'avait même pas pris le temps de passer ses bretelles. Le bedeau prit un moment pour surmonter sa stupéfaction avant de lui crier :

— Aïe, le feu est poigné dans les tuyaux de ton poêle. Si tu te grouilles pas, toute la maison va y passer.

Sans prendre la peine de refermer la porte, le célibataire se précipita vers le poêle et vit que les tuyaux avaient viré au rouge. Il s'empara de la boîte de gros sel qu'on tenait toujours près du poêle pour contrer ce genre d'accident et il la vida dans le poêle après avoir soulevé un rond.

— Qu'est-ce qu'il y a ? demanda Émilie Michaud qui sortait de la pièce voisine en serrant le cordon de sa robe de chambre.

Elle sursauta en apercevant les deux hommes qui la regardaient, debout sur le pas de la porte, ce qui l'encouragea à retourner avec précipitation dans la pièce qu'elle venait de quitter avant même d'attendre la réponse.

Le feu maîtrisé, Ian reprit ses esprits et comprit que les deux spectateurs attentifs avaient saisi la scène plutôt intime qui venait de se dérouler dans la maison.

— Je vous remercie de nous avoir avertis. On s'en était pas aperçus, dit-il au bedeau et au médecin avant de refermer la porte.

Avant même d'avoir regagné la route, les deux hommes purent entendre le cultivateur jurer à tue-tête. Anselme Leblanc eut un gloussement. Il anticipa tout le plaisir qu'il allait avoir à révéler avec force détails dans quel état il avait trouvé la directrice de la chorale et le nouveau marguillier. C'était certain que toute la paroisse allait pouvoir en faire des gorges chaudes durant des semaines.

———

Si le docteur Précourt était habitué à la discrétion, on ne pouvait évidemment en exiger autant de la pire commère de Saint-Paul-des-Prés. Personne n'aurait pu imposer le silence à Anselme Leblanc, surtout quand il connaissait une histoire aussi croustillante. Dès le lendemain midi, la moitié des habitants du village savait qu'on avait trouvé Émilie Michaud et Ian Sullivan en petite tenue, si occupés à faire des choses qu'on ne pouvait raconter devant les enfants, qu'ils n'avaient pas remarqué qu'un feu pris dans la cheminée risquait d'incendier la maison.

Comme il fallait s'y attendre, l'histoire se rendit aux oreilles d'un curé Morin absolument abasourdi qu'un tel scandale frappe deux personnalités si en vue de sa paroisse.

— Maudit batèche ! jura-t-il en assenant une claque retentissante sur son bureau. Il fallait qu'un scandale pareil se produise dans ma paroisse.

Pendant quelques instants, il chercha à qui il pourrait bien s'en prendre. Il ne pouvait blâmer personne d'autre que lui pour le choix du marguillier. Par contre, Émilie Michaud lui avait été recommandée par l'abbé Dupras. Il se leva et se rendit dans le salon où les deux vicaires étaient en train de lire leur bréviaire en attendant l'heure du souper.

— Il y a pas à dire, l'abbé, vous en avez fait une belle, dit-il avec hargne à l'abbé Dupras.

— Qu'est-ce qu'il y a, monsieur le curé ? demanda le vicaire, surpris par cette sortie inattendue de son supérieur.

— Il y a que c'est vous qui m'avez recommandé madame Michaud pour diriger la chorale. Je suppose que vous êtes au courant, vous aussi, du scandale qu'elle cause dans la paroisse.

— Non, monsieur le curé.

— Eh bien, vous devez être le seul à pas le savoir, l'abbé ! répliqua durement Eusèbe Morin. On l'a surprise au lit avec Ian Sullivan hier soir. Le feu était pris dans sa cheminée.

— Je pouvais pas deviner quelle sorte de femme c'était, plaida l'abbé d'une voix égale. Si je me trompe pas, monsieur le curé, c'est pas moi qui ai nommé Sullivan marguillier, ajouta le vicaire.

La riposte du prêtre laissa Eusèbe Morin sans voix. Il tourna les talons et s'engouffra dans son bureau, prêt à recevoir Émilie Michaud qu'il avait envoyé chercher par le bedeau quelques minutes plus tôt.

— Elle, je l'attends avec une brique et un fanal, déclara-t-il, l'air mauvais. Elle viendra pas donner le mauvais exemple dans ma paroisse.

Dans le salon, l'abbé Biron regarda son confrère avec un petit sourire narquois.

— Regarde-moi pas comme ça, lui ordonna Alphonse Dupras. J'y suis pour rien si Sullivan avait un feu plus pressant à éteindre que celui de la cheminée.

— Alphonse! s'exclama René Biron, scandalisé.

Malheureusement, le curé de Saint-Paul-des-Prés allait être dans l'obligation de ronger son frein encore plusieurs heures. Anselme Leblanc revint au presbytère pour lui annoncer que la dame était trop occupée ce soir-là pour venir le rencontrer et qu'elle passerait le voir au début de l'après-midi, le lendemain.

—⁓—

Le lendemain, Émilie Michaud, toujours aussi pimpante, se présenta au presbytère. Mance Rivest, l'air plus pincé qu'à l'ordinaire, la fit passer dans la salle d'attente et alla prévenir le curé Morin.

— La Jézabel est dans la salle d'attente, monsieur le curé, lui dit-elle en se gourmant.

Eusèbe Morin ne dit rien. Il se leva et alla inviter la directrice de la chorale à passer dans son bureau.

— Madame, je suppose que vous devinez pourquoi je vous ai demandé de venir me voir?

— Pas du tout, eut le toupet de répondre Émilie Michaud en lui adressant son plus charmant sourire.

— On vous trouve au lit avec un homme qui est pas votre mari, et vous trouvez ça normal, vous? s'emporta

447

brusquement le prêtre dont le front venait subitement de se couvrir d'une rougeur.

— Mais je suis pas mariée, monsieur le curé, protesta la jeune femme, comme si cette réalité lui donnait tous les droits.

— C'est bien là où est le problème, madame, dit le curé Morin d'une voix cinglante. Avez-vous pensé au mauvais exemple que vous donnez à toute la paroisse ? Malheur à celui par qui le scandale arrive ! s'écria-t-il en citant les Saintes Écritures.

— Personne l'aurait su si votre bedeau n'était pas une langue sale, monsieur le curé, fit sèchement la dame qui commençait à perdre patience. De plus, il invente. J'étais pas au lit avec monsieur Sullivan.

— On discutera pas jusqu'à la fin des temps pour rien, finit par dire Eusèbe Morin. La paroisse va devoir se passer de vos services comme directrice de la chorale, précisa-t-il, comme s'il lui imposait une très lourde punition.

— C'est parfait, accepta la jeune femme en se levant. De toute façon, je devais venir vous prévenir que je ne pouvais plus continuer jusqu'à Noël, comme je vous l'avais proposé. Si ça peut vous rassurer, monsieur le curé, monsieur Sullivan était venu me saluer parce que je quitte définitivement Saint-Paul la semaine prochaine.

— Très bien, madame, dit-il en la raccompagnant jusqu'à la porte de son bureau.

Le prêtre s'était retenu à temps, car il s'apprêtait à dire : « Tant mieux ! » Son soulagement en apprenant que sa visiteuse s'en allait vivre ailleurs était tel qu'il ne chercha même pas à savoir où elle comptait aller vivre ni ce qui avait motivé son départ.

Quelques minutes plus tard, la servante vint le prévenir de l'arrivée de Ian Sullivan, convoqué l'après-midi même. Le cultivateur du rang Saint-Joseph avait passablement perdu de sa superbe quand son curé le fit passer dans son bureau en arborant un air sévère.

— Je n'irai pas par quatre chemins avec vous, monsieur Sullivan, dit le prêtre d'entrée de jeu. Quand je vous ai nommé marguillier, je pensais avoir choisi judicieusement, même si plusieurs paroissiens m'ont reproché par la suite d'avoir fait un passe-droit en vous nommant. Même si vous n'êtes à Saint-Paul que depuis deux ans, je vous ai fait passer avant plusieurs vieux paroissiens méritants. Vous vous en rendez compte ?

— Oui, monsieur le curé, répondit le marguillier en arborant un air repentant.

— Vous avez créé un scandale dans la paroisse. Je n'ai plus confiance en vous.

— Vous pourriez peut-être me donner une petite chance, osa demander le visiteur, assez pitoyable.

— Non, monsieur. Vous allez me remettre votre démission comme marguillier ce soir même. Écrivez que c'est pour des raisons personnelles.

Le visage de Ian Sullivan était devenu blafard. Il venait de perdre bêtement un titre auquel il tenait et qui le plaçait parmi les notables de la paroisse.

— Si j'ai un conseil à vous donner, ajouta le curé de Saint-Paul-des-Prés d'une voix cinglante, en se levant pour indiquer que la rencontre était terminée, faites-vous donc oublier un peu. À votre place, je me retirerais aussi de la chorale. Moins on vous verra, moins les gens seront portés à parler de vous.

Ian Sullivan, abattu, quitta le presbytère et rentra chez lui.

Ce ne fut que ce soir-là que Corinne apprit la mésaventure survenue l'avant-veille à son ex-amoureux. Marie-Claire Rocheleau était venue veiller à la maison et s'était fait un plaisir de rapporter avec force détails tout ce qui se racontait au village.

449

La nouvelle ne réjouit pas particulièrement la veuve. Elle ne fit que lui rappeler la trahison de Ian. Bizarrement, elle se souvint d'une phrase prononcée par le voisin l'été précédent. «Je fonds quand je suis devant une belle créature.»

— Devant moi, il fondait pas, par exemple, dit-elle amère. Il faut croire que je suis pas assez belle !

L'une des conséquences de la trahison de Ian Sullivan avait été d'enlever à la jeune veuve toute confiance dans son charme. Depuis qu'elle avait appris que l'Irlandais fréquentait aussi la directrice de la chorale, elle se sentait vieille et peu attirante.

Chapitre 24

Une autre déception

La veille de la deuxième tempête de neige de la saison, quelques clients un peu désœuvrés s'étaient frileusement rassemblés près de la fournaise qui trônait au centre du magasin général.

— P'tit Jésus! se moqua Anselme Leblanc, il faut croire que les règles ont pas mal changé sans que je m'en aperçoive. C'est rendu que le mandat des marguilliers dure même pas trois mois à cette heure. À ce compte-là, tous les hommes de la paroisse vont finir par l'être un jour ou l'autre.

— Il paraît même que l'Irlandais a voulu démissionner aussi de sa *job* de commissaire, chuchota Alcide Duquette. Les deux autres commissaires ont pas voulu, mais ç'a été dur de le convaincre de rester. Pour moi, il va être pas mal moins faraud pour un bout de temps.

— C'est sûr que cette affaire-là est pas mal gênante pour lui, reprit Joseph Melançon qui venait de bourrer sa pipe. Mais entre nous autres, qui aurait refusé de faire une petite politesse à la belle Émilie Michaud s'il en avait eu la chance?

Les hommes présents se firent des clins d'œil entendus.

Durant la nuit du 20 décembre, une violente tempête se déchaîna, faisant oublier durant quelques jours le départ précipité de l'ancienne directrice de la chorale et la déconfiture largement publicisée de l'ex-marguillier de la paroisse. Évidemment, au matin, il n'était pas question que les enfants se rendent à l'école dans la tourmente. Les écoles de rang et celle du village demeurèrent fermées et l'unique signe de vie était la fumée qui s'échappait de la cheminée des maisons.

Pendant que la tempête faisait rage, Corinne et ses enfants, prisonniers de la maison, en profitèrent pour décorer de guirlandes et de petits anges le sapin rapporté la veille par Norbert.

— Vous trouvez pas que notre arbre est pas mal chenu? demanda l'institutrice en montrant les larges espaces dépourvus de branches.

— Aïe, la grande! fit Norbert. C'est un sauvageon. C'est le plus beau que j'ai trouvé. Si t'es pas contente, t'as juste à aller t'en bûcher un dans le bois.

— Il va faire l'affaire, dit sa mère sur un ton apaisant.

— Il y en a qui mettent des chandelles dans leur arbre, intervint Lionel.

— Pas ici dedans, dit Corinne. Ça, c'est une affaire pour mettre le feu à la maison. Tiens, pendant que j'y pense, ajouta-t-elle. Norbert, mets donc de l'eau dans la chaudière. Il faudrait pas que cet arbre-là sèche avant le jour de l'An. On va avoir de la visite et je voudrais bien qu'il soit encore regardable.

— Quand cette tempête-là va finir, dit Madeleine, on va en avoir encore pour deux ou trois jours à se désembourber.

— Moi, j'espère juste que les chemin vont être dégagés à temps pour qu'on puisse aller chercher Élise, fit sa mère en jetant un coup d'œil à l'extérieur.

Elle ne vit rien qu'un rideau blanc opaque que le vent projetait à l'horizontale.

— Il reste juste deux jours de classe, reprit sa fille. Si je m'écoutais, je dirais aux enfants de rester à la maison tellement ils sont tannants. Depuis une couple de jours, on dirait qu'ils ont le diable au corps.

— Pas moi, en tout cas, protesta Lionel.

— Non, c'est vrai, reconnut sa sœur. Toi, t'es pas mal tranquille.

— Quand on va avoir fini de nettoyer la cour et notre bout de chemin, déclara Norbert à son frère, je vais t'emmener avec moi dans le bois. On va mettre nos raquettes et on va aller chercher du sapinage avec le traîneau. J'ai idée que les piquets de clôture vont avoir disparu avec toute cette neige-là. Il va falloir baliser le chemin, on n'aura pas le choix.

Corinne approuva. Son fils était de plus en plus responsable et avait rarement besoin de se faire dire quoi faire. Elle avait la nette impression qu'il allait devenir un bon habitant, comme sa mère disait souvent.

Au milieu de l'après-midi, la tempête s'essouffla brusquement et il ne tomba plus qu'une petite neige folle poussée par un vent timide. Norbert annonça qu'il allait sortir pour commencer le déneigement. Sa mère et sa sœur poursuivirent la confection des pâtés à la viande et des tartes qui allaient être servis durant la période des fêtes, une tâche qu'elles avaient entreprise dès après le dîner. Depuis plusieurs heures, la cuisine baignait dans des effluves appétissants de bœuf et de porc hachés en train de mijoter avec des oignons sur le poêle.

— Arrive, Lionel, lui ordonna son frère aîné. J'aime autant aller geler dehors que d'endurer ces senteurs-là qui me donnent la faim, ajouta Norbert, la mine gourmande, en se penchant au-dessus de la poêle de fonte où le mélange achevait de cuire.

— Norbert Boisvert, ôte ton grand nez de ma casserole, lui commanda sa mère qui venait d'aller porter sur la table deux tartes aux raisins qu'elle venait de sortir du fourneau. Envoye, va travailler !

— C'est correct, j'ai compris ! Vous voulez même pas me laisser goûter un petit peu.

— C'est en plein ça. Décampe et que je te voie pas sortir ton saudit chien dehors pour faire peur aux chevaux pendant que tu passes la gratte, le prévint sa mère.

Chez les Boisvert, on ne parvint à déblayer toute cette neige tombée depuis la nuit précédente qu'au milieu de la soirée. Léopold arriva chez sa future belle-mère au moment où Norbert était occupé à dételer le blond et Cocotte. Avant de pénétrer dans la maison, le jeune homme s'approcha de l'adolescent.

— On peut dire que tu te traînes pas les pieds pour nettoyer, lui dit-il en contemplant la grande cour bordée déjà d'un haut remblai de neige.

— Il y a pas intérêt. Demain matin, je dois aller chercher ma sœur à Nicolet.

— Si ça te tente, tu pourras toujours prendre ma catherine pour monter là-bas, lui proposa l'ancien homme engagé de sa mère. Ça file en tabarnouche ! Je l'ai essayée la semaine passée.

— C'est sûr que ça me tente, accepta l'adolescent. Avec Cocotte attelée à ça, je niaiserai pas en chemin, certain.

— Tu devras juste faire attention parce que c'est pas mal versant, le prévint le fiancé de Madeleine. Il faut pas oublier que cette voiture-là est beaucoup plus haute sur patins qu'une *sleigh*.

— Inquiète-toi pas, fit Norbert, tout excité par cette perspective d'un long trajet effectué à bord d'une élégante catherine.

À son entrée dans la maison, Léopold apprécia les odeurs de cuisson qui flottaient dans l'air de la maison.

— Ça sent ben bon chez vous, madame Boisvert, complimenta-t-il à la maîtresse de maison. J'ai pas besoin de vous demander ce que vous avez fait cuire. Je suis resté assez longtemps ici dedans pour le savoir.

— Et naturellement, t'es invité au réveillon et au souper de Noël, sentit le besoin de lui préciser Corinne pendant que Madeleine aidait son fiancé à retirer son lourd manteau de drap.

— Merci beaucoup. Ah! pendant que j'y pense, Madeleine, je me suis arrêté pelleter le balcon de l'école et j'ai même eu le temps de te faire un chemin jusqu'aux toilettes en arrière.

— T'es bien fin, Léopold, lui dit la jeune fille. Comme ça, j'aurai pas à sortir de l'école demain matin pour pelleter après avoir allumé la fournaise.

— Si tu veux, je peux toujours aller te l'allumer en revenant de faire mon train, lui proposa Léopold.

— J'aime autant pas, refusa Madeleine. Ton voisin pourrait te voir entrer dans l'école et penser que je suis déjà là. Ça ferait jaser.

— Ian Sullivan sait ben que t'es pas déjà à l'école à cette heure-là, plaida Léopold.

— Lui, il lui arrive tellement d'affaires ces temps-ci qu'il vaut mieux pas lui donner la chance de devenir désagréable, répliqua Madeleine.

— C'est peut-être vrai ce que tu dis, reconnut son fiancé. Qui est-ce qui va passer pour la guignolée demain, dans notre rang, d'après vous, madame Boisvert?

— Pourquoi tu me demandes ça?

— Ben, normalement, ça aurait dû être Ian Sullivan. Il m'avait même demandé de lui donner un coup de main à passer. Là, j'en ai pas eu de nouvelles. J'ai juste su qu'il était plus marguillier.

— À ta place, je m'inquiéterais pas trop de ça, fit Corinne. Monsieur le curé va bien trouver quelqu'un pour le ramassage.

Après avoir mis un gâteau aux fruits au fourneau, la maîtresse de maison termina cette longue journée de travail en plaçant dans une boîte diverses denrées destinées aux défavorisés de la paroisse. Elle alla déposer cette boîte sur la table de la cuisine d'été. En rentrant dans la cuisine d'hiver bien chauffée, elle entendit les jappements excités de Noiraud de l'autre côté de la porte séparant la cuisine d'été de la remise.

Elle l'entrouvrit pour dire à Norbert qu'elle était certaine de trouver là :

— Arrange-toi pas pour attraper ton coup de mort à jouer avec cet animal-là.

— Je viens juste d'arriver, répondit son fils. Il s'ennuie, il faut que je le dresse un peu si je veux qu'il serve à quelque chose.

Corinne vit le labrador s'approcher de la porte qu'elle tenait entrouverte et s'empressa de la lui refermer devant le museau.

— Ma foi du bon Dieu! s'exclama-t-elle à mi-voix avec un léger sourire, on dirait un enfant avec ce chien-là.

——∞——

Le lendemain matin, Norbert se prépara à aller atteler la *sleigh* dès la dernière bouchée de son déjeuner avalée.

— Traînez pas trop si vous voulez que je vous laisse à l'école en passant, dit-il à sa sœur et à son frère en mettant son manteau.

— Il est bien serviable tout à coup, fit remarquer sa mère en s'adressant à Madeleine.

— Il peut bien l'être, m'man, Léopold lui passe sa catherine pour aller chercher Élise.

— C'est quoi, cette histoire-là? demanda Corinne en se tournant vers l'adolescent.

— Il y a pas d'histoire là-dedans, fit Norbert en enfonçant sa tuque sur sa tête. Léopold m'a proposé d'essayer sa catherine et j'ai accepté.

— J'aime pas bien ça, laissa tomber sa mère. C'est versant comme tout, ce genre de traîneau-là.

— Je vais faire ben attention, je suis pas fou, plaida l'adolescent, la main sur la poignée de la porte.

456

— En tout cas, va pas trop vite, le mit en garde sa mère. Et oublie surtout pas d'arrêter une minute chez ta tante Germaine pour lui dire qu'on l'attend pour le souper de Noël. Arrête-toi aussi chez ta grand-mère pour l'inviter et dis-lui de rappeler à tes oncles Bastien et Anatole qu'ils sont invités, eux autres aussi.

— J'oublierai rien, promit Norbert, en s'empressant de sortir avant que sa mère revienne sur sa décision de ne pas s'opposer à ce qu'il essaie la catherine de Léopold.

Après avoir laissé Madeleine et Lionel à l'école, l'adolescent poursuivit son chemin sur quelques arpents avant d'immobiliser la lourde *sleigh* familiale devant l'écurie de son futur beau-frère. Tit-Bé sortit presque immédiatement de la maison et vint l'aider à atteler Cocotte à la catherine, un traîneau élégant monté sur de hauts patins. Léopold vint le rejoindre à l'instant où il s'apprêtait à partir.

— Tu feras ben attention de pas verser dans le fossé avec ta sœur, lui dit-il. Si ça t'arrivait, ta mère m'en voudrait pas mal.

— Je ferai pas le fou, certain, promit-il avant de quitter la cour, heureux de la sensation de légèreté que lui donnait ce traîneau aux lignes élancées. Cocotte elle-même semblait plus fringante, attelée à ce véhicule moins lourd.

La route était très inégalement déblayée en ce lendemain de tempête. Même s'il ne chercha pas à aller trop vite, Norbert couvrit la distance entre Saint-Paul-des-Prés et Saint-François-du-Lac beaucoup plus rapidement qu'il l'avait escompté. Il décida alors de s'arrêter chez sa grand-mère au village pour lui transmettre l'invitation de sa mère avant de poursuivre son chemin jusqu'à Nicolet où il arriva passablement frigorifié.

Son oncle Bernard vint lui ouvrir. L'entrepreneur et sa femme l'obligèrent à entrer pour se réchauffer.

— Ta sœur est au chaud au couvent. Elle peut ben t'attendre un peu, lui fit remarquer Bernard Provencher en lui offrant un siège dans la cuisine alors que sa tante Germaine lui tendait une tasse de thé bouillant et déposait une assiette de biscuits devant lui.

Durant plusieurs minutes, on parla de la dernière tempête de neige et on échangea des nouvelles des membres de la famille. Norbert commit la maladresse d'évoquer brièvement les soirées que Ian Sullivan avait passées à la maison, ce qui provoqua un échange de regards entendus entre son oncle et sa tante.

Une heure plus tard, le jeune homme se présenta à la porte du couvent et aida sa sœur à transporter ses bagages dans la catherine.

— C'est quoi, ce traîneau-là ? D'où il sort ce cheval-là ? demanda Élise.

— Tiens-toi ben, lui ordonna son frère. Ce traîneau-là, c'est la catherine de Léopold. Tu vas t'apercevoir que ça file pas mal plus vite que notre *sleigh*. Pour le cheval, c'est Cocotte, une jument que m'man a achetée au mois de novembre.

Tous les deux montèrent dans le traîneau et Norbert excita son cheval pour qu'il prenne de la vitesse. Ce dernier se mit au trot.

— Essaye de pas nous tuer, lui demanda sa sœur en le voyant faire accélérer leur attelage un peu trop rapidement à son goût. Moi, j'ai pas envie d'avoir un accident aujourd'hui.

Le hasard fit tout de même bien les choses. À plusieurs reprises sur la route entre Nicolet et Baie-du-Fèvre, l'adolescent dut faire avancer la catherine au pas parce qu'un traîneau chargé de bois encombrait le chemin trop étroit pour qu'il puisse songer à le doubler.

Finalement, le frère et la sœur arrivèrent indemnes à la maison pour le dîner. Après avoir embrassé sa fille avec effusion, Corinne permit à son fils d'aller échanger la catherine pour sa *sleigh* avant le repas pendant qu'Élise rangeait ses affaires dans sa chambre.

Cette dernière venait à peine de descendre au rez-de-chaussée quand on frappa à la porte.

— Va donc ouvrir, Élise, lui demanda sa mère en train de touiller la soupe qui mijotait sur le poêle.

—·M'man, c'est la guignolée, cria l'adolescente à sa mère de la pièce voisine.

Corinne déposa sa cuillère sur le comptoir et alla dans la cuisine d'été où l'attendaient Alcide Duquette et Joseph Melançon pour recueillir ses dons. Elle les salua et leur offrit un verre de caribou qu'ils refusèrent.

— J'ai une lettre de votre garçon pour vous, madame Boisvert, fit le garagiste avec bonne humeur. Un gars de Saint-François a lâché le chantier la semaine passée et votre garçon lui a donné deux lettres. Il y en avait une pour ma fille et l'autre pour vous.

Corinne le remercia et lui tendit la boîte de nourriture préparée la veille. Dès que les deux hommes eurent quitté la maison, elle s'empressa d'ouvrir l'enveloppe pour avoir des nouvelles de Philippe. Ce dernier n'avait écrit que quelques lignes pour dire qu'il était en bonne santé et que tout allait bien.

— J'espère qu'il en a écrit un peu plus long à sa blonde, sinon elle en a pas eu pour sa dent creuse, dit-elle à mi-voix en réprimant un sourire.

Cette lettre lui rappela qu'elle n'avait pas reçu de réponse de sa belle-sœur Juliette et de Rosaire qu'elle avait invités pour la période des fêtes. Par ailleurs, pour la première fois depuis trois ans, elle n'avait pas proposé ses services pour la constitution des paniers de Noël. Mariette Vigneault ne l'avait pas approchée pour faire partie de son équipe de bénévoles. Si la femme du boucher avait besoin de son aide, elle savait où la trouver.

Ce soir-là, la mère de famille parla longuement avec sa fille Élise et elle fut bien obligée de convenir que l'adolescente n'avait pas changé d'idée et qu'elle se croyait toujours appelée à devenir religieuse. Elle se garda bien d'émettre la moindre opinion, faisant confiance à l'œuvre du temps.

— Savez-vous ce qu'on devrait faire ? demanda Madeleine à sa mère et à sa jeune sœur. On devrait mettre nos raquettes après le souper et aller marcher dehors. Il fait pas trop froid et on serait bien. Demain, à midi, c'est le commencement du congé des fêtes et j'ai envie de célébrer ça.

Toutes les deux acceptèrent.

La mère et ses deux filles chaussèrent les vieilles raquettes entreposées dans la remise et marchèrent lentement à travers les champs, passant de leur terre à celle de Jocelyn Jutras, puis à celle des Lavallée et celle des Sullivan pour enfin s'arrêter à la porte de Léopold. La faible lueur d'une lampe à huile éclairait la cuisine du jeune homme.

— Demain matin, il y a des voisins qui vont bien se demander quels sont les écornifleux qui ont passé derrière leurs bâtiments, déclara Corinne en se penchant pour enlever ses raquettes.

Tit-Bé vint ouvrir et fit entrer les trois visiteuses.

— Dites-moi pas que j'ai de la visite à soir, fit Léopold en accueillant sa future belle-mère et ses filles. Une chance qu'on a lavé la vaisselle de la journée tout à l'heure. J'ai l'impression qu'on se le serait fait dire, plaisanta-t-il.

L'homme engagé de Léopold sortit des tasses dans lesquelles il versa du thé bouillant que les visiteuses burent avec plaisir.

— Ça manque de décorations des fêtes, fit remarquer Madeleine en regardant autour d'elle, mais l'année prochaine, ça va être une autre paire de manches.

Pendant une heure, on parla de choses et d'autres. Quand Corinne se leva pour signifier qu'il était temps de rentrer, ses filles et elle décidèrent d'emprunter la route plutôt que les champs. Le jeune homme les vit sortir de sa cour, leurs raquettes sous le bras.

—⚬—

Le surlendemain, la température fut particulièrement douce et tout le monde était heureux qu'il fasse si beau en cette veille de Noël. À la fin de l'après-midi, Corinne se préparait à aller rejoindre Norbert déjà parti à l'étable pour faire le train quand elle vit Ian Sullivan entrer à pied dans sa cour.

— Qu'est-ce qu'il veut, ce fatigant-là? dit-elle à haute voix en finissant de boutonner son vieux manteau.

— Qui est-ce, m'man? demanda Madeleine en train de chausser ses bottes aux côtés d'Élise.

— Ian Sullivan.

— Je vous laisse vous débrouiller avec lui, déclara la jeune fille en entraînant sa sœur avec elle à l'extérieur.

Le voisin frappa à la porte et Corinne lui ouvrit immédiatement après s'être coiffée de sa tuque.

— Bonjour, Corinne, la salua-t-il. Je te dérange pas trop?

— Je m'en allais faire le train, répondit-elle d'une voix neutre en ne l'invitant pas à entrer.

— Cet après-midi, je me suis dit que je pourrais peut-être venir te prendre avec un ou deux de tes enfants pour aller à la messe de minuit.

— T'es bien aimable d'y avoir pensé, mais ce sera pas nécessaire, refusa la veuve. Avec la voiture de Léopold et la nôtre, on a en masse de place.

Le cultivateur garda le silence un bref moment avant de reprendre un ton plus bas:

— J'espère que t'as pas cru les histoires que les langues sales du village colportent sur mon compte? demanda-t-il.

— Pantoute, mentit Corinne, peu désireuse de discuter de ce sujet.

— Est-ce que tu penses qu'on pourrait se voir pendant le temps des fêtes?

— Je croirais pas, finit-elle par lui dire carrément. J'ai pas mal de parenté à recevoir et je dois aller en visite à Saint-François et à Nicolet. J'ai bien pensé à mon affaire. À mon avis, t'es pas le genre d'homme qu'il me faudrait. Regarde ailleurs, je suis sûre que tu vas trouver quelqu'un qui te conviendra mieux que moi.

— Pourquoi je serais pas le genre d'homme qu'il te faut? s'accrocha le voisin, qui avait perdu tout son bel aplomb des dernières semaines.

— Je vais te le dire franchement, Ian, et prends-le pas en mauvaise part, dit sèchement Corinne. Tu ressembles trop à mon défunt mari, et ça, je pourrais pas l'endurer. À cette heure, tu m'excuseras, mais je veux pas laisser faire tout le train par les enfants.

Elle sortit sur la galerie, ferma la porte derrière elle et prit la direction de l'étable, sans se retourner pour savoir ce que faisait le visiteur qu'elle avait planté là.

« C'est peut-être pas bien charitable ce que je viens de faire là, pensa-t-elle, mais mon Dieu que ça fait du bien! »

Au milieu de la soirée, Corinne et ses filles dressèrent les couverts pour le réveillon et procédèrent à leur toilette. Avant de quitter la maison pour aller assister à la messe de minuit, Norbert prit soin de mettre deux grosses bûches dans le poêle de manière à s'assurer de retrouver quelques tisons au retour de l'église.

Corinne et les siens s'entassèrent dans la catherine de Léopold et dans la *sleigh* familiale pour se rendre à l'église. Ils arrivèrent assez tôt pour trouver de la place dans le stationnement. Norbert et Léopold déposèrent une couverture sur le dos de leur bête avant de suivre leurs passagers dans le temple déjà à demi rempli de fidèles, même s'il restait près d'une heure avant le début de la messe de minuit.

Pendant que la chorale, dirigée par Mariette Vigneault, répétait les chants au jubé, beaucoup de personnes présentes parlaient avec leurs voisins à mi-voix. Dans le chœur, Anselme Leblanc était occupé à allumer les cierges du maître-autel et les marguilliers prenaient leur poste, prêts à diriger les derniers arrivants vers les rares places qui seraient encore libres. La chaleur élevée des lieux avait incité un bon nombre de gens à déboutonner leur manteau et quelques-uns, peu habitués à se coucher aussi tard, somnolaient déjà, malgré le brouhaha qui régnait autour d'eux.

La messe allait commencer, quand Corinne se tourna discrètement vers la gauche pour vérifier si Ian Sullivan était arrivé avec sa mère. Elle ne le vit pas. Tout laissait croire qu'il avait choisi de n'assister qu'à la basse-messe du lendemain matin.

Revêtu d'ornements sacerdotaux blancs, le curé Morin fit son entrée dans le chœur au moment où l'horloge indiquait précisément minuit. Les membres de la chorale entonnèrent *Minuit, Chrétiens* et la messe de la nativité du Christ fut célébrée en grande pompe. La nouvelle directrice de la chorale s'en tira fort bien et peu de paroissiens de Saint-Paul-des-Prés regrettèrent Émilie Michaud dont ils vantaient encore la voix extraordinaire dix jours auparavant.

À la sortie de l'église, Corinne arrêta Jocelyn Jutras au passage et l'invita à venir réveillonner avec les siens, comme il l'avait fait à de nombreuses reprises les années précédentes.

— Le temps de jeter une bûche dans mon poêle en passant et je vous rejoins, accepta-t-il avec reconnaissance.

Montant dans la *sleigh* aux côtés de Norbert, la mère de famille vit arriver Cécile Melançon qui voulait souhaiter un joyeux Noël à la famille de son ami de cœur.

— Si t'as une chance de venir faire un tour à la maison pendant le temps des fêtes, lui déclara Corinne, gêne-toi pas. Ça va nous faire plaisir de te voir.

— Vous pouvez être certaine que je vais essayer de passer, madame Boisvert, lui promit la jeune fille.

Quelques minutes plus tard, la veuve et ses filles prenaient place à table après avoir servi des assiettes où une généreuse portion de pâté à la viande voisinait avec des pommes de terre et du ragoût de boulettes.

— Gênez-vous pas pour en redemander, dit la maîtresse de maison. Il y a aussi du ketchup vert et du ketchup rouge sur la table, si ça vous tente.

Tout le monde mangea de bon appétit. On servit de la tarte au sucre au dessert. Quand Corinne se rendit compte que Lionel avait du mal à combattre le sommeil, elle l'invita à monter se coucher. Son fils cadet regimba un peu avant de se plier à sa volonté. Pendant ce temps, Norbert et Élise se disputaient. Corinne dut intervenir avec autorité pour faire cesser cette querelle. Élise décida alors d'aller se coucher pendant que son frère quittait la pièce pour voir si son chien avait tout ce qu'il lui fallait.

Les quatre adultes se retrouvèrent seuls à table. Jocelyn avait assisté à la scène sans rien dire. Apparemment, le voisin était un peu mal à l'aise.

— Ah! les enfants, se contenta de dire Corinne en versant du thé dans sa tasse.

— Je sais pas comment tu fais, laissa tomber Jocelyn en secouant la tête. Je dois être trop vieux, mais je pense que moi, je serais jamais capable d'endurer des enfants.

Corinne fut surprise d'entendre cette déclaration d'un homme dont elle avait toujours admiré le calme et la pondération, des qualités tout à fait étrangères à son mari.

— Tu t'habituerais probablement.

— Ça me surprendrait, répliqua-t-il avec un sourire désabusé. Au fond, c'est peut-être une chance que Catherine et moi, on n'ait pas eu d'enfants. À la longue, on s'habitue à avoir la paix dans la maison.

— Mais à qui vas-tu laisser tout ce que t'as quand tu mourras? lui demanda-t-elle.

— Pour moi, c'est pas ben important, admit-il.

Quand Jocelyn quitta la maison en compagnie de Léopold moins d'une heure plus tard, la veuve décida de ne ranger que la nourriture qui pouvait se gâter.

— On fera la vaisselle quand on se lèvera, dit-elle à Madeleine avant de jeter quelques rondins dans le poêle et de se retirer dans sa chambre.

Même s'il était près de trois heures du matin, elle ne trouva pas facilement le sommeil. Jocelyn l'avait profondément déçue. Sa déclaration prouvait hors de tout doute qu'il n'aimait pas particulièrement ses enfants.

— Il a quarante-cinq ans, dit-elle à mi-voix dans le noir, c'est normal qu'il soit devenu égoïste avec le temps. Il a jamais eu d'enfant. Il a passé presque toute sa vie à s'occuper juste de lui…

Elle finit par se demander pourquoi elle était si touchée par cette constatation. Force lui fut de reconnaître qu'elle avait vaguement envisagé de faire en sorte qu'il l'épouse. Elle le savait timide et s'apprêtait à le pousser à sortir de sa réserve, mais là, tout avait soudain basculé. Après la trahison de Ian Sullivan, voilà qu'un autre homme dont le caractère lui aurait particulièrement convenu venait de déclarer qu'il ne pourrait jamais endurer des enfants… ses enfants! À moins d'un miracle, elle se voyait déjà condamnée à finir sa vie seule. Comment un homme aussi gentil et serviable pouvait-il choisir de vivre sans femme? Est-ce que cela valait encore la peine d'essayer de le charmer? Elle en doutait fortement au moment où la fatigue l'entraîna dans un sommeil sans rêve.

Chapitre 25

Les fêtes

Quelques heures plus tard, Corinne se réveilla, encore fatiguée parce qu'elle n'avait pas assez dormi. Durant un bref moment, elle fut tentée de demeurer au lit et de profiter de la tiédeur de ses couvertures. Elle entendit l'horloge sonner huit heures dans la pièce voisine, ce qui la décida à finalement poser ses pieds sur le parquet froid. Cela acheva de la réveiller.

Après avoir ranimé le poêle qui ne consumait plus que des braises, elle décida de laisser dormir les siens et de se charger seule du train.

— Les pauvres bêtes doivent bien se demander ce qui se passe à matin, murmura-t-elle en endossant son manteau.

Elle sortit sans bruit de la maison et l'air vif de ce matin de Noël lui fit du bien. Le ciel était parfaitement dégagé et laissait présager une belle journée. Les deux camions stationnés près de la remise disparaissaient sous une épaisse couche de neige.

« C'est parfait, se dit-elle, contente. Personne va avoir de la misère à venir souper. »

Une heure plus tard, elle rentra après avoir nourri tous les animaux. En retirant ses bottes et son manteau, elle entendit le chiot japper dans la remise. Tandis qu'elle poussait la porte de la cuisine d'hiver, elle vit Madeleine et Élise entrer dans la pièce, en provenance de l'étage.

— Grouillez-vous de manger quelque chose, les filles.
Je viens de finir le train. On a pas mal de choses à faire avant
que la visite se mette à arriver, dit leur mère.

— Avez-vous déjà déjeuné ? s'étonna Madeleine.

— Non et j'ai pas faim.

— Vous auriez pu venir nous réveiller, m'man, lui fit
remarquer Élise. On serait allés vous donner un coup de
main.

— C'est pas grave, rétorqua Corinne. Mangez, et après
ça vous irez faire votre lit.

— Les garçons, eux autres ? demanda Élise.

— Le train est fait. Ils sont aussi bien de continuer à
dormir. Comme ça on les a pas dans les jambes, répondit sa
mère.

Corinne ne réveilla les garçons que vers midi pour les
inviter à venir dîner.

— Aïe, les paresseux ! Faites ça vite, sinon vous allez
passer sous la table, leur cria-t-elle en demeurant au pied
de l'escalier.

Après un repas plutôt frugal, elle confia à Lionel le travail
de remplir les deux coffres à bois, tant celui de la cuisine
d'hiver que celui de la cuisine d'été. Pour sa part, Norbert,
un peu honteux d'avoir laissé sa mère faire le train toute
seule, reçut la tâche d'allumer le poêle de la cuisine d'été
et de ranger la pièce pendant que ses sœurs s'occupaient de
dresser la table pour le souper.

— Mais m'man, même si tout le monde vient, on sera
pas assez nombreux pour avoir besoin de l'autre cuisine,
protesta l'adolescent.

— Laisse faire. Tous les hommes fument, on va les
envoyer boucaner dans la cuisine d'été. Ça va nous permettre
de mieux respirer ici dedans.

Un peu avant trois heures, les premiers visiteurs arrivèrent. Bastien et Rosalie avaient emmené avec eux Lucienne
qu'ils avaient fait monter dans leur *sleigh* en passant au

village de Saint-François-du-Lac. À peine venaient-ils de déposer leurs effets sur le lit de la grande chambre du rez-de-chaussée, que Blanche et Amédée descendaient de voiture en compagnie de Simon, le visage rougi par le long trajet entre Sorel et Saint-Paul-des-Prés. Enfin, Germaine et Bernard, suivis par Anatole, Thérèse et leur fils Gustave franchirent la porte de la petite maison grise du rang Saint-Joseph.

— Où sont tes enfants? demanda l'hôtesse à sa belle-sœur Thérèse.

— Estelle et Pauline avaient promis d'aller passer la soirée avec mon père et ma mère, répondit la femme d'Anatole. Je me suis dit que t'aurais bien assez de monde sur les bras, sans les avoir en plus.

— Est-ce qu'il y en a d'autres que t'as invités? plaisanta Bastien. Si on est tous là, je suis aussi ben de barrer la porte tout de suite.

— Tu peux la laisser débarrée. On sait jamais, s'il y en a à qui le souper plaît pas, rien les empêchera de partir plus vite, répondit l'hôtesse sur le même ton.

— C'est ben correct, je me charge de leur part, s'il y en a qui veulent s'en aller sans manger, intervint Bernard.

Quelques minutes plus tard, la conversation était deve-nue générale dans la grande cuisine et on avait du mal à s'entendre. Les femmes avaient toutes pensé à apporter un plat cuisiné pour soulager un peu la maîtresse de maison qui les recevait. Depuis quelques instants, elles s'étaient même mises à échanger des recettes.

— Nous autres, on pourrait peut-être s'en allumer une? suggéra Anatole en sortant sa pipe et sa blague à tabac.

— Ma mère a prévu une place spéciale pour les bouca-neux, déclara Norbert. Elle m'a fait chauffer la cuisine d'été exprès pour eux autres.

— Ça, c'est une bonne idée, approuva Blanche. On va respirer mieux ici dedans.

— Norbert, tu vas faire l'homme de la maison et servir un peu de boisson à nos invités. Je m'occupe du vin de cerise. S'il y en a qui exagèrent, tu viens m'avertir tout de suite, dit-elle en riant. Il manquerait plus qu'ils se soûlent dans la maison d'une veuve respectable un soir de Noël.

Tous les hommes quittèrent la pièce et Gustave fut le premier à emboîter le pas à son cousin dans la cuisine d'été. Bernard Provencher ne suivit pas le mouvement immédiatement. Il s'approcha de sa belle-sœur Corinne et lui chuchota quelques mots à l'oreille. Cette dernière sembla hésiter un long moment avant de hocher la tête en signe d'approbation. Satisfait, l'entrepreneur passa dans la pièce voisine et alla rejoindre les hommes qui avaient tous pris place autour de la table, un verre à la main.

— Qu'est-ce que Bernard te voulait ? demanda Lucienne, curieuse, à sa fille.

— Il a acheté quelque chose à Norbert et me demandait s'il pouvait lui donner son cadeau tout de suite.

Germaine adressa un sourire de connivence à sa jeune sœur.

De l'autre côté de la porte, les hommes avaient allumé leur pipe sous le regard envieux de Gustave et de Norbert, qui n'avaient pas encore la permission de fumer.

— Ah ! j'y pense, fit Bernard. J'ai quelque chose pour toi, mon Norbert.

L'oncle fouilla dans la poche de son veston et en tira une pipe en bruyère et une blague qu'il avait pris soin de remplir de son tabac. Il tendit les deux objets à son neveu.

— Merci, mon oncle, dit l'adolescent, ravi du présent. C'est juste de valeur que j'aie pas encore le droit de fumer.

— Ta mère te le donne, je viens de lui parler, fit l'oncle. Tu travailles comme un homme, t'as le droit de fumer comme un homme.

Les yeux de Norbert s'allumèrent de plaisir et il entreprit d'imiter ses oncles réunis autour de la table en remplissant sa pipe et en l'allumant avec une joie évidente. La première bouffée le fit s'étouffer tant le tabac de son oncle Bernard était fort.

— Attention, mon gars, le mit en garde son oncle Amédée. Fumer la pipe, c'est pas comme les cigarettes que t'as dû fumer en cachette. C'est pas mal plus fort.

— Mais…

— Énerve-toi pas, intervint Bastien Joyal en riant, on a tous fumé en cachette, nous autres aussi.

— Puis moi, p'pa ? demanda Gustave en se tournant vers Anatole.

— Toi, tu vas attendre encore une couple de mois. T'es plus jeune que ton cousin, il y a rien qui presse.

— T'es pas obligé de fumer, lui fit remarquer son oncle Simon, le seul homme dans la pièce à ne pas le faire.

Le cadet de la famille Joyal demeurait à Sorel depuis la mi-juillet, dans un petit appartement voisin de celui de sa sœur Blanche. Depuis peu, le jeune homme au visage émacié faisait des livraisons pour un commerce de la rue Adélaïde, ce qui lui permettait d'ajouter une petite somme à sa maigre pension de blessé de guerre. Il était évident qu'il aurait préféré demeurer dans la pièce voisine, loin de toute cette fumée qui commençait déjà à stagner au plafond, mais il ne voulait pas rester seul avec les femmes et devenir le sujet des moqueries de ses frères et beaux-frères.

Les dernières paroles de son père incitèrent Gustave à bouder, ce que les hommes présents dans la pièce trouvèrent amusant. Puis, Amédée Cournoyer, toujours intéressé par la politique, se mit à parler des élections fédérales du 6 décembre précédent qui avaient porté Mackenzie King au pouvoir.

— C'est en plein le premier ministre qu'il nous fallait à nous autres, les Canadiens, affirma le commis de quincaillerie avec conviction. Les bleus sont morts et pour longtemps dans la province avec le coup de cochon qu'ils nous ont fait avec la conscription. Des gars comme Meighen, qui ont pas de parole, leur chien est mort, remarquez ben ce que je vous dis là.

— C'est drôle, mais moi, j'ai pas pantoute confiance en ce bonhomme-là, intervint Bernard. J'ai entendu dire qu'il parle à sa mère morte…

— Tu sais ben que ce sont des menteries racontées par les bleus pour salir sa réputation, le coupa son beau-frère. Il nous a promis toutes sortes d'affaires pendant les élections.

— Des promesses d'élection, on sait ce que ça vaut, laissa tomber Bastien sur un ton désabusé.

— Dis pas ça, Bastien, reprit Amédée. Si tu lis les journaux, t'as vu que sur neuf millions de Canadiens, on est presque deux millions et demi dans la province. C'est du monde à la messe, ça. King aura pas le choix de tenir parole, il sait ben qu'on va s'en souvenir à la prochaine élection.

— En attendant, il va falloir que ton King se mette à faire quelque chose pour régler la crise, intervint Anatole.

Un peu avant cinq heures, tous les hommes, sauf Amédée et Simon, décidèrent d'aller aider à faire le train, même s'ils étaient habillés proprement.

— On va tous sentir l'étable quand on va rentrer, plaisanta Bastien.

— Ça va mettre les femmes de bonne humeur, se contenta de dire Bernard.

Quand ils revinrent des bâtiments, Corinne les remercia simplement sans formuler aucun commentaire sur l'odeur qu'ils dégageaient. Aidée par Madeleine et Blanche, la maîtresse de maison se mit à servir le repas. C'était sensiblement le même menu que celui du réveillon de la nuit précédente, mais elle avait ajouté du jambon pour surcharger encore plus les assiettes. Le repas se prit dans la bonne humeur et on en profita pour rappeler des souvenirs des années passées.

Quand certaines anecdotes faisaient revivre Napoléon Joyal, les yeux de Lucienne et de certains de ses enfants s'embuaient au souvenir du bon vivant disparu maintenant depuis quelques années. Étrangement, aucun récit ne fit état de Laurent Boisvert, peut-être parce que le mari de Corinne n'avait jamais eu l'occasion de participer aux fêtes de fin d'année, lui qui était retenu au chantier.

On laissa passer un long moment entre les mets principaux et le dessert, question de « se faire de la place », comme le dirent certains invités. Les hommes avaient discrètement desserré leur cravate et leur ceinture pour faciliter une digestion qui s'annonçait difficile.

Quand ils retournèrent dans la cuisine d'été pour laisser aux femmes de l'espace pour ranger la pièce et laver la vaisselle, Germaine chuchota à sa sœur Corinne :

— Je sais pas pourquoi, mais j'étais sûre qu'à soir t'en profiterais pour nous présenter ton prétendant.

— J'ai pas de prétendant, déclara Corinne, surprise.

À l'air étonné affiché par l'ancienne institutrice, la veuve comprit que l'un de ses enfants avait parlé de Ian et elle en fut mécontente.

— On s'était laissé dire qu'un voisin venait veiller avec toi de temps en temps, intervint sa mère, qui avait tout entendu.

— Si vous parlez de Ian Sullivan, m'man, se défendit Corinne, il est venu juste deux ou trois fois.

— Puis ? demanda Blanche, l'œil égrillard, en se joignant à la conversation.

— Puis, rien, fit sèchement Corinne, qui se sentait mise sur le gril. Si je dois tout vous dire, ajouta-t-elle sur un ton assez bas pour ne pas être entendue par Madeleine et Élise en train de retirer la nappe, il avait trop le caractère de Laurent.

— Si c'est comme ça, t'as bien fait, ma fille, l'approuva Lucienne en lui tapotant un bras.

Corinne s'empressa de changer de sujet de conversation en se promettant de dire deux mots à ses enfants après le départ des visiteurs.

Dans la pièce voisine, c'était au tour de Léopold de se faire mettre en boîte parce que, disaient les hommes mariés, il avait besoin de leur expérience pour survivre à son mariage qui approchait. Le tout se faisait dans la bonne humeur et on évitait les termes trop crus à cause des oreilles indiscrètes de Norbert, Lionel et Gustave.

— Qu'est-ce que vous diriez si on éteignait nos pipes pour aller rejoindre les femmes à côté? proposa Bastien. J'ai apporté mon accordéon et on pourrait peut-être en profiter pour chanter un peu. Pour une fois qu'on n'a pas de deuil dans la famille…

— T'oublies que Corinne a perdu son beau-père, lui fit remarquer Anatole.

— Je pense pas que ça va l'empêcher de chanter, dit Bernard en riant.

La soirée de Noël prit fin vers onze heures et on s'amusa beaucoup. Chacun des convives dut s'exécuter. Il avait le choix entre entonner une chanson à répondre ou raconter une histoire drôle. Quand vint le temps de se quitter, il fut entendu que tout le monde était attendu chez Germaine et Bernard pour le souper du jour de l'An, à Nicolet.

Après le départ des invités, on nettoya sommairement la pièce et on ramassa les verres épars un peu partout. À cet instant, la maîtresse de maison se rappela soudainement les questions indiscrètes auxquelles elle avait été soumise par ses sœurs et ses belles-sœurs.

— Avant de monter vous coucher, dit-elle aux siens, j'aimerais bien savoir quelle pie est allée bavasser dans la famille sur ce qui se passait ici dedans? demanda-t-elle en regardant Norbert, Élise et Madeleine.

— De quoi vous parlez, m'man? demanda Élise, surprise.

Elle n'obtint aucune réponse.

— C'est pas moi, en tout cas, se défendit Madeleine en se tournant vers son frère.

— C'est pas moi non plus, assura-t-il.

— Eh bien! C'est drôle, ça. Il y a un petit oiseau qui est allé raconter dans la famille qu'un voisin venait veiller avec moi de temps en temps, se moqua leur mère.

— Est-ce que c'est vrai, m'man? fit Élise, scandalisée par une telle possibilité.

— Bien non, tu sais bien, répondit sa mère en continuant à fixer Norbert. On va aller se coucher et rêver à ce petit oiseau-là, décréta-t-elle en s'emparant d'une lampe.

⸺

Le surlendemain, un peu avant midi, Corinne venait de terminer son repassage quand elle entendit à l'extérieur un bruit de grelots. Elle était seule dans la maison. Norbert était parti bûcher avec Jocelyn Jutras alors que Madeleine avait emmené Élise et Lionel à l'école du rang pour l'aider à faire le ménage de sa classe. La veuve se pencha pour regarder par la fenêtre, persuadée qu'il s'agissait de Marie-Claire Rocheleau et de son mari. Son amie lui avait dit la veille qu'elle passerait lui demander si elle avait besoin de quelque chose au village avant d'aller faire ses emplettes chez Duquette.

— De la belle visite! s'exclama-t-elle, heureuse, en voyant descendre de voiture Juliette Marcil et Rosaire.

Elle s'empressa de vérifier l'état de son chignon et enleva son tablier avant de se précipiter vers la porte pour accueillir les visiteurs.

— Pensais-tu qu'on t'avait oubliée! s'écria sa belle-sœur en la serrant dans ses bras.

À côté de Juliette, Corinne avait l'air minuscule. Rosaire, debout sur le paillasson, attendait la fin des effusions entre les deux femmes.

— Et toi aussi, Rosaire, t'es venu! Ça, c'est fin de ta part, fit Corinne en l'embrassant sur les deux joues. Tu peux dételer ton cheval et l'installer dans l'écurie à côté de notre nouvelle jument. Norbert a attelé juste un cheval, à matin.

L'inspecteur de la Ville de Montréal sortit de la maison pour aller mettre sa bête à l'abri pendant que les deux femmes entraient dans la cuisine d'hiver où l'hôtesse s'empara du manteau de son invitée.

— Où est ta valise ? demanda Corinne en remarquant soudain que sa visiteuse n'avait pas de bagages.

— J'en ai pas. Je pourrai pas rester à coucher, même si j'en ai pas mal envie. T'oublies que l'année passée, j'ai pris quatre jours de congé pendant les fêtes. Cette année, c'est au tour de mon associée de se reposer. Je viens juste passer la journée avec toi.

— Je suis pas mal déçue, fit Corinne.

— Inquiète-toi pas, je vais me reprendre cet hiver. Là, c'est Rosaire qui insistait pas mal pour venir entre Noël et le jour de l'An et, tu le connais, il était trop gêné pour venir tout seul.

— Voyons donc ! protesta la maîtresse de maison, tout de même flattée.

— Dis-moi donc, pendant qu'on est toutes seules. Est-ce que ton beau Ian a essayé de revenir te voir ? demanda la restauratrice à qui Corinne avait révélé la trahison de son amoureux dans sa dernière lettre.

— Oui, mais je peux te dire qu'il a pas fait long feu.

— Et ton Élise, toujours décidée à devenir une bonne sœur ?

— On le dirait, mais il est encore bien de bonne heure pour que ce soit certain.

Quand Rosaire entra dans la maison quelques minutes plus tard, il demanda des nouvelles des membres de la famille Joyal qu'il connaissait bien ainsi que des enfants de Corinne. Ensuite, les deux femmes finirent ensemble de préparer le dîner pendant que le jeune homme regardait de temps à autre par l'une des fenêtres de la cuisine.

— Tiens, v'là tes enfants, dit-il à Corinne en lui montrant Madeleine entrant dans la cour en compagnie de son frère et de sa sœur. On dirait que c'est toi quand t'étais plus jeune, ajouta-t-il.

— C'est vrai qu'à cette heure, je suis pas mal plus vieille, fit-elle, coquette.

— Ben non, protesta-t-il à mi-voix. T'es encore plus belle, ajouta-t-il en rougissant.

— Merci, Rosaire. Il faudrait que je t'invite plus souvent pour me remonter le moral.

À l'écart, Juliette les observait tous les deux avec un sourire narquois. Elle quitta la cuisine d'hiver pour aller accueillir son neveu et ses nièces en train de secouer leurs pieds couverts de neige sur la galerie avant d'entrer dans la maison. Les trois enfants de Corinne furent heureux de revoir une de leurs tantes préférées et ne cachèrent pas leur plaisir de revoir Rosaire. Norbert rentra quelques minutes plus tard, le visage rougi par le froid.

— Mon pauvre Norbert, t'es gelé bien dur, le plaignit sa tante en l'embrassant.

— C'est pas si pire, ma tante, prétendit l'adolescent, on s'habitue.

Pendant qu'on dressait le couvert, Norbert discuta avec Rosaire avec qui il avait, de toute évidence, des atomes crochus.

Le repas fut passablement animé. Juliette parla abondamment de sa clientèle et Rosaire dut sortir de sa réserve habituelle pour raconter l'insalubrité de nombreuses maisons du quartier Saint-Henri et de ce qu'il appelait le «faubourg à m'lasse». Il dut faire état de ses difficultés à faire respecter les règles d'hygiène les plus élémentaires.

Après le repas, Juliette accompagna sa belle-sœur quelques minutes dans sa chambre à coucher pour se renseigner sur ce qu'il advenait de Jocelyn Jutras.

— Tu m'as écrit qu'il pourrait faire un mari bien correct, dit-elle à voix basse. Lui as-tu fait des avances ?

— Voyons, Juliette ! protesta Corinne en adoptant un air faussement scandalisé. Moi, faire des avances à un homme !

— C'est pas ce que je veux dire, se corrigea sa belle-sœur en riant doucement. Je veux juste savoir si tu lui as fait comprendre que t'haïrais pas qu'il vienne veiller avec toi de temps en temps.

— Non, je pense que ce sera pas nécessaire, déclara la veuve revenue à plus de sérieux.

— Comment ça ? s'étonna la visiteuse.

— Quand je l'ai invité à réveillonner à Noël, il a clairement dit qu'il pourrait jamais endurer des enfants parce qu'il aime trop sa tranquillité. Dans ce cas-là, c'est pas pantoute le genre d'homme qu'il me faut. J'ai des enfants, moi, ajouta-t-elle avec force.

— T'as bien raison, l'approuva sa belle-sœur. Tes enfants passent d'abord.

Quelques minutes plus tard, Norbert dut partir pour retourner bûcher avec le voisin et Juliette suggéra qu'on pourrait peut-être aller voir la ferme de Léopold, si Madeleine croyait que leur visite ne le dérangerait pas trop.

— Ça me surprendrait, ma tante, dit Élise, on lui a parlé plus tôt aujourd'hui. Il a dit que lui et Tit-Bé ne retournaient pas dans le bois cet après-midi. Tit-Bé avait des commissions à faire au village.

Tout le monde s'habilla chaudement et Juliette fit en sorte que son neveu et ses deux nièces marchent à ses côtés sur la route pour laisser seuls Corinne et Rosaire derrière eux.

L'un et l'autre avançaient sans se presser en se rappelant des souvenirs de l'époque où ils passaient ensemble l'hiver avec les enfants pendant que Laurent était au chantier. Ils se souvenaient du nombre incalculable de fois où ils avaient tiré la traîne-sauvage sur laquelle les enfants étaient entassés et les occasions où ils étaient venus à la rencontre de Philippe, de Madeleine et de Norbert à leur sortie de l'école quand une tempête menaçait.

Alors qu'ils approchaient de la ferme de Léopold, Rosaire se décida à plonger la main dans l'une des poches de son manteau et tendit un petit paquet à sa compagne.

— Qu'est-ce que c'est ? demanda Corinne, intriguée.

— C'est juste un petit cadeau du jour de l'An, répondit-il.

Quand il vit qu'elle s'apprêtait à retirer ses moufles pour déballer ce qu'il venait de lui remettre, il posa sa main sur son bras.

— J'aimerais autant que t'attendes que je sois parti pour l'ouvrir, lui dit-il.

— Mais voyons donc, Rosaire ! protesta Corinne.

— Il y a rien qui presse. C'est moins gros et moins bon que du chocolat, sentit-il le besoin de lui préciser en riant, faisant référence à la boîte de chocolats qu'il lui avait offerte lors de sa dernière visite.

La veuve obtempéra un peu à contrecœur et enfouit le paquet dans l'une de ses poches comme ils entraient dans la cour de la ferme de Léopold. Ce dernier parut enchanté de recevoir des visiteurs. Il laissa Madeleine faire les honneurs de la maison pendant qu'il visitait ses bâtiments avec Rosaire.

À la fin de l'après-midi, Juliette et Rosaire durent se préparer à partir, malgré l'insistance de Corinne pour les garder à souper.

— On aurait bien aimé rester, déclara Juliette, mais le train nous attendra pas.

La maîtresse de maison mit son manteau et les accompagna jusqu'à la *sleigh* dans laquelle la restauratrice et son compagnon de voyage montèrent. Ces derniers la quittèrent sur la promesse de revenir bientôt. Alors que l'attelage se mettait lentement en marche, Rosaire ne parvenait pas à détacher ses yeux de celle pour qui il semblait éprouver une véritable adoration.

— Je pense que t'es mieux de regarder où tu mènes le cheval, sinon on va se ramasser dans le fossé, le taquina Juliette en lui donnant une bourrade.

Rosaire Gagné, soudainement attristé, se décida à saluer encore une fois Corinne de la main avant de regarder la route.

Corinne rentra, enleva son manteau et ce n'est qu'en enfouissant ses moufles dans l'une des poches qu'elle se souvint du cadeau offert par Rosaire. Elle prit le paquet et alla se réfugier dans sa chambre à coucher, à l'abri des regards inquisiteurs, pour le déballer. Elle découvrit alors un petit écrin de velours rouge dans lequel était rangé un magnifique camée et une chaîne en argent. Le bijou fine-ment ciselé représentait la tête de la Vierge.

— Mais je peux pas accepter une belle affaire comme ça, dit-elle à mi-voix, émerveillée. Il le savait et c'est pour ça qu'il voulait pas que je le développe avant qu'il soit parti, ajouta-t-elle, émue.

—∞—

Le matin du jour de l'An 1922, Corinne et les siens se rendirent à la messe sous un ciel nuageux. La grand-messe fut célébrée par l'abbé Biron, en l'absence du curé Morin et de l'abbé Dupras, tous les deux partis visiter leur famille. Le jeune prêtre officia une cérémonie sobre avant de regagner le presbytère déserté même par Mance Rivest.

À la sortie de l'église, Corinne dut se faire violence pour aller souhaiter une bonne année à Henri et à Annette Boisvert qui n'avaient pas esquissé le moindre mouvement dans sa direction quand ils l'avaient aperçue en compagnie de ses enfants.

— Je vous souhaite une bonne année et le paradis à la fin de vos jours, dit la veuve en embrassant son beau-frère et sa belle-sœur.

— Pareillement, répondirent-ils sans manifester la moindre chaleur.

La veuve rentra à la maison après avoir offert ses vœux aux Rocheleau et à Jocelyn Jutras, présents sur le parvis.

— Vas-tu dans ta famille aujourd'hui ? lui demanda le voisin au moment où elle montait dans la *sleigh*.

— Chez ma sœur, à Nicolet. Il y a juste Norbert qui va rester à la maison pour faire le train.

— Dis-lui d'y aller, je vais m'occuper de votre train, offrit Jocelyn. J'ai rien à faire de la journée.

— On n'est pas pour te laisser notre train sur les bras en plein jour de l'An, protesta-t-elle.

— C'est pas un problème, ça va juste m'occuper.

— T'es bien fin, on te revaudra ça, promit-elle.

Norbert s'avança pour le remercier à son tour.

———

Au début de l'après-midi, une faible neige se mit à tomber et la température s'adoucit.

— Il est temps de partir, déclara Corinne. On va laisser mourir le poêle. On le rallumera en revenant.

Les membres de la famille Boisvert prirent place dans la *sleigh* familiale et dans la catherine de Léopold après avoir déposé à l'arrière le sucre à la crème, les fondants et le gâteau aux fruits cuisinés par Corinne et ses filles.

La réunion familiale à Nicolet ressembla beaucoup à celle tenue la semaine précédente chez Corinne, le soir de Noël. Seul Simon n'avait pu s'y rendre, indisposé par sa maladie chronique aux poumons. Par ailleurs, après le repas offert par Germaine et Bernard, il y eut une distribution d'étrennes aux enfants.

— Mais je suis plus une enfant, protesta Madeleine en recevant un lainage tricoté par sa mère.

— Tu seras toujours une enfant pour moi, fit Corinne, heureuse de voir que son cadeau plaisait à sa grande fille.

481

Après un repas très copieux, on chanta et on dansa dans la grande maison des Provencher jusqu'aux environs de minuit. Quand les invités commencèrent à parler de partir, leurs hôtes leur offrirent de rester à coucher.

— Il neige un peu. Vous êtes pas pour prendre le chemin aussi tard, insista Bernard.

— Il faut y aller, déclara Corinne en endossant son manteau. On n'a pas le choix. Personne va venir faire notre train demain matin.

Léopold et ses enfants s'habillèrent et remercièrent les maîtres de la maison après avoir salué tous les invités. Norbert et son futur beau-frère allèrent allumer un fanal qu'ils suspendirent à l'avant de leur véhicule pendant que leurs passagers finissaient de se préparer.

Germaine était parvenue à persuader sa mère de demeurer à coucher chez elle et Bastien promit d'aller allumer le poêle de la petite maison blanche au village après son train, le lendemain matin, de manière à ce que leur mère retrouve une maison chaude à son retour à Saint-François-du-Lac.

À la sortie de Nicolet, la neige avait cessé de tomber et les conducteurs pouvaient voir aisément la route bien balisée qui s'ouvrait devant eux. À l'avant, Léopold faisait en sorte de retenir son attelage pour ne pas trop distancer la *sleigh* de sa belle-mère, beaucoup plus lourde que sa catherine.

Lionel et Élise somnolèrent durant presque tout le trajet de retour, bien enfouis sous une lourde couverture de carriole. Corinne, pour sa part, songeait à l'époque où la bénédiction paternelle servait de prémices à cette réunion familiale.

À leur arrivée à la maison des Boisvert au milieu de la nuit, Léopold laissa descendre Madeleine et Élise de sa voiture.

— Je suis plus chanceux que vous autres, dit-il. Je vais rentrer dans une maison pas mal plus chaude à cause de Tit-Bé qui a dû chauffer toute la soirée.

Pendant que Norbert allait dételer son cheval et le conduire à l'écurie, Corinne entra dans une maison glaciale avec ses enfants.

— Gardez votre manteau sur le dos, leur ordonna-t-elle en allumant une lampe.

Elle jeta dans le poêle de petits rondins et un morceau de journal avant de l'allumer. Les flammes se mirent à crépiter et elle en profita pour déposer une bûche. Quand Norbert rentra à son tour dans la maison, elle conseilla aux siens d'aller se coucher et de dormir tout habillés.

— Moi, je vais rester à côté du poêle un bon bout de temps pour lui donner la chance de réchauffer un peu la maison.

— ∾ —

Le lendemain avant-midi, les enfants se levèrent avant leur mère et firent en sorte de faire le moins de bruit possible. Norbert, le premier réveillé, avait déposé des bûches sur les tisons qui restaient dans le poêle quand Madeleine vint le rejoindre.

— Je sais pas à quelle heure m'man s'est couchée, dit-elle, mais on devrait la laisser dormir. Je vais aller faire le train avec toi.

Quand Corinne se leva vers onze heures, ses enfants étaient dans la cuisine en train de manger.

— On dirait ben qu'il y a pas juste les marmottes qui passent leur vie à dormir, se moqua Norbert en voyant sa mère, les yeux encore gonflés de sommeil, entrer dans la cuisine en bâillant.

— J'en reviens pas d'avoir dormi aussi longtemps.

— Vous deviez être pas mal fatiguée, m'man, dit Élise. Ça vous a fait du bien.

— Je dois vieillir, fit Corinne. Je pense que les fêtes me fatiguent plus qu'une vraie journée d'ouvrage.

— Comme ça, ça vous tente pas de venir faire de la raquette avec nous autres ? lui demanda Madeleine.

— Non, je vais rester bien tranquille à la maison.

Une heure à peine après le départ des siens, la veuve était occupée à tricoter paisiblement devant l'une des fenêtres de la pièce quand elle vit Cécile Melançon immobiliser son attelage près de la galerie. Elle regarda la jeune fille jeter une épaisse couverture sur le dos de son cheval et ne se décida à quitter sa chaise berçante que lorsqu'elle la vit se diriger vers la porte.

— Entre, Cécile, reste pas à geler dehors, dit-elle à l'amie de son fils Philippe. Il me semble que c'est pas mal plus froid que la nuit dernière quand on est revenus de Nicolet.

— Bonjour, madame Boisvert. Vous avez raison, le vent vient de se lever et c'est vraiment pas chaud, fit la fille du garagiste en entrant et en s'empressant de refermer la porte derrière elle. Je suis venue vous souhaiter une bonne année, ajouta-t-elle aimablement en demeurant debout sur le paillasson.

— T'es bien aimable d'avoir fait tout ce chemin-là pour ça, répondit Corinne. Enlève ton manteau et viens t'asseoir quelques minutes pour te réchauffer un peu.

Cécile ne fit pas de manières et suivit son hôtesse dans ce qu'elle appelait le «haut côté». Cette dernière lui versa une tasse de thé bouillant avant de prendre place en face d'elle à table. Après quelques politesses, Corinne ne put s'empêcher de demander à la visiteuse :

— Philippe m'a laissé entendre avant de partir pour le chantier que vous aviez des projets sérieux, tous les deux. Est-ce que c'est vrai ?

— Oui, madame Boisvert. Il a même parlé de demander ma main à mon père en revenant le printemps prochain.

La mère de famille songea à demander à la fille de Joseph Melançon si elle ne trouvait pas un peu prématuré de parler de fiançailles alors qu'ils ne se fréquentaient que depuis quelques mois. Puis, elle se rendit compte que la jeune femme à l'opulente chevelure noire assise en face d'elle n'avait rien d'une étourdie et elle se retint de poser la question. Elle préféra orienter différemment la conversation.

— T'as pas trop de problème avec le caractère de mon garçon? lui demanda-t-elle avec un sourire entendu.

— Pantoute, madame Boisvert. Quand il monte sur ses grands chevaux ou qu'il élève le ton, il a affaire à se calmer. Je pense qu'il commence à comprendre que je suis pas du genre à me laisser marcher sur les pieds.

Corinne n'entretenait aucun doute là-dessus, uniquement à voir le visage volontaire de la jeune fille. Son ton énergique disait assez qu'elle n'était pas de celles que son Philippe allait être capable de malmener.

— Tu fais bien, Cécile, l'encouragea-t-elle. Philippe est pas méchant, mais il a hérité du mauvais caractère de son père. Si tu sais le tenir, il va te faire un bon mari pas mal travaillant.

— C'est bien mon intention, madame Boisvert. Je lui ferai pas de misère, mais je peux vous garantir qu'il m'en fera pas, lui non plus.

— C'est parfait, je sens qu'on va bien s'entendre, conclut Corinne avec un grand sourire.

— J'en suis sûre, répliqua Cécile. En attendant, je dois vous avouer que je trouve le temps pas mal long sans lui. J'ai hâte qu'il revienne.

— Ah oui?

— Oui, mais je lui dirai pas ça quand il va descendre du chantier. Je le connais, si je lui avoue ça, il va faire le coq et va se croire tout permis.

La veuve l'approuva.

Quand Cécile quitta les lieux une heure plus tard, la mère de famille avait la nette impression que son Philippe avait trouvé la femme qu'il lui fallait. Elle semblait posséder la tendresse et la détermination nécessaires pour faire le bonheur de son fils.

—⚬⚬⚬—

Quelques jours plus tard, Corinne se serait aisément passée de célébrer la fête des Rois, mais ses enfants y tenaient tellement qu'elle accepta de respecter la tradition. Durant l'avant-midi, elle confectionna un gâteau dans lequel elle dissimula une fève et un pois. Le hasard voulut que le pois soit trouvé par Norbert et la fève par Élise, qui profitait de son dernier jour de congé scolaire. Ils allaient être roi et reine et leurs désirs seraient exaucés, si on s'en tenait à la tradition, évidemment.

— Comme ça, j'ai le droit de faire ce que je veux aujourd'hui, déclara Norbert en allumant sa pipe avec un air frondeur.

— Dans les limites du raisonnable, tint à lui préciser sa mère qui avait entrepris de desservir la table avec l'aide de Madeleine.

— Moi, j'ai décidé de rien faire de la journée, fit Élise. Pour une fois, j'aurai pas de vaisselle à faire.

Corinne jeta un regard de connivence à Madeleine qui se contenta de sourire.

— Moi, je veux avoir mon chien avec moi toute la journée, intervint Norbert.

— C'est correct, accepta sa mère, mais prépare-toi à geler dans la remise un bon bout de temps.

— Vous devriez, m'man, me donner le droit de l'entrer dans la maison aujourd'hui, pour faire changement, reprit l'adolescent sur un ton légèrement suppliant. Je vous le dis, il fera pas de dommages.

Corinne hésita avant de répondre.

— Je veux bien, finit-elle par accepter, mais il est pas question que cet animal-là coure partout dans la maison. Je veux pas l'avoir dans les jambes. S'il fait des dégâts, tu vas les nettoyer, roi ou pas. Tu le gardes dans ta chambre, pas ailleurs. S'il jappe ou s'il dérange, il retourne dans la remise. De toute façon, il va retourner là à soir. C'est pas la place d'un animal dans une maison. Je te l'ai déjà dit, il me semble.

Norbert s'empressa d'aller chercher son labrador et le fit monter dans sa chambre, suivi de près par son frère Lionel.

— Ça veut faire l'homme, mais ça se conduit encore comme un véritable enfant, dit Corinne en s'adressant à ses filles.

Après le souper, la mère de famille aida Élise à rassembler les affaires qu'elle devait apporter le lendemain matin au couvent. Pendant ce temps, Madeleine avait étalé devant elle, sur la table, ses préparations de classes qu'elle vérifiait à la lueur de la lampe à huile.

La jeune fille sursauta quand elle entendit des coups frappés à la porte. Elle se leva et alla ouvrir. Elle découvrit sur le pas de la porte son oncle Bernard et sa tante Germaine en train de secouer la neige qui les recouvrait. Elle s'empressa de les inviter à entrer.

— M'man, on a de la visite, cria-t-elle à sa mère encore dans la chambre d'Élise.

Corinne descendit et fut tout heureuse de voir sa sœur et son mari.

— Ma foi du bon Dieu, voulez-vous bien me dire ce que vous faites sur le chemin quand on gèle autant?

— On revient de Sorel, dit Bernard. J'avais des commissions à faire et Blanche a voulu nous garder à souper. En chemin, on s'est dit que ça ferait peut-être ton affaire qu'on prenne ta fille en passant pour l'emmener coucher chez nous. Elle sera déjà rendue demain matin pour rentrer au couvent et ça t'évitera de faire le voyage.

— Surtout qu'il est en train de tomber une bonne bordée de neige, fit remarquer Germaine.

— Je descends tout de suite mes affaires, ma tante, dit Élise en se dirigeant déjà vers l'escalier.

— Aurélie et Germain vont être bien contents de te revoir, même si vous vous êtes vus au jour de l'An, dit la tante.

L'ancienne institutrice attendit que sa nièce ait disparu à l'étage avant de continuer.

— Je te dis que j'ai hâte à demain que les deux miens retournent à l'école, dit-elle à sa sœur. Ils passent leur temps à se chamailler. Je suis à la veille de perdre patience et de leur allonger une bonne claque.

— Ma tante ! s'exclama Madeleine en feignant l'indignation, vous, une ancienne maîtresse d'école !

— Tu sauras, ma petite fille, qu'une bonne taloche de temps en temps, ça peut faire pas mal de bien.

— On demandera pas à qui, intervint son mari en riant.

Quelques minutes plus tard, Élise monta dans la *sleigh* de son oncle après avoir embrassé les siens et promis de donner de ses nouvelles. La neige tombait toujours et il faisait un froid sibérien. Quand Bernard Provencher mit son traîneau en marche après avoir allumé un fanal à l'avant, les grelots de son attelage sonnèrent clair dans l'air de cette soirée glaciale de janvier.

Quelques minutes plus tard, Norbert ramena Noiraud dans la remise et alla vérifier si tout était en ordre dans les bâtiments avant de rentrer. Pendant ce temps, Lionel avait rempli le coffre à bois d'une bonne quantité de bûches.

— On gèle ben dur dehors, dit l'adolescent en retirant son manteau.

— Ça, ça veut dire qu'il faut pas prendre la chance de laisser éteindre le poêle cette nuit, fit remarquer sa mère.

— On pourrait se lever chacun notre tour pour jeter une ou deux bûches dedans, proposa Madeleine. Il est pas écrit nulle part que vous êtes obligée de faire ça toute seule, m'man.

— Je suis habituée, fit sa mère. C'est rendu que je me lève la nuit sans que ça me dérange. En tout cas, je pense que les fêtes sont bien finies, poursuivit-elle en changeant de sujet de conversation. Demain, c'est la routine qui recommence. En plus, il va falloir encore déblayer la neige qui est tombée.

Chapitre 26

Les cadeaux

Le lendemain de la fête des Rois, les enfants de la paroisse rentrèrent à l'école et le curé Morin revint au presbytère après une semaine de congé. Le prêtre était d'excellente humeur et bien reposé quand le bedeau s'empara de sa valise à la gare de Pierreville où il était venu le chercher.

— Vous avez fait un beau voyage, monsieur le curé ? lui demanda Anselme Leblanc.

— Bien agréable, monsieur Leblanc.

— Je vous conseille de baisser les oreilles de votre casque de fourrure, monsieur le curé, parce que vous allez vous apercevoir que ça pince pas mal sur le chemin à matin, dit le bedeau en sortant de la petite gare construite à la limite de la réserve d'Odanak.

— Si je me fie à votre haleine, on dirait bien que vous risquez pas de geler, lui fit remarquer Eusèbe Morin d'une voix un peu acide.

— Il faut ce qu'il faut, monsieur le curé, répliqua le bedeau d'une voix égale. Un bon petit boire avant de prendre le chemin l'hiver, ça tient au chaud.

— Je veux bien vous croire, mais en autant que ça nous fasse pas prendre le bord du fossé, laissa tomber le prêtre en s'enfermant ensuite dans un silence morose.

Eusèbe Morin releva le large col de son manteau après avoir abaissé les oreillettes de sa tuque. Il prit soin ensuite de se couvrir jusqu'à la taille avec l'épaisse couverture en fourrure avant que le bedeau mette le cheval en route.

À son arrivée au presbytère, le prêtre remercia Anselme Leblanc avant d'aller souhaiter la bonne année à Mance Rivest, en train de préparer le repas dans la cuisine, ainsi qu'à chacun de ses vicaires.

— Monsieur le curé, le docteur Précourt et le maire m'ont fait savoir qu'ils aimeraient vous rencontrer cet après-midi, si ça vous convient, lui apprit René Biron en prenant place à table pour le dîner.

— Est-ce qu'ils vous ont dit pourquoi ?

— Non, monsieur le curé, mais ça avait l'air important. Ils devraient passer vers une heure et demie.

Après le repas, les deux vicaires quittèrent le presbytère en même temps. L'abbé Biron devait passer à l'école du village tandis qu'Alphonse Dupras avait promis de rendre visite à deux personnes malades.

Le curé Morin venait à peine de s'asseoir dans son fauteuil préféré quand un coup de sonnette suivi par les pas de Mance Rivest lui apprit qu'il avait un ou des visiteurs. Moins d'une minute plus tard, la servante vint l'avertir que le docteur Précourt et Fabien Gagnon désiraient lui parler. Le pasteur de Saint-Paul-des-Prés se leva en poussant un soupir résigné et se dirigea vers la salle d'attente.

Après l'échange traditionnel des vœux de bonne année, Eusèbe Morin invita les deux visiteurs à passer dans son bureau.

— Ce sera pas nécessaire, monsieur le curé, fit Adrien Précourt de sa petite voix de crécelle. On veut pas vous déranger bien longtemps, pas vrai, monsieur le maire ? ajouta-t-il en se tournant vers Fabien Gagnon.

— Oui, monsieur le curé. On est passés vous voir cet après-midi pour vous apporter un petit cadeau qui devrait vous faire plaisir.

— Un cadeau ? s'étonna le prêtre.

— En plein ça, fit l'homme d'affaires. Vous permettez, on l'a laissé dans l'entrée. On revient tout de suite avec, poursuivit-il en faisant signe au médecin de l'accompagner.

Les deux hommes sortirent de la salle d'attente et y revinrent moins d'une minute plus tard en portant un paquet d'environ quatre pieds de hauteur sur trois pieds de largeur qui semblait passablement lourd. Le tout était grossièrement enveloppé dans un épais papier kraft. Ils posèrent le paquet contre le mur avec un soulagement évident.

— On vous laisse le soin de le développer, monsieur le curé, dit Adrien Précourt avec un sourire.

Eusèbe Morin s'approcha, soudain timide.

— Je sais pas trop si je peux accepter ça, dit-il, la voix hésitante.

— Vous savez même pas ce que c'est, monsieur le curé, lui fit remarquer le maire avec un sourire. Attendez au moins de voir avant de refuser.

Le prêtre se pencha et entreprit d'enlever le papier avec des gestes de plus en plus saccadés au fur et à mesure qu'il découvrait ce que le paquet contenait.

— C'est pas vrai! s'exclama-t-il, ravi, en dévoilant la douzième station du chemin de croix où le Christ crucifié était entouré des deux larrons.

L'œuvre en plâtre aux couleurs vives portait la signature du statuaire Faucher, auteur des quatorze stations du chemin de croix qui ornait les murs de l'église de Saint-Paul-des-Prés.

— Comment vous avez fait pour avoir ça? demanda le curé Morin, véritablement ému.

— Ça a été bien simple, monsieur le curé. On l'a commandé et Faucher l'a fait. Il devait nous la faire livrer avant Noël, mais il a eu des problèmes de démoulage, il paraît.

— Avec quel argent vous avez payé ça? Vous le savez, monseigneur a refusé qu'on fasse une quête spéciale, s'inquiéta soudainement l'ecclésiastique.

— Faites-vous en pas avec ça, monsieur le curé. C'est un cadeau que le docteur Précourt et moi, on vous fait, à vous et à la paroisse.

— Je sais vraiment pas comment vous remercier, dit Eusèbe Morin, confus et rouge de plaisir. C'est le plus beau cadeau que j'ai jamais reçu.

— Tant mieux. On vous laisse, monsieur le curé, poursuivit Adrien Précourt. J'ai un malade que je dois passer voir et j'ai promis à monsieur le maire de le laisser au moulin en passant. Sa Chevrolet a pas encore voulu démarrer à matin, ajouta-t-il pour taquiner le maire. J'espère juste que c'est pas parce qu'il a oublié de mettre de la *gasoline* dans le réservoir, comme c'est déjà arrivé.

— Adrien, cherche pas à m'étriver aujourd'hui, tu perds ton temps, le prévint Fabien Gagnon avec bonne humeur.

— Vous direz à ceux qui vont avoir à l'installer de faire très attention, monsieur le curé, reprit le médecin, soudain plus sérieux. C'est en plâtre et vous êtes bien placé pour savoir à quel point c'est fragile.

— Je vais y voir en personne, promit le prêtre en les reconduisant à la porte.

Lorsque les deux vicaires rentrèrent à la fin de l'après-midi, leur supérieur s'empressa de les entraîner dans la petite salle d'attente pour leur faire admirer le don reçu quelques heures plus tôt.

— On pourrait presque dire que c'est un miracle! s'exclama René Biron avec enthousiasme.

— Sans aller jusque-là, reprit son confrère, je dirais que Dieu a entendu nos prières. Les paroissiens vont être bien heureux de voir leur chemin de croix enfin complet.

Après avoir laissé ses deux vicaires admirer l'œuvre pendant quelques instants, Eusèbe Morin dit :

— On peut pas laisser ça là. Quelqu'un pourrait le faire tomber.

— Il fait encore clair, monsieur le curé, on pourrait peut-être transporter la station dans la sacristie, proposa l'abbé Biron. Demain, on trouvera bien deux ou trois hommes prêts à venir l'accrocher à sa place. Je suis certain que les crochets sont encore fixés au mur.

— Qu'est-ce que vous en pensez, l'abbé? demanda le curé à Alphonse Dupras.

— Si le maire et le docteur ont été capables de l'apporter jusqu'ici, je vois pas pourquoi on pourrait pas transporter cette station-là dans la sacristie.

Les trois prêtres mirent leur manteau et chaussèrent leurs bottes.

— Je vais vous ouvrir les portes, déclara le curé Morin en joignant le geste à la parole au moment où les deux vicaires soulevaient sans difficulté l'ouvrage. Est-ce que c'est bien pesant? demanda-t-il à ses deux subordonnés.

— Pas tellement, monsieur le curé, s'empressa de le rassurer l'abbé Biron.

Ils sortirent sur la galerie et entreprirent de descendre en crabe et avec précaution les douze marches les conduisant à l'étroit trottoir reliant le presbytère à l'église. Le curé les suivait en leur prodiguant des conseils bien inutiles de prudence.

— C'est un peu glissant dans les marches de l'escalier, fit remarquer le longiligne René Biron. Il aurait presque fallu pouvoir se tenir à la rampe.

— Tu ferais mieux d'oublier ça, rétorqua son confrère. On a juste deux mains et on n'en a pas de trop pour tenir la station.

À l'instant où Alphonse Dupras prononçait ces paroles, son pied droit se prit dans sa soutane et il broncha au point de déséquilibrer l'abbé Biron qui tenta d'empêcher sa chute en lâchant d'une main son fardeau pour se rattraper à la rampe.

— Attention, bondance! hurla Eusèbe Morin.

L'avertissement fut parfaitement inutile. Alphonse Dupras tomba assis sur les marches, arrachant ainsi des mains de son confrère l'œuvre du statuaire qui dévala les six dernières marches avant d'aller s'écraser au bas de l'escalier en émettant un crac! de bien mauvais augure.

— Mon Dieu! Pas ça, supplia vainement Eusèbe Morin, en repoussant d'une main le cadet de ses vicaires pour arriver plus rapidement en bas.

Dans le jour qui baissait, le spectacle qui. s'offrit à ses yeux le fit pousser un gémissement. La plaque de plâtre avait éclaté en cinq morceaux et le Christ avait perdu la tête qui avait roulé quelque part, un peu plus loin.

Absolument catastrophé, le curé de Saint-Paul-des-Prés s'agenouilla, essayant de rassembler les morceaux épars d'une main fébrile pour voir s'il n'y aurait pas un moyen de coller le tout. Impossible! Ses deux vicaires l'avaient rejoint et se tenaient prudemment à quelques pas de distance en se jetant des regards désolés.

Le visage blanc de fureur, Eusèbe Morin finit par se relever et se tourner vers ses deux subalternes.

— Vous deux, vous savez pas ce que j'ai envie de vous faire! les menaça-t-il, les dents serrées. Ramassez-moi ça et venez me rejoindre dans mon bureau.

Sur ces mots, il rentra dans le presbytère sans jeter le moindre regard derrière lui.

Quelques minutes plus tard, les deux vicaires vinrent frapper à la porte de leur supérieur. Ce dernier leur montra les deux chaises placées devant son bureau.

— Je suppose que vous êtes fiers de ce que vous venez de faire? leur demanda-t-il, apparemment toujours aussi en colère.

— C'était un accident, monsieur le curé, lui fit remarquer Alphonse Dupras sans manifester la moindre trace de remords.

— C'est vrai, monsieur le curé, dit à son tour René Biron, c'est un malheureux accident.

— Alors, qu'est-ce que vous pensez que je vais pouvoir dire au docteur Précourt et au maire quand ils vont venir me demander pourquoi leur station du chemin de croix est pas encore accrochée au mur de l'église ?

— Bien là... commença l'abbé Dupras.

— Bien là, quoi ? demanda le curé en le fusillant du regard.

— Vous pensez pas que le mieux est de leur dire tout simplement la vérité. On l'a échappée dans l'escalier. Ça nous est arrivé, comme ça aurait pu arriver à n'importe qui.

— Batèche ! On va avoir l'air fins... Sans parler que l'histoire va finir par faire le tour de la paroisse et peut-être même du diocèse, reprit le curé d'une voix éteinte. Bon, au moins que l'un de vous deux prévienne le bedeau d'aller chercher le maire et le docteur tout de suite après le souper. Je suis sûr qu'ils vont être bien contents quand je vais leur montrer ce qui reste de leur cadeau.

Lorsque la cuisinière vint frapper à la porte du bureau quelques minutes plus tard pour inviter Eusèbe Morin à passer à table, le prêtre se contenta de lui dire qu'il n'avait pas faim.

— Est-ce que je peux dire aux vicaires de souper sans vous, monsieur le curé ? fit-elle, surprise.

Il n'avait pas l'habitude de sauter un repas. Il n'y avait qu'à regarder son petit ventre avantageux pour s'en convaincre.

— C'est ça, madame Rivest, dites-leur de manger et de venir me rejoindre après le repas.

— Vous êtes pas en train de me couver quelque chose, j'espère ? demanda la cuisinière en le regardant avec insistance.

— Bien non, madame, j'ai peut-être trop mangé pendant les fêtes, mentit-il pour se débarrasser d'elle.

Mance Rivest n'eut pas à s'interroger très longtemps sur la cause du manque d'appétit de son curé. Les vicaires, attablés dans la salle à manger, la mirent au courant de la catastrophe qui s'était produite dans l'escalier du presbytère quelques minutes auparavant.

— Est-ce que c'est Dieu possible d'être aussi malchanceux ? s'exclama la grande femme en mettant une main devant sa bouche. Pauvre monsieur le curé ! Il y a de quoi être à l'envers.

Elle servit le repas. Elle dut convenir que, de toute évidence, leur mésaventure n'avait pas l'air d'avoir coupé l'appétit des deux responsables de l'accident.

Un peu avant sept heures trente, Fabien Gagnon et Adrien Précourt, engoncés dans leur épais manteaux de chat sauvage, sonnaient à la porte du presbytère. La servante vint leur ouvrir et les fit passer immédiatement dans le bureau du curé Morin où le pasteur et les vicaires les attendaient.

— Je vous dis qu'il faut vous aimer, monsieur le curé, pour venir vous voir à soir, déclara le maire en déboutonnant son manteau. Il doit ben faire -25, certain. On entend les têtes de clou péter dans les murs tellement on gèle dehors.

— C'est sûr que c'est pas chaud, renchérit le petit médecin, mais...

Le praticien n'acheva pas sa phrase, frappé tout à coup par les mines d'enterrement des trois ecclésiastiques.

— Voulez-vous bien nous dire ce qui se passe pour que vous ayez cet air-là ? demanda-t-il à la ronde.

— On a une bien mauvaise nouvelle, déclara Eusèbe Morin sur un ton lugubre. Assoyez-vous d'abord, ajouta-t-il en leur présentant les chaises disposées près de son bureau.

— Vous commencez à m'inquiéter, fit le maire en regardant tour à tour les trois prêtres.

— L'abbé Dupras va vous raconter ça, dit le curé en faisant signe à son subordonné de parler.

Le vicaire narra la mésaventure survenue deux heures plus tôt avec une voix mesurée. Au fur et à mesure qu'ils entendaient ses paroles, la figure des deux donateurs exprimait la plus totale incompréhension.

— Jériboire! ne put s'empêcher de jurer le médecin, franchement dépité.

— Vous parlez d'une maudite malchance! s'écria à son tour le maire. Deux cent cinquante piastres chez le diable!

— Votre bonne action reste quand même, s'efforça de dire le curé Morin pour les consoler. Dieu va en tenir compte, même si on en verra pas le résultat sur le mur de l'église.

— Je suppose que ça sert à rien de se lamenter jusqu'à *amen*, conclut Fabien Gagnon en se levant le premier. Ça recollera pas les morceaux.

— En effet, fit le médecin sur un ton fataliste en l'imitant. J'ai l'impression qu'on n'est pas près d'arrêter de voir un simple crucifix à la place de la douzième station de notre chemin de croix.

— On s'excuse de notre maladresse, intervint René Biron d'une voix pleine de contrition. Je me doute que ça doit être pas mal décevant pour vous deux.

— Bah! il y a pas mort d'homme, le rassura Adrien Précourt. On va survivre.

Les jours suivants, l'histoire fit le tour de la paroisse en suscitant les commentaires les plus divers. Cependant, en règle générale, on mit le tout sur le compte de la malchance et bien peu osèrent blâmer les vicaires.

—◦◦◦—

Au début de la troisième semaine de janvier, le froid intense n'avait pas desserré son étreinte depuis plus de dix jours. Même si Corinne ne cessait d'alimenter le poêle, une épaisse couche de glace recouvrait en grande partie les vitres des fenêtres. Norbert avait beau se couvrir chaudement pour aller bûcher, il n'en restait pas moins qu'elle aurait préféré qu'il demeure à la maison certains jours où le mercure avoisinait les -30 degrés.

Un jeudi matin, elle était occupée à assembler les pièces de tissu d'une courtepointe quand elle entendit des grelots sur la route. La maîtresse de maison regarda par la fenêtre en croyant voir la *sleigh* du facteur devant sa boîte aux lettres. Il n'y avait rien. Intriguée, elle se rendit à la fenêtre ouvrant sur la cour et elle vit un inconnu engoncé dans un manteau de drap brun en train de jeter une couverture sur le dos de son cheval.

— Veux-tu bien me dire qui c'est cet homme-là? demanda-t-elle à haute voix.

Elle vit l'homme revenir vers la voiture, repousser l'épaisse couverture de fourrure, se pencher et prendre un enfant dans ses bras. Ensuite, il monta sur la galerie et vint frapper à sa porte. La veuve aurait hésité à lui répondre s'il n'avait pas porté un enfant. Elle traversa la cuisine d'hiver, ouvrit la porte communicante et alla accueillir le visiteur.

— Madame Boisvert? demanda l'homme en déposant l'enfant sur le parquet.

— Oui, fit Corinne qui reconnaissait vaguement le visiteur sans pouvoir mettre un nom sur son visage rougi par le froid.

— Vous avez pas l'air de me replacer, poursuivit-il. Je m'appelle Armand Lacharité.

Aussitôt, le visage de Corinne se ferma. Elle venait subitement d'identifier l'homme robuste qui se dressait devant elle. C'était l'un des deux frères qui avaient servi une raclée mémorable à son mari quelques mois avant sa mort.

— Qu'est-ce que vous voulez? lui demanda-t-elle, guère rassurée.

— Si vous étiez assez fine pour nous laisser entrer au chaud, moi et la petite, fit l'homme, je pourrais vous l'expliquer.

Corinne jeta un coup d'œil à l'enfant de deux ou trois ans qui la regardait en se dissimulant à demi derrière l'homme. Elle eut pitié d'elle.

— C'est correct, entrez vous réchauffer un peu, offrit-elle à contrecœur au visiteur.

Armand Lacharité pénétra dans la maison en poussant devant lui l'enfant. Il retira sa tuque et ses bottes, prit l'enfant dans ses bras et suivit la maîtresse de maison dans la cuisine d'hiver.

— Vous pouvez ôter votre manteau et celui de votre enfant, dit-elle au visiteur.

— Merci, madame, dit Armand Lacharité en retirant son manteau après avoir enlevé celui de la petite.

L'homme saisit le regard inquisiteur de son hôtesse et lui présenta l'enfant.

— Elle s'appelle Constance. Elle a deux ans et demi, précisa-t-il.

— Vous avez une belle petite fille, dit Corinne en adressant un sourire à l'enfant, qui ne s'écartait guère de l'homme.

— C'est pas mon enfant, dit Armand Lacharité.

— Restez pas debout, lui suggéra Corinne en faisant un réel effort pour faire preuve d'hospitalité. Je vais vous donner une tasse de thé pour vous réchauffer.

— Merci.

— Est-ce que la petite boirait un peu de lait et mangerait un biscuit? ajouta-t-elle.

Constance hocha la tête et consentit enfin à s'écarter de celui qui l'accompagnait pour s'approcher d'elle. La petite fille avait des yeux noirs et une abondante chevelure brune un peu bouclée. Corinne, attendrie, lui tendit les bras et, sans aucune crainte, l'enfant s'avança vers elle et se laissa déposer sur le banc près de la table.

— T'as bien des beaux yeux noirs! dit-elle à l'enfant.

La maîtresse de maison lui servit un verre de lait et déposa un grand biscuit à la farine d'avoine devant elle avant de tendre au visiteur une tasse de thé.

— Je trouve que vous manquez pas de front de venir ici dedans après ce que vous avez fait à mon mari, se décida-t-elle à dire à Armand Lacharité en prenant un air revêche.

— Vous avez raison, madame, reconnut l'homme aux larges épaules après avoir bu une gorgée de thé bouillant. Vous devez comprendre que mon frère Constant et moi, on était ben enragés après votre mari, surtout quand on a appris qu'il était marié et qu'il pouvait pas réparer ce qu'il avait fait à notre sœur.

Soudain, Corinne réalisa qu'elle avait devant elle la fille de Laurent. Son visage se figea, mais elle n'en continua pas moins à écouter les explications embarrassées de son visiteur.

— C'est sûr qu'on y est allés un peu fort quand on lui a sacré une volée. Mais vous pouvez pas dire qu'il l'avait pas méritée, par exemple.

Corinne ne dit rien, attendant la suite.

— Vous avez remarqué qu'on l'a plus jamais achalé après ça. On s'est dit qu'il était déjà marié et qu'il avait des enfants. Quand il a eu son accident, on a même trouvé ça ben triste pour vous, ajouta l'homme, parce que c'était tout de même pas votre faute ce qu'il avait fait à notre sœur.

— Je suppose que c'est pas juste pour me raconter ça que vous êtes venu à Saint-Paul à matin ? demanda la veuve assez abruptement.

— Non, c'est pour vous raconter le reste de l'histoire, poursuivit Armand Lacharité en cherchant ses mots. D'abord, je dois vous dire que ma sœur est morte en mettant Constance au monde, deux mois après la mort de votre mari.

— Pauvre femme ! ne put s'empêcher de dire Corinne.

— Après ça, ma mère a jamais voulu que la petite soit donnée à l'orphelinat. Même si elle avait pas une grosse santé, elle a décidé de la garder et d'en prendre soin. Mon frère et moi, on n'est pas mariés ni l'un ni l'autre. Notre mère est venue rester chez nous avec Constance. Pour Constant et moi, le bébé, c'était notre nièce. C'était normal qu'on s'en occupe.

Corinne ne dit rien, sentant que le récit était loin d'être terminé.

— Il y a quinze jours, ma mère est morte. Constant était même pas là. Il passe toujours l'hiver au chantier. Une voisine s'est occupée de la petite jusqu'à hier, mais là, elle peut plus continuer. Elle a déjà une trâlée d'enfants.

— Je comprends, murmura Corinne.

— Là, j'ai toutes les affaires de la petite dans la *sleigh*, dit Armand Lacharité dont les yeux s'étaient remplis d'eau. Je peux pas la garder tout seul et j'ai personne pour en prendre soin. J'ai fait le tour de toutes les femmes qui auraient pu la prendre, personne en veut. Elles ont toutes leur famille. Ça fait qu'à matin j'ai décidé de faire un détour par chez vous pour vous la montrer avant d'aller la porter à l'orphelinat de Nicolet. J'ai pas le choix, même si je l'aime ben gros, cette enfant-là.

— Je comprends toujours pas pourquoi vous êtes venu me la montrer, comme vous dites, reprit Corinne, intriguée.

— Ben, vous m'aviez donné l'impression d'être une femme qui avait du cœur quand on était venus vous voir. Je me suis dit que vous pourriez peut-être la garder une semaine ou deux en souvenir de votre mari, le temps que je trouve quelqu'un.

— En souvenir de mon mari ! Vous êtes drôle, vous ! s'emporta la veuve. Tout un souvenir !

À ce moment-là, Constance descendit du banc et vint tendre les bras à Corinne, assise dans sa chaise berçante, près du poêle. Sans même réfléchir, cette dernière l'installa sur ses genoux et se mit à la bercer doucement.

— Qu'est-ce que vous pensez que je pourrais dire à mes enfants quand ils vont rentrer tout à l'heure à la maison? reprit-elle. Je peux tout de même pas leur dire que c'est leur demi-sœur…

— Je comprends, dit Armand Lacharité en se levant. Ça empêche pas que je trouve ça ben triste de devoir la placer dans un orphelinat. Qu'est-ce qui me dit qu'elle va être ben là-bas? Il paraît que ça arrive que les enfants soient maltraités là-dedans.

La veuve demeura assise et continua à bercer l'enfant qui s'était confortablement appuyée contre sa poitrine. Un long silence plana dans la pièce et il était évident qu'elle était déchirée. Finalement, elle sembla prendre une décision.

— Écoutez-moi bien, finit-elle par dire au visiteur. Je vais vous la garder deux semaines, juste le temps que vous finissiez par trouver une femme prête à en prendre soin. Dans deux semaines, vous venez la reprendre, que ce soit pour l'emmener chez cette femme-là ou à l'orphelinat. Je peux vraiment pas faire plus, vous me comprenez.

Les traits du visage du visiteur s'illuminèrent.

— Je le savais que je venais frapper à la bonne porte, dit-il. Dans deux semaines, vous me direz combien je vous dois pour la pension et…

— Laissez faire la pension, le coupa-t-elle. Je suis peut-être pas riche, mais je suis pas pauvre au point de charger quelque chose pour nourrir une enfant.

— Je sors vous chercher ses affaires, annonça l'homme en endossant son manteau.

Il rentra dans la maison moins de deux minutes plus tard en portant une boîte de carton contenant quelques vêtements et une vieille poupée de chiffon.

— Je vous attends sans faute dans deux semaines, lui dit Corinne comme il quittait la maison après avoir embrassé Constance sur le front.

La veuve passa le reste de l'avant-midi à bercer l'enfant en se demandant ce qu'elle allait bien pouvoir raconter aux siens pour expliquer la présence de Constance dans la maison. Finalement, quelques minutes avant le retour de Norbert pour le repas du midi, elle décida d'user d'un demi-mensonge.

— C'est la petite fille d'une cousine de ton père. Sa mère est morte et j'ai décidé de la garder une couple de semaines, le temps que son mari trouve une gardienne.

L'adolescent se contenta de cette explication et amusa Constance, le temps que sa mère prépare le dîner. Au retour de Madeleine et de Lionel de l'école, à la fin de l'après-midi, elle leur donna la même explication.

— Vous trouviez pas que vous aviez assez de votre tâche? lui demanda la jeune institutrice.

— On n'a jamais trop d'ouvrage quand il s'agit de rendre service, lui répondit sa mère.

— Vous avez trop bon cœur, m'man. Il me semble que tout le monde en profite. Son mari aurait pu aller voir ma tante Annette et même la femme de Charles…

— T'es pas sérieuse, ma fille, se moqua Corinne. Des plans pour faire attraper la jaunisse à ta tante.

Durant la soirée, il devint évident que Constance s'était déjà habituée à tous les Boisvert habitant la maison et elle était même devenue la préférée de tous les membres de la famille. À l'heure du coucher, Corinne refusa l'offre de Madeleine de coucher l'enfant dans sa chambre.

— Laisse faire, elle va coucher avec moi. Mon lit est plus grand que le tien. Elle me dérangera pas.

— Je peux toujours lui monter le lit d'enfant qui est dans la remise, proposa Norbert, plein de bonne volonté.

— Non, ce sera pas nécessaire.

Avant de réciter la prière du soir, la veuve fit la toilette de l'enfant et la coucha dans son grand lit. Quelques minutes plus tard, elle venait à peine de prendre place dans son lit que Constance se lova contre elle, lui apportant une chaleur bienvenue en cette nuit glaciale.

— Je sais pas ce qu'il dirait s'il voyait sa fille installée dans son propre lit, à sa place, dit-elle à voix basse en songeant à son défunt mari.

Ce fut sa dernière pensée avant de s'endormir.

Chapitre 27

La maladie de Norbert

Trois jours plus tard, Corinne se réveilla au milieu de la nuit avec la nette impression que quelqu'un avait fait du bruit dans la cuisine. L'esprit encore embrumé par le sommeil, elle avait l'impression qu'elle s'était levée à peine quelques minutes plus tôt pour mettre du bois dans le poêle. Elle tendit l'oreille et il lui sembla avoir entendu une toux sèche en provenance de la pièce voisine. Elle repoussa doucement Constance endormie contre son épaule et se leva.

Elle fut secouée par un brusque frisson en posant ses pieds nus sur le parquet froid. Elle s'empressa de déposer un châle sur ses épaules et de chausser ses pantoufles avant de sortir de sa chambre à coucher.

Il faisait noir dans la cuisine, mais quelqu'un se berçait doucement près du poêle.

— Qui est là ? demanda-t-elle, le cœur battant.

— C'est moi, m'man, répondit Norbert d'une voix éteinte.

— Qu'est-ce que tu fais là en plein milieu de la nuit ?

— Je suis malade, j'ai de la misère à respirer, chuchota l'adolescent.

Sa mère ne perdit pas un instant. Elle s'avança à tâtons vers la boîte d'allumettes rangée sur une tablette, près du poêle, en prit une et alluma une lampe. Elle s'approcha de son fils, persuadée qu'il couvait une bonne grippe. Il avait le teint blafard et paraissait avoir du mal à respirer.

— As-tu mal à la gorge ?

— Oui, répondit-il, incapable de réprimer une toux sèche qui le fit grimacer de douleur.

— Mal à la tête ?

— Non, j'ai juste de la misère à respirer, répondit-il en haletant. J'ai un poing dans le dos qui lâche pas. Je me suis levé parce que j'étouffais, avoua-t-il.

— Veux-tu bien me dire quelle sorte de grippe t'as attrapée là, toi ? demanda-t-elle, soudain inquiète, en posant sa main sur son front. T'as pourtant pas l'air de faire de la fièvre.

Une quinte de toux secoua l'adolescent et l'air sortait en sifflant de sa gorge.

— J'étouffe, m'man ! se plaignit Norbert dont le front venait de se couvrir de sueurs froides.

— C'est pas normal pantoute, cette affaire-là, dit-elle pour elle-même en remarquant soudain que le teint de son fils avait l'air de devenir violacé. Respire lentement, lui conseilla-t-elle. Bouge pas.

Elle le laissa assis dans la chaise berçante près du poêle et monta à l'étage réveiller Madeleine.

— Madeleine, lève-toi, dit-elle en la secouant doucement par une épaule. J'ai besoin de toi tout de suite.

— Quoi ? Qu'est-ce qui se passe ? demanda la jeune fille, surprise de découvrir sa mère debout près de son lit en pleine nuit.

— Viens, Norbert est malade.

Madeleine se leva, mit sa robe de chambre et descendit au rez-de-chaussée derrière sa mère.

— Norbert étouffe et je sais pas ce qu'il a. En tout cas, ça a pas l'air d'une grippe.

Madeleine s'approcha de son frère pour juger de son état.

— Vous avez raison, m'man, fit-elle en voyant son frère en proie à une autre quinte de toux sèche qui le laissa pantelant.

— Je pense que je vais atteler et aller chercher le docteur Précourt au village, déclara la veuve. Ça m'inquiète trop.

— Non, je vais y aller, m'man, décida la jeune fille. Vous saurez mieux que moi quoi faire si ça empire.

Sur ces mots, elle monta s'habiller et descendit moins de deux minutes plus tard. Pendant ce temps, sa mère avait mis son manteau et ses bottes et avait allumé un fanal.

— Je vais aller te donner un coup de main à atteler Cocotte, dit-elle à sa fille en ouvrant la porte.

La mère de famille fut surprise par le refroidissement subit de la température. La veille avait été marquée par un redoux qui avait fait fondre un peu la neige et il était même tombé un peu de verglas à la fin de la journée. Le froid de la nuit avait gelé toute cette eau et rendu tout déplacement extérieur plutôt hasardeux.

— Mon Dieu! le chemin va être glissant sans bon sens, déclara-t-elle en sortant la jument de l'écurie et en la faisant reculer entre les menoires de la *sleigh*. Tu feras bien attention, recommanda-t-elle à sa fille.

— Inquiétez-vous pas, m'man, dit Madeleine en montant dans la *sleigh*.

— Dis bien au docteur que ça presse, lui recommanda-t-elle en mettant en branle l'attelage.

Elle rentra dans la maison et s'empressa de retourner auprès de Norbert qui se plaignit d'un poing dans la poitrine qui ne voulait pas céder. Sa mère alla chercher une épaisse couverture qu'elle déposa sur lui et l'attente commença. Elle saisit son chapelet suspendu à la tête de son lit et s'assit près de lui. Elle entreprit sa récitation pour demander à la Vierge que son fils soit épargné.

L'attente dura plus d'une heure et parut interminable à la mère qui ne cessait de scruter le chemin par la fenêtre dans l'espoir d'apercevoir la lueur des phares de l'automobile du docteur Précourt.

— Ça lui prend donc bien du temps à arriver ! murmura-t-elle en songeant au médecin. J'espère qu'il est rien arrivé à Madeleine.

Finalement, elle aperçut les phares de la Buick du médecin perçant la nuit. Cette dernière avançait lentement, probablement à cause du verglas qui recouvrait la route. Quand elle vit Adrien Précourt descendre de sa voiture à la porte de la maison, elle s'empressa d'aller lui ouvrir.

— Bonsoir, madame Boisvert, dit le praticien en retirant son manteau qu'il lui tendit. Votre fille s'en vient. Où est le malade ?

— Il est assis près du poêle, docteur, répondit Corinne en l'entraînant dans la cuisine d'hiver.

— Parfait, je vais examiner ce jeune homme, annonça-t-il de sa petite voix haut perchée en repoussant ses lunettes très épaisses qui avaient glissé un peu sur son nez.

Le médecin posa quelques questions à Norbert tout en ouvrant sa trousse d'où il tira son stéthoscope. Pendant qu'il auscultait minutieusement l'adolescent après lui avoir fait déboutonner le haut de son épais sous-vêtement d'hiver, Corinne se tenait à l'écart, attentive aux commentaires du praticien.

— Tu peux te reboutonner, dit Adrien Précourt à son jeune patient. J'aime pas le bruit qu'il fait en respirant, ajouta-t-il à l'intention de Corinne. Vous vous êtes pas trompée, c'est pas une grippe qu'il a. Si je me fie à ce que j'entends, je dirais plutôt qu'il a une pleurésie.

— Mon Dieu ! s'écria Corinne en entendant le nom de cette maladie qui lui était inconnue.

— Je veux pas vous inquiéter pour rien, madame Boisvert, mais il va falloir transporter votre garçon à l'hôpital de Sorel et lui faire faire une ponction pour savoir quelle sorte de pleurésie il nous fait.

— Une ponction ?

— Écoutez, madame. Une pleurésie, c'est l'enflure des tissus qui enveloppent les poumons. Souvent, il s'accumule un liquide et il faut faire une ponction pour l'enlever. C'est pour ça que votre garçon a tant de difficulté à respirer.

— À l'hôpital de Sorel, dit Corinne, catastrophée et très inquiète.

— Je vais le transporter moi-même, déclara le médecin. Si vous voulez venir avec lui, vous pouvez monter. Apportez-lui quelques vêtements, il se pourrait qu'on le garde là-bas un certain temps.

— Est-ce qu'on peut attendre que ma fille revienne ? demanda la mère de famille.

— Elle devrait arriver bientôt, la rassura Adrien Précourt.

En fait, Madeleine arriva à la maison une dizaine de minutes plus tard. Quand sa mère lui apprit qu'elle devait aller à Sorel pour accompagner Norbert, la jeune fille la rassura immédiatement en lui disant qu'elle allait emmener Constance à l'école et qu'elle la garderait là toute la journée, si besoin était.

L'horloge venait de sonner trois heures quand l'imposante Buick noire du docteur Précourt quitta la cour de la ferme avec à son bord Corinne et Norbert. Le médecin avait insisté pour que l'adolescent s'étende sur la banquette arrière et change de position quand il éprouverait du mal à respirer. À l'avant, Corinne pria sans discontinuer. Si, au début du voyage, c'était pour la guérison de son fils, ses prières demandèrent rapidement d'arriver d'abord sains et saufs à Sorel tant la conduite erratique du médecin avait de quoi donner des sueurs froides à sa passagère.

Adrien Précourt avait une façon toute personnelle de conduire son lourd véhicule. Il occupait habituellement le centre de la route, mais sa vue faible faisait qu'il ne se décidait à prendre les virages qu'à la toute dernière seconde, ce qui avait le don d'inciter ses passagers à se cramponner de toutes leurs forces tant ils croyaient leur dernière heure venue.

Finalement, le médecin conduisit Corinne et Norbert à bon port. L'adolescent fut transporté sur une civière dans un département de l'institution pendant qu'on invitait la mère à prendre place dans la salle d'attente. Cette dernière dut s'endormir sans s'en rendre compte parce qu'elle sursauta légèrement quand elle découvrit Adrien Précourt debout devant elle.

— Tout va bien, madame Boisvert, lui annonça-t-il. Le docteur Bélanger s'occupe de votre garçon. Moi, je retourne à Saint-Paul, voulez-vous que je vous ramène?

— Je vous remercie beaucoup, docteur, mais je vais attendre de voir mon garçon avant de rentrer. J'ai une sœur qui reste à Sorel, son mari va me ramener.

— Comme vous voudrez. Avant de partir, je vais dire que vous attendez pour voir votre garçon, dit Adrien Précourt avant de prendre congé.

L'attente de Corinne reprit. Elle vit le jour se lever et devint de plus en plus angoissée au fur et à mesure que les minutes s'écoulaient. Un peu avant neuf heures, une religieuse vint enfin la chercher pour la conduire dans une petite pièce où un homme à l'épaisse moustache blanche l'invita à s'asseoir.

— Votre fils vient de s'endormir, madame, lui dit-il. Je lui ai fait une ponction pour retirer le liquide de ses poumons. Soyez sans crainte. À cet âge-là, on est pas mal résistant. Je vais toutefois être obligé de le garder sous observation à l'hôpital jusqu'à samedi prochain. À moins de complications, il devrait être en mesure de rentrer chez vous samedi matin.

— Merci, docteur. Vous pouvez pas savoir combien vous me soulagez.

— Il va s'en remettre, craignez rien, la rassura le médecin. Cependant, il va falloir prévoir de quatre à six semaines de convalescence pour lui permettre de refaire ses forces, tint-il à lui préciser. Vous pouvez aller le voir quelques minutes avant de rentrer chez vous, ajouta Émile Bélanger en se levant pour lui signifier que la rencontre était terminée.

Soulagée, la mère de famille le remercia encore et suivit la même religieuse dans une chambre que Norbert partageait avec trois autres malades. Elle s'approcha du lit de son fils sur la pointe des pieds. Il avait le visage blafard, mais ses traits étaient détendus et sa respiration semblait beaucoup moins oppressée. Elle l'embrassa sur le front, le regarda un long temps, les larmes aux yeux, avant de quitter la pièce.

À son arrivée dans le hall d'entrée de l'hôpital, elle eut la surprise d'y découvrir Léopold Monette qui l'attendait.

— Mais qu'est-ce que tu fais là ? lui demanda-t-elle, stupéfaite.

— Je suis venu vous chercher, madame Boisvert. À matin, avant d'entrer à l'école, Madeleine est arrêtée à la maison avec Lionel et la petite fille que vous gardez. Elle m'a raconté que vous étiez rendue à Sorel. Ça fait que je suis d'abord allé faire votre train et jeter une couple de bûches dans votre poêle avant de venir vous chercher. J'ai aussi averti Jocelyn Jutras que Norbert était malade et qu'il pourrait pas aller bûcher avec lui.

— Tu peux pas savoir combien tu me soulages, fit sa future belle-mère. Je me demandais justement si mon beau-frère Amédée aurait le temps de venir me conduire à Saint-Paul après sa journée d'ouvrage.

— C'est rien, madame Boisvert, dit le fiancé de Madeleine. Comment va votre garçon ?

— Pas trop mal, mais ils doivent le garder toute la semaine.

Léopold ramena Corinne jusqu'à l'école du rang Saint-Joseph. Elle prit Constance au passage avant de rentrer à la maison où le poêle venait de s'éteindre. Elle le ralluma et emmena la petite fille faire une sieste avec elle.

Quand elle se réveilla, elle découvrit Constance sagement assise dans le lit à ses côtés, en train de s'amuser avec sa poupée de chiffon. Elle se leva, confectionna le dîner et décida d'écrire une lettre à sa belle-sœur Juliette dans laquelle elle lui raconta toute la vérité à propos de Constance et de la maladie de Norbert. Elle fut incapable de lui cacher son angoisse devant la nouvelle situation à laquelle elle devait faire face.

Au mieux, durant le prochain mois, elle allait être obligée de soigner les animaux et d'entretenir la maison seule. Elle était incapable d'imaginer comment elle allait s'en sortir sans le bois de chauffage que son fils ne pourrait aller couper et sans la glace qu'il ne découperait sur la rivière. Qu'allait-il arriver si une tempête de neige s'abattait sur la région? Elle avait beau être vigoureuse, elle ne possédait pas la force physique nécessaire pour passer la gratte. Il lui faudrait faire appel aux voisins alors qu'eux-mêmes seraient aux prises avec la neige.

Quand elle s'habilla pour aller déposer sa lettre dans sa boîte sur le bord du chemin, elle pensa surtout aux comptes qu'elle allait devoir payer dans les semaines à venir. Il y avait la pension d'Élise au couvent, le remboursement d'une partie de l'argent dû à Léopold et surtout la facture de l'hôpital et celle du docteur Précourt. Tout cela à une époque de l'année où tout avait l'air de se liguer contre elle pour l'empêcher de coudre les courtepointes et les catalognes promises à des clientes pour le printemps suivant.

Pourtant, ce moment de découragement passa rapidement. La veuve avait un caractère trop bien trempé pour ne pas réagir face à l'adversité.

À la fin de l'après-midi, Madeleine rentra de l'école avec Lionel comme sa mère sortait de l'étable en tenant Constance par la main.

— Venez pas me dire que vous avez fait le train toute seule! s'exclama la jeune fille en déposant son sac d'école dans l'entrée.

— Oui, on vient de finir. Lionel, mange un biscuit et va nourrir les chevaux, commanda-t-elle au gamin.

— Qu'est-ce que vous avez fait avec la petite pendant que vous soigniez les animaux ?

— Je l'ai assise dans le foin. Elle a pas bougé, expliqua Corinne en enlevant le manteau de la petite fille.

— Vous trouvez pas que vous auriez pu nous attendre, m'man ? lui reprocha Madeleine. On est capables de faire notre part, nous autres aussi.

— T'auras bien assez de m'aider à soigner les animaux demain matin, dit sa mère en entrant dans la cuisine d'hiver où le souper était déjà en train de mijoter sur le poêle.

Durant les quatre jours suivants, Corinne parvint à «faire son ordinaire», comme elle disait, et à soigner les animaux avec l'aide de ses deux enfants. Le hasard voulut qu'une vache tombe malade le mercredi soir, au moment où Léopold était venu visiter Madeleine. Ce dernier renonça à sa veillée au salon pour l'aider à soigner la bête.

Le lendemain, la région dut affronter la première vraie tempête de 1922. La neige tomba sans arrêt durant près de vingt-quatre heures, noyant tout le paysage sous une épaisse couche blanche. Cette fois-là, ce fut Jocelyn qui se dévoua pour venir déneiger la cour de la ferme de sa voisine ainsi que la portion de route qu'elle était tenue de nettoyer et de baliser.

Le samedi avant-midi, Corinne put encore profiter de la grande obligeance du fiancé de sa fille. Ce dernier vint à la maison au milieu de la matinée pour lui proposer de la conduire à Sorel pour aller chercher Norbert.

— J'espère juste que les chemins sont praticables, dit le jeune homme. Entre Yamaska et Sorel, il y en a qui sont pas ben vites pour entretenir leur bout de chemin. Remarquez, madame Boisvert, je pourrais ben y aller tout seul, proposa-t-il, toujours aussi serviable.

— T'es bien fin, Léopold, mais il faut que je paie l'hôpital et que je voie le docteur, je suppose, avant de sortir Norbert de là.

— Dans ce cas-là, je vous emmène, si vous voulez. Mais je pense qu'on va plutôt prendre votre *sleigh* que ma catherine qui est trop versante quand il y a aussi épais de neige sur le chemin.

Même s'il s'était écoulé moins d'une semaine depuis son entrée à l'hôpital, Norbert semblait avoir passablement maigri quand sa mère le retrouva assis sur son lit, à côté d'un sac contenant ses quelques vêtements.

— Je pensais que vous m'aviez oublié, dit-il en apercevant sa mère et Léopold. J'ai hâte de revenir chez nous.

— On a dû passer à la comptabilité avant de monter, lui expliqua sa mère en s'emparant de son sac. Vas-tu mieux?

— J'ai pas mal moins de misère à respirer, répondit-il.

— Tant mieux, je me sens soulagée, lui avoua sa mère. Viens-t'en, tout le monde t'attend à la maison. Tu vas pouvoir te remplumer.

L'adolescent fut installé le plus confortablement possible dans la *sleigh* et recouvert jusqu'au menton avec l'épaisse couverture de carriole.

— Arrêtez-vous chez ma tante Blanche? demanda Norbert à sa mère quand Léopold mit le traîneau en marche.

— Non, on s'en retourne tout de suite à la maison. T'es pas pour traîner dehors plus longtemps que nécessaire.

Avant midi, l'adolescent était installé dans son lit, en train de manger un bol de soupe aux pois. Sa mère, soulagée, avait laissé la porte de sa chambre ouverte en lui recommandant de l'appeler s'il avait besoin de quelque chose.

— Quand tu te sentiras assez fort, tu viendras t'asseoir dans la chaise berçante, près du poêle.

— C'est ça, m'man, comme un petit vieux! se moqua Norbert avec un pâle sourire.

— Ça durera pas longtemps, tu vas voir. Le docteur m'a dit que, dans un mois ou deux, tu vas être aussi haïssable qu'avant, lui dit sa mère pour le dérider.

Chapitre 28

L'amour

Le surlendemain, Corinne sortait de la porcherie où elle était allée nourrir les animaux quand elle aperçut un homme debout sur la galerie de sa maison. L'inconnu lui tournait le dos, une valise à ses pieds.

— Vous cherchez quelqu'un ? lui demanda-t-elle en s'avançant vers la maison.

L'homme se tourna vers elle et, bouche bée, elle se retrouva en face de Rosaire Gagné, engoncé dans un épais manteau de drap.

— Rosaire ! s'exclama-t-elle. Mais c'est toute une surprise ! Tu m'as jamais écrit que t'avais l'intention de passer nous voir, lui dit-elle en l'embrassant sur une joue.

Le jeune homme se contenta de lui sourire, apparemment très heureux de se retrouver en sa présence. Il fit un pas en arrière pour la laisser ouvrir la porte.

— Entre, reste pas dehors à geler. Je t'ai jamais entendu arriver. Où est passée Juliette ?

— Je suis tout seul. Je suis venu avec le facteur, expliqua l'inspecteur en bâtiments. En descendant du train à Pierreville, je l'ai reconnu. Il venait de laisser du courrier pour le train. Il m'a fait embarquer dans sa *sleigh* et me v'là.

Il suivit la maîtresse de maison dans la cuisine d'hiver après avoir enlevé ses bottes et suspendu son manteau à l'un des crochets fixés près de la porte. En pénétrant dans la pièce, Rosaire vit tout de suite Constance assise sagement dans la petite chaise berçante que grand-père Boucher avait fabriquée plusieurs années auparavant pour Philippe.

— C'est Constance ? demanda-t-il à Corinne.

— T'es au courant ? fit-elle, estomaquée.

— Je suis allé manger au restaurant de Juliette jeudi passé. Elle m'a parlé de la petite et aussi de la maladie de Norbert. Au fait, est-ce qu'il va mieux ?

— Ça s'améliore, mais ça va prendre du temps, répondit-elle, la mine soudainement assombrie. On est allés le chercher à l'hôpital samedi avant-midi. Mais toi, tu travailles pas durant la semaine ?

— Non.

— Comment ça se fait ? demanda-t-elle, intriguée, en lui versant une tasse de thé qu'elle déposa sur la table en lui faisant signe de s'asseoir.

— Parce que j'ai lâché mon ouvrage, avoua Rosaire en baissant les yeux.

Corinne examina son visiteur. L'orphelin qui avait vécu sept ans chez elle était devenu un jeune homme de trente-deux ans très séduisant. Ses cheveux ondulés, sa fine moustache brune et ses yeux noirs ne faisaient pas oublier qu'il était solidement bâti.

— T'as lâché ton ouvrage d'inspecteur ! s'écria-t-elle, médusée. Mais ça devait être bien payé, non ?

— Le problème était pas là, expliqua Rosaire. J'avais plus envie de faire ça. Je voulais revenir travailler sur une terre.

— Voyons donc ! Ça a pas d'allure, ce que tu dis là ! ne put s'empêcher de dire la veuve en repoussant une mèche échappée de son chignon.

— Ben oui, ça a de l'allure, la contredit le visiteur. Mais j'ai pas lâché pour travailler n'importe où. C'est sur ta terre que je veux travailler. Je savais que Philippe était descendu au chantier. Quand j'ai appris que Norbert était tombé malade, je me suis dit que tu refuserais pas l'aide d'un homme engagé.

— Mais j'aurai jamais les moyens de te payer le salaire que tu gagnais en ville, protesta Corinne.

— J'ai pas besoin de salaire. Je suis prêt à travailler pour le vivre et le couvert, lui dit-il sur un ton légèrement suppliant.

— Je sais vraiment pas quoi te répondre, fit la maîtresse de maison.

— Écoute, t'as besoin de quelqu'un pour prendre soin des animaux, nettoyer l'étable, déneiger quand c'est nécessaire, couper le bois de chauffage et découper la glace sur la rivière. Je l'ai fait ben des fois tout seul ou avec Jocelyn. Pour moi, c'est rien de nouveau. Tu sais que je suis capable de faire tout ça.

— Je trouve pas ça juste pour toi, finit par dire Corinne, très fortement tentée d'accepter cette aide inespérée.

— Accepte, il y a rien qui pourrait me faire plus plaisir.

— Et tes affaires ?

— Mes affaires importantes sont dans ma valise. Le reste, je peux le faire venir n'importe quand. Mon propriétaire a accepté de le garder dans sa cave en attendant.

— C'est correct, accepta la veuve en se levant. Monte avec moi, je vais t'installer dans la chambre d'Élise et tu pourras, en même temps, voir Norbert qui doit dormir comme un bienheureux. Il a déjà pris l'habitude de faire un somme après le déjeuner.

La surprise passée, Norbert, Madeleine et Lionel acceptèrent rapidement la présence de Rosaire dans la maison. Les deux premiers l'avaient bien connu durant leur enfance et ils eurent vite l'impression de retrouver un grand frère après une très longue absence. Même Constance perdit sa timidité à son endroit dès le premier jour et lui tendit les bras pour se faire prendre le soir même de son arrivée.

Le lendemain, Rosaire s'arrangea avec Jocelyn Jutras pour poursuivre avec lui la tâche entreprise par Norbert au début de l'hiver. Après le déjeuner, les deux hommes se dirigèrent vers la terre à bois de Corinne pour y bûcher jusqu'à l'heure du dîner. Après le repas, ils continuèrent leur travail et ne s'arrêtèrent qu'à l'heure où il fallait revenir soigner les animaux.

Après une semaine où il lui avait fallu courir du matin au soir pour arriver à accomplir sa tâche de ménagère et les travaux de la ferme, Corinne fut très heureuse de pouvoir se reposer sur un homme aussi dur à la peine.

———◊———

La veille de la Saint-Valentin, la veuve reçut un mot d'Armand Lacharité lui apprenant qu'il avait trouvé une lointaine parente heureuse de se charger de Constance et qu'il passerait le lendemain prendre sa nièce.

Après avoir lu la courte missive, elle demeura longtemps songeuse, incapable de se décider sur la conduite à tenir. Finalement, Rosaire rentra à la maison un peu plus tôt qu'à l'ordinaire parce que la neige s'était mise à tomber abondamment. Profitant du fait que Norbert s'était réfugié dans sa chambre, elle fut incapable de cacher son dilemme à son ami.

— L'oncle de Constance vient de m'écrire pour me dire qu'il vient la chercher demain, dit-elle, la voix changée. Il paraît qu'il a trouvé une parente prête à s'en occuper.

— C'est pas ce qui était entendu entre vous deux? demanda Rosaire.

— Oui.

— Je sais pas si Juliette s'est trompée, mais il me semble qu'elle m'a dit que t'avais accepté juste pour éviter qu'elle aille à l'orphelinat.

— C'est vrai, reconnut Corinne. C'est pas ça le problème. Je me demande depuis un bout de temps si je devrais pas dire aux enfants que c'est leur demi-sœur.

Un air de doute se peignit sur le visage de Rosaire.

— T'as pas l'air de penser que c'est une bonne idée.

— Ben, je me demandais si ça allait changer quelque chose qu'ils le sachent, répondit le jeune homme. Parmi tes enfants, il y en a peut-être qui vont vouloir que tu la gardes à tout prix ou qui comprendront pas ce que leur père a fait.

— Tu penses ?

— Peut-être que tes plus vieux vont mépriser leur père pour ça...

— T'as raison, finit par reconnaître Corinne. Je pense que je suis mieux de me taire et de laisser partir la petite comme elle est venue.

Le lendemain avant-midi, Armand Lacharité se présenta chez la veuve pour reprendre la petite Constance. L'enfant s'était déjà attachée à Corinne et pleura quand cette dernière entreprit de l'habiller en lui disant qu'elle partait avec son oncle.

— Elle va se consoler vite, dit-elle au célibataire qui ignorait comment la faire cesser de pleurer.

Quand l'enfant fut prête à partir, l'homme remit son manteau et chaussa ses bottes.

— Bon, il reste maintenant à régler nos comptes, dit-il en sortant un vieux porte-monnaie en cuir noir. Combien je vous dois, madame Boisvert ?

— Absolument rien, déclara Corinne en lui tendant le sac contenant les effets personnels de la petite. Disons que ça m'a fait plaisir de vous rendre service.

— Vous êtes ben bonne, madame, dit l'oncle de Constance. Je vous remercierai jamais assez de ce que vous avez fait pour elle... et pour moi. Si jamais vous passez à Yamaska et que vous voulez voir la petite, vous pourrez vous rendre chez madame Gascon, c'est une cousine de mon père qui demeure à côté de la boulangerie. C'est là que va rester la petite. Je vais lui dire de vous la laisser voir.

— C'est bien correct comme ça, accepta la veuve en lui ouvrant la porte de la maison. Faites bien attention à ce qu'elle attrape pas froid en chemin, lui recommanda-t-elle.

Lorsqu'elle eut refermé la porte, Corinne alla à la fenêtre pour regarder l'homme installer l'enfant dans sa *sleigh*. Elle se sentait triste de voir partir définitivement la petite fille. Elle savait déjà que ce départ allait créer un vide dans sa maison. Elle n'avait rien dit quand Armand Lacharité lui avait proposé d'aller voir Constance à Yamaska aussi souvent qu'elle le désirerait, mais elle savait très bien qu'elle ne s'arrêterait jamais chez sa parente pour revoir l'enfant. Cela ne lui apporterait rien, pas plus à elle qu'à Constance.

━━━

À la fin de cet après-midi-là, elle se retrouva dans l'étable en compagnie de Rosaire à soigner les animaux. À l'extérieur, il tombait encore une faible neige, mais la température s'était adoucie.

— On a presque fini, dit-elle au jeune homme. Je rentre à la maison pour aider Madeleine à préparer le souper.

— Est-ce que tu peux m'attendre une minute ? lui demanda-t-il en déposant une bonne quantité de foin devant une vache. J'ai quelque chose à te demander.

Corinne suspendit son fanal près de la porte et attendit quelques instants qu'il en ait terminé avec son travail. Quand il eut déposé sa fourche contre le mur, il s'avança vers elle en s'essuyant les mains contre son pantalon. La veuve remarqua tout de suite qu'il semblait peu à l'aise.

— Qu'est-ce qui se passe ? demanda-t-elle en s'approchant.

— Tu sais quel jour on est ?

— Mardi, non ?

— C'est la Saint-Valentin, dit-il d'une voix étouffée. La fête des amoureux.

Corinne ne dit rien, incertaine de la conduite à tenir. Cette fête n'avait jamais été célébrée chez elle pour la simple raison que Laurent avait toujours été au chantier à cette époque de l'année.

Rosaire sembla prendre son courage à deux mains avant de murmurer :

— Je sais que c'est pas ben ben la place pour ça, mais je pouvais pas te le demander devant tes enfants.

— Quoi ?

— Corinne, ça fait des années que je t'aime, lui avoua-t-il en rougissant. J'ai toujours rêvé à toi. Ça fait des jours que je me dis que ça sert plus à rien d'attendre pour te le demander. Veux-tu être ma femme ?

— T'es pas sérieux, Rosaire ? Je suis plus vieille que toi et j'ai cinq enfants, répondit la veuve en fixant sur lui ses yeux bleus.

— Je te l'ai déjà dit, on n'a que sept ans de différence, reprit Rosaire, la voix mal assurée. Si t'acceptes, je te promets de toujours prendre soin de toi et d'aimer tes enfants comme s'ils étaient les miens.

Corinne était émue au-delà de toute expression. Même si elle s'attendait inconsciemment à une telle demande depuis sa première visite, l'été précédent, elle n'en était pas moins bouleversée par l'adoration que lui vouait l'homme debout devant elle. Elle connaissait Rosaire depuis de nombreuses années. Elle savait aussi jusqu'à quel point il était doux, compréhensif et attentionné, tout le contraire de son défunt mari. Durant un bref instant, elle se demanda s'il n'était pas écrit dans le ciel depuis le premier jour où l'orphelin avait franchi le seuil de sa maison qu'il était appelé à devenir l'homme de sa vie.

— Ça fait tellement longtemps qu'on se connaît… commença-t-elle à dire.

— Justement, l'interrompit Rosaire en posant une main sur son bras, sentant instinctivement son hésitation.

— Comment je pourrais annoncer une affaire pareille aux enfants ? se défendit-elle en secouant doucement la tête.

— T'as le droit, toi aussi, d'être heureuse, Corinne, lui dit-il en y mettant toute la force de persuasion dont il était capable. Laisse-moi en parler à tes enfants. Je suis sûr qu'ils vont comprendre.

— Je comprends toujours pas pourquoi tu veux me marier, finit-elle par dire, prête à se rendre.

— Je te l'ai dit : je t'aime, dit-il en s'enhardissant au point de l'embrasser doucement sur les lèvres.

Un lourd silence, troublé uniquement par les meuglements des vaches, tomba dans le bâtiment. Corinne regarda intensément le jeune homme qui lui faisait face.

— Je veux bien, si les enfants acceptent, murmura-t-elle avant de l'embrasser à son tour. À cette heure, il faut rentrer avant qu'ils se demandent ce qu'on peut bien faire dans l'étable.

Fou de joie, Rosaire lui ouvrit la porte. Il la laissa passer devant lui et la suivit jusqu'à la maison.

Pendant que Corinne et Madeleine dressaient le couvert, Rosaire parla de sa journée de travail avec Norbert.

— Vous pouvez approcher, c'est prêt, dit la maîtresse de maison en déposant un plat de fèves au lard et de grillades de lard sur la table.

Tout le monde s'assit autour de la table et, comme d'habitude, Corinne récita le bénédicité avant de remplir l'assiette de chacun. On mangea dans un silence relatif. De temps à autre, elle levait les yeux vers Rosaire, qui semblait perdu dans ses pensées.

Soudain, elle sembla prendre une décision alors que chacun s'apprêtait à manger son dessert.

— Je pense que Rosaire a quelque chose à vous dire, fit-elle en adressant un signe de tête à son amoureux.

Ce dernier, un peu pris au dépourvu, mit quelques secondes avant de se décider à prendre la parole d'une voix un peu hésitante.

— Je sais pas trop comment vous dire ce que je veux vous
dire, commença-t-il, d'une voix embarrassée. Ça fait ben
des années que je vous connais, même si j'ai été parti en ville
un bon bout de temps.

Les enfants se regardèrent, passablement intrigués par
cette entrée en matière.

— Bon, je tournerai pas autour du pot plus longtemps,
poursuivit Rosaire, le visage un peu pâle. Je dois vous dire
que j'aime votre mère.

— Tiens! Tiens! se moqua Norbert. On s'en serait
jamais doutés.

— Norbert! fit sa mère en lui jetant un regard sévère.

— Je l'aime tellement que je lui ai demandé tout à
l'heure de devenir ma femme, reprit Rosaire, la voix un peu
chevrotante. J'ai pas l'intention de remplacer votre père. Je
veux juste que vous me regardiez comme un ami, un ami
qui sera toujours là pour vous aider, ajouta-t-il. C'est tout
ce que je voulais vous dire.

Le silence s'épaissit autour de la table et les têtes se
tournèrent vers Corinne qui jouait nerveusement avec une
cuillère.

— Votre mère m'a dit qu'elle accepterait pourvu que
vous soyez d'accord. Je pense que vous l'aimez assez pour
comprendre qu'elle a le droit, elle aussi, d'être heureuse.

Madeleine fut la première à réagir.

— Moi, m'man, je suis pas contre, dit-elle.

— Moi aussi, s'empressa d'intervenir Norbert. S'il est
capable d'endurer une prière le soir qui en finit plus, je vois
pas pourquoi il serait pas capable de nous endurer.

— Moi aussi, fit Lionel.

— Merci, les enfants, dit Corinne, la larme à l'œil.

— Il restera juste Philippe et Élise, reprit Norbert.

— Élise va être d'accord, trancha Madeleine. De toute
façon, elle est bien décidée à entrer chez les sœurs et je
vois pas pourquoi elle serait contre. Pour Philippe, il va

être tellement pressé de s'occuper de ses *trucks* et de Cécile quand il va descendre du chantier, qu'il aura rien à redire à ce que m'man aura décidé.

À l'évidence, cet appui des enfants enchanta Rosaire dont le bonheur faisait plaisir à voir. Il se leva et alla rejoindre Corinne assise au bout de la table.

— Si votre mère le veut, je pense qu'on pourrait considérer le souper qu'on vient de prendre comme notre repas de fiançailles, dit-il en tirant un écrin bleu de la poche de son pantalon.

Il ouvrit l'écrin et en tira une bague en or jaune.

— Eh bien! On dirait que t'avais prévu ma réponse, fit Corinne en se levant à son tour.

— Non, se défendit son fiancé. Je l'avais seulement espérée, tint-il à lui préciser alors qu'elle tendait vers lui son annulaire pour qu'il y glisse la bague.

Les enfants applaudirent.

— Quand pensez-vous vous marier? leur demanda soudain Madeleine.

Corinne jeta un bref regard à Rosaire avant de déclarer:

— On pourrait faire ça la veille de Pâques. Qu'est-ce que t'en dis, Rosaire?

— Je suis ben capable d'attendre encore deux mois, plaisanta ce dernier.

Ce soir-là, Madeleine s'empressa d'apprendre la nouvelle à Léopold avant même qu'il ait retiré son manteau. Le jeune homme tint à féliciter sa future belle-mère et son fiancé avant de suivre la jeune fille dans le salon. Une heure auparavant, Lionel, un peu enrhumé, avait choisi d'aller se coucher après le souper et Norbert, encore un peu faible, l'avait suivi pour faire une courte sieste.

Quelques minutes plus tard, Rosaire se leva de la chaise berçante et s'approcha de Corinne, debout devant le comptoir, en train de placer de la vaisselle dans l'armoire.

Elle l'entendit venir vers elle et se tourna vers lui comme il posait une main sur l'une de ses épaules.

— J'espère que tu regretteras jamais de m'avoir dit oui, lui chuchota-t-il à l'oreille.

Pour toute réponse, elle se serra contre lui et l'embrassa avec fougue. Des pas dans l'escalier l'incitèrent à s'écarter soudain de son amoureux. Norbert apparut alors au pied des marches.

— Je viens de penser à quelque chose, leur dit-il. Ça va pas être reposant jusqu'à Pâques. Je vais ben être obligé de faire le chaperon tout le temps et d'ouvrir l'œil pour que la morale soit respectée ici dedans.

— Voyons, Norbert! protesta sa mère, avec une feinte indignation.

— Dites pas ça, m'man. Je vous ai souvent entendue dire que sa réputation, c'est tout ce qu'une femme a.

Corinne et son fiancé ne purent s'empêcher d'éclater de rire devant l'air faussement vertueux de l'adolescent.

La plus jeune des filles de Lucienne et Napoléon Joyal s'apprêtait à passer une très belle soirée. Tous ces sourires et la déclaration d'amour de Rosaire la rendaient heureuse. Elle avait attendu ce bonheur depuis si longtemps.

Fin

Sainte-Brigitte-des-Saults
juillet 2010

Table des matières